STAR WARS™

THRAWN
ASCENDANCY

TIMOTHY ZAHN

STAR WARS

THRAWN
ASCENDANCY

LIVRO III:
O MAL MENOR

São Paulo
2025

Disney · Lucasfilm

Grupo Editorial
UNIVERSO DOS LIVROS

Star Wars: Thrawn Ascendancy: O mal menor é uma obra de ficção. Todos os nomes, lugares e situações são resultantes da imaginação dos autores ou empregados em prol da ficção. Qualquer semelhança com eventos, locais e pessoas, vivas ou mortas, é mera coincidência.

Diretor editorial
Luis Matos

Gerente editorial
Marcia Batista

Produção editorial
Letícia Nakamura
Raquel F. Abranches

Tradução
Dante Luiz

Preparação
Laura Moreira

Revisão
Guilherme Summa
Tássia Carvalho

Arte
Nadine Christine

Capa
Sarofsky

Dados Internacionais de Catalogação na Publicação (CIP)
Angélica Ilacqua CRB-8/7057

Z24s

Zahn, Timothy

Star Wars : thrawn ascendancy : livro 3: o mal menor / Timothy Zahn ; tradução de Dante Luiz. -- São Paulo : Universo dos Livros, 2025.

544 p.

ISBN 978-65-5609-741-1

Título original: *Star Wars: Thrawn Ascendancy - Lesser evil*

1. Ficção norte-americana 2. Ficção científica
I. Título II. Luiz, Dante III. Série

25-0112 CDD 813.6

Universo dos Livros Editora Ltda.
Avenida Ordem e Progresso, 157 — 8º andar — Conj. 803
CEP 01141-030 — Barra Funda — São Paulo/SP
Telefone: (11) 3392-3336
www.universodoslivros.com.br
e-mail: editor@universodoslivros.com.br

Para todos aqueles que precisaram escolher
entre dois males e desejaram ter uma escolha melhor…
e para aqueles que lutaram para fazer
esse desejo se tornar realidade

A ASCENDÊNCIA CHISS

AS NOVE FAMÍLIAS GOVERNANTES

UFSA	CLARR	BOADIL
IRIZI	CHAF	MITTH
DASKLO	PLIKH	OBBIC

HIERARQUIA FAMILIAR CHISS

SANGUE

PRIMO

POSIÇÃO DISTANTE

NASCIDO POR PROVAÇÃO

ADOTADO POR MÉRITO

HIERARQUIA POLÍTICA

PATRIARCA – Líder da família

ORADOR – Chefe da delegação da família na Sindicura

PRIMEIRO SÍNDICO – Síndico-chefe

SÍNDICO – Membro da Sindicura, principal órgão governamental

PATRIEL – Lida com assuntos da família em escala planetária

CONSELHEIRO – Lida com assuntos da família em escala local

ARISTOCRA – Membro intermediário de uma das Nove Famílias Governantes

HIERARQUIA MILITAR

ALMIRANTE SUPREMO

GENERAL SUPREMO

ALMIRANTE DA FROTA

GENERAL SÊNIOR

ALMIRANTE

GENERAL

ALMIRANTE INTERMEDIÁRIO

GENERAL INTERMEDIÁRIO

COMODORO

CAPITÃO SÊNIOR

CAPITÃO INTERMEDIÁRIO

COMANDANTE SÊNIOR

COMANDANTE INTERMEDIÁRIO

COMANDANTE JÚNIOR

TENENTE COMANDANTE

TENENTE

GUERREIRO SÊNIOR

GUERREIRO INTERMEDIÁRIO

GUERREIRO JÚNIOR

Há muito tempo,
além *de uma galáxia muito, muito distante...*

Por milhares de anos, aqui tem sido uma ilha de calmaria no interior do Caos. É um centro de poder, um exemplo de segurança e um farol de integridade. As Nove Famílias Governantes a protegem por dentro; a Frota de Defesa Expansionária a protege por fora. Seus vizinhos são deixados em paz, seus inimigos ficam em ruínas. É luz, cultura e glória.

Eis a Ascendência Chiss.

PRÓLOGO

— Preparar para a saída. — A voz do Capitão Sênior Mitth'raw'nuruodo ecoou na ponte da *Falcão da Primavera*. — Todos os oficiais e guerreiros a postos. Não estamos aqui para nos meter em problemas, mas pretendo estar preparado para eles.

O Primeiro Oficial e Capitão Intermediário Ufsa'mak'ro fechou a cara. É claro que o Capitão Sênior Thrawn não planejava se meter em problemas. Ele nunca planejava. Mas, de alguma forma, sempre acabava se metendo.

Já era ruim o bastante que Zyzek fosse um sistema estrangeiro. Era pior que os registros Chiss não tivessem nada a seu respeito além da localização e o fato de que era um centro comercial para as pequenas nações ao leste e sudeste da Ascendência Chiss. E ainda pior que Thrawn acreditasse que este era o sistema onde o Capitão Fsir e seus colegas Watith haviam sido recrutados para executar uma emboscada em sua nave.

Mas o pior de tudo era que mais ninguém sabia que a *Falcão da Primavera* estava lá.

Eles deveriam ter voltado direto para a Ascendência. Deveriam ter partido do planeta Hoxim e da escaramuça que Samakro apelidara em particular de Batalha das Três Famílias e voltado para Csilla para reparos, relatórios e o que prometia ser um trabalho memorável de varrer toda a sujeira para baixo do tapete. Todas as outras naves de guerra Chiss, cujas tripulações eram compostas exclusivamente de membros das famílias Xodlak, Erighal e Pommrio, haviam feito exatamente isso, fazendo o caminho lento de volta para casa salto por salto, enquanto, sem dúvida, seus comandantes penavam para escrever tudo aquilo nos registros.

Mas a *Falcão da Primavera* não. As horas que Thrawn passara estudando o cargueiro Watith antes de sua destruição o convencera de alguma forma de que Fsir vinha de Zyzek. De lá, era só um passo de lógica tática até passar no sistema no caminho de volta para dar uma olhada.

Samakro entendeu a estratégia. Por um lado, até concordava com ela. A *Falcão da Primavera* tinha a sky-walker Che'ri para ir mais rápido através dos caminhos sinuosos no hiperespaço do Caos, enquanto qualquer observador que estivesse lá na volta para relatar a batalha teria alguma navegadora menos eficiente ou não teria nenhuma. O fato de Thrawn poder ir até Zyzek antes da notícia chegar poderia ser uma vantagem enorme ao coletar informações.

Mas esse era só um pequeno lado positivo acima de uma pilha inteira de negativos.

— Saída em: três, dois, *um*.

As chamas estelares viraram estrelas, e a *Falcão da Primavera* havia chegado.

— Análise completa — mandou Thrawn. — Prestem atenção especial às naves nas várias órbitas. Vou querer o catálogo mais completo possível de tipos de naves, junto com em que amontoado orbital elas estão.

— Sim, capitão sênior — respondeu a Comandante Intermediária Elod'al'vumic na estação de sensores.

— Kharill, ajude-a com a catalogação — acrescentou Thrawn.

— Sim, senhor. — A voz do Comandante Sênior Plikh'ar'illmorf surgiu no alto-falante do comando secundário. — Dalvu, marque os setores que quiser deixar para cuidarmos daqui.

— Sim, comandante sênior — disse Dalvu. — Estou marcando agora.

— Observem movimentos, seja para dentro em uma tentativa de se esconder de nós, ou para fora, em uma tentativa de fugir — disse Thrawn. — Estamos aqui para ver se podemos causar uma reação. — Ele assentiu para o leme. — Azmordi, comece a nos levar para dentro. Sky-walker Che'ri, fique a postos caso nós precisemos partir rapidamente.

— Sim, senhor — confirmou o Tenente Comandante Tumaz'mor'diamir do leme.

— Sim, capitão sênior — ecoou Mitth'ali'astov, a cuidadora da sky--walker Che'ri.

Samakro passou os olhos lentamente pela ponte. Dalvu, Kharill, Azmordi. Oficiais com os quais servira por muito tempo, desde a época em que comandava a *Falcão da Primavera*, e seguindo pelo mandato atual de Thrawn como capitão. Conhecia a todos e conhecia suas habilidades, e confiava neles a sua vida.

Thalias, por outro lado...

Focou na cuidadora quando ela voltou os olhos para a panorâmica, sua mão reconfortante no ombro de Che'ri. Thalias ainda era um mistério para ele, com incertezas e dúvidas que giravam ao redor dela.

Pior, na opinião de Samakro, ela carregava o fedor de políticas familiares. O Síndico Mitth'urf'ianico havia feito umas manobras sofisticadas para colocá-la a bordo da *Falcão da Primavera*, e Samakro ainda não sabia qual era a intenção de Thurfian.

Mas descobriria a verdade. Já havia plantado as sementes, contando a Thalias uma história conspiratória que pintava uma imagem desfavorável de Thrawn, uma história que um dia compartilharia com Thurfian ou, possivelmente, outra pessoa. Quando contasse — quando ela traísse aquele segredo —, ele finalmente provaria que ela era uma espiã mandada para destruir ou ao menos ferir o comandante da *Falcão da Primavera*. Então, talvez, poderia convencer Thrawn a tirá-la de sua nave.

Até lá, tudo que Samakro podia fazer era observá-la e se preparar para qualquer tipo de mal que ela pudesse causar.

Estamos aqui para causar uma reação. Infelizmente, Samakro já vira o tipo de reação que as aparições inesperadas de Thrawn costumavam instigar. Especialmente em um território potencialmente hostil, passando por números enormes de naves possivelmente inimigas.

Mas Thrawn era o comandante da *Falcão da Primavera*, e ele havia dado uma ordem. O trabalho de Samakro era fazer tudo em seu poder para segui-la.

E parte de seu dever era proteger sua nave até a morte... Bem, talvez também estivesse preparado para fazer isso.

— Conquista.

Generalirius Nakirre contemplou a panorâmica do cruzador de guerra Kilji *Pedra de Amolar*, vendo dúzias de naves comerciais orbitando o planeta Zyzek.

— *Conquista.*

— Um conceito interessante, não é mesmo? — sugeriu o ser conhecido como Jixtus.

Nakirre olhou o convidado de relance. Era perturbador ter que lidar com um ser cujas vestimentas de capa, capuz, luvas e véu o escondiam por inteiro. Especialmente porque tal anonimidade completa conferia-lhe uma forte vantagem na hora de negociar com Nakirre e seus vassalos Kilji. Assim que Jixtus aprendesse a ler as respostas emocionais refletidas nos padrões que ondulavam e se esticavam na pele laranja-escura dos Kilji, ele teria um conhecimento muito mais profundo que o das palavras de Nakirre.

Mas Nakirre havia concordado em viajar até aqui com o estrangeiro, e os Soberanos Kilji haviam apoiado a decisão, então cá estavam.

E, para falar a verdade, Jixtus *tinha* algumas ideias interessantes sobre como moldar o futuro da Iluminação Kilji.

— Pessoas que do contrário ignorariam a sabedoria e orientação dos Kilji seriam encorajadas a ouvir — continuou Jixtus. — Pessoas que do contrário desprezariam e zombariam de sua filosofia poderiam ser silenciadas ou enviadas a locais onde suas vozes não perturbariam ou tumultuariam.

— Nos permitiria trazer ordem — concordou Nakirre, imagens de estabilidade sem precedentes passando por sua mente. *Conquista.*

— Exatamente — disse Jixtus. — Ordem e iluminação para bilhões que, no momento, sofrem e se debatem, impotentes, na escuridão. Como sabe muito bem, encorajamento e persuasão, até mesmo persuasão passional, conseguem influenciar uma cultura só até certo ponto. A conquista é a única forma de trazer a visão Kilji para toda a região.

— E acredita que esses seres estão preparados para receber tal visão? — Nakirre gesticulou diante da panorâmica, na direção das naves mercantes que flutuavam placidamente em suas órbitas.

— Há algum momento onde a iluminação não é benefícial? — rebateu Jixtus. — Quer percebam ou não, quer aceitem ou não, o caminho Kilji trará, enfim, prosperidade e contentamento. Qual o propósito do atraso?

— Qual o propósito, de fato — concordou Nakirre, admirando as naves. Tantos mercantes, tantas nações, todas elas indefesas diante da Iluminação Kilji. Qual escolheria primeiro?

— Como prometi, vou guiá-lo até as nações mais rápidas e fáceis de conquistar — continuou Jixtus. — Há representantes comerciais aqui de cada um dos quatro que os Grysk acreditam serem os mais promissores. Falaremos com eles por vez, talvez provando os produtos que trouxeram para vender. Então você irá...

— Generalirius? — o Segundo Vassalo chamou da estação de sensores. — Chegou uma nova nave. Configuração desconhecida.

Nakirre olhou para o monitor. A recém-chegada era realmente diferente de qualquer outra nave já em órbita. Representante de alguma nova nação, sem dúvida, vindo trocar e vender.

Ou talvez não. A nave não parecia mercantil. O formato, os agrupamentos sistemáticos de saliências nas laterais e nos ombros, o brilho distintivo de um casco de liga nyix...

— Eles não são comerciantes... — Virou-se para Jixtus. — É uma nave de guerra. Não é?

Só para ver que o Grysk estava silencioso e imóvel. O rosto coberto pelo véu estava virado para o monitor, a figura encapada tão parada que parecia que o ser escondido abaixo do traje havia se transformado em pedra.

Jixtus costumava ter um comentário para tudo. Pela primeira vez, ele não tinha.

— Se está preocupado, não precisa ficar — Nakirre lhe assegurou. A recém-chegada era aproximadamente dois terços da *Pedra de Amolar*, provavelmente nada além do equivalente de um cruzador de piquete Kilji, com um armamento de proporções similares. Se escolhessem entrar em combate, não tinha dúvida de que os Kilji venceriam.

Só esperava que não fossem tão tolos. A destruição da nave significaria que nunca ouviriam a filosofia Kilji e, assim, nunca chegariam à iluminação verdadeira.

— Generalirius, a nave de guerra está transmitindo uma mensagem — disse o Quarto Vassalo. Tocou um interruptor...

— ... a todos os mercadores e comerciantes aqui reunidos — uma voz suave e melodiosa chegou aos alto-falantes da ponte da *Pedra de Amolar*, a língua comercial Minnisiat articulada com precisão aparada. — Sou o Capitão Sênior Thrawn da nave de guerra *Falcão da Primavera*, parte da Frota de Defesa Expansionária Chiss. Trago notícias para qualquer Watith que possa estar presente. Há alguém da espécie com quem eu possa falar?

— Há? — perguntou Nakirre, voltando-se para Jixtus.

Jixtus se moveu, interrompendo a parálise que tomara conta dele.

— Há o quê? — perguntou com uma voz estranha.

— Há algum Watith?

Jixtus pareceu se recompor.

— Não sei. Não notei nenhuma nave deles ao chegarmos, mas também não as procurava. Sugiro esperarmos para ver se alguém o responde.

— Se ninguém responder, falarei com ele — declarou Nakirre. — Descobrirei que notícias ele traz.

— Eu o aconselho a não fazer isso — avisou Jixtus. — Os Chiss são uma espécie desonesta. Ele provavelmente está fazendo essa pergunta com esperança de atraí-lo.

— *Me* atrair? — perguntou Nakirre. — Como ele sequer saberia que estou aqui?

— Não quis dizer especificamente você, generalirius — disse Jixtus. — Mas pode acreditar que ele está caçando informação. É o que esse Chiss em particular costuma fazer.

— Se ninguém deseja notícias — continuou Thrawn —, talvez alguém possa nos dar a localização do mundo dos Watith, para que possamos devolver os prisioneiros ao povo deles.

Nakirre olhou para Jixtus, surpreso.

— Ele tem *prisioneiros*?

— Não — Jixtus murmurou. — Ele não tem.

— Ele disse que tem.

— Ele está mentindo — disse Jixtus. — Já falei que está caçando informações. É um truque.

— Como você sabe? — Nakirre insistiu.

Mais uma vez, Jixtus ficou em silêncio.

— Diga-me como sabe disso, Jixtus dos Grysk — repetiu Nakirre, dessa vez mandando. — Se os Chiss montaram um ataque, é claro que haveria prisioneiros. Se houve uma batalha, até os mais temíveis costumam deixar sobreviventes. Diga-me agora, ou perguntarei a *ele*.

— Houve uma batalha — disse Jixtus com relutância. — Mas não houve sobreviventes.

— Como pode ter certeza?

— Porque fui eu que mandei os Watith contra os Chiss — disse Jixtus. — Vinte e três Watith foram à batalha. Vinte e três Watith morreram.

— Pergunto mais uma vez: como sabe disso?

— Havia um observador na batalha — disse Jixtus. Ele parecia mais equilibrado agora. — Um observador fora do campo de visão dos combatentes. Ele trouxe a notícia até mim.

— Compreendo — disse Nakirre, fingindo estar satisfeito.

Mas não estava.

Porque um observador que houvesse falado das mortes dos Watith também teria avisado que a *Falcão da Primavera* havia sobrevivido à batalha. E, ainda assim, Jixtus ficou claramente surpreso pela chegada da nave de guerra Chiss. Seria simplesmente a aparição da *Falcão da Primavera* lá, em Zyzek, e não o simples fato de sua sobrevivência, que o chocara?

E como ele sabia que esse Chiss estava à procura de informação? Será que Jixtus o conhecia pessoalmente?

Por um momento, Nakirre considerou fazer essas perguntas. Mas não ganharia nada com isso. Jixtus estava escondendo informações, e, sem dúvida, continuaria a fazê-lo. É o que os não iluminados faziam.

Não importava. Havia outra fonte de informação ali.

— Primeiro Vassalo: rotação guinada para ficarmos de frente à nave Chiss. — Esperou até a *Pedra de Amolar* se alinhar de forma precisa à nave de guerra, e então ativou o microfone. — Capitão Sênior Thrawn, aqui fala o Generalirius Nakirre da nave de guerra *Pedra de Amolar*, do Ilumine Kilji. Diga-me como acabou com prisioneiros Watith.

— Eu o saúdo, Generalirius Nakirre — disse Thrawn. — É aliado ou associado comercial dos Watith?

— Infelizmente, ainda não — falou Nakirre. — Mas talvez o seja em breve.

— Ah — respondeu Thrawn. — Veio aqui para iniciar novas relações comerciais, então?

A pele de Nakirre se esticou em um sorriso sarcástico. Jixtus tinha razão: esse Chiss *estava* procurando por informações.

— Não especificamente — disse. — Nós, do Ilumine, viajamos pelo Caos ensinando a outros as crenças Kilji de ordem e iluminação.

— Uma missão nobre — reconheceu Thrawn. — Havia Watith entre seus aprendizes?

— Ainda não, de novo — falou Nakirre. — Acabamos de chegar nesta parte do espaço. Mas tais coisas são para o futuro. Diga-me como conseguiu prisioneiros Watith.

— Por enquanto, os detalhes devem seguir confidenciais.

— Não importa — disse Nakirre. — Aceitarei seus prisioneiros e os retornarei para seu lar.

— Sabe onde é o lar deles?

Nakirre hesitou. Se dissesse que sim, Thrawn provavelmente pediria as coordenadas e levaria os prisioneiros até lá ele mesmo. Se dissesse que não, Thrawn poderia se recusar a entregá-los.

— Já fiz muitos contatos aqui — disse, escolhendo uma terceira opção. — Um deles certamente poderá providenciar tal informação.

— Aprecio a oferta — falou Thrawn. — Mas não posso aceitá-la de consciência limpa. Se não há nenhum Watith aqui para receber a notícia, vamos procurá-los em outro lugar.

— Não posso permitir que faça todo esse esforço.

— É minha escolha, não sua.

— A iluminação requer que eu ajude os outros.

— Será de mais serviço se me permitir seguir meu caminho — disse Thrawn. — Ou sua iluminação requer remover meu poder de escolha?

— Deixe-o partir — murmurou Jixtus. — Apenas deixe.

Nakirre sentiu uma onda de raiva. Raiva de Jixtus; raiva de Thrawn. Havia detalhes importantes aqui que nenhum dos dois estava disposto a entregar.

Precisava que Jixtus e os Grysk lhe mostrassem quais nações seriam mais abertas para a conquista e, enfim, a iluminação. Não precisava de Thrawn.

— Deveria aprender sobre o que fala antes de oferecer julgamento. — Tocou o painel para colocar a *Pedra de Amolar* em modo de combate. — Algum dia, em breve, levarei a filosofia Kilji até os Chiss.

— Temo que não vá encontrar muito interesse — afirmou Thrawn. — Temos nossas próprias crenças antigas.

— A crença Kilji irá se provar superior.

— Não — disse Thrawn, a voz inexpressiva. — Não irá.

— Mais uma vez, faz pouco de nossa sabedoria sem sequer ouvi-la.

— Na minha experiência, a sabedoria superior pode se provar por seu próprio mérito — declarou Thrawn. — Não requer uma nave de guerra para forçar aceitação.

— Você também trouxe uma nave de guerra até aqui.

— Mas eu não alego oferecer aos outros uma sabedoria superior — continuou Thrawn. — Nem pretendo impor minha sabedoria aos outros.

— Ele está tentando incitá-lo a começar um ataque — Jixtus avisou em voz baixa, a voz parecendo tensa. — Não permita que isso aconteça.

Nakirre sentiu uma pontada de desprezo. *Por que* não deixaria o Chiss alcançar a própria destruição? A *Pedra de Amolar* era muito mais poderosa que a *Falcão da Primavera* de Thrawn. Destruí-lo seria uma questão de minutos.

— Ele está tentando obter dados sobre as capacidades da *Pedra de Amolar* — prosseguiu Jixtus. — *E* sobre suas habilidades como comandante dela.

E *por que* não deveria demonstrar o poder de um cruzador de guerra Kilji? Qualquer conhecimento que Thrawn conseguisse seria perdido no abismo de sua morte.

Ainda assim, havia outros ali que testemunhariam a batalha. Talvez não fosse sábio deixá-los ver a força total dos Kilji antes de que a Horda visitasse seus mundos para lhes mostrar o caminho da iluminação.

Mas até mesmo deixar *parecer* que estava permitindo ao Chiss ditar suas ações…

— Naves de guerra, aqui quem fala é o Sistema de Defesa de Zyzek. — Uma nova voz se ouviu no alto-falante da ponte. — Requisitamos que ambos abaixem as armas.

Nakirre sentiu uma onda de diversão fria. As quatro naves de patrulha que haviam saído da massa de naves mercantes e se dividido em pares para confrontar a *Pedra de Amolar* e a *Falcão da Primavera* eram menores e ainda mais patéticas que a nave de guerra dos Chiss. Se exigissem uma batalha, seria necessário apenas uma salva laser para enviá-los aonde nunca mais poderiam alcançar a iluminação.

— Os Kilji não poderão iluminá-los se estiverem mortos — lembrou Jixtus.

Ele tinha razão, é claro. O que mais importava, talvez, é que isso dava a ele uma desculpa legítima para recusar um combate contra os Chiss.

— Sistema de Defesa Zyzek, seguirei sua requisição — recuou. — Capitão Sênior Thrawn, pode ficar com seus prisioneiros. Eu o verei novamente quando visitar seu povo para mudar as antigas crenças dos Chiss e substituí-las com a iluminação plena dos Kilji.

— Aguardarei nosso próximo encontro — disse Thrawn. — Adeus.

— Até o encontro — respondeu Nakirre.

Desligou o comunicador e se virou mais uma vez para Jixtus.

— Você falou sobre quatro nações que os Kilji deveriam iluminar primeiro. Eu escolho os Chiss.

— Ainda não — disse Jixtus. — Deve começar com outros seres.

— Por quê?

Jixtus sacudiu a cabeça, o movimento ondulando o capuz e o véu.

— Porque eu conheço os Chiss, generalirius. São resilientes e poderosos. Já os vi resistindo a ataques de fora e manipulações de dentro. Apenas uma combinação das duas coisas conseguirá levar à destruição deles.

— A iluminação é incompatível com o atraso — avisou Nakirre. — E você falou de conquista, não destruição. Se todos forem destruídos, a quem guiaremos até a paz e a ordem?

— Alguns certamente sobreviverão — prometeu Jixtus. — O povo, aqueles que aceitarem o domínio Kilji sem questionar ou resistir, serão seus para serem iluminados. Mas, para isso, a queda dos líderes e comandantes será necessária.

— Concordo — disse Nakirre. — Então, iremos até o mundo deles e começaremos o processo.

— Eles devem cair seguindo o cronograma que os Grysk construíram — disse Jixtus. — Se nos afastarmos do plano, perderemos tudo. *Mas.* — Ele ergueu um dedo. — Isso não significa que deve esperar para conhecê-los. Na verdade, sempre pretendi que você e a *Pedra de Amolar* me levassem até minha primeira visita aos seus mundos e líderes.

— Muito bem. — Nakirre contemplou a tela. A *Falcão da Primavera* havia se afastado do planeta e estava voltando para fora do poço gravitacional para entrar no espaço profundo. — Seguirei suas instruções. Por enquanto. Mas esteja avisado: se sentir que está indo devagar demais, colocarei o cronograma em prática por conta própria.

— Compreendido — disse Jixtus. — Atenha-se às minhas instruções e os Chiss serão seus. Em breve, mas sem pressa.

— *Depressa* — corrigiu Nakirre. — E, quando destruir seus líderes, eu ficarei com esse, esse Thrawn. — A pele dele se esticou em um sorriso nefasto. — Estou ansioso para fazê-lo encarar a verdadeira iluminação.

A *Falcão da Primavera* estava de volta ao hiperespaço, e a tensão daquele breve encontro estava finalmente começando a deixar os ombros de Thalias quando Samakro terminou a busca nos arquivos da nave.

— Não há nada sobre uma espécie ou governo de nome Kilji, capitão sênior — relatou. — Também não há nenhuma referência a um Generalirius Nakirre.

— Compreensível — disse Thrawn. — Mas nós *já* ouvimos esse título antes.

Thalias olhou de relance por cima do ombro. O rosto de Samakro, pelo que notou, tinha a evidência característica de alguém que havia mastigado algo azedo.

— Sim, senhor — ele confirmou. — O Couraçado de Batalha que atacou a *Vigilante* e a *Picanço-Cinzento* o mencionou em Nascente.

— Sugerindo que eles e o Generalirius Nakirre poderiam estar conectados de alguma forma — disse Thrawn.

— Sim, senhor — repetiu Samakro, um tanto de relutância se juntando à amargura.

Não era uma surpresa. O primeiro oficial havia discutido com Thrawn — de forma respeitosa e discreta, é claro, mas discutido mesmo assim — a respeito do plano de Thrawn de passar por Zyzek antes de voltar à Ascendência. Samakro sugerira que seria tão perigoso quanto inútil, enquanto Thrawn estivera convencido de que a viagem adicional valeria a pena. Mais uma vez, Thrawn provou estar certo.

Apesar de Thalias não ter certeza se o que ele aprendera se provaria algo útil.

— Também sabemos que o generalirius não estava sozinho — continuou Samakro. — Houve quatro situações onde conseguimos ouvir uma segunda voz atrás da primeira... Muito baixa, mas definitivamente não era a mesma pessoa. Provavelmente não era nem da mesma espécie.

— Concordo — disse Thrawn. — Os analistas chegaram a alguma conclusão sobre essas interrupções?

— Ainda não — respondeu Samakro. — A voz era baixa, e a transmissão de Nakirre não era tão clara quanto gostaríamos. Conseguimos identificar algumas das palavras, mas uma análise completa pode ter que esperar até passarmos os dados para os especialistas em Naporar.

— Faça os analistas continuarem a trabalhar — comandou Thrawn. — Não só nas palavras, mas tudo que conseguirem quanto ao perfil vocal.

— Sim, senhor — disse Samakro.

Thalias voltou a olhar para trás. Samakro havia se afastado e estava colocando as ordens no próprio questis. Thrawn, por outro lado, contemplava a ponte, pensativo, os olhos sem foco, um sinal que Thalias aprendeu a reconhecer como reflexão profunda.

Virou-se para trás e olhou para Che'ri. Os olhos da menina estavam sem foco, apesar de que, no caso dela, era porque estava completamente imersa na Terceira Visão enquanto guiava a *Falcão da Primavera* de volta para casa.

— Cuidadora.

Thalias retesou-se e deu a volta, dando de cara com Thrawn de pé atrás dela.

— Não deveria aparecer dessa forma sorrateira atrás dos outros, capitão sênior — criticou.

— Sinto muito — disse Thrawn, parecendo achar graça mais do que se desculpar. — Você precisa aprender a pensar e refletir sem sacrificar sua consciência a respeito do que acontece ao seu redor. — Ele apontou para Che'ri com a cabeça. — Como ela está?

— Bem. — Thalias olhou para a garota. — Ela vai precisar parar para descansar em uns quarenta minutos, mas ela dormiu bastante ontem à noite e parece estar indo bem.

— Não foi o que quis dizer — Thrawn abaixou a voz. — Quis dizer ela e a Magys.

Thalias sentiu a garganta apertar. Havia torcido para ser a única que percebera aquilo.

— Pode ter sido só uma coincidência.

— Acredita nisso?

Thalias suspirou. A Magys, a líder de um grupo de refugiados estrangeiros, havia despertado de sua hibernação forçada para olhar as joias que estavam sendo usadas por um grupo chamado Agbui contra um Conselheiro da família Xodlak em Celwis. Assim que a Magys identificara o broche, Thrawn lhe pedira para voltar ao estado de hibernação até voltar ao seu povo, que atualmente esperava por ela em Rapacc, o planeta natal dos Paccosh.

Não era surpresa que, sabendo agora que seu mundo estava sendo ameaçado, a Magys resistira à ideia de voltar a dormir. O aviso de Thrawn — que precisava se manter escondida para não ser vista por um oficial que foi até o quarto da sky-walker por outro motivo — não tivera nenhum impacto sobre ela. Ela fora tão irredutível, na verdade, que Thalias pensara que Thrawn e Samakro teriam que forçá-la fisicamente a voltar para a câmara de hibernação.

E, então, de repente, ela havia parado de lutar e se submetido à ordem de Thrawn.

Mas, antes de se acomodar na câmara, seus olhos tinham se voltado à sala de dormir de Che'ri.

De volta a Rapacc, durante o primeiro encontro entre Thrawn e os refugiados, a Magys havia reconhecido, de alguma forma, que Thalias já fora uma sky-walker capaz de usar a Terceira Visão para navegar pelo hiperespaço. Será que também havia sentido a presença de Che'ri e sua conexão muito maior com o que quer que fosse que a Terceira Visão lhe permitia acessar?

— Não, não acredito de verdade — admitiu. — Mas ainda espero que sim. Quer dizer, havia duas divisórias e a sala diurna entre ela e Che'ri. Como ela poderia saber através disso tudo?

— A Magys acredita que seu povo se junta ao Além após a morte — Thrawn a lembrou. — O fato de que ela reconheceu que você foi uma sky-walker no passado sugere que existe algo dessa conexão também presente durante a vida.

— Mas em Rapacc ela ao menos estava me *olhando* — disse Thalias. — Se ela tivesse visto Che'ri, eu poderia entender. Mas ela nunca a viu.

Thrawn voltou o olhar para a panorâmica e o hiperespaço rodopiando do lado de fora.

— Se o Além for a mesma Força que o General Skywalker me contou, ela parece ter muitos aspectos e manifestações. É possível que essa seja uma faceta que a Magys não havia experimentado ainda.

— Achei que o povo dela inteiro estava conectado ao Além.

— Se toda sua espécie cantarolasse a mesma nota, você se acostumaria a ouvi-la — declarou Thrawn. — Se encontrasse uma espécie que não cantarolasse de forma alguma, mas então visse um indivíduo que cantarolasse em outra nota, isso seria algo tanto novo quanto notável.

— Ah — disse Thalias, assentindo. — Sim, entendo. Qualquer coisa nova, seja presença *ou* ausência, pode ser informativa.

— Sim — confirmou Thrawn. — Como sem dúvida percebeu com o Generalirius Nakirre.

Thalias contraiu os lábios. Ela achou que havia sido a única a também notar *aquilo*, e havia planejado não dizer nada até poder mencionar o fato para Thrawn em privado.

— Quer dizer o fato de que ele nunca perguntou quantos prisioneiros Watith tínhamos?

— Muito bem — aprovou Thrawn. — Sua habilidade analítica melhorou consideravelmente desde que veio à *Falcão da Primavera*.

— Obrigada. — Thalias sentiu as bochechas quentes com o elogio. — Apesar de que, se melhorou, foi por seu talento como professor.

— Discordo — respondeu Thrawn. — Eu não ensino, meramente guio. Cada pessoa aborda problemas de uma forma diferente. Tudo que faço é fazer perguntas que coloquem os outros no melhor caminho para a solução.

— Entendi — murmurou Thalias, mas suspeitava que era somente se essa pessoa estivesse disposta a fazer o esforço de aprender o caminho da lógica e da razão. Muita gente, talvez a maioria, ficava contente de deixar os outros pensarem e analisarem por eles.

— Então, o que podemos concluir da falta de curiosidade de Nakirre? — sugeriu Thrawn.

— Que ele já sabia quantas pessoas o Capitão Fsir tinha em seu cargueiro. — Thalias franziu o cenho. — Ou, possivelmente, que todos já estavam mortos?

— A segunda opção é a explicação que eu estou mais inclinado a acreditar — disse Thrawn. — O que sugere que a outra pessoa falando no fundo estava conectada com seja lá quem contratou Fsir.

— Sim, faz sentido — Thalias concordou, pensativa. — Um centro comercial como Zyzek atrai gente de muitas nações e espécies. Se nosso estrangeiro misterioso obteve sucesso ao contratar Fsir, ele poderia voltar lá para a próxima contratação.

— Concordo — disse Thrawn. — O que nos leva a mais uma pergunta.

Thalias estremeceu.

— Para fazer o que, exatamente, ele contratou Nakirre?

— Sim — disse Thrawn. — Eu estava torcendo para que esses ataques contra a Ascendência tivessem chegado ao fim. Temo que não.

— Não parecem ter chegado. — Thalias sentiu um vazio no estômago. Porque mesmo se e quando as ameaças contra a Ascendência terminassem, as ameaças contra o próprio Thrawn provavelmente continuariam.

Do nada, pensou em sua conversa com o Patriarca Thooraki no lar da Família Mitth. Lá, ele a encorajara a ajudá-lo a proteger Thrawn das pressões políticas que, apesar de seu gênio militar, ele parecia incapaz de reconhecer e contra-atacar.

Thalias certamente tinha vontade de fazê-lo. A questão crucial era se uma cuidadora qualquer teria o poder necessário para isso.

— Mas se os ataques continuarem — disse, perguntando-se se Thrawn sequer notava que ela estava dando uma resposta dupla —, nós teremos que vencê-los novamente.

A convocação para Sposia havia sido rápida e abrupta, e mal dera tempo ao General Supremo Ba'kif para fechar seu escritório de forma organizada para ir até o campo de aterrissagem de Csaplar, nas aforas da cidade. A nave de exploração que requisitara estava pronta, uma das cinco naves que sempre estavam a uma prontidão de quinze minutos para oficiais sênior do Conselho da Hierarquia de Defesa e, vinte minutos depois, estava fora do poço gravitacional de Csilla e entrava nos giros estonteantes do hiperespaço.

Não era assim que Ba'kif gostava de fazer negócios. Muitos de seus colegas, na verdade, jamais se locomoveriam tão rápido se não fosse uma questão de guerra.

Mas a convocação viera diretamente do escritório do Patriarca Stybla'mi'ovodo, da família Stybla, e o Patriarca dissera que tinha a ver com o Capitão Sênior Thrawn, e isso era tudo que Ba'kif precisava saber.

Lamiov estava esperando do lado de fora da porta massiva do Cofre Quatro quando Ba'kif finalmente terminou os rigorosos protocolos de segurança do Grupo de Análise Universal.

— General supremo — o Patriarca o saudou enquanto Ba'kif andava pela câmara de entrada, fazendo o melhor que podia para ignorar os seguranças silenciosos mantendo suas guardas impassivas diante da base mais secreta da Ascendência. — Obrigado por vir.

— É sempre um prazer visitar o GAU, Seu Venerante — disse Ba'kif ao alcançar o outro. — Mas devo dizer que um aviso com mais antecedência teria sido apreciado.

— Acredite em mim, só teve aproximadamente dez minutos a menos do que eu — justificou Lamiov. — O Capitão Sênior Thrawn está sendo ainda mais fechado do que de costume.

— Tem alguma coisa a ver com ele estar tão atrasado de seja lá o que for que os Xodlak, os Erighal e os Pommrio estavam envolvidos?

— Está *tão* atrasado assim? — Lamiov franziu o cenho. — Eu tinha a impressão que as naves dessas famílias só haviam chegado um dia atrás.

— É verdade — disse Ba'kif. — Mas a *Falcão da Primavera* tem uma sky-walker e as naves familiares não tinham. Thrawn deveria ter chegado aqui um ou dois dias antes deles.

— Interessante — murmurou Lamiov. — Talvez ele tenha ficado em Hoxim para olhar mais de perto o local do acidente do cargueiro.

Ba'kif bufou de leve.

— Você se dá conta de que está contando detalhes que só o Conselho deveria ter, não?

— Ora, general supremo — Lamiov falou, seco. — Se não entendeu ainda que nós Stybla possuímos nossas próprias fontes especiais de informação, nem deveria estar na posição de poder que se encontra. Falando sério, porém, você vai adorar essa. Vamos dar uma olhada?

— Pode ir na frente — disse Ba'kif, andando ao lado de Lamiov, notando de forma periférica que os guardas se remexeram um pouco quando os dois homens fizeram o restante do caminho que levava até a porta do cofre. No começo da existência do GAU, segundo contaram a Ba'kif, a Sindicura havia pensado em remover laços familiares de todos os seus trabalhadores, como era feito de forma rotineira com oficiais militares sênior, e pelo mesmo motivo, com a esperança de eliminar políticas familiares.

Ainda assim, Ba'kif suspeitava que a maior parte dos guardas do Cofre Quatro, se não todos, eram Stybla. Lamiov teria cuidado para se certificar disso.

Considerando que havia chegado um novo artefato estrangeiro, Ba'kif havia esperado plenamente que a grande área de recepção na parte dianteira do cofre estivesse lotada. Não estava preparado, porém, para quão lotada ela realmente estava.

Em parte era pelo tamanho do artefato: uma treliça de quatro metros de comprimento, feita de metal branco e que parecia uma seção do torso do esqueleto de um monstro marinho gigante. Uma dúzia de técnicos a rodeavam, fazendo leituras e tomando medidas ou conectando cabos condutores com outros aparelhos de análise. Dois empregados sênior do GAU também estavam lá, um deles cuidando do trabalho, o outro ocupado trabalhando em seu questis.

Parados de um lado, observando em silêncio toda a atividade, estavam o Capitão Sênior Thrawn e o Capitão Intermediário Samakro.

Os dois olharam quando Ba'kif e Lamiov foram até eles.

— Patriarca Lamiov; General Supremo Ba'kif — Thrawn os saudou. — Vocês nos honram com suas presenças.

— Você que *nos* honra com mais um artefato intrigante para nossa coleção — disse Lamiov. — Vá, diga ao General Supremo Ba'kif o que trouxe para cá.

— Sim, Seu Venerante. — Thrawn voltou sua atenção para Ba'kif. — Durante nossa busca por quem ainda restasse dos piratas Vagaari, nós encontramos um cargueiro estrangeiro que supostamente estava sendo atacado por três canhoneiras. Subsequentemente, determinamos que a batalha havia sido encenada para nosso benefício, e que o cenário era meramente o primeiro passo em uma armadilha.

— Obviamente, os estrangeiros não sabiam muito a seu respeito — comentou Ba'kif.

— Não, o conhecimento deles sobre os Chiss era bem limitado — disse Thrawn, sem perceber o elogio sutil. — O que me intrigou foi o fato de que o ataque falso já estava em progresso quando emergimos do hiperespaço. Isso sugeria que os estrangeiros tinham como prever quando e onde uma nave chegaria.

Ba'kif olhou para o artefato esqueletal, um aperto estranho se acomodando na boca de seu estômago.

— E foi isso que permitiu que conseguissem prever algo assim?

— Sim, nós acreditamos que sim — disse Thrawn. — A treliça foi construída no espaço entre os cascos interno e externo do cargueiro e estava presa às caixas de equipamento por esses cabos.

Ba'kif assentiu, notando tardiamente as mesas com rodinhas mais afastadas, com caixas em formatos estranhos e fios cuidadosamente enrolados sobre elas.

— A treliça inteira era assim? — perguntou.

— As partes que pudemos investigar eram — disse Thrawn. — Infelizmente, o tempo que tivemos para dedicar à análise foi gravemente limitado.

— Vocês têm alguma ideia de quanto tempo de aviso o aparelho dá antes da nave chegar? — perguntou Ba'kif.

— Com base no estado do ataque falso conforme o vimos, estimo que tivessem ao menos noventa segundos para se prepararem — disse Thrawn. — Possivelmente mais.

— Noventa segundos — Ba'kif murmurou, sua mente rodopiando com as possibilidades. Bastaria colocar algumas naves de piquete equipadas com aparelhos que pudessem avisá-los com tanta antecedência em órbita na fronteira de combate de cada mundo Chiss, e ataques surpresa seriam praticamente impossíveis.

Melhor ainda, se a treliça pudesse detectar qualquer nave que se movesse pelo hiperespaço, mesmo as que não estivessem se preparando para voltar para o espaço normal, a Força de Defesa poderia monitorar as vias mais comuns da Ascendência. E se o aparelho não detectasse apenas naves, mas também desse uma estimativa de quantas estivessem envolvidas...

— Calma, general supremo — avisou Lamiov.

Ba'kif piscou e a linha de pensamento se foi.

— Quê?

— Conheço esse olhar — disse Lamiov. — Devo avisá-lo que só porque temos um desses aparelhos, isso não significa que vamos conseguir fazer engenharia reversa com eles.

— Eu sei — reconheceu Ba'kif, a empolgação sumindo um tanto. Até agora, ambas as contribuições de Thrawn ao Cofre Quatro, o gerador de poço gravitacional dos Vagaari e a tecnologia avançada de escudo da República haviam resistido ao esforço que o GAU havia feito para obter seus segredos. Ba'kif não tinha dúvida de que, mais cedo ou mais tarde, os técnicos da Ascendência teriam sucesso, mas claramente continuaria sendo uma batalha árdua.

Infelizmente, não havia motivo para acreditar que esse detector de aviso prévio sairia desse padrão.

— Só gostaria de saber por que todos os itens para os quais a Força de Defesa foi capaz de encontrar um uso imediato levam tanto para serem decodificados — acrescentou Ba'kif.

— Parece ser assim que o universo funciona, não é mesmo? — cedeu Lamiov. — Aquela unidade de memória eletrônica de alta densidade que trouxeram para nós cem anos atrás começou a ser usada em barras de armazenamento de questis em uma questão de doze meses. O sistema de cozinha especializado que alguém encontrou trinta anos atrás estava sendo vendido em cinco meses.

Ba'kif sacudiu a cabeça.

— Mas algo que poderia melhorar as defesas eletroestáticas de uma nave de guerra em mil por cento ou mais...

— Talvez nós tenhamos mais sorte com essa — Lamiov assentiu para a treliça. — É uma pena que vocês não tenham podido trazer o cargueiro inteiro. — Ele ergueu as sobrancelhas em uma pergunta silenciosa.

— Sim — Thrawn disse simplesmente. Ou ele não tinha notado o convite no tom e na expressão do Patriarca, ou ele já havia decidido que não compartilharia mais detalhes a respeito do que acontecera com o cargueiro.

— Nós removemos o que parecia ser todo o equipamento, além de termos retirado o máximo que conseguimos da treliça — acrescentou Samakro, também ignorando a requisição não dita. — Se tudo der certo, será o bastante para que possam trabalhar.

— Faremos o que pudermos — Lamiov lhe assegurou. — Há mais alguma coisa que nossos técnicos deveriam saber?

— Acredito que não — disse Thrawn. — Capitão intermediário?

— Nada grande que consiga pensar — afirmou Samakro. — Posso comentar que, apesar de o cargueiro ter sido parte de uma emboscada e, por isso, poder ser considerado um tipo de nave de guerra, o casco era de padrão civil comum. Sem nyix, nem mesmo um casco interno de liga de nyix.

— Isso pode ser significante — disse Lamiov.

— Pode — concordou Samakro. — Fico inclinado a acreditar que os designers preferiram manter a ilusão do cargueiro, e que isso não tem nada a ver com o detector em si.

— Provavelmente — concordou Ba'kif, os pensamentos indo para uma nova direção. Ainda assim, nyix tinha algumas características únicas, e era por esse motivo que funcionava tão bem para cascos de naves de guerra. Se uma ou mais dessas características interferissem com o detector de aviso prévio, isso poderia oferecer alguma pista de como o aparelho funcionava.

— De qualquer forma, deixarei os técnicos cientes disso — falou Lamiov. — E, agora, acredito que o Conselho os aguarda em Csilla.

— Sim — disse Thrawn. — Mas, antes de partirmos, general supremo, solicito sua presença a bordo da *Falcão da Primavera*. Há outra situação que precisamos discutir.

— Não dá para esperar? — perguntou Ba'kif.

Thrawn e Samakro trocaram um olhar.

— Sim, senhor, suponho que dá — disse Thrawn, relutante. — Um pouco.

— Então espere — falou Ba'kif, a voz firme. — Só tenho algumas horas para discutir alguns assuntos urgentes com o Patriarca Lamiov antes de eu também precisar voltar. E, como o Patriarca falou, a *Falcão da Primavera* já deveria ter voltado para Csilla para ser examinada e ver que reparos e recargas serão necessários.

Ele ergueu uma sobrancelha para Samakro.

— Neste ponto você, capitão intermediário, está na minha lista de oficiais com quem quero falar sobre o incidente em Hoxim. Vai ter até lá para preparar sua declaração e organizar os documentos que gostaria que entrassem no registro.

— Compreendido, general supremo — disse Samakro. — Apesar de que, se eu puder falar... — Ele olhou de relance para Thrawn. — ... Pediria que não demorasse muito sua ida à *Falcão da Primavera*, não mais do que o necessário.

— Vou levar em consideração sua sugestão. — Ba'kif franziu o cenho. A expressão de Samakro era o padrão neutro de um oficial falando com seu superior.

Mas também havia uma camada de tensão incomumente forte debaixo dele. Seja lá o que fosse que Thrawn queria discutir com Ba'kif, Samakro não estava correndo para fazer parte daquela conversa.

Mesmo com aquele nível adicional de intriga, eles teriam que esperar. Neste exato momento, Hoxim e suas repercussões eram a prioridade de Ba'kif.

— Eu os verei quando voltarmos a Csilla, então — disse, fazendo um gesto para os dois oficiais voltarem para a porta do cofre. — Comecem o reaparelhamento e eu ligarei quando estiver pronto para a entrevista.

CAPÍTULO UM

A *VIGILANTE* CHEGARIA EM três minutos ao seu destino, e a Almirante Ar'alani estava começando a se perguntar se sua nave estaria pronta quando a Capitã Sênior Kiru'tro'owmis finalmente voltou à ponte.

— Perdão pela demora, almirante. — Wutroow foi até a cadeira de comando de Ar'alani. — O Invasor Um *realmente* não queria ser arrumado. Mas nós o convencemos.

Ar'alani olhou para o painel das armas. O lançador de mísseis número um continuava vermelho... e então piscou verde.

— Excelente — disse a Wutroow. — Certifique-se de registrar um elogio para a equipe de reparos. Nunca é boa ideia se envolver em uma situação com uma das mãos presa no bolso.

— Sim, senhora — assentiu Wutroow. — Apesar de que, se eu puder comentar, não é muito claro para mim o que espera que a situação seja.

— Não é inteiramente claro para mim também — confessou Ar'alani. — É que tem algo sobre aquela última base Nikardun que continua me incomodando.

— Que parte? — perguntou Wutroow. — O tempo de espera que os agressores precisaram para preparar aquele ataque do asteroide que se aproximava lentamente? Ou o fato de que a base era grande demais para ter sido um posto de escuta ou qualquer outra coisa nas listas de Yiv?

— Ambas, além de algo que não sei exatamente o que é — disse Ar'alani. — Estou torcendo para conseguir reconhecer o que é quando eu o vir.

— Vamos torcer para que o Conselho não se irrite conosco por fazer esta viagenzinha paralela — avisou Wutroow. — Já passamos e muito do tempo limite que Ba'kif nos deu para finalizar em Nascente. Até Thrawn já voltou da busca aos piratas, e você sabe como *ele* costuma demorar quando está caçando. *E* ainda não sabemos por que nossos amigos com o Couraçado de Batalha estão tão interessados neste lugar.

— Deve ter algo a ver com a operação de mineração que o Guerreiro Sênior Yopring notou — disse Ar'alani. — A quantidade de atividade lá embaixo já nos diz que algo de grandes proporções está acontecendo. Acrescente os caças que o afugentaram de lá, e eu diria que isso está bem evidente.

— A não ser que haja dois grupos envolvidos — apontou Wutroow. — Os mineradores e o Couraçado de Batalha poderiam estar lutando entre si. Mas suponho que seja improvável. Minha maior preocupação é que, mesmo que concordemos que as minas eram o ponto focal, não sabemos o que há lá embaixo.

— Minas costumam significar algum tipo de metal.

— É, mas escavar nem sempre significa minerar — ponderou Wutroow. — Também poderia ser algo que os habitantes enterraram deliberadamente, e agora outras pessoas querem desenterrar.

Ar'alani franziu o cenho. Não tinha pensado nessa possibilidade.

— Quer dizer algum tipo de arma ou artefato?

— É o que eu estava me perguntando — disse Wutroow. — Não é como se não tivéssemos esbarrado em coisas assim antes. Para o Capitão Sênior Thrawn, por exemplo, desenterrar coisas é quase uma segunda carreira.

— Não *literalmente* — apontou Ar'alani. — No geral, elas costumam estar a olho nu, prontas para serem pegas.

— Talvez *nós* possamos pegar essa. — Wutroow deu um sorriso sarcástico. — Talvez você possa fazer um acordo com Thrawn. Ele fica com as coisas na superfície, você fica com o que tiver de ser desenterrado.

— Eu me certificarei de falar isso com ele da próxima vez que nos virmos — prometeu Ar'alani, olhando para o crono. Quase na hora. — Preparar para saída — chamou, erguendo a voz para que a ponte inteira pudesse ouvi-la. — E se preparem. — Ela fez um gesto para convidar Wutroow. — Capitã Sênior?

— Sim, senhora. — Wutroow pausou e olhou para o cronômetro. — Saída. Três, dois, *um*.

As chamas estelares se transformaram em estrelas; e, como estivera antes, a *Vigilante* flutuou em meio aos destroços espalhados da base Nikardun demolida.

— Biclian? — chamou Wutroow.

— Sim, senhora — reconheceu o Comandante Sênior Obbic'lia'nuf da estação de sensores. — Alcance de combate desobstruído. Alcance médio desobstruído. Alcance de longa distância... Almirante, há movimento: três naves próximas à estrutura básica central.

— Alguma identificação? — Ar'alani franziu a testa para a tela tática. Duas das naves eram relativamente pequenas, enquanto a terceira era muito maior e tinha o formato típico de um cargueiro.

— Nenhum sinal — relatou o Capitão Júnior Evroes'ky'mormi da estação de armas. — A nave maior não mostra embasamentos de armas. É provavelmente um cargueiro; possivelmente uma doca de reparo móvel.

— Diria que é o segundo caso, almirante — disse Biclian. — Há algumas marcas no plano ventral que parecem nodos de instalação. As duas naves menores... Definitivamente são naves de guerra. Naves de patrulha, ao menos; possivelmente destróiers.

Ar'alani fechou a cara. Em circunstâncias normais, uma Nightdragon como a *Vigilante* poderia derrotar um par de naves de patrulha praticamente dormindo.

Infelizmente, a situação aqui não era normal. A *Vigilante* e a *Picanço-Cinzento* da Capitã Sênior Lakinda haviam lutado contra aquele Couraçado de Batalha não identificado acima de Nascente, e mesmo com Lakinda entregando todos os mísseis invasores restantes e o fluido de esfera de plasma que ainda tinha antes de voltar para a Ascendência, Ar'alani continuava gravemente desarmada.

Até agora, a *Vigilante* tivera sorte. A investigação de Ar'alani sobre o planeta devastado havia chegado ao ponto final determinado por ela sem chamar a atenção de inimigos ou sofrer interferências. Mas aquela sorte poderia estar prestes a acabar.

— Sabe se eles nos notaram? — perguntou.

— Não há nenhuma indicação disso — falou Biclian. — Eles parecem estar concentrados em seja lá o que estiverem fazendo na base.

— Almirante, detectamos atividade — o Comandante Júnior Stybla'rsi'omli disse com urgência da estação de comunicação. — Transmissão de raio laser restrito; estamos só pegando o canto dele.

— Oh, não — murmurou Wutroow.

Ar'alani assentiu, estremecendo. Para Larsiom captar o canto de uma transmissão laser, o recipiente deveria estar praticamente atrás deles.

— Barreira total — mandou. — Octrimo, guinada a noventa graus a estibordo.

— Sim, senhora — confirmou o Comandante Intermediário Droc'tri'morhs do leme. As barreiras eletroestáticas foram acesas e o conjunto de destroços do lado de fora da panorâmica girou para o lado conforme a *Vigilante* rotava...

— Contato! — exclamou Oeskym, o aviso pontuado por um clarão de luz enquanto os lasers espectrais da *Vigilante* centelhavam contra um par de mísseis disparados contra eles. — Cruzador de patrulha, vou chamá-lo de Inimigo Um, vindo rápido por trás.

— Fogo defensivo; apenas laser — mandou Ar'alani, olhando para a tática. A *Vigilante* podia usar seus lasers indefinidamente, mas só tinha seis mísseis invasores e fluido suficiente para vinte esferas de plasma. Isso não era nem perto do bastante para lidar com um cruzador de patrulha e um par de naves de patrulha.

O que significava que teria que ser criativa.

— Oeskym, desative os propulsores dos Invasores Um e Dois — disse ao oficial de armas. — O quanto antes. Diga-me quando estiverem prontos.

— Sim, senhora. — Oeskym franziu o cenho em seu painel, mas sabendo que não deveria questionar sua comandante no meio de uma batalha. — Os técnicos já começaram.

— Lembre-os de que esmero não conta — Ar'alani disse. — Octrimo, algumas manobras evasivas medianas; deixe-nos longe dos mísseis, mas não nos tire desta área geral. Biclian?

— As naves de patrulha foram alertadas, almirante — relatou o oficial de sensores. — Vou chamá-los de Inimigos Dois e Três. Ainda abraçados à base, mas estão virando as armas contra nós.

— Diga-me se eles começarem a se mover. — Na tática, o Inimigo Um acelerava em direção a eles e agora disparava outro par de mísseis. A essa distância, os lasers da *Vigilante* teriam tempo para destruí-los, mas se o agressor se aproximasse o bastante, esse espaço se fecharia e Ar'alani seria forçada a usar seu suprimento limitado de invasores ou esferas de plasma para proteger a própria nave. — Oeskym?

— Estou quase lá — disse Oeskym. — Os técnicos falaram... Sim. Propulsores desativados, almirante.

Finalmente.

— Tire-os de seus torpedos — disse a ele, olhando mais uma vez para a tela tática. — Octrimo, assim que estiverem longe do casco, nos leve até a base e até os Inimigos Dois e Três. Mais uma vez, evasivo e mínimo, mas não saia muito do vetor direto.

— E lasers traseiros a postos — acrescentou Wutroow conforme a *Vigilante* se afastava do cruzador de patrulha que estava vindo e começava a acelerar em direção à base destruída.

— Entendido — disse Oeskym. — Quando, almirante?

— Quando achar melhor — Ar'alani respondeu. — Octrimo, fique de olho no Inimigo Um. Certifique-se que estamos guiando-o na direção correta.

— Sim, senhora.

— Inimigos Dois e Três estão se mexendo — avisou Biclian. — Saindo da doca de reparos e vindo até nós.

— Provavelmente tentando nos encurralar — apontou Wutroow.

— Provavelmente — concordou Ar'alani. — Oeskym?

— Trinta segundos para o posicionamento ideal — informou o oficial de armas. — Octrimo, vire-nos a aproximadamente cinco graus a estibordo.

— Cinco graus a estibordo, entendido — disse Octrimo, e mais uma vez a visão do lado de fora mudou.

— Inimigos Dois e Três abrindo fogo — anunciou Biclian. — Não sei o motivo; estão fora de alcance.

— Provavelmente tentando nos distrair ou diminuir nossa velocidade — disse Octrimo. — Estamos começando a ficar um pouco à frente de Inimigo Um.

— Diminua para ficar par a par — mandou Ar'alani. — Não queremos perdê-lo...

— Lançamento negativo para o Inimigo — exclamou Oeskym. — Ele está saindo da linha com os invasores.

— Eles devem ter notado os mísseis — disse Wutroow entredentes. — Raio trator nele; traga-o de volta ao vetor.

— Amarre bem. — Ar'alani teclou a tática na tela de repetição de sua cadeira. Oeskym e Wutroow estariam calculando os números, mas já era evidente para ela que a distância atual do cruzador de patrulha era grande demais para os raios tratores da *Vigilante* surtirem algum efeito.

Mas, mais longe, um pouco depois do cruzador, havia um pequeno meteoroide...

— Use o trator naquilo — ordenou, marcando o pedaço de rocha e enviando os dados do alvo para a estação de armas. — Poder total; tente trazê-lo para a área ventral da proa do cruzador.

— Entendido — disse Oeskym, ocupando-se com o próprio painel.

Ar'alani virou-se para a tática. O raio trator pegou o meteoroide, tirando-o de seus giros preguiçosos, e o lançou na direção do cruzador. Se eles percebessem a ameaça nova e repentina, e se respondessem de forma tão reflexiva quanto Ar'alani esperava que respondessem...

— O lançamento do Inimigo Um foi positivo — relatou Biclian. — Driblando o meteoroide; voltando para os invasores.

Não exatamente na direção deles, notou Ar'alani. Mas perto o bastante.

— Dispare contra os invasores — mandou.

Mais uma vez, as luzes piscaram quando os lasers traseiros foram disparados, dessa vez focando não só na nave agressora, mas nos invasores. Os mísseis foram desintegrados, fazendo a matriz de choque explodir em uma nuvem expansiva de ácido.

O cruzador de patrulha havia reconhecido seu erro quase instantaneamente e, mais uma vez, se sacudiu para tentar evitar o ataque. Mas o embalo funcionou contra ele, o ácido se espalhando para fora rápido demais e, antes da nave de guerra conseguir se afastar, as bordas da nuvem foram para cima de seu flanco a bombordo.

E, conforme o ácido queimava o casco, destruindo os nodos sensoriais e os sistemas de mira dos mísseis e cavando buracos escuros no metal, os lasers da *Vigilante* abriram fogo de novo, escaldando a superfície esfrangalhada e corroendo ainda mais o casco.

— Aceleração total — ordenou Ar'alani. — E continuem escaneando. Se houver mais alguma coisa lá, quero que me digam antes deles começarem a atirar contra nós.

Wutroow aproximou-se da cadeira de comando enquanto a *Vigilante* pulava para frente, em direção à base destruída e as três naves restantes.

— Belo trabalho, almirante — disse em voz baixa. — Só vou comentar o que os viciados em números de Csilla provavelmente dirão: que nós poderíamos ter fugido e a Ascendência teria alguns mísseis a mais.

— O que, fugir de um cruzador e um par de naves de patrulha? — zombou Ar'alani. — Eles nunca deixariam de nos incomodar por isso.

Wutroow deu de ombros.

— Tem isso também.

— Mais importante do que isso, nós teríamos perdido a oportunidade de ver o que eles estão fazendo lá — continuou Ar'alani, apontando com a cabeça para a estação distante.

— A não ser que... não — disse Wutroow. — Eu estava pensando em um salto dentro do sistema, mas teria sido perigoso com todos os destroços flutuando na volta. *O que* eles estão fazendo, aliás?

— É o que quero descobrir. — Ar'alani estudou a tática. Os Inimigos Dois e Três ainda vinham na direção da *Vigilante*, ainda com disparos de laser inúteis. Mas eles estavam indo quase devagar, como se não quisessem finalizar antes do que o necessário. Enquanto isso, a doca de reparos continuava flutuando ao lado da estação destruída.

E, de repente, Ar'alani compreendeu.

Eles não estavam *tirando* nada de lá. Eles estavam *colocando* algo lá dentro.

— Esferas; mirem na estação — exclamou. — Salva de saturação, e continuem até não termos mais nada.

— Sim, senhora — disse Oeskym.

— Almirante? — perguntou Wutroow em voz baixa enquanto os propulsores começaram a cuspir esferas de plasma contra a estação distante. — A estação, não as naves de patrulha?

— Sim — confirmou Ar'alani. — Esse fogo laser todo é a forma deles de esconder o que as pessoas da doca de reparos estão fazendo na estação.

— E o que seria?

— Acho que planejam destruí-la — disse Ar'alani de forma sombria. — Não só danificá-la, como no ataque original, mas desintegrá-la por completo.

— Interessante — murmurou Wutroow. — Deve ter algo lá que eles *realmente* não querem que a gente veja. Apesar de que eu poderia jurar que nós checamos o local de cabo a rabo da última vez que fomos lá.

— Talvez tenham adicionado algo novo — disse Ar'alani. — Estou torcendo para que possamos atingir e desorganizar qualquer aparelho de autodestruição que eles tenham colocado antes de ele ser detonado.

— Bem, se não conseguirmos, não será por falta de vontade — disse Wutroow, assentindo para o fluxo de esferas de plasma que ainda saíam da *Vigilante*. — Tem certeza que não quer ficar com algumas caso eles decidam lutar de verdade?

— Não vai acontecer — assegurou Ar'alani. — Assim que a sabotagem terminar, vão todos sair... E lá vão eles — interrompeu-se quando as duas naves de patrulha se desviaram em direções opostas, afastando-se da *Vigilante*. Atrás delas, a doca de reparos estava agora girando e indo embora da estação.

— Ordens, almirante? — perguntou Oeskym da estação de armas.

Ar'alani verificou as telas. A *Vigilante* havia diminuído bastante a distância da estação nos últimos minutos, mas ainda estavam longe demais para que pudessem atingi-los direito. Mas não custava tentar.

— Veja o que consegue fazer com a doca de reparos — disse. — Apenas com lasers; deixe as esferas saturarem a estação.

— Sim, senhora — disse Oeskym, e uma explosão tripla de fogo laser concentrado se juntou ao fluxo de esferas de plasma.

Ar'alani considerava Oeskym um dos melhores oficiais de armas da Frota de Defesa Expansionária, e ele fez o melhor que podia. Mesmo com aquela distância marginal, ele conseguiu atingir a doca de reparos com três tiros diretos enquanto ela se afastava da estação.

Mas estavam longe demais para qualquer tipo de dano significativo. Um minuto depois, a doca e as naves de patrulha escaparam para o hiperespaço.

— Sinto muito, almirante — Oeskym desculpou-se quando o fogo laser parou.

— Não é sua culpa — Ar'alani assegurou quando os propulsores de esferas de plasma também ficaram em silêncio. — A prioridade agora é ir até a estação, desmontar ou destruir qualquer bomba ou bombas que eles tenham colocado a bordo antes delas detonarem. Wutroow, prepare e carregue duas auxiliares.

— É para já, almirante. — Wutroow teclou as ordens no questis. — Não se preocupe, chegaremos lá a tempo.

Ar'alani contemplou a panorâmica. E se não chegassem, lembrou-se sobriamente, todos a bordo das auxiliares provavelmente morreriam.

Só podia torcer para que o segredo que rondava aquele casco surrado valesse o risco.

Ar'alani temia que os agressores pudessem ter tido tempo para instalar várias bombas a bordo da base Nikardun destruída antes de fugirem. Felizmente, só havia uma muito grande. Ainda melhor era o fato de que ela continuava adormecida, congelada pela tempestade massiva de íons com a qual a *Vigilante* a atingira, até os técnicos Chiss conseguirem entrar a bordo e desativá-la.

Foi só quando as equipes de pesquisa já estavam trabalhando na estação que Ar'alani finalmente entendeu o que a incomodava.

— Lá — apontou para uma das imagens que as equipes de pesquisa mandaram de volta para a nave. — Aquele ponto de explosão. Um único disparo próximo, só o bastante para atravessar o casco e despressurizar o compartimento.

— Mas *não* o bastante para que o dano seja um saco de consertar depois — disse Wutroow, pensativa. — Então, depois daquele ataque furtivo do míssil asteroide ter explodido bem na frente da porta, e alguns mísseis adicionais terem aberto as áreas de comando e controle, eles atacaram e esburacaram as paredes até todo mundo morrer do lado de dentro.

— E então, continuaram o mesmo padrão no interior — Ar'alani apontou para outra sequência de imagens. — O plano deles sempre foi matar os Nikardun que controlavam a base, fazer uma bagunça tão grande para convencer quem passasse por aqui que eles tinham ido embora, e então voltar depois de todos partirem para colocar a estação de volta no lugar.

— Quem voltaria para olhar de novo para um lugar obviamente inútil, afinal? — concordou Wutroow. — Então, a maior parte dos destroços estava aqui só por fachada?

— Duvido — disse Ar'alani. — Os Nikardun provavelmente tinham um número considerável de naves aqui, tanto de visita quanto de guarda. É *delas* que veio a maior parte dos destroços.

— Certo — concordou Wutroow. — O que torna isto... O quê? Algum tipo de parada de reabastecimento que Yiv queria minimizar?

— Não, eu acho que era mais do que isso — disse Ar'alani, sentindo um arrepio. — Acho que essa base era um ponto de encontro e coordenação para os soldados e aliados de Yiv.

— Eu não lembro de nenhum aliado aparecer na batalha de Primea — disse Wutroow. — Você acha que nós e os Vak conseguimos acabar com os Nikardun antes dele trazer outros reforços?

— Ou eles nunca pretendiam ser levados até lá — aventou Ar'alani. — Olhe a localização da base: escondida e fora do caminho, mas relativamente perto de Nascente.

— *E* entre Nascente e a Ascendência — apontou Wutroow.

— Também — concordou Ar'alani. — Um local ideal para alguém que queria ficar de olho em nós ou no povo da Magys.

— Ou em ambos — disse Wutroow. — Ao menos isso explica por que continuamos vendo o mesmo Couraçado de Batalha em Nascente. E provavelmente pretendia ser o centro de reparos e reformas, só que ainda não estava pronto.

— Foi o que pensei também — Ar'alani assentiu. — Suponho que eles não esperavam que encontrássemos Nascente tão rápido quanto encontramos.

— O que só aconteceu porque Thrawn encontrou a Magys e seus refugiados e decidiu seguir um palpite — murmurou Wutroow. — *Isso* vai gelar algumas pessoas.

— O talento de Thrawn de congelar a Aristocra não é exatamente algo novo — apontou Ar'alani. — De qualquer forma, o fato é que o mesmo lança-foguetes do míssil asteroide ter sido usado em ambos os lugares é mais uma confirmação de que as pessoas que enfrentamos em Nascente são as mesmas que atingiram a base.

— Além da outra base Nikardun que checamos antes dessa — lembrou Wutroow. — Não pode ser uma coincidência as duas terem sido atingidas. — Ela ergueu um dedo para enfatizar. — Tem outra coisa que passa na minha cabeça. Você os chamou de aliados alguns minutos atrás; mas, para eles virem até aqui e acabarem com duas bases Nikardun...?

— Você tem razão. — Ar'alani sentiu o lábio tremer. — Os Nikardun não eram aliados dos agressores. Eram só ferramentas deles. E você não destrói uma boa ferramenta sem ter algo melhor para usar no lugar.

— Ou a não ser que acredite que essa ferramenta em particular está prestes a quebrar — disse Wutroow. — Eu me pergunto se eles sabem que Thrawn levou o General Yiv com vida.

— Pergunta interessante — falou Ar'alani. — Talvez possamos sugerir alguns tópicos novos para os interrogadores do Conselho.

— Presumindo que nós voltemos para Csilla com tudo no lugar — avisou Wutroow. — Mesmo que essa base não esteja em uso, aquelas naves de patrulha podem ter amigos na área.

— Um ponto excelente. — Ar'alani tocou no botão de comunicação da cadeira de comando. — Líder de pesquisa?

— Estou aqui, almirante — a voz de Biclian respondeu. — Acabamos de encontrar outro depósito de equipamentos descartados. É o quarto até agora, e ainda não acabamos.

— Na verdade, acabaram sim — disse Ar'alani. — Tenho a sensação de que estamos aqui há tempo demais. Quanto acha que demora para gravar o último depósito?

— Se não quiser nenhum outro adendo às evidências físicas que já mandamos para a *Vigilante*, podemos terminar em quinze minutos — respondeu Biclian. — Se quiser outra amostra, vai levar mais uma hora.

— Só façam as gravações — instruiu Ar'alani. — Acho que temos caixotes suficientes para manter os técnicos de Naporar contentes. Fale com as outras equipes para que também terminem e voltem para suas auxiliares. Quero estar de volta ao hiperespaço em quarenta minutos.

— Sim, senhora — falou Biclian. — Estaremos lá.

Ar'alani desligou o comunicador.

— Vocês todos ouviram — acrescentou, erguendo a voz para incluir o restante da ponte. — Hiperespaço em quarenta minutos.

— Hiperespaço em quarenta minutos — confirmou Wutroow, teclando a ordem no questis. — Quer que eu chame Ab'begh? Suponho que queira que ela cuide do primeiro trecho de volta para casa.

— Definitivamente — disse Ar'alani. — Mas não precisa se apressar. Pode deixá-la no quarto por mais meia hora.

— Certo — Wutroow respondeu secamente. — Não queremos que ela fique entediada.

— Não estou preocupada com tédio — esclareceu Ar'alani com um tom nefasto, olhando para a tela tática do outro lado da ponte. — Como você falou, aquelas patrulhas podem ter amigos.

Muitos anos atrás, quando a Capitã Sênior Xodlak'in'daro entrou para a Frota de Defesa Expansionária, houve uma cerimônia elaborada para celebrar a transferência de sua família biológica para a família Xodlak. Lakinda não lembrava muito sobre o ritual além de ter sido grande, exuberante e um tanto excessivo para seus gostos simples e plebeus.

Suspeitava que a transferência de hoje seria muito menos extravagante. Não porque ser transferida de uma das Quarenta Grandes Famílias para uma das Nove Famílias Governantes fosse pouca coisa — certamente era algo importante —, mas porque todo o alvoroço depois do fiasco no sistema Hoxim era grande parte do foco de todos hoje.

Ela não se importava. Sabia que a maior parte das pessoas, ao receber uma oferta de crescimento social como aquela, agarrariam a nova posição sem olhar para trás. Mas, apesar de Lakinda reconhecer a honra que a família Irizi lhe conferia, não podia deixar de sentir certa culpa por abandonar os Xodlak. Eles a tiraram da obscuridade, afinal, e ela sempre acreditou que tal gesto deveria ser pago com lealdade.

Nunca esperara que outra família a quisesse o bastante para transferi-la, é claro, então nunca tirou tempo para pensar verdadeiramente no assunto. Mas agora havia acontecido. Mais do que isso, a oferta dos Irizi fora extremamente generosa, elevando-a de adoção por mérito dos Xodlak para nascida por provação dos Irizi, e os amigos que consultou haviam recomendado que aceitasse por unanimidade.

Então, agora estava em Csaplar, capital da Ascendência, andando pelo Saguão de Convocação para ir à central dos escritórios da família Irizi na Sindicura. Com firmeza, falou para si mesma que seria o melhor para ela. Que qualquer culpa que sentisse no momento era um artifício de sua própria mente, que deveria ser ignorado e, eventualmente, desapareceria.

Ou ao menos esperava que sim.

A cerimônia, como esperado, foi curta e um tanto distraída. O Orador Irizi'emo'lacfo a levou até seu escritório, onde as testemunhas esperavam, e a declarou transferida dos Xodlak para os Irizi, fez um juramento onde ela e a família declaravam lealdade mútua, e a felicitou por sua nova posição. A única pontada de culpa que sentiu durante o juramento foi rapidamente afastada pela quantidade de burocracia que o Orador começou a lhe entregar.

Partiu trinta minutos depois de sua chegada. Não era mais a Capitã Sênior Xodlak'in'daro, e sim a Capitã Sênior Irizi'in'daro.

Ziinda. Repetiu o novo nome-núcleo várias vezes em sua mente enquanto andava a passadas largas ao voltar pelo corredor para chegar à área de aterrissagem de auxiliares. Parecia exótico e agradável, mas sem dúvida precisaria de um tempo para se acostumar. *Ziinda. Ziinda.*

— Capitã Sênior Ziinda? — uma voz a chamou por trás.

Mesmo com todo o preparo, levou um bom segundo e meio para seu cérebro se dar conta de que era com ela que falavam.

— Sim? — respondeu, parando para se virar.

Não reconheceu a mulher que ia até ela. Mas conhecia muito bem a combinação da túnica enrolada com uma listra vermelho-azulada, mangas vermelho-escuras e filigrana preta. Acrescentando a ombreira característica dos Oradores...

— Capitã Sênior Ziinda? — repetiu a mulher.

— Ela mesma — disse Ziinda, o desânimo a invadindo conforme a culpa adormecida voltava à superfície.

— Sou a Oradora Xodlak'brov'omtivti — a mulher disse rigidamente, indo a passos largos até Ziinda e parando a meio metro de distância. — Estava torcendo para alcançá-la antes de que pudesse falar com o Orador Ziemol. Vejo que cheguei tarde demais.

— Sim — disse Ziinda. — Posso ajudá-la?

Por um momento, Lakbrovom apenas a encarou. Ziinda forçou-se a encontrar seus olhos, comandando-se em silêncio para não se deixar intimidar. A Oradora Lakbrovom poderia ter a posição mais alta de um Xodlak na Sindicura, mas Ziinda agora era uma Irizi, e a hierarquia dos Xodlak não significava mais nada para ela.

— Eu esperava oferecer incentivos para que você ficasse em nossa família — Lakbrovom falou, enfim. — Compreendo que o Patriarca ficou um tanto ofendido que você não contou a ninguém sobre a oferta dos Irizi antes de aceitá-la.

— Sinto muito se não segui o protocolo — disse Ziinda, sabendo muito bem que não havia feito tal coisa. Alguém que recebeu uma oferta de transferência *poderia* falar com a família atual se desejasse, mas certamente não era uma obrigação. — Mas eu senti que era hora de continuar adiante.

— Por quê? — perguntou Lakbrovom, direta. — Os Irizi ofereceram um status mais alto? Nós poderíamos ter feito o mesmo. Eles ofereceram dinheiro ou terras ou posições?

— Nenhuma dessas coisas foi um fator decisivo — disse Ziinda. Então Lakbrovom queria ir direto ao ponto? Tudo bem. Ziinda também poderia fazê-lo. — Eu sabia que meu tempo com os Xodlak estava chegando ao seu fim quando meu primeiro oficial a bordo da *Solstício* me dispensou do comando. *E* não foi punido por esse ato de motim por ser sangue.

— Posição familiar não deveria ser um fator em naves militares — argumentou Lakbrovom.

— Você não estava ouvindo — disse Ziinda. — Não era uma nave da Frota de Defesa Expansionária. Era uma nave *familiar*.

A cara fechada de Lakbrovom mudou um pouco. Talvez ela houvesse lido o relatório de Hoxim um pouco rápido demais.

— Isso não é desculpa. Ninguém de sangue Xodlak deveria usar a posição dele ou dela dessa forma. *Eu* certamente não usaria.

— Fico feliz de ouvir isso — respondeu Ziinda. — A realidade continua sendo que esse usou. Se me der licença, estão me esperando na nave.

— Peço perdão em nome da família — disse Lakbrovom quando Ziinda começou a dar meia-volta. — Eu me certificarei de que ele seja apropriadamente repreendido.

— Se assim desejar. — Ziinda virou-se para ela. — Mas só se *você* mesma desejar. Os processos internos da família Xodlak não são mais de meu interesse.

Dessa vez, quando Ziinda se virou, Lakbrovom permaneceu em silêncio.

Talvez a última alfinetada havia sido desnecessária, Ziinda pensou conforme continuava pelo corredor. Talvez tivesse sido um pouco infantil. Mas precisava admitir que a sensação era boa.

Mas, afinal, as políticas e relações familiares não eram sobre isso? Toma lá, dá cá; ganhar ou perder; alfinetar ou ser alfinetada. Era assim que sempre havia sido. Era assim que sempre seria. Não importava a família, certamente não importava o indivíduo.

Os Chiss eram assim. E isso nunca mudaria.

MEMÓRIAS I

DE TODOS OS DEVERES que empurravam em membros da família das posições mais baixas, o Aristocra Mitth'ras'safis havia ouvido com frequência que um dos piores era o dever de dar as boas-vindas a novos adotados por mérito na janta formal de transferência. Ou os recém-chegados eram adições extremamente talentosas para os Mitth, o que significava que costumavam ter uma opinião muito inflada de si mesmos e de seu valor; ou eles acabavam de ser iniciados no exército da Ascendência, o que significava que eram inibidos e, bem, extremamente militares. Quase todos os parentes de sangue, primos e posições distantes escolhiam não participar do dever de recepção, deixando a maior parte do fardo para os nascidos por provação e outros adotados por mérito, nenhum dos quais tinha influência suficiente para se safar.

O que definitivamente tornava Thrass uma anomalia... Porque, ao contrário de praticamente todo mundo em seu círculo de amigos, ele genuinamente gostava do serviço.

Claro, ele só fazia isso há três anos e, nesse tempo, só havia recepcionado onze adotados por mérito. Talvez depois de mais alguns anos a empolgação de conhecer e avaliar pessoas novas desapareceria e ele se tornaria tão cínico e cansado da vida quanto todo mundo.

Mas ele duvidava. Cada uma dessas pessoas havia sido aprovada pelo Escritório do Patriarca, um percentual deles pelo próprio Patriarca, e Thrass gostava de ver se conseguia adivinhar o que tornava cada um deles especial aos olhos da família.

Esse, por exemplo. O jovem recém-renomeado Mitth'raw'nuru estava parado dentro da sala de recepção, olhando para as paredes com pinturas da paisagem de Avidich e para as estatuetas nos cantos que representavam ou haviam sido feitas por alguns dos mais antigos Patriarcas dos Mitth.

Na opinião de Thrass, ele parecia um tantinho perdido, uma reação razoavelmente comum em alguém que havia sido transferido de uma família sem distinções em um mundo menor para uma das maiores das Nove Famílias Governantes da Ascendência. Thrawn vestia o uniforme de um cadete da Academia Taharim, o que significava que ele havia sido pego diretamente de seu lar em Naporar e levado até ali, em Avidich, para as boas-vindas e orientação.

Thrass franziu a testa. Com novos guerreiros, costumava ser o contrário, primeiro Avidich, depois Naporar. Aparentemente, alguém na família queria que ele entrasse para a Frota de Defesa Expansionária o mais rápido possível, mesmo antes das boas-vindas formais.

Com sorte, ele não pareceria tão intimidado no calor da batalha quanto parecia na grandiosa sala de recepção de uma Família Governante. O atributo em comum dos tipos militares da Ascendência era a confiança visível.

O jovem se virou conforme Thrass passava pelo arco.

— Cadete Mitth'raw'nuru? — Thrass perguntou, o tom formal.

— Ele mesmo — disse Thrawn.

— Seja bem-vindo a Avidich — falou Thrass. — Sou o Aristocra Mitth'ras'safis. Vou guiá-lo pelos vários protocolos que realizarão sua transferência total e oficial para a família Mitth. — Ele gesticulou com a mão para abranger a sala. — E tente não se assustar com todos os enfeites e floreios elegantes. Esta sala de recepção é a mesma onde dignatários e emissários de outras famílias são trazidos, e gostamos que eles saibam de cara com quem estão lidando.

— Eu não estava intimidado — disse Thrawn, a voz afável. — Estava meramente notando o fato inusual de que o mesmo artista que fez três das paisagens também fez duas das estatuetas. É incomum que um único artista se destaque em ambas formas artísticas.

Thrass olhou ao seu redor. Ele entrara naquela sala dúzias de vezes, e visitara duas vezes a coleção oficial de arte familiar no lar dos Mitth em Csilla e, até onde lembrava, nenhuma delas tinha assinaturas visíveis ou outros identificadores.

Na verdade, essa era a ideia. Eram obras de arte dos *Mitth*, para serem vistas como vindas não de indivíduos, mas da família inteira.

Então, como Thrawn sabia qual delas havia sido feita por que artista?

— Quais? — perguntou Thrass. — Me mostre.

— Aquelas três paisagens. — Thrawn apontou para elas, depois indicou um par de estatuetas no canto da sala. — E essas.

Thrass deu um passo à frente para vê-las mais de perto. Assim como lembrava, não havia nada que indicasse o artista em qualquer uma delas.

— O que faz você pensar que elas foram feitas pela mesma pessoa?

Thrawn franziu a testa.

— Elas simplesmente *foram* — respondeu, parecendo um pouquinho confuso. — As linhas, a cor, a mistura de materiais. É... — Ele apertou os lábios brevemente.

— Óbvio? — sugeriu Thrass.

Thrawn parecia prestes a concordar, e então pareceu pensar melhor.

— É difícil de explicar.

— Bom, então vamos descobrir — disse Thrass, pegando o próprio questis. As obras de arte poderiam não ter etiquetas, mas os artistas específicos certamente estariam listados nos arquivos. — Tem mais alguma coisa que possa me dizer sobre eles? — acrescentou enquanto começava a busca. — A altura do artista, ou suas comidas preferidas, talvez?

— Não, nenhuma dessas coisas — admitiu Thrawn. Se ele havia entendido a piadinha de Thrass, não havia dado sinal disso. — Mas acredito que uma tragédia pessoal ou familiar possa ter ocorrido entre a criação daquelas duas. — Ele apontou para duas das paisagens, uma mostrando uma poça de maré agitando o oceano, a outra com uma montanha com o pico coberto de neve despontando no céu. — Na verdade, a tragédia pode pré-datar todas as obras exceto a da poça de maré. Também tenho a sensação de que a artista era uma mulher, mas é só uma impressão, não uma conclusão sólida.

— De onde vem essa impressão? — Thrass espiou o questis. Havia encontrado a lista. Agora precisava analisá-la e marcar as cinco obras especificadas por Thrawn.

— Algo a respeito das linhas e das bordas — respondeu Thrawn. — Mas, como falei, não pretendo dizer que é necessariamente correto.

— Entendi — disse Thrass, reprimindo um sorriso. Uma afirmação dessas *dava* a ele cinquenta por cento de chance de estar correto, porém.

O sorriso escondido virou uma careta escondida. Mais cedo, dissera a si mesmo que nunca seria cínico a respeito de conhecer os recém-chegados à família. Já estava quebrando a promessa? A lista apareceu...

Encarou o questis. Não. Não era possível.

— Algo errado? — perguntou Thrawn.

Thrass o observou com os olhos semicerrados. Não — não tinha como o cadete ter apenas olhado para as obras e ter chegado a essas conclusões. Ele deveria ter pesquisado os arquivos anteriormente.

Exceto que havia centenas de milhares de obras familiares dos Mitth, e elas eram rotacionadas com frequência entre os vários lares da família e os escritórios oficiais. A chance de que essas obras em particular estariam expostas nesta sala de recepção em particular era praticamente impossível.

Inspirou com cuidado.

— Você tem razão — disse, forçando a própria voz a se manter calma. Um primo Mitth não tinha nada que ficar impressionado, mesmo que de forma moderada, diante de um adotado por mérito recém-escolhido. — As cinco obras foram criadas pela lendária Décima Segunda Patriarca, Mitth'omo'rossodo, às vezes chamada de A Trágica. Todos seus quatro filhos morreram em batalha... — Ele puxou a biografia dela e fez uma comparação rápida das datas. — ... três meses depois da pintura da poça de maré.

— Os quatro — murmurou Thrawn, olhando novamente para a paisagem. — Uma perda terrível, de fato.

— Segundo os arquivos, ela estava determinada a não deixar que isso influenciasse seu mandato — continuou Thrass. — Mas a paisagem da montanha foi a última que fez. Ou, ao menos, a última a sobreviver.

— Consigo entender o sentimento — disse Thrawn. — Uma artista de tamanho talento e consciência pode ter percebido como as cicatrizes da memória haviam afetado sua inspiração e decidiu colocar as obras de arte de lado para poder reconquistar sua antiga tranquilidade.

Thrass estremeceu.

— Exceto que nunca reconquistou — murmurou.

— Não — disse Thrawn, suave. — Algumas perdas são profundas demais para serem curadas de verdade.

Thrass estudou o rosto dele, notando novas linhas de tensão em suas bochechas e garganta.

— Você parece ter experiência com isso.

Thrawn deu de ombros de leve.

— Não mais do que muitos outros na Ascendência já sofreram — comentou, as linhas de tensão suavizando até sumirem.

Thrass viu, apesar de ter sido um esforço consciente. Seja lá o que fosse a dor que se escondia atrás daqueles olhos, ela não desapareceria tão cedo.

Mas aquele tipo de pesar não era para exposição pública. Certamente não era para um novo conhecido cutucar casualmente. Se a vida ensinara algo a Thrass, era a respeitar a privacidade alheia.

— Sinto muito ouvir isso — disse, gesticulando para a porta. — Talvez seja uma discussão para outro dia. Deixe-me levá-lo até seu quarto. A janta será em três horas, e você pode querer praticar sua parte da cerimônia.

O jantar de transferência era, como sempre, grandioso e — na opinião privada de Thrass — uma cerimônia pomposa demais. Ainda assim, era uma tradição, e tanto os convidados quanto os dignatários que participavam pareciam apropriadamente impressionados e felizes.

Talvez Thrawn fosse a única exceção. Ele estava sentado do outro lado da longa mesa com várias pessoas, e Thrass não conseguia ouvir nada do que ele dizia. Ele parecia dar conta, lidando com as perguntas feitas pelos vizinhos, e todos os parceiros de conversa pareciam satisfeitos com suas respostas. Ao menos, nenhum deles virou os olhos ou se afastou do jovem, repugnados.

Mas Thrawn nunca parecia iniciar nenhuma conversa por conta própria. Na maior parte do tempo, ficou sentado e comeu em silêncio, observando e ouvindo tudo que acontecia ao seu redor. Uma vez, Thrass o pegou olhando para a fileira de tapeçarias que revestia o grande salão de banquetes, os olhos passando lentamente de uma à outra.

A cerimônia de boas-vindas correu bem. Thrawn também deu conta do recado, falando o que precisava dizer corretamente e com a solenidade apropriada. Mas, aos olhos de Thrass, ele ainda parecia desconfortável.

Talvez não fosse surpreendente. Thrawn era, de longe, o mais novo entre os trinta transferidos e, em seu simples uniforme de cadete, parecia um peixe fora d'água comparado com o comandante júnior e o capitão intermediário que também entravam para a família.

A cerimônia já havia terminado há meia hora e o período para conversar já tinha começado quando Thrass conseguiu alcançar o rapaz mais jovem.

— Apesar de você já ter ouvido isso ao menos uma dúzia de vezes a essa altura, seja bem-vindo aos Mitth — disse, saudando-o. — Posso te oferecer uma bebida como sinal de afinidade familiar?

— Obrigado — agradeceu Thrawn. — Preciso dizer que nunca passei por nada assim antes.

— Não me surpreende — respondeu Thrass, guiando-os até a estação de bebidas mais próxima. — Nós Mitth somos famosos por nossas cerimônias. Quanto tempo você vai ficar em Avidich?

— Só esta noite — disse Thrawn. — Me deram uma dispensa especial para vir aqui, e não ficar mais tempo do que o necessário.

— Parece um tanto mesquinho — fungou Thrass, apanhando dois drinques e dando um deles para Thrawn. — Fazer toda essa viagem só para dar meia-volta e partir às pressas. O que custaria deixá-lo passar mais um dia de licença? Perder dois pontos? Três? É provável que nós até mesmo poderíamos cancelá-los.

— Eu aprecio a oferta — disse Thrawn. — Mas como já perdi cinquenta, acho melhor não...

— *Cinquenta*? — Thrass sentiu os olhos arregalarem. — O que foi que você fez?

— Me pegaram onde eu não deveria estar durante a viagem de Rentor — disse Thrawn com um certo pesar. — Não tenho certeza por que estou aqui esta noite. Certamente minha cerimônia de transferência poderia ter esperado algumas semanas.

— Nisso, ao menos, posso ajudá-lo — respondeu Thrass, sentindo-se orgulhoso de ter entendido aquilo durante a janta. — Está vendo aquela mulher com a túnica de enrolar violeta, com um ornamento azul-claro? É a Patriel dos Irizi em Avidich. Os Patriels da região sempre são convidados para estas cerimônias, apesar de que eles costumam estar ocupados demais para vir. Mas os Irizi geralmente mandam ao menos um representante.

— Interessante. — Thrawn bebericou o drinque. — Me falaram que os Mitth e os Irizi são rivais.

— É quase como dizer que Csilla é um lugar frio — Thrass disse, seco. — Não, é menos por cortesia e mais porque eles querem ficar de olho no que estamos fazendo. De qualquer forma, um dos maiores objetivos deles na vida é botar o máximo de parentes que conseguirem na Força de Defesa e na nova Frota de Defesa Expansionária do General Ba'kif, e nosso Patriarca decidiu que ele preferiria ter três transferências militares a revelar em vez de duas. Foi só uma palavrinha com o Coronel Wevary, um passe de um dia só, e aqui está você.

— Entendi — disse Thrawn, o rosto franzido sugerindo que ele não tinha entendido nada.

— Mas isso é política — continuou Thrass. — Só sinto muito que você não possa ficar mais tempo. A arte da coleção da Patriel não é do mesmo nível que a do lar de Csilla, mas é excelente de qualquer maneira. Eu tinha torcido para levar você em um tour elaborado e ver que outros detalhes você conseguiria captar nas obras.

— Eu... isso seria muito agradável — disse Thrawn, com uma hesitação estranha na voz.

— Não era uma exigência — assegurou Thrass. — Só se você quisesse.

— Ah, mas eu gostaria — disse Thrawn. — É que... Você é sangue, não é?

— Eu sou um primo — corrigiu Thrass. Nas primeiras vezes que fez essa afirmação, lembrava distantemente de ter sentido uma certa culpa. Agora, não o incomodava em absoluto.

Mas claramente incomodava Thrawn. Não era uma surpresa, realmente, considerando a baixa posição que o cadete tinha no momento, e como os recém-chegados à família levavam a sério as regras não ditas em relação a etiqueta.

— Mas nossa diferença de posição não significa que não podemos conversar ou irmos juntos apreciar obras de arte — acrescentou.

— Entendo — disse Thrawn. Mais uma vez, Thrass sentiu que ele não entendia nada. — Algum dia, talvez, você poderia fazer esse tour. Mas, por agora, eu deveria me retirar. Meu voo sai amanhã cedo.

— Claro — disse Thrass. — Durma bem, Cadete Thrawn, e tenha uma boa viagem. Confio que nos veremos outras vezes.

— Espero que sim, Aristocra Thrass. — O lábio de Thrawn tremeu em um sorriso um tanto tímido. — Você sabe exatamente onde me encontrar, ao menos pelos próximos dois anos.

— Não é sempre que tenho chances de ir para Naporar — disse Thrass. — Mas, se passar por lá, vou certamente procurá-lo.

— Obrigado — respondeu Thrawn. — Boa noite.

— Boa noite.

Por um minuto, Thrass observou Thrawn atravessar o andar da sala de recepção, passando pelos grupos de conversa com uma graça que contrastava com suas habilidades sociais e conversacionais não tão hábeis. Ele definitivamente era um doklet estranho.

Mas, ao menos, era um doklet estranho e *interessante*. Tão poucos doklets o eram. Poderia valer a pena tirar alguns minutos de tempos em tempos para ver o histórico do cadete em Taharim e ver como ele estava.

Enquanto isso, havia mais gente que um primo Mitth deveria ao menos cumprimentar. Começando, infelizmente, com a esnobe Patriel Irizi do outro lado. Pegando mais um drinque para se fortificar, ele passou pela multidão.

E, ao fazê-lo, pegou-se olhando para as tapeçarias e pinturas que decoravam a sala. Perguntando-se o que, exatamente, Thrawn vira nelas.

CAPÍTULO DOIS

Uma semana atrás, divagou Mitth'urf'ianico, quando ainda era apenas o mero Primeiro Síndico Thurfian, se acostumara a acordar todos os dias às seis da manhã. Agora, como Patriarca Thurfian, a pessoa mais poderosa da família Mitth, seu dia de trabalho estava começando duas horas antes.

— Será mais fácil depois, Seu Venerante — assegurou o Auxiliar Sênior Mitth'iv'iklo conforme enviava outra leva de arquivos para o questis de Thurfian. — Lembro que o Patriarca Thooraki levantava às quatro da manhã todos os dias quando ele virou o líder da família. Mas, depois de alguns anos, ele começou a poder dormir até as cinco e meia.

— Verdade? — disse Thurfian, espiando-o. Thivik estava no Escritório do Patriarca há muito tempo, mas ele não parecia *tão* velho. — Eu não sabia que você estava com ele desde o começo da administração.

— Ah, eu não estava diretamente com o Patriarca — esclareceu Thivik. — Eu era meramente auxiliar de um de seus oficiais. Mas todos nós conversávamos.

— É claro — falou Thurfian, perguntando-se brevemente o que os oficiais, auxiliares e assistentes estavam dizendo sobre seu mais novo superior.

Suspeitava que nada muito elogioso. O Patriarca Thooraki havia sido um líder forte e eficaz, querido por sua equipe e pela maior parte dos oficiais sênior dos Mitth. Ele tivera uma influência enorme, tanto na família quanto na Ascendência, e demoraria muito para que Thurfian ou qualquer outra pessoa chegassem perto dela.

Talvez esse fosse um dos motivos pelo qual a Oradora e os Patriels tinham todos recusado a posição e preferiram nomear Thurfian no lugar deles. Ele só torcia para que aquele não fosse o *único* motivo.

— Seu compromisso das nove já chegou — continuou Thivik. — Ele está aguardando na antessala principal.

— Obrigado. — Thurfian franziu o cenho. As palavras haviam sido perfeitamente apropriadas, mas havia um leve tom de desaprovação debaixo delas. — Algum problema?

— É claro que não, Seu Venerante — assegurou Thivik. — O senhor é o Patriarca. Pode se encontrar com quem desejar.

— Mas por que estou me encontrando com um Síndico Irizi? — questionou Thurfian.

Thivik hesitou.

— O senhor pode se encontrar com quem desejar — repetiu, dessa vez com evidente relutância. — É meramente que, para mim, ver um de seus adversários antes de se encontrar com todos seus Patriels e Conselheiros manda uma mensagem estranha.

— Um ponto interessante — concordou Thurfian. — Já lhe ocorreu que eu possa *querer* mandar uma mensagem estranha? Que eu posso querer sinalizar para os Irizi e para a Ascendência de modo geral que podemos estar entrando em uma nova era de cooperação entre famílias?

— Seu Venerante, isso... — Thivik parou de falar, a garganta funcionando como se estivesse procurando pelas palavras. — Nossa rivalidade com os Irizi é de longuíssima data, de ambos os lados.

— Talvez seja hora de revisitarmos essa rivalidade — disse Thurfian.

— Seu Venerante...

— O que não quer dizer que eu vá entregar as chaves de nosso lar familiar — continuou Thurfian. — Pretendo deixar claro que, se nos reconciliarmos com os Irizi, será nos *nossos* termos, não nos deles.

— Compreendo — disse Thivik, a compostura de antes começando a voltar para seu lugar. — Sim. Eu... Naturalmente, é o senhor que faz esse tipo de decisão.

— Sim, sou eu — disse Thurfian, a voz suave. — Por favor, deixe o Síndico Irizi'stal'mustro entrar.

— Sim, Seu Venerante. — Fazendo uma reverência, Thivik se virou e se apressou para sair do escritório, a postura, de alguma maneira, transmitindo alívio, subserviência e um quê de preocupação remanescente.

Era muita coisa em pouco espaço, Thurfian notou conforme o auxiliar sênior fechava a porta atrás de si: obediência superficial com desaprovação subjacente. Imaginou brevemente quanto tempo teria levado para Thivik dominar essa combinação em particular.

Estava revisando a segunda da nova leva de arquivos enviada por Thivik quando a porta se abriu mais uma vez e Thivik conduziu o Síndico Zistalmu para dentro da sala em silêncio.

— Ah, Síndico Zistalmu — Thurfian o cumprimentou, fazendo um gesto para a cadeira de visitas no canto da escrivaninha. — Obrigado por vir. Sente-se, por favor.

— Obrigado, Patriarca Thurfian — disse Zistalmu, o tom e a expressão de cautela ao ir até a cadeira e se acomodar nela. — Deixe-me começar felicitando-o por sua nova posição como líder da família Mitth. Seus Patriels mostraram uma grande sabedoria e prudência ao escolher o sucessor do Patriarca Thooraki.

— Obrigado — agradeceu Thurfian, inclinando a cabeça e olhando de Zistalmu para Thivik, que ainda estava parado na porta aberta. — Isso é tudo, auxiliar sênior.

— Sim, Seu Venerante — disse Thivik. Fazendo outra reverência, ele saiu da sala, mais uma vez fechando a porta atrás de si.

Thurfian voltou a olhar para Zistalmu.

— O que quis dizer, imagino — sugeriu com um sorriso sarcástico, —, foi *Como, pela Ascendência, os Patriels acidentalmente tropeçaram em você no caminho para escolher um Patriarca de verdade?*

— Eu não teria usado *exatamente* essas palavras — disse Zistalmu, um pouco da tensão se esvaindo de seu rosto. — Eu *fui* sincero quanto às felicitações, porém.

— Obrigado — agradeceu Thurfian. Tecnicamente, claro, Zistalmu deveria endereçar-se como *Seu Venerante*, agora que era Patriarca. Mas, considerando a história dos dois, Thurfian deixaria aquilo passar. — E agora você é...?

Zistalmu deu de ombros.

— Primeiro Síndico — disse.

— Imaginei — respondeu Thurfian. — As dinâmicas que vi na última assembleia completa da Sindicura... Mas não é nem isso nem aquilo. Eu o felicito também.

— Obrigado — disse Zistalmu. — Imagino que tenha me convidado a vir até aqui para falar que nosso plano de acabar com Thrawn terminou?

— Ao contrário — disse Thurfian de forma sombria. — Eu o chamei até aqui para ver se você sabia o que aconteceu duas semanas atrás entre as famílias Xodlak, Pommrio e Erighal naquele planeta inútil.

— Hoxim — Zistalmu forneceu o nome. — Ao menos foi assim que o Conselheiro Lakuviv o chamou durante seu interrogatório. Tudo o que sabemos é que, supostamente, havia uma mina rica em nyix lá, e que ele mandava naves familiares dos Xodlak para obtê-lo. Tudo pelo bem maior da Ascendência, é claro. Me contaram que ele repetiu essa defesa ao menos quatro vezes.

— É claro.

— O que aconteceu depois de eles chegarem é... Bem, digamos que é confuso.

— Mas sabemos que, de alguma forma, Thrawn estava envolvido.

— Ele não está sempre envolvido? — Zistalmu perguntou, amargo. — Também sabemos que a mina foi obliterada, aparentemente porque um cargueiro teve um acidente e caiu sobre ela.

— Que conveniente — murmurou Thurfian.

— Muito — concordou Zistalmu. — Imagino que Thrawn não esteja falando nada?

— Não com qualquer pessoa que tenha conexão conosco — disse Thurfian. — E isso inclui o escritório do General Supremo Ba'kif.

— Conosco também não — ofereceu Zistalmu. — Suponho que você não tenha ouvido nenhum dos detalhes?

Thurfian sacudiu a cabeça.

— Nenhum de nossos aliados estava envolvido, e todos estão falando muito pouco.

— Sim, dessa forma até parece que têm algo a esconder — disse Zistalmu. — Estava torcendo para que pudéssemos tirar mais alguma informação da Capitã Sênior Ziinda, mas ela está com a boca tão fechada quanto a dos outros.

— Ziinda?

— Capitã Sênior Irizi'in'daro — falou Zistalmu. — Costumava ser Xodlak'in'daro. A transferência dela para a família Irizi foi formalizada três dias atrás.

— Ah — Thurfian assentiu. Lembrava de ter lido que uma Capitã Sênior Lakinda estivera no comando da força Xodlak em Hoxim, mas não havia se dado conta de que os Irizi a haviam roubado daquela família. — Você tem uma abordagem interessante para coletar informações.

— Obrigado — respondeu Zistalmu. — Mais novo membro de uma das Nove, uma mulher com uma orientação muito familiar, altiva e exultante e ansiosa para agradar. Valia a pena tentar.

— Mas não funcionou?

— Como disse, está de boca fechada. — Zistalmu deu de ombros outra vez. — Ainda assim, mesmo que não fale, é uma oficial excelente. Valia a pena colocá-la na família.

— É o que indicava o histórico dela — concordou Thurfian. Apesar de que tirar alguém de seus aliados, ele bem sabia, poderia ser algo arriscado. Se o Patriarca Xodlak decidisse se sentir ofendido pela transferência de Ziinda, a relação entre eles e os Irizi esfriaria.

Por outro lado, levando em conta as consequências indefinidas, mas certamente desagradáveis, que a família Xodlak atualmente enfrentava, ele duvidava que perder até mesmo uma oficial sênior da Frota de Defesa Expansionária estaria na lista de prioridades dos Xodlak.

— Então, a maior parte do que sei é a história oficial — continuou Zistalmu. — Três das Quarenta mandaram naves familiares para esse sistema Hoxim e acabaram enfrentando um grupo de canhoneiras estrangeiras que haviam, de alguma maneira, pegado a *Falcão da Primavera* em uma emboscada.

— E o fato de que uma mina de nyix estava envolvida.

— Acho que essa parte todo mundo sabe — disse Zistalmu de forma amarga. — É praticamente a única desculpa que as três famílias conseguiram dar para justificar seu comportamento.

— Se servir de consolo — disse Thurfian. — Você acredita na parte da emboscada?

Zistalmu bufou.

— É claro que não. Thrawn, pego em uma armadilha? Não é possível.

— Então, em outras palavras, mais uma vez, Thrawn andou na corda bamba e conseguiu manter o equilíbrio — disse Thurfian. — Só que, dessa vez, não foram só alvos militares envolvidos no assunto. Dessa vez, ele arrastou consigo as Quarenta, e foi a bagunça que já dava para imaginar que seria. *E*, pela primeira vez, sem nada para mostrar.

— Talvez sim, talvez não — Zistalmu falou, nefasto. — Há rumores de que a *Falcão da Primavera* parou em Sposia antes de ir para Csilla.

Thurfian sentiu seus olhos estreitarem.

— O GAU?

— É o que dizem os boatos — disse Zistalmu. — Agora, se é verdade ou não...

Ele deu de ombros outra vez.

Thurfian fechou a cara, olhando para o questis. O Grupo de Análise Universal em Sposia era a câmara de compensação para onde todos os artefatos e tecnologias estrangeiros coletados pela Ascendência iam para serem estudados. A maior parte das peças históricas eventualmente acabavam em museus ou coleções de arte, enquanto grande parte dos itens tecnológicos acabavam sendo danificados ou fragmentados demais para ter algum tipo de uso, e eram catalogados em câmaras de armazenamento ou simplesmente destruídos.

Porém, de tempos em tempos, encontravam uma peça tecnológica que estava completa o bastante para ser estudada. Esses itens raros eram levados a um complexo subterrâneo especial, onde equipes de cientistas e técnicos trabalhavam com esmero para desvendar seus segredos.

E, ocasionalmente — *muito* ocasionalmente —, uma dessas tinha valor militar e era levada ao Cofre Quatro.

O gerador de poço gravitacional que Thrawn roubara dos piratas Vaagari estava em algum lugar daquele complexo. Assim como o gerador de escudo imensamente poderoso da República que ele tirara da base Separatista na fronteira do Espaço Menor, e que usara contra o General Yiv.

E, um dia, o aparelho conhecido como Starflash também estivera lá.

— Eu fico tendo essa visão perturbadora — continuou Zistalmu. — De uma ala inteira do GAU dedicada unicamente às descobertas de Thrawn.

— Eu não duvidaria nada — disse Thurfian. — Você deve lembrar de que especulamos uma vez ou outra que há alguém de alto escalão ou na Sindicura ou no Conselho de Defesa Hierárquica protegendo Thrawn das repercussões de suas gafes políticas.

— Não sei — respondeu Zistalmu, incerto. — O GAU é, majoritariamente, província da família Stybla, e eles não têm influência o bastante nem com a Sindicura *nem* com o Conselho. Se eu fosse chutar, diria que o Patriarca Thooraki era o principal defensor de Thrawn.

— Talvez — murmurou Thurfian.

— Se esse for o caso, você agora possui o poder de finalmente se livrar dele. — Zistalmu virou a cabeça de lado ligeiramente. — *Se* ainda quiser fazê-lo.

— Se eu já não estivesse convencido de que isso é necessário, o fiasco de Hoxim teria me convencido — o tom de Thurfian era pesado. — A questão segue sendo *como*.

— Sim — disse Zistalmu, assentindo. — Ótimo.

Thurfian franziu a testa.

— Como assim, *ótimo*?

— Quero dizer — falou Zistalmu — que, com sua nova posição, a solução do problema Thrawn é óbvia. Simplesmente precisa fazer uma petição para o Conselho de Defesa Hierárquica para promover Thrawn a comodoro...

— E colocá-lo em uma posição onde pode causar ainda mais problemas? — Thurfian o interrompeu. — Está falando sério?

— ... para, assim, removê-lo da família Mitth — continuou Zistalmu, a voz calma — e garantir que o nome da família não será maculado quando ele finalmente cair.

— Acho difícil eu me consolar com a honra familiar dos Mitth permanecer intacta se a Ascendência inteira cair junto — respondeu Thurfian duramente.

— Concordo — disse Zistalmu. — Só não sabia se você concordaria. Como falei: ótimo.

Por um longo momento, os homens se olharam nos olhos. Então, Thurfian respirou fundo.

— Então você confia em mim agora?

Zistalmu deu de ombros.

— Mais do que confiava quando entrei aqui hoje. Então, nós acabamos com ele?

— Sim — disse Thurfian. — Ainda não sei como, mas sim, acabamos.

— Bem, podemos começar descobrindo o que aconteceu em Hoxim. — Zistalmu ficou de pé. — Vou voltar para a Sindicura e começar a investigar. Suponho que você ainda deva ter muita pompa e cerimônia para lidar?

— Mais do que eu gostaria, sim — admitiu Thurfian. — Mas, assim que tudo isso terminar, vou começar a estudar as opções que tenho como Patriarca.

— Muito bem. — Zistalmu sorriu um pouco. — Suponho que não nos encontraremos mais na Marcha do Silêncio.

— O que perdemos de sigilo e conveniência, ganharemos em conforto. — Thurfian deu-lhe um sorriso do mesmo tamanho. — A comida também é melhor, se e quando tivermos tempo para prová-la. Me avise quando tiver alguma coisa, e marcaremos outro encontro.

— Avisarei — disse Zistalmu. — E, mais uma vez, parabéns.

Thurfian contemplou a porta por um momento depois de ele partir, revisando os dados que Zistalmu compartilhara com ele, e então se voltou para o próprio questis.

Estava no meio do terceiro arquivo de Thivik quando o auxiliar sênior voltou.

— Ele já partiu? — perguntou Thurfian.

Thivik assentiu.

— Ele e sua escolta já estão voltando para Csaplar — disse. — Eu também devo ir para lá em breve.

— Sua viagem para Naporar?

— Sim, Seu Venerante — confirmou Thivik. — Suas credenciais devem ser apresentadas oficialmente para a Frota de Defesa Expansionária.

— Entendido — disse Thurfian. Thivik já havia feito uma viagem similar à Força de Defesa. Mas o quartel-general deles era alguns milhares de quilômetros de distância, fora da capital, uma viagem fácil de carro tubular. Em contraste, viajar até o quartel-general da Frota de Defesa Expansionária requisitava uma nave espacial familiar e alguns dias para a viagem de ida e volta.

Mas poderia ser pior. Cem anos antes, o novo Patriarca tinha que apresentar todas aquelas credenciais em pessoa. Quinhentos anos antes, era necessário fazer um tour grandioso por todos os mundos da Ascendência para encontrar com todos os Patriels da família Mitth.

Agora, eram os Patriels que precisavam fazer a viagem. Mas os militares ainda queriam que ao menos um auxiliar sênior fosse até eles.

Talvez nos próximos cem anos, as tradições seriam flexíveis o bastante para que tudo fosse feito via comunicador.

— Antes de ir, cheque se há algum documento que precisa ser levado até Naporar — Thurfian instruiu. — Vai poupar uma viagem ao mensageiro, se tiver.

— Farei isso, Seu Venerante — disse Thivik. — Voltarei o mais rápido possível. Enquanto isso, passe um tempo com os arquivos que enviei ao senhor. Há muitas sutilezas envolvidas em sua nova posição.

— Tenho certeza que sim — disse Thurfian. — Farei o máximo que puder para dominá-las o quanto antes.

— Sei que sim — respondeu Thivik, fazendo outra reverência. — Tenha um bom-dia, Seu Venerante.

Ele saiu do escritório e, com um suspiro cansado, Thurfian voltou ao questis e às levas de documentos.

Além do mais, mesmo que ele tentasse insistir para que a Frota de Defesa Expansionária promovesse Thrawn, eles provavelmente não o fariam.

CAPÍTULO TRÊS

BA'KIF LEVOU TRÊS DIAS para terminar de entrevistar os capitães dos três grupos de naves de guerras familiares que estiveram em Hoxim. Deixou a *Falcão da Primavera* por último, em parte porque a nave ainda estava sendo examinada para verificar danos e queria que tanto Thrawn quanto Samakro estivessem lá para acompanhar o serviço, em parte porque esperava que Samakro finalmente repassasse a ele as informações que não estava conseguindo com mais ninguém.

No segundo quesito, ao menos, acabou se decepcionando. Era claro que Samakro estava retendo fatos cruciais a respeito da *Falcão da Primavera* e de sua participação, dos quais nenhum dos oficiais das naves familiares tinham consciência. Era igualmente claro que o primeiro oficial da *Falcão da Primavera* não divulgaria esses detalhes sem mais pressão do que Ba'kif estava preparado para impor. Infelizmente, também era claro que fazer aquelas mesmas perguntas para Thrawn seria uma perda de tempo.

O que não significava que, eventualmente, Ba'kif não conseguiria a história inteira. *Isso* ele podia prometer. Mas, agora, com a Sindicura zumbindo feito marivespas cujo ninho havia sido chutado, a melhor opção era ser sutil.

Então se contentou com finalizar as entrevistas, escrever e preencher os relatórios e tornar o lado militar do incidente em Hoxim o mais discreto e simples possível. Só quando terminou que requisitou uma auxiliar que o levasse a Celesdoca Um, onde a *Falcão da Primavera* estava no momento, para finalmente descobrir o que Thrawn queria lhe dizer em Sposia.

Logo ficou claro por que Samakro não estava correndo para ter aquela conversa.

— O que, pelas profundezas do Caos, você tinha na cabeça? — Ba'kif exigiu saber, encarando com descrença a figura estrangeira deitada sem se mover na câmara de hibernação. Não só hibernando, mas hibernando na sala de dormir da Cuidadora Thalias, na suíte da sky-walker, supostamente um dos locais mais seguros a bordo da *Falcão da Primavera.*

— Foi um gesto humanitário para com o povo da Magys... — começou Thrawn.

— Não quero ouvir nenhuma desculpa — Ba'kif o interrompeu.

— Ela foi a causa de uma morte a bordo da *Falcão da Primavera*... — tentou Samakro.

— Também não quero ouvi-lo citar protocolos — rosnou Ba'kif.

Por um longo momento, ninguém disse nada. Ba'kif fechou a cara ao encarar Samakro, parado e rígido ao lado de seu comandante, sentindo uma pontada de culpa pela explosão. Pela expressão de Samakro, era claro que ele não aprovava as ações de Thrawn de manter a estrangeira a bordo, assim como Ba'kif. E, considerando o histórico de Thrawn a respeito de coisas assim, Ba'kif tinha bastante certeza de que Samakro não havia sido consultado a respeito da decisão antes de ela ter sido feita.

Nada disso alterava o fato de que ele, o General Supremo Ba'kif, estava agora de pé ao lado dos dois, na mesma posição precária. Só o fato de que a estrangeira estava lá — em uma doca espacial de órbita próxima, com trabalhadores perambulando os compartimentos e corredores — era o bastante para ativar os alertas de emergência no fundo do cérebro de Ba'kif. Um vislumbre acidental, uma palavra impensada, e uma cascata de repercussões seria sentida de cabo a rabo na Sindicura.

O que, pelas chamas, Ba'kif deveria fazer?

Ele inspirou com cuidado, afastando à força a raiva e a consternação borbulhando. O problema era óbvio. Hora de achar uma solução.

— Primeiro o mais importante: quem mais sabe sobre isso?

— A Cuidadora Thalias, é claro. — Se Thrawn estava preocupado com as ramificações políticas que todos encaravam no momento, ele não estava demonstrando. — E a Capitã Sênior Lakinda da *Picanço-Cinzento*. Ninguém mais.

— Você quer dizer a Capitã Sênior *Ziinda* — grunhiu Ba'kif. — Ela foi transferida para os Irizi.

— Verdade? — Um piscar de surpresa passou pelo rosto de Thrawn. — Não estava sabendo.

Ba'kif olhou para Samakro. Ele sabia, Ba'kif notou, e, pela expressão do outro, era evidente que o primeiro oficial de Thrawn estivera pensando sobre as possíveis implicações de Ziinda agora fazer parte da rival mais implacável da família Mitth.

Ele estava preocupado, e com razão. Com um segredo como aquele pairando sobre eles como um míssil invasor instável, só poderiam torcer para que a lealdade de Ziinda para com a Frota de Defesa Expansionária fosse maior do que a lealdade que pudesse sentir por sua nova família.

Mas não havia nada que nenhum deles pudesse fazer a respeito disso. Mais uma vez, era hora de encontrar uma solução.

— Muito bem — disse. — Então, você acha que o planeta da Magys, esse *Nascente*, é a chave para tudo que aconteceu na Ascendência no último ano?

— Talvez não *tudo* que aconteceu — Thrawn falou com rodeios. — Mas certamente Nascente e seus recursos estavam envolvidos na tentativa dos Agbui de precipitar uma guerra civil dentro da Ascendência.

— Sim — Ba'kif murmurou, reprimindo um arrepio. *Guerra civil.* Ainda só tinha fragmentos da história de Hoxim, mas o fato era que três membros das Quarenta haviam invocado protocolos de emergência familiares simultaneamente, o que carregava implicações nefastas. Talvez Thrawn estivesse exagerando o caso; poderia ser igualmente possível que a Ascendência tivesse escapado por pouco do tipo de rivalidade acentuada e mutualmente destrutiva que, no passado, por vezes levou ao conflito armado.

Infelizmente, por mais sério que isso fosse, não era tão sério quanto Ba'kif achou que seria. Precisava de um argumento forte para enfrentar a Sindicura, o que significava conectar Nascente e a Magys adormecida não só aos Agbui, mas também ao General Yiv, aos Paataatus e talvez até mesmo aos piratas Vagaari.

Já que, assim que a Sindicura estivesse envolvida, o restante seria fácil. Uma série de conexões tão críveis daria ao Conselho justificativa suficiente para autorizar uma missão em Nascente. Não só uma sondagem discreta para coletar informações, mas uma campanha militar pronta para atacar o que estivesse estacionando Couraçados de Batalha sobre o planeta e disparando contra cada nave de guerra da Ascendência que passasse por lá.

Mas não parecia que Thrawn conseguiria montar esse argumento. E, sem ele, não havia muita chance do Conselho arriscar esticar seus limites legais mais do que já haviam feito. Na verdade, se a Sindicura não estivesse distraída pelo fiasco de Hoxim, eles poderiam já ter criticado Ba'kif e o Almirante Supremo Ja'fosk pela missão silenciosa de Ar'alani.

E aquele período de clemência não duraria para sempre. Por enquanto, as Nove Famílias Governantes exerciam uma pressão quieta em seus aliados geniosos nas Quarenta Grandes Famílias, trabalhando para resolver os conflitos e enterrar os desastres que Hoxim criara. Independente do que Ba'kif decidisse fazer, ele tinha um leque limitado de oportunidade antes de alguém notar e começar a gritar sobre o assunto.

— Muito bem — disse. — Todos nós concordamos que você precisa devolvê-la ao povo dela. Isso é indiscutível. A questão é se você leva a *Falcão da Primavera* para Rapacc, ou se eu pego uma nave de exploração que não está sendo usada e coloco você e a Magys a bordo.

— Qualquer uma das opções funcionaria — respondeu Thrawn. — No segundo caso, eu também poderia levar a sky-walker Che'ri?

— De jeito nenhum — grunhiu Ba'kif. Thrawn havia se safado uma vez de levar a garota para uma aventura, mas tanto o Conselho quanto a Sindicura ficaram furiosos a respeito daquilo e ninguém deixaria passar uma segunda vez. — Você terá que ir salto por salto. É verdade que levaria mais tempo, mas acho que consigo fazer o Conselho dar a você uma licença de ausência.

Samakro remexeu-se ao lado de Thrawn.

— Com todo o respeito, senhor, não acho que uma nave de exploração seria uma boa ideia — disse. — O inimigo que enfrentamos em Nascente poderia ter traçado os refugiados da Magys de volta para Rapacc a essa altura. Não acho que os Paccosh estão prontos para lidar com eles, e uma nave de exploração certamente não estará.

— Recomenda que ele leve a *Falcão da Primavera*, então?

— Não acho que há nenhuma outra opção, senhor — disse Samakro.

— Independente das repercussões? — pressionou Ba'kif. — E não somente as que caírem sobre o Capitão Sênior Thrawn?

Samakro contraiu o lábio, mas o aceno de cabeça foi firme.

— Independente das repercussões, senhor, estou preparado para aceitar minha parte nelas.

A certo nível, Ba'kif sabia, uma aceitação casual de penalidades ainda indefinidas era perigosamente ousada. Em outro, era exatamente o que esperava de um oficial como Samakro.

— Infelizmente, preciso concordar com sua conclusão — disse. — Muito bem. Capitão Sênior Thrawn, você e sua *Falcão da Primavera* estão autorizados a devolverem a Magys ao povo dela em Rapacc. *Contudo.* — Ele deixou a palavra pairar no ar por um momento. — Você retornará imediatamente a Naporar para mais consultas e ordens. *Imediatamente.*

— Eu *prometi* devolver ela e seu povo a Nascente — apontou Thrawn.

— É uma promessa que terá de quebrar. — Ba'kif foi direto. — Preciso que volte o mais rápido possível, antes da Sindicura notar que a *Falcão da Primavera* não está mais aqui e começar a fazer barulho em cima disso. O que significa, nada de incluir viagens paralelas.

— Senhor...

— Você fez um favor aos Paccosh ao levá-la para verificar as condições de seu mundo — interrompeu Ba'kif. — É a vez deles de nos fazerem um favor.

Thrawn e Samakro trocaram olhares, e não era difícil adivinhar o que estavam pensando. O Couraçado de Batalha estrangeiro que a *Falcão da Primavera* encontrara havia levado até mesmo um par de naves de guerra Chiss ao limite. A não ser que os Paccosh fossem uma espécie bem mais agressiva do que haviam demonstrado até então, eles não teriam como enfrentar um inimigo assim.

Mas eles sabiam distinguir uma ordem, e ambos conheciam Ba'kif o bastante para reconhecer que o momento para argumentar e negociar havia passado.

— Sim, senhor — concordou Thrawn. — O refornecimento da *Falcão da Primavera* já está quase terminado, e os últimos oficiais e guerreiros de licença voltarão em três horas. Vamos sair assim que estiverem a bordo.

— Ótimo — disse Ba'kif. — Só volte para cá o mais rápido que conseguir.

— Entendido, senhor — respondeu Thrawn. — Vou acompanhá-lo até sua auxiliar e, então, começar os preparos de nossa partida.

— O Capitão Intermediário Samakro pode me levar até a auxiliar — disse Ba'kif. — Eu preferiria que começasse os preparos imediatamente.

Thrawn pareceu franzir o cenho por um momento, mas meramente assentiu.

— Como desejar, general supremo. Não se preocupe, a *Falcão da Primavera* voltará antes de perceberem nossa partida. — Ele endireitou as costas brevemente e assentiu, e então saiu da sala de dormir.

— Quando quiser, general supremo — disse Samakro, fazendo um gesto na direção da escotilha.

— Em um momento, capitão intermediário — falou Ba'kif. — Tenho uma pergunta para você primeiro. Além do Capitão Sênior Thrawn, pode descobrir quantos Mitth há na *Falcão da Primavera*?

— Cinco, senhor — respondeu Samakro. — Um oficial júnior, três guerreiros e a cuidadora de nossa sky-walker.

Ba'kif franziu o cenho. Havia esperado que Samakro tivesse que procurar aquela informação.

— Um fato estranho para ter na ponta da língua, capitão intermediário.

— Na verdade, não, senhor — disse Samakro. — Faz tempo que tenho a impressão de que o Patriarca Mitth estava agindo nos bastidores para amaciar a trajetória do Capitão Sênior Thrawn nas situações políticas espinhosas nas quais ele frequentemente se mete. Agora que o Patriarca Thooraki foi substituído pelo Patriarca Thurfian... — Ele deixou a frase inacabada.

— Uma conjetura interessante — disse Ba'kif. — O aspecto questionável sendo a implicação de que um Patriarca Mitth poderia ir contra um oficial naval respeitado de sua própria família.

— Talvez, senhor — respondeu Samakro. — Questionável ou não, porém, estive em audiências suficientes na Sindicura para saber como os Aristocras se comportam em público. Na única vez que fui chamado diante do Síndico Thurfian, ficou muito claro que ele não gosta muito de Thrawn.

— Compreendo — disse Ba'kif. Pessoalmente, achava aquilo um eufemismo bem grande. — Mas Thurfian agora é o Patriarca. A atitude e visão que tem em relação à própria família podem ter mudado.

— Talvez tenham — disse Samakro. — Mas agora ele também pode dar ordens diretas a cada um dos membros da família Mitth.

— Sim, ele pode — murmurou Ba'kif. — É improvável que faça algo muito direto, porém. Certamente não a bordo de uma nave da Frota de Defesa Expansionária.

— Concordo, senhor — disse Samakro. — Mas é melhor prevenir do que remediar.

— De fato — concordou Ba'kif. — E, agora, capitão intermediário, acredito que minha auxiliar me aguarde.

— Sim, senhor — disse Samakro. — Quando desejar, general supremo.

— Aquele? — Thalias apontou para o vestido cruzado e festivo em tons de azul e vermelho que estava pendurado no cabideiro. — Tem certeza?

O rosto de Che'ri se franziu, indeciso, os olhos passando pelos três outros vestidos pendurados ao lado. Ela havia provado os quatro, e claramente queria todos.

Mas até mesmo crianças de dez anos precisavam aprender que a vida era limitada e decisões precisavam ser tomadas.

— Che'ri? — chamou Thalias.

A expressão da menina suavizou, e ela assentiu.

— Sim.

— Você tem certeza *absoluta*? — Thalias pressionou mais uma vez, sorrindo consigo mesma. Como as duas únicas civis da *Falcão da Primavera*, ela e Che'ri supostamente podiam vestir o que quisessem no serviço. Se Che'ri havia decidido testar essa liberdade deliberadamente, era difícil imaginar que ela poderia ter pensado em uma forma melhor de fazer isso.

O que era um pulo e tanto por si só. Até agora, Che'ri não havia demonstrado muito interesse em estilos de roupa, vestindo-se em calças funcionais e camisas na paleta de cores apagada que combinava melhor com os uniformes pretos usados pelos oficiais e guerreiros da *Falcão da Primavera*.

Mas agora, de repente, a garota tinha pegado o gosto pela moda. Thalias tinha um orçamento bastante ilimitado com o qual podia comprar brinquedos e suprimentos de arte para Che'ri e, no passado, a garota havia se aproveitado e muito daquela generosidade. Enquanto tais coisas poderiam ser abarrotadas em gavetas e no armazenamento debaixo dos assentos, havia um espaço limitado para roupa no armário de sua sala de dormir.

Além de, é claro, as lições de vida e tudo mais.

O sorriso interno de Thalias se entristeceu um pouco. O despertar do interesse de Che'ri por sua aparência era um sinal de que estava crescendo... e, para uma sky-walker, crescer significava que o fim de sua Terceira Visão agora pairava no horizonte. Em três a cinco anos, ela perderia a capacidade de guiar naves pelo hiperespaço. A esse ponto, teria que sair da frota e ser transferida para uma das Nove Famílias Governantes.

Thalias conseguia lembrar vividamente do próprio medo e incerteza quanto àquela mudança de vida. Felizmente, encontrara um jovem Cadete Thrawn por sorte, e ele lhe oferecera palavras de consolo e o encorajamento que a ajudara a passar por aquilo.

Só podia torcer para que, quando o momento de Che'ri chegasse, ela estaria lá para consolá-la.

— Sim, certeza absoluta — Che'ri disse, o tom firme. Ainda assim, deu uma última olhada na túnica de gola alta cinza e verde que também havia provado. — É esse.

— Tudo bem, ótimo — disse Thalias, indicando à lojista que finalmente haviam terminado.

Tendo usado dinheiro, espaço do armário e tempo, estava agora na hora de voltarem.

— Precisamos retornar direto para a auxiliar — falou para Che'ri enquanto pagava pelo vestido.

— Mas você disse que a gente poderia comer sorvete — protestou a garota.

— Eu falei isso dois vestidos atrás — Thalias lembrou a ela. Olhou outra vez para a cara de Che'ri… — Tá, mas em um dos quiosques, não em uma sorveteria — consertou. — E você vai comer no caminho, e *não* vai se sujar.

— Ah, por favor — disse Che'ri, um olhar de reprovação zombeteira interrompendo brevemente o sorriso aliviado. — Eu *sei* como se usa uma colher, sabia?

— *Ou* me sujar — acrescentou Thalias enquanto guardava o vestido e cutucava Che'ri para ir em direção à porta. Empolgação por um novo vestido; empolgação por um sorvete. Oscilando na linha entre uma criança e uma adolescente.

Quando, perguntou-se, que crianças começavam a crescer tão rápido?

Estavam quase chegando à nave auxiliar da *Falcão da Primavera*, e Che'ri estava limpando o que restava de sorvete dentro do pote quando um idoso esperando em um banco ali perto ficou de pé.

— Mitth'ali'astov? — chamou.

— Ela mesma — respondeu Thalias, diminuindo a velocidade e franzindo o cenho quando ele começou a andar em passadas largas até elas. Nunca o vira antes, mas ele estava com o emblema dos Mitth na jaqueta. Seria algum oficial local de Naporar?

— Meu nome é Mitth'iv'iklo — ele se apresentou, fazendo uma pequena reverência para ela. — Auxiliar sênior do Patriarca Mitth'urf'ianico. Posso falar com você?

— Sim, se for rápido — disse Thalias, a testa ainda mais franzida. O que alguém do Escritório do Patriarca poderia querer com ela?

E, então, como um soco no estômago, o nome fez sentido. Patriarca Mitth'urf'ianico — *Thurfian*. Quando ainda era Síndico, ele havia mexido os pauzinhos com um oficial da Frota de Defesa Expansionária para pular alguns obstáculos burocráticos e colocar ela como cuidadora de Che'ri a bordo da *Falcão da Primavera*.

Mas o preço daquele favor havia sido sua concordância relutante em espiar Thrawn para ele.

Agora, Thurfian não era mais apenas um Síndico, mas o líder da família inteira. Será que finalmente estava cobrando sua promessa?

Se estivesse, precisava sair de lá, e rápido.

— Sinto muito, mas realmente precisamos ir — disse, pegando o braço de Che'ri e puxando-a na direção da auxiliar.

— Não vai demorar muito — Thivik assegurou, mudando de direção para interceptar seu novo trajeto. Com as pernas mais compridas que as delas, ele só precisou de quatro passos para alcançá-las. — Tenho algo que me pediram para entregar a você.

— Do Patriarca Thurfian? — perguntou Thalias. Queria desesperadamente aumentar a velocidade, tentar se livrar dele, até mesmo sair correndo se fosse necessário.

Mas, se fizesse isso, deixaria Che'ri para trás. Isso estava fora de cogitação.

— Não, é do falecido Patriarca Thooraki — disse Thivik, tirando um cilindro de dados do bolso. — Ele deixou isto comigo antes de sua morte, com instruções de que o entregasse a você.

Thalias parou, franzindo o cenho para o cilindro na mão dele. Se fosse algum tipo de truque...

— Você disse o Patriarca *Thooraki*?

— Você e ele tiveram uma breve conversa da última vez que foi ao lar da família — lembrou Thivik, como se Thalias jamais fosse esquecer aquele encontro inesperado. — Ele me disse depois que ficou muito impressionado com você.

— Eu também fiquei muito impressionada com ele — disse Thalias, espiando-o de perto.

— Por isso, ele decidiu que você seria a melhor pessoa para ficar com isto — falou Thivik.

Ele esticou a mão e o cilindro de dados na direção dela. Lentamente, Thalias o pegou.

— E é do Patriarca Thooraki? — perguntou de novo, só para ter certeza.

— Para ser mais específico, os arquivos foram coletados e compilados pelo falecido Síndico Mitth'ras'safis — falou Thivik. — Ele entregou o pacote ao Patriarca pouco depois de sua morte, onde permaneceu até agora. Como falei, uma das últimas instruções do Patriarca foi que eu entregasse isso a você em privado quando eu pudesse.

A pele da nuca de Thalias formigou. *Em privado?*

— Ele disse o que eu precisava fazer com isto?

— Ele falou que você saberia quando chegasse a hora — disse Thivik. — E, agora, acredito que precise voltar para sua nave. Tenha um bom-dia. — Ele sorriu para Che'ri. — E você também.

Thalias o observou ir embora, o cilindro de dados duro e gelado e misterioso em sua mão.

— Thalias? — Che'ri murmurou ao seu lado, ansiosa.

— Está tudo bem — Thalias a reconfortou, notando já tarde que continuava agarrando o braço da garota. — Está tudo bem — repetiu, soltando-a.

Esperou até Thivik desaparecer no fluxo de pedestres. Então, colocando uma mão gentil no ombro de Che'ri, ela se virou e as guiou até a auxiliar.

— Vamos — disse, tentando parecer alegre e despreocupada. — Não queremos nos atrasar.

— O que ele te deu? — perguntou Che'ri.

— O que está dentro disso — respondeu Thalias, mostrando o cilindro de dados. — Neste exato momento, sei tanto quanto você.

— Mas nós vamos descobrir, né?

— *Eu* vou descobrir — corrigiu Thalias. — Talvez seja algo que você não possa ver.

— Se eu puder, você vai me contar, né?

— Veremos.

— Isso quer dizer que sim?

— Isso quer dizer que veremos — o tom de Thalias era firme.

— Tá. — Che'ri ficou em silêncio por mais alguns passos. — Quem é o Síndico Thrass?

— Era um dos Mitth mais importantes dentro da Sindicura — contou Thalias. — Ele morreu alguns anos atrás.

— E o que ele tem a ver com você?

— Eu não sei — disse Thalias, colocando o cilindro no bolso.

Mas ela definitivamente, positivamente descobriria.

MEMÓRIAS II

THRASS VIRA O PATRIARCA Mitth'oor'akiord exatamente três vezes em sua vida. As duas primeiras foram quando visitou o lar da família quando era criança, a terceira quando era um adolescente aprendendo os protocolos para transportar documentos de Avidich para Csilla. As três ocasiões ocorreram à distância, mas, ainda assim, Thrass se sentiu honrado de ter tido um vislumbre do homem que guiara os Mitth durante os últimos trinta anos.

Portanto, foi uma surpresa um tanto inquietante quando uma visita casual com sua mãe foi interrompida abruptamente por uma convocação ao escritório de Thooraki.

O Patriarca estava sentado atrás da escrivaninha quando Thrass chegou, falando com o Auxiliar Sênior Mitth'iv'iklo. Thooraki olhou para cima quando Thrass foi guiado para dentro da sala, assentiu rapidamente para saudá-lo e voltou para a conversa. Thrass seguiu a deixa e permaneceu onde estava, parado na porta, sem poder ouvi-los. Perguntando-se se estava lá para uma honraria especial, uma tarefa ou uma reprimenda particularmente cortante.

Dois anos antes, enquanto admirava obras de arte com o Cadete Thrawn em Avidich, Thrass usara a palavra lendária para se referir à Décima Segunda Patriarca. Em sua opinião, o Patriarca Thooraki já havia ultrapassado até mesmo o histórico de realizações da Décima Segunda. Sua diplomacia habilidosa ao lidar com as alianças que sempre mudavam entre as Famílias Governantes havia erguido os Mitth de uma posição relativamente fraca frente aos Irizi para igualdade total com seus rivais de longa data. Igualmente importante era o seu trabalho em construir relações entre as Quarenta Grandes Famílias, que tiraram os Mitth da estagnação política na qual definhavam até algumas décadas atrás.

Se fosse uma tarefa, Thrass faria seu melhor para completá-la. Se fosse uma reprimenda, se esforçaria para ouvi-la com humildade apropriada, e aprender com a crítica.

Na escrivaninha, os dois homens terminaram a conversa.

— Thrass? — Thooraki o chamou com um gesto.

— Sim, Seu Venerante — disse Thrass, apressando-se para ir lá. — Como posso servi-lo?

— Soube que conhece um cadete da Taharim; na verdade, ele já deve ter se formado, então um tenente da Frota de Defesa Expansionária chamado Mitth'raw'nuru. Correto?

— Eu o conheço um pouco, sim — respondeu Thrass. Se fosse uma reprimenda, era uma forma estranha de começar. — Nós nos conhecemos em sua janta de boas-vindas e, desde então, acompanho seu trajeto na academia.

— Qual é sua opinião sobre ele?

— Ele tem um grande potencial, Seu Venerante — disse Thrass, pensando rápido. Seu interesse no progresso de Thrawn havia sido bastante casual, e fazia várias semanas que não olhava o histórico dele na Taharim. Ainda assim, além daquele quase fiasco com o treino simulado, não conseguia lembrar de ouvir que Thrawn tivera algum problema. Quanto à questão do simulado, o fato que ele não só havia se livrado das suspeitas, mas emergido delas melhor do que nunca, falava e muito sobre seus talentos. — Acho que ele será um bom oficial.

— Ótimo — disse Thooraki. — Isso significa que sua tarefa é ainda mais urgente, então. Me contaram que a família Stybla quer roubá-lo de nós. Quero que vá a Naporar, volte a fazer contato com ele e se certifique de que isso não aconteça.

— Sim, senhor — disse Thrass, um pouco incerto. A ausência de uma reprimenda era reconfortante; mas era *essa* a tarefa pela qual havia sido levado até o Escritório do Patriarca? Evitar que um único adotado por mérito fosse roubado por outra família? E, em particular, pelos *Stybla*?

Aquela família, com certeza, tinha um histórico impressionante. Milênios atrás, quando os Chiss haviam recém-começado a se aventurar nas estrelas, os Stybla haviam sido *a* Família Governante, guiando a tudo e a todos. Mas, conforme o tempo transcorreu e a Ascendência passou de um mundo para muitos, o Patriarca Stybla decidiu que a tarefa de governar havia se tornado pesada demais para uma única família. A solução dele foi sair de cena e colocar três outras famílias para governar no lugar dos Stybla.

Thrass conseguia apreciar a contribuição da família para a Ascendência. Mas o tempo deles já havia passado, e precisavam estar fora de si para pensar que poderiam oferecer a Thrawn algo melhor do que ele tinha agora com os Mitth.

Mas, se o Patriarca Thooraki estava preocupado com uma chance mínima de perder Thrawn para um Stybla eloquente, então Thrass deveria levar o assunto igualmente a sério.

— Partirei agora mesmo, Seu Venerante — disse. — Estou autorizado a oferecer algum incentivo adicional?

— Não por enquanto — respondeu Thooraki. — Mas você pode querer lembrar a ele que a amizade da família Mitth é algo que vale a pena manter.

Thrawn tinha calculado que levaria dez minutos para chegar ao bistrô que Thrass havia especificado. Só por curiosidade, Thrass decidiu contar no cronômetro; exatamente oito minutos após a ligação, viu um movimento com o canto do olho quando alguém puxou uma das três cadeiras livres da mesinha.

— Olá, Thrawn — disse Thrass, olhando para cima.

O restante da saudação congelou em sua garganta. O homem de meia-idade sentado ao lado dele era um completo estranho.

— Com licença, esta mesa está ocupada.

— Peço desculpas pela intrusão — o tom do estranho era calmo. — Pensei que pouparíamos tempo se o acompanhasse, já que estamos aqui para encontrar a mesma pessoa. Você é o Aristocra Mitth'ras'safis, imagino?

Thrass estreitou os olhos. Como um funcionário de baixo escalão da Sindicura, seu nome e rosto não eram exatamente de conhecimento público.

— Ele mesmo — respondeu com cautela. — E você é?

— Stybla'ppin'cykok — o outro falou. — Auxiliar sênior do Patriarca Stybla'mi'ovodo. Parabéns por finalizarem aquele contrato de remessa dos Tumaz, aliás. E bem debaixo do nariz dos Irizi, ainda por cima. Quem quer que tenha sido a outorgante Mitth naquela negociação, ela é bastante capaz.

— Tenho certeza que é — murmurou Thrass. Não só aquele homem sabia do acordo que os Mitth haviam feito com a família Tumaz, mas ele aparentemente também sabia que a líder da equipe de negociação dos Mitth havia sido uma mulher. — Você é muito bem-informado.

Lappincyk deu de ombros.

— Os Stybla não dominam exatamente a lista dos Quarenta — disse, como se Thrass tivesse falhado em notar esse fato. — Precisamos compensar nossa falta de influência e sucesso ao cuidar da influência e do sucesso alheio.

— É assim que os poderosos caem — murmurou Thrass entredentes.

— Preferimos pensar que é assim que os poderosos graciosamente saem de cena — disse Lappincyk. — Falando dos sucessos dos Mitth, o seu Tenente Mitth'raw'nuru parece estar a caminho de se tornar um deles.

— Concordo — falou Thrass. — A palavra-chave aqui é *seu*. Thrawn é um Mitth, e pretendemos mantê-lo conosco.

— Um objetivo razoável — disse Lappincyk. — Apesar de que preciso lembrá-lo de que sua *intenção* e seus *resultados* não necessariamente coincidem. Imagino que os Stybla poderiam oferecer a ele mais incentivos do que os Mitth têm oferecido, ao menos até agora.

Thrass abriu um sorriso astuto apesar de seu estômago ter se contraído. Agora, tarde demais, desejava ter pressionado mais o Patriarca Thooraki quanto à questão dos incentivos. Como Thrawn estava atualmente na mais baixa posição dos Mitth, qualquer oferta maior que recebesse seria um grande estímulo para uma transferência. Mesmo para uma família como os Stybla.

— Talvez sim — disse, tentando parecer casual. — É claro, ele teria que avaliar as relativas vantagens de ser um Mitth versus as de ser um Stybla.

— O Tenente Thrawn é inteligente o bastante para fazer esses cálculos — declarou Lappincyk, com seu próprio sorriso astuto. — Ou será que, logo, será o Tenente Larawn? O nome soa bem, não acha?

Uma figura entre o fluxo de pedestres a uma quadra de distância capturou a atenção de Thrass: Thrawn havia dobrado a esquina e estava andando na direção deles.

— Então me diga, Aristocra Thrass. — O sorriso de Lappincyk sumiu. — O que pode oferecer a Thrawn que eu não posso?

— É uma pergunta ou um desafio?

— Entenda como desejar. — Lappincyk apontou para a rua com a cabeça. — Mas seja rápido. Assim que ele sentar, ele *irá* ouvir a minha proposta.

Thrass olhou para Thrawn, sua mente em polvorosa. *O que* ele poderia oferecer? Uma posição mais alta? Não tinha autorização para tal. Avanços na carreira militar? Isso estava completamente nas mãos do Conselho de Defesa Hierárquica. Dinheiro? Ridículo.

Não havia nada. Nada, exceto, talvez...

— Você vê nele uma peça nova e brilhante para acrescentar à coleção política dos Stybla. — Thrass voltou a olhar para Lappincyk. — Mas isso é *tudo* que consegue ver.

— E você acha que os Mitth veem mais do que isso?

— Eu não sei o que os Mitth veem — disse Thrass. — Tudo que sei é o que *eu* vejo.

— Que seria...?

Thrass respirou fundo. O jovem cadete tímido, fascinado com arte. A habilidade única de compreender aquelas obras, enquanto sob o intelecto se escondia a dor silenciosa de uma perda. O oficial recém-formado que já mostrara uma habilidade tática tão profunda que atraiu aliados como a Comandante Júnior Ziara e o General Ba'kif.

O que, exatamente, via em Thrawn?

E, então, o último aviso do Patriarca Thooraki voltou em sua memória. Agora finalmente havia entendido o que o Patriarca queria dizer.

— O que eu vejo — disse — é um amigo. *Meu* amigo.

Por um longo momento, os dois se enfrentaram com o olhar. Então, um pequeno sorriso despontou nos lábios de Lappincyk.

— Verdade? — respondeu. — Interessante.

Houve um movimento do outro lado da mesa. Thrass se virou, ligeiramente perplexo de ver Thrawn se sentar. Focado em Lappincyk e nos próprios pensamentos, havia perdido o momento em que o outro chegou.

E haviam passado exatamente dez minutos.

— Olá, Thrawn — cumprimentou, esticando-se sobre a mesa para um aperto rápido e formal de antebraços. — Fico feliz de você ter conseguido vir.

— Também fiquei — disse Thrawn. — Obrigado por se adaptar aos meus horários. — Ele olhou para Lappincyk. — Acredito que não nos conhecemos.

— Não — reconheceu Lappincyk. — Meu nome é Stybla'ppin'cykok e sou o auxiliar sênior do Patriarca Stybla'mi'ovodo.

Thrass se preparou. Havia chegado a hora. Lappincyk faria sua oferta, e Thrass não tinha nada para contrapô-la.

E, então, para sua surpresa, Lappincyk empurrou a cadeira para trás e se levantou.

— E eu já estava indo embora — acrescentou. — Aproveite a refeição e a conversa. — Ele olhou para Thrass, que ficou com a impressão que havia um estranho senso de satisfação na forma como ele acenou a cabeça. — Ambos.

— Amigo seu? — Thrawn perguntou assim que Lappincyk se encaminhou para o fluxo de pedestres.

— Na verdade, acabamos de nos conhecer — disse Thrass, franzindo o cenho para as costas de Lappincyk. O que, em nome de Csilla, acabara de acontecer? Será que os Stybla haviam brincado com ele? Com ele *e* o Patriarca Thooraki? Se tivessem...

E daí, se tivessem?

Realmente, e daí? Jogos políticos com esta profundidade iam muito além da posição ou habilidade de Thrass. Os Patriarcas e Oradores e Síndicos de alto nível poderiam participar se quisessem. Thrass não o faria. Só estava lá para almoçar.

Com um amigo.

— Mas não dê bola para ele — continuou, pegando o menu do bistrô e virando o questis para que Thrawn também pudesse ver a lista. — Vamos fazer nosso pedido. Depois disso, quero saber mais sobre essa Comandante Júnior Ziara que salvou a sua carreira sozinha.

— Não foi *bem* assim — Thrawn protestou de forma suave.

— Então me conte exatamente como foi — disse Thrass. — Porque quando eu contar a história mais tarde para provar aos outros por que os Mitth são a mais sofisticada das Famílias Governantes, quero acertar todos os detalhes.

— E se os detalhes não sustentarem essa conclusão ligeiramente parcial?

— Ah, tenho certeza que sustentarão. — Thrass sorriu. — Francamente, a única coisa que há de mudar na história é quão convencido eu me deixarei soar ao contá-la.

CAPÍTULO QUATRO

A infância do Patriarca Thurfian havia passado há muito tempo, mas ainda conseguia lembrar partes e pedaços. Uma de suas lembranças mais vívidas era de um dia de tempestade onde ele e seus três irmãos tinham cansado de outras atividades e começaram uma brincadeira espontânea do lado de dentro, cujas regras eram majoritariamente inventadas, e só existiam caso precisassem delas. Corridas frenéticas logo se tornaram parte do jogo, a perseguição se estendendo por toda a casa com barulho e gargalhadas e uma quantidade considerável de batidas contra as paredes e móveis. A secretária da mãe intervira duas vezes, o empregado e o segurança uma vez cada. Nenhum deles obteve qualquer sucesso notável.

Finalmente, a mãe deles pausou a reunião que estivera moderando e decidiu cuidar da situação, encurralando os filhos tumultuosos e pondo um fim ao furor caótico, ou ao menos apaziguando-o até virar uma chama contida. Uma das partes mais marcantes da lembrança de Thurfian era o olhar estressado no rosto dela ao guiá-los até o canto de jantar e pedir um lanche que, com sorte, os manteria ocupados por tempo o bastante para ela poder terminar a reunião.

Atividade desvairada. Praticamente nenhuma regra. Crianças que não queriam parar quietas só porque alguém mandou elas pararem. A expressão preocupada da mãe.

Agora, como Patriarca, tantos anos depois, por fim entendia exatamente como ela se sentira.

— Aprecio o tempo que tirou para falar comigo, Seu Venerante — disse o Patriel Thistrian de Avidich. — Sei que deve estar extremamente ocupado, acostumando-se à nova posição e tudo mais.

— Sempre estou disponível para consulta com meus Patriels — Thurfian reprimiu uma careta. Thistrian fora o Orador Mitth quando Thurfian se tornou um Aristocra e entrou na Sindicura e, apesar de ter aprendido muito com ele, nunca esqueceu como o velho poderia ser gárrulo se batesse vontade. Com sorte, hoje não seria um daqueles dias. — Qual é o *assunto de grande importância* que queria discutir?

— Na verdade, estou um pouco incerto quanto a isso — confessou Thistrian. — Acabo de ter uma conversa com um estrangeiro que me falou que há algum tipo de nova aliança entre os Dasklo, os Xodlak, os Erighal e os Pommrio. Ele incluiu parte de um *víd...*

— Espere — interrompeu Thurfian. — Que estrangeiro? Quando?

— O nome dele é Jixtus, e nós conversamos mais ou menos uma hora atrás — disse Thistrian. — Ele está viajando com um grupo de estrangeiros conhecidos como Kilji...

— Um momento. — Thurfian pegou os últimos dados da Força de Defesa. Não havia algo lá a respeito de uma nave de guerra estrangeira aparecendo sem aviso em Adivich? Sim, estava ali. — Você está falando do cruzador de batalha que chegou duas horas atrás?

— Sim, aquele mesmo — confirmou Thistrian. — Não é muito impressionante, comparado com outras naves de guerra. Provavelmente lidaria bem contra piratas, mas não seria páreo para o Sistema de Patrulha de Avidich. Na verdade, nossa fragata familiar e botes de mísseis poderiam cuidar dele. Eu coloquei a fragata em posição de combate, mas realmente não parece ter necessidade...

— Ele continua lá?

— Ah, sim — disse Thistrian, como se isso fosse óbvio. — Mas, de verdade, Seu Venerante, não precisa se preocupar. O Comando de Patrulha disse que os tubos de mísseis e de lasers foram selados como gesto de paz, então não há perigo. Como eu falei, as naves de patrulha e nossa fragata estão a postos.

— Muito bem — falou Thurfian. A presença de uma nave de guerra estrangeira em espaço Chiss, selada como gesto de paz ou não, era definitivamente motivo para se preocupar. Mas se o Comando de Patrulha havia dito que era seguro, então provavelmente era. — Então por que está me ligando, exatamente?

— Eu estava chegando lá — respondeu Thistrian. — Como estava dizendo, ele me mostrou parte de um vídeo que parece mostrar um grupo de membros dos Erighal e dos Xodlak fingindo atacar um cargueiro armado enquanto uma nave Dasklo observava.

Thurfian franziu o cenho. Conseguia entender os Erighal — eles eram aliados dos Dasklo há muito tempo. Mas os Xodlak? Era uma combinação estranha.

— Com que propósito?

— Como disse, os Erighal e os Xodlak pareciam praticar um ataque, com os Dasklo supervisionando ou só assistindo.

— Sim, eu sei que acabou de dizer isso — falou Thurfian, a expressão estressada de sua mãe aparecendo em sua cabeça mais uma vez. — Quis dizer qual era a razão de Jixtus mostrar isso a você?

— Acredito que ele queira nos vender informação adicional — disse Thistrian. — A localização do incidente, a confirmação dos participantes, talvez mais detalhes quanto ao propósito do teste. Esse tipo de coisa.

— Que prestativo — falou Thurfian. — Você tem uma cópia desse vídeo?

— Sim, claro — respondeu Thistrian. — Apesar de que a parte que ele me deu tem apenas cinco segundos. Aqui, deixe que eu mostro.

A imagem desapareceu da tela, substituída por um grupo de cinco naves borradas contra um fundo estrelado. Três das naves trocavam disparos lasers de baixa intensidade com um veículo do tamanho de um cargueiro, enquanto a quinta nave flutuava, um pouco afastada. Como Thistrian dissera, o vídeo só durava alguns segundos.

— E Jixtus falou que os agressores são naves dos Erighal e dos Xodlak?

— Ah, não, Jixtus não falou nada das identidades deles — respondeu Thistrian, a imagem dele substituindo o cenário estelar. — Fiz minha equipe aumentar o vídeo, e daí falei com meus conselheiros militares...

— Você tem uma versão *aumentada*? — Thurfian exigiu saber. — Por que você não me mandou essa, então?

— Imaginei que o senhor iria querer ver primeiro o produto que Jixtus queria nos vender — disse Thistrian, um pouco rígido. — Aqui está a nossa versão.

Mais uma vez, o rosto dele foi substituído por um vídeo. Mas, enquanto a imagem anterior da nave estivera borrada, agora elas eram claras e bem definidas. Os três agressores eram um cruzador e duas naves de patrulha, o cruzador e uma das patrulhas com a insígnia dos Xodlak, a outra marcada como Erighal. O cargueiro no centro do exercício não parecia ter nenhum símbolo.

E a nave maior, afastada da ação — uma fragata, identificada pelos especialistas de Thistrian — de fato carregava o brasão da família Dasklo.

— Então, os Dasklo estão observando os Erighal e os Xodlak encenarem uma batalha — disse Thurfian. — E esse Jixtus quer que nós *paguemos* por essa informaçãozinha de nada?

— Seu Venerante, não sei se está entendendo — falou Thistrian. — Se esse for o prelúdio dos Dasklo acrescentarem os Xodlak e, possivelmente, os Pommrio à sua lista de aliados, nós poderíamos enfrentar um desafio grave.

— Suponho que seja possível — respondeu Thurfian. — Farei alguns inquéritos.

— Ele também está oferecendo assistência militar, caso assim desejarmos — disse Thistrian. — Ele falou que tem outras naves de guerra à disposição que poderiam chegar à Ascendência em apenas alguns dias.

Thurfian estreitou os olhos. Oferecer informação era uma coisa. Oferecer uma das Nove a um grupo de mercenários estrangeiros não era só ultrajante, mas poderia facilmente ser entendido como um insulto mortal. Isso sem contar que até mesmo uma leitura casual da antiga história da Ascendência mostrava como alianças estrangeiras podiam ser destrutivas e basicamente inúteis.

— Sugiro fortemente que ele deixe suas naves de guerra fora do espaço Chiss — grunhiu. — Pode dizer isso a ele. Também pode dizer que os Mitth estão recusando a oferta, e é bom que continue seu caminho.

— Seu Venerante, se eu puder sugerir...

— Obrigado por me contar. — Thurfian alcançou o controle do comunicador. — Adeus, Patriel.

Antes de Thistrian conseguir protestar, ele desligou a ligação.

Por um momento, contemplou a tela vazia, pensativo. Podia dispensar a oferta de ajuda militar sem pensar duas vezes. Mas e essa suposta aliança Dasklo-Xodlak? Algo assim era mesmo possível?

Parecia improvável. Os Xodlak estavam firmemente na órbita dos Irizi, e era improvável que saíssem dessa posição confortável sem um empurrão severo e visível. Quanto aos Dasklo, a atenção deles nos últimos trinta anos estivera em seu conflito de poder particular contra os Clarr. Durante esse tempo todo, não haviam prestado muita atenção nas políticas da Sindicura, e Thurfian não esperava que isso mudasse muito cedo.

Se havia alguém que sabia disso, era ele. A pedidos da Oradora Thyklo, ele passara boa parte de seus últimos três meses na Sindicura fazendo perfis e avaliações das Nove Famílias Governantes, observando em particular qualquer sinal de dissensão, conflitos evidentes e possíveis realinhamentos.

Não havia terminado sua análise das Quarenta Grandes Famílias quando a morte do Patriarca Thooraki o elevou inesperadamente à sua nova posição, mas havia completado o bastante para concluir que a teia política atual era notavelmente estável.

Não. Os Clarr poderiam acreditar em histórias escabrosas a respeito dos Dasklo, mas os Mitth não cairiam em besteiras assim. Se a Ascendência entrasse em crise, seria porque indivíduos como o Capitão Sênior Thrawn fizeram algo para levá-la a esse ponto.

Ainda assim, não custava nada fazer os técnicos do lar da família darem uma olhada no vídeo para ver se havia alguma informação adicional que pudesse ser encontrada nele. Ele registrou a ordem, e então tirou a coisa inteira de sua cabeça. Havia questões familiares mais urgentes para tratar.

E, mais tarde, quando se viu precisando de uma pausa sem Patriels, Conselheiros e manobras interfamiliares, ele veria se havia alguma novidade sobre onde Thrawn e a *Falcão da Primavera* poderiam ter ido depois de aparentemente terem desaparecido.

Ar'alani terminou de ler o relatório e ergueu o rosto para ver o General Supremo Ba'kif, que esperava em silêncio atrás de sua escrivaninha.

— Bem, estávamos meio corretos — disse.

— Mais do que meio, eu diria — respondeu Ba'kif. — Você havia imaginado que a estação era um local de reparos e reformas. Só não sabia que tipo de reformas estavam sendo feitas lá.

— E eles têm certeza de que é casco de nyix? — perguntou Ar'alani. — Nós olhamos o que a equipe coletou na volta, e não vimos nenhum nyix lá.

— Os analistas têm certeza — disse Ba'kif. — Claro, eles basearam grande parte disso nas queimaduras fracassadas no convés, então poderiam estar errados.

— É pouco provável — admitiu Ar'alani, olhando para a parte relevante do relatório. — Eles estão corretos; tochas cortantes de classe seis *são* ferramentas usadas para trabalhar com liga de nyix. Acho que podemos acreditar neles que a profundidade e a largura sugerem que as placas ou aumentos eram relativamente finos. Então nossos amigos no Couraçado de Batalha estavam melhorando seu casco-armadura.

— Ou acrescentando uma armadura a uma nave que geralmente não possui uma — aventou Ba'kif. — Uma nave de exploração, talvez, ou um cargueiro ou um transporte civil.

— É difícil imaginar que vantagem teriam com algo assim — disse Ar'alani. — Um casco de liga de nyix é bastante óbvio mesmo antes de chegar ao alcance de combate, então não seria uma surpresa para ninguém. E algo tão fino quanto o que os analistas estão falando provavelmente não providenciaria grande proteção.

— Talvez o plano seja acrescentar a um casco existente — sugeriu Ba'kif. — Ou eles estavam blindando um cargueiro ou transporte e então adicionando outra camada de casco padrão de metal sobre eles como camuflagem.

Ar'alani fez uma careta.

— De qualquer forma, parece que a nave do tamanho de um cargueiro não era a doca móvel que pensamos que era. Os nodos de instalação que notamos serviam para conectar novos segmentos de casco. E os analistas não acham que é o primeiro serviço que fizeram lá?

— É o que concluíram quanto ao número e localização das queimaduras de tocha — disse Ba'kif. — Não há como sabermos quantas naves já passaram lá, e obviamente não estava funcionando em capacidade máxima. Mas realmente parece ter estado funcionando.

E cargueiros estrangeiros e outros transportes visitavam a Ascendência o tempo todo.

— Imagino que vamos nos certificar de que fique fechada permanentemente?

— É a ação que recomendei ao Conselho — disse Ba'kif. — Se eles e a Sindicura vão aprová-la, é outra questão. — Ele deu de ombros de leve. — Apesar de que, agora que você pegou os amigos do Couraçado de Batalha no meio do serviço, imagino que sim.

— Estamos torcendo para isso. — Ar'alani sacudiu a cabeça. — Então, Yiv construiu uma estação no meio do nada. As pessoas misteriosas deixam que ele faça isso, e então a destroem, matam todos os Nikardun lá, e se mudam para o local. Ainda não entendo o *porquê* da coisa toda.

— Talvez eles quisessem estar exatamente no meio do nada — apontou Ba'kif. — Também devo ressaltar que esse trecho em particular do vazio está posicionado de forma muito conveniente entre Nascente e a Ascendência.

— Sim, nós notamos.

— Ótimo. — Ba'kif fez um gesto para ela. — Vamos repassar a linha do tempo, sim?

— Sim, senhor. — Ar'alani fez uma pausa, organizando seus pensamentos. — O General Yiv e os Nikardun se mudam para essa região, conquistando pequenas nações e ameaçando a Ascendência. Aproximadamente na mesma época, alguém descobre que Nascente possui depósitos massivos de nyix e começa uma guerra civil lá para ter acesso livre ao minério.

— Duas perguntas. — Ba'kif ergueu um dedo. — Primeiro, como *sabemos* que um forasteiro começou a guerra, e que ela não veio de dentro? Segundo, está confirmado que Nascente era a fonte de nyix que os Agbui estavam esfregando debaixo do Conselheiro Lakuviv em Celwis?

— Acho que não temos certeza a respeito da guerra — disse Ar'alani. — Apesar de a época ser um forte indicador, especialmente porque as forças de Yiv correram para enxotar o grupo de refugiados de Nascente para Rapacc.

— Mais especialmente ainda já que a técnica do míssil asteroide que vimos conecta o Couraçado de Batalha ao ataque às bases Nikardun — disse Ba'kif. — E o nyix?

— O relatório de Thrawn fala que a Magys identificou as joias de Celwis como tendo sido feitas em Nascente — respondeu Ar'alani. — Mas, é claro, a avaliação dela dificilmente conta como prova.

— Concordo — disse Ba'kif. — Agora acrescente alguns outros pontos. Os estrangeiros do Couraçado de Batalha aparentemente persuadiram Yiv a construir aquela base, sabendo muito bem que a atacariam e matariam todos os Nikardun lá. O próprio ataque do asteroide mostra que era um plano de longa data. O que significa que não só Yiv confiava neles, mas que ignorava todas as estratégias gerais.

— Sim, compreendo — Ar'alani falou devagar. — E, já que os Agbui usaram parte desse mesmo nyix para seja lá quais fossem *seus* planos em Hoxim, isso sugere que os Agbui e o Couraçado de Batalha estão trabalhando juntos.

— O que sugere ainda mais uma operação coordenada — respondeu Ba'kif em um tom nefasto. — Um ataque externo dos Nikardun; um ataque interno dos Agbui. E, agora... — Ele tocou no questis e enviou a ela um relatório. — ... temos *isto*. Imagino que, como não comentou nada ao chegar aqui, você não soubesse nada?

Ar'alani estreitou os olhos ao fazer uma leitura rápida do relatório. Uma nave estrangeira — uma nave de *guerra* estrangeira — havia entrado na Ascendência?

— Não, senhor, eu não sabia absolutamente nada — falou entredentes, pegando seu comunicador. — Quando isso aconteceu?

— A nave chegou em Avidich algumas horas atrás — Ba'kif lhe falou. — Você provavelmente estava testemunhando sobre o ocorrido em Nascente diante do comitê de audiência da Sindicura.

— Sim, estava. — Ar'alani engoliu a vontade de praguejar ao pegar a lista de mensagens de seu comunicador. Oficiais sênior de alto escalão deveriam receber alertas automáticos quando havia algum tipo de ameaça contra a Ascendência. A maior parte dos comitês da Sindicura, infelizmente, insistia que as testemunhas desligassem seus comunicadores durante questionamentos.

Mas ela havia verificado as mensagens antes de sair da câmara, e não havia nada lá a respeito de uma nave de guerra estrangeira. E, ao passar por elas agora, seguia sem haver.

— Não vai encontrar nada — disse Ba'kif com uma pontada ácida. — Após o relatório inicial sair, alguém no Conselho aparentemente decidiu que não havia motivo para o público entrar em pânico, então as notificações foram removidas.

— Com todo o respeito, general supremo, isso foi uma decisão estúpida — criticou Ar'alani. — A ideia dos alertas é que o exército possa estar preparado caso algum perigo em potencial surgir. Não temos como fazer isso se não soubermos do perigo. — Ela ergueu o comunicador. — E o público não vê essas mensagens, de qualquer forma.

— Eu sei — respondeu Ba'kif. — Mas relataram que a nave de guerra havia sido selada em sinal de paz, e ela partiu de Avidich duas horas depois de chegar, então...

— Ela *partiu*? — interrompeu Ar'alani. — Quem autorizou *isso*?

— Pelo que parece, o Patriel Mitth disse a eles que podiam ir, e o Comando de Patrulha não objetou — falou Ba'kif. — Apesar deles não terem tido muita escolha, já que os estrangeiros não haviam atacado ninguém ou agido de forma agressiva.

— Eles poderiam ter ao menos tentado mantê-la lá até que pudéssemos enviar uma nave da Força de Defesa.

— Na verdade, a *Temerária* já estava a caminho, mas os estrangeiros já tinham ido embora quando ela chegou. — O lábio de Ba'kif se contraiu. — E, como falei, eles não haviam demonstrado nenhuma hostilidade.

Ar'alani parou de trincar os dentes. Não, o Comando de Patrulha provavelmente não tivera outra opção.

No geral, concordava com a estrita política da Ascendência de nunca disparar primeiro, mesmo diante de ameaças descaradas. Mas houve momentos em que simpatizou com a visão de Thrawn de que permitir o inimigo controlar o momento e o local da agressão era tolice.

— Então ela ainda está perambulando por aí?

— Aparentemente — disse Ba'kif. — Mas todos os Comandos de Patrulha estão em alerta, e a Força de Defesa deixou todas as naves a postos caso ou quando ela aparecer de novo.

— Espero que sejam mais rápidos da próxima vez — respondeu Ar'alani. — Mas o senhor falou que os *Mitth* disseram que eles podiam partir?

— Sim — confirmou Ba'kif. — Pelo visto, alguém a bordo conversou com o Patriel Mitth antes deles irem embora. O tópico da discussão segue incerto, mas o Patriarca Thurfian esteve em contato conosco e está fazendo um relatório completo.

E, se qualquer aspecto dessa discussão fosse ruim para os Mitth, Ar'alani não tinha dúvidas de que esses aspectos em particular desapareceriam silenciosamente.

— O que quer que eu faça, senhor?

— Eu havia *planejado* pedir que montasse uma proposta de força-tarefa para Nascente para apresentar ao Conselho — falou Ba'kif com pesar. — Mesmo que o planeta continue fora dos limites, nós deveríamos poder argumentar que o Couraçado de Batalha ou os sucessores dele, que atacaram vocês, são alvos legítimos.

— Mas agora temos uma nave de guerra estrangeira desconhecida por aí.

— É o que parece — disse Ba'kif. — O que coloca tudo que tiver a ver com Nascente de lado.

— Muito conveniente para alguém.

— Concordo — disse Ba'kif. — Mas não vamos convencer a Sindicura a nos deixar focar a atenção em nada além da própria Ascendência.

— Imagino que vá pegar todas as naves da Frota de Defesa Expansionária para fortalecer as patrulhas planetárias?

— Nem todas — disse Ba'kif. — O Conselho e a Sindicura continuam trabalhando nos números e detalhes. Mas, sim, a maior parte provavelmente será trazida de volta e reposicionada. — Ele ergueu as sobrancelhas. — A *Vigilante* definitivamente será uma delas.

— Espero que eles compreendam que a situação em Nascente não é algo que pode simplesmente ser deixado de lado até um momento menos inconveniente — avisou Ar'alani. — Alguém com poder militar significativo está disposto a enfrentar naves de guerra Chiss para manter o local para si. Precisamos de respostas, e atrasar a investigação só dá mais tempo aos nossos inimigos.

— Não é a mim que precisa convencer, almirante — Ba'kif lembrou a ela. — Gostaria que eu marcasse uma reunião com o Conselho ou com a Sindicura para que possa pleitear seu caso?

— Acha que faria alguma diferença?

— Não, na verdade não — confessou Ba'kif. — Mas você pode tentar.

— Provavelmente não vale a pena o esforço — admitiu Ar'alani. — Então, a *Vigilante* vai ficar em posição de defesa?

— Sim, ao menos por enquanto — disse Ba'kif, pegando o próprio questis e tocando em um botão. — Ah, eles já resolveram a parte preliminar. A *Picanço-Cinzento*... A *Vigilante*... E lá vamos nós. A *Vigilante* será enviada para Sposia.

Ar'alani torceu o nariz. Mas, ao menos, Sposia era um dos mundos mais vitais da Ascendência. Era melhor do que ser enviada para Kinoss ou Rhigar ou qualquer outro local nas margens físicas ou culturais.

— Entendido, senhor. Com sua permissão, vou alertar meus oficiais e voltar para minha nave.

— Muito bem, almirante — disse Ba'kif. — E eu *vou* manter a pressão no Conselho quanto a Nascente.

— Obrigada, senhor. — Ar'alani levantou, endireitou-se por um momento em sinal de respeito, e começou a girar em direção à porta.

E fez uma pausa.

— Um instante, senhor. — Ela se virou. — Disse que poderia marcar uma reunião para mim?

— É claro — respondeu Ba'kif. — Com quem quer conversar?

Ar'alani se preparou. Tinha bastante certeza de que o general supremo não gostaria da resposta.

E o general supremo não gostou.

A iluminação, de acordo com um antigo ditado Kilji, raramente era a primeira escolha de um indivíduo. Mas essa escolha podia ser mudada, continuava o ditado, e era o dever de cada um dos iluminados facilitar cada uma das mudanças.

Havia outro ditado, um que falava daqueles que, por tolice e ousadia, enfrentavam esse objetivo. Aquele destino, ao contrário da escolha da iluminação, não podia ser mudado.

— Você mentiu para mim — disse Nakirre.

A cabeça encapuzada de Jixtus se levantou, o rosto escondido pelo véu erguido do aparelho que estudava.

— Perdão?

— Você mentiu para mim — repetiu Nakirre. — Diga-me agora por que eu não deveria removê-lo de minha nave.

Por um momento, Jixtus continuou parado. Então, movendo-se de forma lenta e deliberada, ele desligou o leitor e o deixou na mesa ao seu lado.

— Está fazendo uma acusação grave. Poderia explicá-la?

— Você me disse que levaria a iluminação a esses Chiss — disse Nakirre. — E, ainda assim, permitiu que o Chiss Mitth nos mandasse embora sem sequer permitir que eu falasse com ele sobre o caminho.

— Eu nunca disse que todos os Chiss seriam iluminados — respondeu Jixtus. — De fato, espero que a maior parte deles resista a ponto de que deixaremos seus cadáveres por onde passarmos.

— Você disse que a oposição só viria de líderes e comandantes — rebateu Nakirre. — Você disse que esses líderes morreriam, mas que o restante do povo aceitaria a iluminação avidamente.

— Foi o que disse — reconheceu Jixtus. — E é o que acontecerá.

— Ainda assim, permitiu que esse líder, esse Chiss Mitth, seguisse seu caminho.

— Teria preferido que eu tivesse ordenado que a *Pedra de Amolar* bombardeasse o planeta do espaço?

— E por que não? — Nakirre exigiu saber. — Eles não possuem nada que nos aterrorize. Vimos os defensores insignificantes que guardam os seus mundos. Vimos suas naves de guerra, maiores, mas ainda deploráveis, que usam para viajar para fora de seus ninhos de ignorância e trevas. Por que não trazer a iluminação para eles aqui e agora?

Por um momento, Jixtus ficou em silêncio.

— Há um sistema estelar de um dos lados de nosso trajeto atual. — Ele pegou o leitor, tocou em um comando e entregou o aparelho a Nakirre. — Fica no fim deste vetor. Comande seus vassalos a irem até lá, e eu responderei suas perguntas.

Nakirre poderia ignorar o pedido, é claro. Poderia forçar Jixtus a responder, ou começar os primeiros passos do Grysk no caminho da iluminação.

Mas ambos poderiam ser interpretados como medo. Medo de Jixtus, ou medo do desconhecido. E os iluminados nunca deveriam demonstrar medo.

— Primeiro Vassalo: altere o curso deste vetor e sistema — mandou, entregando o leitor de Jixtus ao piloto.

— Eu obedeço — disse o Primeiro Vassalo. Ele olhou os números por um momento, e então teclou o novo trajeto no leme.

— Distância? — perguntou Nakirre.

— Está perto, generalirius — respondeu o Primeiro Vassalo. — Aproximadamente trinta e cinco minutos daqui.

— Aumente a velocidade — mandou Nakirre. — A dez.

O Primeiro Vassalo ondulou com surpresa e uma certa preocupação.

— Eu obedeço.

O som dos motores da *Pedra de Amolar* aumentou conforme o Primeiro Vassalo os deixava em máxima potência.

Nakirre virou-se para Jixtus, divertindo-se com malícia. Se o Grysk estava contando com trinta e cinco minutos para preparar uma explicação ou um pedido de desculpas, agora teria que ir mais rápido. Será que agora seria o medo do desconhecido, que com tanta frequência se emaranhava nos não iluminados?

Mas, como sempre, não havia nada a ser visto, fosse medo ou qualquer outra coisa. Jixtus continuava silencioso e imóvel, as vestes, o capuz e o véu escondendo completamente todo tipo de estresse ou preocupação ou arrogância que pudessem espreitar ali dentro. Por um momento, Nakirre considerou andar até ele e arrancar a cobertura para finalmente ver esse estrangeiro não iluminado que permitira que viajasse em sua nave.

Resistiu à vontade. Ele era um generalirius da Iluminação Kilji. Tais ações, assim como o medo, seriam indignas.

Cultivando paciência, Nakirre se afastou do ignorante e contemplou a desordem giratória do hiperespaço através da cobertura da *Pedra de Amolar*.

Os minutos passaram em silêncio. Então, o Primeiro Vassalo fez um aviso, e a desordem deu lugar mais uma vez à apropriada harmonia do céu estrelado do universo. A uma distância próxima, Nakirre conseguia ver um mundo parcialmente escuro; mais além, um sol de brilho fraco.

— Seu último pedido foi concedido — Nakirre voltou-se mais uma vez para Jixtus. — Agora quero respostas.

— As respostas chegarão em um instante — disse Jixtus. — Na verdade, elas devem estar chegando… agora.

Atrás de Nakirre, ouviu-se um arquejo e o som da pele ondulando contra a roupa.

— Generalirius! — exclamou o Segundo Vassalo com uma voz estrangulada.

Nakirre deu a volta. Flutuando diante da *Pedra de Amolar*, aparecendo a estibordo do cruzador, havia outra nave de guerra.

Mas não era qualquer nave de guerra. Era uma nave *enorme*: três, talvez quatro vezes maior do que a *Pedra de Amolar*. A proa se eriçou com aglomerados de lasers espectrais, com mais tubos de lasers e mísseis apontados na direção dos Kilji dos ombros armados e massivos. Fileiras de luzes marcavam os flancos e a espinha dorsal, acentuando o comprimento e a presença absoluta da nave de guerra.

— Vê essa nave de guerra? — Jixtus falou em voz baixa atrás dele, as palavras parecendo flutuar diante da descrença atordoada de Nakirre, da mesma forma que a nave que o encarava flutuava diante das estrelas. — Essa é a *Tecelã de Destinos*, uma Mestra de Guerra Grysk de classe *Estilhaçadora*. Ela poderia destruir a *Pedra de Amolar* em dez minutos. Ela poderia transformar sua frota de batalha Kilji em ferro-velho em duas horas. Consegue me ouvir e compreender, Generalirius Nakirre?

Nakirre sentiu a pele ondear, os olhos e pensamentos congelados. Aquela *nave*…

— Consegue me ouvir, generalirius?

Nakirre encontrou sua voz.

— Sim — disse.

— Então ouça e compreenda. — A voz de Jixtus continuava baixa, mas agora havia a pontada de uma ameaça sombria. — Você serve aos Grysk.

A Iluminação serve os Grysk. Você e o seu povo vivem ou morrem ao bel--prazer dos Grysk. Eu não viajo a bordo da *Pedra de Amolar* ao seu bel-prazer; você e a *Pedra de Amolar* sobrevivem pelo meu. Eu viajarei a bordo desta nave quando eu desejar, por quanto tempo desejar, e você obedecerá cada um dos comandos que eu escolher dar. Compreende?

Nakirre forçou-se a voltar para algo semelhante a calma. *Os iluminados nunca devem demonstrar medo.*

— E nosso acordo? — perguntou.

— Continua em pé — assegurou Jixtus. — Nós os auxiliaremos a trazer a iluminação para os povos desta região. Mas serão os povos de *nossa* escolha, e em *nosso* tempo.

A mente de Nakirre continuava se debatendo. Se Jixtus tinha acesso a tais naves, para que precisava da Iluminação Kilji? Certamente os Grysk poderiam conquistar todos os povos do Caos sem ajuda de ninguém. Será que a conversa sobre iluminação e conquista era meramente uma forma de manter os Kilji ocupados e fora do caminho enquanto eles seguiam o próprio trajeto sem serem vistos? Por que Jixtus havia sequer requisitado transporte a bordo da *Pedra de Amolar*?

Sentiu a vergonha se esticar. A última pergunta, ao menos, era uma que agora tinha resposta. Nenhum Chiss pararia para ouvir a mensagem de aviso de Jixtus se ele chegasse em uma nave de guerra daquelas. Eles abririam fogo, e a guerra começaria.

Nakirre não podia imaginar que tipo de naves de guerra os Chiss deveriam ter se Jixtus queria enfraquecê-los antes de tal coisa acontecer. Mas essas naves de guerra deveriam ser de fato impressionantes se os Grysk haviam hesitado em iniciar um ataque direto com naves como a *Tecelã de Destinos.*

— Compreendido — disse. Arrancando os olhos da nave de guerra, ele se voltou para Jixtus. — E agora?

— Entrarei na *Tecelã de Destinos* para fazer uma consulta e ver se eles têm alguma atualização — disse Jixtus. — Então, você e eu continuaremos. — Ele pausou, a cabeça encapuzada inclinada levemente para o lado. — E não tema quanto às minhas habilidades e planos. Contatar o Mitth primeiro não foi um erro. Eu sabia que o Patriarca deles nos rejeitaria.

Nakirre se ergueu. Não era porque os Grysk tinham uma força incapacitante que ele deveria se rebaixar diante desse estrangeiro. A Iluminação tinha clareza, e com a clareza vinha a sabedoria. Os Grysk não tinham nenhuma das duas coisas.

— Então por que perder tempo com ele?

— Meu tempo nunca é perdido — disse Jixtus. — Você desiste de iluminar alguém somente porque sua primeira tentativa foi rejeitada? Claro que não. É por isso que os Kilji precisam acrescentar conquista às suas ferramentas, para ter mais tempo para iluminar esses outros seres.

— Então, espera que o Mitth simplesmente o ouça? — perguntou Nakirre, agora totalmente confuso.

— De jeito algum — respondeu Jixtus. — Meu tempo com o Mitth serviu para providenciar uma base, um prumo contra o qual serão medidas todas as nossas interações futuras com os Chiss.

— Entendo — disse Nakirre. Não entendia, mas não tinha intenção de admitir isso ao estrangeiro.

— Ótimo. — Jixtus se levantou. — A auxiliar da *Tecelã de Destinos* chegará aqui em breve para me levar a bordo. Enquanto eu estiver fora, você preparará um trajeto para Rhigar, um planeta Chiss. — Ele fez uma pausa e Nakirre teve a sensação perturbadora de que o rosto que não via por trás do véu estava sorrindo. — Lá, encontraremos o Patriarca da família Clarr, nosso primeiro alvo *de verdade*.

CAPÍTULO CINCO

Clarr'os'culry, capitã familiar Clarr, estava em seu escritório e tomava sua segunda xícara de caccofolha quente quando recebeu um alerta dizendo que uma nave estrangeira havia chegado em Rhigar.

Ela chegou ao centro de defesa do lar dos Clarr em uma questão de trinta segundos.

— Oficial? — convidou de forma brusca ao ir até a cadeira de comando no meio do círculo de telas e se sentou.

— Uma única nave de guerra estrangeira se movendo em órbita alta — respondeu o Tenente Clarr'upi'ovmos, tão brusco quanto. — A configuração e o tamanho batem com o cruzador de batalha que relataram ter aparecido em Avidich há dois dias. Os três destróiers Clarr que estavam naquele setor estão se movendo para interceptá-la, e as duas fragatas entraram em posições de guarda equatorial caso seja uma finta ou a primeira de uma dupla. As naves da Patrulha do Sistema estão se movendo para posições de reforço.

Roscu assentiu, passando os olhos pelas telas. *Cruzador de batalha* não era exatamente uma classe específica, era mais uma categoria conveniente para qualquer nave estrangeira de médio porte até terem definições melhores das capacidades dela. Nesse caso em particular, fatorando os relatos anteriores do Patriel Mitth em Avidich, ela a colocaria tentativamente entre uma fragata Chiss e um cruzador pesado, dos menores, provavelmente. Se decidisse causar problemas, as naves de patrulha e os destróiers Clarr orbitando Rhigar conseguiriam lidar com ela.

— Não há indicação de intenções hostis, suponho?

— Não, senhora — disse Rupiov. — E os destróiers relataram que as armas estrangeiras estão seladas em sinal de paz. Eles nos saudaram em Meese Caulf, Taarja e Minnisiat, mas imaginei que a senhora preferiria responder em pessoa.

— Sim, eu preferiria — confirmou Roscu com um vislumbre de satisfação. Levara um tempo para colocar em ordem as forças de defesa do lar familiar ao conseguir o emprego, mas eles finalmente estavam começando a se portar como profissionais militares. Rupiov, em particular, estava rapidamente se tornando um excelente braço direito. — Eles pareciam particularmente fluentes em algumas das línguas?

— Eles falaram mais claramente em Taarja — disse Rupiov. — Infelizmente, é a mais difícil para a maior parte de nós.

— Nós não fazíamos coisas na Frota de Defesa Expansionária porque elas eram *fáceis*, tenente — respondeu Roscu, sarcástica. — Nós as fazíamos porque elas precisavam ser feitas. Comunique-se com eles.

— Pronto, capitã.

Roscu limpou a garganta.

— Aqui quem fala é a Capitã Roscu, comandante da força de defesa do lar da família Clarr — disse em Taarja, tentando não estremecer. Realmente *era* uma língua desagradável para o trato vocal dos Chiss. — Identifique-se e declare o propósito de sua visita à Ascendência Chiss.

— Eu me chamo Jixtus — respondeu uma voz estrangeira, rouca, mas um tanto melodiosa. As palavras em Taarja eram claras e precisas, mas havia algo que indicava um sotaque estranho debaixo delas. — Viajo com o Generalirius Nakirre a bordo da nave de guerra *Pedra de Amolar*. Venho ao seu mundo para dar um aviso ao seu Patriarca.

Roscu estreitou os olhos. O relatório de Thurfian, o Patriarca Mitth, havia sido suspeito quanto ao que Jixtus e o Patriel Mitth haviam discutido.

— Explique-se — respondeu, voltando sua atenção à tela tática. Os três destróiers Clarr já estavam em posição de ataque, e as naves gerais de patrulha estavam se fechando em posição de reforço. — Que tipo de aviso?

— Acredito que sua família esteja em perigo — disse Jixtus. — Peço permissão para falar sobre a ameaça diretamente com o seu Patriarca.

— A família Clarr fica lisonjeada por sua solicitação — disse Roscu. — Posso perguntar por que está sendo tão solícito?

Jixtus deu uma risadinha, um som seco e rouco.

— Por pagamento, é claro — justificou. — Sou um agente de informações. Aprendo daqueles que guardam segredos e os vendo para aqueles que se beneficiariam de saber de tais segredos.

— Compreendo — respondeu Roscu. Ao menos ele não estava tentando inventar uma história de altruísmo ou algo tão ridículo quanto. Não tinha muito respeito por mercenários, mas ela os *entendia*. — Tenho certeza que entenderá que não posso perturbar o Patriarca Rivlex sem saber mais sobre essa ameaça do que meramente suas palavras quanto à sua suposta existência. Se providenciar os detalhes, posso decidir se devo ou não levar isso a ele.

— Também julgará se o pagamento é justificado? — perguntou Jixtus, cortante. — Sua oferta carrega o risco de enriquecê-la ao me empobrecer.

— Você é um estranho na Ascendência Chiss — disse Roscu. — Pode ser desculpado, então, por sugerir que a família Clarr o enganaria. Posso assegurar que sua informação receberá pagamento total por seu valor.

— O valor a ser julgado por você, é claro. — Jixtus soltou um suspiro assobiado. — Suponho que não tenho outra escolha. Muito bem. Se der as instruções de aterrissagem ao meu piloto auxiliar, descerei e entregarei a você os detalhes dessa ameaça.

— Não há necessidade para tanto — Roscu lhe falou. Do canto do olho, viu uma das telas mudar, e viu nela uma nova mensagem: *Nave* Temerária *da Força de Defesa a caminho; tempo estimado de chegada em três horas*.

Fechou a cara. Três *horas*. Era essa a habilidade altamente divulgada da Força de Defesa de proteger a Ascendência. Felizmente para o povo de Rhigar, os Clarr estavam preparados.

— Esta comunicação é segura — disse. — Pode me dar os detalhes aqui e agora.

— É *mesmo* segura? — rebateu Jixtus. — Os Clarr estão sozinhos em seu mundo?

Roscu franziu o cenho.

— O que quer dizer com isso?

— Quero dizer que essa ameaça não vem de fora — Jixtus abaixou a voz como se temesse que outros estivessem ouvindo. — O perigo, na verdade, vem de outros da sua espécie.

Roscu olhou outra vez para a tática. Depois do rolo da Ascendência com o General Yiv, ela presumira que a suposta ameaça de Jixtus viria do que sobrasse das forças dos Nikardun, ou possivelmente de alguém chegando após Yiv. A ameaça poderia ser o próprio Jixtus e esses Kilji que estavam com ele, diga-se de passagem.

Mas vinda dos próprios Chiss? Ridículo. Nenhuma das outras Nove seria tola o bastante para atacar os Clarr.

A não ser, é claro, que por *ameaça* ele se referisse a maquinações políticas em andamento. *Esse* tipo de coisa acontecia o tempo todo, e os Clarr e seus aliados conseguiam lidar com isso sem precisar pagar um estrangeiro metido por informações que provavelmente já tinham.

Ainda assim, *era* uma nave estrangeira lá em cima. Mesmo que a informação de Jixtus fosse uma perda de tempo, poderia ter outras formas de Roscu ganhar algo com esse encontro.

— Compreendido — disse. — Infelizmente, a política do Patriarca é de recusar permissão de aterrissagem a naves de outras espécies.

— Entendo — respondeu Jixtus. — Com o perigo pressionando-os de todos os lados, seria realmente pouco sábio permitir um desconhecido entre vocês. Uma nave auxiliar cheia de soldados diante de seus portões poderia causar danos indizíveis.

Roscu estreitou os olhos. Podia ouvir e rejeitar ameaças de perigo. Mas insultos contra ela e contra a família Clarr eram outra coisa.

— Você não sabe muito sobre os Chiss se acredita que até mesmo uma auxiliar seria qualquer tipo de ameaça para nós — declarou. — Sua nave de guerra inteira representaria pouco mais do que um exercício para nossas forças de defesa.

— O que você disse? — disse Jixtus, parecendo quase envergonhado. — Como você sabe?

Roscu olhou para Rupiov e recebeu um olhar perplexo em resposta.

— Como eu sabia o quê? — perguntou.

— Que a ameaça é representada, de fato, por um exercício de guerra — disse Jixtus. — Como você sabia do treinamento de ataque das naves de seus inimigos?

— Espere um segundo — respondeu Roscu. — Que treinamento de ataque? Do que você está falando?

— Você possui um profundo conhecimento e sabedoria que não esperávamos encontrar entre os Chiss — disse Jixtus. — Mas não posso falar nada onde outros podem ouvir. Se não posso visitar seu mundo e seu Patriarca, talvez você poderia mandar um representante a bordo da *Pedra de Amolar* para uma conversa mais segura.

Roscu mordeu a parte interna da bochecha. Mas realmente, por que não? Não havia nada a perder — decerto Jixtus não pretendia feri-la ou fazê-la de refém, não com um grupo de naves de guerra Chiss mantendo a *Pedra de Amolar* sob suas miras.

Ao contrário, havia muito a ganhar ao aceitar tal oferta. O Patriarca Mitth havia mandado Jixtus embora sem nem ao menos tentar olhar a *Pedra de Amolar* de perto ou aprender mais sobre Jixtus e os Kilji. Agora a família Clarr tinha a chance de fazer ambas as coisas.

— Muito bem, eu aceito — falou. — Vou enviar a você a informação de órbita. Reposicione-se como for instruído, e estarei aí em breve.

— Aguardamos sua chegada ansiosamente.

Roscu desligou o comunicador.

— Dê a ele uma órbita de altitude média — disse a Rupiov. — Que seja um circuito polar.

— Vai ser um pouco complicado que consigam fazer isso com o vetor atual deles — apontou Rupiov.

— Essa é a ideia — Roscu falou. — Vamos ver quanto trabalho estão dispostos a fazer para falar conosco. E certifique-se de que a órbita nunca os coloque diretamente sobre o lar familiar.

— Sim, senhora — disse Rupiov, hesitante. — Realmente irá lá em cima?

— Por que não? — perguntou Roscu, observando os dados orbitais passando pela tela do comunicador conforme eram transmitidos para a *Pedra de Amolar*. Não conseguia decifrar os números tão rápido quanto um oficial de navegação treinado, mas tudo parecia correto.

— Sozinha? — insistiu Rupiov. — Sabe, eles são *estrangeiros*. Não sabemos do que são capazes.

— Está tudo bem — assegurou Roscu. — Eles também não sabem do que *eu* sou capaz. E, mais especificamente, é minha chance de dar uma boa olhada na nave deles, dentro *e* fora, e realmente conhecer essa gente. Os Mitth não se incomodaram em fazer nenhuma dessas coisas.

Os lábios de Rupiov se torceram em um sorriso.

— Não se incomodaram mesmo — disse. — Isso vai dar umas conversas interessantes na Sindicura.

— E, talvez, uma boa alavancagem — concordou Roscu. — Consiga uma auxiliar e um piloto para mim. Quero que estejam prontos o quanto antes.

— Sim, senhora — disse Rupiov. — Eles estarão do lado de fora da entrada principal em quinze minutos.

Quinze minutos. Apenas tempo o bastante para Roscu prender o cabelo, colocar o uniforme de gala e ir até a entrada principal para pegar a auxiliar. Fosse qual fosse o motivo para aqueles estrangeiros realmente estarem lá, ela queria causar a melhor impressão possível.

Especialmente já que o uniforme de gala da família Clarr combinava tão bem com a carbônica no coldre. *E* já que também tinha um bolsinho escondido perfeito para uma arma de reforço com dois tiros.

Se Jixtus estava planejando causar problemas, ele realmente não saberia do que ela era capaz. Não até que fosse tarde demais.

Do lado de fora, a *Pedra de Amolar* parecia qualquer outra nave de guerra de classe mediana, com um casco de placas pesadas feitas de liga de nyix, bolhas de armas espalhadas pelo casco, guardando lançadores de lasers e mísseis, e um leque organizado de nodos marcando a presença de um sistema de barreira eletroestática.

A selagem de paz que tanto Rupiov quanto o relatório dos Mitth haviam mencionado consistia de placas pesadas de metal aferrolhadas acima dos tubos dos mísseis e das aberturas de laser espectral. Elas pareciam suficientemente robustas, mas Roscu suspeitava que poderiam ser removidas sem dificuldade se Jixtus decidisse que precisava lutar. Ainda assim, se o mecanismo de liberação consistia em ferrolhos explosivos ou metal de fratura, abrir as armas para modo de combate ainda daria alguns segundos de aviso à defesa planetar.

Para as naves de guerra dos Clarr, ao menos, isso era mais do que o suficiente. Não podia falar quanto à competência do Comando de Patrulha.

Dois estrangeiros bípedes a aguardavam dentro do vestíbulo de atracação quando a porta da auxiliar se abriu. Um deles era alto e tinha cabelo castanho-escuro e pele laranja, enrugada e emborrachada, vestindo um uniforme que parecia feito de meia dúzia de diferentes tons de azul. O outro era muito menor, um pouco mais baixo que a própria Roscu, e estava vestido de preto com um capuz, luvas e um véu que obscurecia completamente tudo além da forma básica de seu corpo.

— Eu sou Jixtus — o estrangeiro mais baixo se identificou. Ali, em pessoa, a voz dele soava um pouco menos melodiosa e um pouco mais rouca do que soara no alto-falante do centro de defesa. — Eu a cumprimento, Capitã Roscu, e dou as boas-vindas a bordo da *Pedra de Amolar*. Este é o Generalirius Nakirre, governante da Iluminação Kilji e mestre desta nave. Apreciamos sua prontidão. Permita que a levemos até um local de conforto e refrescos onde poderemos conversar mais à vontade.

— Não preciso de refrescos — disse Roscu. A *Temerária* estava indo até eles pelo hiperespaço, e queria que os estrangeiros estivessem fora de lá quando o Almirante Dy'lothe chegasse e quisesse assumir o controle. — Você falou de uma ameaça e um treinamento de ataque. Eu gostaria de ouvir os detalhes.

— Um ser de direção e foco — disse Nakirre. A voz dele era bem menos melodiosa que a de Jixtus, as palavras em Taarja ditas de forma monótona e rangente. Mas havia uma intensidade debaixo da voz que fez Roscu sentir um arrepio. — Eu aprovo.

— Fico muito feliz — comentou Roscu, lamentavelmente consciente de que o sarcasmo não seria bem aproveitado. — Se algum de vocês puder nos levar...?

— É claro — disse Jixtus. — Siga-me. — Virando-se, ele andou por uma escotilha ao lado do vestíbulo, Nakirre indo junto a passadas largas, logo atrás. Roçando seu antebraço contra a carbônica presa na lateral do corpo, sentindo a pressão reconfortante da arma escondida, Roscu os seguiu.

O corredor era tão utilitário quanto o exterior da *Pedra de Amolar*. Trinta metros à frente, havia uma escotilha aberta com luz suave vazando no convés e na parede do corredor de metal cinzento. Jixtus e Nakirre deram a volta e desapareceram pela abertura; mais uma vez tocando o antebraço no coldre da carbônica, Roscu os seguiu.

Presumiu que o compartimento teria mais do metal frio e da cerâmica que vira no corredor e no exterior da *Pedra de Amolar*. Para sua surpresa, viu-se em algo que parecia mais uma casa de brinquedo infantil. As paredes estavam estampadas com as alfinetadas de luzes coloridas, enquanto globos luminosos flutuantes pairavam em cada canto superior do compartimento. O carpete era grosso e escovado, e a mesa redonda e as seis cadeiras que dominavam a sala eram feitas de madeira entalhada com contraste.

Mas ao menos a multitela no centro da escrivaninha era moderna e eficiente. A imagem nos monitores mostrava cinco naves de tamanhos e configurações variadas contra um fundo estrelado.

— Por favor, sente-se. — Jixtus fez um gesto para a mesa enquanto ele e Nakirre iam até as duas cadeiras mais próximas da escotilha.

— Obrigada — falou Roscu. Ela circulou Nakirre conforme ele se sentava no assento escolhido, pegando a cadeira da direita do estrangeiro alto, onde teria uma visão clara tanto da escotilha quanto da tela daquele lado. Como um bônus adicional, sentar lá também deixava a mão da carbônica e da arma fora do alcance de Nakirre. *Até paranoicos*, dizia o velho ditado sussurrado em sua mente, *possuem inimigos*.

— Essa gravação foi feita em um sistema estelar não identificado sete dias atrás — Jixtus puxou o controle da multitela. — Acredito que reconhecerá as naves, assim como a atividade. — Ele apertou um interruptor e a imagem descongelou para mostrar o vídeo.

Roscu inclinou-se para ficar mais perto, estudando as naves. Havia uma certa distorção e turbidez nas imagens, indicando que a cena havia sido gravada de uma boa distância, mas a vista era clara o bastante para entender com facilidade os maiores detalhes. Duas das naves eram patrulhas de sistema, do tipo que protegia Rhigal e todos os outros mundos habitados da Ascendência. Junto com o que parecia ser um cruzador leve, elas circulavam uma das duas naves maiores — pelo tamanho e configuração, era provável que fosse um cargueiro — lançando disparos lasers que mal eram visíveis contra ela, e recebendo fogo em troca.

— Esse vídeo foi aumentado? — perguntou.

— Uma pergunta perspicaz — disse Jixtus, uma nota de aprovação em seu tom. — Sim, as intensidades dos lasers foram intensificadas por claridade. Senão, não seriam visíveis a olho nu.

Roscu assentiu. Então: certo, um treinamento de batalha.

Mais do que isso, um treinamento cujos participantes queriam manter em segredo. Não havia nenhum objeto de massa planetária visível e, pelos padrões da iluminação nas naves, imaginou que também não haveria nenhum fora do alcance do vídeo. Os exercícios oficiais de treinamento da Força de Defesa nunca eram feitos muito longe de planetas, já que combates reais costumavam acontecer perto deles.

Mas Jixtus poderia não saber disso. Poderia ser interessante ver qual seria a resposta dele diante dessa sugestão.

— Deve ser só um exercício de treino — falou com um tom casual. — A Força de Defesa Chiss faz vários assim.

— Gostaria de discordar — disse Jixtus. — Essa gravação foi feita a uma grande distância de qualquer tipo de habitação, e apenas um veículo de gravação está presente. Não, acredito que seja um jogo de guerra. Ou — acrescentou, pensativo — um ensaio.

— Não acredito que ninguém ensaiaria um ataque a um cargueiro — disse Roscu. Então, sua conclusão provisória estivera correta, e Jixtus acabara de entregar uma informação valiosa de graça.

— Talvez o alvo tenha sido a única nave que puderam usar — sugeriu Jixtus.

— Talvez — respondeu Roscu. Então agora ele também estava confirmando que a nave era mesmo um cargueiro. Duas informações de graça. Esse Jixtus negociava realmente mal.

— Já observou a nave dos observadores? — ele perguntou.

Roscu focou na outra nave grande. Agora que a olhava mais de perto, conseguia ver que, de fato, ela parecia estar mais afastada para observar o exercício sem se envolver nele. Era maior que as três agressoras, possivelmente um cruzador leve ou uma fragata, apesar de só a popa e parte do estibordo da nave serem visíveis, então era difícil dizer. Conforme assistia, a nave mudou de posição, erguendo a proa ligeiramente para uma guinada de alguns graus a estibordo.

E Roscu sentiu a sua respiração entalar na garganta. Era uma fragata, sim, a quinta maior nave de guerra Chiss, atrás do cruzador pesado e das três classificações de naves de guerra. As marcas no casco seguiam borradas... mas, para uma oficial militar da família Clarr, não havia dúvida de que o emblema que a marcava fazia dela uma fragata da família Dasklo.

Voltou a olhar para a patrulha e o cargueiro. Eles também tinham símbolos familiares, como conseguia ver agora. Mas essas naves eram menores e mais distantes, e a resolução do vídeo não era boa o bastante para que conseguisse discerni-las.

— Pode ampliar mais o vídeo? — perguntou.

— Infelizmente, não — disse Jixtus. — Esse é o máximo da capacidade dos Kilji.

Roscu torceu os lábios. Estava tão tentadoramente perto.

Mas só porque os Kilji não podiam aumentar o vídeo, isso não significava que tinha chegado ao fim do caminho. O equipamento no lar da família poderia tirar mais alguma coisa das imagens.

— Gostaria de levar essa gravação ao meu povo — falou. — Talvez poderíamos fazer mais com ela do que isso.

— É claro. — Jixtus tocou em outro interruptor e as telas se apagaram. Tocou no painel outra vez, e surgiram uma capa virada para cima e um pequeno retângulo. — Acredito que possa ler isto? — acrescentou, oferecendo-o a ela.

— É claro. — Roscu pegou o cartão e o colocou no bolso. Todos os computadores que conhecia usavam cilindros de dados, mas a família Clarr fazia negócios com várias espécies estrangeiras e *alguém* em Rhigar deveria ter o equipamento que traduziria o cartão de Jixtus a um formato mais utilizável. — Vou devolvê-lo assim que fizer uma cópia.

— E quando trará meu pagamento? — perguntou Jixtus de forma cortante.

— Como falei antes, nós pagaremos quando decidirmos quanto vale a informação. — Roscu ficou de pé. — Mas acho que posso assegurar que o Patriarca autorizará uma quantia razoável. — Ela se virou e começou a andar até a porta. — E você disse que o sistema estelar onde isso ocorreu é desconhecido?

— Não desconhecido — disse Jixtus.— Meramente não identificado.

Roscu fez uma pausa, franzindo o cenho por cima do ombro ao olhá-lo.

— Qual é a diferença?

— A diferença — disse Jixtus — é que eu simplesmente não o identifiquei para *você*. Segurar a informação é o motivo pelo qual sei que voltará com meu pagamento.

O primeiro impulso de Roscu foi ficar furiosa. Como um estrangeiro ousava brincar assim com ela? O segundo foi reconhecer que não havia nada que pudesse fazer quanto a isso. Não tinha escolha a não ser aceitar a extorsão.

O terceiro foi perceber que talvez Jixtus não fosse tão descuidado com negociações quanto pensara.

— Muito bem — disse. — Quando eu voltar com sua gravação e seu pagamento, trarei uma quantia adicional que será o bastante para comprar a localização do sistema.

— Excelente — respondeu Jixtus. — Esperarei ansiosamente nosso próximo encontro. — Ele levantou um dedo enluvado. — Só mais uma coisa.

Ele pausou.

— Sim? — encorajou Roscu, controlando uma nova onda de irritação. Nunca havia apreciado dramaturgia, fosse esta visual *ou* verbal, e especialmente não gostava da combinação de ambas.

— Se for mesmo o caso de que seu Patriarca e sua família realmente se encontrem em perigo — disse Jixtus —, o Generalirius Nakirre e os Kilji estão prontos para auxiliar em sua defesa.

— É mesmo? — Roscu espiou o estrangeiro mais alto. — E no que consistiria esse auxílio?

— Temos muitas naves de guerra — disse Nakirre. — Algumas delas poderiam ser colocadas à sua disposição se precisar.

— Aprecio a oferta — respondeu Roscu. — Mas acredito que a família Clarr consegue lidar com isso por conta própria.

— É claro — falou Jixtus. — Simplesmente queria que estivesse ciente de todas as alternativas.

— Confie em mim, estou ciente delas — Roscu assegurou, sombria. Olhou para Nakirre, colocando mentalmente o cruzador de batalha *Pedra de Amolar* contra o perfil de defesa Clarr. Talvez essas naves pudessem ser poderosas contra piratas ou saqueadores. Não tanto contra uma das Nove Famílias. — Estou ciente de *todas* elas.

Roscu tinha razão em dois aspectos. Os técnicos Clarr foram capazes de ler e copiar o incomum cartão de dados de Jixtus. Eles também conseguiram tirar mais informações da gravação.

— A fragata é definitivamente Dasklo, Seu Venerante — confirmou Roscu, tocando o distintivo emblema familiar na imagem congelada na tela da escrivaninha do Patriarca Clarr'ivl'exow. — Mas essa é a parte interessante. Uma das naves de patrulha é Erighal; as outras naves de patrulha são Xodlak.

— Xodlak — ecoou Rivlex, alisando o lábio inferior, pensativo, enquanto observava a tela. — Não é uma família que eu imaginaria trabalhando com os Dasklo.

— Concordo — disse Roscu. — Considerando a proximidade dos Xodlak com os Irizi, minha preocupação é que isso possa sinalizar uma nova aliança entre eles e os Dasklo. Isso poderia ser uma ameaça grave contra nós.

— Acho improvável — observou Rivlex. — Os Irizi têm a mão bastante pesada com seus aliados, e os Dasklo não são exatamente conhecidos por suas habilidades de trabalhar bem com os outros.

— Talvez eles tenham aprendido — disse Roscu. — Ou talvez o ímpeto não esteja vindo de nenhuma dessas famílias.

— Como assim?

— A sugestão pode ter vindo dos Xodlak.

As sobrancelhas de Rivlex levantaram de forma cética, mas educada.

— Uma das Quarenta instigando uma das Nove? É ainda mais improvável que os Dasklo aprenderem a ter bons modos.

— Uma das Quarenta que costumava ser uma das Nove Famílias Governantes — lembrou Roscu. — E se não fosse apenas os Xodlak? E se fosse uma aliança recém-formada entre os Xodlak, os Erighal e os Pommrio?

— Por que eles...? — Rivlex parou de falar, as sobrancelhas caindo abruptamente para se franzirem, pensativas.

— Exatamente — disse Roscu. — Todos andam presumindo que a ação militar recente em Hoxim foi uma caça absurda ao tesouro ou um grande erro. Mas pergunte-se o seguinte: como três membros das Quarenta cometeram o mesmo erro?

— Você acha que o encontro ocorreu para cobrir outra coisa?

— É possível — disse Roscu. — Ou então todas elas foram atraídas até lá de alguma forma, mas, ao derrotar o ataque da nave estrangeira, notaram que trabalham bem juntas.

— Teoria interessante — murmurou Rivlex. — Mas não é o que estou lendo nos relatórios.

— Relatórios feitos pelos próprios participantes — disse Roscu. — Relatórios que poderiam ter sido facilmente editados pelas três famílias para dizer somente o que queriam que o restante da Ascendência lesse. Se for esse o caso, o que a fonte de Jixtus pode ter gravado foi uma demonstração de combate, os Xodlak coordenando com os Erighal para mostrar aos Dasklo o que conseguem fazer.

— Não faz sentido — disse Rivlex, a voz firme. — O Patriarca Kloirvursi nunca aceitaria propostas de uma das Quarenta. Alianças com os Dasklo invariavelmente vão para o lado oposto, dele para fora.

— A não ser, como falei, que estejamos começando de uma aliança entre três das Quarenta — disse Roscu. — Também devo apontar que Sarvchi, onde as naves e tripulações familiares dos Pommrio se juntaram para a viagem para Hoxim, é onde fica uma fortaleza Dasklo.

— Uma das menores.

— Mas com uma unidade importante de manufatura — persistiu Roscu. — Aliás, e quem sabe se essa dança entre os Xodlak, os Irizi e os Dasklo é tudo que está acontecendo? Se os Pommrio também fizerem parte, o que acontece se estiverem tentando convencer os Plikh para entrar nessa nova aliança? *Ou* será que já o fizeram?

— Isso faz menos sentido ainda — falou Rivlex. — Os Plikh não fariam nenhum trato assim sem nos consultar primeiro.

— Não fariam mesmo? — rebateu Roscu. — Só porque nossas famílias são aliadas por algumas gerações, não significa que não se virariam contra nós se algo mais vantajoso aparecesse.

— Teria que ser algo *significantemente* mais vantajoso.

— Eu proponho que uma aliança sólida entre eles, os Irizi, os Dasklo *e* três das Quarenta qualificaria como tal.

— A palavra-chave aqui é *sólida*. — Rivlex ponderou por um momento. — Não. Não, eu não acho que seu raciocínio seja persuasivo. Porém — acrescentou, erguendo uma das mãos quando Roscu abriu a boca para protestar —, coisas mais estranhas que essa certamente já aconteceram durante o curso da história da família Clarr. Só porque não acredito que essa aliança seja provável, isso não significa que deveríamos ignorar a possibilidade. Especialmente considerando que os Xodlak parecem sentir a necessidade de demonstrar poder militar para os Dasklo.

Roscu sentiu a garganta apertar. Rivalidades e desafios familiares normalmente aconteciam nas arenas políticas e econômicas. Nesse caso, uma combinação Dasklo-Irizi poderia trazer o tipo de pressão que resultaria em concessões significativas dos Clarr. Algumas instalações de agricultura e processamento dos Clarr em Ornfra poderiam mudar de dono, ou possivelmente a grande fábrica de eletrônicos em Jamiron, ambas as quais os Dasklo salivavam para ter há anos. Tudo seria limpo, discreto e civilizado, o tipo de coisa que acontecia o tempo todo na Ascendência.

Mas se os Dasklo e os Xodlak estavam no meio do nada, envolvidos em jogos de guerra...

— O senhor tem um plano, Seu Venerante? — perguntou.

— Tenho — disse Rivlex. — Primeiro, você voltará para entregar a Jixtus o valor por essa amostra e a localização onde esse evento ocorreu. Se tiver mais desse vídeo, comprará ele também.

— Sim, senhor — respondeu Roscu. Havia pretendido sugerir ambas as coisas se ele não tivesse falado delas. — Não perguntei a ele o valor.

— Seja lá qual for, pague-o — disse Rivlex. — Se for tudo uma fraude, encontraremos uma forma de lidar com ele depois. Depois disso, mandaremos uma de nossas naves para verificar a localização e ver se conseguimos obter mais alguma informação.

— Sim, Seu Venerante — respondeu Roscu. — Posso sugerir também uma viagem discreta por algumas de nossas propriedades na Ascendência? Se alguém estiver tramando contra nós, pode haver sinais disso em outros lugares.

— Uma ideia razoável — concordou Rivlex. — Tem alguma sugestão de nave e capitão?

— Sim, senhor, tenho — disse Roscu. — Sugiro a *Orisson*, comandada por mim.

— Verdade? — questionou Rivlex, inclinando a cabeça de leve. — Me perdoe se estiver enganado, mas acredito que você já tem uma posição importante.

— O Tenente Rupiov é mais do que capaz de lidar com a segurança do lar em minha ausência — disse Roscu niveladamente. — O mais importante é que se os Dasklo e os Xodlak estiverem preparando algo que envolva seus exércitos, o senhor vai querer que a *Orisson* seja comandada pela oficial Clarr com mais experiência de combate. E essa pessoa sou eu.

— *É*? — Um sorrisinho apareceu nos cantos da boca de Rivlex. — Você tem uma opinião e tanto de si mesma, capitã.

— Estou apenas considerando os fatos, Seu Venerante — disse Roscu. — E o mais crítico deles é que *algo* aconteceu em Hoxim, e algo aconteceu por aí com as naves de guerra dos Dasklo e dos Xodlak. Não temos informações suficientes sobre nenhum dos incidentes, e precisamos ter.

— Temo que precise concordar com isso — concedeu Rivlex, o sorriso desaparecendo. — Muito bem, capitã. Vou mandar que a *Orisson* seja preparada, e informar o Comandante Raamas de que você ficará encarregada dela. Arrume o que precisar para a viagem; sua auxiliar pode levá-la diretamente à *Orisson* depois que você falar com Jixtus. E seja rápida; quero que tanto você quanto a *Pedra de Amolar* já tenham ido embora quando a *Temerária* chegar.

— Entendido, Seu Venerante. — Roscu levantou. — Obrigada.

— Sim — disse Rivlex, a voz saindo um pouco estranha. — Uma última pergunta.

— Senhor?

O Patriarca fixou os olhos nos dela.

— Confio que isso não tenha nada a ver com o fato de que Jixtus abordou os Mitth primeiro. *Ou* o fato de que o Capitão Sênior Thrawn também estava presente no incidente de Hoxim.

— De jeito algum, Seu Venerante — disse Roscu, forçando-se a manter o contato visual. — Nenhuma das duas coisas.

— Porque sei o que sente em relação a ele — Rivlex pressionou. — Seja lá o que estiver acontecendo aqui, é importante demais para que seja comprometido por outras considerações.

— Confie em mim, Seu Venerante — assegurou Roscu. — O fato de que Thrawn está envolvido não afetará minha investigação, meu julgamento ou minhas conclusões.

— Ótimo — disse Rivlex. — Vá arrumar suas coisas. Falarei com você novamente antes que parta.

— Você está perturbado — disse Nakirre.

— Está equivocado — respondeu Jixtus. — O Patriarca Clarr agiu exatamente como eu desejava.

— Não estou falando do Clarr — disse Nakirre. — Estou falando das notícias sobre sua nave de guerra.

O rosto coberto pelo véu se virou de leve na direção dele.

— E que notícias seriam essas?

Mas havia uma pontada de irritação misturada ao tom do Grysk.

— Eu não sei — disse Nakirre. — Só sei que você não falou comigo com tanta frequência desde seu retorno, e que seus modos ficaram mais frios e menos altivos. Sua falta de esclarecimento finalmente o fez reconhecer o valor da Iluminação Kilji?

Jixtus ficou em silêncio por um momento, o rosto escondido ainda apontado para Nakirre. Nakirre também continuou quieto, esperando que o Grysk revelasse o segredo que mantinha.

O estrangeiro se remexeu, uma mão enluvada se contraindo em um gesto abreviado.

— Não tem importância — disse. — A instalação que esperávamos que manufaturasse mais das nossas naves de guerra de pequeno porte foi descoberta e atacada.

— Pelos Chiss?

— Quem mais tentaria algo assim e sobreviveria? — grunhiu Jixtus. — *Sim*, pelos Chiss.

— *Ah* — disse Nakirre, esticando-se com uma satisfação cautelosa. Jixtus sempre era tão confiante nos próprios planos. Vê-lo ser mais humilde pelas circunstâncias era uma nova experiência. — E a instalação?

— Não foi danificada, mas não é mais útil — disse Jixtus. — Agora que conhecem sua localização, precisaríamos intensificar a segurança dela, e não gostaria de prender as naves de guerra necessárias para isso. — A mão dele se contraiu outra vez, agora em um gesto mais absoluto de dispensa. — Não importa. As naves que seriam montadas lá teriam permitido que trouxéssemos a crise de forma mais lenta e profunda. Agora simplesmente teremos que apressar o cronograma.

— Ou você poderia compensar a perda com naves de guerra da Iluminação — ofereceu Nakirre. — Estamos prontos para auxiliar.

Jixtus fez um som que parecia um latido.

— Não me faça rir, generalirius. A única coisa que pode fazer é o plano que já tracei para você: conquistar nações essenciais que fazem fronteira com eles e não permitir que sejam abrigos onde as forças ou refugiados Chiss poderiam tentar se refugiar.

— Podemos fazer muito mais do que isso — insistiu Nakirre. — Você subestima o poder da Iluminação Kilji.

— Não acho que possam — disse Jixtus, a velha superioridade cortante voltando. — Fique contente e faça seu papel e os Kilji terão milhões de chances para trazer a iluminação.

— E se desejarmos mais?

— Não haverá mais — respondeu Jixtus em voz baixa. — Mas pode certamente haver menos. — Ele pareceu se remexer. — Tem nosso próximo destino?

Nakirre forçou-se a ficar calmo. Os iluminados nunca deixavam que ameaças tomassem conta de seus pensamentos ou sabedoria.

— Sim.

— Então vamos partir — disse Jixtus. — O tempo está passando, generalirius. Não podemos permitir que ele nos deixe para trás.

— Compreendido. — Nakirre fez um gesto para o leme. — Primeiro Vassalo: você tem o trajeto.

— Eu obedeço — disse o Primeiro Vassalo. Ele teclou o leme e, um momento depois, a *Pedra de Amolar* estava de volta ao hiperespaço.

Nakirre observou o padrão giratório, esticando-se em uma resolução silenciosa. Não, os iluminados não permitiam que ameaças tomassem conta deles.

Mas eles também não esqueciam as ameaças. Jamais.

MEMÓRIAS III

THRASS ESTAVA SENTADO DIANTE de sua nova escrivaninha no complexo de escritórios da Sindicura, passando os olhos por um relatório sobre projeções de cultivos no hemisfério norte de Sharb, quando um cilindro de dados veio voando por cima da divisória de privacidade e rolando até parar ao lado da tela de seu computador.

— Deu certo? — perguntou outra síndica, a cabeça dela aparecendo por cima da divisória. — Onde caiu?

— Ali. — Thrass apontou para o cilindro e franziu a testa ao vê-la. — Se você estava tentando acertar a minha mesa, sim, deu certo. E?

— E o quê?

— E o que é? — Thrass pegou o cilindro e espiou a lateral. A única etiqueta era uma sequência de números do Conselho de Defesa Hierárquica.

— Parte do registro do diário automático de bordo do cruzador de patrulha *Parala*, da Força de Defesa Expansionária — disse ela. — O Síndico Thurfian quer que ele seja analisado.

— Nós não temos técnicos para esse tipo de coisa? — Thrass perguntou, levando o cilindro de volta para ela.

— Sim e não — respondeu a síndica, sem menção de pegá-lo. — Thurfian não quer que ninguém abaixo da posição de síndico sequer saiba que ele tem isso, muito menos que estamos tentando investigar. E você conhece o ditado: *O último a ser empregado é o primeiro a ficar atolado*.

— Certo — disse Thrass, tentando não fechar a cara. E, já que ele era a mais nova adição do grupo de elite da Aristocra que compunha a Sindicura, era ele que lidava com a pior parte do trabalho. Independente desse trabalho combinar ou não com sua esfera oficial de responsabilidades.

O que sem dúvida não combinava, nesse caso. Seu emprego atual constituía cuidar dos interesses agriculturais dos Mitth e coordenar com os sistemas de agricultura e distribuição de cultivo das outras famílias. A Força de Defesa e a Frota de Defesa Expansionária eram cuidadas por Thurfian e uma ou outra pessoa, que lidavam com atividades militares e podiam, em casos extremos, oferecer o apoio da modesta frota de naves de guerra da família Mitth.

— Ele está procurando por algo em particular? — Thrass perguntou, deslizando o cilindro para dentro do leitor do computador.

— Ele acha que alguém a bordo deu algum tipo de golpe — disse ela. — Deu ilegalmente assistência e informação para uma estação mercantil em algum planeta estrangeiro.

— Espere um segundo. — Thrass franziu o cenho. — Deu ilegalmente...?

E, então, abruptamente, fez sentido.

A nave de guerra *Parala*, da Frota de Defesa Expansionária, esbarrando em um ataque pirata contra uma estação mercantil Garwiana em Stivic quatro meses antes. Os piratas, que estavam derrotando de maneira estável as defesas Garwianas, foram pegos repentinamente por uma tática inesperada dos Garwianos e foram subsequentemente destruídos ou enxotados. A Primeira Oficial e Capitã Intermediária Roscu insistiu para o Conselho e para o Orador Clarr que alguém a bordo da *Parala* havia violado as ordens que proibiam os Chiss de intervirem nos assuntos de outras nações. A comandante da nave, a Capitã Sênior Ziara, insistiu que ninguém a bordo de sua nave fizera nada de errado, e que meramente observaram a batalha à distância.

E, bem no meio da controvérsia, o Quarto Oficial, o Comandante Sênior Thrawn.

— Sim, esse mesmo — confirmou a outra síndica, interpretando corretamente a reação de Thrass. — Divirta-se, mas seja rápido. Thurfian quer um relatório antes do horário do almoço.

— Entendido. — Thrass estremeceu ao abrir os arquivos de dados. O único motivo pelo qual notara esse evento em primeiro lugar era por Thrawn e Ziara terem sido mencionados no relatório. Agora, parecia, não haviam sido apenas mencionados, mas estavam nele até o pescoço.

Ou, o que era mais provável, Thrawn estava até o pescoço, e Ziara mais uma vez tentava puxá-lo para fora.

Idealmente, isso não passaria de um assunto militar. Mas só porque a Sindicura não deveria se meter nas questões da frota não significava que, às vezes, não se convidassem a fazê-lo. Nesse caso, a reclamação de Roscu havia envolvido os Clarr, e agora Thurfian havia respondido ao arrastar os Mitth. Se os questionamentos continuassem por tempo o bastante para os Irizi notarem que uma das suas — Ziara — também estava envolvida, logo teriam um ferralho de três famílias saltando aos montes nas mãos deles.

Nesse caso, no entanto, não era claro como essas pilhas acabariam.

Famílias apoiam as próprias famílias. Essa era a regra número um implícita da vida há milênios, desde muito antes do início das viagens estelares e do estabelecimento da Ascendência Chiss. Mas não era necessário cavar muito fundo para descobrir que, abaixo desses chavões, as coisas raramente eram simples assim.

E, quando o desgosto de um síndico Mitth por um indivíduo era maior do que a lealdade que sentia por sua família, as coisas podiam ficar complicadas rapidamente.

Thurfian, sem dúvida, achava que estava sendo sutil a respeito de sua oposição a Thrawn. Mas Thrass havia visto os sinais no rosto e na voz de Thurfian e, se ele havia percebido, outros também deveriam ter. Thrass desconhecia a fonte de tal animosidade, mas, em questões assim, o culpado mais comum era a simples diferença de personalidades.

O problema mais imediato, ao menos da perspectiva de Thrass, era que, nesse caso, não sabia se Thurfian esperava vindicar Thrawn ou indiciá-lo.

Era uma questão importante, mas em grande parte irrelevante diante da tarefa literalmente jogada na mesa de Thrass. Havia sido encarregado de analisar os dados e descobrir a verdade, e era o que faria.

E, se a verdade mostrasse que Thrawn havia violado seu julgamento, era isso que o relatório de Thrass diria.

— O que você quer dizer, *nada*? — Thurfian exigiu saber, encarando Thrass do outro lado da escrivaninha. — Tem *algo* naquele perfil de distância laser.

— Sim, é claro — Thrass se apressou em dizer. — Me perdoe por ter falado errado. O que quis dizer é que não há nada suspeito nele.

— Verdade? — o tom de Thurfian ficou gélido. — Você não acha que todas essas modulações na frequência do transportador são suspeitas?

— Para ser perfeitamente honesto, síndico, acredito que elas são majoritariamente o produto da imaginação febril da Capitã Intermediária Roscu — disse Thrass. Se havia algo que aprendera ao crescer entre a política familiar dos Mitth, esse algo era jogar todas as dúvidas e alegações duvidosas nas outras famílias. — As flutuações velozes junto à frequência laser principal existem, de fato, mas o padrão não combina com nenhuma criptografia ou padrão conversacional aberto.

— Você verificou conversas em diferentes linguagens comerciais? — perguntou Thurfian. — Ou só procurou padrões em Cheunh?

— Tentei em Taarja e em Sy Bisti — disse Thrass, escolhendo as palavras cuidadosamente. Essa era a parte mais decisiva de sua apresentação. — Eu estava prestes a passar para Minnisiat e Meese Caulf quando notei que o disco modulador do laser havia sido substituído logo após o incidente.

A testa de Thurfian ficou ligeiramente enrugada.

— O que significa...?

— O modulador controla a frequência do laser — explicou Thrass. — Um laser de alcance precisa ser capaz de funcionar através de diferentes níveis de poeira, atmosfera ou vento solar, e sua frequência precisa ser ajustada para compensar se tiver que entregar informações precisas para as canhoneiras da nave. Funciona de forma parecida aos lasers espectrais...

— Não preciso de uma lição em equipamento militar — Thurfian interrompeu, brusco. — O que substituir o modulador tem a ver com qualquer uma dessas coisas?

— Eu pesquisei — disse Thrass. — Parece que moduladores podem, às vezes, desenvolver uma espécie de tremulação que se manifesta como mudanças de frequência pequenas e rápidas, parecidas com as que a Capitã Intermediária Roscu notou e levou para o Conselho. O fato de que o modulador foi substituído após o incidente sugere fortemente que estava sofrendo desse tipo de avaria.

— *Sugere* fortemente?

— Sim, senhor — confirmou Thrass. Apontar para outra família era algo bom; apontar para o desconhecido podia ser ainda melhor. — Infelizmente, não há como descobrir se o disco estava avariado ou não com certeza. Se um equipamento não pode ser consertado, ele é colocado no reciclador para recuperação de materiais, e acaba por aí. E, apesar de ter um registro de cada equipamento que foi substituído ou recalibrado, apenas a data e o horário são listados, não a pessoa que fez o serviço ou necessariamente o motivo pelo qual ele foi substituído.

— Por que não? — Thurfian insistiu. — Membros da tripulação devem ser julgados por suas ações.

— Tenho certeza que são — disse Thrass. — Mas, já que os líderes da tripulação são responsáveis pelo funcionamento das áreas, e já que eles deveriam confirmar o trabalho da tripulação antes de logar os detalhes, parece que, com o tempo, o Conselho decidiu que detalhes adicionais abarrotariam os registros e fariam que fosse mais complicado procurar por algo significativo.

— Significativo? — Thurfian praticamente cuspiu a palavra. — Você está me dizendo que isso não é *significativo*?

— Não foi o que quis dizer, senhor — disse Thrass, abaixando a cabeça em pedido de desculpas. — Por favor, perdoe minha escolha inexata de palavras.

— Não há desculpas para o desleixo verbal, Síndico Thrass — grunhiu Thurfian. — Se não consegue aprender precisão, sugiro que peça para ser rebaixado como síndico e que volte à sua antiga posição.

— Mais uma vez, peço desculpas — disse Thrass. E, quando começavam os ataques pessoais, ele sabia, o agressor havia desistido do objetivo original.

— Não *peça* desculpas — recriminou Thurfian. — *Melhore*. Isso é tudo.

— Sim, síndico. — Thrass ficou de pé e se virou para a porta...

— O Comandante Sênior Thrawn poderia ter sido a pessoa que substituiu o modulador? — perguntou Thurfian.

— Não sei como ou por que ele teria feito isso — Thrass pôs perplexidade em sua voz ao girar para encarar o outro homem. Mais uma vez, precisava pisar com cuidado. — Oficiais da ponte não costumam visitar essa seção de uma nave de guerra.

— Ele estava lá embaixo durante o incidente — Thurfian o lembrou, uma pontada nova de suspeita se erguendo em sua voz. — Quando, exatamente, que o modulador foi substituído?

— Catorze horas após a *Parala* voltar ao hiperespaço — disse Thrass. — O Comandante Sênior Thrawn era um dos oficiais de serviço na ponte nesse horário.

— Entendo — murmurou Thurfian, a suspeita se dissolvendo em mau humor. — Muito bem. Está dispensado.

E, dessa forma, terminou.

Thrass andou pelo corredor de volta ao próprio escritório, mantendo a expressão neutra. *Sim*, a mudança do modulador havia sido logada catorze horas após o incidente; mas isso não significava, necessariamente, que a troca ocorrera naquele horário. *Sim*, Thrawn estava, de fato, na ponte; mas isso não significava, necessariamente, que outra pessoa não pudesse ter feito a troca ao pedido silencioso de alguém. *Sim*, Thrass havia tentado combinar a modulação do laser para duas das línguas comerciais mais conhecidas; mas outras seções do registro da *Parala* haviam afirmado que os Garwianos saudaram os Chiss primeiro em Minnisiat, uma das línguas que ele cuidadosamente deixou no fim da lista.

Felizmente, Thurfian não havia cogitado questionar qualquer um desses pontos, permitindo que Thrass continuasse a ser completamente verdadeiro sem atenuar o último ataque de Thurfian contra Thrawn.

Andar por aquela linha tênue era mais uma das coisas que aprendera com a política familiar.

Franziu o cenho, um pensamento lhe ocorrendo de repente. Havia notado em Thurfian que o antagonismo pessoal poderia ser prejudicial à lealdade familiar. Mas e se o oposto fosse verdade? A amizade de Thrass com Thrawn poderia atrapalhar sua própria lealdade à família, exatamente da mesma forma?

Bufou um pouco. Não, é claro que não. Amizade e afinidade eram a verdadeira base das famílias, afinal. Sem essas conexões, a estrutura entraria em colapso e viraria uma massa de indivíduos se digladiando para obter ganhos pessoais. Afinal, não era basicamente isso que o Patriarca Thooraki dissera a ele naquele dia em que mandou Thrass para acabar com a tentativa dos Stybla de transferir Thrawn?

Além do mais, ser leal a Thrawn *era* ser leal à família. Thrawn tinha um destino e tanto pela frente, um futuro que elevaria os Mitth a alturas ainda maiores do que a que se encontravam agora. O Patriarca claramente via isso; e, se um visionário como Thooraki reconhecia o potencial de Thrawn, quem era Thrass para dizer o contrário?

E, falando em oportunidades...

Checou o próprio crono. Se o interrogatório dos oficiais da *Parala* não estivesse atrasado, Thrawn já deveria ter terminado seu testemunho uma meia hora atrás. Se ainda estivesse no planeta, talvez Thrass poderia levar o amigo para um almoço rápido antes de voltarem aos seus respectivos deveres.

Repassando mentalmente a breve lista de cafés próximos ao quartel-general da Força de Defesa que poderia oferecer, Thrass pegou o comunicador.

CAPÍTULO SEIS

Ainda faltavam onze horas para a *Falcão da Primavera* chegar a Rapacc, e Thalias estava lendo na sala diurna da sky-walker quando ouviu alguém choramingar na sala de dormir de Che'ri.

Franziu a testa, deixando o questis de lado e atravessando a escotilha. Che'ri sempre havia sido um tanto barulhenta na hora de dormir, fazendo sons estranhos e dizendo palavras embargadas ao chegar na parte dos sonhos de seu ciclo. Thalias levou alguns meses acordando com os barulhos até seu cérebro aprender a reconhecê-los como algo normal e deixar ela dormir durante esses períodos.

Mas havia barulhos e *barulhos*, e lamúrias assustadas eram algo novo.

— Che'ri? — Thalias chamou com um tom suave através da escotilha. — Você está bem?

Ela parou de choramingar abruptamente.

— Che'ri? — Thalias chamou de novo, perguntando-se se havia acordado a menina. Mas, se fosse o caso, por que ela não havia respondido? — Che'ri?

Mais uma vez, não obteve resposta. Então ela voltou a choramingar.

Thalias sempre havia tentado não invadir a privacidade de Che'ri, especialmente agora que a menina estava chegando à adolescência. Mas já era o suficiente.

— Che'ri, eu estou entrando — anunciou e abriu a escotilha.

Havia esperado encontrar Che'ri se remexendo como alguém com febre, os lençóis e cobertores torcidos ao redor dela ou caindo da cama. Em vez disso, a menina estava deitada de barriga para cima, rígida, os olhos apertados, o rosto se contraindo.

— Che'ri? — chamou Thalias, apressando-se para ir ao lado dela. — *Che'ri*!

Os olhos de Che'ri se abriram, arregalados e assustados.

— Thalias? — ofegou.

— Estou aqui, Che'ri. — Thalias sentou na cama ao lado dela e pegou a mão da menina. — Você está bem?

— Eu… eu não sei — disse Che'ri, o medo em seus olhos se dissipando aos poucos. — Eu vi, Thalias. Eu vi tudo. A morte e a destruição… Eu *vi*.

— Foi só um sonho, Che'ri — Thalias a acalmou. — Só um sonho ruim.

Che'ri fechou os olhos com força.

— Não, não foi um sonho. Foi… Era Nascente.

— Nascente? — ecoou Thalias, franzindo o cenho. — Você quer dizer o planeta?

— Sim — murmurou Che'ri.

— Isso não é possível — disse Thalias firmemente. — Você nunca viu nada di…

Ela parou de falar, seu estômago revirando de repente. Não, Che'ri nunca havia visto a destruição de Nascente.

Mas a Magys havia.

— Está tudo bem — disse, contendo o impulso de olhar por cima do ombro na direção da própria sala de dormir e da câmara de hibernação encostada na parede. Será que essas imagens vinham da Magys? Será que estava invadindo ou influenciando os pensamentos ou sonhos de Che'ri? Será que estava implantando as próprias lembranças na menina, de alguma forma? — Pode voltar a dormir. Vou ficar aqui um pouco, se você quiser.

— Não — recusou Che'ri, o medo que estava desaparecendo voltando mais uma vez. — Quero dizer, não, eu não quero ir dormir. Eu só… Eu vou ver Nascente de novo. Será que nós… Não podemos continuar? Até Rapacc, quero dizer? A gente não pode só continuar?

— É sua hora de dormir, Che'ri — Thalias lembrou. — Você precisa descansar.

— Mas eu não consigo dormir — Che'ri parecia implorar um pouco. — Eu não *quero* dormir. A gente não pode só *ir*?

— Não sei — disse Thalias. — Vamos descobrir. Vai, se veste. Nós vamos até a ponte.

O Capitão Intermediário Samakro estava em serviço quando Thalias e Che'ri chegaram.

— Cuidadora; sky-walker — disse, saudando-as e franzindo o cenho para as duas. — O que estão fazendo aqui?

— Che'ri não consegue dormir — explicou Thalias. — Ela estava torcendo para que pudesse voltar ao serviço.

— Sinto muito, mas este é o período de sono dela — Samakro observou a menina de perto. — Não podemos fazer isso.

— Achei que existiam emergências onde o capitão podia fazer a sky-walker da nave passar de seu limite de tempo comum — disse Thalias.

— Onde o *capitão* pode decidir isso — falou Samakro. — Não há providências para que a própria sky-walker decida.

— Bem, deveria ter — respondeu Thalias. — Você pode chamar o Capitão Sênior Thrawn e perguntar a ele?

Samakro sacudiu a cabeça.

— O Capitão Sênior Thrawn está fora do expediente, assim como vocês.

— Precisamos falar com ele. — Thalias olhou ao seu redor, confirmando que ninguém mais estava perto o bastante para ouvir. — Diga a ele — acrescentou, abaixando a voz até sair um sussurro — que tem a ver com a Magys.

Samakro estreitou os olhos. Ele olhou para Che'ri, e depois voltou para Thalias.

— Voltem para a suíte — disse. — Vou pedir a ele que as encontre lá.

Thalias e Che'ri estavam sentadas juntas no sofá, a menina bebericando uma caixa morna de suco de grillig quando Thrawn e Samakro chegaram.

— Cuidadora — o capitão sênior cumprimentou Thalias. — Sky-walker. O Capitão Intermediário Samakro me falou que ocorreu um problema.

— Sim — disse Thalias. Ela havia passado os últimos minutos tentando organizar sua explicação da forma mais compacta possível. — Che'ri está tendo pesadelos a respeito de Nascente, um local que nunca visitou, lembrando eventos que nunca viu.

— Compreendo — disse Thrawn. — O que propõe?

Thalias recuou um pouco. Havia esperado ter que contar muito mais detalhes antes de que ele sequer acreditasse nela, quem diria encontrar uma solução.

— Che'ri acha que não consegue mais dormir, ao menos por enquanto — falou. — Ela gostaria de voltar à ponte e continuar nossa jornada até Rapacc.

— Compreendo. — Thrawn voltou os olhos para Che'ri. — Você concorda, Sky-walker Che'ri?

— Sim, senhor — disse Che'ri com uma vozinha. — Todas as vezes que tento dormir...

— Está tudo bem. — Thrawn ofereceu uma mão tranquilizadora. — Você não precisa explicar mais nada. Capitão intermediário, qual é o estado do hiperpropulsor?

— As novas bobinas foram instaladas e os diagnósticos estão quase completos — informou Samakro. — Mais quatro minutos, cinco no máximo, e poderemos partir.

— Obrigado — disse Thrawn. — Che'ri, uma última vez: você deseja voltar ao serviço?

— Sim, capitão sênior — disse Che'ri.

— Cuidadora?

— Acho que seria o melhor a se fazer, senhor — confirmou Thalias. — Eu ficarei com ela e manterei a guarda enquanto ela estiver lá. Se parecer ficar cansada ou perder a concentração, eu a trarei de volta.

— Muito bem. — Thrawn virou-se para Samakro. — Alerte a ponte, capitão intermediário. Nós voltaremos ao hiperespaço em dez minutos.

Thalias contemplava a panorâmica da ponte e os giros do hiperespaço, sentindo o tédio e a fadiga puxarem suas pálpebras quando o aroma de caccofolha quente a trouxe de volta ao estado de alerta.

Ela se virou. Thrawn estava vindo por trás com uma xícara antiderramamento fumegante.

— Capitão sênior. — Thalias assentiu para ele, exausta. — Achei que estivesse fora de expediente.

— E estou — respondeu Thrawn, entregando-lhe a xícara. — Assim como você e a Sky-walker Che'ri. Como ela está indo?

— Até onde consigo ver, ela está bem — disse Thalias, saboreando o aroma antes de tomar um gole. Não era quente demais, e estava bem forte. Era exatamente o que precisava neste momento. — Ela não parece ser afetada pelas imagens quando está na Terceira Visão. Ou quando está acordada.

— Só durante sonhos — comentou Thrawn, pensativo. — Essa foi a primeira vez que ela teve esses sonhos?

— É a primeira vez que a ouço durante um — disse Thalias. — Mas eu perguntei a ela enquanto esperávamos por você, e parece que ela teve mais uns dois ou três sonhos assim durante as duas últimas semanas. Nenhum tão vívido ou aterrorizante, porém, segundo ela. Só estranhos.

— E todos ocorreram após tirarmos a Magys da hibernação para olhar o broche de nyix.

Thalias assentiu. Então ele estava pensando a mesma coisa que ela.

— Sim.

Por um momento, Thrawn ficou em silêncio.

— Eu chequei a câmara de hibernação — disse. — Não há indicações de que esteja funcionando mal.

— Então como ela está fazendo isso?

— Eu não sei — admitiu Thrawn. — Talvez os sonhos dela estejam se cruzando com os de Che'ri de alguma forma.

— Achei que pessoas em hibernação não sonhassem.

— *Chiss* em hibernação não sonham — disse Thrawn. — Mas a Magys é uma estrangeira. Suas respostas mentais e fisiológicas podem ser diferentes. — Ele fez um gesto com a cabeça na direção de Che'ri. — Há, é claro, outra possibilidade.

Thalias estremeceu.

— Você acha que ela está se conectando de alguma forma com a Terceira Visão de Che'ri?

— É possível — disse Thrawn. — Especialmente considerando a conexão ainda indefinida da Magys com o Além.

— Isso parece estranho. — Thalias sacudiu a cabeça. — Conectar-se com algo que você não consegue ver ou tocar.

— Muito estranho, de fato — reconheceu Thrawn.

Thalias o encarou, estreitando os olhos. Havia um certo humor seco em seu tom.

— Não tem nada a ver com a Terceira Visão — insistiu. — Nós apenas vemos os perigos que se encontram diante da nave e fazemos manobras para evitá-los. Nós não nos conectamos com nada.

— Talvez — disse Thrawn. — A questão foi debatida por séculos sem resoluções. Mais uma vez, fico pensando nas conversas que tive com o General Skywalker a respeito da Força. Também havia algo vago em suas descrições, mas ele parecia bastante capaz de alcançar ambas, tanto por poder quanto por discernimento.

— Bem, é assustador — o tom de Thalias era sombrio. — Especialmente quando ela está implicando com alguém como Che'ri. Você acha que nós deveríamos... Não sei. Acordá-la e pedir que pare?

— Acredito que não — disse Thrawn. — Se não for deliberado, o efeito em Che'ri provavelmente vai estressá-la. Se *for* deliberado, nós estaríamos confirmando que seu plano está funcionando. — Ele hesitou. — O que mais me preocupa é que, se ela afeta Che'ri de forma tão intensa quando está dormindo, o perigo pode ser muito maior quando estiver consciente.

— Sim, isso seria ruim — concordou Thalias. Apesar de que, se a conexão *só* existisse enquanto Che'ri estava dormindo... Mas eles não tinham dados suficientes para saber qual das duas possibilidades era. — Então, o que faremos?

— Continuamos neste trajeto — disse Thrawn. — Agora mesmo, estamos a sete horas de Rapacc por sky-walker, quarenta e nove salto por salto. Continuaremos até Che'ri não conseguir mais ficar acordada, e então continuaremos salto por salto enquanto ela dorme. Se, mais uma vez, ela acordar mais cedo por outros pesadelos, e se estiver alerta o bastante, ela pode continuar com a navegação.

— Você está falando de *muito* tempo sem dormir, capitão sênior — avisou Thalias, olhando para Che'ri. A garota ainda parecia bem, mas Che'ri sabia como isso pesava em seu corpo e sua mente. — Mais do que é permitido legalmente.

— Eu sei — disse Thrawn. — Mas um capitão tem flexibilidade em circunstâncias extraordinárias. De qualquer forma, um período de descanso dificilmente pode ser visto como algo útil se ela for incapaz de dormir.

— Pode até ser — respondeu Thalias. — Mas não sei quanto ela aguenta sem arriscar sofrer danos graves.

— Eu pensei nessa possibilidade — confessou Thrawn. — Os dados médicos sugerem que, no caso de um tempo prolongado desperta, o corpo dela a forçará a dormir antes que ocorra qualquer dano. Também sugere que um ciclo de sono continuamente interrompido por pesadelos não é muito melhor para ela. Ainda assim, mesmo que ela só consiga dormir umas duas ou três horas até chegarmos a Rapacc, nós estaremos lá em menos de dois dias. A esse ponto, acho que a melhor coisa que podemos fazer por ela é chegarmos o quanto antes e tirarmos a Magys da *Falcão da Primavera*.

Thalias suspirou. Continuava sem gostar da ideia, mas não conseguia pensar em algo melhor.

— Tudo bem — disse. — Vou ficar aqui e observá-la até ela precisar dormir.

— Ou até *você* precisar dormir — acrescentou Thrawn. — Posso pedir que outra pessoa cuide dela.

Thalias endireitou os ombros.

— Vou ficar aqui — repetiu, firme — até ela precisar dormir.

— Entendido — disse Thrawn, e Thalias conseguiu ouvir a aprovação silenciosa em sua voz. — Continue, cuidadora.

O transe terminou, a Grande Presença voltou às névoas do pensamento e do sonho desperto e, com um último espasmo dos dedos, Qilori de Uandualon levou o cruzador de guerra Kilji *Bigorna* para fora do hiperespaço. Com um suspiro cansado, ele tirou os fones de privação sensorial...

— Por que paramos aqui, Desbravador? — falou uma voz brusca atrás dele, mastigando as palavras em Taarja como se fossem fruta azeda.

As asinhas das bochechas de Qilori se contraíram de nojo e irritação. O General Crofyp, comandante da *Bigorna*, era baixo, barulhento, impaciente e sua pele borrachuda e enrugada era absolutamente repulsiva. Normalmente, Qilori provavelmente teria recusado o trabalho de guiar Crofyp e sua nave até Rapacc.

Mas a viagem estava acontecendo por ordens de Jixtus. E, com Jixtus, nada era exatamente normal.

— A *Martelo* se atrasou um pouco, general, e está alguns minutos atrás de nós — explicou Qilori, meio virado para ele. — Você disse antes que queria que ambas as naves chegassem ao mesmo tempo, então pensei que pararíamos em um salto fácil nas aforas do sistema de Rapacc e esperaríamos eles chegarem.

— Tolo e sem iluminação — a voz de Crofyp era carregada de desdém. — Nós estamos aqui, e o Coronel Tildnis está no hiperespaço. Ele não saberá que paramos, mas meramente passará por nós sem perceber.

— Acho que não — respondeu Qilori. — Estimo que a *Martelo* aparecerá aqui perto em aproximadamente quatro minutos.

Crofyp fez alguns barulhos que pareciam grosseiros na própria língua, e voltou sua atenção às telas. Qilori virou-se para seu painel de navegação, as asinhas tendo espasmos com o desprezo que ele mesmo sentia. Não estava surpreso com o ceticismo de Crofyp; o fato de que Desbravadores conseguiam sentir, localizar e seguir uns aos outros no hiperespaço era um segredo guardado a sete chaves.

Ainda assim, Jixtus provavelmente sabia, e o General Yiv sem dúvida soubera, e qualquer um com sonhos de conquista deveria ter feito uma pesquisa básica a respeito do povo que tornava viagens de longa distância algo viável.

Além do mais, qualquer um que falasse a respeito de *iluminação* tanto quanto Crofyp falava deveria ter aprendido um pouquinho mais sobre compreensão e humildade quanto aos limites do próprio conhecimento.

Qilori abaixou-se até o aquecedor ao lado do joelho e pegou sua garrafa de cháfolha de galara. Essa missão toda era um mistério para ele; não do tipo que era agradavelmente intrigante, mas do tipo que o deixava nervoso. Pelo pouco que Jixtus contara, parecia que os Grysk tinham enviado ao menos um par de sondas discretas para o sistema Rapacc, e aparentemente todas haviam sido afugentadas. Seja lá qual fosse o objetivo de Jixtus, mandar um par de naves de guerra Kilji parecia uma intensificação e tanto.

A grande pergunta era: por que *Rapacc*, de todos os lugares possíveis? Qilori estivera lá uma vez, contratado por Thrawn, o perigoso líder militar Chiss, durante o período onde os comandantes do General Yiv haviam ocupado e bloqueado o sistema. Rapacc era um lugar afastado, sem aliados ou parceiros comerciais que Qilori conhecesse, sem nada especial em seus recursos ou habitantes. Na época, Qilori não sabia por que os Nikardun estavam interessados nesse lugar, e continuava não sabendo.

Mas Yiv e os Nikardun eram coisa do passado. Estava no presente; e agora era Jixtus e esses Kilji que estavam interessados em Rapacc.

Infelizmente, Jixtus também estava interessado no próprio Qilori.

Fechou a cara, contemplando o céu estrelado pela panorâmica. Ele havia dito a Qilori que Thrawn o contrataria para levá-lo a Rapacc... Ainda assim, como Jixtus apontara, as naves de guerra Chiss pareciam, ao menos na maior parte do tempo, perfeitamente capazes de viajar pelo Caos sem Desbravadores ou qualquer outro navegador da região. Era um mistério que chamara a atenção de Jixtus, um enigma que agora entregava a Qilori para que o resolvesse.

O problema é que Qilori não tinha como resolvê-lo.

Ele pesquisou o assunto, de forma discreta e inconspícua, dando uma olhada nos registros de sua base natal, Terminal da Associação 447, e falando com outros Desbravadores. A resposta óbvia era que os Chiss haviam descoberto algum grupo desconhecido até então que possuía o dom da navegação, e que mantinham seus serviços exclusivamente para eles mesmos.

Mas, quanto mais Qilori estudava o problema, mais improvável parecia a ideia. O dom era excessivamente raro, e garimpar esses indivíduos de uma espécie que ninguém jamais ouviu falar a respeito seria praticamente impossível.

O que levava à possibilidade mais intrigante que Jixtus trouxera à tona. Milênios antes, os Chiss haviam viajado extensivamente ao Espaço Menor, cujos habitantes, segundo as lendas, usavam máquinas computadorizadas para mapear o caminho que traçavam nas estrelas. Se os Chiss houvessem trazido tais máquinas de volta para casa, e se uma dessas máquinas fosse capaz de ser capturada e estudada...

— Acabou o tempo que estimou, Desbravador — grunhiu Crofyp.

Os pensamentos andarilhos de Qilori voltaram ao presente.

— Ainda faltam vinte segundos — apontou.

Crofyp grunhiu mais alguma coisa, provavelmente outra referência ao triste estado não iluminado de Qilori.

Tudo bem. Qilori não se importava com o que os bombásticos Kilji pensavam a seu respeito. O que ele se importava, *sim*, era com o fato de que ninguém havia contado o plano para ele. Um par de naves de guerra obviamente insinuava a expectativa de combate, mas se os Kilji estavam aqui para estudar, conquistar — Crofyp também usava muito essa palavra — ou para destruir, isso não era claro.

Talvez esse tipo de coisa não fizesse diferença para Jixtus ou para os Kilji. Mas elas faziam uma enorme diferença para Qilori. Não estava envolvido no que estava prestes a acontecer, e há muito decidira que não tinha interesse em deixar seus ossos flutuando entre os destroços da guerra de outra pessoa.

Felizmente, a maior parte do tempo que um Desbravador passava a bordo de uma nave ocorria na ponte, e a maior parte das pontes eram bem equipadas com módulos de fuga. Na *Bigorna*, as duas mais próximas estavam de cada um dos lados dele, a de bombordo ligeiramente mais perto de sua estação do que a de estibordo. Mas qualquer uma das duas serviria.

O operador de sensores falou no idioma Kilji. Crofyp respondeu na mesma língua e, nos ouvidos de Qilori, ele parecia ainda mais irritado do que antes.

Era de se esperar. À distância, na lateral da *Bigorna*, perto o bastante para ser visível pela panorâmica, estava o cruzador de piquete *Martelo*, que chegou exatamente no horário estimado por Qilori.

A conversa ininteligível continuou, e Qilori sentiu as asinhas da bochecha se contraírem, divertindo-se cinicamente. Crofyp claramente estava tentando adiar o momento onde teria que admitir para Qilori que o Desbravador estivera certo. Como se Qilori não conseguisse ver isso por si mesmo.

Mas era o cronograma de Crofyp, e ele podia jogar tempo fora se quisesse. Qilori ficava perfeitamente feliz de esticar a pausa não planejada.

No fim, o Kilji teve que parar de postergar.

— O *Martelo* chegou — grunhiu, voltando a falar em Taarja. — Por que ainda estamos parados aqui?

— Meramente aguardo suas instruções, general — disse Qilori, escolhendo a palavra em Taarja que podia significar tanto *ordens* ou *sugestões*. Não soava insubordinado de forma alguma, mas certamente irritaria Crofyp se ele fosse bom o suficiente com a língua para captar nuances.

— Então vá — rosnou Crofyp, parecendo ainda mais irritado. Aparentemente, ele era bom o suficiente.

— Eu obedeço — disse Qilori, teclando o sinal de comunicação que alertaria o Desbravador da *Martelo* de que estavam prontos para partir. — Estaremos lá em quinze minutos. — Colocando os fones, ele alcançou a Grande Presença e levou a *Bigorna* de volta ao hiperespaço.

Rapacc era o que Desbravadores chamavam de sistema de caixa, cercada de fluxos eletromagnéticos variáveis, um sistema interno inteiramente atulhado de tantos asteroides e outras massas mutáveis que a entrada pelo hiperespaço era limitada a um punhado de vetores. Acrescentando a isso a necessidade de que as duas naves da pequena força-tarefa de Crofyp permanecessem juntas, isso diminuía os pontos de entrada a apenas um. Qilori moveu a *Bigorna* em posição por esse vetor, sentindo a Grande Presença guiá-lo através das curvas e obstáculos, sentindo o outro Desbravador fazer o mesmo caminho com a *Martelo* ao seu lado. Alcançaram o ponto indicado...

Mais uma vez, a Grande Presença sumiu da consciência de Qilori conforme ele retirava a nave do hiperespaço. Tirou os fones e respirou fundo, olhando a panorâmica. Lá estava a *Martelo*, bem onde deveria estar, no flanco estibordo da *Bigorna*. À distância, podia ver o sol de Rapacc, apesar do planeta em si estar longe demais para ser percebido a olho nu.

Bem na frente deles, flutuando no local como um mensageiro silencioso da morte, as armas mirando os cruzadores Kilji, estava uma fragata de bloqueio dos Nikardun.

As asinhas de Qilori se achataram com o choque. Tudo indicava que o que restava da força de batalha do General Yiv havia sido obliterado, algumas das tropas e naves de guerra tendo sido derrotadas por vítimas de Yiv, as outras destruídas pela própria Ascendência Chiss.

Como que essa nave de guerra havia sobrevivido, pelas Profundezas?

— Intrusos no sistema Rapacc, vocês estão diante da nave de guerra Nikardun *Aelos*. — As palavras em Taarja saíram dos alto-falantes da *Bigorna*. — Identifiquem-se.

— Sou o General Crofyp da Iluminação Kilji — disse Crofyp. Se ele estava surpreso ou preocupado pela presença inesperada de uma nave de guerra Nikardun, não o demonstrou em sua voz. — Saiam da frente ou serão destruídos.

— Identifique seu propósito aqui — exigiu a voz, ignorando a ameaça.

— Digo de novo, saiam da frente — repetiu Crofyp.

— Identifique seu propósito aqui.

— Eu disse...

— General? — Qilori virou-se e ergueu uma das mãos para pedir atenção. — Com sua permissão?

— Você não interromperá um dos iluminados — rosnou Crofyp, voltando seu olhar hostil da fragata para Qilori.

— Peço perdão — disse Qilori. — Mas, se permitir, acredito que posso terminar este confronto sem violência. Eu conheço essas pessoas.

A pele de Crofyp ondulou de forma repugnante, e foi tudo que Qilori pôde fazer para deixar as asinhas paradas. O orgulho do general, batalhando contra o próprio desejo de que todas as pessoas continuassem vivas para que pudessem ser forçadas a fazer parte da iluminação Kilji.

— Você tem um minuto — disse ele.

— Obrigado. — Qilori virou-se para a panorâmica. — *Aelos*, sou Qilori de Uandualon — falou no microfone da estação de navegação. — Eu costumava ser sócio do General Yiv, o Benevolente, que costumava ser sócio daquele chamado Jixtus, agente e coordenador dos Grysk. O General Crofyp e os Kilji são sócios de Jixtus, o que significa que somos aliados. Por isso, não há motivo para conflito.

— Não conhecemos ninguém chamado Jixtus — disseram os Nikardun.

— Talvez não — respondeu Qilori. — Ele e seu povo se contentam em ficar nas sombras. Mas posso afirmar que era ele que guiava as conquistas do General Yiv, tanto aqui em Rapacc quanto no restante da região.

Houve uma pequena pausa.

— Foi Jixtus que levou o General Yiv à ruína?

— Não, é claro que não — disse Qilori. — O General Yiv foi sobrepujado por forças colossais, além da capacidade que tinha de resistir a elas.

Não foi o que aconteceu, é claro. Mas cabia melhor com um grupo de sobreviventes dos Nikardun do que a verdadeira história da derrota de Yiv.

— Mas, com a chegada dos Kilji, os Nikardun agora possuem a chance de se reerguer.

— E como isso aconteceria?

— Sob a orientação de Jixtus, eles poderiam...

— Basta — grunhiu Crofyp. — Os Nikardun foram derrotados, Desbravador, e nunca hão de se reerguer outra vez. Minta e console quando estiver perdendo apenas o *próprio* tempo. Nós somos os Kilji, e tomaremos o que quisermos. Saia de nosso caminho, Nikardun, ou morra.

— Então vocês não servem a Jixtus, como falou o Desbravador? — perguntou a voz Nikardun, ainda calma.

— O Desbravador falou o que vocês queriam ouvir — disse Crofyp com desdém. — Eis a verdade iluminada. Yiv não servia ao *lado* de Jixtus, mas servia *a* Jixtus, como um escravo serve a um mestre. Os Kilji não são *sócios* de Jixtus, e sim seus mestres. Nós o usamos como guia e conselheiro em nossas viagens, nada mais.

— Em que assuntos ele os aconselha?

— Ele identifica que povos ignorantes desta região requerem iluminação — disse Crofyp, a voz ficando gelada. — Vocês, os restantes dos Nikardun, estão entre eles, não tenham dúvidas. Mas essa tarefa é para depois. Por agora, meramente requisitamos que os refugiados que fugiram de seu mundo e agora se escondem aqui entre os Paccosh sejam entregues a nós.

As asinhas de Qilori se contraíram. *Refugiados?* Essa era a primeira vez que Crofyp mencionava refugiados.

— O que vocês querem com os refugiados? — perguntou o Nikardun. A voz dele havia mudado de forma sutil, notou Qilori, como se tivesse aumentado a clareza, foco ou o poder geral da transmissão.

— Além de ignorante, você é surdo? — exigiu saber Crofyp. — Com todos os outros, eles andam nas trevas. Estamos aqui para levá-los a um lugar onde todos possam ser iluminados.

— Não podem iluminá-los aqui? — perguntou o Nikardun. — Eles são servos úteis para nós. Não desejamos perdê-los.

— Os desejos dos ignorantes não são importantes — disse Crofyp. — Vai sair da frente, ou vai morrer?

— Você, que afirma oferecer iluminação, parece disposto demais a extinguir as vidas daqueles que precisam de sua orientação — observou o Nikardun, enfático. — Mas não importa. Aceito suas exigências. *Aelos*, a nave de guerra Nikardun, o levará até lá. Prepare-se para nos seguir conforme o guio através de nossas defesas orbitais.

— Não preciso de guia — disse Crofyp. — Preciso meramente que saia da frente.

— As defesas são sutis e poderosas — insistiu o Nikardun. — Sem um guia, você será rapidamente vencido.

Crofyp soltou um grunhido grave vindo do fundo da garganta.

— Saia da frente — mandou. — Não vou falar outra vez.

— Tenho minhas ordens — disse o Nikardun. — Devo ficar firme onde estou até chegar auxílio.

— Então morrerá onde está.

Com um movimento do dedo, cortou a transmissão da *Bigorna*.

— Quarto Vassalo, assinale ao Coronel Tildnis que, quando eu fizer um sinal, a *Martelo* deve passar pela *Aelos* por bombordo e continuar até o planeta — ordenou. — Primeiro Vassalo: prepare-se, da mesma forma, para nos fazer passar a estibordo pela *Aelos*. Se os Nikardun ficarem em nosso caminho, Terceiro Vassalo, você irá destruí-los.

— Eu obedeço — falou o Primeiro Vassalo.

— Eu obedeço — acrescentou o Terceiro Vassalo.

As asinhas de Qilori se contraíram. Crofyp estava com um humor arrogante, com a manobra claramente calculada para mostrar dominância e desprezo pela *Aelos*. Certamente, havia motivo para ambos: a fragata de bloqueio era menor e menos armada que os dois cruzadores Kilji. Não era páreo para qualquer uma delas, que dirá para ambas.

Mas, ao mesmo tempo, passar pelos flancos era praticamente um convite para os Nikardun abrirem fogo nas duas naves, com os Kilji forçados a restringir a própria resposta a não ser que disparassem demais e acabassem atingindo uns aos outros. Se o Nikardun estivesse disposto a sacrificar a si mesmo e a sua nave, poderia causar danos significativos nas forças dos Kilji.

— General, se eu puder sugerir…

— Você não pode — Crofyp o interrompeu. — Nunca esqueça, Desbravador, que você e seu povo também precisam de iluminação. Quanto mais demonstrar a escuridão de seu caminho atual, mais tentado fico a colocá-lo no topo da lista da Iluminação. É assim que deseja que este dia termine?

— Não, general — disse Qilori, lutando para fazer os espasmos das asinhas pararem. Não fazia ideia do que consistia a iluminação dos Kilji, mas era difícil que qualquer coisa decidida por generais e administrada sob as armas de uma nave de guerra fosse agradável.

— Achei que não — falou Crofyp. — Primeiro Vassalo: assim que os Nikardun se moverem para atacar, execute minha ordem.

— Eu obedeço.

— Por que ele não está se movendo? — questionou Crofyp.

As asinhas de Qilori se franziram. Crofyp tinha razão — o Nikardun estava parado. O que ele estava esperando?

— General, uma nova nave apareceu a estibordo — o Segundo Vassalo avisou de repente da estação de sensores. — Configuração desconhecida.

— A nave nos saúda — acrescentou o Quarto Vassalo. Ele tocou um interruptor…

— Naves não identificadas, aqui quem fala é o Capitão Sênior Thrawn da nave de guerra *Falcão da Primavera*, da Frota de Defesa Expansionária Chiss — disse uma voz familiar demais nos alto-falantes da ponte da *Bigorna*. — Vocês estão perto de nossa presa. Afastem-se da fragata de bloqueio Nikardun *Aelos* ou sofram a humilhação de se tornar danos colaterais.

MEMÓRIAS IV

— **EU GOSTARIA DE** dizer que está em apuros — comentou Thrass. — Mas, para ser sincero, não consigo.

Thrawn deu de ombros ao mover um de seus lobos de fogo através do tabuleiro de Tática sobre a mesa entre eles no café em que estavam.

— Aprecio o voto de confiança no meu jogo — disse ele. — Em troca, gostaria de dizer que você está jogando muito melhor do que em nossa última rodada. Ao contrário de você, no entanto, eu *posso* ser sincero.

— E eu aprecio isso. — Thrass fez questão de olhar para as duas zonas de contenção nas laterais do tabuleiro. — Apesar de que todos os elogios do mundo não têm como esconder o fato de que ainda estou com um lobo de fogo e um pássaro do sussurro a menos.

— Mas você tem três marivespas a mais — lembrou Thrawn. — Nada mal para alguém que só aprendeu o jogo oito semanas atrás.

— E eu nunca saberei por que o deixei me convencer de começar — disse Thrass, fingindo estar bravo. — Um jogo que prioriza todos seus talentos, e pretere todos os meus? Que síndico tolo que sou.

— Mesmo? — Thrawn fingiu uma reprimenda. — Achei que táticas e estratégia eram ferramentas básicas do ramo, na Sindicura.

— Ah, são importantes, de fato — concordou Thrass. Moveu seu puleão, tocou em uma das marivespas de Thrawn e a tirou do tabuleiro. — Mas não tanto quanto habilidades verbais e teatrais.

— Sim, já vi a Sindicura em ação — disse Thrawn, seco. — Talvez em *plena voz* seria uma descrição mais precisa. — Ele moveu o dragão noturno, tocou no puleão e o entregou a Thrass. — Você vai querer colocar este ao lado do pássaro do sussurro — acrescentou, apontando para a zona de contenção de Thrass. — Eles poderão se apoiar melhor se decidir fazer uma incursão.

— Certo. Obrigado. — Thrass colocou o puleão onde Thrawn sugeriu. Estava melhorando no jogo principal, mas ainda tinha uma péssima tendência de esquecer da opção de incursão. — Sempre esqueço disso.

— É fácil esquecer — concordou Thrawn. — Mas precisa mantê-la em mente como um plano B, se e quando sua estratégia principal der errado.

— Eu conheço a teoria — disse Thrass, com pesar bem-humorado. — Só não costuma estar em minha cabeça quando preciso dela. — Ele ergueu uma sobrancelha para Thrawn. — Aliás, deixando as piadas de lado, eu *realmente* gosto do jogo, e aprecio que você tenha me ensinado.

— Ah, eu sei — Thrawn assegurou.

— Que bom — disse Thrass. — Nunca sei se você está percebendo as entrelinhas e as nuances no que estou falando de verdade.

— Infelizmente, às vezes eu tenho mesmo alguns problemas nessa área — admitiu Thrawn. Ele pegou um triângulo de queijo da bandeja de aperitivos que compartilhavam e o colocou na boca, e então moveu o dragão noturno para a posição de ataque, contra o último pássaro do sussurro de Thrass. — Suponho que seja por isso que você está na Sindicura e eu estou na Frota de Defesa Expansionária. Não há muita necessidade para entrelinhas e teatro na minha profissão.

— Ah, isso eu já não sei — disse Thrass, ponderando como poderia tirar seu pássaro do sussurro do perigo. Invocar a regra de transferência que só podia ser utilizada uma vez funcionaria bem, mas, se o fizesse, perderia o uso de um dos seus lobos de fogo se e quando tentasse uma incursão mais tarde. — Habilidades teatrais são úteis em qualquer profissão. Em moderação, é claro.

— Jaraki? — ouviram uma voz ansiosa à esquerda, acima do murmúrio de conversas ao fundo. — *Jaraki*?

Thrass virou-se para olhar. Em uma das mesas do outro lado do café, um homem estava caído para frente em sua cadeira, as mãos agarrando a garganta e o peito. Seus dois acompanhantes haviam empurrado para trás as próprias cadeiras e ficado de pé, o homem pairando hesitante sobre o companheiro enquanto apertava a tecla de emergência do comunicador, a mulher agarrando o ombro do homem doente.

— Ele está tendo um ataque — ela ofegou, a voz aumentando de volume e de tom, o rosto se contorcendo de angústia e de medo. — Ele está tendo um ataque! Ajuda! Ajuda, *por favor*!

— Espere um momento — exclamou de volta a atendente da registradora de cobranças. Ela já estava indo em direção a eles, esquivando-se das mesas e passando pelos clientes que encaravam o homem acometido.

— Me pergunto onde está o outro homem — murmurou Thrawn.

Thrass olhou para ele.

— Quê?

— Havia quatro pessoas naquela mesa — disse Thrawn, enrugando a testa, pensativo. — Está faltando um dos homens.

— Verdade? — disse Thrass, franzindo o cenho ao olhar ao redor da sala. Algumas pessoas tinham se afastado de suas mesas, mas todas pareciam que já estavam a caminho da comida ou do banheiro antes do drama repentino congelá-los. — Como ele era...?

Parou de falar. Lá, agachado atrás do balcão com o topo da cabeça quase invisível, alguém estava tocando na registradora de cobranças.

— É um roubo — disse Thrass em voz baixa. — Lembra do que eu falei sobre o teatro ser útil em qualquer profissão?

— Uma distração. — Thrawn assentiu, soturno. — E as patrulhas provavelmente não chegarão a tempo. Suponho que cabe a nós impedi-los. — Ele fez menção a ficar de pé.

— Não, não. — Thrass fez um sinal para ele sentar. — Deixe comigo. Olhe e aprenda.

Levantou e foi discretamente até a registradora de cobranças, dobrando através do espaço aberto conforme andava até se colocar entre o ladrão e a saída principal. Não fazia ideia do quanto demoraria até ele destravar as trancas de segurança na registradora do café e baixar os pagamentos, mas o plano provavelmente fora programado para que o grupo pudesse sair de forma segura antes da esquipe médica chegar.

Presumindo, é claro, que o cúmplice que *parecia* ter pedido ajuda o tivesse feito de verdade. Se ele só estivesse atuando para chamar a atenção, e para prevenir que qualquer uma das testemunhas agissem, o ladrão teria bem mais tempo para trabalhar.

A atendente havia alcançado a mesa agora, e ela e a outra mulher estavam remexendo os conteúdos do kit de emergência. Thrass percebeu que a cúmplice recusava com destreza todas as sugestões da atendente de inalantes e jetores de alívio médico de amplo espectro, provavelmente contando alguma história mirabolante sobre uma doença rara e avisando contra medicamentos contraproducentes. Thrass alcançou a posição inicial que procurava e respirou fundo.

Então, abandonando o passo inconspícuo, começou a correr até o balcão.

— Pontriss! — gritou. — Vamos, cara! O Jaraki está em apuros!

Como num passe de mágica, todos os olhos do café se voltaram para ele.

— Vamos lá, cara — repetiu. — Você tem um jetor de sobra, não tem?

Atrás do balcão, o ladrão ergueu a cabeça alguns centímetros, os olhos arregalados de confusão e susto crescente ao ver Thrass correndo até ele. Abriu a boca, como se quisesse protestar, talvez para dizer que não era Pontriss e não tinha nenhum jetor.

Mas era tarde demais. Todos olhavam para ele agora, agachado atrás do balcão, onde não deveria estar. Da nova vista privilegiada de Thrass conforme corria até o homem, podia ver o sifão de dados conectado à registradora. Um som de movimento se ouviu à esquerda de Thrass.

E, como se isso fosse um sinal, o ladrão pulou para ficar de pé e passou correndo por Thrass, claramente determinado a se esquivar ou atropelar o outro homem para escapar pela porta. Thrass freou, ficando em uma posição que permitira que se movesse na direção que quisesse caso o ladrão tentasse driblá-lo.

O ladrão rosnou alguma coisa e pegou uma faca. Thrass deu um passo para trás por reflexo, e então agarrou uma cadeira perto dali, erguendo-a diante de si como se fosse um escudo. Percebeu tarde demais que deveria ter enviado um sinal para as patrulhas assim que ele e Thrawn notaram que havia um assalto em andamento. Agora era tarde demais.

Atrás dele, ouviu um par de baques surdos seguidos por um muito mais alto. Thrass manteve os olhos focados no homem que ainda vinha em sua direção...

E, então, de forma abrupta, o homem fraquejou e parou, oscilante. Os olhos dele pularam para cima do ombro de Thrass, e então voltaram para ele, um cansaço frustrado se acomodando em seu rosto. Com um suspiro, jogou a faca em uma mesa próxima onde estava um grupo de jogadores de olhos arregalados.

— Você está bem? — ouviu a voz de Thrawn perguntar.

Thrass arriscou olhar por cima do próprio ombro. Thrawn estava de pé perto da saída, as mãos erguidas em posição de combate, o homem que fingiu estar doente jogado inconsciente no chão, diante de seus pés. A mulher e o outro homem estavam parados como estátuas perplexas alguns metros atrás, a neutralização rápida e eficiente que Thrawn utilizou no amigo deles aparentemente convencendo-os a abandonar as próprias tentativas de alcançar a liberdade.

— Estou — disse Thrass, virando-se e fazendo um sinal para o quarto membro da gangue se afastar da faca descartada. Mesmo com uma arma em mãos, ele parecia ter decidido não arriscar.

Mas, assim como seus amigos, ele teve uma visão completa da breve luta. Thrass estava começando a se arrepender de ter perdido o show.

Ele voltou o olhar para os outros clientes, a maior parte deles começando a se recuperar do espanto.

— Podem relaxar; já terminou — falou. — Ah, será que algum de vocês, pessoas gentis, pode chamar a patrulha?

As patrulhas chegaram, o sifão de dados dos ladrões foi marcado e levado para inventário, e os conteúdos foram devolvidos à registradora de cobranças do café, e Thrass e Thrawn finalmente puderam voltar à mesa deles.

Onde uma nova bandeja de aperitivos já havia sido deixada pela grata gerente do café.

— Agora — disse Thrass abruptamente enquanto provava um espetinho de frutas. — Onde estávamos?

— Acredito que você estivesse teorizando sobre o uso de dramaturgia em táticas de distração — respondeu Thrawn. — Eu estava prestes a perguntar se você poderia me oferecer um bom exemplo.

— Considere-o oferecido — disse Thrass. — Perceberá que a técnica também pode ser usada para afastar a atenção de um ponto e levá-la para o outro.

— Sim — falou Thrawn, olhando para o tabuleiro, pensativo. — De forma muito bem-feita, devo acrescentar. Infelizmente, a tática parece requerer habilidades que eu não possuo.

— Não se preocupe, você tem uma variedade de outros talentos para recorrer — Thrass assegurou. — A frota o treinou para apresentar pessoas ao chão daquela maneira? Ou é um truque que aprendeu sozinho?

— A frota me ensinou o básico — explicou Thrawn. — Mas sim, eu segui a partir daí. Além do valioso exercício envolvido, combate simulado também ajuda a treinar o olho a notar pequenos erros e a mente a tirar vantagem deles.

— O que resulta em comida de graça, ocasionalmente — disse Thrass, seco, fazendo um gesto para as bandejas. — Então, onde estávamos, de fato?

— Acredito que meu dragão noturno estava ameaçando seu pássaro do sussurro.

— Verdade. — Thrass voltou a focar a atenção no jogo. — Será que eu deveria deixar você pegá-lo?

— Se achar que está pronto para tentar uma incursão — disse Thrawn. — Se for o caso, você vai precisar trazer ou um de seus pássaros do sussurro ou um de seus lobos de fogo se quiser ter uma chance razoável de sucesso.

— Certo — disse Thrass, estudando o tabuleiro. — Acho que deixar que você pegue meu pássaro do sussurro me colocaria em uma posição estratégica melhor.

— Realmente — aprovou Thrawn. — Excelente. Nesse ritmo, terei que rescindir a vantagem de foco que dei a você até agora.

Thrass franziu o cenho.

— *Que* vantagem?

— Você não notou? — perguntou Thrawn com um tom inocente. — Eu estava jogando com a mão esquerda.

— Ah — disse Thrass, seco. Certo. Jogando um jogo de tabuleiro com a mão esquerda. Um enorme sacrifício tático. — Agora você só está tirando sarro de mim.

— De forma alguma — insistiu Thrawn. — Estou meramente empregando confusão controlada como uma tática de distração.

— Eu sabia disso — Thrass lhe assegurou. — Tá, vamos tentar fazer isso. Você pode me ajudar?

— Certamente. — Thrawn moveu seu dragão noturno, tocou no pássaro do sussurro e deu a peça a Thrass. — Você talvez queira alinhá-lo primeiro. Então deixe ele lá, diante daquele puleão...

CAPÍTULO SETE

A ÚLTIMA HORA FOI a mais difícil. A última hora foi quase literalmente dolorosa de assistir.

Samakro passou aquele tempo parado ao lado de Thalias, assistindo enquanto ela oscilava atrás da cadeira de Che'ri, esperando que ela terminasse a sessão ou desmaiasse no convés de pura exaustão. Se o segundo ocorresse, ele torcia para que fosse rápido o bastante para segurá-la.

Mais preocupante, apesar de menos visível, era o estado físico e mental da própria sky-walker.

Sentada na cadeira, contemplando o nada enquanto manipulava os controles, ela parecia estar como sempre, de modo geral. Mas Samakro conseguia ver as linhas novas ao redor de seus olhos, a palidez pouco natural de sua pele, os movimentos um pouco trêmulos de seus dedos. Ela estava tão exausta quanto Thalias, talvez ainda mais, com seu corpo infantil menos capaz de lidar com estresse acumulado. Quanto mais ela continuava com aquilo, mais provável era que acabaria deixando passar algo no Caos, onde se encontravam, o que danificaria a nave ou os deixaria completamente fora da rota.

Thrawn certamente sabia disso tão bem quanto Samakro. E, ainda assim, ele continuava sentado em silêncio na cadeira de comando, os olhos se movendo sistematicamente pelas telas, observando Thalias de vez em quando, mas sem tentar intervir. Samakro havia feito uma busca antes no questis, e Che'ri já tinha passado há bastante tempo o recorde de uma sessão navegacional de uma sky-walker. Thrawn estava tão obcecado com Rapacc e com tirar a Magys da *Falcão da Primavera* que ele estava disposto a arriscar tudo por isso?

Possivelmente. Ou também era possível que Thrawn simplesmente conhecesse Che'ri melhor do que Samakro conhecia. O capitão sênior e a sky-walker haviam passado várias semanas juntos na fronteira do Espaço Menor, afinal. Talvez, durante aquele período, Thrawn tivesse aprendido algo a respeito do nível de energia de Che'ri e de sua capacidade de passar longos períodos na Terceira Visão.

Mas todos tinham seus limites e, com a *Falcão da Primavera* a um fácil salto de distância de Rapacc, Che'ri e Thalias haviam finalmente chegado aos seus.

A panorâmica da ponte brilhava com os giros do hiperespaço quando Samakro voltou de acompanhar Thalias e Che'ri de volta à suíte da sky-walker.

— Como elas estão? — perguntou Thrawn quando Samakro apareceu ao lado da cadeira de comando.

— Mais perto de dormirem de pé do que qualquer outra vez que as tenha visto — disse Samakro. Ele abaixou a voz. — Na minha opinião, Capitão Sênior Thrawn, e digo isso de forma extraoficial, foi desnecessariamente perigoso fazer isso com a *Falcão da Primavera*.

— Concordo, capitão intermediário — Thrawn falou de forma branda. — Exceto por *desnecessariamente*.

Samakro franziu o cenho.

— Não entendi.

— Eu mesmo não entendi por inteiro — admitiu Thrawn. — Apenas aponto que a intensidade repentina dos pesadelos de Che'ri pode mostrar algo significativo.

— Você acha que a Magys estava pressionando ela com mais força por seus próprios motivos?

— Ou que a pressão da Magys em Che'ri tenha chegado ao seu limite — disse Thrawn. — De qualquer forma, isso sugere que precisamos tomar as ações e riscos necessários para levá-la a Rapacc o mais rápido possível.

Samakro observou os rodopios do hiperespaço.

— Espero que tenha razão, senhor.

— Também espero. — Thrawn olhou por cima da tela de navegação. — Tenente Comandante Azmordi, a postos. Leve-nos ao espaço normal um pouco mais longe do sistema interno do que da nossa última viagem até aqui.

— Sim, capitão sênior — disse Azmordi do leme. — Posição de saída marcada.

— Obrigado — disse Thrawn. — Prepare a saída. Três, dois, *um*. — As chamas estelares saíram dos giros e se contraíram até virarem estrelas, e a *Falcão da Primavera* estava de volta ao espaço normal.

— Acha que Uingali foar Marocsaa continua na fragata de bloqueio Nikardun que eles capturaram? — perguntou Samakro.

— É uma das coisas que eu esperava ver — disse Thrawn. — Se não estiver, isso poderá nos dizer algo quanto à nossa situação aqui.

Samakro assentiu em silêncio. Da última vez que a *Falcão da Primavera* fizera uma visita, Uingali havia mencionado que outras naves tentaram entrar no sistema Rapacc. Se uma delas tivesse decidido não aceitar um não como resposta...

— Alcance de combate está claro — chamou Dalvu da estação de sensores. — Alcance médio... Três naves de guerra, capitão sênior.

Samakro olhou a tela de sensores conforme Dalvu ativava magnificação total. Havia três naves lá, tudo bem, apesar de a distância impossibilitar uma identificação positiva. Duas delas, com tamanho de cruzadores de batalha, estavam de costas para a *Falcão da Primavera*, enquanto a terceira, menor e um pouco mais distante — a fragata de bloqueio de Uingali? — encarava as outras. Todas as três mantinham as posições, e algo a respeito de suas condutas e posicionamentos dava a Samakro a impressão de que estava vendo os últimos estágios de um confronto.

— Entendido — disse Thrawn. — Estações de batalha.

As luzes de aviso foram acesas e a calmaria silenciosa da ponte se tornou um furor igualmente quieto de atividade conforme os sistemas de armas e defesas eram ativados e as tripulações de armas eram chamadas aos seus postos.

— Você consegue identificar as duas naves maiores? — perguntou Samakro.

— Não é necessário — disse Thrawn. — São irmãs da nave de guerra Kilji *Pedra de Amolar*.

Samakro espiou o monitor.

— Tem certeza, senhor?

— Bastante — disse Thrawn. — Mesmo daqui consigo ver as similaridades entre elas e a nave que vimos em Zyzek.

— Capitão sênior, estamos recebendo uma transmissão — chamou o Tenente Comandante Brisch da estação de comunicações.

— O que vocês querem com os refugiados? — uma voz saiu dos alto-falantes.

Samakro sentiu o estômago apertar. Era a voz de Uingali, não havia dúvida, e a tela de comunicações marcava o sinal como vindo da menor nave do trio distante.

— Além de surdo, você é ignorante? — uma nova voz se meteu, esbanjando raiva e arrogância, com o leve eco que indicava que o sinal estava sendo recebido por Uingali e transmitido de volta para a *Falcão da Primavera*. — Como todos os outros, eles andam nas trevas. Estamos aqui para levá-los a um lugar onde todos possam ser iluminados.

Samakro assentiu para si mesmo. *Iluminados*. O Generalirius Nakirre também falara de iluminação. Thrawn tinha razão: eram mais dos Kilji de Nakirre.

— Não podem iluminá-los aqui? — perguntou Uingali. — Eles são servos úteis para nós. Não desejamos perdê-los.

Samakro olhou para Thrawn, vendo os olhos de seu comandante se estreitarem. A não ser que as coisas tivessem mudado drasticamente em Rapacc, os refugiados de Nascente não estavam sendo forçados a trabalhar pelos Paccosh. Então, por que Uingali diria algo assim?

Porque ele estava principalmente falando com naves de guerra dos Kilji, é claro. Eles estavam aqui para pegar os refugiados de Nascente por algum motivo, e Uingali estava tentando atrasá-los.

Um esforço que, enfim, estava fadado ao fracasso. A fragata de bloqueio não era páreo algum para os dois cruzadores de batalha. Se e quando os Kilji decidissem que a conversa havia terminado, eles continuariam, e Uingali poderia escolher deixá-los passar ou morrer em uma tentativa inútil de pará-los.

A não ser que Uingali soubesse de algo que os Kilji não sabiam.

Samakro olhou para a tela de sensores. As naves de guerra Kilji continuavam encarando a fragata de bloqueio sem fazer nenhuma tentativa de se virar para ver o pesado cruzador de batalha Chiss, muito maior, que havia aparecido no sistema Rapacc atrás deles.

O que sugeria fortemente que, com a atenção focada em Uingali e as emissões de energia interferindo com os sensores traseiros, eles não haviam notado em absoluto a chegada da *Falcão da Primavera*.

Sentiu os lábios se torcerem em um sorriso apertado. Thrawn era *muito* bom em tirar vantagem desse tipo de erro.

— Os desejos dos ignorantes não são importantes — disse o Kilji. — Vai sair da frente, ou vai morrer?

— Você, que afirma oferecer iluminação, parece disposto demais a extinguir as vidas daqueles que precisam de sua orientação — respondeu Uingali. — Mas não importa. Aceito suas exigências. *Aelos*, a nave de guerra Nikardun, o levará até lá. Prepare-se para nos seguir conforme o guio através de nossas defesas orbitais.

Samakro olhou para Thrawn. O capitão sênior tinha pegado o próprio questis e teclava uma série de ordens e vetores de alvejamento. Terminou e os enviou às respectivas estações.

— Não preciso de guia — disse o Kilji. — Preciso meramente que saia da frente.

— As defesas são sutis e poderosas — falou o Nikardun, tentando mais uma vez. — Sem um guia, você será rapidamente vencido.

Houve um breve som gutural.

— Saia da frente — mandou o Kilji. — Não vou falar outra vez.

— Tenho minhas ordens. Devo ficar firme onde estou até chegar auxílio.

— Então morrerá onde está.

— Capitão sênior, não podemos intervir — Samakro avisou baixinho.

— Acho que podemos, sim — disse Thrawn. — Azmordi? Você pode fazer o salto necessário dentro do sistema?

— Sim, senhor — confirmou o piloto, inclinando-se sobre as telas enquanto inseria a localização que Thrawn lhe enviara. — Não posso garantir que seja mais próximo do que uns cem metros, porém.

Samakro sentiu o estômago apertar. Saltos dentro de um sistema eram notáveis por serem complicados, e os planos de Thrawn infelizmente costumavam requisitar precisão laser. Se cem metros fosse longe demais, poderiam ter problemas.

— Isso será aceitável — disse Thrawn. — Afpriuh, confio que possa ser mais preciso?

— Sim, senhor — falou o Comandante Sênior Chaf'pri'uhme com confiança na estação de armas. — Esferas armadas e travadas nos alvos.

— Azmordi?

— Pronto, capitão sênior.

— Afpriuh, dispare quando eu fizer o sinal — disse Thrawn. — Três, dois, *um*.

A *Falcão da Primavera* teve um pequeno espasmo conforme a saraivada dupla de esferas de plasma explodiu em seus lançadores e desapareceu na escuridão.

— Azmordi, fique a postos — continuou Thrawn. — Salto dentro do sistema, e então giro a bombordo em noventa graus. Três, dois, *um*.

A paisagem estelar mudou sutilmente, causando um piscar igualmente pequeno de desorientação no cérebro de Samakro. Seguiu-se de imediato uma mudança muito mais óbvia conforme Azmordi rotacionava a nave em noventa graus a bombordo.

Levando a *Falcão da Primavera*, sem dúvida exatamente do jeito que Thrawn planejara, a encarar os flancos a estibordo dos dois cruzadores Kilji.

Eram Kilji, sim, Samakro percebeu ao olhá-los. Da nova vista privilegiada da *Falcão da Primavera*, até mesmo ele conseguia perceber as similaridades em design que Thrawn já havia notado. Uma das naves de guerra também era visivelmente menor que a outra, com ombros de armas menores e menos nodos de barreira eletroestática. Possivelmente o equivalente Kilji de cruzadores leves e pesados.

— Naves não identificadas, aqui quem fala é o Capitão Sênior Thrawn da nave de guerra *Falcão da Primavera*, da Frota de Defesa Expansionária Chiss — Thrawn falou em Taarja. — Vocês estão perto de nossa presa. Afastem-se da fragata de bloqueio Nikardun *Aelos* ou sofram a humilhação de se tornar danos colaterais.

Samakro estreitou os olhos. Se as naves Kilji fizessem qualquer coisa além de simplesmente se virarem na mesma posição...

— Senhor? — perguntou com urgência.

— O Generalirius Nakirre nos mostrou aquela mesma manobra em Zyzek — Thrawn lembrou a ele. — É um movimento muito deliberado, muito confiante, e um que imagino que tenha ensinado aos seus principais comandantes. — Sorriu de leve. — Além do mais, eu mandei ele se afastar da *Aelos*. Ele não me parece o tipo de pessoa que obedeceria prontamente o comando de um adversário.

Realmente, antes mesmo de Thrawn terminar de falar, as duas Kilji começaram a se mover. Rotacionando de lado na direção da *Falcão da Primavera*, exatamente como o capitão sênior antecipara.

— Quem é você para falar de presas? — a voz Kilji ressoou no alto-falante da nave. — E quem é você para dar ordens a naves de guerra da Iluminação?

— Já dei a você meu nome — disse Thrawn. — Precisa que eu o repita?

Ouviu-se um rosnado feroz no alto-falante.

— Seu nome morrerá com você, seu tolo ignorante — grunhiu o Kilji.

Um instante depois, uma torrente de fogo laser foi disparada das plataformas nos ombros e proas dos dois cruzadores.

— Aparentemente, ele pretende que morramos *neste exato momento* — comentou Samakro.

— Aparentemente — concordou Thrawn, tirando o som com o interruptor. — Afpriuh?

— Barreiras aguentando — confirmou o oficial de armas. — Oitenta e nove por cento dissipadas. Acho que eles ainda não encontraram a frequência de nosso casco.

— Vamos nos certificar de que não encontrem. — Thrawn voltou a acionar o comunicador. — Você faz uma promessa extravagante — disse enquanto as naves Kilji lançavam uma segunda saraivada. — Será que aquele que faz tal promessa teme se identificar diante daquele que planeja matar?

— Eu não temo nada — rosnou o Kilji. — Sou o General Crofyp dos Kilji...

E, conforme a terceira barragem de fogo laser queimava no vácuo, as esferas de plasma que Thrawn lançara da posição original da *Falcão da Primavera* completaram sua jornada e atingiram os flancos a estibordo dos cruzadores Kilji com tudo.

— Retribuam o fogo — ordenou Thrawn conforme a explosão de íons se espalhava pelos cascos dos cruzadores, silenciando instantaneamente as armas que impactavam. — Lasers a bombordo; invasores a estibordo. E uma esfera na *Aelos*.

Samakro voltou sua atenção para a fragata de bloqueio. Uingali estava se afastando das naves de guerra Kilji, aparentemente tentando sair da linha de fogo.

Franziu o cenho. Por que Thrawn comandaria uma esfera de plasma que arruinaria aquele esforço?

— Ele está se movendo para ficar em posição de contra-atacar — disse Thrawn, respondendo a pergunta não dita de Samakro conforme uma única esfera de plasma era disparada em meio ao alvoroço de mísseis invasores e fogo laser. — Os Kilji parecem acreditar que ele é um aliado ou, ao menos, neutro. Gostaria de preservar esse mal-entendido por enquanto, se puder.

— Sim, senhor — disse Samakro. Supôs que fazia sentido, apesar de não conseguir imaginar que utilidade Thrawn via em tal erro.

— Nunca descarte uma arma possível quando é desnecessário se desfazer dela. — Thrawn assentiu em direção à panorâmica. — Especialmente quando o inimigo faz um movimento assim.

Samakro seguiu o olhar dele. O maior dos cruzadores Kilji havia se movido um pouco em direção à *Falcão da Primavera*, entrando direto na tempestade de fogo laser. Mas, conforme ia para frente, também virava seu flanco estibordo paralisado de volta para o ataque da *Falcão da Primavera*.

Samakro franziu o cenho. Eles estavam *tentando* ser destruídos?

E, então, entendeu.

Assim como o oficial de armas da *Falcão da Primavera*.

— Capitão, o Cruzador Um está se movendo para servir de escudo para o Cruzador Dois — avisou Afpriuh.

— Recomendo que nos movamos na direção dorsal ou ventral para compensar — acrescentou Azmordi do leme.

— Permaneçam em posição — disse Thrawn. — Eu acho que o Cruzador Um está torcendo para dar ao Cruzador Dois uma chance de escapar. — Ele deu um sorriso sombrio para Samakro. — Nós vamos deixar.

Não! A palavra ecoou gritando dentro da cabeça de Qilori, tecendo medo e pura descrença como uma enorme teia de aranha em sua mente. Não. Thrawn de novo não. Não aqui. Não outra vez.

Os lasers Kilji foram disparados, queimando diante da nave de guerra Chiss surtindo pouco ou nenhum efeito. Os Chiss se mantiveram em silêncio, aceitando o fogo sem responder. O grito silencioso de negação continuava seu ritmo louco na mente de Qilori.

Então, mesmo com os lasers Kilji ainda lavando o casco da *Falcão da Primavera*, a *Bigorna* estremeceu conforme múltiplos objetos atingiam o lado estibordo.

— Esferas de plasma! — arquejou. — General, os Chiss nos atingiram com…!

Parou ao reconhecer a verdade terrível tarde demais. A *Falcão da Primavera* estava *ali*, bem diante deles. Mas as esferas de plasma haviam vindo da lateral. O que só podia significar que...

— Eles não estão sozinhos — berrou. — General, eles não estão sozinhos. Tem outra nave de guerra Chiss por aí!

— Onde? — exigiu saber Crofyp. — Não vejo nada.

— Tolo — cuspiu Qilori. — É *claro* que não vê nada. Eles desativaram todos os sensores daquele lado. Temos que sair daqui. — Agarrou as restrições, abriu o fecho.

— Saia desse assento e morra — disse Crofyp, a voz atingindo a temperatura do nitrogênio líquido de forma abrupta. — Os iluminados não fogem. Nós levantamos, nós batalhamos, nós prevalecemos. — Afastando-se de Qilori, ele começou a tagarelar no idioma Kilji.

— É o que você pensa — murmurou Qilori, as asinhas batendo desesperadamente contra as bochechas. Thrawn na frente deles; outra nave de guerra Chiss a estibordo. Quer os Kilji reconhecessem isso ou não, estavam todos mortos.

A não ser...

Olhou para a tela de sensores. Se os Nikardun haviam evitado o ataque de esferas de plasma e estivessem em posição de ajudá-los, eles poderiam ter uma chance. Três naves contra uma...

Mas não. Mesmo enquanto os olhos inquisitivos de Qilori localizavam o cruzador de bloqueio, viu uma esfera de plasma ser disparada da *Falcão da Primavera* e explodir em uma luz breve na proa da nave Nikardun. Nenhuma ajuda viria de lá. As estrelas mudaram e a *Bigorna* começou a se mover.

As asinhas de Qilori deram uma pausa breve em seu ritmo para se contraírem, surpresas. A *Bigorna* estava se afastando, desistindo do ataque contra a *Falcão da Primavera*?

Estava. Mais do que isso — *pior* do que isso —, ela virou o flanco estibordo paralisado direto para a barragem Chiss.

O que, pelas Profundezas, Crofyp estava *fazendo*?

E foi aí que entendeu. Crofyp estava manobrando a *Bigorna* para defender a *Martelo* do fogo laser da *Falcão da Primavera*. Dando tempo para que o cruzador de piquete, menor do que o outro, se recuperasse do ataque de esferas de plasma. Para que pudesse se juntar à batalha?

Não. Para que pudesse fugir.

O espasmo de surpresa das asinhas se transformou em uma onda de desdém. Chega de levantar, lutar e prevalecer. Ele podia apreciar a disposição de Crofyp de sacrificar a si mesmo e a sua nave para que Jixtus soubesse da emboscada, mas isso era bem diferente do que aceitar o ataque Chiss de frente com a típica bravata e arrogância Kilji. Mesmo que não tivesse nenhuma chance de êxito.

E, falando em chances e êxitos...

Qilori deu uma olhada furtiva ao redor da ponte. Os vassalos de Crofyp trabalhavam freneticamente em seus painéis, tentando trazer as armas congeladas de plasma de volta à vida, mesmo quando o fogo laser dos Chiss sistematicamente explodia aquelas mesmas armas até elas virarem ferro-velho. O próprio general estava tendo uma discussão alta e animada com outra pessoa, provavelmente o capitão da *Martelo*, e prestava pouca atenção a qualquer outra pessoa ou coisa. Se Qilori queria fugir, essa era sua chance.

Cuidadosamente, certificando-se de se mover pouco a pouco, ele terminou de se desenroscar das restrições. Se Thrawn fosse gentil o bastante para acomodá-lo só dessa vez...

E lá estava, exatamente como esperava: uma sacudida dupla e repentina conforme um par de mísseis invasores atingia o lado anestesiado da *Bigorna*, o impacto chacoalhando todo mundo contra suas restrições.

Qilori estava pronto. Pulou do assento, saiu correndo pelo convés e mirou desesperadamente no espaço entre as estações de controle para chegar à porta com beirada laranja no módulo de fuga a bombordo.

Estava praticamente chegando quando Crofyp o notou.

— Desbravador! — bradou o Kilji. — *Pare*!

Qilori continuou, as costas se tensionando com a expectativa do tiro que certamente estava prestes a estraçalhar sua coluna ou atravessar seu peito. Mas o tiro não veio. Alcançou o módulo de fuga, uma mão esticada em direção à parede para diminuir seu embalo, a outra tentando abrir a escotilha com um tapa. As duas mãos se conectaram e, conforme a escotilha se abriu, ele rolou para dentro do módulo. Bateu no controle de selagem ao cair depois dele, conseguindo se virar pela metade para olhar uma última vez por cima do ombro ao colidir no convés. Crofyp estava parado em sua estação, balançando uma enorme arma preta apontada para ele.

Tarde demais. A escotilha se fechou, cortando a visão de Qilori e a última chance de Crofyp de punir o Desbravador por sua covardia.

Mas, assim que a escotilha se fechou, Qilori teve um único vislumbre da parede estibordo da ponte estourando em uma explosão de fogo e metal vaporizado enquanto era perfurada pelos lasers Chiss.

Um instante depois, Qilori foi jogado de volta contra a escotilha e os propulsores se inflamaram, arremessando o módulo para fora do tubo. Quicou para fora do metal inflexível e girou, impotente, no centro do módulo conforme a gravidade artificial da *Bigorna* desaparecia e era substituída pela queda livre do espaço profundo. Agarrando um suporte de mão, ele se empurrou contra um dos assentos e se prendeu a ele com o cinto.

Só aí, com as estrelas e a escuridão do espaço preenchendo a pequena panorâmica do módulo, e o desespero louco de sua quase morte começando a se dissipar, que ele teve a oportunidade de avaliar sua situação.

A *Bigorna* estava destruída. Ou a *Martelo* estava destruída ou ela havia fugido. E Qilori atravessava o vão em um pequeno cilindro de metal, cercado de inimigos que provavelmente presumiriam que ele era um Kilji fugitivo e reagiriam de acordo.

Só havia uma chance. Thrawn era um desses inimigos, e ele parecia gostar de coletar informações. Se ele notasse um módulo de escape e pensasse que poderia conter alguém ou algo útil, ele poderia se dar ao trabalho de persegui-lo e pegá-lo, intacto, em vez de oferecê-lo à tripulação para uma prática de tiro laser.

Poderia.

Era uma chance pequena. Infinitamente pequena, talvez. Mas, neste exato momento, era tudo que tinha.

Fechando os olhos, sentindo as asinhas se deterem até pararem pelo cansaço, ele se acomodou para esperar.

Com uma explosão múltipla e violenta que pareceu tremer do ponto de impacto dos invasores, da popa à proa, o maior dos dois cruzadores Kilji se desintegrou.

Samakro respirou com cuidado. Não havia sido fácil, mas não havia sido tão difícil quanto imaginou que seria, nem um pouco. Isso era bom.

Ou, ao menos, era muito, muito suspeito.

— Relatório de danos? — chamou Thrawn.

— Danos mínimos no Invasor Dois, nos sensores ventrais de bombordo, e nos nodos de barreira quatro ao oito — falou Brisch da estação de comunicações. — Reparos já começaram.

— Muito bem — disse Thrawn. — Alguma pergunta, capitão intermediário?

— Senhor? — perguntou Samakro, franzindo o cenho.

— Você parece preocupado — esclareceu Thrawn. — É pela vitória inesperadamente rápida, ou pelo fato que disparamos primeiro?

— Menos o segundo do que o primeiro, senhor — disse Samakro, uma partezinha sua percebendo como estava ficando proficiente em racionalizar contra a ordem de não agressão do Conselho. — Nós tecnicamente disparamos primeiro, mas eles dispararam contra nós *antes* das esferas atingirem as naves. Suponho que tenha sabido, de alguma forma, que eles não pretendiam ter uma conversa demorada?

— Achei que seria provável — falou Thrawn. — Esses Kilji parecem impacientes, parecem até mesmo ter pavio curto. Também percebo que as naves são projetadas para uma estratégia de primeiro ataque. Foi a vitória rápida, então?

— Não a vitória em si — disse Samakro —, mas o fato de que o comandante desistiu tão fácil do ataque. Entendo que as manobras foram feitas para permitir que o outro cruzador escapasse ileso, ou ao menos relativamente, mas o comportamento não bate com a arrogância vocal dele. Eu tinha achado que ele teria continuado a lutar de pura teimosia.

— Concordo — respondeu Thrawn. — E, quando uma pessoa ou espécie age ao contrário do que parece ser sua natureza, é preciso ver se há um fator ou diretiva maior envolvida no ato.

— Capitão sênior, a *Aelos* nos saúda — interrompeu Brisch.

Thrawn tocou a tecla de comunicações.

— Aqui quem fala é o Capitão Sênior Thrawn — chamou, voltando a falar em Taarja. — Peço perdão pelo ataque, Uingali foar Marocsaa. Parece que você estava se preparando para atacar os Kilji, e eu não queria que revelasse sua verdadeira identidade.

— Foi o que imaginei — a voz de Uingali era calma. — Eu o parabenizo pela forma rápida e eficaz que entregou a mensagem, considerando que qualquer sinal de comunicação teria sido interceptado pelo nosso inimigo em comum. Eles *são* nossos inimigos em comum, não são?

— Eles certamente são um oponente em comum — disse Thrawn. — Se nós e os Kilji seremos verdadeiramente inimigos, só o tempo dirá. Confio que seus sistemas tenham se recuperado de nosso ataque?

Uingali fez um som estranho.

— Na verdade, capitão sênior, eles nunca foram afetados. Você não viu, assim como, imagino, nossos inimigos não viram, que eu havia posicionado uma auxiliar bem na frente da minha proa, onde provavelmente não seria notada. Foi essa auxiliar que levou o impacto de sua esfera de plasma.

— Verdade? — disse Thrawn, e Samakro conseguiu ouvir tanto a admiração quanto a diversão em sua voz. — Ótimo trabalho. Você e seu povo continuam a me surpreender e impressionar.

— Entenderemos isso como um elogio — falou Uingali. — Imagino que estejam aqui para retornar a Magys e seu companheiro ao povo deles?

— Só a Magys — disse Thrawn, a diversão sumindo da voz. — Mas falaremos disso mais tarde. Antes de continuarmos para dentro, gostaria de tirar algumas horas para coletar alguns destroços para análise.

— Então os deixaremos fazer isso — disse Uingali. — Enquanto isso, gostaria que pegássemos o módulo de fuga?

Thrawn endireitou-se na cadeira de comando.

— Eu não tinha percebido que um módulo havia sido ejetado.

— Foi perto do fim da batalha — disse Uingali. — Depois da nave menor fugir para o hiperespaço, só um pouco antes da explosão da nave maior. De onde você estava, não teria sido visível.

— Você está rastreando o módulo?

— Sim — disse Uingali. — Gostaria da posição e do vetor?

— Sim, obrigado — respondeu Thrawn. — Com sua permissão, eu gostaria de levar a *Falcão da Primavera* para pegá-lo.

— Não tenho objeções — disse Uingali. — Presumo que compartilhará o conteúdo com os Paccosh?

— Certamente — confirmou Thrawn. — Azmordi?

— Tenho a localização do módulo, senhor — confirmou o piloto.

— Leve-nos até lá — disse Thrawn. — Na melhor velocidade possível.

— Sim, senhor.

— Falaremos novamente em breve, Uingali foar Marocsaa — disse Thrawn, e desligou o comunicador.

— Acha que o comandante da nave pode ter tido menos disposição de sacrificar a si mesmo do que de sacrificar a própria nave e tripulação? — perguntou Samakro quando a *Falcão da Primavera* pulou para frente, navegando pela nuvem de destroços em direção à marca distante que Azmordi havia acrescentado à tela tática.

— Acho improvável — disse Thrawn, uma expressão intensa no rosto. — Imagino que estrangeiros que se autodenominam iluminados seguirão seus líderes sem questionar. Mas é provável que houvesse alguém a bordo que possa ter sentido o contrário.

Samakro olhou a panorâmica com uma compreensão súbita.

— Eles tinham um navegador.

— Tenho quase certeza — falou Thrawn. — E independente do General Crofyp tê-lo soltado ou de ele ter feito a decisão de abandonar a nave sozinho, acredito que o encontraremos naquele módulo.

Samakro sorriu com a boca fechada.

— E onde se encontra o navegador de uma nave, se encontra onde a nave esteve antes.

— E, talvez, com quem essa nave anda se associando — disse Thrawn. — Comandante Sênior Afpriuh, prepare um raio trator.

Ele olhou para cima para ver Samakro.

— E você, Capitão Intermediário Samakro, por favor, prepare as boas-vindas apropriadas para o nosso convidado.

MEMÓRIAS V

FOI POR PURA SORTE que a nave de correios marcada para levar Thrass de volta a Csilla havia se atrasado uma hora. Era o único motivo pelo qual a nave continuava erguida acima da atmosfera de Naporar quando chegou a mensagem de emergência ordenando que voltasse de imediato para a fortaleza Stybla que ficava a um quarto do planeta de distância de sua reunião original no quartel-general da Frota de Defesa Expansionária.

A mensagem não tinha mais nenhum detalhe. Mas o piloto dos correios claramente sabia o que *de imediato* significava, e deixou Thrass na área de aterrissagem fora da mansão Stybla em tempo recorde.

O Auxiliar Sênior Lappincyk aguardava do lado de dentro dos portões ornamentados.

— Seja bem-vindo, Aristocra Thrass, e obrigado por vir — cumprimentou o outro, a expressão soturna. — O Patriarca o verá em seu escritório.

Sem aguardar resposta, ele se virou e saiu andando pelo amplo corredor.

— Ficarei feliz de vê-lo — disse Thrass, apressando-se para alcançá-lo e perguntando-se o que estava acontecendo. Dessa vez, Lappincyk não abriu sorrisos nem fez comentários astutos, como ocorreu quando ele se convidou à mesa de bistrô onde Thrass estava alguns anos antes. Também não havia nenhuma pose, ou o confrontamento tonal por reflexo que ocorria quando oficiais de uma família conheciam os de outra.

Este era um homem preocupado. Desesperadamente preocupado.

Passando as portas maiores, as quais Thrass sabia que, em outras fortalezas, levavam a câmaras mais formais de audiências e reuniões, Lappincyk tomou a dianteira até uma porta discreta de madeira simples sem nada entalhado ou decorativo. Ele a abriu, movendo-se para o lado e gesticulando para Thrass entrar. Thrass assentiu, agradecendo, e então entrou na sala.

Já havia outras duas pessoas lá, percebeu Thrass enquanto Lappincyk o seguia e fechava a porta atrás deles. No centro da sala, sentado atrás de uma escrivaninha entalhada, estava o Patriarca Lamiov, vestido com um traje trespassado e formal verde-escuro com filigrana dourada no colarinho e nos braços. Ele era velho, a pele empalidecida com a idade, o cabelo curto e rente mostrando um campo de estrelas salpicado e branco. Mas seus olhos eram límpidos e seu rosto era afiado e inteligente.

Parado diante de um dos cantos dianteiros da escrivaninha, meio virado para a porta, estava Thrawn.

— Seja bem-vindo, Síndico Thrass — a voz de Lamiov era séria. — Os Stybla estão enfrentando um desastre em potencial do mais alto calibre, e o Patriarca Thooraki graciosamente ofereceu sua assistência para resolvê-lo.

— Nós apoiamos nosso Patriarca em tudo, Seu Venerante — Thrass lhe assegurou, escolhendo as palavras com uma facilidade treinada. Não havia mal, afinal das contas, em lembrar Lamiov de que ele e Thrawn estavam aqui a pedido de *Thooraki*, não dele.

— Doze horas atrás, um cargueiro Stybla saiu de Csilla, destinado a Sposia e Naporar — disse Lamiov. Se ele havia percebido a ênfase sutil no comentário de Thrass, não deu indicação alguma. — Sete horas depois, estava chegando ao Campo Industrial de Desum em Sposia quando foi atacado por uma nave pirata disfarçada de transporte Obbic. Antes de qualquer pessoa poder intervir, os piratas subjugaram a tripulação, tomaram posse da nave e escaparam para o hiperespaço.

Thrass sentiu a garganta fechar. Então era por isso que ele e Thrawn estavam lá. Os Obbic, a Sétima Família Governante, eram aliados recentes e levemente oscilantes dos Mitth. Se alguém estivesse torcendo para manchar a reputação deles, faria sentido Lamiov desejar que um de seus aliados fosse parte da investigação.

— Sabemos se algum Obbic estava realmente envolvido? — perguntou.

Lamiov bufou um pouco.

— Acho difícil que um esquadrão pirata Obbic usaria uma das próprias naves.

— A não ser que presumissem que todos pensariam assim — apontou Thrass.

— Há gravações do incidente? — falou Thrawn, pegando o próprio questis.

— Sim, três — respondeu Lamiov, pegando o seu também e tocando nele para enviar os dados. — Temo que nenhuma delas esteja muito clara.

— Compreensível — disse Thrawn. — Se não havia ninguém perto o bastante para intervir, também não havia ninguém perto o bastante para fazer boas gravações.

— Quem está encarregado da segurança orbital em Sposia? — perguntou Thrass, pegando o questis para ver a própria cópia das gravações.

— Excelente pergunta — disse Lamiov. — Lappincyk?

— É uma força combinada que inclui elementos dos Kynkru, dos Obbic, dos Clarr e dos Csap — informou Lappincyk. — Todas as quatro famílias possuem fortalezas aqui, por isso os deveres de segurança são compartilhados entre elas.

Thrass assentiu, contemplando o questis com o coração pesado conforme o rapto ocorria. O plano dos piratas era bastante direto ao ponto: o transporte Obbic se aproximava do cargueiro Stybla, fingindo ter problemas nos propulsores de manobras, e então batia neles de repente para travar uma nave à outra. Por três minutos e meio, prosseguiram assim, a órbita mútua continuando a afundá-los lentamente na direção do planeta mais abaixo, até o propulsor dos Stybla ser acionado à máxima potência de repente e levar as naves conectadas ao espaço profundo. Dois minutos depois, conforme as naves de patrulha do planeta se embaralhavam em uma tentativa vã de intervir, os sequestradores e os sequestrados sumiram juntos no hiperespaço.

Assistiu o ataque três vezes, uma de cada perspectiva e ângulo das gravações. Assistir várias vezes não tornou a bagunça nem um pouco mais fácil de ver.

— Essas naves de patrulha são projetadas para terem uma tripulação de dois membros — disse Thrawn. — Mas só estou vendo um único piloto listado em cada uma delas.

— Correto — confirmou Lappincyk. — Eles mandaram que todas as naves fossem atualizadas, e a Patrulha de Sistema decidiu que a linha de ação mais eficaz seria tirar metade dos pilotos em ativa e começar a treiná-los novamente.

— Que família organiza o cronograma de patrulha?

— De novo, um grupo de comando compartilhado que inclui cada uma das quatro famílias.

— Já investigamos isso, comandante intermediário — acrescentou Lamiov. — Não conseguimos encontrar evidências de que os organizadores conspiraram para manobrar as forças de segurança longe o bastante para que não pudessem auxiliar o cargueiro a tempo.

— Entendo — disse Thrawn. — Nesse caso, acredito que os piratas fossem dos Clarr.

Thrass olhou para ele, impressionado.

— Os *Clarr*? O que eles poderiam querer com um cargueiro Stybla?

— Eu não sugeri que fosse uma operação de alto nível dos Clarr — disse Thrawn. — Meramente sugeri que os piratas fossem dessa família.

— Por que você acha isso? — perguntou Lamiov.

Thrawn fez um gesto para o seu questis.

— Olhem as gravações mais uma vez. Os indicadores estão lá.

— Não temos tempo para um jogo de Enigma — disse Lappincyk, um quê de impaciência na voz. — Só nos diga.

Thrass olhou para Thrawn, e achou ter visto um piscar de resignação em seu rosto.

— Há três famílias representadas nessas gravações. — Ele tocou na que foi feita pelo piloto Clarr. — Mas somente esta piloto já estava gravando antes do ataque começar.

Thrass franziu o cenho olhando para o questis. Thrawn tinha razão.

— Porque ela já sabia o que estava prestes a acontecer.

— Sim, compreendo — o tom de Lamiov era gelado. — Que descuido.

— Piratas e sequestradores não são conhecidos por sua esperteza de modo geral — apontou Thrass, considerando as possibilidades. Gangues criminosas costumavam estar organizadas dentro de uma única família, com poucas delas cruzando linhas familiares. Se uma piloto Clarr fazia parte do ato, como Thrawn já deduzira, então o restante dos sequestradores também deveriam ser Clarr. — Você precisa deter essa piloto imediatamente, Seu Venerante — disse. — Também deveria contatar alguém em Rhigar. O Patriarca Clarr'ivl'exow precisa saber o que aconteceu.

— A piloto já está isolada na sala de reuniões — informou Lappincyk, trabalhando no questis. — Nos certificaremos de que ela não saia de lá. — Ele franziu o cenho, pensativo. — Quanto ao Patriarca Rivlex, ele pode já estar a par. Estamos recebendo relatórios de que um alto número de comunicações

ocorreu em seu escritório nas cinco horas que se passaram desde que isso aconteceu.

— Ele sabe do roubo e está tentando localizar os sequestradores — disse Lamiov, sombrio. — Então ele sabe.

Thrass olhou para Thrawn, viu a mesma surpresa refletida no rosto do outro. Lamiov acabava de se repetir?

— É o que parece, Seu Venerante — disse Lappincyk. — Mas o Síndico Thrass tem razão. O senhor precisa discutir o assunto com ele para já.

— Concordo. — Lamiov olhou para Thrawn e Thrass. — Com sua permissão, gostaria de mantê-los aqui um pouco mais. Talvez possamos precisar de mais ajuda para resolver essa situação.

— Como eu falei, estamos aqui por ordens de nosso Patriarca — disse Thrass. — Até ele dizer o contrário, estamos às suas ordens.

— Apesar de... — Thrawn olhou para Thrass. — Estou programado para começar meu novo posto a bordo da *Falcão da Primavera* em três horas. Não tenho certeza como esse atraso seria percebido por meus superiores.

Thrass estremeceu. E após o fiasco político com os Lioaoi e os Garwianos que Thrawn acabava de sofrer, podia imaginar o Conselho de Defesa Hierárquica afoito para jogar ele e seu grupo de piquete para fora da Ascendência para uma distante caça aos piratas.

— Falarei com o General Ba'kif — disse Lamiov. — Não haverá nenhuma repercussão adversa, eu lhe garanto.

— Então também estou ao seu serviço — falou Thrawn.

— Agradeço a ambos — disse Lamiov. — Se seguirem o Auxiliar Sênior Lappincyk, ele os levará a um local onde poderão descansar até eu terminar minhas conversas.

Um minuto depois, os dois Mitth estavam em uma sala de estar pequena mas bem decorada.

— Qual foi o problema lá atrás? — perguntou Thrass enquanto escolhia uma das cadeiras da sala para se sentar.

— O problema?

— Você pareceu um pouco incomodado que Lamiov e Lappincyk não quiseram brincar de Enigma contigo — disse Thrass.

Thrawn afastou o olhar, um eco da mesma expressão aparecendo em seu rosto.

— Eu não estava incomodado, Thrass — disse baixinho. — Só estava decepcionado. Gente que não consegue ver as coisas quando elas estão bem na frente delas... — Ele sacudiu a cabeça.

— Isso pode ser um choque para você — avisou Thrass —, mas a maior parte das pessoas não vê as coisas de forma tão rápida ou tão clara quanto você.

— Eu sei — disse Thrawn. — Eu só queria... Bom, não importa. — Ele se abaixou para sentar na cadeira ao lado de Thrass e pegou o questis. — Nós precisamos focar nossa atenção no sequestro.

— Sim — concordou Thrass, tomando o próprio questis. — Não podemos deixar Lamiov e os Stybla ficarem com *toda* a diversão. Você tem um plano para rastrear os criminosos?

— Não, deixaremos isso para os dois Patriarcas — disse Thrawn. — É evidente que algo a bordo da nave é vital para Lamiov. Vamos focar nisso.

Thrass franziu o cenho.

— Eu presumi que ele se importava com a carga inteira.

— Não — disse Thrawn. — Ao menos não à primeira vista. Tem um item em particular no qual ele está interessado.

— Se você diz — respondeu Thrass. — Por onde começamos?

— Nós procuramos listas de carregamento e as localizações de onde cada um dos itens veio — disse Thrawn. — Tentamos verificar o alvo específico dos piratas, e então tentamos descobrir para onde podem ter ido.

— Parece uma boa ideia — disse Thrass. — E, Thrawn?

Thrawn olhou para cima.

— Sim?

— Lembra do que eu falei a respeito das pessoas não notarem as coisas tão rápido quanto você? — perguntou Thrass. — Essa coisa a respeito do Patriarca se importar majoritariamente com um item. Essa foi uma delas.

CAPÍTULO OITO

QILORI HAVIA ESPERADO PASSAR ao menos um par de horas flutuando no grande vazio enquanto Thrawn decidia se valia a pena ou não pegar o módulo. Descobrir que o sinal automático do módulo não estava funcionando aumentou a estimativa entre algumas horas e o restante de sua curta vida privada de oxigênio.

Foi uma surpresa, então, mesmo que uma surpresa bem-vinda, quando mal passara vinte minutos viajando quando uma seção da paisagem estelar foi apagada e sentiu o puxão do raio trator conforme se prendia ao módulo. Dez minutos depois, a escotilha se abriu e ele estava no calor e na segurança e na gravidade artificial da nave de guerra Chiss.

Após cinco minutos e uma revista de segurança muito cuidadosa, ele estava parado em uma salinha diante de Thrawn.

— Capitão sênior. — Qilori abaixou a cabeça. — Obrigado pelo resgate…

— A outra nave Kilji também emprega um Desbravador? — interrompeu Thrawn.

Qilori sentiu as asinhas das bochechas se contraírem. Que tipo de pergunta era aquela?

— Ah… Sim. Empregam.

— Ótimo — disse Thrawn, levantando e fazendo um gesto para os guardas de Qilori. — Levem ele até a ponte. Você vai seguir aquele outro Desbravador para nós.

— *Quê?* — Qilori conseguiu falar conforme os dois peles azuis pegaram seus braços e o giraram na direção da escotilha. — Não; eu não consigo. Não é possível.

— Você se esquece, Qilori de Uandualon, que eu sei o seu segredo — disse Thrawn, andando ao lado dele conforme os guardas marchavam pelo corredor. — Eu sei como os Desbravadores no hiperespaço conseguem sentir uns aos outros. — Ele voltou aqueles perturbadores olhos vermelhos e cintilantes a ele. — Você utilizou essa habilidade para auxiliar piratas, forças de ataque militares e o General Yiv. Preciso lembrá-lo o que fariam outras nações da região se também soubessem disso?

— Não — falou Qilori entre os dentes trincados. — Mas eu não disse que não estava disposto. Disse que não era possível. Deixei meus fones de privação sensorial na *Bigorna* e, sem eles, não posso me juntar à Grande Presença.

— Também esquece que vi o aparelho que usa — disse Thrawn. — Algo similar o aguarda.

A ponte estava um alvoroço de atividade quando chegaram. Qilori foi levado até a cadeira de navegação — uma cadeira muito boa, muito bem estofada, percebeu ao sentar — e lhe deram um aparelho de cabeça que era uma monstruosidade emendada.

— Será suficiente? — perguntou Thrawn.

Qilori fingiu estudar o equipamento, os olhos passando pelo painel diante dele enquanto isso. Podia ler os rótulos em Cheunh razoavelmente bem; infelizmente, não havia nada lá que pudesse indicar a presença de um navegador mecânico. Mas pensando bem, esses controles provavelmente estariam escondidos, para evitar que um visitante estrangeiro casual os notasse.

Colocou o aparelho para um teste rápido. A coisa era desajeitada e deselegante, mas serviria.

— Sim, vai funcionar. — Ele tirou o aparelho, deixando-o no canto do painel, e começou a se amarrar.

— Ótimo — concluiu Thrawn. — Você localizará o outro Desbravador e o seguirá. Eu avisarei quando puder parar. — O Chiss colocou uma mão restritiva no aparelho quando Qilori o pegou novamente. — E tenho bastante certeza de que sei para onde a nave está indo. Não tente me enganar.

As asinhas de Qilori se contraíram.

— Não farei isso.

Thrawn levantou a mão e Qilori colocou o aparelho mais uma vez na cabeça, bloqueando a ponte, os Chiss e o restante do universo. Entrando em transe, deixou que a Grande Presença o cercasse e preenchesse. O Desbravador da *Martelo*... Sim, lá estava ele.

Qilori sentiu as asinhas tensionarem. Havia esperado que o cruzador de piquete voltasse para o sistema onde os dois Desbravadores foram levados após serem contratados. Mas não era o caso. Em vez disso, a *Martelo* estava indo em uma direção completamente diferente. Se Thrawn achava que sabia de onde tinham vindo, e esperava que voltassem para lá...

Mas não havia nada que Qilori pudesse fazer sobre isso. Haviam mandado que ele seguisse a *Martelo*, e tentar antecipar ou questionar o que Thrawn queria seria um jogo perigoso e provavelmente inútil. Colocando o cinto, preparou-se para pegar os controles.

Franziu o cenho por baixo do equipamento. A própria cadeira, como já notara, havia sido ajustada para a altura e largura adequadas. Mas o controle no painel em si estava bem perto. Será que haviam esquecido do comprimento de seus braços quando pré-ajustaram tudo para ele?

Não importava; daria um jeito. Agarrando bem os controles, ele lançou a nave para o hiperespaço.

Pareceu como se estivesse aninhado dentro da Grande Presença há muito tempo, o brilho permeando sua mente, o outro Desbravador uma centelha iluminada à distância. Mas provavelmente só haviam passado alguns minutos antes de sentir o toque distante de uma mão em seu ombro, um toque que aos poucos ficou mais forte e mais insistente. Relutantemente, soltou o brilho e a Grande Presença se dissipou, e mais uma vez estava cego e surdo em meio a um grupo de pessoas que provavelmente desconfiavam dele e certamente ressentiam-se dele.

Tirou os fones. Thrawn estava ao seu lado, contemplando o céu pulsante do hiperespaço.

— Algum problema, capitão sênior? — perguntou com cuidado.

— Não — disse Thrawn.

Qilori sentiu as asinhas enrijecerem. Pela expressão e voz de Thrawn, estava claro que havia algo errado. Ao menos o problema não parecia ser o próprio Qilori.

— E agora?

— Você será levado aos seus compartimentos. — Thrawn fez um gesto para ele sair da cadeira. — E então o devolveremos a Rapacc.

Seus compartimentos. Pelo visto, Qilori seria um convidado a bordo da nave de guerra dos peles azuis por um tempo.

Ainda assim, poderia ser pior. Thrawn *poderia* deixá-lo no brigue.

— Obrigado novamente pelo resgate — disse assim que ficou de pé. — Se houver mais alguma coisa que eu puder fazer por você, me diga, por favor.

— Farei isso — Thrawn falou com uma voz suave, aqueles olhos brilhantes mais uma vez escavando nas profundezas da alma de Qilori. — Farei, de fato.

A intenção de Thalias, considerando que mal tinha faculdades mentais para formar qualquer tipo de meta conforme cambaleava até a cama, era dormir o máximo de tempo que conseguisse. Ao menos oito horas, talvez até mesmo dez ou doze, e acordaria viva, alerta e descansada.

Por isso, ficou surpresa de ver que continuava com a visão turva quando o barulho insistente do interfone a arrastou para fora de um sono profundo e sem sonhos.

Uma surpresa que se transformou em descrença grogue quando checou o crono e descobriu que mal dormira três horas.

Apoiou-se em um dos cotovelos, exausta demais para se irritar, e apertou a tecla.

— Sim?

— Ponte. — A voz do Comandante Sênior Kharill ouviu-se no alto-falante. — O Capitão Sênior Thrawn precisa vê-la imediatamente.

Thalias franziu a testa, parte das teias do sono se dissipando. A última coisa que ouvira foi que a *Falcão da Primavera* estava a um rápido salto por salto de Rapacc, onde Thrawn deveria acordar a Magys de sua hibernação e entregá-la aos Paccosh. O processo inteiro deveria levar, no mínimo, várias horas.

Será que havia dado algo errado?

— Entendido — disse a Kharill, empurrando-se até sentar direito e olhando para a câmara de hibernação do outro lado da sala.

Ou, melhor, a seção vazia da divisória onde a câmara de hibernação costumava estar. Em algum momento durante as últimas três horas, enquanto Thalias dormia, alguém havia entrado e retirado a câmara.

— Só se certifique de ficar pronta — avisou Kharill. — Ele está com pressa.

— Entendido — Thalias repetiu.

Ela desligou o interfone e passou os dedos pelo cabelo, encolhendo-se ao sentir a coceira no couro cabeludo. Não havia nem colocado o pijama antes de apagar na cama, então ao menos não precisava se preocupar em se vestir.

Infelizmente, isso também deixou sua pele com a sensação desagradável que sempre tinha ao dormir sem trocar de roupa.

Do lado de fora da sala de dormir, ouviu o tinido da escotilha. Thalias ficou de pé, cambaleando um pouco nos primeiros passos enquanto lutava para manter o equilíbrio. Ela cruzou o quarto e a sala diurna e abriu a escotilha.

Thrawn estava lá, o rosto sombrio, os olhos parecendo distraídos.

— Cuidadora — ele a cumprimentou, seco, passando por ela para entrar na sala diurna antes que pudesse convidá-lo. — Preciso falar com você.

— É claro — disse Thalias, fechando a escotilha atrás dele. — Quer sentar?

— Não há tempo. — Thrawn deu três passos para dentro da sala e parou para se virar e encará-la. — Vou sair da *Falcão da Primavera* em meia hora, e preciso que...

— Você vai o *quê*? — interrompeu Thalias, o que restava de seu sono sumindo da mente em um flash.

— Só escute, por favor — disse Thrawn. — Não tenho muito tempo. Chegamos ao sistema Rapacc e encontramos duas naves Kilji ameaçando os Paccosh. Houve uma batalha, uma batalha breve, e uma das naves escapou e parece estar indo para Nascente. Preciso chegar lá o mais rápido possível e ver quem eles encontrarão lá, tentar descobrir seus planos e determinar como podem ser impedidos antes que causem mais danos.

— Certo — disse Thalias, a cabeça rodopiando ainda mais do que quando acordou. Ela havia dormido durante uma *batalha*? — Precisa de Che'ri na ponte?

— Não, ela precisa dormir — respondeu Thrawn. — Vou deixar o Capitão Intermediário Samakro no comando aqui enquanto eu e Uingali vamos na *Aelos*. Estamos levando conosco a Magys...

— Não, não, espere — protestou Thalias. — Você está indo rápido demais. Por que vai com Uingali em vez de levar a *Falcão da Primavera*?

— Porque a *Falcão da Primavera* precisa seguir as ordens do General Supremo Ba'kif de voltar para a Ascendência de imediato assim que deixarmos a Magys em Rapacc — disse Thrawn. — Desobedecer essa ordem acarretaria em consequências graves, não apenas para mim, mas para todos os meus oficiais sênior. Samakro e a nave *precisam* voltar.

— Mas por que você não pode ficar conosco? — pressionou Thalias. — Uingali e os Paccosh não podem ir sem você?

— É claro que podem. — O lábio de Thrawn tremeu. — Mas eles não irão. Uingali só colocará seu povo em uma missão tão perigosa se eu concordar em comandá-la.

Thalias o encarou.

— Ah — disse, estremecendo pelo vazio absoluto da palavra. — Eu... Bem, será que podemos ir junto? Che'ri e eu? Eu sei que ela iria.

— Obrigado, mas não — negou Thrawn. — Preciso que você e Che'ri levem a *Falcão da Primavera* de volta para casa.

— E se for só eu, então? — Thalias insistiu. — Quero dizer... Eu estava com você no começo de toda essa coisa dos Paccosh. Eu deveria poder ver o desfecho dela.

— Esse dificilmente será o desfecho — disse Thrawn. — Não importa o que acontecer em Nascente, os Paccosh resistirão. Além do mais, preciso que fique aqui para tomar conta de Che'ri.

— Não é bem verdade — disse Thalias. — Ela consegue navegar a *Falcão da Primavera* sozinha.

— Thalias, isso está começando a ficar bobo — Thrawn ralhou com gentileza. — Eu sei que você sente que o falecido Patriarca Thooraki pediu que tomasse conta de mim, mas arriscar sua carreira e reputação não é a forma certa de fazê-lo.

Thalias trincou os dentes.

— Eu não tenho uma grande carreira, eu não tenho reputação *alguma*, e não me importo com nenhuma dessas coisas. Há vidas por um fio. E não só a sua. Os Paccosh e o povo da Magys também estão em risco.

— Elogio suas prioridades e seu senso de justiça — disse Thrawn. — Mas esse é um caminho que preciso tomar sozinho. — Ele fez um gesto para a sala de dormir dela. — Agora você precisa voltar a dormir. Samakro começará a jornada de volta para casa salto por salto, mas ele precisará de você e de Che'ri assim que estiverem prontas para tomar conta da navegação. Tome conta dela, e se despeça dela por mim, por favor.

Thalias engoliu o caroço repentino que aparecera em sua garganta.

— Farei isso. Por favor, tome cuidado, senhor.

— Tomarei. — Thrawn sorriu para ela. — Adeus, Thalias.

Por um longo momento após ele partir, ela só encarou a escotilha fechada, um senso gelado de horror lutando contra a exaustão. Dane-se o que Thalias poderia fazer com a carreira dela — o que é que Thrawn estava prestes a fazer com a *dele*?

Respirou fundo. Samakro. Precisava falar com o Capitão Intermediário Samakro.

Mas agora não. Ainda não. Precisava cronometrar esse confronto com cuidado, certificar-se de que cairia entre o momento que Thrawn deixasse a *Falcão da Primavera* e o momento em que ele e Uingali planejassem partir para Nascente. A *Falcão da Primavera* havia capturado e carregado uma fragata de bloqueio Nikardun outra vez — decerto Samakro poderia fazer a mesma coisa novamente. E, assim que a nave menor estivesse presa, Thrawn teria que ouvir o bom senso ou ser arrastado fisicamente de volta para a Ascendência.

Uingali não gostaria disso. A Sindicura ficaria furiosa. Mas, ao menos, Thrawn continuaria vivo.

Virando-se, Thalias foi até a área de preparo de comida. Meia hora, Thrawn dissera antes de partir. Não dava tempo para tomar um banho, mas dava tempo de sobra para preparar para si mesma uma caneca de caccofolha bem forte. Ela sentaria no sofá, ingeriria um pouco de estimulante, e estaria pronta no momento em que Thrawn deixasse a nave.

Não foi isso que aconteceu.

Cinco horas depois, acordou em um pulo de um pesadelo horrível, o pescoço com câimbras pelo ângulo estranho que sua cabeça ficou contra as costas do sofá, a xícara fria de caccofolha praticamente intocada na mesinha de lado.

E a tela repetidora debaixo do bar de lanches mostrava que a *Falcão da Primavera* já estava no hiperespaço.

Praguejando furiosa e inutilmente em voz baixa, ela colocou os sapatos e correu até a ponte.

Samakro estava sentado na cadeira de comando, contemplando de mau humor os giros do hiperespaço que passavam do lado de fora da panorâmica.

— Capitão intermediário — ofegou Thalias, apressando-se para ir até ele.

— *Aí* está você — disse Samakro, sua voz tão austera quanto a expressão. — Eu a esperava cinco horas atrás.

— Estamos voltando para a Ascendência? — perguntou Thalias, só para ter certeza.

— Para onde mais estaríamos indo? — Samakro rebateu. — Nós recebemos ordens. Como o Capitão Sênior Thrawn certamente contou a você.

Thalias engoliu outro insulto inútil.

— Então você só o deixou partir? — acusou. — Achei que você não era um grande fã de oficiais da Frota de Defesa Expansionária abandonando seus postos.

Ele a olhou de soslaio.

— O que a faz dizer isso?

— Você não ficou feliz com a Capitã Sênior Lakinda deixando a *Picanço-Cinzento* para responder à chamada de emergência da família Xodlak.

— Ninguém que estava naquela reunião teria contado isso a você.

— Estou ficando boa em ler o rosto alheio. — Thalias ergueu as sobrancelhas. — Também notei que você não está negando.

Bufando, Samakro voltou a olhar para a panorâmica.

— Meu comandante me deu uma ordem — disse. — Meu dever é obedecer essa ordem.

— Mesmo que isso custe a carreira de seu comandante? — Thalias disparou. — Mesmo que custe a *vida* dele?

— Ele vai ficar bem — disse Samakro.

— Você não pode acreditar nisso — Thalias falou entredentes. — Foi você que *me* contou que o restante dos Nikardun estava reunindo forças em Nascente, onde poderiam fazer novos ataques.

— Nunca disse que tínhamos certeza disso — a voz de Samakro estava um pouco estranha. — Era só uma teoria.

— Mas as teorias do Capitão Sênior Thrawn costumam estar certas.

— Costumam, mas nem sempre estão — disse Samakro. — De qualquer forma... Olha. Uingali possui um esquadrão inteiro de comando a bordo da *Aelos*. Eles queriam estar prontos para uma nave inimiga que fosse descuidada o bastante para entrar na zona de embarque. Confie em mim, ele sabe o que faz.

Thalias franziu o cenho.

— Achei que ele precisasse do Capitão Sênior Thrawn para liderar o ataque.

— Foi isso que o capitão sênior falou para você? — Samakro bufou um pouco. — Acho difícil. Uingali quer ele a bordo porque, se der errado, um oficial sênior Chiss terá sido capturado ou morto.

Thalias o encarou, o estômago revirando com a compreensão súbita.

— Eles estão tentando forçar a Ascendência a entrar em ação militar.

— É claro que estão. — Samakro torceu o lábio. — Não fique tão revoltada; é exatamente o mesmo truque que você e o Capitão Sênior Thrawn usaram contra o General Yiv. Só fico um pouco surpreso de Uingali saber disso.

— Achei que, a essa altura, *todos* soubessem que nós não atacamos a não ser que nos ataquem primeiro — disse Thalias com os dentes trincados. — Então, como o tiramos de lá?

Samakro fechou a cara.

— Nós voltamos para a Ascendência e relatamos o ocorrido. Se tivermos sorte, este e os ataques em Nascente serão o bastante para a Sindicura mover seu traseiro coletivo.

— Vai ser tarde demais.

— Talvez. — Samakro bufou um suspiro. — Provavelmente. Mas é tudo que temos.

Por um momento, nenhum deles falou. Thalias contemplou a panorâmica, observando a *Falcão da Primavera* voar mais e mais longe de seu capitão.

— Obrigada pela sinceridade, capitão intermediário — disse.

— Não há do quê — falou Samakro. — Sugiro que volte e durma um pouco mais. Vamos querer você e Che'ri de volta ao serviço assim que ela estiver pronta. Quanto antes chegarmos a Csilla, antes poderemos montar alguma coisa para poder ajudar o Capitão Sênior Thrawn.

— Sim — murmurou Thalias.

Samakro tinha razão, é claro, ela sabia assim que voltou para a suíte da sky-walker. Precisariam de velocidade, quanto mais rápido melhor. Tinham uma crise em mãos, e Thalias sabia o que precisava ser feito.

Só podia torcer para que Che'ri estivesse disposta a fazer a mesma coisa.

CAPÍTULO NOVE

THURFIAN ENTREGOU SEU RELATÓRIO ao Conselho de Defesa Hierárquica três horas após a nave de guerra Kilji partir da órbita de Avidich e desaparecer nos vastos alcances do espaço interestelar entre os mundos da Ascendência. Em seis horas, as famílias Dasklo, Xodlak, Erighal e Pommrio haviam apresentado queixas na Sindicura, acusando os Mitth de se envolver em táticas de insinuação, denunciando o relatório de Thurfian e exigindo que ele retirasse suas acusações ou apresentasse provas de suas alegações. O fato de que Thurfian não fez nenhuma alegação própria, mas meramente relatou a de outra pessoa, passou despercebido ou foi deliberadamente ignorado por eles.

Geralmente, tais indignações políticas desapareciam com rapidez conforme as diversas famílias resolviam suas alianças e disputas, fortalecendo-as, recriando-as ou redefinindo-as quando necessário, até uma nova disputa surgir para substituí-las. Mas, nesse caso, a indignação se mesclou com um nível crescente de expectativa sombria. Esse último escândalo vinha na sequência do incidente de Hoxim, que por si só estava longe de ser resolvido. Mais do que isso, ele se originava em uma nave de guerra estrangeira e, enquanto a Força de Defesa corria para providenciar proteção adicional aos maiores mundos Chiss, as diversas famílias começavam a fazer suas próprias e discretas preparações.

Três dias após o relatório, Thurfian finalmente recebeu a chamada que esperava do Primeiro Síndico Zistalmu.

— Não sei o que dizer — grunhiu Zistalmu, a expressão mostrando uma mistura de descrença e suspeita. — Uma nave de guerra estrangeira aparece em Avidich, fala com seu Patriel, inventa umas alegações mirabolantes a respeito dos Dasklo estarem tramando algo, e então aparece de novo?

— Sei que parece fantástico — admitiu Thurfian. — Mas é o que aconteceu.

— Ele falou com o *seu* Patriel a respeito de uma ameaça aos Clarr — disse Zistalmu. — Não com o Patriel *Clarr*. Com o seu.

— Talvez Jixtus não soubesse com quem deveria conversar — disse Thurfian. — Os Mitth possuem a maior presença em Avidich entre as Nove e as Quarenta. Talvez ele quisesse falar com a família que mais ou menos controla o planeta.

— Ele sabia o nome das quatro famílias que diz que estavam envolvidas — rebateu Zistalmu. — Por que não uma delas? Por que *você*?

— Eu já disse que não sei — falou Thurfian com paciência. — Imagino que você tenha uma teoria?

Por um momento, Zistalmu pareceu estudar o rosto do outro.

— Os Erighal, os Xodlak e os Pommrio estavam em Hoxim — disse. — Jixtus poderia ter aprendido os nomes deles lá.

— Ou com os Agbui que, aparentemente, os instigaram a ir até Hoxim em primeiro lugar.

— Suponho que seja possível — disse Zistalmu. — Mas havia outra família presente em Hoxim. O Capitão Sênior Thrawn e a *Falcão da Primavera*.

— Que, de acordo com todos os relatórios, estava sendo marretado por canhoneiras estrangeiras quando as três forças familiares chegaram — lembrou Thurfian.

— É o que dizem. — Os olhos de Zistalmu estreitando de leve. — Já descartamos a ideia de que ele tenha sido pego em uma emboscada. Então me diga, Thurfian: quando foi a última vez que ouviu falar dele ser marretado?

Thurfian sentiu a garganta ficar apertada. Havia se perguntado a mesma coisa desde que os primeiros pedaços de informação sobre Hoxim começaram a aparecer. Havia se perguntado muito a mesma coisa.

— Achei que a premissa inteira de nossas conversas particulares fosse que, eventualmente, ele fosse errar. Talvez tenha finalmente acontecido.

— Não — Zistalmu foi firme. — Esperávamos que ele falhasse em um nível massivo e desastroso. Não em algo tão mundano quanto um simples combate. Não, aconteceu alguma coisa em Hoxim, alguma coisa que envolvia Thrawn. Aparentemente, esse Jixtus sabe tudo sobre o que ocorreu. — Ele inclinou a cabeça um pouco para o lado. — Minha questão é, e *você*?

— Eu não sei de nada além do que estava nos relatórios de Hoxim, e o que relatei à Sindicura sobre Jixtus — disse Thurfian. — Imagino que tenha notado que, quando ele apareceu novamente em Rhigal, ele falou *sim* com os Clarr?

— Cujo relatório sobre o incidente, devo notar, era incrivelmente similar ao seu — observou Zistalmu. — Inclusive como o Patriarca Rivlex virtuosamente mandou os estrangeiros de volta para casa sem fazer nenhum tipo de trato.

— Você acha que ele fez? — perguntou Thurfian.

Zistalmu bufou.

— Do jeito que os Clarr e os Dasklo brigam uns com os outros desde sempre? Acho que se você balançasse algo na frente de Rivlex que ele achasse que poderia usar para esfaqueá-los, ele o compraria em instantes.

— Aquele vídeo que Jixtus nos mostrou certamente não é essa lança mágica — avisou Thurfian. — Só serve para atiçar os Dasklo, as outras três famílias...

— Espere um segundo — interrompeu Zistalmu, os olhos se afastando da câmera. — Tem um alerta de emergência chegando.

Thurfian olhou para o próprio monitor de dados. Nada mostrava as bordas duplas e vermelhas que indicariam um alerta. Deveria ser algo no canal privado dos Irizi, uma situação relativa apenas aos Irizi ou a algum de seus aliados.

Zistalmu praguejou baixinho.

— O que você estava falando sobre atiçar? — perguntou, a voz nefasta de repente.

— O que houve? — perguntou Thurfian.

— Jamiron — Zistalmu falou para ele. — Um comboio Clarr está sendo atacado lá.

— Isso é impossível — insistiu Thurfian, mudando o monitor para as atualizações da Força de Defesa. — Jixtus e os Kilji não podem ser estúpidos o bastante para acharem que vão se safar de um ataque descarado...

— Não são os Kilji — Zistalmu o interrompeu. — São... — Os lábios dele se comprimiram. — São os Erighal e os Xodlak.

Thurfian sentiu o queixo cair.

— *Quê?*

— Quatro cargueiros Clarr do complexo de manufatura de eletrônicos da família foram interceptados por duas naves de patrulha Erighal e duas Xodlak — disse Zistalmu. — O cruzador de escolta está lutando de volta...

Três naves de patrulha de sistema Clarr estão tentando ajudar... Maldição. Outras três Erighal estão lutando contra a patrulha Clarr.

— Você tem certeza das identidades delas? — perguntou Thurfian, a mente rodopiando. O que elas achavam que estavam *fazendo*?

— Os emblemas familiares estão cobertos — disse Zistalmu. — Mas os relatórios dizem que as máscaras obscurecedoras combinam com as formas dos emblemas. Eles também falaram que as naves mostram as peculiaridades específicas do design de cada família.

— Entendo — falou Thurfian, mudando o monitor para as listas de status da frota da família Mitth. Esse ataque não fazia sentido algum, mas neste exato momento isso não importava. Haveria tempo suficiente para descobrirem assim que os cargueiros Clarr estivessem a salvo. — Muito bem — disse. — Temos duas naves de patrulha em Rentor... Posso mandá-las para ajudar.

— Elas nunca chegarão lá a tempo.

— Depende de quanto a defesa conseguir aguentar — disse Thurfian. — Também temos um cruzador leve viajando de Rentor para Sposia que deve estar passando por Jamiron agora.

— Não, não precisa se incomodar — disse Zistalmu.

— É um tiro no escuro — falou Thurfian —, mas se o capitão decidir parar em Jamiron, posso enviar uma mensagem...

— Eu disse que *não*!

Thurfian sentiu um espasmo.

— Do que você está falando?

— Eu disse que nós lidaremos com isso, Thurfian — Zistalmu grunhiu. — Quero dizer, nós lidaremos com isso, *Seu Venerante*.

Thurfian o encarou. A expressão de Zistalmu era dura, os olhos queimando de emoção.

— Zistalmu, o que está acontecendo? — perguntou com cuidado.

Zistalmu respirou fundo, tremendo.

— Isso *pode* ser um ataque dos Erighal e dos Xodlak. Ou pode ser algo completamente diferente.

— Como o quê?

— Como uma trapaça dos Mitth — disse Zistalmu, direto.

— Isso é absurdo.

— É mesmo? — Zistalmu retorquiu. — Encare a verdade, Thurfian, *Seu Venerante*, nossas famílias brigam há séculos. Ambos os lados tentaram criar alianças com os Clarr durante esse tempo, e nenhum de nós obteve êxito. Agora que, de repente, temos estrangeiros na Ascendência avisando que os Xodlak, um de *nossos* aliados, estão pensando em se juntar com os Dasklo. Qual seria a melhor oportunidade para os Mitth de armarem um ataque falso dos Xodlak contra os Clarr e então aparecer para salvar o dia? Imagino que os Clarr ficariam muito gratos pela ajuda.

— Você não pode realmente acreditar que nós faríamos algo assim — protestou Thurfian. — Tudo bem, nossas famílias são rivais. Mas eu achei que *nós* nos entendíamos. Nosso inimigo em comum, lembra?

— Thrawn? — bufou Zistalmu. — Talvez ele tenha sido, um dia. Não tenho mais tanta certeza que ainda seja.

— Nada mudou — insistiu Thurfian. Não; certamente Zistalmu não surtaria assim com ele. Agora não. — Ele continua sendo uma ameaça à Ascendência...

— Preciso ir, Seu Venerante — disse Zistalmu. — Meu Orador e meu Patriarca precisam de minha atenção. — Ele fez uma pausa, o lábio tremendo. — E é *Primeiro Síndico* Zistalmu.

Ele alcançou algo fora da câmera e seu rosto desapareceu da tela.

Por alguns segundos, Thurfian encarou a tela vazia, a mente ainda girando. Que loucura havia possuído as famílias Erighal e Xodlak para inventar algo assim?

Não fazia ideia. Mas neste exato momento, isso não importava. Que se danem os desejos e as suspeitas de Zistalmu — se os Mitth pudessem ajudar durante esta crise, eles ajudariam.

Começando com transmitir uma mensagem contínua para o cruzador leve que havia mencionado. Com a viagem relativamente segura no hiperespaço dentro da Ascendência, não havia nenhum motivo em particular para que o piloto do cruzador pausasse a jornada para fazer uma verificação navegacional ou um reposicionamento antes de continuar. Mas comandantes experientes e meticulosos às vezes faziam tudo isso mesmo assim, só para ter certeza.

Thurfian só podia torcer para que esse capitão em particular fosse experiente ou meticuloso.

— Preparar para a saída — Ziinda falou para a tripulação da ponte da *Picanço-Cinzento*, observando o tempo acabar no cronômetro.

Soltou um suspiro discreto para si mesma. Dever de defesa. O motivo pelo qual entrara na Frota de Defesa Expansionária em vez da Força de Defesa em primeiro lugar foi para evitar a monotonia do trabalho geral de patrulha na Ascendência. Havia querido explorar o Caos e procurar por ameaças fora dali, não ficar sentada em órbita ao redor de um planeta e esperar que as ameaças viessem até ela.

Mas, com uma nave de guerra estrangeira espreitando na escuridão entre sistemas estelares, e com todos nas Nove Famílias Governantes preocupados a esse respeito, conseguia compreender a mudança súbita de deveres.

A Força de Defesa e as frotas privadas das Famílias Governantes eram perfeitamente capazes de abater aquele cruzador de batalha Kilji sem ajuda alguma, é claro. Mas ninguém acreditava seriamente que Jixtus tivesse ido até lá sozinho e, com o breve ataque diversivo que o General Yiv armou contra Csilla no ano anterior ainda fresco na memória de todo o mundo, a Sindicura não estava interessada em arriscar a sorte.

Por outro lado, a abordagem cautelosa tinha seus próprios riscos. Se houvesse uma frota inimiga espreitando dentro da Ascendência, fazia sentido chamar todas as forças Chiss disponíveis para ficar na defensiva. Mas, se o inimigo ainda estivesse juntando forças pelo Caos, suspender as patrulhas da Frota de Defesa Expansionária que poderiam, de outra forma, encontrar depósitos de suprimentos, pontos de encontro e transmissões de comunicação, poderia dar tempo aos inimigos de se organizarem. Juntando a isso a proibição estrita de ação preventiva, a cegueira autoimposta oferecia ao inimigo a oportunidade de escolher tanto a hora quanto o local.

Ziinda lembrava que, da última vez que mandara a *Picanço-Cinzento* ficar em alerta total ao chegarem em um sistema estelar, havia recebido algumas perguntas delicadas, questionando se todo aquele esforço era mesmo necessário. Dessa vez, ninguém disse nada. Era só mais uma pequena indicação de como a vida havia mudado em só alguns dias.

Ela olhou para o Capitão Intermediário Csap'ro'strob, parado em silêncio ao lado de sua cadeira de comando, os olhos passando de forma rítmica pela ponte enquanto confirmava que a *Picanço-Cinzento* estava pronta. Ele não havia dito nada a respeito do novo serviço, mas Ziinda conseguia ver que ele estava tão pouco empolgado a respeito de manter guarda quanto ela.

Mas, ao menos, ele se safaria de seja lá qual fosse o transtorno que a Patrulha do Sistema Jamiron os faria passar assim que integrassem a *Picanço-Cinzento* em seu padrão de defesa. O turno de Apros havia terminado meia hora atrás, e o único motivo pelo qual ele continuava na ponte era para estar disponível caso Ziinda precisasse dele para algum detalhe de última hora. Assim que confirmasse que tudo estava pronto, ele poderia ficar seguro fora da ponte.

Ziinda voltou a olhar para o cronômetro.

— A postos para a saída — chamou. — Três, dois, *um*.

Os rodopios do hiperespaço se transformaram em estrelas, e o dever de guarda da *Picanço-Cinzento* em Jamiron começou oficialmente.

— Varredura total — mandou, procurando a paisagem estelar. O planeta era o lar de várias fábricas de grande porte, o que significava que tinha um tráfego bastante ativo, e qualquer piloto prudente sabia que era preciso sair do hiperespaço a uma distância precavida para não bater em ninguém. — Avise o Comando de Patrulha que chegamos — continuou, procurando o céu. Mesmo na distância atual da *Picanço-Cinzento*, deveriam estar próximos o bastante para ver ao menos um vislumbre do destino final. Viu um piscar fraco onde o planeta deveria estar...

— Capitã sênior, há fogo laser — Vimsk falou, brusco. — Distância média, nível, quatro graus a estibordo.

— É perto do planeta — acrescentou o Comandante Sênior Erighal'ok'sumf da estação de armas. — Os combatentes são muito pequenos para vermos daqui; provavelmente naves de patrulha ou canhoneiras.

— Segure a chamada para a Patrulha de Comando — Ziinda ordenou enquanto Apros cruzava a ponte para ir até a estação de armas. — Se quem estiver atirando ainda não tiver nos notado, não vamos nos anunciar. Capitão Intermediário Apros?

— Sistemas e tripulações de armas a postos — confirmou Apros, inclinando-se sobre o ombro de Ghaloksu para checar os monitores.

— Entendido. — Ziinda franziu o cenho ao ver o monitor de sensores. Vimsk tinha razão; as naves eram pequenas demais para aparecerem como qualquer coisa além de borrões daquela distância. Mas nenhum dos relatórios mencionava o cruzador de batalha Kilji ter escoltas. Será que Jixtus havia trazido mais forças, como todos esperavam que fizesse? Ou era algo novo?

Bem, seja lá quem fossem, se arrependeriam de começar uma luta sobre um planeta Chiss.

— Wikivv, preciso de um salto dentro do sistema para entrar em alcance de combate — disse à piloto. — O mais próximo que conseguir sem sacrificar a margem de segurança.

— Sim, senhora — assentiu Wikivv, espiando a tela enquanto trabalhava rapidamente no painel de controle. — Não podemos nos aproximar demais, de qualquer forma; eles estão bem fundo no poço gravitacional. Não consigo chegar mais perto do que aproximadamente cinquenta quilômetros.

— Bom o bastante — disse Ziinda. — Diga-me quando estiver pronta.

— Sim, senhora.

Os segundos passavam. Ziinda contemplou o planeta distante, forçando-se a manter a calma. Ficar ali sentada e impotente enquanto uma batalha ocorria era excruciante, mas sabia que não deveria apressar um salto dentro do sistema, especialmente um que os levaria tão perto da linha crítica do poço gravitacional de Jamiron.

— Tudo pronto, senhora.

— Ponte, a postos — disse Ziinda. — Wikivv: três, dois, *um*.

A paisagem estelar se contraiu, o planeta distante cresceu instantaneamente até preencher metade da panorâmica, e as piscadelas minúsculas que Ziinda viu viraram o fogo laser chamuscante da batalha que acontecia mais à frente.

— Shrent, avise-os — Ziinda ordenou, olhando para a tela de sensores, prestando atenção no número de naves e suas posições...

E sentiu os olhos se arregalarem.

— Vimsk, confirme a leitura dos sensores — disse.

— Confirmado, capitã — respondeu a oficial de sensores. — Os alvos são quatro cargueiros Clarr com um cruzador leve de escolta. Os agressores são... — Seu tom profissional falhou. — ... Quatro naves Chiss de patrulha.

— Duas naves de patrulha Clarr vindo da órbita polar — relatou Ghaloksu. — Outras três patrulhas Chiss... Elas estão enfrentando as duas Clarr.

Ziinda sibilou entredentes. Seria algum tipo de disputa familiar que acabou virando combate armado? Em milênios passados, tais coisas eram angustiantemente comuns, mas esse tipo de reação exagerada e violenta teria supostamente terminado três séculos atrás, após a criação da Sindicura moderna. Será que alguém realmente estava tentando voltar aos velhos tempos?

Se estivessem, começar uma batalha no meio de uma crise da Ascendência era estúpido, simples assim. Só poderia torcer para que a *Picanço-Cinzento* conseguisse impedir essa bobagem antes que ela fosse longe demais.

— Wikivv, leve-nos até lá — mandou. — Ghaloksu, prepare as esferas.

— Esferas prontas, senhora — confirmou Ghaloksu. — Precisamos chegar um pouco mais perto para o alcance ideal.

— Entendido — disse Ziinda. — Use seu melhor julgamento para começar. Shrent, alguma resposta?

— Não, senhora — respondeu Shrent. — Os agressores estão obstruindo todas as comunicações.

— Conseguiu a identidade de alguém?

— Ainda não, senhora — falou Shrent. — Consigo ver através da interferência para notar que os cargueiros e o cruzador estão mandando sinais, mas não estão perto o suficiente para entendê-los. Não há nada vindo dos agressores.

Ziinda assentiu. Não era surpreendente, considerando as circunstâncias.

— Vimsk, você consegue ao menos ver se são defensores locais de Jamiron ou se são forasteiros?

— Sinto muito, senhora — disse Vimsk. — Eu deveria poder ver os números de identidade ou os emblemas familiares, mas não estou vendo nada.

— Parece que foram mascarados ou obliterados — sugeriu Apros. — Talvez possamos pegar algumas pistas quando nos aproximarmos.

— Ou pegar alguns prisioneiros — disse Ziinda. — Vimsk, qual é o status dos cargueiros?

— As naves de patrulha estão acabando com eles — a oficial de sensores falou com um tom nefasto. — Parece que já desativaram os hiperpropulsores dos cargueiros. Ataques diretos nos lugares certos. Um ou dois disparos cada; eles sabiam o que estavam fazendo.

— Entendido. — Ziinda fechou a cara. Naves de guerra familiares costumavam mostrar leves variações de armas e decoração externa. Cargueiros eram apenas cargueiros, porém, e a maioria usava os mesmos modelos padrões com os mesmos layouts padrões do lado de dentro.

E essa uniformidade agora funcionava a favor dos agressores. Ziinda havia torcido para que, se conseguissem distrair as patrulhas por um tempo, os cargueiros poderiam cobrir a curta distância até a saída do poço gravitacional e escapar. Com os hiperpropulsores destruídos, isso não era mais uma opção.

Mas se a *Picanço-Cinzento* não pudesse ajudá-los a escapar, poderia ao menos oferecer-lhes espaço para respirar.

— Esferas: saraivada de seis tiros nos agressores. Três, dois, *um*.

A *Picanço-Cinzento* teve o espasmo de sempre conforme meia dúzia de esferas de plasma eram disparadas de seus tubos.

— Esferas no alvo — relatou Ghaloksu. — Impacto em...

— As esferas estão se desintegrando, senhora — interrompeu Vimsk.

Ziinda olhou para a tela tática. Vimsk tinha razão: as seis esferas de plasma haviam perdido o revestimento de foco próprio e agora borbulhavam até toda a energia iônica sumir no espaço vazio.

— Ghaloksu?

— Confirmado, capitã sênior — a voz de Ghaloksu ficou severa. — Eu não sei como. Elas não deveriam ter sumido todas ao mesmo tempo dessa forma.

— Você pode ver isso depois — disse Ziinda. — Segunda saraivada.

— Segunda saraivada pronta, senhora.

— Fogo.

Outro espasmo da *Picanço-Cinzento*, e mais seis esferas de plasma arderam na direção das naves em batalha. Ziinda voltou sua atenção à tela de vídeo, observando com cuidado conforme a câmera rastreava as esferas indo em direção aos alvos.

Mais uma vez, as esferas apertadas de plasma brilharam repentinamente e perderam a forma, o equilíbrio de contenção falhando conforme se rompiam em vários flashes de energia liberada.

Mas, dessa vez, Ziinda percebeu uma coisa. Um grupo de coisas, na verdade, saindo dos agressores e interceptando as esferas. Será que eram...?

Eram.

— *Maldição* — grunhiu entredentes. — Eles estão usando *sachos*.

— Quê? — perguntou Apros, virando-se para ela.

— Sachos — repetiu Ziinda, a mente a mil por hora. — Os mísseis anticaça que o Couraçado de Batalha usou contra as esferas e invasores da *Vigilante* da última vez, quando nos digladiamos em Nascente.

— Não pode ser — objetou Apros, girando o pescoço para ver a tela de sensores. — Como que naves de patrulha Chiss conseguiram pegar isso?

— Não sei — disse Ziinda. — Vimsk?

— A imagem está borrada, senhora — informou Vimsk, inclinando a cabeça de leve enquanto ouvia as vozes em seu fone particular. — Os analistas falaram que esses são menores que os sachos de Nascente, e que provavelmente são de curto alcance.

— Armas diferentes, mas a tática é a mesma — disse Apros.

— É o que parece, capitão intermediário — falou Vimsk.

— Interessante — murmurou Ziinda, uma resolução gélida se acomodando dentro dela. E, com *isso*, decidiu que não continuaria sendo gentil.

Não era mais uma disputa familiar. Quem quer que estivesse pilotando aquelas naves de patrulha estava conectado ou trabalhando para os inimigos da Ascendência, e era hora de acabar com eles. Com sobreviventes, se possível; se não, com pedaços de sucata.

— Ghaloksu, eu quero lasers — ordenou. — Saraivada total em...

— Capitã, eles estão mudando de vetor — avisou Vimsk. — Duas naves inimigas se afastando dos cargueiros vindo lutar conosco.

— Ótimo — disse Ziinda, checando as marcas dos vetores na tática. Os cargueiros continuavam sob ataque pelas outras duas naves de patrulha, mas o movimento grupal estava afastando aquela batalha das duas que agora focavam na *Picanço-Cinzento*. Se Ziinda contivesse seu próprio contra-ataque por mais alguns segundos, os cargueiros ficariam a salvo de sua linha de fogo. — Ghaloksu, mire nos lasers do inimigo. Segure o fogo até eu mandar.

As palavras mal tinham saído de sua boca quando as duas patrulhas abriram fogo.

— Sensores de Alvejamento Dois e Três foram atingidos — relatou Apros. — Quase atingiram Lasers Um e Três, dois impactos no casco bombordo e um em estibordo. Nodos de barreira intactos; a nave não foi danificada significantemente.

— Barreira caiu cinco por cento — acrescentou Ghaloksu. — As tripulações estão cuidando do controle de fogo nos sensores danificados.

— Entendido — disse Ziinda, sentindo uma dobra se formar na testa. Um ataque incrivelmente ineficaz, considerando tudo, especialmente já que as patrulhas haviam demonstrado uma pontaria impressionante ao destruir os hiperpropulsores dos cargueiros. — Muito bem, Ghaloksu, mostre a eles como se faz. Três, dois, *um*.

Os lasers da *Picanço-Cinzento* brilharam, queimando através da ionosfera de Jamiron e cortando as naves de patrulha. Uma segunda saraivada laser foi disparada dos agressores contra a *Picanço-Cinzento*, cavando a barreira eletroestática, mas, outra vez, sem causar nenhum dano real. Por alguns segundos, os lasers duelaram, a intensidade do fogo das patrulhas diminuindo continuamente enquanto o contra-ataque sistemático de Ghaloksu destruía as armas deles. A última patrulha ficou em silêncio...

— Lasers do inimigo foram destruídos — relatou Ghaloksu.

— Inimigos mudando de rumo — Wikivv acrescentou. — Parece que vão voltar para os cargueiros.

— Até parece — rosnou Ziinda. — Ghaloksu: incapacite-os.

Mais uma vez, os lasers da *Picanço-Cinzento* arderam, dessa vez alvejando primeiro os propulsores de manobras junto com as laterais ventrais das patrulhas, e então mudando para os propulsores principais conforme o giro inclinado dos inimigos os deixava à vista. O giro falhou enquanto os propulsores das patrulhas morria, os vetores finais os afastavam da batalha dos cargueiros e os virava no ângulo da orla planetar de Jamiron.

— Inimigos desativados e à deriva, capitã sênior — relatou Apros, passando por Ghaloksu para apertar uma série de controles. — Raios tratores prontos, caso quiser pegá-los.

Ziinda checou as leituras do sensor. As duas naves de patrulha não tinham mais energia, mas os reatores continuavam funcionando como o normal. Se conseguissem consertar os propulsores de alguma forma, poderiam, possivelmente, chegar à fronteira do poço gravitacional e fugir para o hiperespaço. Persegui-los e pegá-los eliminaria a chance de isso ocorrer.

Mas os cargueiros Clarr seguiam sendo atacados, e o cruzador leve que os escoltava havia ficado em silêncio e pairava mais atrás da batalha. Resgatar civis deveria ser a primeira prioridade da *Picanço-Cinzento*.

— Eles vão ter que esperar, capitão intermediário — falou para Apros. — Wikivv, leve-nos aos cargueiros. Ghaloksu, separe um leque inteiro de esferas. Se tivermos sorte, poderemos atingir todos e resolver cada um com calma.

— E se esses inimigos também tiverem sachos? — Apros perguntou enquanto a *Picanço-Cinzento* se virava para a batalha e aumentava de velocidade.

— Então Ghaloksu terá que ser muito preciso com seus lasers — disse Ziinda. — Acha que consegue lidar com isso, comandante sênior?

— Sim, senhora, consigo — assegurou Ghaloksu. — Esferas prontas.

Ziinda assentiu.

— A postos. — A *Picanço-Cinzento* estava quase chegando ao alcance de disparos. Alguns segundos mais...

— Capitã sênior, o cruzador — disse Vimsk de repente. — Acho que está...

E, sem aviso, o cruzador leve que havia ficado atrás dos cargueiros abriu fogo, os lasers explodindo contra os propulsores principais das patrulhas agressoras. Os alvos tiveram espasmos violentos, e então viraram para fora e para cima ao tentarem fugir dos ataques do cruzador.

Infelizmente para eles, a manobra evasiva os afastou dos cargueiros e os colocou direto no vetor de mira da *Picanço-Cinzento*.

— Ghaloksu; esferas nos inimigos — exclamou Ziinda. — Três, dois, *um*.

As esferas de plasma foram disparadas contra as patrulhas, direcionadas ao local que Ghaloksu imaginava que os inimigos estariam quando as esferas chegassem. Os olhos de Ziinda foram de um lado para o outro entre a panorâmica e a tática, observando o progresso das esferas, perguntando-se se as patrulhas notariam o ataque a tempo de evadi-lo. A distância diminuía... Quase lá...

Ziinda foi para trás em seu assento quando uma segunda explosão de fogo laser irrompeu do cruzador Clarr e ardeu nas patrulhas. Mais uma vez, os alvos tentaram fugir.

Mas, dessa vez, não obtiveram êxito. Mesmo enquanto as esferas de plasma da *Picanço-Cinzento* iam até eles, as duas patrulhas se desintegraram em explosões violentas.

Ziinda engoliu uma maldição. Acabava aí a ideia de fazer prisioneiros.

Mas, talvez, ainda poderiam perseguir as naves que Ghaloksu desativara.

— Wikivv... — começou, virando-se para olhar a panorâmica naquela direção.

O comando morreu em sua garganta quando essas naves também explodiram em chamas e se desintegraram.

Por um momento, a ponte da *Picanço-Cinzento* ficou em silêncio.

— Parece que não teremos nenhum prisioneiro — Apros comentou em voz baixa. — Incrivelmente conveniente para alguém.

— *Parece* mesmo, não parece? — disse Ziinda, voltando a olhar a tela de vídeo. Mais cedo, Vimsk dissera que os agressores estavam acabando com os cargueiros. Agora, conforme a *Picanço-Cinzento* continuava até eles, notou que estavam pior ainda do que havia imaginado. Os propulsores dos cargueiros estavam em silêncio, os níveis de energia mal eram registrados, e dois dos quatro pareciam vazar de forma lenta, mas estável. A *Picanço-Cinzento* havia chegado bem a tempo.

Especialmente considerando que o cruzador de escolta havia adormecido outra vez, o que restava de sua energia aparentemente terminando naqueles dois últimos ataques laser.

— Capitã sênior? — falou Vimsk. — A outra batalha parece ter terminado.

Ziinda olhou para a tática. Com toda sua atenção focada nos cargueiros e no cruzador, quase havia esquecido dos dois botes de patrulha Clarr cercando o planeta que haviam sido confrontados por outros três agressores não identificados. Agora, os Clarr estavam sozinhos, com pó e fogo piscante onde os inimigos estiveram antes.

— Destruídos ou autodestruídos? — perguntou.

— Parece ter sido um pouco dos dois — disse Vimsk, e Ziinda pôde ver uma repetição em alta velocidade da batalha tocando em um dos monitores de sensores. — Os Clarr conseguiram dar uns bons tiros, mas então os inimigos simplesmente explodiram.

— Momento interessante para isso acontecer — acrescentou Apros, observando a mesma repetição em uma das telas de armas. — Eles foram destruídos assim que o par dos cargueiros foi destruído, e logo antes da mesma coisa acontecer com nossos inimigos.

— Então nada ficou intacto para ser capturado — concluiu Ziinda. — Como você disse: conveniente. Vamos esperar que os analistas em Csilla consigam tirar algo dos destroços.

— Sinalização do cruzador, capitã sênior — chamou Shrent, tocando o painel.

— *Picanço-Cinzento*, aqui quem fala é a Capitã Roscu da nave de guerra familiar Clarr *Orisson* — uma voz se ouviu no alto-falante da ponte. — Obrigada pela chegada oportuna.

— Ficamos felizes de poder ajudar — disse Ziinda. — O que aconteceu aqui?

— Bem o que parece ter acontecido — disse Roscu, e Ziinda conseguiu perceber um quê de frustração e vergonha surgir na voz dela. — Nós fomos pegos desprevenidos, pura e simplesmente. Eles nos atacaram antes que notássemos que não eram parte da segurança de Jamiron, e nos atingiram antes de ativarmos nossa barreira, e então fizeram um trabalho bastante profissional em sobrecarregar e apagar nosso reator principal.

— Que bom que chegamos quando chegamos — disse Ziinda. — Qual é o seu estado atual?

— O reator está quase de volta — respondeu Roscu. — Nós só tivemos sorte que minha tripulação foi capaz de pegar energia suficiente da reserva e das partes não essenciais para conseguir aqueles disparos lasers finais.

— Sim, nós vimos — disse Ziinda. — Teria sido bom se vocês tivessem deixado alguns prisioneiros vivos para que pudéssemos descobrir o que aconteceu aqui.

— Não tivemos muito espaço para ajustar os disparos — justificou Roscu, um pouco ácida. — O que você está fazendo, *Picanço-Cinzento*?

Ziinda franziu a testa.

— O que quer dizer?

— Você está movendo nossos cargueiros. Preciso que pare.

— Com licença, capitã, mas os cargueiros não estão bem — disse Ziinda. — Talvez seus sensores tenham sido danificados demais para...

— Meus sensores estão funcionando perfeitamente bem, *Picanço-Cinzento* — interrompeu Roscu. — Como falei, nós apreciamos seu auxílio na batalha, mas cuidaremos do restante.

— Com todo respeito, Capitã Roscu, parece que vocês já têm coisa o suficiente para lidar fazendo sua nave voltar a funcionar — falou Ziinda. — Ficaremos felizes em ajudar os cargueiros.

— Talvez eu deva ser mais clara, *Picanço-Cinzento* — disse Roscu de forma direta. — Vocês não são necessários. Mais do que isso, não são desejados aqui. Seja lá qual for o motivo pelo qual vieram a Jamiron, sugiro que continuem e deixem assuntos Clarr à família Clarr.

Ziinda olhou para Apros, vendo a mesma surpresa e descrença que sentia na expressão dele. Já vira teimosia familiar antes, mas Roscu estava passando de qualquer limite.

Mas não havia nada a ganhar em bater de frente com ela. Hora de tentar uma nova abordagem.

— Compreendo — disse, em tom conciliatório. — Mas realmente não temos escolha. Pelo estatuto, não só é permitido, mas exigido que nós ofereçamos auxílio a veículos em perigo.

— Por favor, não insulte minha inteligência — grunhiu Roscu. — Ou meu conhecimento. Esse estatuto só se aplica à Força de Defesa. A Frota de Defesa Expansionária tem protocolos e diretivas completamente diferentes. Sei disso porque já fui uma oficial da frota. Vou falar outra vez: isto é assunto da família Clarr, e a família Clarr lidará com ele.

— Você está se ouvindo? — Ziinda exigiu saber, o fio tênue de paciência arrebentando. — Você vai arriscar as vidas das tripulações dos cargueiros por orgulho?

— *Orgulho*? — Roscu disparou de volta. — É o que pensa que é? *Orgulho*? Não seja ridícula. Esses cargueiros carregam tecnologia altamente secreta, altamente proprietária, e não temos intenção alguma de deixar oficiais ou guerreiros de outras famílias colocarem as mãos nela.

— Você realmente acha que estamos interessados em espionagem industrial? — Ziinda rebateu. A situação inteira estava indo ladeira abaixo. — Muito bem. Eu dou minha palavra que ninguém irá...

— Sua *palavra*? — Roscu ecoou. — Não me faça rir. A palavra de uma *Irizi*?

Ziinda encarou o alto-falante da ponte, invadida pela sensação de irrealidade. Militares Chiss deveriam ser imunes às pressões e rivalidades familiares; e, agora, uma antiga oficial da Frota de Defesa Expansionária jogava essas teias enredadas em sua cara?

— Minha família não tem nada a ver com isso — Ziinda tentou manter o tom de voz calmo. — Sou uma oficial da Frota de Defesa Expansionária...

— É mesmo? — Roscu desdenhou. — Nós fomos atacados por patrulhas Xodlak, e você quer que eu acredite que seus aliados Irizi não tiveram nada a ver com isso?

— Os agressores eram *Xodlak*?

— Xodlak e Erighal — disse Roscu. — Nem tente negar; nós os olhamos *muito* bem.

— Capitã Roscu, aqui quem fala é o Capitão Intermediário Apros — pronunciou-se Apros.

Ziinda o olhou rispidamente, abrindo a boca para uma reprimenda severa por interromper a conversa.

E a fechou outra vez. Não — ele tinha razão. Roscu já tinha decidido que resistiria a qualquer coisa que Ziinda dissesse ou sugerisse. Apros era da família Csap, aliados dos Obbic e dos Mitth e nem um pouco amigáveis com os Irizi. Talvez ele conseguisse fazê-la ser razoável.

— Você disse Capitão Intermediário Apros? — perguntou Roscu. — Então, os Irizi e os Xodlak desistiram e deram lugar aos Csap e Obbic? Mal se qualifica como uma armadilha.

As costas de Apros enrijeceram de modo ligeiramente notável.

— Compreendo seu ceticismo e desconfiança — disse, e Ziinda conseguia ouvir o esforço que ele colocava em manter a voz estável. Ele nunca falara muito de sua família, mas Ziinda sabia que ele tinha muito orgulho dela. — Contudo, independente do que você achar dos Irizi, a Capitã Sênior Ziinda está correta quanto ao nosso estado atual. O Conselho alocou a *Picanço-Cinzento* para proteger Jamiron e, portanto, estamos temporariamente sob os protocolos da Força de Defesa. Não temos escolha a não ser prestar auxílio.

— Vocês são obrigados a oferecer — disse Roscu. — Eu não sou obrigada a aceitar. E *eu* não tenho escolha a não ser fazer tudo que for necessário para proteger os interesses de minha família. Não se preocupem com as tripulações; eles ficarão bem até que alguém possa chegar até eles. Alguém que não esteja conectado de forma alguma com seus agressores.

Apros lançou a Ziinda um olhar frustrado.

— Você parece ter muita certeza, capitã. Confio que tenha evidência para provar suas alegações?

— Não são *alegações* — corrigiu Roscu. — São fatos estabelecidos.

— Então você não se importará em nos deixar olhar os dados — pressionou Apros. — A não ser que acredite que uma análise imparcial trará uma conclusão diferente, é claro.

— Não vai me provocar, capitão intermediário — disse Roscu com um certo escárnio. — Eu sei o que sei. Mas tudo bem. Vou pedir que compilem e enviem as gravações e a análise dos dados para vocês. Também acabo de ser informada que temos propulsores novamente, então devemos nos deslocar até os cargueiros em breve.

— Vimsk? — Ziinda perguntou em voz baixa.

— Confirmado, capitã sênior — disse a oficial de sensores, tão baixo quanto. — Os propulsores da *Orisson* estão ligando... A *Orisson* está se movendo.

Ziinda assentiu.

— Então a deixaremos cuidar disso, Capitã Roscu — disse. — Por favor, não hesite em nos chamar se pudermos ajudar. Adeus. — Sem esperar qualquer outro comentário final que Roscu quisesse descarregar neles, ela desligou o comunicador.

— Bem, *isso* foi interessante — grunhiu Apros, os olhos brilhando de raiva e frustração. — Não gostaria de falar desrespeitosamente de uma antiga oficial como nós...

— Então não fale — Ziinda o cortou. Conseguia simpatizar com o primeiro oficial; estava irritada o bastante com Roscu para esfolar a outra mulher viva. Mas tais emoções não deveriam ser desabafadas em público, especialmente na ponte. — E eu ignoraria aquela provocação de *mal se qualifica como uma armadilha*. Tem gente que não gosta de ninguém. Quem perde é ela, não você.

— Suponho que sim, capitã sênior — disse Apros, ainda soando irritado.

— Confie em mim; eu já fui odiada por especialistas — disse Ziinda, uma pequena parte dela percebendo a ironia privada do desgosto de longa data tão bem cuidado que nutria pelo Capitão Sênior Thrawn. Quem perdia era ela? Talvez. — Comandante Intermediária Wikivv: leve-nos ao que sobrou do primeiro par de patrulhas. Capitão Intermediário Apros: prepare duas auxiliares para procurar por destroços. Comandante Intermediário Shrent, nós já temos os dados da Capitã Roscu?

— Estão chegando agora, capitã sênior.

— Ótimo — disse Ziinda. — Certifique-se de que estejam completos, e então deixe os analistas começarem o trabalho. Queremos saber exatamente o que foi que Roscu viu que fez ela concluir que os agressores eram Erighal e Xodlak.

Ela contemplou a panorâmica. A *Orisson* se movia em direção aos cargueiros afetados agora, apesar de ter pouca velocidade. Com sorte, eles estariam lá antes que alguém morresse.

— Ou, talvez — corrigiu —, o que Roscu *pensou* ter visto.

•

MEMÓRIAS VI

DURANTE AS TRÊS HORAS seguintes, Thrass e Thrawn trabalharam sozinhos na sala de estar da fortaleza Stybla, onde o Patriarca Lamiov os deixara. Thrass usou o tempo para ver as listas de carregamento que Thrawn havia sugerido e começou a filtrar o conteúdo.

Mas aqueles registros tinham *muitos* detalhes. Se houvesse algo fora do ordinário, não era óbvio à primeira vista.

Thrawn, com seu talento de ver coisas que outras pessoas não viam, provavelmente teria feito um trabalho melhor que ele. Mas enquanto Thrass se arrastava pelos manifestos, Thrawn havia entrado em outra tangente, concentrando-se em algo que parecia ser tão cativante que não conseguia ter capacidade mental para ouvir as perguntas e sondagens sutis de Thrass.

Thrass tinha acabado de decidir que era hora de suas perguntas ficarem menos sutis quando Lamiov finalmente voltou.

Voltou sozinho, Thrass percebeu, um pouco surpreso. Até agora, o Auxiliar Sênior Lappincyk sempre estivera pairando ao redor do Patriarca, pronto para oferecer informações, conselhos e apoio. Sua ausência atual era um tanto desconcertante, talvez até mesmo um pouco sinistra.

— Boa noite, Seu Venerante — Thrass cumprimentou o Patriarca, levantando rápido. Thrawn, focado em seu questis, não pareceu notar a chegada do outro. — Temo não termos feito muito progresso.

— Compreensível — disse Lamiov, espiando Thrawn, que ainda estava sentado na cadeira, mas aparentemente decidindo que não valia a pena criticá-lo por sua falta de etiqueta. — É um assunto complicado. Trouxeram comida para vocês? Não? Vou me certificar que esse lapso seja remediado.

— Não será necessário, Seu Venerante — disse Thrawn, finalmente olhando para cima. — Nós podemos comer na nave.

Thrawn franziu o cenho para ele. *Nave*? Thrawn já estava planejando partir? Abriu a boca para perguntar, olhando de relance para Lamiov para ver sua reação diante do comentário estranho de Thrawn.

A pergunta morreu antes de ser completada. O rosto do Patriarca ficou rígido, a posição endureceu de repente.

— Como você sabia? — perguntou, a voz tão tensa quanto a cara.

— Como ele sabia o quê? — perguntou Thrass, agora completamente confuso.

— A boa notícia, da sua perspectiva — continuou Thrawn, ignorando ambas as perguntas —, é que eu não acho que o Patriarca Clarr saiba a respeito do carregamento especial. Acredito que a intensidade de sua busca pelos sequestradores é motivada unicamente pelo desejo de encontrá-los antes que você e os Stybla os encontrem.

— Espere um segundo, eu não estou entendendo — Thrass se meteu, olhando de Thrawn para Lamiov e vice-versa. Independente do que Thrawn estivesse falando a respeito, os dois estavam claramente conversando sobre o mesmo assunto, enquanto Thrass ainda nem tinha descoberto qual era o tema. — Que carregamento especial? Que desejo?

— Seu Venerante? — sugeriu Thrawn.

Lamiov acenou a mão, um movimento curto e trêmulo.

— Você parece saber de tudo — disse. Indo até eles, ele afundou na cadeira diante de Thrawn. — Por favor, explique a ele.

— Obrigado — disse Thrawn. — Deixe-me começar falando que eu estava errado a respeito da piloto de patrulha Clarr ser parte da trama. Acredito agora que ela estava trabalhando como agente do Patriarca Clarr, e que foi alertada que o suposto transporte Obbic poderia ser um pirata disfarçado e estava se preparando para capturar outra nave.

— Se ela sabia, por que não alertou o Comando de Patrulha? — perguntou Thrass.

— Porque o Patriarca Clarr não sabia se o ataque aconteceria com certeza — disse Thrawn. — Alertar o Comando ou se desviar de seu trajeto de patrulha poderia ter avisado e assustado os sequestradores.

— O que teria sido algo bom, não?

— Para aquela nave em particular, sim — disse Thrawn. — Mas os sequestradores teriam meramente viajado para outro sistema e escolhido outro alvo.

— Entendo — murmurou Thrawn. Dessa maneira, ao menos as autoridades de Sposia tinham uma gravação do ataque.

— Também é provável que ela esperava poder intervir — disse Thrawn. — Infelizmente, os sequestradores parecem ter agido mais rápido do que ela havia antecipado. — Ele se virou para Lamiov. — Estive estudando os acordos de leis criminais entre os Clarr e os Stybla, Seu Venerante. Pelas cláusulas de níveis de penalidade envolvidas, e considerando os esforços determinados do Patriarca Clarr de capturar os criminosos sem auxílio, suspeito que ao menos um dos sequestradores seja um primo Clarr.

Lamiov deu um suspiro.

— Sangue, comandante intermediário — corrigiu, a voz pesada. — Ele é sangue Clarr. E você tem razão. Você viu os acordos. Sabe quais são as penalidades caso alguém dessa posição cometa um crime contra nós.

Thrass assentiu, estremecendo ao finalmente compreender. Famílias levavam as relações delicadamente equilibradas com outras famílias *muito* a sério. Um parente de sangue cometendo um crime como esse poderia abalar profundamente tal relação, e era por esse motivo que sempre havia desincentivos enormes escritos nos acordos familiares.

Mas só se o perpetrador fosse pego pela família vitimizada. Se os Clarr pudessem pegá-lo primeiro e encobrir o crime, ambas as famílias poderiam fingir oficialmente que ele nunca havia ocorrido.

Infelizmente, permitir aos Clarr a liberdade de perseguir os sequestradores colocaria o Patriarca Lamiov e os Stybla em risco de perder o enigmático e valioso carregamento.

— Imagino que tenha oferecido ajuda para capturá-lo? — perguntou.

— Passei as últimas três horas inventando cada variável possível dessa sugestão para o Patriarca Rivlex — disse Lamiov. — Ele rejeitou todas as minhas ofertas, inclusive clemência para a penalidade se nossas famílias o levarem em custódia compartilhada.

— Preocupado com as consequências — murmurou Thrass. — Ninguém gosta de lidar com acordos especiais.

— É compreensível — disse Lamiov. — Ao mesmo tempo, não posso ficar sentado e confiar que o Patriarca Rivlex terá uma conclusão satisfatória para isso.

— E nós, então? — perguntou Thrass. — Thrawn e eu? Os sequestradores não cometeram nenhum ato contra os Mitth, então esses acordos ou cláusulas de penalidade não pesam sobre nós. Será que os Clarr trabalhariam conosco se os Stybla ficassem de fora?

Lamiov abriu um leve sorriso.

— Essa foi uma das sugestões que apresentei, Síndico Thrass. Também foi rejeitada. — Ele sacudiu a cabeça. — De certa forma, não posso culpá-lo. Ele não faz ideia da gravidade da situação.

— Então talvez deva contar a ele — disse Thrawn.

— Não — respondeu Lamiov firmemente. — Essa informação não é minha para compartilhar.

— Pode *nos* contar, então? — persistiu Thrawn. — Ajudaria se soubéssemos o que estamos tentando recuperar.

Lamiov bufou um pouco.

— Que parte de *não é minha para compartilhar* não foi clara, comandante intermediário?

— Entendido — disse Thrawn. — Talvez mude de ideia depois de nós o entregarmos a você.

— Depois de *vocês* entregarem? — Lamiov deu um sorriso fraco.

— Thrawn, os Clarr já falaram que não vão trabalhar conosco — Thrass lembrou.

— É por isso que vamos encontrá-lo nós mesmos — o tom de Thrawn era suave. — Pode nos contar, Patriarca, de onde a nave de patrulha Clarr enviou o relatório após o sequestro?

— Perdão? — Lamiov franziu o cenho para Thrawn. — *Vocês* vão encontrá-lo?

— Junto com o Auxiliar Sênior Lappincyk, é claro — disse Thrawn. — Presumo que esse seja o motivo pelo qual o enviou para preparar uma nave de patrulha. Pergunto outra vez, Patriarca: de onde a piloto Clarr enviou seu relatório?

— Como você sabe o que o Auxiliar Sênior Lappincyk está fazendo? — perguntou Lamiov, ainda de cenho franzido.

Thrawn olhou de relance para Thrass, o mesmo olhar de resignação em seu rosto que Thrass vira mais cedo no escritório de Lamiov.

— Além dos poucos momentos onde ele estava cumprimentando o Síndico Thrass, o Auxiliar Sênior Lappincyk estava ao seu lado desde que cheguei — disse. — Nós o observamos antecipar suas ordens e solicitações de informação. É visível que ele é seu confidente mais próximo. Ainda assim, agora, enquanto negocia o que pode ser um acordo crucial entre nós, ele não está em lugar algum.

— Contudo, eu não sabia até agora que vocês ofereceriam sua cooperação neste assunto — apontou Lamiov.

— É claro que sabia — disse Thrawn. — Esse foi o seu propósito de nos trazer até aqui em primeiro lugar.

— O senhor planejou nos colocar nesta posição — concluiu Thrass, sentindo-se um idiota ao finalmente entender. A política deveria ser seu ponto forte; ele realmente deveria ter percebido sozinho. — Podemos presumir que o Patriarca Thooraki sabe disso? Não, estou errado — corrigiu-se antes de Lamiov poder responder. — O Patriarca Thooraki que *sugeriu* isso, não foi?

— Na verdade, sim — admitiu Lamiov. — Com a concomitância e apoio do General Ba'kif. — Ele sorriu de leve. — Confesso que pensei que ambos estavam inflando suas habilidades investigativas e dedutivas para muito além da realidade.

— Com sorte, suas dúvidas foram amainadas — disse Thrawn. — As transmissões da piloto de patrulha?

— Ela fez duas ligações: a primeira para Cormit, a segunda para Rhigar.

Thrass franziu o cenho. Rhigar, localização da principal fortaleza da família Clarr, era uma escolha óbvia para mandar um alerta. Mas Cormit?

— O que há em Cormit? — perguntou.

— Um depósito da frota Clarr — disse Thrawn, franzindo a testa ao olhar para o questis. — Atualmente ancorado pelo cruzador leve *Orisson*. O fato de que a piloto ligou para lá primeiro sugere que os sequestradores estão se dirigindo a sudeste, e ela estava torcendo para que as forças familiares pudessem interceptá-los antes de que saíssem da Ascendência.

— Eles *conseguiriam* interceptá-los? — perguntou Thrass. — Essa é uma classe bem rápida de veículo.

— Mas eles teriam que levar o cargueiro Stybla enquanto transferem o carregamento, o que vai deixá-los consideravelmente mais lentos — explicou Thrawn. — A outra opção seria pararem em algum local enquanto acontece a transferência. De qualquer forma, haverá um atraso que os Clarr estão obviamente torcendo para aproveitar.

— Acha que estão indo a um mundo estrangeiro, então? — perguntou Lamiov.

— Acredito que sim — disse Thrawn. — Há vários mundos de fronteira que funcionam como pontos de encontro entre ladrões Chiss e algumas das pequenas nações da região. Os mais precavidos usam um cronograma de rotação, com o ponto de encontro mudando cada mês, de um planeta para o outro. Os Clarr devem saber ou suspeitar que esses sequestradores, em particular, favoreçam o grupo a sudeste, e é por isso que ela mandou o primeiro alerta para Cormit.

— Se você tiver razão, os Clarr têm uma vantagem considerável — apontou Lamiov.

— Só se souberem para que mundo específico os sequestradores estão indo — disse Thrawn. — Não acredito que saibam.

— Por que diz isso? — perguntou Lamiov.

— Porque o senhor disse que passou três horas discutindo o assunto — falou Thrawn. — O único motivo para o Patriarca Rivlex mantê-lo ocupado por tanto tempo seria ele tentar oferecer esperança de um acordo e, assim, atrasar sua família de começar a própria perseguição.

— Então temos uma chance? — quis saber Thrass.

— Sim — disse Thrawn. — E acredito que seja uma boa chance. Tudo vai depender de conseguirmos alcançar a nave raptada primeiro.

— E você sabe onde ela está? — perguntou Lamiov.

Thrawn ergueu o questis.

— Na verdade, Seu Venerante — disse —, acredito que sei.

CAPÍTULO DEZ

SAMAKRO DORMIA UM SONO profundo em sua cabine quando recebeu a chamada do Comandante Sênior Kharill dizendo que precisavam do primeiro oficial da *Falcão da Primavera* na ponte.

Encontrou Kharill parado ao lado da estação do leme, conversando em voz baixa com o piloto e olhando para a paisagem estelar pela panorâmica.

— Tudo bem, estou aqui — disse Samakro, dando uma olhada rápida nas telas conforme atravessava a ponte. — Você falou sobre termos uma crise?

— Acredito que temos, sim, capitão intermediário — respondeu Kharill, hesitante.

Samakro parou.

— *Acredita* que sim?

— Sim, senhor. — Kharill estremeceu um pouco ao ouvir o tom de seu superior. — O Comandante Intermediário Ieklior estava tentando continuar nossa viagem para a Ascendência quando notou que as estrelas não estavam se alinhando de forma adequada.

— O que você quer dizer com alinhando? — Samakro perguntou, voltando a andar. — Quanto nos desviamos do trajeto?

— Esse é o problema — disse Kharill. — Nós não sabemos. Ainda estamos tentando descobrir.

— Isso não faz sentido — insistiu Samakro, espiando as chamas frias da luz estelar pela panorâmica. Alcançou os outros dois e olhou com cuidado para as telas de navegação.

Kharill tinha razão. O padrão não estava nem perto do que deveria estar.

— Ieklior verificou tanto as estrelas de variáveis nítidas conhecidas quanto as quase estelares — continuou Kharill. — Ele está procurando outras fontes principais de micro-ondas. — Ele fez uma pausa, e Samakro viu a garganta dele se mexer. — Estou me perguntando, senhor, se poderia haver algo de errado com nossa sky-walker — acrescentou, abaixando a voz. — Ela não deveria perder a Terceira Visão tão cedo, mas já aconteceram coisas mais estranhas que essa.

— Aconteceram mesmo — murmurou Samakro, contemplando as estrelas mais uma vez.

— E ela acaba de sair de dez horas seguidas na estação de navegação — Kharill o lembrou. — Se ela estivesse indo na direção errada o tempo todo, pode demorar um bom tempo até arrumarmos isso.

— Talvez não. — Samakro respirou fundo, e então voltou para a escotilha da ponte. — Continue a análise, comandante sênior — disse por cima do ombro. — Descubra onde estamos. Volto logo.

Deveria ter sido um período de sono tanto para a sky-walker da *Falcão da Primavera* quanto para sua cuidadora. Não foi surpresa alguma para Samakro ver que Thalias continuava acordada e vestida quando chegou à suíte delas.

— Boa noite, capitão intermediário — ela o cumprimentou, séria, quando se afastou da escotilha para deixá-lo entrar. — Eu já o esperava.

— Imagino que sim — disse Samakro, olhando para a escotilha fechada da sala de dormir de Che'ri. Ótimo; não era uma conversa que ele gostaria que a menina ouvisse. — Suponho que a Sky-walker Che'ri não se juntará a nós?

— Não, ela estava cansada demais — falou Thalias, fazendo um gesto para Samakro sentar no sofá da sala diurna. — Não quer sentar?

— Melhor assim. — Samakro ignorou tanto o convite quanto o sofá. — Imagino que perceba que, durante tempos de guerra, desobedecer uma ordem direta é punido com a morte.

Um músculo na bochecha de Thalias enrijeceu.

— Que bom que não estamos no meio de uma guerra.

— Considerando tudo que aconteceu nos últimos meses, eu não faria suposições sem evidências se fosse você — Samakro grunhiu. — Eu também levaria esta situação *bem* mais a sério.

— Eu *estou* levando ela a sério, capitão intermediário — disse Thalias, a voz ficando sombria. — O Capitão Sênior Thrawn está se dirigindo sozinho a um perigo terrível. Não podia apenas sentar e deixar isso acontecer.

— Então você convenceu Che'ri de cometer motim e raptar a nave.

— Você também não quer deixá-lo morrer, senhor — ela disse, a voz um pouco trêmula de emoção. — Eu sei disso.

— O que você sabe e o que eu quero são coisas completamente irrelevantes — rebateu Samakro. — Me deram uma ordem, e meu trabalho é segui-la. Se persistir em ficar no meu caminho, posso prendê-la.

— Você acha que Che'ri navegará a nave se eu for presa?

— Eu acho que Che'ri conhece seu dever — disse Samakro. — Talvez melhor do que você. Se não conhecer, então voltaremos para casa salto por salto. Isso dará a vocês duas bastante tempo para se arrependerem dessa decisão e se perguntarem que tipo de futuro terão. Se tiverem algum.

— Está tentando me assustar?

— Isso deveria fazê-la voltar a ser razoável — disse Samakro. — Neste exato momento, tudo que temos é uma falha no sistema de navegação de localizar onde estamos. Se você e Che'ri nos botarem de volta para a Ascendência, agora mesmo, nada mais precisará ser dito sobre o assunto.

— E então, o que acontecerá com o Capitão Sênior Thrawn?

— Ele há de se erguer ou cair por suas próprias decisões, assim como o restante de nós — disse Samakro. — É assim que funciona o universo, cuidadora.

— Não — disse Thalias, firme. — Não, eu não aceito algo assim. Não vivemos todos em nossos próprios nichos privados, sem que ninguém afete ou seja afetado pelo que fazemos. — Ela fez um gesto para Samakro. — E você, capitão intermediário? *Você* está mesmo disposto a deixá-lo ir até o perigo?

— Já disse que não tenho escolha.

— E se você tivesse?

Samakro inclinou a cabeça de leve.

— Estou ouvindo.

— Fiz um cálculo rápido de quanto tempo vai demorar para ir para casa usando salto por salto — disse Thalias. — Meus números podem estar um pouco errados... — Ela fez um gesto, afastando a ideia. — Enfim, o que quero dizer é que, se Che'ri navegar, podemos chegar em Nascente e depois voltar para a Ascendência mais rápido do que indo por aqui salto por salto.

— Mas mais devagar do que seria se ela só nos levasse para casa.

— Sim — admitiu Thalias.

— Você também presume que ela concordará com você e não com seu comandante legal — acrescentou Samakro. — Que ela arriscará a desonra e as acusações criminais de motim só porque é isso que quer que ela faça.

Os olhos de Thalias se afastaram dos de Samakro, uma confusão de emoções perseguindo umas às outras em seu rosto.

— Você entendeu tudo errado, capitão intermediário — disse, enfim. — Essa ideia não é minha. É dela.

— Certo — zombou Samakro. — Como se uma menina de dez anos... — Ele parou ao ver a expressão de Thalias. — Por que ela faria isso?

— Ela está com medo do que pode acontecer com o Capitão Sênior Thrawn — disse Thalias. — Ela passou bastante tempo com ele, sabe, na fronteira do Espaço Menor. Acho que talvez ela o conheça melhor até mesmo do que você o conhece. Ela sabe o tipo de tarefas que ele aceita, e sabe que essa pode matá-lo. — Ela pareceu se preparar. — E eu acho... *ela* acha... que a Magys concorda que precisamos ajudá-lo.

Samakro sentiu um arrepio correr por sua coluna. Thrawn havia contado a ele a respeito de sua conversa com Thalias e a ideia de que a Magys poderia estar invadindo os sonhos de Che'ri. Mas ele havia feito pouco da ideia que, na melhor das hipóteses, era uma especulação turva, e na pior delas, pura fantasia.

— Achei que a Magys só fazia isso quando ela estava dormindo.

— Eu também achei — disse Thalias. — Mas a Magys estava hibernando daquela vez. Talvez as duas precisassem estar dormindo para dar certo. Talvez agora só funcione quando as duas estão acordadas.

— E você não *falou* nada? — Samakro exigiu saber. — Não passou por sua cabeça que isso poderia ser algo que o Capitão Sênior Thrawn precisaria saber?

— Eu não sabia disso até contar para Che'ri que você nos mandou voltar para casa — disse Thalias. — Ela não havia contado nada até então.

— Então deveria ter passado na cabeça *dela* contar — murmurou Samakro, a revelação de Thalias rodopiando em sua mente como um turbilhão. As sky-walkers e a Terceira Visão eram um dos segredos mais bem guardados da Ascendência. Se essa estrangeira pudesse invadir ou tocar tal habilidade, as consequências poderiam ser catastróficas.

E, com isso, a situação inteira tomou um rumo inesperado.

— Por que ela está conduzindo Che'ri por aí, de qualquer forma? Só por diversão?

— Eu não acho que haja controle envolvido nisso — disse Thalias. — Ao menos, não é o que Che'ri contou. A Magys teme pela segurança do Guardião, e acha que Che'ri e a *Picanço-Cinzento* são sua única proteção.

— Ela o chama de Guardião, agora? — Samakro perguntou, azedo. — O que isso quer dizer? Ela o adotou em seu clã?

— Eu não sei como ela o vê — confessou Thalias. — Só sei que ela pensa que ele está em perigo, e que...

— E que nós somos os únicos que podem salvá-lo — disse Samakro. — Sim, você já falou isso.

— Porque se houver outro Couraçado de Batalha esperando em Nascente, o Capitão Sênior Thrawn e os Paccosh terão grandes problemas — disse Thalias.

— A fragata de bloqueio e a *Falcão da Primavera* não farão muita diferença — apontou Samakro. — Não em uma briga cara a cara. Da última vez que nos metemos com eles, precisou do poder combinado da *Vigilante* e da *Picanço-Cinzento* para vencê-los.

— Eu sei. — Thalias estremeceu. — O Capitão Sênior Thrawn me mostrou o relatório delas.

— Então você entende que ir até lá provavelmente só significaria a morte para todos nós — concluiu Samakro. — A Magys sabe disso? Será que ela sequer se importa?

— Não sei — Thalias confessou. — Tudo que eu sei é que *Che'ri* se importa, e que está convencida de que precisamos ir para lá.

Samakro olhou para a escotilha fechada de Che'ri.

— E você? — perguntou.— O que tem a dizer a respeito de tudo isso?

— Não acho que meu voto realmente importe — falou Thalias. — Você é o comandante atual da *Falcão da Primavera*; Che'ri é sua sky-walker. Tudo que importa é o que vocês dois decidirem.

— Exceto que, se eu não concordar com Che'ri, demoraremos muito para voltar para casa — apontou Samakro. — Não parece que eu também possa votar.

— Seu comandante está em perigo. — Thalias curvou os ombros. — No mínimo, nós deveríamos vê-lo ser morto. Ajudaria a Sindicura a organizar os arquivos.

— Certamente ajudaria — concordou Samakro, o tom pesado. — E todos sabemos como eles gostam de manter registros.

— Eu entendo se você não quiser fazer parte disto, capitão intermediário — disse Thalias. — Tudo que posso falar é que Che'ri acredita que é necessário, e eu confio nela.

— Notei. — Samakro a observou de perto. — Vou deixar minha posição clara. Ir para Nascente seria uma violação de uma ordem explícita de meu comandante. O fato que seguir a ordem pode levar à morte dele não muda minha obrigação de obedecê-lo.

— Eu sei — disse Thalias. — Mas eu pensei...

— Eu não terminei — interrompeu Samakro. — Ao mesmo tempo, a sky-walker é uma parte crucial de toda viagem da Frota de Defesa Expansionária. Durante os meses que Che'ri passou a bordo, eu observei atentamente seu humor e suas necessidades. Eu nunca a vi apresentar nenhum tipo de exigência frívola ou revoltante, e a presente oposição às ordens é tão diferente do que ela costuma mostrar que estou inclinado a levar os medos dela a sério. — Ele olhou de novo para a sala de dormir da sky-walker. — Para a sorte dela, eu sou o comandante em cena. Isso significa que estou autorizado a mudar ou ignorar ordens se julgar que é o que a situação requer.

— Quer dizer que...? — Thalias pareceu esmorecer. — Obrigada, capitão intermediário.

— Não me agradeça ainda — avisou Samakro. — Se quisermos chegar lá a tempo, há necessidades, e há condições. — Ele ergueu uma das mãos e começou a contar com os dedos. — Primeiro ponto: se quisermos ir até Nascente e depois voltar para Naporar antes do General Supremo Ba'kif começar a ficar preocupado a nosso respeito, vocês duas terão de se esforçar até seus limites. Descansos curtos, pouco sono, comer correndo; basicamente, vocês vão viver na ponte. Se acham que não conseguirão lidar com isso, digam agora e vou mandar o Comandante Sênior Kharill nos levar de volta para a Ascendência.

— Nós vamos conseguir — disse Thalias, firme.

— Espero que sim — falou Samakro. — Segundo ponto: você não vai falar a respeito dessa coisa com a Magys para ninguém. Nem aqui, nem em Nascente, nem quando voltarmos para Naporar. O que precisar ser dito no Conselho ou na Sindicura será dito por mim.

— Entendido.

— E o terceiro ponto. — Samakro estreitou os olhos. — Antes de fazermos qualquer coisa, antes de eu deixar a Sky-walker Che'ri voltar para a ponte, você vai deixar abundantemente claro para ela que, se tudo der errado, pode significar o fim de nossas carreiras. Não só a sua e a minha, mas a dela também. Se ela esperava se juntar a uma das Famílias Governantes, ela pode esquecer disso agora mesmo. Na verdade, até mesmo as Quarenta podem não querê-la depois disso. *Caso* isso seja algo que você pensa que ela não vai conseguir aguentar, diga agora mesmo.

— Ela vai — disse Thalias. Ela olhou mais uma vez para a expressão dele… — Mas vou me certificar disso — acrescentou.

— Certifique-se — enfatizou Samakro. — Há quanto tempo ela está dormindo?

Thalias olhou para seu crono.

— Umas oito horas.

— Ela tem mais quatro — disse Samakro. — Quatro horas e quinze minutos, contando a partir de agora, para que eu veja as duas na ponte.

Thalias estremeceu, mas ela assentiu com firmeza suficiente.

— Estaremos lá.

— Eu também estarei — disse Samakro. — Até lá, vou fazer a viagem salto por salto. Suponho que Che'ri estivesse nos levando direto para Nascente?

— A partir da parte que ela assumiu a navegação, sim.

— Ótimo — disse Samakro. — Agora que eu sei que estamos olhando para as partes erradas dos mapas, poderemos calcular nossa posição com uma certa facilidade. Lembre-se: quatro horas e quinze minutos. Não se atrasem.

— Não nos atrasaremos — prometeu Thalias.

— *E* lembre-se que os Paccosh estão com um Desbravador — avisou Samakro. — Se quisermos chegar a Nascente antes deles, ou antes que tudo acabe, precisamos ir mais rápido.

— Não se preocupe, capitão intermediário — prometeu Thalias. — Nós vamos conseguir.

— Espero que sim — disse Samakro. — Por todos nós.

A escotilha da suíte se fechou atrás de Samakro e, por alguns segundos, Thalias ficou parada, encarando-a. Então, com um suspiro cansado, voltou ao sofá e se sentou.

— Você ouviu? — chamou.

— Sim — veio a voz de Che'ri enquanto a garota entrava na sala diurna. Não da própria sala de dormir, com sua escotilha fechada, mas da escotilha aberta do quarto de Thalias, onde, por sorte, Samakro não havia pensado em olhar. — Obrigada.

— Pelo quê? — murmurou. Com o tumulto emocional do confronto se esvaindo, os fatos duros e frios do que acabara de fazer, e o que acabara de concordar, estavam voltando com tudo. — Por deixar você ouvir? Ou por concordar em trabalhar com o Capitão Intermediário Samakro para destruir seu futuro?

— Por me deixar ouvir — disse Che'ri. Sua voz e seu rosto estavam calmos, apesar de Thalias não saber se era por uma confiança interna ou se a menina estava exausta demais para sentir alguma coisa. — Nenhum futuro foi destruído.

— Eu sei — admitiu Thalias, sentindo uma breve onda de vergonha. Não havia por que jogar as próprias dúvidas e culpa em Che'ri. — Então. Você ouviu as condições. O que acha?

— Nós vamos conseguir — disse Che'ri. — Precisamos conseguir.

— Eu sei — falou Thalias. — Bem. É melhor você ir dormir agora. Essas quatro horas vão passar bem rápido.

— Tá. — Che'ri foi até a sala de dormir. — Eu tenho uma pergunta — ela disse, pausando com a mão no painel para destrancar a escotilha. — Por que você contou a parte da Magys chamar ele de Guardião?

— Achei que o Capitão Intermediário Samakro precisava ser mais persuadido — admitiu Thalias. — Suponho que soava bem. Por quê?

— Eu só queria saber — disse Che'ri. — Porque eu não achei que tinha contado a você. Enfim, boa noite. — Ela destravou a escotilha e começou a entrar.

— Espere um segundo — Thalias chamou. — Como assim, você nunca me contou? Nunca me contou o quê?

— Sobre a Magys falar do Guardião do povo dela — disse Che'ri, pausando de novo e virando pela metade para olhar para Thalias, confusa. — Eu achei que não tinha contado, mas suponho que contei.

— Não, não contou — afirmou Thalias, uma sensação estranha passando por ela enquanto encarava a garota. — Nunca. Eu só... Eu achei que tinha inventado.

— Eu não sei — disse Che'ri. — Não importa. Me acorda quando for a hora, tá?

— Claro.

Thalias observou a menina entrar e fechar a escotilha atrás de si. Então, a cabeça rodopiando de cansaço, foi para a própria sala de dormir.

Rodopiando de cansaço e pensamentos sombrios e agourentos.

Ela *havia* inventado a parte sobre o Guardião, não havia? É claro que sim. Era pura coincidência que batia com algo que a Magys contara para Che'ri.

Porque Thalias não conseguia ouvir a Magys. Há muito perdera sua Terceira Visão. Não podia guiar naves, ver alguns segundos no futuro ou fazer qualquer coisa que sky-walkers conseguiam fazer. Ela certamente não ouvia vozes estrangeiras em sua cabeça. De jeito algum.

E, ainda assim…

Guardião.

Com cuidado, ela se certificou de colocar um alarme para a hora especificada por Samakro. Estava exausta; mas havia algo que precisava fazer antes de dormir. Algo que provavelmente deveria ter feito muito tempo atrás.

O cilindro de dados que o Auxiliar Sênior Thivik dera a ela em Naporar estava enfiado no fundo de uma das gavetas do armário. Ela pegou o cilindro e o questis, tirou os sapatos e deitou na cama.

E, com todos os medos e incertezas ainda girando em seu cérebro, ela começou a ler.

Qilori não sabia o nome do sistema até o qual Thrawn o orientara a guiar a nave Pacc. Sequer sabia se ele tinha um nome para qualquer pessoa além de seus habitantes. O local certamente não havia sido mencionado pelo General Yiv ou por Jixtus. E isso o preocupava.

Apesar de que, para ser sincero, neste exato momento, *tudo* a respeito desta viagem o preocupava.

Durante a época em que serviu Yiv em segredo, ele havia se acostumado a ser avisado com antecedência de batalhas ou incursões ou até mesmo de pontos críticos do plano de conquista dos Nikardun, de que o general precisaria de um Desbravador para guiar suas naves. Com Jixtus, não tanto — o Grysk preferia manter muito mais coisas só para ele e, é claro, ele tinha seus próprios navegadores com quem podia contar em viagens secretas.

Mas Yiv não estava mais lá, e Jixtus estava em algum lugar orquestrando um ou outro plano, e Qilori havia sido entregue aos Kilji. Que não gostavam dele, o consideravam muito inferior a eles, e que não contaram nada a respeito da missão em Rapacc além do fato de que precisava levá-los até lá e então guiá-los até um ponto de encontro que o General Crofyp especificaria.

Mas, agora, até mesmo essa pequena migalha de aviso havia sumido. Qilori estava agora com os Paccosh e com Thrawn, e em outros dois dias seria jogado sem preparo nenhum no desconhecido.

Mais dois dias para se preocupar com o que os aguardava no fim da viagem.

Ele ficou ruminando sobre isso enquanto bebia seu cháfolha de galara, as asinhas das bochechas batendo em uma cadência nervosa. Outros seis minutos até o descanso acabar, e então voltaria a colocar os fones e entraria no hiperespaço. Ao menos enquanto era envolvido pelas dobras da Grande Presença ele conseguia, na maior parte do tempo, esquecer de sua situação.

Mas só na maior parte do tempo.

Ouviu o som da escotilha da ponte se abrindo atrás de si. Qilori se virou, esperando ver Uingali foar Marocsaa ou o tenente de sua equipe de comando para confirmar o progresso da nave com a tripulação da ponte.

Não era nenhum deles. Era Thrawn.

— Qilori de Uandualon — o pele azul o cumprimentou, sério, enquanto ia até a estação de Qilori. Aqueles olhos vermelhos e cintilantes passavam pela ponte conforme andava, prestando atenção em tudo. — Compreendo que nossa jornada segue sem atrasos.

— Sim — confirmou Qilori. — Estimo que vai levar mais dois dias até chegarmos.

— Excelente — disse Thrawn. — Como está indo o equipamento?

— Não isola tanto quanto fones de privação sensorial de verdade — Qilori falou, olhando para o equipamento descansando no painel de controle. — Mas é adequado. — Também deu uma olhada na ponte. — Os Paccosh também aprenderam a ficar quietos. Isso ajuda bastante.

— Eu me certificarei de repassar sua aprovação ao Comandante Uingali — disse Thrawn. — Quem é Jixtus?

Qilori forçou as asinhas a se manterem imóveis. Ele sabia que essa conversa estava por vir. Ele soubera com a mesma certeza que não teria como fugir dela.

E isso era um problema gigantesco. Todo mundo que conhecia Jixtus, que viu o quanto ele se esforçava para esconder até mesmo sua aparência física, sabia como ele era cheio de segredos. Ele não apreciaria ter seu nome discutido por aí, especialmente não na boca de alguém que queria destruir.

Mas Jixtus não estava lá. Thrawn estava e, do seu jeito, ele era tão perigoso quanto o Grysk. Tudo que Qilori podia fazer era dar informação o bastante para satisfazer Thrawn sem se colocar em uma situação onde certamente morreria uma morte lenta quando Jixtus o alcançasse.

— Não tenho muita certeza — falou para Thrawn. — Ele é muito reservado, mas parece ser quem dirige a Iluminação Kilji.

— Mais cedo, você disse que Jixtus era meramente sócio deles — disse Thrawn. — Agora você diz que ele é o líder?

Qilori sentiu as asinhas se contraírem. Havia torcido para Thrawn não estar por perto quando abriu sua grande boca para tagarelar com quem ele pensava serem os Nikardun.

Mas, é claro, Uingali mostrou a ele a gravação mais tarde.

— Na verdade, eu não tenho certeza como funciona — disse. — Eu tenho a impressão de que Jixtus às vezes dá diretivas, mas às vezes também as aceita.

— Diretivas do Generalirius Nakirre?

Dessa vez, nem mesmo o maior esforço de Qilori impediu as asinhas de reagirem. Não havia contado esse nome para Uingali — disso tinha certeza. Como e onde Thrawn ouvira falar dele?

— Não sei com quem Jixtus conversa.

— Mas você sabe o nome do Generalirius Nakirre?

— Ouvi falar dele, sim — rodeou Qilori.

— Você também sabe que Jixtus comandava o General Yiv.

— Eles eram associados…

— Você sabe que ele comandava os Nikardun.

As asinhas ficaram chapadas contra as bochechas de Qilori.

— Tudo que sei, com certeza, é que eram sócios.

— Não foi o que você falou para Uingali em Rapacc.

— Eu achei que estava falando com um grupo Nikardun — disse Qilori. — Eu falei o que achei que suavizaria a resistência deles e que nos deixaria passar sem violência.

— Um objetivo louvável — respondeu Thrawn. — Seu General Crofyp também disse que os Kilji comandam Jixtus, não o contrário.

— Eu não sei o que pensa o General Crofyp — disse Qilori. — Ele *tem* uma opinião inflada a respeito de si mesmo e de seu povo, porém.

— *Tinha* uma opinião inflada — corrigiu Thrawn. — Agora ele está morto.

Qilori se encolheu.

— Sim. Eu sei.

Por um momento, Thrawn ficou em silêncio.

— Você deveria considerar uma coisa, Qilori de Uandualon: eventualmente, descobrirei tudo. Tudo sobre Jixtus, sobre os Kilji, os Nikardun — ... os olhos vermelhos e brilhantes pareceram reluzir... — e sobre você. Se mentir para mim, eu vou descobrir. Deseja que eu explique o que acontecerá, então?

Um longo arrepio correu pelo corpo de Qilori, fazendo as asinhas pularem para fora, rígidas.

— Não — disse. — Mas eu realmente *não* sei muita coisa. Jixtus não me conta mais do que ele acha que eu preciso saber.

— Compreensível — falou Thrawn. Agora, a ameaça discreta em sua voz havia desaparecido, só dois seres conversando. — Me conte sobre os Grysk.

— Jixtus falou essa palavra — disse Qilori. — Mas eu não sei se eles são uma espécie, uma organização, uma família ou mesmo uma filosofia.

— Como o objetivo Kilji de iluminação universal?

— Poderia ser, sim.

— Qual é o objetivo de Jixtus?

Qilori bufou, as asinhas tremulando.

— O mesmo do General Yiv, dos Kilji, e de todo mundo nesta parte do Caos — falou. — A neutralização da Ascendência Chiss como ameaça.

Houve outro momento de silêncio.

— É realmente assim que nos percebem? — Thrawn enfim perguntou.

Se mentir para mim, eu vou descobrir.

— Muitas nações e espécies pensam isso, sim — disse Qilori de forma relutante.

— Compreendo. — Thrawn fez um gesto para o equipamento de Qilori. — Seu descanso está quase chegando ao fim. Uma última pergunta. O Desbravador da outra nave Kilji, a que estamos seguindo até Nascente. Ele é seu amigo?

— Não — disse Qilori. — Na verdade, eu mal o conheço. Por que você quer saber?

— Porque, quando nossa viagem terminar, ele provavelmente vai morrer — disse Thrawn, a voz calma.

— Entendi. — Qilori hesitou, sabendo, no fundo, que isso seria algo estúpido de se dizer, especialmente agora. Mas não conseguiu resistir. — E depois você se pergunta por que os Chiss não têm amigos.

A expressão de Thrawn endureceu e, por um único e temível momento, Qilori pensou ter cometido o último erro de sua vida.

— Meu trabalho, a única razão de minha existência, é defender a Ascendência Chiss e proteger o meu povo. Farei o que for necessário para alcançar esse objetivo, e não permitirei que nada nem ninguém fique no meu caminho. Compreendeu?

Com um esforço supremo, Qilori manteve as asinhas imóveis.

— Sim — disse.

— Ótimo. — Thrawn manteve o contato visual por outro momento, e então inclinou a cabeça. — E, agora, acredito que seja hora de ambos voltarmos às nossas respectivas tarefas.

— Sim. Senhor. — Qilori voltou para sua estação e pegou o equipamento. Atrás dele, ouviu a escotilha da ponte se abrir novamente. Colocou o fone e começou a ajustá-lo...

— Nós continuamos? — falou uma voz desconhecida.

— Nós continuamos, Magys — confirmou Thrawn. — Tem alguma novidade?

— Tenho — a outra falou. — Amigos estarão preparados para nos receber quando chegarmos.

— É bom ter amigos — disse Thrawn, a voz ficando estranhamente melancólica. — Me contaram que os Chiss não têm nenhum.

— Isso realmente seria uma tragédia — observou a Magys. — Venha. Quero falar com você sobre como libertará nosso mundo. E qual será o custo dessa liberdade.

CAPÍTULO ONZE

O DEVER DE GUARDA planetária, como Ar'alani já esperava, era algo bastante monótono. Até mesmo a presença de naves de guerra estrangeiras espreitando o espaço da Ascendência não podia mudar o fato de que a *Vigilante* estava passando a maior parte de seu tempo dando voltas e voltas em Sposia, saindo do caminho de patrulhas irritadiças e transportes civis ansiosos, e aguardando possíveis ameaças se revelarem.

Até agora, não haviam feito tal coisa. Mas Ar'alani sabia que não podia deixar seus oficiais e guerreiros ficarem complacentes. Isso só ajudaria o inimigo. Simulações, alertas de emergência e outros desafios mentais haviam virado a ordem do dia.

Mesmo assim, após alguns desafios inesperados, até isso virava rotina.

Ao menos a *Vigilante* não estava recebendo a hostilidade silenciosa que outras naves da Frota de Defesa Expansionária estavam experimentando em seus novos postos. A maior parte dos mundos Chiss eram dominados por famílias das Nove ou das Quarenta, e muitas dessas elites viam qualquer intrusão no que consideravam ser seu território como um insulto às suas próprias capacidades de defesa. Sposia, mesmo que tecnicamente controlada pelos Clarr e pelos Obbic, também incluía as famílias Kynkru e Csap no sistema de patrulha, e todas as quatro estavam geralmente dispostas a se submeter aos Stybla no que se referia às políticas de defesa. Os próprios Stybla, considerando a posição da família na parte mais baixa das Quarenta, ficavam mais do que satisfeitos de aceitar qualquer ajuda que Csilla e Naporar oferecessem quando o assunto era naves de guerra.

Ar'alani estava sentada em sua cadeira de comando, tentando pensar em algo novo para jogar em sua tripulação, quando Larsiom se remexeu em seu assento na estação de comunicações.

— Almirante? — ele chamou do outro lado da ponte. — Estamos recebendo uma transmissão do General Supremo Ba'kif.

— Confirme e conecte — disse Ar'alani, ligando o microfone. — General Supremo Ba'kif, aqui quem fala é a Almirante Ar'alani.

— Bom dia, almirante — respondeu a voz de Ba'kif. — Entendo que tudo segue tranquilo em Sposia?

— Sim, senhor, até agora sim — confirmou Ar'alani. — Está esperando que isso mude?

— Essa é uma boa pergunta — disse Ba'kif. — Presumo que esteja acompanhando os relatórios sobre nosso misterioso Jixtus e suas viagens?

— Sim, senhor, estou. — Ar'alani fechou a cara. Até agora, o cruzador de batalha Kilji havia visitado seis planetas e Jixtus havia conversado com quatro oficiais sênior das Nove e treze das Quarenta. A essa altura, ele cobriria a maior parte da hierarquia Chiss até o fim do mês. — Sposia é a próxima na agenda dele?

— Não sabemos — disse Ba'kif. — Até agora, não encontramos nenhum padrão em suas viagens relacionado à localização planetar ou posicionamento na Aristocra. Mas isso nos leva a um problema mais urgente. Desde ontem à noite, outras duas das Nove começaram a mover suas naves de guerra por aí.

— Que maravilha. — Ar'alani estremeceu. — Isso é o que, cinco delas?

— Correto — disse Ba'kif. — O que é mais ominoso a respeito desses reposicionamentos, em particular, é que elas não estão focadas em fortalecer as defesas da família, mas parecem, em vez disso, estarem focadas em acrescentar presenças adicionais nos mundos de fortalezas Pommrio, Erighal e Xodlak.

— As famílias para as quais Jixtus está apontando o dedo. — Ar'alani sacudiu a cabeça. — Isso é ridículo.

— Concordo — disse Ba'kif. — E, em circunstâncias normais, eu diria que seria impensável que alguém gastasse dois segundos de sua atenção para ouvir os desvarios de um estrangeiro. Mas, com todas as incertezas e suspeitas ao redor do incidente em Hoxim, velhas disputas estão se aproximando da superfície.

— E, naturalmente, os protestos de inocência das famílias não mudam em nada essas suspeitas.

— É claro que não — disse Bakif com pesar. — Os Patriarcas continuam negando qualquer envolvimento com estrangeiros. Eles dizem que Jixtus está mentindo, e que o vídeo que ele tem mostrado por aí é falso.

— E *é* falso mesmo, senhor? — perguntou Ar'alani.

— Essa é a questão, de fato — disse Ba'kif. — A qualidade do vídeo é bem baixa, e me contaram que as técnicas de magnificação que todos estão usando têm a mesma probabilidade de criar novas partes da imagem quanto de esclarecer o que já está lá. Ainda mais preocupante que isso é a informação que recebi menos de uma hora atrás de que...

— Só um instante, senhor — interrompeu Ar'alani, pegando seu questis. Não era de bom tom interromper um superior, mas um pensamento repentino ocorreu-lhe e precisava ser ouvido antes da conversa mudar de assunto e ela perder o fio mental. — O senhor disse que *todos* estavam usando magnificações. Isso inclui os Clarr?

— O relatório incluía uma versão melhorada do vídeo, sim — disse Ba'kif. — O que você está pensando?

— A parte sobre *todos*, senhor — explicou, fazendo uma busca rápida nos registros de dados da *Vigilante*. Lá estava a pasta... Lá estava o arquivo... — O relatório do Patriarca Thurfian falava que Jixtus ofereceu assistência militar aos Mitth, não falava?

— Sim, falava — confirmou Ba'kif. — Ele também falou que rejeitou a ideia de cara.

— Assim como todos os outros Patriarcas — disse Ar'alani. — Todos *exceto* o Patriarca Rivlex. O relatório dele não mencionava tal oferta, muito menos que ela havia sido recusada.

— Interessante. — Havia um novo nível de atenção na voz de Ba'kif. — E Rivlex é o único que mandou alguém até a *Pedra de Amolar* para falar diretamente com Jixtus. Acredito que ele alegou que queria que um dos seus olhasse o cruzador de batalha mais de perto.

— Sim, isso foi o que ele *disse*. — Ali. — Eu encontrei o que estava procurando, senhor. Pode pegar as gravações melhoradas dos relatórios dos Mitth e dos Clarr?

— Um instante. — Houve uma pausa curta. — Pronto.

— Por favor, veja-os em paralelo.

Outra pausa curta. Ar'alani também assistiu os dois clipes de cinco segundos para ter certeza que sua memória não falhava.

— Interessante — disse Ba'kif. — A versão dos Clarr tem um quarto de segundo a mais que a dos outros. Eu não tinha notado.

— Não é óbvio de forma alguma — disse Ar'alani. — Posso ter notado, mas tinha esquecido disso até que o senhor falou a palavra *todos*.

— Alguma ideia sobre o que significa isso?

— Nada sólido — respondeu Ar'alani. — Presumo que os Clarr receberam mais da gravação, como presente ou preço, e, quando precisaram mandar uma cópia da versão melhorada, acabaram não notando na hora de editar.

— Ou Jixtus entregou a eles uma gravação mais longa precisamente para colocar essa suspeita na família.

— Sim, senhor, também é possível — admitiu Ar'alani.

— De qualquer forma, um padrão está começando a aparecer a respeito dos Clarr — disse Ba'kif, pensativo. — Uma gravação mais longa, a visita à *Pedra de Amolar*, o fato de que enviaram a *Orisson* de imediato para fazer um tour nos principais mundos e fábricas dos Clarr. Acrescente a isso a presença da nave em Jamiron, que pode ter sido uma coincidência, quando patrulhas supostamente pertencentes aos Xodlak e aos Erighal atacaram quatro cargueiros deles, e o padrão começa a ficar um pouco mais perturbador.

Ar'alani franziu o cenho. O primeiro relatório da Capitã Sênior Ziinda havia dito que os agressores dos cargueiros não haviam sido identificados, com o relatório subsequente da Capitã Roscu afirmando que, na verdade, eram Xodlak e Erighal. Agora Ba'kif estava acrescentando a palavra *supostamente* à mistura?

— Imagino que tenham acrescentado algo novo? — perguntou.

— De fato — disse Ba'kif. — Eu estava começando a contar quando você apontou essa informação interessante.

— Sim, senhor — disse Ar'alani, sentindo a cara esquentar. — Peço perdão pela interrupção.

— Não há por que se desculpar, almirante — assegurou Ba'kif. — A informação foi útil e veio no momento certo. Quanto a essa última revelação, ainda estou tentando decidir se devo soltar a informação ou não por enquanto. Estive falando com a Capitã Sênior Ziinda, que a repassou para mim, e... Bem, acho melhor que ela conte os detalhes. Me dê um instante para que eu a traga para a discussão.

— Sim, senhor — disse Ar'alani, franzindo um pouco mais o cenho enquanto tocava no botão que tirava a transmissão de Ba'kif da ponte e a levava à cadeira de comando, que era mais privada. A coisa inteira estava ficando cada vez mais estranha.

— Almirante, temos companhia — chamou Wutroow.

Ar'alani olhou para cima. A primeira oficial da *Vigilante* estava parada atrás de Oeskym e do console de armas, apontando para a panorâmica e a nave que havia aparecido à distância.

— O que falamos, temos — continuou Wutroow. — É a *Orisson*.

— É mesmo? — disse Ar'alani. — Momento interessante. Comandante Júnior Larsiom, chame-os e pergunte o que estão fazendo aqui. Faça-o de forma que pareça que estamos oferecendo ajudar no que estiverem planejando.

— Sim, senhora — disse o oficial de comunicações, virando-se para seu painel.

— Muito bem, almirante, estou com a Capitã Sênior Ziinda conectada — anunciou Ba'kif.

— Capitã sênior — disse Ar'alani, olhando para Wutroow e fazendo um sinal para ela. — Espero que esteja bem?

— Estou, almirante, obrigada — respondeu Ziinda. — Interessante a parte sobre a versão Clarr da gravação Kilji. Confesso que não notei.

— Em uma situação assim, não importa quem encontra as peças, contanto que elas sejam encontradas — disse Ar'alani enquanto Wutroow chegava ao seu lado, no alcance do alto-falante da cadeira de comando. — Compreendo que você também encontrou uma peça importante.

— É o que acredito, senhora, sim — confirmou Ziinda. — Pedi para nossos analistas olharem de perto as imagens das patrulhas agressoras que a Capitã Roscu mandou. Como imagino que já saiba, as naves de guerra Erighal são decoradas com ornamentos sutis de ponto e linha em ondas, supostamente para evocar a proeminência da família na época da navegação marítima.

— Já ouvi falar, sim — confirmou Ar'alani, apesar de que teria sido difícil lembrar disso sozinha. Cada família tinha as próprias excentricidades e tradições, e era praticamente impossível lembrar de todas. — Era originalmente para identificar um barco que foi danificado a ponto de não poder mais ser reconhecido, não?

— Sim, senhora — disse Ziinda. — O importante é que todos os padrões são similares, mas, como são feitos à mão, nenhum é idêntico ao outro.

— E vocês conseguiram identificar quais das patrulhas estavam em Jamiron? — perguntou Ar'alani.

— Esse é o problema — meteu-se Ba'kif. — Os dois padrões das patrulhas Erighal eram idênticos.

Ar'alani franziu o cenho para Wutroow.

— E Roscu não percebeu?

— Duvido que a Capitã Roscu tenha se importado — disse Ba'kif. — Mas fica pior ainda. Continue, capitã sênior.

— Não só os dois padrões são idênticos — falou Ziinda —, mas eles batem com o de uma das patrulhas Erighal que estavam em Hoxim.

— Bem, isso é interessante — murmurou Wutroow.

— Não é? — concordou Ar'alani, sentindo a garganta apertar. — Então alguém está adulterando naves de patrulha Chiss e colocando-as contra cargueiros Chiss?

— É o que parece — disse Ba'kif. — Presumo que Roscu esteja em contato com seu Patriarca, mas não sabemos o que eles pensam a respeito dessa situação.

— Talvez devêssemos perguntar a ela — sugeriu Wutroow. — Ela está bem na frente da nossa panorâmica.

— Interessante — disse Ba'kif. — Eu sabia que a *Orisson* havia partido de Jamiron, mas não sabia que eles estavam indo para Sposia. Me pergunto o que estão fazendo aí.

— Os Clarr têm uma forte presença aqui — Ar'alani lembrou a ele. — Pode ser que ela só esteja checando suas defesas e seu nível de preparo.

— É possível — disse Ba'kif. — Como a Capitã Sênior Wutroow falou, nós poderíamos simplesmente perguntar a ela.

— Não é uma boa ideia. — Ar'alani fez cara feia para sua primeira oficial. A última coisa que ela queria era tentar ter uma conversa amigável com a mulher que, um dia, fora sua primeira oficial no cruzador de patrulha *Parala*. Especialmente porque essas lembranças não eram particularmente agradáveis para nenhuma delas. — A Capitã Roscu e eu não estávamos em bons termos quando nos despedimos. Duvido que ela queira falar comigo.

— Talvez ela falaria com outra pessoa — sugeriu Ziinda. — Eu não sei qual é seu histórico com ela, mas essa oportunidade parece boa demais para ignorar.

— Concordo — disse Ba'kif. — E você, Capitã Sênior Wutroow? A família Kiwu tem tido uma posição bastante neutra na situação atual.

— Estou mais do que disposta, senhor — disse Wutroow. — Almirante?

Ar'alani fechou a cara ao ver a nave que se aproximava.

— Comandante Júnior Larsiom, você conseguiu falar com a *Orisson*?

— Sim, almirante — disse Larsiom, hesitante. — A Capitã Roscu reconheceu nosso contato e nossa presença. Ela também... se nega a compartilhar sua missão conosco.

— Em outras palavras, ela falou que não é da nossa conta? — perguntou Wutroow.

Larsiom se encolheu.

— Mais ou menos, senhora.

— Se ajudar, ela não foi mais simpática comigo — ofereceu Ziinda.

— Não ajuda; e ela está errada — disse Ba'kif, firme. — Com naves de guerra estrangeiras ameaçando a Ascendência, a Força de Defesa tem o direito de requisitar toda e qualquer informação relevante. Conecte-me, almirante. Eu quero falar com ela.

— Com licença, general supremo — falou Wutroow. — Com todo respeito, senhor, mas acredito que me ofereceu a chance de tentar primeiro.

— Acha que tem o cacife para isso, capitã sênior?

— Acho que cacife não é o fator determinante, senhor — disse Wutroow. — Conheço o tipo dela, e acho que consigo fazê-la falar.

— Muito bem, capitã sênior. Você tem um minuto.

— Obrigada, senhor — disse Wutroow. — Comandante júnior, faça uma chamada para a *Orisson* por mim.

— Pode falar, senhora — confirmou Larsiom.

— Capitã Roscu, aqui quem fala é a Capitã Sênior Wutroow, primeira oficial da *Vigilante* — chamou Wutroow.

— Capitã sênior, eu já falei para seu oficial de comunicações que não posso falar sobre minha missão — respondeu a voz rude de outra mulher.

— Não se preocupe, eu não pretendia perguntar — disse Wutroow. — Entendo negócios familiares; a família Kiwu também é assim. Não, é algo pessoal, só entre você e eu. Eu estava torcendo para que você pudesse me explicar por que a Almirante Ar'alani saiu saracoteando para fora da ponte toda irritada quando ouviu que você estava aqui.

Ar'alani virou a cabeça para cima para encarar Wutroow, sentindo o queixo cair. Wutroow a olhou, sacudindo a cabeça rapidamente e fazendo um gesto para que Ar'alani continuasse em silêncio.

— Ela saiu? — perguntou Roscu, parte da animosidade sumindo para virar diversão maldosa. — Mesmo?

— Ah, você precisava ter visto — assegurou Wutroow, abrindo um sorriso astuto para Ar'alani. — Foi como se ela nem mesmo quisesse estar na mesma parte do espaço que você. Nunca a vi sair do sério dessa forma. Você sabe o motivo?

— Sei *exatamente* o motivo — uma leve hesitação invadiu a satisfação na voz de Roscu. — Essa comunicação é segura, eu imagino?

— Certamente espero que seja — disse Wutroow, colocando uma certa cautela na voz. — Se isso chegar na almirante, eu vou ser colocada até o pescoço em uma toca de ferralhos selvagens. Você conhece o tipo.

— Conheço bem demais — disse Roscu. — Então ela ficou mais vingativa na terceira idade, é? Ótimo. Que o passado a devore por dentro.

— Confie em mim, o passado dela está tendo uma ótima refeição — assegurou Wutroow. — Vamos lá, não me deixe no suspense; ela pode voltar a qualquer minuto. O que está havendo?

— Resumindo: quando ela era minha comandante, ela acobertou uma violação grave de diretiva cometida por um de seus oficiais — contou Roscu. — Eu denunciei ambos, e eles foram acusados. Os dois conseguiram se safar, mas imagino que tenha deixado uma bela marca em seu currículo perfeito. Ela se ressente de mim desde então.

Ar'alani suspirou em silêncio. Não se ressentira de Roscu naquela ocasião, e não se ressentia agora. Mas, pelo visto, Roscu tinha uma opinião diferente.

Então qual delas, exatamente, estava sendo devorada por dentro?

— Uau — disse Wutroow, parecendo impressionada. — E ela era sua *superiora*? Isso requer muita coragem.

— Só requer convicção e integridade — falou Roscu. — Algo que as pessoas que acobertaram ela e Thrawn não parecem ter. Mas tudo bem. Deixe ela ter seu lindo uniforme branco e sua nave e que fique sem família. Espero que eu tenha sido ao menos um obstáculo nesse caminho.

— Considerando a reação que ela acaba de ter, acho que você foi muito mais que um obstáculo — disse Wutroow. — Apesar de que não importa muito onde você está na cadeia de comando neste exato momento, não com seja lá o que está acontecendo. Ao menos *você* só precisa tomar conta da família Clarr e não vai ser pega no fogo cruzado. Então, o *que* está havendo? Você sabe alguma coisa?

— É claro que sei — Roscu desdenhou. — Não estou surpresa que Csilla não tenha sacado ainda. Mas também, são as mesmas pessoas que se cegaram por Ar'alani e Thrawn. Agora eles fazem o mesmo com os Dasklo.

— Cegos são cegos, tem gente que nunca aprende — concordou Wutroow. — O que os Dasklo fizeram dessa vez?

— Só as intrigas de sempre — disse Roscu. Eles estão permitindo que aquele estrangeiro Jixtus deixe todo mundo exaltado enquanto eles aumentam a frota familiar além dos limites permitidos em segredo.

— Parece horrível — disse Wutroow. — Suponho que eles estejam pensando em acabar com os Clarr de uma vez por todas?

— Ou ao menos nos derrubar — disse Roscu. — Talvez até mesmo nos tirar das Nove.

— Que loucura — protestou Wutroow. — Suas frotas familiares são do mesmo tamanho, não são? Como que eles acham que podem derrotar vocês?

— Você não ouviu? — grunhiu Roscu. — Eu disse que eles vão aumentar a frota deles. É que não vai *parecer* que estão fazendo isso.

— Desculpa, estou meio perdida.

— É bem simples — falou Roscu, paciente. — Vai parecer que eles têm um monte de ajuda. Eles vão vir até nós fingindo que os Erighal, os Pommrio e os Xodlak estão apoiando eles.

— É exatamente isso que Jixtus anda dizendo — respondeu Wutroow com avidez, como se seu cérebro fosse mais lento e só agora tivesse conseguido captar algo importante. — Ele disse que os Dasklo estão construindo uma aliança com essas três famílias.

— É o que ele *diz* — falou Roscu. — Talvez seja até mesmo o que ele pensa. Mas ele está errado. Vai ter um monte de naves com os Dasklo quando o ataque vier, mas não serão dos Erighal ou de mais ninguém. Serão todas Dasklo.

Wutroow ergueu as sobrancelhas em questionamento para Ar'alani. Ar'alani deu de ombros em resposta. *Pergunte a ela*, moveu a boca sem fazer um som.

Wutroow assentiu.

— Desculpe, eu me perdi de novo — disse a Roscu.

— É bem simples — Roscu repetiu, o tom paciente virando o modo paternalista que Ar'alani lembrava deixar todos os oficiais da *Parala* loucos. — Os Dasklo estão fazendo patrulhas Erighal falsas.

— Eles *o quê*? Como?

— Com um pouco de destreza, e muita audácia — disse Roscu, claramente adorando a aparente perplexidade de Wutroow diante do conhecimento e intelecto superior de Roscu. — Todas as naves de patrulha têm o mesmo casco básico, afinal. Você pega a nave de outra pessoa, copia o emblema e os ornamentos familiares em sua nave recém-montada, e pronto, você tem uma falsa.

— Mas se eles forem pegos... Não, não pode ser — disse Wutroow. — Como eles estão conseguindo? Eles nunca vão se safar de algo assim.

— Já se safaram — a voz de Roscu ficou séria. — Ninguém em Csilla jamais perceberia, mas duas das supostas patrulhas Erighal que atacaram nossos cargueiros em Jamiron eram duplicatas exatas uma da outra. Obviamente haviam sido feitas para pensarmos que os Erighal haviam pirado; e obviamente feitas pelos Dasklo.

— Por que é tão óbvio? — perguntou Wutroow. — Eu não duvido, esse é bem o tipo de coisa que os Dasklo fariam, mas como você sabe que não foram mesmo os Erighal?

— Um: os Erighal não são espertos o bastante para inventarem algo assim — disse Roscu. — Dois: eles não têm fábricas que poderiam esconder tantas construções novas. Três: eles não têm a sede de sangue e o atrevimento irrestrito.

— Certo — Wutroow arrastou a palavra, como se ainda estivesse tendo dificuldade de acompanhar a lógica. — Mas todos nós vimos o vídeo de Jixtus. Mostra os Erighal e outras naves fazendo um treino de combate para os Dasklo. Isso não significa que as quatro famílias estão trabalhando juntas?

— É o que todo o mundo pensa, porque todos os outros foram sovinas e não compraram o vídeo inteiro — disse Roscu, ácida. — *Nós* nos dispusemos a pagar, e é por isso que sabemos a história inteira. Na verdade, eu acho que nem Jixtus entende ela direito.

— Bom, não me deixa no suspense — falou Wutroow. — Se a fragata Dasklo não estava observando um jogo de guerra, o que *ela* estava fazendo?

Houve uma pequena pausa.

— Sinto muito — disse Roscu, o fogo e a paixão desaparecendo de repente. — Não posso falar sobre isso. Na verdade, eu provavelmente já falei demais.

— Ah, qual é — Wutroow tentou persuadi-la, olhando para Ar'alani. Estavam tão perto... — Você não pode fazer isso comigo *agora*. E se ninguém mais notar? Eu vou ficar pensando nisso para sempre.

— Bem-vinda a uma vida de não conseguir o que você quer — disse Roscu com um quê de amargura. — Mas não se preocupe; você não vai precisar se perguntar para sempre. Só por mais alguns dias.

— Alguns dias? É aí que vocês vão contar para o restante da Ascendência...?

— Foi bom falar com você, capitã sênior. Cuide-se quando estiver perto de sua gloriosa almirante.

Havia um tom de...

— Transmissão finalizada — confirmou Larsiom.

Wutroow bufou, exalando.

— Sinto muito, almirante — disse.

— Não foi sua culpa — assegurou Ar'alani. — Na verdade, estou surpresa que ela tenha revelado tanta coisa.

— Quero dizer que estou pedindo desculpas por falar que você saiu saracoteando da ponte — esclareceu Wutroow. — Sabe, agora que eu penso, acho que eu nunca vi alguém *saracotear*. Mas eu sempre gostei da palavra.

— Vamos tentar usá-la mais vezes em conversações — disse Ar'alani. — Então ela notou, *sim*, que as agressoras em Jamiron eram duplicatas.

— Mas nem chegou perto de entender quem as fez — disse Ba'kif, voltando a entrar na conversa. — Então, os estrangeiros do Couraçado de Batalha não estavam apenas protegendo os próprios cargueiros e transportes naquela base Nikardun supostamente destroçada. Eles estavam colocando revestimento nelas para transformá-las em patrulhas Chiss.

— É o que parece — concordou Ar'alani. — Agora que eu penso nisso, as naves que vimos na estação de reformas eram do tamanho e tipo ideal para essas transformações.

— E aquela nave grande que pensamos ser uma doca de reparos móvel poderia funcionar como cargueiro Chiss — acrescentou Wutroow.

— Então, o que eles estão tramando? — perguntou Ziinda. — E o que é essa grande conspiração Dasklo na qual Roscu acredita?

— Primeiro, acho que podemos presumir que todas as suspeitas dela sobre os Dasklo estão erradas — disse Ba'kif. — É evidente que Jixtus está controlando essa narrativa e manipulando todo mundo, inclusive os Clarr.

Especialmente os Clarr, talvez. Vocês duas, continuem conversando. Eu vou sair enquanto verifico algo.

— Sim, senhor — disse Ar'alani, voltando a pensar na conversa que Wutroow e Roscu acabavam de ter. — Certo. Roscu acredita que os Dasklo estão planejando uma agressão militar contra os Clarr. O que ela pode ter visto no restante do vídeo de Jixtus que a convenceu disso?

— Eu estava revisando a amostra grátis — disse Ziinda lentamente. — Um pensamento estranho. Viu a forma que a fragata Dasklo levanta a proa um pouquinho no fim do vídeo? Parecia quase como se estivesse se preparando para lançar esferas de plasma contra a Erighal.

— Espere, deixa eu ver. — Ar'alani pegou a própria cópia e assistiu. Ziinda tinha razão; o movimento estava lá, definitivamente. — Pode ser — concordou. — É bem sutil, mas está lá.

— Ou poderia estar se preparando para mirar e disparar um raio trator — acrescentou Wutroow.

— Ou pode ser os dois — disse Ziinda. — Vocês acham que é isso que acontece no restante do vídeo? Os Dasklo atingindo os Erighal e depois puxando-os para mais perto, para dar uma boa olhada no design do casco?

— Talvez — disse Ar'alani. — Roscu *mencionou* pegarem a nave de alguém.

— O que poderia significar que eles fariam os ornamentos do casco da forma correta — sugeriu Ziinda.

— É — disse Ar'alani. — Ela também falou que não achava que Jixtus entendia exatamente o que havia ocorrido. Na distância que o vídeo foi gravado, uma barragem de esferas mal seria registrada, até mesmo com a magnificação, e o trator seria completamente invisível.

— Mas esse cenário não faz sentido — falou Ziinda. — Os Erighal já são aliados dos Dasklo; eles não fariam todo esse esforço só para olhar a decoração do casco de uma nave de patrulha Erighal.

— *E* os Dasklo saberiam que os ornamentos dos cascos dos Erighal nunca são idênticos — disse Ar'alani. — Nada disso é relevante, é claro, já que estamos presumindo que o vídeo inteiro foi falsificado.

— Verdade — concordou Ziinda. — Um confronto falso e naves falsas, cortesia de quem quer que tenha gravado a batalha de Hoxim.

— Eles provavelmente também conseguiram os padrões das naves Xodlak e Pommrio que estavam lá, enquanto isso — disse Ar'alani, fechando a cara ao ver o vídeo. — E provavelmente estão usando essas mesmas gravações para estudar táticas de batalha Chiss.

Ziinda praguejou baixinho.

— Inclusive como disparar contra naves de guerra Chiss sem causar danos significativos — disse com uma voz aborrecida. — É por *isso* que essas naves de patrulha conseguiram fazer disparos tão inúteis contra mim em Jamiron. Elas queriam se certificar de que a *Picanço-Cinzento* sobreviveria para que houvesse outra testemunha da batalha.

— O que você quer dizer, inúteis? — Ar'alani franziu o cenho. — Onde eles aprenderam *isso*?

— Em Hoxim — disse Ziinda. — Eles viram como as canhoneiras de Thrawn… — Ela parou abruptamente.

Mas era tarde demais. Ar'alani olhou para Wutroow, vendo a expressão dela ecoar a surpresa da própria Ar'alani.

— O que você acaba de dizer?

— Peço perdão, almirante — a voz de Ziinda era controlada de forma rígida. — Eu falei errado.

— Sim, isso pode acontecer, capitã sênior — disse Ar'alani. — Mesmo assim, gostaria que terminasse sua frase.

— Almirante, eu realmente não posso…

— Tudo bem, estou de volta — a voz brusca de Ba'kif se ouviu no alto-falante da cadeira. — Chegaram a alguma conclusão?

Mais uma vez, Ar'alani olhou para Wutroow. A primeira oficial deu de ombros, incerta, em um gesto bastante impotente.

— Nada além do óbvio — disse Ar'alani, voltando ao microfone. — Os estrangeiros do Couraçado de Batalha aparentemente estavam em Hoxim e usaram suas gravações para criar duplicatas de uma das naves de patrulha dos Erighal naquela batalha.

— Provavelmente duplicaram algumas outras, também — disse Ba'kif. — Apesar de que deve ter sido menos duplicar e mais camuflar. Infelizmente, as agressoras que se autodestruíram em Jamiron deixaram muito pouca coisa a ser identificada. Continuaremos checando o material genético e o perfil dos metais, mas vai levar tempo.

— Roscu falou que só levaria mais alguns dias — murmurou Ar'alani.

— Sim, falou — disse Ba'kif, nefasto. — De qualquer forma, acabei de dar uma olhada nas viagens da *Orisson* desde que Jixtus chegou em Avidich.

A jornada da Capitã Roscu começou com ela checando todas as fortalezas e os principais centros de manufatura, agricultura e distribuição dos Clarr.

— O que é bastante razoável, nas circunstâncias — disse Ar'alani.

— Verdade — disse Ba'kif. — Mas, nos últimos dias, o foco dela ficou um pouco mais abrangente. Agora ela também está verificando sistemas onde a família Dasklo possui grandes centros de fabricação e reforma de naves.

— Ah, não — Wutroow falou baixinho. — Ela está tentando pegá-los com a mão na massa.

— É o que suponho — disse Ba'kif. — Só tem mais um: Krolling Sen em Ornfra.

Ar'alani sentiu a garganta apertar. Não só era a principal fábrica de construções de naves dos Dasklo, mas o centro de pesquisa e desenvolvimento de viagens espaciais da família. Eles não gostariam nada de alguém aparecendo lá para exigir respostas, especialmente uma Clarr como Roscu que suspeitava de forma tão aberta que eles tinham cometido violência contra os interesses da própria família.

— Acho que isso não vai terminar bem, senhor — avisou.

— Concordo — disse Ba'kif. — Mas, contanto que ela só esteja voando pela Ascendência, observando e conversando, ela não está violando nenhuma lei ou protocolo.

— Mesmo se ela começar a confrontar os Dasklo?

— Contanto que o confronto só continue verbal, não há nada que possamos fazer para impedir suas atividades — falou Ba'kif. — Se alguém começar a atirar, de qualquer um dos lados, aí a Sindicura e a Força de Defesa podem se envolver.

— Mas a esse ponto será tarde demais — murmurou Wutroow.

— É muito possível que sim — disse Ar'alani. — Precisamos interceptá-la em Ornfra e conversar com ela antes que ela passe do limite.

— Talvez não seja possível, mas podemos tentar — disse Ba'kif. — Capitã Sênior Ziinda?

— Senhor? — Ziinda pareceu se assustar um pouco ao ser chamada.

Não era de se surpreender. Depois de murmurar aquele comentário misterioso sobre as canhoneiras de Thrawn, ela havia ficado totalmente em silêncio, provavelmente torcendo para ser esquecida diante de assuntos mais importantes.

— Estou emitindo novas ordens para você — Ba'kif lhe falou. — Você irá para Ornfra, esperará até a Capitã Roscu chegar, e fará o que for possível para acalmar a situação.

— Ah... Sim, senhor — disse Ziinda. — Devo apontar, general supremo, que ela não confia em mim. Como membro da família Irizi, ela me considera uma inimiga.

— Francamente, duvido que ela confie em *qualquer pessoa*, a essa altura — ressaltou Ba'kif. — Mesmo assim, você é a única que posso enviar neste exato momento. Se Roscu seguir seu padrão de costume, ela ficará na órbita de Sposia por mais algumas horas, consultando com a liderança Clarr antes de partir para Ornfra. Certifique-se de chegar lá antes dela.

— Sim, senhor — disse Ziinda.

— Quanto a você, Almirante Ar'alani — Ba'kif continuou —, você entregará o comando da *Vigilante* à Capitã Sênior Wutroow e preparará uma auxiliar para Csilla. Seu pedido de audiência foi aprovado.

Ar'alani enrijeceu.

— Sim, senhor — disse através dos lábios repentinamente secos. — Partirei o quanto antes.

— Eu a aguardo — disse Ba'kif. — Capitã Sênior Wutroow, cuide-se e cuide de Sposia com muito cuidado. Não há motivo para acreditarmos que Jixtus saiba a respeito do GAU ou dos itens que armazenamos lá. Mas, como não sabemos o quanto ele conversou com o Patriarca Rivlex, não quero arriscar a sorte.

— Compreendido, senhor — disse Wutroow. — Estaremos prontos para qualquer coisa que acontecer.

— Ótimo — falou Ba'kif. — Estarei em contato se e quando houver alguma atualização. Até lá, todas vocês têm ordens a seguir. Boa sorte.

Ar'alani desligou o microfone.

— Comandante Júnior Larsiom, desconecte o comunicador — mandou. — E então, alerte o Guerreiro Sênior Yopring para que prepare uma nave auxiliar para Csilla; tripulação de longa distância; uma passageira.

— Sim, almirante.

— Bom, essa foi uma forma interessante de passar a última hora — disse Wutroow enquanto Ar'alani pegava o próprio questis e levantava. — Alguma outra ordem, almirante?

— Só a que Ba'kif já lhe deu — disse Ar'alani. — Mantenha-se alerta e fique de olho em qualquer problema. Ah, e se houver de fato algum problema, *esmague-o*.

— Ordens simples são sempre as melhores ordens. — Wutroow inclinou a cabeça. — Falando em coisas que *não* são simples, faz alguma ideia do que Ziinda quis dizer com o comentário sobre as *canhoneiras* de Thrawn?

Ar'alani sacudiu a cabeça.

— Além do fato de que ela *realmente* não queria falar sobre isso, não, nada.

— Imagino que vá retificar essa omissão?

— Você imaginou certo — assegurou Ar'alani. — Mas não farei isso agora. Temos problemas maiores para lidar do que seja lá qual for a conivência que Thrawn pode ter inventado em Hoxim. Mais importante do que isso, Ziinda e Thrawn são dois dos nossos melhores e mais confiáveis recursos, e eu não tenho interesse em perder ou enfraquecer qualquer um deles.

— Isso significa que também não vai mencionar o que aconteceu ao general supremo?

Ar'alani hesitou. Ainda havia coisas sobre Hoxim que ninguém sabia, e que todos queriam saber.

Além do mais, havia coisas que pessoas como Ba'kif *precisavam* saber. O esquema que Thrawn bolara em Hoxim, fosse o que fosse, poderia ser usado no futuro.

Mas, se o plano tivesse exigido que, mais uma vez, Thrawn cruzasse a linha, Ba'kif seria obrigado pelos protocolos a avisar o Conselho. E havia um limite de quantas vezes ele podia acobertar Thrawn.

Fora isso, não era como se Ziinda tivesse dito algo crítico. Certamente não havia nada nos protocolos que forçasse oficiais a contarem rumores ou meias-verdades para seus superiores.

— Agora não — falou para Wutroow. — Vamos esperar até termos mais detalhes. Presumindo que possamos fazer com que Ziinda nos conte esses detalhes.

— Entendido — disse Wutroow. — E, falando em coisas que as pessoas não querem falar...?

— Se quer dizer meu pedido de audiência com o General Supremo Ba'kif, não lhe contei nada porque imaginei que seria negado — respondeu Ar'alani. — Agora que aceitaram... Eu acho que seria melhor não dizer nada por enquanto. Ao menos até eu voltar de Csilla.

— Sei — disse Wutroow. — Sabe, existe um velho ditado que fala que manter segredos matou o filhote de bigodilho.

Ar'alani bufou.

— Esse ditado não existe. Você acabou de inventar.

— Bom, se não existe, deveria existir — disse Wutroow. — Tenha uma boa viagem, almirante. — Ela virou a cabeça para olhar para a *Orisson* através da panorâmica, que agora se acomodava em órbita à distância. — E não demore para voltar — acrescentou. — Tenho a sensação de que vamos precisar de você aqui. Mais cedo do que tarde.

MEMÓRIAS VII

OS RODOPIOS DO HIPERESPAÇO se transformaram em chamas estelares, e a nave de patrulha Stybla *Jandalin* chegou no sistema para o qual estava direcionada.

— Destino confirmado, auxiliar sênior — relatou o piloto. — Glastis Três.

Thrass olhou para a tela de status. *Destino*, em sua opinião, era uma palavra generosa demais. Glastis 3 era pouco mais do que um pontinho de vagaluzes no espaço infinito: uma única obsidoca de reparos de emergência da Força de Defesa orbitando um planeta marginalmente habitável entre Csilla e Copero, na parte sul-nadir da Ascendência. O fato de que nem uma única família da Ascendência havia julgado que valia a pena desenvolver o sistema sugeria que *marginalmente habitável* também fosse um certo exagero.

O auxiliar sênior fez um gesto para Thrawn, sentado à direita da seção central do sofá de aceleração curva que se esticava na parte traseira da ponte.

— Comandante intermediário? — chamou.

Thrass inclinou-se para frente para olhar de Lappincyk para Thrawn, notando o foco único no rosto de Thrawn conforme seus olhos passavam da panorâmica às telas. O assento central do sofá estava reservado para o mestre da nave, como Thrass sabia, e os assentos do lado costumavam ser deixados vazios. Só quando o mestre julgava que um de seus companheiros ou passageiros merecia uma honraria especial que tais assentos eram oferecidos.

Thrawn à direita de Lappincyk, Thrass à direita. De forma distante, Thrass se perguntou se Thrawn reconheceria a honra dada a ele ao oferecerem o assento direito. Provavelmente não, considerando que era de Thrawn que ele estava falando.

— Obrigado, auxiliar sênior — disse Thrawn. — Oficial de sensores: comece uma varredura do sistema externo ao nosso redor. Estamos procurando por um cargueiro morto dos Stybla de configuração Vivan.

Thrass sentiu o coração pesar. *Morto*. Estivera com medo de que chegariam a esse ponto.

— Então você acha que os sequestradores os mataram? — forçou-se a perguntar.

Thrawn o olhou com a expressão intrigada.

— É claro que não — disse. — Você não leu os arquivos que lhe enviei?

— A maioria deles. — Thrass ficou um pouco na defensiva. Mesmo para alguém cujo trabalho era escavar documentos oficiais, os textos legais dos Clarr eram entorpecentes de tão secos. — Eu estava começando a pegar no sono mais ou menos uma hora atrás.

— Mas você *chegou* às partes a respeito das penalidades destinadas a sangue que cometeu crimes contra outras famílias, não chegou?

— Ah, sim. — Thrass estremeceu. *Essas* seções eram a exceção à secura, passando de entorpecer a mente a gelar o sangue. — Imaginei que havia uma certa hipérbole envolvida nelas.

— Não há — assegurou Lappincyk. — Alguns séculos atrás, a Ascendência teve um problema tão grande com saqueadores Clarr que várias das outras famílias ameaçaram se juntar para exterminar a família inteira. Esses estatutos criminais são o resultado disso, e os Clarr garantem que tais atrocidades nunca acontecerão novamente.

— Ao menos, não por muito tempo — disse Thrawn. — Eu gostaria que focasse sua atenção em particular à punição para qualquer morte que ocorrer como resultado de um crime grave.

— Quer dizer a cláusula de morte por tortura?

— Sim — disse Thrawn. — O que deduz a partir disso?

Thrass bufou um pouco. Seu primeiro pensamento foi que tal coisa era absolutamente bárbara. O segundo era que os Clarr deviam *realmente* ter precisado reassegurar seus vizinhos se sentiram que precisavam decretar leis assim em primeiro lugar.

Mas era evidente pelo olhar de expectativa de Thrawn que não estava pensando em nenhuma dessas coisas. Então, o *que* ele queria que Thrass visse?

Thrass virou-se para olhar para a panorâmica, fechando a cara. Thrawn já ficara decepcionado ao menos duas vezes desde que chegaram à mansão do Patriarca Lamiov pela incapacidade das pessoas de seguirem seu raciocínio. O mínimo que Thrass podia fazer era tentar.

Muito bem. Punição. Morte por tortura. Saqueadores Clarr. Uma obsidoca da Força de Defesa em um sistema no meio do nada. Um sistema solitário, fora de vista, com uma chance praticamente nula de alguém passar por lá.

E, então, entendeu.

— Os saqueadores não podem arriscar que ninguém da tripulação Stybla morra — disse, voltando a se virar para Thrawn. — Mas eles também não podem deixá-los a bordo da própria nave, ao menos não por muito tempo.

— Por que não?

— Porque sequestrar outra família acarreta na mesma punição do que matá-la.

— Exatamente — disse Thrawn, a expectativa em seu rosto substituída por aprovação. — Então por que estariam aqui, em Glastis Três?

— Eles não podem só estacionar a tripulação no meio do espaço — disse Thrass. — Se não voltarem a tempo depois de fazer o acordo, a tripulação ficará sem ar ou comida e os sequestradores terão que encarar a lei Clarr plenamente. Mas também não podem só soltá-los, porque então tocarão o alarme e a Força de Defesa e todas as naves de patrulhas familiares da região procurarão por eles. — Fez um gesto para a panorâmica. — Então eles encontraram um sistema vazio para estacionar o cargueiro onde ninguém poderia esbarrar nele. Mas também precisam de um sistema que não esteja *exatamente* vazio, para que haja alguém que possam chamar depois para que resgatem a tripulação após eles venderem as mercadorias roubadas.

— Muito bom — disse Thrawn. — Só uma pequena adição: os sequestradores não vão querer arriscar ligar ou ter qualquer contato direto com a obsidoca.

— Então eles vão colocar o cargueiro em órbita elíptica — Lappincyk falou de repente. — Desativar o propulsor e as comunicações e deixá-los em longa órbita para que dure alguns dias até eles estarem perto o bastante para serem notados pela obsidoca.

— Isso funcionaria — concordou Thrawn. Era tão simples, na verdade, depois de ser explicado. — É claro, isso presume que os sequestradores sejam espertos o bastante para ter essa ideia.

— Eles são, e farão isso — assegurou Lappincyk. — Três séculos atrás, os Clarr derrotaram uma força Irizi numericamente superior usando essa mesma manobra de deixar uma de suas naves de guerra pairando por perto. Foi um triunfo Clarr, e algo que um sangue certamente saberia.

— Assim como o senhor, obviamente — comentou Thrass. — Uma batalha de trezentos anos. Vocês, Stybla, certamente acompanham as coisas.

— Trezentos e vinte, se quisermos ser precisos — disse Lappincyk. — Como falei com você uma vez, nós compensamos nossa falta de influência ao acompanhar a dos outros.

— Eu lembro — disse Thrass. — Então eles estão aqui, em algum lugar. Como podemos encontrá-los?

— Essa seria, de fato, a próxima pergunta. — Thrawn pegou seu questis. — Há uma infinidade matemática de curvas possíveis para escolhermos e, dependendo de quanto tempo eles estejam planejando que o cargueiro fique incomunicável, a órbita poderia se estender por uma distância considerável do espaço.

— Há alguma chance de que os sensores desta nave sejam bons o bastante para encontrá-los por força bruta? — perguntou Thrass.

— Infelizmente, não — disse Lappincyk. — Esta é uma nave de patrulha próxima, não foi projetada para trabalhos extensos de pesquisa.

— Então, qual é o plano? — Thrass perguntou, observando Thrawn trabalhar no próprio questis. — Começar a procurar e torcer pelo melhor?

— Felizmente, muitos desses cursos possíveis podem ser eliminados — disse Thrawn. — Se eles vierem de Sposia, no trajeto mais fácil, eles chegarão doze graus abaixo do plano elíptico. Eles também não teriam ido muito longe do ponto de entrada, para que as emissões de seus propulsores não sejam percebidas pela tripulação da obsidoca. Um cargueiro Vivan carrega consigo três semanas de suprimentos para manter a tripulação viva, então eles não devem ter escolhido o curso que os deixaria visíveis para a obsidoca após esse tempo.

— E se eles não se importarem com nada disso? — perguntou Thrass, um pensamento desagradável surgindo de repente. — E se eles só descartarem o cargueiro no espaço profundo, em algum lugar das estrelas? Sem corpos, os Clarr não poderiam provar que houve alguma morte.

— Não é verdade — disse Lappincyk. — A lei Clarr especifica que, se uma pessoa estiver desaparecida por mais de um ano, pode-se presumir que está morta. Se o Patriarca Lamiov puder provar de forma satisfatória que essa gangue sequestrou a nave Stybla, essa tripulação desaparecida acrescentaria automaticamente à acusação de assassinato.

— Então eles estarão à deriva por três semanas no máximo — disse Thrawn. — Provavelmente menos de duas. — Ele fez um cálculo final e tocou no questis. — Eles devem estar na região marcada.

Thrass olhou para a tela de panorama, que agora mostrava uma região verde e nebulosa do espaço ao redor deles.

— Ainda é bastante território para procurarmos.

— Vamos ver se conseguimos limitá-lo ainda mais — disse Thrawn. — Auxiliar Sênior Lappincyk, posso controlar o comunicador?

— Me dê o controle do comunicador — chamou Lappincyk para a tripulação da ponte conforme desafivelava o microfone da antepara atrás da cabeça de Thrawn para entregá-lo a ele. — O que você está pensando, exatamente?

— Os sequestradores devem ter destruído os transmissores do cargueiro, é claro — disse Thrawn. — Mas é possível converter o sensor eletromagnético de uma nave para torná-lo um receptor. Vejamos se a tripulação foi esperta o bastante e fez isso. — Ele teclou o microfone. — Cargueiro Stybla V-484, aqui quem fala é a nave de patrulha *Jandalin*, comandada por Lappincyk, auxiliar sênior do Patriarca. Estamos procurando vocês, mas há muito espaço pela frente. Se puderem me ouvir, comecem a expelir as reservas de oxigênio traseiras e os propulsores traseiros e tanques de combustível traseiros e inflamem a mistura. A coluna de fumaça que há de se formar ajudará a revelar a sua posição. — Ele repetiu a mensagem três vezes, e então desligou o microfone e o devolveu a Lappincyk. — Enquanto aguardamos, auxiliar sênior, o senhor deveria contatar a obsidoca para alertá-los de sua presença e do fato de que serão acionados em breve para rebocar o cargueiro danificado.

— Não precisaremos da ajuda deles — disse Lappincyk. — A *Jandalin* é perfeitamente capaz de rebocar um cargueiro.

— Capacidade não é a questão — esclareceu Thrawn. — Assim que falarmos com a tripulação do cargueiro e descobrirmos para onde foram os sequestradores, precisaremos sair de imediato se quisermos interceptá-los.

— Você realmente acha que eles contaram para a tripulação do cargueiro para onde estavam indo? — perguntou Thrass.

— Ah, tenho certeza que não — respondeu Thrawn secamente. — Mas talvez eles não tenham sido tão espertos quanto acharam que foram. Auxiliar sênior?

— Sim — disse Lappincyk, não parecendo tão entusiasmado. — Acho que talvez seja melhor esperarmos para alertar a obsidoca até termos evidências sólidas de que o cargueiro...

— Lá! — chamou de repente o oficial de sensores, apontando para a panorâmica. — Setenta e dois degraus a bombordo.

Thrass foi coberto pela sensação de alívio. A fumaça distante do combustível dos propulsores queimando era pequena, mas claramente visível contra a escuridão e a incansável luz das estrelas atrás dela. Olhou para a tela de sensores, observando o computador da nave de patrulha calcular o curso e o vetor da nave danificada e colocá-los na visual.

— Leme: leve-nos até lá — ordenou Lappincyk. — Na melhor velocidade possível e no curso para interceptação. — Ele abriu um sorriso irônico para Thrawn e tocou no microfone. — E, agora, comandante intermediário, acredito que sugeriu que eu ligasse para a obsidoca?

— Eles foram rápidos — disse o capitão do cargueiro, sua voz baixa e dolorida. Ele olhou para cima para ver Lappincyk, sentado diante dele, e então abaixou o rosto de imediato para a escrivaninha. — Muito mais rápidos do que achamos que poderiam ser. Antes mesmo de entendermos o que estava acontecendo, eles estavam na ponte, e na sala de motores, e estavam injetando gás em toda a nave.

— Era provavelmente névoa tava — comentou Thrawn da lateral, distraído, a maior parte de sua atenção no questis. — É inofensivo e relativamente fácil de obter.

— Eu não sei o que era — disse o capitão, olhando de soslaio para Thrawn. Thrass notou que ele havia feito isso várias vezes durante a reunião, mesmo enquanto estava ostensivamente falando e sendo questionado por Lappincyk. Provavelmente se perguntando por que um oficial sênior dos Stybla estava fazendo ele passar por um fracasso tão humilhante, e bem na sua própria ponte, em frente a um par de Mitth. — Quando nossas mentes finalmente ficaram claras, éramos prisioneiros e os sequestradores estavam transferindo nosso carregamento para a própria nave.

— Eles transferiram *tudo*? — perguntou Lappincyk. — Todos os caixotes?

— Todos os caixotes — disse o capitão, cansado. — Levou todas as cinquenta horas de nossa jornada até aqui. Foi só quando partiram que descobrimos que eles haviam desativado nossos propulsores, hiperpropulsor e transmissores.

— Há quanto tempo eles foram embora? — perguntou Thrawn.

O capitão o olhou de soslaio outra vez. *Definitivamente* ressentido por estar com um par de não Stybla, decidiu Thrass.

— Vinte e sete horas — disse. — Mal tínhamos remendado nosso receptor quando vocês mandaram um sinal.

Lappincyk olhou para Thrass.

— Sua opinião, síndico?

— Eu não sei. — Thrass notou que a expressão dúbia do capitão do cargueiro havia sido transferida de Thrawn para ele. Não só um oficial militar de fora da família, mas um síndico de fora da família também. Provavelmente havia mais combinações humilhantes para um trabalhador simples, mas, de cara, Thrass não conseguia pensar em nenhuma outra. — Eles estão um dia na nossa frente, e ainda não sabemos para onde estão indo.

— Ao contrário — Thrawn falou com um tom suave. — Acredito que sei exatamente para que planeta estão se dirigindo. — Ele parou, erguendo as sobrancelhas para Lappincyk.

O outro entendeu a deixa.

— Obrigado, capitão — disse, fazendo um gesto para o outro Stybla. — Pode voltar à sua cabine. Uma nave da Força de Defesa está a caminho para rebocá-los até a obsidoca e começar os reparos.

— Eu obedeço, auxiliar sênior. — O capitão ficou de pé. Ele fez uma reverência profunda para Lappincyk, fez versões tentativas e abreviadas da reverência para Thrawn e Thrass, e saiu da ponte.

A escotilha se fechou atrás dele e Lappincyk se virou para Thrawn.

— Explique — disse.

— Os sequestradores vão para um planeta chamado Pleknok — falou Thrawn. — Fica a aproximadamente cinquenta e duas horas...

— Não, não apenas a resposta final — interrompeu Lappincyk. — Eu quero a explicação inteira, por favor.

Thrawn olhou para Thrass, e deu de ombros de leve.

— A colocação e órbita do cargueiro teriam entrado no alcance dos sensores da obsidoca aproximadamente sete dias depois da partida dos sequestradores — disse. — O que significa sete dias antes do alarme apitar. Esses mesmos sete dias são todo o tempo que terão para viajar até o planeta comercial, vender as mercadorias roubadas e voltar para a base deles na Ascendência. Se imaginarmos que eles têm um dia para encontrar os compradores, fazer um acordo e descarregar a mercadoria, isso nos deixa com seis dias.

— Então três dias lá e três dias de volta? — sugeriu Thrass.

— É mais provável que sejam dois dias lá e quatro de volta — disse Thrawn. — Eles devem querer uma margem de segurança para assegurar que a nave deles já estará no solo e fora de alcance antes de qualquer busca começar. Mas três é definitivamente o máximo.

Ele entregou seu questis a Lappincyk.

— Há várias áreas do Caos mais além de Glastis Três que são particularmente difíceis de atravessar. A maior parte dos viajantes as evita, o que as torna ideais para atividade clandestina criminal. Se limitarmos nossa busca para uma viagem de três dias saindo daqui, a seção marcada é a única ao alcance. Não há outros mundos ou sistemas desenvolvidos lá, e apenas um planeta marginalmente habitável.

— Se eles estiverem fazendo todos seus negócios em órbita, o mundo mais abaixo não precisa ser habitável — apontou Lappincyk enquanto estudava o questis.

— Concordo — disse Thrawn. — Mas, quando chega o momento de escolher, a maior parte das pessoas prefere ter um lugar próximo para uma retirada de emergência. Um mundo sem água e uma atmosfera de oxigênio pode fazer uma diferença crucial se reparos forem necessários ou se eles forem forçados a se esconder.

— Teremos que torcer para que os sequestradores e seus amigos pensem a mesma coisa — falou Lappincyk. — Você falou Pleknok, então. — Ele franziu o cenho. — *Pleknok*. Por que esse nome me soa familiar?

— O senhor demonstrou um conhecimento considerável de batalhas antigas, auxiliar sênior — disse Thrawn. — Foque sua memória em conflitos mais recentes. Digamos, dezenove anos atrás.

Por um longo momento, Lappincyk encarou o questis. Furtivamente, Thrass deslizou o próprio questis para fora do bolso e digitou a data relevante e o nome do planeta.

Lappincyk chegou lá primeiro.

— É claro — disse. — Um grupo Boadil estava no sistema estudando-o para possível desenvolvimento quando eles foram atacados por um par de naves de guerra Paataatus. A nave de pesquisa foi danificada, mas conseguiu escapar de volta para a Ascendência. A Força de Defesa enviou uma resposta e os derrotou de forma tão contundente que nunca voltaram.

— Não voltaram ainda — corrigiu Thrawn. — Mas tratados, acordos e até mesmo lições aprendidas de forma tão dolorosa apenas permanecem com os Paataatus por aquela única geração.

— Eu não sabia disso sobre os Paataatus. — Thrass franziu o cenho. — É algo novo?

— A teoria tem ao menos cem anos — disse Thrawn —, apesar da maior parte do Conselho e da Sindicura rejeitá-la. Mas eu estudei a gravação e o padrão e, pessoalmente, não tenho dúvida alguma.

— Interessante — disse Thrass. — Então, *quanto* tempo dura uma geração Paataatus?

— Acredita-se, de modo geral, que seja entre dezenove e vinte e cinco anos — falou Thrawn.

Lappincyk olhou para cima bruscamente.

— Aquela batalha decisiva aconteceu dezenove anos atrás.

— De fato — disse Thrawn. — Se ocorrerá hoje ou em uma data futura, acredito que os criminosos que estão usando Pleknok como ponto de encontro descobrirão, para seu choque, que os Paataatus mais uma vez consideram que aquele mundo pertence a eles. Sugiro, auxiliar sênior...

Mas Lappincyk não estava mais ouvindo. Jogando o questis de Thrass de volta para o colo dele, ele afanou o comunicador.

— Capitão, aqui quem fala é o Auxiliar Sênior Lappincyk — falou de modo brusco, ficando de pé e indo até a escotilha. — Estou invocando protocolos de emergência. A *Jandalin* deve ficar pronta para voar em cinco minutos.

— O que houve? — Thrass exigiu saber conforme ele e Thrawn também se levantavam. — Auxiliar sênior?

— Apressem-se, ou ficarão para trás — foi tudo que Lappincyk disse sobre o próprio ombro. Aumentando o passo, ele deu um tapa no controle da escotilha e desapareceu pela abertura.

— Thrawn? — perguntou Thrass enquanto corriam para alcançá-lo.

— Eu não sei — Thrawn respondeu. — Eu sabia que a situação era ruim, mas não sabia que era *tão* ruim assim. Venha; vamos ver o que conseguimos descobrir.

CAPÍTULO DOZE

No começo da corrida enlouquecida da *Falcão da Primavera* até Nascente, Samakro havia percebido que, no que dizia respeito à Sky-walker Che'ri, só havia três possíveis conclusões.

A primeira era que Che'ri teria êxito. Considerando a fadiga que a garota ainda estava suportando da corrida anterior e igualmente enlouquecida até Rapacc, ele não tinha muita esperança quanto a essa. A segunda possibilidade era que seu cérebro e seu corpo simplesmente desistiriam em alguma parte do trajeto e a colocariam em um sono profundo do qual não poderia ser acordada até que fosse tarde demais para intervir no que quer que Thrawn e os Paccosh estivessem planejando. Esse resultado, na opinião de Samakro, era o mais provável.

E, então, havia a terceira opção: a possibilidade de que Che'ri se esforçaria tanto que passaria de todos seus limites físicos e entraria em colapso em algum tipo de disfunção psicótica.

Isso seria desastroso, e não apenas para Che'ri. Embora os médicos provavelmente pudessem curá-la depois que a *Falcão da Primavera* voltasse mancando para Naporar, ele e Thalias seriam jogados naquele mesmo cenário de fim de carreira que avisou que aconteceria se ela e Che'ri concordassem com essa loucura.

Samakro não tinha como saber qual era a chance disso acontecer. Francamente, estava com medo de até mesmo pesquisar o assunto.

Ainda assim, as horas e os dias passavam, e o plano parecia estar funcionando. Che'ri continuava a guiar a nave através do Caos seguindo o trajeto que Azmordi lhe fizera, realizando seus descansos quando dizia o protocolo, comendo refeições quando estava com fome ou quando Thalias insistia, e dormindo as quatro horas por dia que Samakro calculou ser o máximo que poderia permitir que ela tivesse. A cada descanso, Samakro checava o progresso da *Falcão da Primavera* e confirmava que ela seguia em seu curso e, durante os breves períodos de sono de Che'ri, Azmordi ou um dos outros pilotos da nave continuavam o progresso salto por salto.

E, por fim, para o alívio e surpresa de Samakro, chegaram lá.

— Só mais um salto breve e chegamos, capitão intermediário — relatou Azmordi, oferecendo seu questis para Samakro. — Consigo lidar com ele sozinho se quiser deixar a Sky-walker Che'ri dormir um pouco.

— Ela sem dúvida precisa. — Samakro verificou os dados no questis e confirmou que a *Falcão da Primavera* estava situada corretamente para a chegada em Nascente. Notou que o único salto especificado por Azmordi levaria só uns cinco minutos. — Vá prepará-lo — disse, devolvendo o questis. — Vou dizer a ela que já terminou.

Che'ri estava na escrivaninha do escritório de dever, acabando as últimas mordidas dos quadrados de fruta com tiras de carne que havia pedido para o almoço de hoje. Thalias estava parada sobre ela, pronta para tirar o prato vazio e segurando uma caixa de suco fresco pronta para ser tomada. Ambas olharam para Samakro quando ele entrou.

— Como vocês duas estão? — perguntou enquanto andava até elas.

— Acho que estamos bem — disse Thalias. — Che'ri?

— Estou bem — falou a garota. — Estamos prontos para ir?

— *Nós* estamos prontos — corrigiu Samakro. — *Vocês* estão prontas para irem dormir.

— Não — disse Che'ri, sacudindo a cabeça. — Ainda não. Eu preciso terminar.

— Você praticamente acabou — Samakro falou, firme. — É um pulo de só cinco minutos, e então um salto dentro do sistema e estaremos lá. O Tenente Comandante Azmordi pode lidar com isso de olhos fechados.

— Não, a Che'ri tem razão — disse Thalias. — Ela precisa fazer isso. O horário… É ela que precisa fazer, só isso.

— Ah, é? — Samakro as olhou de perto. As pálpebras de Che'ri estavam caindo, e seu rosto parecia magro e um tanto pálido. Mas, fora isso, seus olhos pareciam brilhantes e alertas. Alertas demais, na verdade, para alguém que havia dormido tão pouco quanto ela nos últimos dias.

Olhos brilhantes.

— Termine seu almoço e podemos conversar — disse Samakro. — Cuidadora, eu gostaria de falar com você ali fora, se puder.

— É claro — disse Thalias, entregando a caixa de suco para Che'ri. — Beba um pouco mais de suco, Che'ri. Eu volto em um minuto.

Uma ponte com toda a tripulação presente não era o local ideal para uma conversa privada. Mas, neste exato momento, era mais importante que Che'ri estivesse fora dessa conversa em particular.

— Muito bem — disse Samakro em voz baixa enquanto a escotilha do escritório se fechava atrás dele. — Sou todo ouvidos.

— O que quer ouvir? — perguntou Thalias.

— Você sabe o quê — grunhiu Samakro. — Che'ri está bem mais alerta do que deveria estar depois dessa maratona. É a Magys que está brincando com o cérebro dela?

— Eu não sei — disse Thalias, cansada, esfregando os olhos. — A Che'ri... Ela só quer terminar o serviço, capitão intermediário, nada mais. Ela precisa *terminar* o serviço.

— Por quê? — rebateu Samakro. — Nós chegamos. O serviço terminou. O que mais a Magys quer que ela faça?

— Eu não sei — Thalias disse outra vez. — Ela não quer me contar. Talvez ela mesma não saiba.

— Isso não é bom o bastante, cuidadora. — Samakro sacudiu a cabeça. — Eu preciso de respostas. — Ele a observou de perto. — Também aceito especulação, se for tudo que você tiver.

— Não sei se tenho nem mesmo algo *tão* sólido assim. — Thalias exalou, uma respiração longa que pareceu dolorida. — Pelo que consigo entender, a Magys consegue... Não sei. Ver ou saber de coisas que vão acontecer.

Samakro sentiu a nunca formigar. Já era ruim o bastante que a Magys afetasse a sky-walker da *Falcão da Primavera* a anos-luz de distância. Mas, se também estivesse manipulando a menina em direção ao futuro e a coisas que nem tinham acontecido ainda, seria muito pior.

— Isso é absurdo — disse.

— Talvez seja — admitiu Thalias. — É possível, na verdade. E não, não tenho nenhuma prova de que é isso que está acontecendo. Mas pense sobre o assunto. Ver o futuro não é exatamente o que uma sky-walker consegue fazer?

— É diferente — insistiu Samakro. — Sky-walkers só conseguem ver alguns segundos à frente, e apenas eventos como obstáculos no hiperespaço governados apenas pela física. Você está falando, o quê? Horas? Dias? E tudo isso envolvendo outras pessoas fazendo coisas e tomando as próprias decisões. Como seria possível algo assim?

— Não sei — confessou Thalias. — Mas eu fico pensando em como chegamos a Rapacc a tempo de evitar que as naves de guerra Kilji atacassem e sequestrassem o povo da Magys. O único motivo pelo qual chegamos na hora que chegamos foi porque Che'ri estava tendo pesadelos terríveis.

— Segue sem ser possível — disse Samakro.

Mas e se fosse? Porque ele precisava admitir que havia uma certa lógica naquilo.

A Magys carregava o fardo da responsabilidade sobre seus refugiados, e tinha uma conexão com algo que chamava de Além. Che'ri era uma sky-walker, com a habilidade de usar a Terceira Visão para ver alguns segundos no futuro. A Magys precisava proteger seu povo e seu mundo. Che'ri era próxima de Thrawn, a quem a Magys agora proclamava o Guardião de seu povo. Será que as duas poderiam estar misturando essas conexões emocionais e combinando suas habilidades individuais?

— Está bem — disse. — Sigo sem acreditar, mas estou disposto a ser convencido. Vá ver como Che'ri está. Se ela ainda achar que consegue lidar com a abordagem, faça ela ir até a estação de navegação. — Ele ergueu um dedo para ela. — Se achar que ela está exausta demais... Na verdade, se houver alguma dúvida em sua mente, você vai levá-la à suíte agora mesmo e colocá-la na cama. Está claro?

— Sim, senhor — disse Thalias. — Obrigada.

Ela abriu a escotilha do escritório e desapareceu ali dentro. Samakro continuou parado mais um momento, e então voltou à cadeira de comando.

Estava verificando o estado de combate da *Falcão da Primavera* quando Thalias e Che'ri voltaram para a ponte e foram até a estação de navegação. A menina andava de forma um pouco instável, Samakro notou, mas, fora isso, parecia bem.

Azmordi virou-se e olhou para Samakro, as sobrancelhas erguidas em uma pergunta silenciosa. Samakro respondeu assentindo. Azmordi assentiu de volta e passou o controle de voo para a estação da sky-walker.

Dois minutos depois, com Che'ri de volta à Terceira Visão, a *Falcão da Primavera* estava no hiperespaço. Cinco minutos depois disso, chegaram ao sistema de Nascente.

— Sensores: varredura completa — mandou Samakro. — Tenente Comandante Azmordi: localize o planeta.

— Alcance de combate está claro — relatou Dalvu da estação de sensores. — Alcance médio, claro. Alcance de longa distância... claro.

— Nascente localizada, capitão intermediário — acrescentou Azmordi. — Computando salto interno no sistema.

— Não — disse Thalias com uma voz trêmula. — Ainda não.

Azmordi franziu o cenho, virado para Samakro.

— Capitão intermediário? — perguntou.

— Só um momento, tenente comandante — disse Samakro, vendo Thalias se abaixar e manter uma conversa sussurrada com Che'ri. Esperou até ela se endireitar e virar para ele. — Tem alguma explicação, cuidadora? — perguntou.

— Ela disse que não podemos nos aproximar, capitão intermediário — disse Thalias. — Quero dizer, que não *devemos* nos aproximar. Ainda não chegou a hora.

— E você faz ideia quando *será* a hora?

Mais uma vez, Thalias se abaixou por alguns segundos, falando com a menina meio escondida pela cadeira de navegação.

— Nós saberemos, senhor — assegurou Thalias. Seu lábio tremia. — *Ela* saberá.

Por um momento, a ponte ficou em silêncio.

— Muito bem — disse Samakro. — Vamos esperar aqui por enquanto. Comandante Sênior Afpriuh, confirme que todos os sistemas e tripulações de armas estejam a postos.

— Sim, senhor.

A conversação normal da ponte retornou, apesar de que de forma mais contida do que de costume. Samakro verificou os painéis, fez avaliações rápidas com a tripulação da ponte, e fez todas as outras coisas que um comandante Chiss deveria fazer quando estava se preparando para a ação.

Mas, principalmente, observou Thalias, parada e rígida atrás do assento de Che'ri. Se a cuidadora sequer *parecesse* prestes a pegar no sono de pé, ele faria com que as duas fossem sumariamente arrastadas de volta à suíte e jogadas nas próprias camas.

Na verdade, essa poderia ser a melhor coisa a se fazer, estivessem meio adormecidas ou não. Porque Thalias claramente não havia pensado direito sobre isso.

A Magys não havia exagerado essas habilidades da Terceira Visão quando subiu a bordo da *Falcão da Primavera* pela primeira vez. Houve muitas coisas naquele momento que a surpreenderam, decisões demais que, sem dúvida, poderia ter ajustado ou revogado se conseguisse ver ao menos uma hora no futuro. Foi só depois de passar hibernando nas proximidades de Che'ri por várias semanas que essa conexão havia acontecido. A lógica normal poderia não funcionar aqui, mas Samakro presumia que havia uma chance considerável de que essa conexão também se dissiparia quando as duas ficassem separadas por tempo suficiente.

A Magys conseguira seu primeiro sucesso com a intervenção em Rapacc. Agora, se tudo corresse da forma que Che'ri e Thalias claramente esperavam que corresse, a estrangeira estava prestes a ganhar de novo. Dois triunfos seguidos deveria ser uma confirmação ampla de que agora ela possuía um poder impressionante e incrivelmente útil.

E se ela decidisse que não queria abrir mão desse poder?

As sky-walker são a chave para nossa missão inteira, Samakro dissera a Thalias uma vez. *Precisamos proteger esses recursos ao máximo.*

E ele protegeria. Contra qualquer força ou manipulação que pudesse surgir contra ela.

Não importava qual fosse o custo.

Com um último toque da Grande Presença, Qilori levou a *Aelos* para fora do hiperespaço.

Haviam chegado ao sistema designado por Thrawn, o que chamou de Nascente, no qual o outro Desbravador chegara algumas horas antes. Ao menos, haviam provado que a dedução de Thrawn quanto ao destino da *Martelo* estava correta.

Os Paccosh estavam prontos. Todos estavam vestidos em trajes de comando de combate pesado, cobertos do topo da cabeça aos pés de dedos espalmados, apesar das cristas emplumadas terem sido deixadas curiosamente descobertas. Thrawn estava vestido de forma parecida para a ocasião, trajando uma versão blindada do uniforme militar Chiss de sempre.

E Qilori seguia sem fazer a mínima ideia do que, exatamente, estava acontecendo.

Sabia de uma coisa, porém. Durante seu período como Desbravador, havia visto centenas de planetas diferentes. Havia visto mundos grandes, pequenos, mundos que não tinham nada além de colônias de mineração, mundos que eram praticamente desabitados.

Este mundo era diferente. Este mundo havia sido devastado por completo.

Encontrava evidências para onde quer que olhasse. As nuvens no lado iluminado pelo sol estavam tracejadas pelo cinza e preto da fumaça ou de destroços de explosões. Os trechos visíveis de terra debaixo deles estavam chamuscados, com meros trechos de verde desbotado ou o brilho pálido de rios e pequenos lagos contaminados. Não conseguia ver luzes de cidades ou viagens em qualquer parte do lado noturno.

E Thrawn, que evidentemente já vira o panorama catastrófico que agora se esticava diante deles, havia escolhido chamar o lugar de *Nascente*?

— Eles estão aqui? — exigiu saber Uingali, assomando-se de repente atrás de Qilori como uma furiosa nuvem de tempestade ao olhar para a panorâmica da ponte. Ele se virou de leve, a arma massiva no coldre do quadril ficando desconfortavelmente perto da lateral da cabeça de Qilori. — Piloto?

— Lá! — anunciou um dos Paccosh de sua estação. — Duas naves, design estrangeiro, em uma órbita planetária baixa e sincronizada.

Qilori inclinou-se um pouco para frente, tentando ver para onde o estrangeiro estava apontando. Não adiantava — seus olhos não eram bons o bastante para nem mesmo discernir o ponto que deveria ser tudo que era visível àquela distância.

— Por que eles estão tão longe? — perguntou Uingali.

— Nós chegamos a um ponto mais distante do que o planejado — disse o piloto.

— Foi você que fez isso, Desbravador? — perguntou Uingali, uma pontada de suspeita colorindo sua voz.

— Não foi escolha minha — protestou Qilori, as asinhas achatadas contra a bochecha. — Esta área do hiperespaço é incomumente difícil de navegar. Fiz o melhor que pude para seguir sua diretiva.

— E, ainda assim, não obteve êxito.

— Eu fiz o melhor que pude — repetiu Qilori.

— Está tudo bem, Uingali foar Marocsaa — disse Thrawn da parte traseira da ponte. — A navegação é de fato difícil aqui.

— Vem daqueles unidos com o Além — a voz estrangeira que Qilori ouvira uma vez antes veio de algum lugar perto de Thrawn. — Eles procuram proteger seu mundo de invasores.

— Eles não impediram os Kilji que chegaram antes de nós — apontou Qilori.

— Os invasores enfrentaram as próprias dificuldades — disse a Magys. — Eles só obtiveram sucesso através do mesmo esforço do seu Desbravador.

— Pode ser verdade — disse Uingali. — O plano continua?

— Continua — confirmou Thrawn.

Uingali fez um som retumbante.

— Piloto: mostre os alvos.

— Sim, comandante. — Uma das telas da estação ao lado de Qilori se iluminou, mostrando uma vista magnificada da borda planetária e as duas naves de guerra.

Sentiu espasmos nas asinhas da bochecha. Uma das duas naves era um cruzador de piquete Kilji, sem dúvida a *Martelo*. A outra era maior, parecida em tamanho com o cruzador de batalha Kilji *Bigorna*, a nave da qual Qilori mal conseguira escapar em Rapacc.

Mas sua aparência era notavelmente diferente do que qualquer uma das Kilji. Uma nave de guerra Grysk, talvez?

Isso poderia ser ruim. Jixtus não falara muito sobre as próprias naves de guerra, mas, pelos pedacinhos de informação que Qilori havia juntado, parecia que elas eram enormes, bem armadas e extremamente formidáveis. Do lado de Uingali, em contraste, estava uma única fragata de bloqueio Nikardun e um punhado relativo de soldados Paccosh.

Além disso, tinham Thrawn. Que havia engendrado a derrota dos Nikardun em Primea, e que então arrancou o General Yiv direto da própria nave principal. O que aconteceria a seguir provavelmente seria criativo e mortal.

E Qilori, um simples Desbravador, estava preso no meio de tudo.

— Capitão Sênior Thrawn? — convidou Uingali.

— Uma é a nave que escapou de Rapacc — disse Thrawn. — A outra possui o mesmo design do Couraçado de Batalha que os Chiss enfrentaram aqui algumas semanas atrás. — Ele fez uma pausa. — E que, então, destruímos. Qilori de Uandualon: confirmação, por favor.

— Sim, aquele é o cruzador de piquete Kilji, a *Martelo* — disse Qilori. Claramente, não havia motivo para mentir ou confundir o assunto. — Não tenho informações sobre a outra nave.

— O Desbravador que você seguiu continua a bordo da *Martelo*?

— Sim — disse Qilori. — Se quiser, posso chamá-lo e pedir para conversar...

Ele parou de falar assim que a *Aelos* pulou para frente, os compensadores respondendo com atraso o bastante para dar aos seus ocupantes uma breve onda de aceleração.

— Emergência! — gritou Uingali atrás dele.

— O que foi? — ofegou Qilori, encolhendo-se em seu assento. — O que está havendo?

— Somos a nave de guerra Nikardun *Aelos*, requisitando assistência emergencial do cruzador de piquete Kilji *Martelo* — continuou Uingali no mesmo bramido. — Nossas armas e defesas foram danificadas, e há uma nave de guerra Chiss nos perseguindo. Requisitamos asilo e proteção até que possamos acabar os reparos.

Ele parou e, por um longo momento, a ponte ficou em silêncio.

— Mais uma vez — Thrawn falou baixinho.

— Emergência! — Uingali rugiu mais uma vez. — Somos a nave de guerra Nikardun...

— Nikardun, como você encontrou este lugar? — cuspiu uma voz dura no alto-falante da ponte.

— Precisamos de assistência... — começou Uingali outra vez.

— Como você encontrou este lugar? — a voz interrompeu. — Você não tem propósito aqui.

— Nós resgatamos o navegador Desbravador da *Bigorna* — disse Uingali. — Foi ele que nos guiou até aqui.

— Você mente — acusou a voz. — Nenhum dos Desbravadores foi avisado com antecedência deste mundo.

As asinhas das bochechas de Qilori enrijeceram ao olhar furtivamente por cima do próprio ombro para Thrawn, que estava parado em silêncio ao lado de Uingali. A habilidade dos Desbravadores de sentir e seguir uns aos outros no hiperespaço era o segredo mais profundo e perigoso da Associação de Navegadores, um que Thrawn prometera a Qilori manter para si. Se ele e Uingali estivessem prestes a estraçalhar os muros que a associação construíra com tanto cuidado ao redor de si, os resultados poderiam ser desastrosos.

— O Desbravador me falou que o capitão Kilji contou segredos que não deveria ter contado — disse Uingali. — Um erro que nós, Nikardun, nunca cometeríamos.

— Você não respeita muito nossos aliados Kilji, então?

Qilori estremeceu. Ele já estava pensando que aquela voz não soava como a voz de um Kilji. Mas, agora, com essa nova camada de arrogância, percebeu como ela o fazia lembrar muito mais de Jixtus.

O que sugeria fortemente que, sim, uma nave de guerra Grysk estava de guarda ao lado da *Martelo*.

Olhou novamente para a imagem magnificada da tela mais próxima. A única nave Grysk que havia visto era o transporte pessoal de Jixtus, que não se parecia em nada com essa nave.

Ou, ao menos, não parecia para ele. Será que Thrawn pensava diferente? Ele já a identificara como semelhante ao Couraçado de Batalha que os Chiss haviam enfrentado e destruído, mas será que percebia que essas naves pertenciam aos Grysk?

— Respeito muito pouco um capitão que foge da batalha — disse Uingali com desdém —, deixando uma nave companheira e aliada para encarar os assassinos Chiss sozinhos. A outra Kilji pagou com a vida; e logo faremos o mesmo a não ser que nós três fiquemos lado a lado.

— Não vejo sinal de perseguição — disse a voz. — Mas pode se aproximar para discutirmos sua situação. — Ele fez uma pausa. — E, talvez, sua verdadeira identidade.

— Eu aguardo ansiosamente esse momento — falou Uingali. — E, enquanto isso, o encorajo a se preparar para o combate. Vendo ou não a perseguição, ela está se aproximando.

— Se estiver mentindo, morrerá lentamente, e com muita dor — a outra voz ficou mais fria. — Mas espero muito que não esteja. Os Chiss tiraram as vidas de muitos do meu povo. É hora de equilibrarmos a balança.

Thalias estava de pé atrás da cadeira da estação de navegação, indo e voltando de sonhos ainda acordada, e perguntando-se de forma distante quando tudo isso acabaria, quando Che'ri arquejou de repente.

— O que foi? — Thalias perguntou bruscamente, agora totalmente acordada. — Che'ri?

— Eles estão aqui — disse Che'ri.

— Já estava na hora — Samakro falou, seco. — Azmordi, confirme as coordenadas do salto interno no sistema, e prepare-se para executá-lo.

— Não, espera — disse Che'ri com urgência. — Não é... Foi mudado. É um local diferente.

— O que quer dizer com um lugar diferente? — perguntou Samakro. — Onde, exatamente? Você tem as coordenadas?

— Eu não consigo... É só um pouco... — Che'ri choramingou. — Eu não tenho... Não consigo...

Samakro murmurou algo.

— Dalvu, varredura completa — ordenou. — Encontre-os, descubra o que mudou e para onde precisamos ir.

— Isso vai requerer sensores ativos, capitão intermediário — avisou a oficial de sensores.

— Eu sei — grunhiu Samakro. — Mas é isso ou fazemos o salto planejado e torcemos para a Sky-walker Che'ri estar errada.

— E se Che'ri fizer o salto? — falou Thalias.

— Quê? — Samakro franziu o cenho para ela.

— Eu perguntei, e se Che'ri fizer o salto? — repetiu Thalias, tentando não demonstrar a própria surpresa. Ela só estava planejando perguntar por que sensores ativos seriam um problema.

Só que a outra pergunta foi a que apareceu em sua cabeça e saiu de sua boca.

— Ela já fez saltos internos antes — falou a Samakro. — Mesmo que ela não consiga explicar ao Tenente Comandante Azmordi para onde ele precisa ir, talvez ela consiga nos levar até lá sozinha.

O olhar de Samakro passou ligeiramente dela para Che'ri.

— Sky-walker? — perguntou.

— Ela aprendeu a fazê-los quando ela e o Capitão Sênior Thrawn exploraram a fronteira do Espaço Menor — acrescentou Thalias antes de Che'ri poder responder. — Ela me contou...

— Eu perguntei para a sky-walker, cuidadora, não para você — cortou Samakro. — Sky-walker?

— Sim, senhor — Che'ri conseguiu dizer, apesar de ela não parecer muito confiante aos ouvidos de Thalias. — Acho que sim.

— *Acha* que sim?

— Eu consigo — disse Che'ri, mais confiante agora.

— Bem melhor — respondeu Samakro. — Azmordi, transfira o controle.

— Sim, senhor — disse o piloto, e a seção do leme do painel de Che'ri se iluminou mais uma vez ao ficar ativa.

Che'ri curvou os ombros para frente e colocou as mãos timidamente nos controles.

— Você consegue, Che'ri — murmurou Thalias. — É só ir no seu tempo.

— Eu não consigo — Che'ri murmurou de volta. — Não tem nada. — Ela se preparou... Suas mãos se contraíram...

Abruptamente, a visão do lado de fora mudou. Nascente, que estava longe demais para ser vista, agora preenchia quase um quarto da paisagem estelar. Mais à frente, Thalias conseguia ver as formas vagas de duas naves distantes perto do planeta. Entre essas naves e a *Falcão da Primavera* havia um terceiro veículo, afastando-se do cruzador Chiss e indo em direção ao planeta.

— Alcance de combate: uma nave de guerra — relatou Dalvu. — Identificação... É a *Aelos*.

Thalias franziu o cenho ao ver a imagem da nave escapando na tela de sensores.

— Como dá para saber que não é outra nave Nikardun? — perguntou.

— Olhe a parte inferior — disse Samakro, a voz soando distraída. — O design de cobras múltiplas.

— Certo... Consigo ver. — Thalias se sentiu uma tola. O símbolo pintado na superfície ventral da fragata de bloqueio era sutil, mas visível o bastante do ângulo da *Falcão da Primavera*: um ninho de pequenas cobras estilizadas com duas maiores se curvando para cima sobre elas, entrelaçadas conforme alcançavam a proa da nave. Era o emblema do subclã de Uingali foar Marocsaa, combinando com o anel duplo que Uingali dera a Thrawn para que o guardasse quando os Nikardun ainda estavam bloqueando e ameaçando seu mundo.

Então, lá estavam o Capitão Sênior Thrawn e os Paccosh, indo diretamente até as duas naves desconhecidas.

— Nós vamos atacar? — perguntou.

— Sky-walker, você tem mais alguma instrução? — perguntou Samakro, ignorando a pergunta de Thalias. — Sky-walker?

Não houve resposta. Franzindo a testa, Thalias olhou para baixo só para encontrar Che'ri curvada sobre a cadeira, os olhos fechados, as mãos imóveis em seu colo, a respiração lenta e estável.

— Ela dormiu, capitão intermediário — falou.

— Não me surpreende — disse Samakro. — Tudo bem. Quando em dúvida, siga o líder. Me passe a comunicação.

— Toda sua, capitão intermediário.

Samakro limpou a garganta.

— Naves não identificadas, aqui quem fala é o Capitão Intermediário Samakro da nave de guerra *Falcão da Primavera*, da Frota de Defesa Expansionária Chiss — falou na língua comercial Taarja. — Vocês estão perto de nossa presa. Afastem-se da fragata de bloqueio Nikardun *Aelos* ou sofram a humilhação de se tornar danos colaterais.

O único aviso de Qilori foi um grito do oficial de sensores. Ele olhou de um lado para o outro entre as telas, as asinhas enrijecendo.

Lá, diretamente à popa: uma quarta nave de guerra havia se juntado às três que já estavam no sistema de Nascente, os propulsores ardendo enquanto ela voava até eles.

Suas asinhas enrijeceram contra as bochechas ao procurar os controles. Não havia tempo para pegar o equipamento sensorial, mas talvez ainda conseguissem fugir para o hiperespaço antes que a nave atrás deles abrisse fogo. Não sabia se conseguiria alcançar a Grande Presença com a distração de sons e visões diante dele, mas tinha que ao menos tentar. Se deixasse a *Aelos* adentrar demais o poço gravitacional de Nascente, seriam pegos entre as duas forças sem ter como fugir. Alcançou os controles, descobrindo que, para seu horror, eles já haviam sido desvinculados...

— Naves não identificadas, aqui quem fala é o Capitão Intermediário Samakro da nave de guerra *Falcão da Primavera*, da Frota de Defesa Expansionária Chiss — uma voz retumbou no alto-falante da ponte. — Vocês estão perto de nossa presa. Afastem-se da fragata de bloqueio Nikardun *Aelos* ou sofram a humilhação de se tornar danos colaterais.

As asinhas de Qilori ficaram completamente rígidas. A *Falcão da Primavera* realmente os seguira até lá?

Isso era ruim. Muito ruim. Ouvira partes da discussão entre Thrawn e seu primeiro oficial antes de saírem de Rapacc e, apesar de não conseguir entender as palavras em Cheunh, havia ficado claro pelo tom dos dois peles azuis que a conversa havia sido tensa. Mais do que isso, Thrawn abandonara a própria nave, e Qilori conhecia o suficiente a respeito de culturas militares para saber que tal ação era uma ofensa grave. Thrawn dissera a Uingali que havia mandado Samakro e a nave voltarem para casa; aparentemente, Samakro ignorara a ordem.

E, agora, ele chamava Thrawn e os Paccosh de presas?

— Força total nos propulsores — disse Thrawn, calmo.

A *Aelos* pulou para frente, ardendo na direção das naves de guerra Kilji e Grysk. Qilori encarou a panorâmica, perguntando-se o que Thrawn estava pensando, pelas Profundezas. Será que ele estava torcendo para conseguirem uma boa velocidade e distância da *Falcão da Primavera* e forçar a nave Chiss, maior e mais pesada, a entrar em vetor de perseguição, e então guinar para a borda do poço gravitacional, esperando que a massa inferior e melhor manobrabilidade da *Aelos* permitissem que escapassem?

Valia a pena tentar. E, se essa fosse a estratégia, a nave precisaria que seu navegador estivesse pronto para o hiperespaço. Pegou o equipamento, alisando as asinhas para botá-las de volta no lugar para elas não atrapalharem, e se preparou para colocá-lo.

— Não vai precisar disso.

Qilori girou a cabeça. Thrawn contemplava a panorâmica, vendo o planeta e as naves distantes, sem sequer olhar na direção de Qilori. Ainda assim, havia ficado claro que as palavras eram dirigidas a ele.

— Senhor? — perguntou Qilori.

— Você não vai precisar do equipamento — disse Thrawn. — Uingali?

— Emergência! — berrou Uingali. Novamente, Qilori encolheu-se com o barulho repentino. — Os Chiss chegaram, e nossas armas continuam sem funcionar! Precisamos desesperadamente de asilo.

— Pode se aproximar, Nikardun — disse a voz de antes, agora quase ronronando de expectativa. — Tragam os Chiss até nós, até a perdição deles.

— Não vão se arrepender — disse Uingali. — Mesmo agora, trabalhamos com zelo desvairado para reparar nossas armas. Quando chegarmos à segurança, sua linha de batalha terá os poderosos Nikardun ao seu lado.

— Ficaremos muito gratos de acrescentar a força de suas grandes armas às nossas — disse o outro, uma camada densa de sarcasmo colorindo a expectativa da voz. — Pode se posicionar a bombordo da nave de guerra Kilji *Martelo*. Apresse-se, para enfrentarmos juntos essa ameaça.

Qilori respirou fundo. Ao menos agora ele finalmente havia entendido o plano. O Capitão Intermediário Samakro não estava genuinamente furioso com Thrawn, nem planejava atacá-lo. Samakro estava meramente atuando para o benefício dos Kilji e dos Grysk, persuadindo-os de que a nave Nikardun estava em perigo. Assim que Thrawn e os Paccosh estivessem dentro da defesa de ponto da *Martelo*, eles abririam fogo contra ela à queima-roupa. A esperança era que pudessem incapacitá-la antes de ela poder causar qualquer dano, enquanto a *Falcão da Primavera* atacava a nave Grysk de forma similar.

Precisava admitir que era um plano ousado. Também era aposta perigosa, enorme. Qilori havia visto batalhas suficientes da ponte da nave chefe do General Yiv para perceber que, apesar da *Falcão da Primavera* provavelmente ser só ligeiramente menos poderosa do que a nave de guerra Grysk que a aguardava, a *Aelos* não era páreo algum para o cruzador de piquete Kilji para o qual se dirigiam a toda velocidade. Mesmo que Thrawn pudesse disparar primeiro — e segundo, terceiro e todas as vezes seguintes —, os Paccosh provavelmente seriam dominados.

— Diga-me, você é competente com armas? — perguntou Thrawn.

As asinhas de Qilori tremularam. Que tipo de pergunta era essa? Ele certamente não poderia estar convidando Qilori a assumir o console de armas, poderia?

— Não, nem um pouco — falou. — Sou um navegador, não um especialista em armamento.

— Eu sei — disse Thrawn. — Eu estava perguntando a respeito de armas de mão, não navais.

E, com um pulo das asinhas rígidas, Qilori finalmente entendeu. Thrawn não pretendia chegar perto do cruzador de piquete Kilji e trocar disparos lasers.

Ele e os Paccosh pretendiam embarcá-lo.

— Eu... Não, não sou — conseguiu dizer. Não, certamente Thrawn não pensava em arrastá-lo até o centro do ataque. — A Associação de Navegadores não nos permite carregar armas.

— Também não perguntei isso — disse Thrawn. — Mas não importa. Eu e os Paccosh o protegeremos.

— Você não pode fazer isso, senhor — implorou Qilori, as asinhas agora vibrando em alta velocidade. — Se a associação descobrir algum dia que estive envolvido em uma ação militar, eu serei expulso instantaneamente.

— Acho que é provável que eles sejam muito mais caridosos do que isso com você — disse Thrawn. — Certamente o serão, assim que descobrirem que seu envolvimento só aconteceu para ajudar a resgatar outro Desbravador.

Qilori o encarou.

— *Resgatar*...?

— Comandante, eles nos pegaram com um raio trator — interrompeu o piloto.

— Mantenha o curso — disse Uingali. — Não tente se soltar. Capitão Sênior Thrawn?

— Eles querem controlar nossa chegada. — Thrawn foi até o lado de Uingali e estudou o leme e as telas de sensores. — Você tem um ponto de início?

— A borda externa do aglomerado de armas do ombro a bombordo — falou o piloto, apontando para um esquema parcial da *Martelo* que agora aparecia em uma das telas.

— Perto da doca de atracagem na região central da nave — comentou Uingali.

— Imagino que o plano deles seja nos estacionar ao lado do projetor de trator — disse Thrawn. — Isso nos deixará posicionados abaixo do aglomerado de armas, onde não poderemos danificá-lo.

— E nos deixará longe o bastante da portinhola da doca, para não termos acesso fácil ou imediato à nave — acrescentou Uingali.

— De fato — disse Thrawn. — Acho que podemos modificar o plano deles um pouco.

— Acho que podemos — concordou Uingali com um divertimento sinistro. — Armas?

— A rede Incapacitadora está pronta para ser usada — confirmou um dos Paccosh.

Qilori olhou para o monitor de armas, tentando, sem sucesso, decifrar o alfabeto Paccosh que não entendia. *Rede Incapacitadora* — que tipo de arma *isso* poderia ser?

Não fazia a mínima ideia. Mas o marcador laranja que começara a piscar parecia estar localizado perto de um dos tubos de mísseis dianteiros da *Aelos*. Será que a rede Incapacitadora era algum tipo de míssil Chiss do qual nunca ouvira falar?

— Prepare o lançamento, ao meu sinal — disse Thrawn. Ele olhou para Qilori, que ficou com a impressão de que o Chiss estava quase sorrindo. — Não se preocupe, Desbravador. Vai terminar em breve. — Os olhos vermelhos e brilhantes cintilaram quando ele se virou para a panorâmica e para a nave Kilji dirigida a eles. — Muito em breve.

CAPÍTULO TREZE

SAMAKRO PRESUMIRA QUE TANTO Thalias quanto Che'ri teriam que ser carregadas de volta à suíte, e havia se certificado de que haveria guerreiros disponíveis para o transporte. Surpreendeu-se um pouco ao ver que Thalias conseguiu sair da ponte sozinha, e conseguiu até mesmo acordar Che'ri o suficiente para que ela cambaleasse junto com ela. Samakro certificou-se de que os guerreiros fossem com elas assim mesmo, caso elas desmaiassem na metade do caminho até a suíte.

Então elas se foram, e a escotilha da ponte foi selada atrás delas.

E Samakro finalmente pôde trabalhar.

— Afpriuh: relatório — disse, voltando a se acomodar na cadeira de comando.

— Barreiras ao máximo, armas e tripulação de armas prontas — informou Afpriuh. — Ainda nenhum ataque de Inimigos Um e Dois.

— Inimigo Dois colocou um trator no Capitão Sênior Thrawn — acrescentou Dalvu. — Parece que ele está sendo puxado para a doca de atracagem na parte central da nave.

Samakro assentiu. Até agora, o cenário estava se desencadeando exatamente da mesma forma que Thrawn havia antecipado, com os Kilji e sua companheira não identificada permitindo que a *Aelos* passasse por suas defesas de ponto e ficasse sob sua proteção.

Apesar de que, como Thrawn também havia previsto, e como o próprio Samakro agora reconhecia, havia pouco altruísmo envolvido no ato. Com Samakro tendo feito barulho ao proclamar sua intenção de capturar ou destruir a fragata de bloqueio Nikardun, o comandante inimigo estava brincando com essa obsessão aparente na esperança de fazer a *Falcão da Primavera* se aproximar o suficiente para começar um ataque fulminante, idealmente dentro do poço gravitacional de Nascente, do qual não seria fácil escapar.

— Azmordi, aumente a velocidade para combinar com a deles — mandou. — Quero emparelhar com eles lentamente, mas também quero ficar fora do alcance laser dos inimigos até o Capitão Sênior Thrawn agir. Pode fazer isso?

— Sem problema, senhor — Azmordi assegurou, curvando sobre os controles do leme.

A *Falcão da Primavera* saltou para frente. Samakro ficou de olho na tática, observando enquanto as duas naves se aproximavam dos inimigos à espera. Como sempre, acertar o tempo de cada coisa seria crucial.

O tempo que Samakro quase estragou.

Havia presumido que Thalias teria vindo confrontá-lo assim que a *Falcão da Primavera* e a *Aelos* partissem de Rapacc, cada uma em direções diferentes. Se ela tivesse feito isso, poderia ter tido a conversa necessária com ela naquele momento, e não teria tido que passar as cinco horas seguintes mandando a nave de volta para a Ascendência.

Mas Thalias pegou no sono, e a conversa foi deixada para depois e, como resultado, eles saíram consideravelmente da rota, a ponto de que Che'ri precisou forçar os limites de verdade para poder levar a *Falcão da Primavera* até lá a tempo.

Mas Samakro não teve escolha além de participar dessa pequena farsa. Se Thalias ainda estivesse atuando como espiã do Patriarca Thurfian, permitir que ela visse Thrawn desobedecer a ordem de Ba'kif de voltar para Naporar *e* mais uma vez tentar driblar a proibição contra combate preventivo daria a Thurfian uma dose dupla e fresca de munição.

Não que Thrawn não tivesse a autoridade, como comandante na cena, de revogar a ordem de Ba'kif a respeito de um retorno veloz. Não que o capitão sênior também não estivesse navegando com Uingali a bordo de uma nave Pacc, onde as proibições da Sindicura eram irrelevantes. Thurfian e os membros da Sindicura que já tinham predisposição para desgostar de Thrawn ainda teriam encontrado uma forma de usar isso contra ele, e possivelmente teriam arrastado todos os outros oficiais da *Falcão da Primavera* junto com ele.

Mas, na situação presente, tudo que Thalias poderia contar ao Patriarca que a patrocinava era que Thrawn havia aceitado um pedido de ajuda, e que foram ela e Che'ri que forçaram Samakro a ir atrás dele. O Conselho e a Sindicura poderiam não gostar de algumas coisas, mas ao menos não receberiam ligações exigindo o massacre da carreira de todos a bordo.

Presumindo, claro, que Thrawn fosse bem-sucedido.

— Dez segundos para que a rede Incapacitadora seja usada no Inimigo Dois — disse Afpriuh. — Ordens de mira, senhor?

Samakro espiou a tela tática. Inimigo Um, a maior das duas naves e a que parecia uma versão menor do Couraçado de Batalha que os Chiss haviam enfrentado duas vezes sobre Nascente, ainda não havia feito nenhum gesto agressivo contra a *Falcão da Primavera*. Isso, de acordo com a rígida doutrina da Sindicura, significava que a *Falcão da Primavera* não podia disparar contra eles.

Por outro lado, o Inimigo Dois, a nave Kilji que estava rebocando a Aelos na própria direção, havia disparado contra eles em Rapacc. O que significava que eram um alvo legítimo.

E, até mesmo na distância da *Falcão da Primavera*, uma barragem de mísseis invasores ou esferas de plasma poderiam causar um estrago e tanto na habilidade deles de lutar. Era a coisa mais óbvia que a *Falcão da Primavera* poderia fazer.

— Nenhuma ordem de mira — respondeu ao oficial de armas.

Mas ninguém nunca disse que os planos de Thrawn eram óbvios.

— Dez segundos para uso — exclamou Uingali, sua voz ecoando pela ponte ao ser captada pelo microfone e enviada a todos os alto-falantes da nave. — Tripulação, preparar; soldados, a postos. Capitão Sênior Thrawn: às suas ordens.

Qilori pressionou as pontas dos dedos contra a placa de metal da armadura leve que os Paccosh haviam colocado nele há apenas dois minutos. Até aquele exato momento, ele havia torcido para que Thrawn estivesse mentindo a respeito de arrastá-lo para seja lá o que tinham planejado para essa invasão inconsequente. Mas agora era dolorosamente claro que o pele azul estava falando muito sério.

— Use-a — disse Thrawn. Através da panorâmica, Qilori viu um pacote escuro ser lançado de um dos tubos de mísseis da *Aelos* e ir até o aglomerado de armas da *Martelo*.

Suas asinhas palpitaram. Não viu emissões de motor, nem a forma elegante dos mísseis. Na verdade, paradoxalmente, mesmo conforme ela se afastava rapidamente, seu tamanho aparente não parecia mudar. Será que estava ficando maior, de alguma forma? Mesmo enquanto quebrava a cabeça em relação ao paradoxo, ela parecia saltar mais à frente, provavelmente presa pelo meio raio trator que continuava puxando a *Aelos* em direção à sua posição final. O objeto atingiu a lateral do aglomerado de armas — houve uma centelha de luz difusa que indicava uma descarga elétrica violenta da rede Incapacitadora dentro do projetor de trator...

E a *Aelos* se sacudiu repentinamente quando o raio trator foi cortado.

— Com força a bombordo — mandou Thrawn.

Um instante depois, Qilori foi jogado contra os cintos restritores conforme a nave fazia um ângulo brusco à esquerda, para longe do aglomerado de armas da *Martelo* e na direção de seu casco. Mal tivera tempo para ver que estavam indo direto para a portinhola da doca...

Em uma última investida dos propulsores de manobra da *Aelos* e um baque surdo, eles haviam chegado.

— Soldados! — bramiu Uingali ao correr até a escotilha da ponte.

Qilori teve dificuldade de se endireitar no assento depois da última manobra empurrá-lo para uma posição meio curvada...

Uma mão o alcançou e o soltou das restrições.

— Venha — ordenou Thrawn. A mão segurou a armadura do torso de Qilori com força, arrancando-o de seu assento.

A escotilha de entrada ao lado da *Aelos* estava dois deques abaixo e um quarto do caminho que levava de volta à popa. Thrawn e Qilori chegaram e encontraram as duas naves travadas uma à outra, a escotilha da *Aelos* aberta e a da *Martelo* reduzida a fragmentos chamuscados que haviam sido explodidos por descargas focadas ou cordões estilhaçantes. Quatro soldados de armadura aguardavam ao lado da escotilha, mas Uingali e o restante dos Paccosh haviam sumido.

— Continuem de guarda aqui — disse Thrawn, apontando para dois dos soldados. — Vocês vêm conosco — acrescentou aos outros dois. Sem esperar resposta, ele tirou uma arma Chiss do coldre em seu quadril, segurou o braço de Qilori com a outra mão, firme, e continuou pelo corredor.

Ficou claro em um instante que houvera uma batalha dentro da escotilha. Seis Kilji estavam jogados imóveis no convés da entrada do vestíbulo, parecendo bastante mortos. Pelos sons distantes que Qilori agora ouvia, também estava claro que a batalha não havia terminado.

— Você pode ver que eles não estavam esperando problemas — comentou Thrawn enquanto manobrava seu caminho através dos corpos jogados. — Por que lado chegamos à ponte?

— Como você sabe? — perguntou Qilori, as asinhas tremendo enquanto tentava afastar o olhar dos corpos, mas a visão o atraía de forma mórbida.

— Os Kilji não estavam em posição defensiva — disse Thrawn. — Além do mais, eles foram individualmente até o vestíbulo em vez de aparecer em esquadras. Por que lado chegamos à ponte?

Qilori inspirou, trêmulo.

— É provavelmente por ali — disse, apontando para o corredor que saía do centro do vestíbulo.

— *Provavelmente*? — um dos Paccosh perguntou em um tom agourento.

— Eu nunca estive a bordo desta nave em particular — Qilori explicou com pressa, estremecendo de ver a enorme arma de pendurar no ombro que o estrangeiro segurava. — Mas seria por aqui na *Bigorna*.

— Isso deve bastar — disse Thrawn. — Vocês dois, adiante.

— Você precisa de alguém na retaguarda, senhor — objetou o estrangeiro que havia falado antes.

Eu fico na retaguarda disse Thrawn. Precisamos ir.

Por um segundo, o estrangeiro parecia prestes a objetar. Provavelmente, Qilori suspeitava, ele havia recebido ordens de proteger o visitante pele azul e levar o trabalho a sério. Mas ele só assentiu de forma brusca e passou por Qilori, o outro estrangeiro indo até o seu lado. Com as armas a postos, os dois se apressaram para ir.

— Siga — disse Thrawn, cutucando Qilori com a arma. — Não se preocupe, eles já fizeram isso antes.

— Fizeram o quê? — perguntou Qilori, as asinhas vibrando como se estivessem em chamas. Ele morreria aqui, sabia disso. Ele seria estraçalhado a fogo laser em pedaços chamuscantes e morreria aqui mesmo.

— Entraram e capturaram uma nave inimiga — esclareceu Thrawn. — Observe as cristas emplumadas.

O movimento das asinhas de Qilori ficou mais devagar enquanto focava nos tufos delicados que saíam do topo das cabeças dos estrangeiros. Havia visto, antes, essa parte da anatomia deles sem a proteção da armadura de combate, mas ainda não fazia ideia do motivo.

— O que tem elas?

— Perceba como elas balançam no ar conforme os Paccosh seguem adiante — disse Thrawn. — Elas respondem às pequenas mudanças no fluxo de ar conforme os Kilji vêm até nós…

Abruptamente, os dois Paccosh pararam no meio do passadiço, ambos sacudindo as armas na direção da ponta direita do cruzamento entre corredores do qual o grupo se aproximava. Enquanto Qilori se perguntava o que estava acontecendo, três Kilji pularam pra fora de seus esconderijos, as próprias armas contra os invasores.

Nunca tiveram a oportunidade de usá-las. Antes que qualquer um deles pudesse acertar um único disparo, eles foram interrompidos por clarões múltiplos de fogo laser vindos das armas Pacc.

— … ou até mesmo enquanto conversam — continuou Thrawn como se nada tivesse acontecido.

Um dos Paccosh deu a volta, o laser rastreando algo atrás de Qilori. Thrawn virou-se em resposta, erguendo a própria arma. Qilori girou o pescoço para olhar; e, um instante depois, outros dois Kilji apareceram de outro cruzamento, mais uma vez morrendo de forma instantânea e inútil conforme eram interrompidos pelo brilhante fogo laser dos Paccosh, e um disparo mais sutil da arma Chiss.

— Soldado? — sugeriu Thrawn.

— Tudo livre — confirmou o estrangeiro.

— Continuamos — disse Thrawn, mais uma vez segurando o braço de Qilori para voltar a guiá-lo até a ponte. — Nosso tempo é limitado. — Ele levantou a arma. — Confio que não vá esquecer de nos avisar se precisarmos mudar de direção para alcançar a ponte.

Qilori encolheu-se para longe da arma, as asinhas achatadas.

— Não — assegurou ao Chiss. — Eu não esquecerei.

Thrawn havia estimado que levaria cinco minutos, um número que Samakro lembrava ter pensado, na hora, que parecia bastante baixo. Mas Thrawn também dissera que Samakro saberia quando chegasse o momento certo.

Demorou outros dois minutos, na verdade, até o fogo laser irromper do Inimigo Dois contra o Inimigo Um. De qualquer forma, Samakro se certificou de ficar atrás da estação de armas de Afpriuh desde a marca dos cinco minutos.

— Capitão intermediário? — Afpriuh soou hesitante. — Parece que o Inimigo Dois está disparando contra o Inimigo Um.

— Parece, de fato, comandante sênior — respondeu Samakro. — Prepare uma saraivada total de esferas contra o Inimigo Um, seguida de quatro invasores, no meu comando.

— Ah... Sim, senhor. — Afpriuh virou o pescoço para cima para olhar para Samakro. — Nós podemos *fazer* isso, senhor? — perguntou, abaixando a voz para pouco mais de um sussurro. — Eles não nos atacaram.

— Confie em mim, comandante sênior. — Samakro observou a panorâmica. A qualquer minuto...

E aconteceu, assim como Thrawn previra: uma salva de fogo laser vinda da grande nave de guerra estrangeira contra a nave Kilji menor.

— Eles não nos atacaram, não — disse, apontando para a batalha distante. — Mas o Capitão Sênior Thrawn está a bordo da nave Kilji neste exato momento. Ao atacá-la, o Inimigo Um também o ataca, o que significa que é um ataque contra a Ascendência.

— Sim, senhor. — Afpriuh abaixou os olhos para o painel ao alinhar a saraivada de esferas de plasma. — Achei que esse protocolo só se aplicava a oficiais de patentes maiores.

— Você realmente se importa, comandante sênior?

Afpriuh sacudiu a cabeça.

— Não, senhor, de forma alguma — disse, controlando a voz. Afpriuh tocou em um último interruptor e disparou as esferas de plasma. — Saraivada enviada. — As mãos dele voltaram a se mover rapidamente pelo painel. — Saraivada de invasores preparada, aguardando seu comando.

— A postos — comandou Samakro, vendo o trajeto das esferas na tática. Na teoria, o Inimigo Um teria percebido o ataque de esferas de plasma dos Chiss.

Mas, até agora, não havia nenhuma resposta. Será que estava tão focado no fogo laser vindo do Inimigo Dois que não estavam prestando atenção em nenhum outro lugar?

Pessoalmente, Samakro nunca sentiu que seria sortudo assim. Mas, independente do Inimigo Um estar distraído ou não, a hora havia chegado.

— Invasores: três, dois, *um*.

Mais uma vez, sentiu uma sacudida leve no convés conforme os invasores eram ejetados de seus tubos.

— Lasers, a postos.

Ele deixaria as esferas e invasores se aproximarem um pouco mais do alvo, decidiu, o que também eliminaria a lacuna e tornaria os lasers espectrais mais efetivos...

— Mísseis vindo! — Dalvu exclamou. — Repito, Inimigo um acaba de lançar mísseis. Quatro... oito... *dez* mísseis a caminho, senhor.

— Mirar e destruir — mandou Samakro, lançando um olhar desconfortável para a tela tática. Mesmo na distância atual, dez mísseis eram *muita* coisa para a *Falcão da Primavera* lidar. Além do mais, enviar tantos mísseis de uma vez só na primeira saraivada sugeria que Inimigo Um tinha muito mais de reserva.

— Lasers disparando — disse Afpriuh. — Mísseis... Senhor, os lasers não estão adiantando.

— Quê? — exigiu saber Samakro, voltando os olhos para a tela visual. Os lasers da *Falcão da Primavera* estavam sendo disparados com precisão, e havia clarões que conectavam cada um deles ao míssil que alvejavam. Mas a saraivada continuava vindo. — Aumente a energia dos lasers e verifique outra vez a calibração espectral — ordenou. — Eles devem ter uma armadura impressionante.

— Não é uma armadura, capitão intermediário — colocou Dalvu, o rosto pressionado contra o monitor de foco encoberto pela estação de sensores. — São sachos. Eles têm um grupo de sachos fazendo a triagem de cada um dos mísseis.

Samakro olhou a tela de sensores mais de perto. Agora que os procurava, conseguia ver o aglomerado de minúsculos incômodos anticaça na frente de cada um dos mísseis maiores.

— Deve ser por isso que os mísseis estão indo tão devagar — comentou Afpriuh. — Eles não querem passar na frente dos sachos.

— Sim — murmurou Samakro. Normalmente, seria bom os mísseis serem mais lentos, o que significaria mais tempo para os lasers da *Falcão da Primavera* rastrearem e destruírem as armas.

Mas essa velocidade reduzida provavelmente só duraria até os sachos terem interceptado todo o fogo laser defensivo da *Falcão da Primavera* que conseguissem antes deles mesmos serem destruídos. A esse ponto, os mísseis poderiam entrar em aceleração máxima, começando o ataque muito mais perto da nave de guerra Chiss, efetivamente.

— Mirem as esferas nos mísseis — ordenou Samakro. Se pudessem desativar os mísseis ou os sachos de triagem, ou ambos, ganhariam mais tempo.

A não ser que ficassem sem fluido de esferas de plasma antes do Inimigo Um ficar sem mísseis ou sachos. E, com a *Falcão da Primavera* ainda se aproximando das duas naves de guerra, o tempo estava ficando cada vez mais crucial.

— Esferas prontas — confirmou Afpriuh.

— Fogo.

Qilori precisou passar por cima de mais dois aglomerados de cadáveres Kilji antes de ele, Thrawn e suas escoltas chegarem à ponte da *Martelo*. Considerando a carnificina fora da escotilha quebrada da ponte, não ficou particularmente surpreso ao chegarem e encontrarem mais dois soldados Pacc montando guarda sobre três corpos Kilji e um Desbravador aterrorizado.

Um dos corpos, percebeu, era do comandante da *Martelo*, o Coronel Tildnis. Ao menos, Qilori pensou, distante, ele não precisaria enfrentar perguntas constrangedoras dos Kilji que quisessem saber como ele parou em uma nave de guerra inimiga.

Quanto ao Desbravador, ficou claro que ele estava muito além de perguntas constrangedoras.

— Está tudo bem — Qilori o consolou, indo até ele enquanto tentava lembrar seu nome. Eles haviam se visto só uma vez, quando foram recrutados e antes de serem levados às suas respectivas naves. Havia sido algo rápido e perfunctório, e Qilori não se incomodara de ouvir as apresentações. — Nós não vamos machucá-lo.

— Fale em Taarja, por favor — disse Thrawn, cruzando até a parte da frente da ponte e espiando a panorâmica. — Preciso saber o que estão falando um com o outro. Qual é o seu nome, Desbravador?

— É Sarsh — respondeu o Desbravador com uma voz trêmula, as próprias asinhas tremendo.

Qilori assentiu consigo mesmo. Certo. *Sarsh*.

— Em breve, vamos levá-lo até a segurança da *Aelos*. — Thrawn inclinou-se na direção da panorâmica para ver a nave Grysk a estibordo. — Antes de partirmos, preciso que você pegue todos os dados do computador da nave. Todos os registros que envolvam navegação, pessoal, comunicação e combate.

Sarsh olhou para Qilori, alarmado, a ansiedade aumentando de forma que Qilori entendia muito bem. Se não carregar armas era uma regra importante, não espionar era a regra *principal*.

— Acho que não posso fazer isso.

— Eu acho que você pode. — Thrawn voltou a dar a volta, olhando para frente e fazendo um gesto atrás dele para as fileiras de consoles. — Percebo que os controles estão organizados com a simplicidade extrema que eu já antecipava. Quanto mais cedo começar a coletar dados, mais cedo poderemos deixá-lo em segurança. — Ele ergueu as sobrancelhas. — Presumindo que prove que valha a pena que o levemos. Qilori, vá para o leme.

As asinhas de Qilori palpitaram.

— Eu achei que você tinha dito que nós voltaríamos a bordo da *Aelos*.

— Nós só precisamos de alguns graus de rotação — disse Thrawn. Ele olhou uma última vez para fora, e depois se virou para voltar aos consoles. — Preciso de uma forma fácil de alinhar os lasers. Qual é a estação de armas?

— Aquela ali. — Qilori apontou enquanto se deixava cair na cadeira do piloto. Os Kilji haviam começado a tirar o propulsor principal do modo de espera, mas levaria vários minutos até voltar à velocidade normal. Mas tudo que precisaria para a manobra de Thrawn seriam os propulsores direcionais, e eles estavam prontos. — Nós vamos atacar a outra nave?

— Não — disse Thrawn. Ele se sentou na estação de armas, olhou brevemente para o painel de controle, e então começou a apertar as teclas. — Uingali e sua equipe já estão cuidando dessa parte do plano. Prepare uma guinada de dez graus a estibordo; eu direi quando deve executá-la. Soldados, por favor informem a Uingali que vamos fazer uma guinada a dez graus a estibordo momentaneamente. Avisem que ele precisará compensar sua mira.

— Ele confirmou e está preparado — disse um dos Paccosh.

— Ótimo — disse Thrawn. — Desbravador?

— Guinada pronta — confirmou Qilori.

— A postos.

Thrawn deu uma olhada na ponte, os olhos parando na tela tática. Qilori seguiu seu olhar, estremecendo ao ver o intenso duelo de fogo laser ocorrendo da lateral estibordo da *Martelo*. Já havia entendido que Uingali e os outros Paccosh haviam tomado conta da estação de controle laser a estibordo e estavam disparando contra a nave Grysk e, pelos marcadores começando a ficar vermelhos no monitor, estava claro que a maior das naves estava começando a perfurar o casco e os sistemas de armas da própria *Martelo*.

— Lá. — Thrawn apontou para a panorâmica. — Consegue vê-los, Qilori?

— Sim — disse Qilori. Uma série de rastros de mísseis apareceu, afastando-se da nave Grysk, dirigidos para o espaço. Havia quatro... agora oito... agora dez, ao todo. Felizmente, nenhum deles estava chegando perto da *Martelo*.

As asinhas ficaram achatadas contra as bochechas. Eles voavam para *longe* da *Martelo*, mas voavam na *direção* da nave de guerra Chiss que se aproximava.

— Qilori: guinada quando eu falar — mandou Thrawn. — Soldado?

— Uingali está pronto — confirmou o estrangeiro.

As mãos de Thrawn se acomodaram nos controles de armas.

— Qilori: *agora*.

Qilori teclou os controles, observando a paisagem estelar do lado de fora mudando lentamente conforme a nave começava a girar de forma preguiçosa para estibordo. O rastro de mísseis começava a se dissipar à distância, mas um novo espetáculo de luz irrompeu quando a nave Chiss começou a disparar seus lasers espectrais em uma tentativa de neutralizar o ataque.

Não estava funcionando. Os lasers continuaram a centelhar, mas não pareciam surtir nenhum efeito. Será que as canhoneiras Chiss estavam errando os alvos?

— Por que os mísseis continuam voando? — perguntou.

— Eles estão sendo protegidos — explicou Thrawn. — Há aglomerados de mísseis menores diante deles, desviando ou absorvendo o fogo laser.

— Ah. — As asinhas de Qilori ondularam lentamente. — Eu nunca vi essa técnica antes.

— Eu já — disse Thrawn, um quê de satisfação nefasta em sua voz. — E oferece a confirmação final da identidade de nosso inimigo. — Ele alcançou o painel e tocou em algumas teclas.

Qilori foi puxado para trás conforme um clarão de luz saía da proa da *Martelo*, uma saraivada completa de fogo laser mirando diretamente os mísseis que se afastavam. Mesmo com a pós-imagem dos flashes múltiplos se dissipando, viu que os dez rastros dos mísseis desapareceram.

— Eles não esperavam ser atingidos por trás. — Thrawn ficou de pé. — Sarsh? Você acabou de coletar esses arquivos?

— Eu… Sim — disse Sarsh. — Tudo que consegui. Alguns estão codificados e são ilegíveis…

— Você também os copiou?

— Sim.

Thrawn atravessou a ponte até ele e ofereceu a mão. Sarsh foi um pouco para trás, nervoso, e tirou o retângulo de dados dos Kilji de seu lugar para entregá-lo. Thrawn olhou para o retângulo e o deixou deslizar para dentro de seu bolso.

— Soldado, informe a Uingali que terminamos — disse enquanto chamava Qilori e começava a ir até a escotilha. — Se ele puder deixar os lasers em disparo automático, deve fazê-lo. Independente dele conseguir ou não, deve juntar suas equipes e voltar para a *Aelos*.

— Ele foi informado — confirmou o soldado.

— Ótimo. — Thrawn lançou um olhar cauteloso para fora da escotilha e depois deu um passo para o lado para deixar os Paccosh passarem por ele para ficarem nas posições de vanguarda de antes. — Qilori, você está encarregado de seu companheiro. Mantenha-o em silêncio, e faça-o andar. Soldados Pacc: levem-nos de volta.

As primeiras saraivadas de esferas de plasma e de invasores da *Falcão da Primavera* foram interceptadas e destruídas pelos lasers e mísseis sachos do Inimigo Um bem longe da própria nave de guerra. A segunda saraivada de esferas, a torrente alvejando os mísseis iminentes e seus sachos escudos, foi um pouco mais bem-sucedida.

Mas só um pouco. Dois dos mísseis fraquejaram enquanto um número suficiente dos ataques das esferas conseguia passar pelos sachos para paralisar os discos eletrônicos das armas maiores. Mas os outros oito mísseis continuavam vindo, apesar de vários de seus pequenos mísseis protetores já terem caído.

Afpriuh preparava outra torrente, e Samakro verificava pela segunda vez o nível de fluido de esfera quando o Inimigo Dois abriu fogo.

Os disparos lasers foram bem mais difíceis de ver do que os clarões muito mais próximos do ataque da própria *Falcão da Primavera*. Mas foram bem mais eficientes. Sem um escudo voando atrás, os mísseis não tiveram como se defender da energia jorrando das emissões de propulsão e entrando diretamente em suas câmaras de reação.

A maior parte dos mísseis eram projetados para lidar com uma gama específica de calor e estresse, e geralmente não conseguiam lidar com muito excesso de energia. Os mísseis do Inimigo Um, como descobriram, não eram exceção à regra.

— Mísseis do Inimigo Um destruídos — disse Dalvu, soando tão impressionada quanto confusa. — Como que...? Ah. Entendi. — Ela olhou para Samakro com uma expressão levemente franzida. — O Capitão Sênior Thrawn?

— Você conhece mais alguém que deixaria deliberadamente que os mísseis do inimigo se aproximassem tanto de sua própria nave a ponto de nos permitir coletar mais dados a respeito deles? — perguntou Samakro. — E que, então, os destruiria em um ataque furtivo?

— Ótimo ponto, senhor.

— É um dos motivos pelos quais a *Falcão da Primavera* tem a reputação que tem — murmurou Afpriuh.

— Verdade — concordou Samakro, perguntando-se se o comentário era para ser um elogio ou uma zombaria. — Nós *conseguimos* os dados, não conseguimos?

— Sim, senhor, conseguimos — assegurou Dalvu. — Tanto dos mísseis quanto dos sachos. Definitivamente parecem os mesmos que o Couraçado de Batalha usou na *Vigilante* da última vez que estiveram aqui.

Samakro já havia concluído que esse era o caso, mas era bom ter a confirmação. Decerto o Conselho e a Sindicura a apreciariam.

— Não parece que dá para nos livrarmos desses estrangeiros por muito tempo, parece? — comentou, olhando de novo para a tática. Eles ainda não sabiam quem eram esses misteriosos oponentes, mas ao menos a Ascendência estava começando a montar uma biblioteca de seus tipos de nave, armas e táticas. — Nenhum ataque em resposta. Interessante. Eu teria esperado uma segunda torrente a essa altura.

— Eles podem já ter jogado tudo que podiam — sugeriu Dalvu. — Os primeiros mísseis vieram dos tubos a estibordo, e eles podem ter tido dificuldade de recarregá-los. E eu imagino que o ataque do Inimigo Dois tenha tirado a funcionalidade dos tubos a bombordo.

Samakro assentiu. Mais uma vitória pra Thrawn e os Paccosh.

— Vamos ver se podemos ajudar a acelerar o processo — disse. — Prepare os invasores, ambos os flancos.

— Inimigo Um está se movendo — avisou Azmordi. — Funcionando com energia mínima, mas definitivamente se afastando do planeta... Lá vão eles — acrescentou conforme a imagem nas telas agora visivelmente se locomovia para longe de Nascente. — Parece que eles estão fugindo.

— Invasores e lasers na mira — disse Afpriuh, os dedos pairando acima do painel.

— Eles estão aumentando de velocidade — disse Azmordi. — Inimigo Dois parou de atacar. Inimigo Um em movimento.

— Eles estão focando os lasers de estibordo no Inimigo Dois — avisou Dalvu.

Um segundo depois, quando essas armas a estibordo apareceram, o espaço entre as duas naves estrangeiras mais uma vez ardeu com fogo laser.

Samakro trincou os dentes. O Inimigo Um, decidido a abandonar Nascente e perder a batalha, também estava determinado a destruir o Inimigo Dois na saída.

E a *Falcão da Primavera* não estava em posição de ajudar. O trajeto projetado por Azmordi para o Inimigo Um permitia que saísse do poço gravitacional de Nascente e escapasse para o hiperespaço antes que os invasores ou as esferas de plasma pudessem atingi-lo, e ainda continuava efetivamente fora do alcance dos lasers Chiss.

O que não significava que não pudessem tentar.

— Saraivada total de laser no Inimigo Um — mandou. — Mirem nas armas a estibordo e nos sensores de armas.

— Sim, senhor — disse Afpriuh, e a ponte se iluminou com a fúria do ataque da própria *Falcão da Primavera*.

Samakro olhou para a tática. O Inimigo Dois não duraria muito, não contra aquele tipo de ataque. Mas se a distração da *Falcão da Primavera* pudesse dar a Thrawn mais alguns segundos, isso poderia fazer a diferença.

— Capitão intermediário, estamos pegando uma transmissão — anunciou Brisch. Ele teclou o comunicador...

— Nave de guerra Grysk, aqui quem fala é o Capitão Sênior Thrawn da nave de guerra *Falcão da Primavera*, da Frota de Defesa Expansionária Chiss — a voz calma de Thrawn saiu do alto-falante. — Permitimos que parta para que levem uma mensagem aos seus líderes.

Samakro abriu um sorriso apertado. *Permitimos que parta*. Como se a *Falcão da Primavera* e a *Aelos* tivessem como impedi-la.

Ainda assim, o comandante inimigo não tinha como saber isso com certeza. E, considerando os últimos encontros dos estrangeiros com os Chiss, apenas um tolo não levaria esse comentário a sério.

Mais imediato era o fato de que eles finalmente tinham um nome para se referir a esses estrangeiros. Isso era um enorme passo.

— Nascente agora nos pertence — continuou Thrawn. — Vocês, seu povo e seus amigos e aliados ficarão longe deste sistema ou enfrentarão a força total da Ascendência Chiss. — Ele fez uma pausa. — Se seus líderes precisarem ser persuadidos, sugiro que os lembrem que já os tiramos deste mundo três vezes. Confio que uma quarta não será…

À distância, o Inimigo Dois explodiu.

Alguém soltou uma maldição assustada na ponte da *Falcão da Primavera*. Samakro sentiu o estômago apertar ao ver os fragmentos estraçalhados da nave Kilji se expandindo no vácuo, cobertos de fumaça e uma chama agitada, mas prestes a morrer. O Inimigo Um estava quase longe o bastante do planeta para alcançar o hiperespaço…

— Confio que uma quarta derrota não será necessária — continuou Thrawn, a voz glacialmente calma. — Levem essa mensagem aos seus líderes.

O Inimigo Um não respondeu. Cinco segundos depois, ele piscou e desapareceu.

— Cessar fogo — disse Samakro. — Dalvu, encontre o capitão sênior; Brisch, mande um sinal a ele. Kharill?

— Senhor? — A voz do terceiro oficial se ouviu no alto-falante que conectava a ponte ao comando secundário.

— Verifique os registros para qualquer coisa relacionada a esses Grysk que o Capitão Sênior Thrawn mencionou.

— Sim, senhor.

— Senhor, eu o encontrei — disse Dalvu, espiando as telas. — Alcance médio, nível, quinze graus a estibordo.

— Azmordi, leve-nos até lá — ordenou Samakro. — Brisch?

— Quase lá, capitão intermediário — Brisch respondeu rapidamente. — Comunicação pronta, senhor.

Samakro inclinou-se sobre o ombro de Afpriuh e tocou no microfone do painel de armas.

— Capitão Sênior Thrawn, aqui quem fala é o Capitão Intermediário Samakro — chamou. — Estamos a caminho.

— Bem-vindo a Nascente, capitão intermediário — disse Thrawn. — Sua chegada foi impecável.

Samakro sentiu os lábios tremerem. Não havia como discutir... exceto que fora graças a Che'ri, não a ele.

Mas não poderia dizer isso, não em um canal aberto, mesmo que só a tripulação da ponte da *Falcão da Primavera* pudesse ouvi-los. De qualquer forma, havia uma grande chance de Thrawn já saber disso.

— Precisa de ajuda, senhor? — perguntou.

— Estamos relativamente intactos, capitão intermediário — assegurou Thrawn. — Um pouco de dano no casco e duas baixas, no momento sendo tratadas.

— Parece que a sorte do guerreiro esteve ao seu lado.

— A habilidade e a valentia de Uingali foar Marocsaa e de sua força de comando foram fatores mais decisivos — disse Thrawn. — Você conseguiu ouvir minha última mensagem à nave de guerra inimiga?

— Sim, senhor — respondeu Samakro. — Então, eles são Grysk?

— Foi o que me informaram — disse Thrawn. — Há alguma referência a esse nome em nossos arquivos?

— Comandante Sênior Kharill? — chamou Samakro.

— Nada que eu tenha conseguido encontrar, senhor — a voz de Kharill surgiu novamente. — Seja lá quem ou o que eles forem, não temos registros deles aqui.

— Talvez Csilla ou Naporar possam ter — disse Thrawn. — Também tenho dados da nave de guerra Kilji que quero que você leve de volta. Infelizmente, está em um formato que a nave Nikardun não consegue ler, então não posso simplesmente transmiti-lo. Pode se encontrar comigo aqui para pegá-lo?

— Já estamos a caminho, senhor. — Samakro franziu o cenho. — Eu presumi que voltaria conosco.

— Não posso ir embora ainda, capitão intermediário — disse Thrawn. — Reforços Pacc estão vindo de Rapacc com o restante dos refugiados da Magys, e não chegarão aqui em menos de dois ou três dias. Quero esperar por eles e então acompanhá-los à superfície do planeta para olhar mais de perto a área de mineração que a busca de baixa altitude da Almirante Ar'alani localizou.

— Confio que lembre que o Guerreiro Sênior Yopring e sua nave auxiliar foram perseguidos lá por caças armados — avisou Samakro.

— Não será um problema — assegurou Thrawn. — A equipe de guerreiros dos Paccosh incluirá vários veículos de suporte aéreo. A Magys também assegurou que seu povo estará lá para nos ajudar.

— Espero que tenha razão, senhor — disse Samakro, a voz pesada. Então, em vez de ter que falar ao Conselho e à Sindicura que a *Falcão da Primavera* havia violado ordens e feito uma viagem adicional para Nascente, ele agora teria que explicar por que sua nave estava voltando sem o próprio capitão. Fantástico.

— Sei que assim o coloco em uma posição complicada, capitão intermediário — acrescentou Thrawn. — Mas há mistérios aqui, detalhes e conexões que precisam ser resolvidas antes de podermos compreender por que inimigos da Ascendência querem destruir esse povo e tomar o seu mundo.

— Eu entendo, senhor — disse Samakro. Não entendia completamente, mas, nesses assuntos, os instintos de Thrawn costumavam se provar corretos. — Nós levaremos os dados de volta para Naporar o mais rápido possível.

— Tenho certeza que sim. — Thrawn fez uma pausa. — Como está a Sky-walker Che'ri?

— Morta para o restante do mundo — falou Samakro. — Ela e a Cuidadora Thalias trabalharam por longas horas para que nós pudéssemos chegar aqui a tempo. Elas provavelmente dormirão umas dez horas, talvez mais.

— Aprecio imensamente o sacrifício delas — disse Thrawn. — Por favor, ofereça a ambas minha mais profunda gratidão quando acordarem. Enquanto isso, você terá que começar o retorno salto por salto.

— O Tenente Comandante Azmordi já está trabalhando nos cálculos — Samakro lhe assegurou, fazendo um gesto para o piloto. Azmordi assentiu, reconhecendo as palavras, e se virou para seu painel. — Há mais alguma coisa que possamos fazer pelo senhor antes de partirmos?

— Nada que eu consiga pensar, capitão intermediário — disse Thrawn. — Você fez muito mais do que poderia ser imaginado só de estar aqui e me ajudar a resolver a situação. Agora está nas mãos dos Paccosh, e nas mãos do Conselho na Ascendência.

— Espero que todas as mãos estejam à altura do desafio.

— Assim como eu, capitão intermediário — disse Thrawn. — Me falaram que nos encontraremos em aproximadamente quinze minutos. Vou dedicar esse tempo a escrever um relatório completo para que você possa levar com o registro de batalha e os dados Kilji.

— Sim, senhor — falou Samakro. — Nos veremos em breve.

— Ótimo — disse Thrawn. — *Aelos*, câmbio final.

— Sinal de comunicação perdido, capitão intermediário — relatou Brisch.

— Entendido — confirmou Samakro. — Tenente Comandante Azmordi, nos mantenha em movimento.

— Sim, senhor — disse Azmordi. — E terei o trajeto pronto quando chegarmos.

— Ótimo. — Samakro apoiou-se na parte de trás do assento de Afpriuh e abaixou a voz para que só o oficial de armas pudesse ouvi-lo.

— O fim de um dia perfeito. O que você acha?

— Acho que ele está brincando com fogo, senhor — Afpriuh respondeu, franco. — Ele tem inimigos tanto no Conselho quanto na Sindicura que estão implorando por uma desculpa para enfiá-lo em um buraco bem fundo. Esta poderia ser a oportunidade que esperavam.

— Eu sei — reconheceu Samakro. — Mas, se ele estiver certo, pode haver mais em jogo do que a carreira de um único homem.

— Até mesmo as nossas?

— Até mesmo as nossas — disse Samakro. Apesar de que, com o jeito que ele e Thrawn haviam montado o esquema inteiro, os outros oficiais sênior da *Falcão da Primavera* provavelmente não teriam que lidar com a tempestade de fogo que a Sindicura jogaria sobre eles. — Vamos só torcer para que, quando o colocarem naquele buraco, eles não joguem o restante da Ascendência junto com ele.

— Com sorte, eles serão mais espertos do que isso — disse Afpriuh.

— Com sorte. — Samakro se endireitou. — No meio-tempo, temos que entregar dados e uma mensagem. — Ele ergueu os olhos para ver a panorâmica e a nuvem cintilante de destroços que agora marcava o local onde a nave de guerra Kilji estivera. — Vamos torcer para que alguém em Csilla tenha ouvido falar desses Grysk.

MEMÓRIAS VIII

THRAWN HAVIA SUGERIDO QUE a *Jandalin* abordasse o sistema Pleknok em uma direção específica. Lappincyk rebatera, dizendo que o transporte dos sequestradores viria direto de Glastis 3, e que a melhor chance de interceptá-la seria seguir o mesmo vetor.

Seis horas antes da chegada, os dois tiveram uma longa conversa em voz baixa ao lado do console de navegação. Thrass não conseguia ouvir o que eles diziam, mas quando a conversa terminou, Lappincyk mandou o piloto seguir o trajeto de Thrawn.

Trinta e duas horas após saírem de Glastis 3, eles chegaram.

— Varredura da área — ordenou Lappincyk de seu assento de costume no centro do sofá de aceleração. — Apenas sensores passivos. Foco em corredores de baixa órbita.

— Com sorte, eles ainda não acabaram o negócio e foram embora — murmurou Thrass, observando a tela encher conforme os sensores começavam a coletar e compilar os dados.

— Improvável — disse Lappincyk. — Nós deveríamos ser mais rápidos que o transporte deles.

— Consideravelmente mais rápidos — concordou Thrawn. — Na verdade, tenho quase certeza de que chegamos antes deles.

— E se eles estiverem voando com uma unidade aumentada? — perguntou Thrass.

Thrawn sacudiu a cabeça.

— As cinquenta horas necessárias para que eles viajem do ataque inicial em Sposia a onde eles soltaram o cargueiro em Glastis 3 é um argumento contra essa teoria.

— Eles *estavam* arrastando uma nave de carga com eles o tempo todo — apontou Thrass, perguntando-se por que estava tentando sequer discutir seu ponto. Pelo visto, a leve tensão que o incomodava desde que saíram de Glastis 3 havia florescido de repente em força máxima agora que estavam mesmo aqui. — Isso teria feito eles irem mais devagar.

— Eu levei isso em consideração.

Thrass trincou os dentes. Toda vez que tentava debater algo com Thrawn, acabava perdendo.

— Temos movimento, auxiliar sênior — avisou o oficial de sensores. — Duas naves em órbita baixa. Configuração... Difícil de estabelecer com sensores passivos, mas parecem ser naves do tipo cargueiro sem design Chiss.

— Os compradores dos ladrões, presumivelmente — disse Lappincyk.

— Ou outros clientes — sugeriu Thrass.

— Talvez — concordou Lappincyk. Ao menos com ele, Thrass pensou amargamente, ele conseguia ganhar uma, às vezes. — Fiquem de olho neles. Agora... — Ele olhou para Thrawn. — ... Faça uma varredura ativa em um cone de trinta graus atrás de nós.

— Senhor? — perguntou o oficial de sensores, franzindo o cenho para Lappincyk sobre o próprio ombro.

— Cone traseiro a trinta graus — repetiu Lappincyk. — Estamos procurando por...

— Contato! — exclamou o piloto. — Zênite a bombordo, alcance de vinte quilômetros. Curso correndo paralelamente e aproximando.

— Sensores? — perguntou Lappincyk.

— Quase lá, senhor — o oficial de sensores soou tenso. — É... Senhor, é um cruzador leve Chiss. Configuração e marcas o identificam como sendo da família Clarr.

— Auxiliar sênior, eles estão exigindo que nos identifiquemos — meteu-se o piloto. — Laser estreito, baixa potência.

— Responda com os mesmos parâmetros — ordenou Lappincyk. Pegando seu microfone, ele o ligou. — Aqui quem fala é Stybla'ppin'cykok, auxiliar sênior do Patriarca Stybla'mi'ovodo, a bordo da nave de patrulha *Jandalin*. E você?

Houve uma pequena pausa.

— Capitã Clarr'os'culry — respondeu uma voz. — Atualmente no comando do cruzador leve *Orisson*, da família Clarr. O que diabos está fazendo aqui, *Jandalin*?

Thrass prendeu a respiração e, de repente, o nome fez sentido. Capitã Roscu... Exceto que, da última vez que ouviu aquele nome, era a Capitã Intermediária Roscu da Frota de Defesa Expansionária, e ela e Thrawn estavam em confronto sobre as políticas de não intervenção dos Chiss no meio de um ataque pirata a um centro comercial Garwiano.

E agora ela comandava uma nave familiar Clarr?

— Nós estamos caçando uns piratas que sequestraram um cargueiro Stybla em Sposia alguns dias atrás — Lappincyk falou para ela. — Acreditamos que os piratas eram liderados por alguém com sangue Clarr, que é o motivo pelo qual presumo que você está aqui.

— Nossos motivos e atividades são de nossa conta — grunhiu Roscu. — Como vocês encontraram este local?

— Isso é da *nossa* conta — disse Lappincyk. — Então, você admite que os sequestradores são sangue Clarr?

— Eu não admito nada — retorquiu Roscu. — E não preciso justificar ações Clarr a um Stybla. Direi isto apenas uma vez: este é um assunto da família Clarr, e você deixará este sistema imediatamente.

— Com licença, Capitã Roscu, mas foi a *nossa* nave e o *nosso* carregamento que foram roubados — Lappincyk lembrou a ela. — Nós temos todo o direito de estar aqui.

— Verifique suas diretrizes e protocolos, auxiliar sênior — disse Roscu. — Como agente das Nove e antiga oficial de comando da Frota de Defesa Expansionária, tenho todo o direito de ordenar que saia de uma região onde se espera que aconteça uma ação militar iminente.

— Eu não aceito sua autoridade de dar essa ordem — Lappincyk foi rígido. — A família Stybla possui interesses vitais...

— Auxiliar sênior? — murmurou Thrass. — Acredito que o senhor tenha uma carta melhor para usar. — Ele apontou para Thrawn.

Por um segundo, Lappincyk o encarou, confuso. Então, sua expressão aliviou.

— Você não está entendendo a situação, Capitã Roscu — disse.

E, para a surpresa de Thrass, ele levantou e fez um gesto para Thrawn ir até a posição de comando no sofá.

— A *Jandalin* está atualmente sob o comando de alguém que não só é um membro das Nove, mas é um oficial de comando militar *no presente*. — Ele passou o microfone para Thrawn. — Comandante intermediário?

Thrawn hesitou, e depois inclinou a cabeça, reconhecendo o pedido.

— Aqui quem fala é o Comandante Intermediário Mitth'raw'nuru, capitã — disse ao se sentar. — Não há motivos para não trabalharmos juntos...

— *Thrawn*? — interrompeu Roscu. — O que diabos você está fazendo em uma nave Stybla?

— Como o Auxiliar Sênior Lappincyk explicou, estou trabalhando com eles para resolver o problema — respondeu Thrawn. — Parabéns por encontrar este sistema, aliás. Pelos dados que consegui localizar, estimei que poderia haver outras dez possibilidades antes de encontrar esta. Como sabia que eles estavam vindo para Pleknok?

— O que, você acha que é a única pessoa esperta na Ascendência? — Roscu rebateu com desprezo.

— Ah; compreendo — disse Thrawn. — Você *não* sabia, não é mesmo? Os Clarr simplesmente enviaram naves a todas as possibilidades.

— Eu não falei isso!

— Sim. Eu sei.

— Auxiliar sênior, alguém está se aproximando — disse o piloto, parecendo um pouco nervoso de ter que interromper uma conversa que estava se deteriorando. — Transporte Obbic. Provavelmente os sequestradores. Movendo-se no vetor previsto pelo Comandante Intermediário Thrawn.

— Entendido — disse Lappincyk, e Thrass conseguia ouvir a satisfação na voz dele.

— Espere um momento — disse Roscu. — Você sabia de onde eles estavam vindo, mas veio até aqui? Por que não escolheu um local melhor para interceptá-los?

— Porque eu não *quero* interceptá-los, capitã — disse Thrawn. — Ainda não. Não até descobrirmos em qual dessas duas naves em órbita eles vão se encontrar.

— Achei que vocês queriam seu precioso carregamento.

— Nós o teremos de volta em breve — Thrawn assegurou. — Os dois alvos estão muito fundo do poço gravitacional do planeta para uma fuga rápida. Assim que soubermos para qual das naves pretendem ir, nós pegaremos as duas.

— Nós não faremos nada disso — grunhiu Roscu. — Você não aprendeu *nada* sobre as políticas da Ascendência desde que interferiu descaradamente com aquele ataque pirata em Stivic? Como *diabos* você continua sendo um oficial da frota?

— Auxiliar sênior, outra nave está vindo — relatou o piloto. — Setenta graus a estibordo, doze zênite, angulando na direção do planeta. Configuração desconhecida, mas o tamanho é consistente com o de um cargueiro.

— Sensores, varredura total do recém-chegado — ordenou Thrawn. — Consigam uma configuração o mais rápido possível.

— O que você disse mesmo sobre encontrar alguém no poço gravitacional? — disse Roscu. — Alguma outra ideia brilhante, Thrawn?

— Nós ainda não terminamos esta — meteu-se Lappincyk. — Nossa projeção mostra que, se as duas naves mantiverem os vetores atuais, continuarão dentro do poço gravitacional quando se encontrarem. Há bastante tempo para nós irmos até lá e pegá-las.

O bufido de Roscu foi bem audível.

— Chega — disse. — Se é disso que querem brincar.

E, para a surpresa de Thrass, a orbe brilhante de uma esfera de plasma irrompeu da proa da *Orisson*, indo diretamente para o transporte Obbic.

— Capitã! — exclamou Lappincyk.

— Tarde demais — disse Thrawn. — Piloto, leve-nos até o transporte em velocidade máxima.

— Auxiliar sênior? — perguntou o piloto.

— Obedeça seu comandante — o tom de Lappincyk foi ácido. — E a outra nave?

— Capitã Roscu, precisamos que você desative a outra nave que se aproxima — disse Thrawn no microfone conforme a *Jandalin* pulava para frente.

Mas não tão rápido quanto a *Orisson*. Mesmo antes de Thrawn terminar de falar, o cruzador Clarr acionou os propulsores em energia máxima, passando pela *Jandalin* e indo em disparada até o transporte.

— Estou um pouco ocupada aqui — disse Roscu. — Se quiserem desativá-la, façam isso vocês mesmos.

— Esta nave não está equipada com esferas de plasma.

— Que pena — disse Roscu. À distância, a esfera que ela havia lançado interceptou o transporte, e houve um clarão momentâneo quando ela desativou os eletrônicos da nave. — São coisinhas bem úteis, não são?

— Capitã, nós precisamos que aquele cargueiro seja desativado — falou Lappincyk. — Em nome dos Stybla, peço que nos ajude.

— Pedido negado — respondeu Roscu. — Suponho que precisará de um pouco dessa esperteza de Thrawn. Divirtam-se. Não se preocupem; assim que alcançarmos o transporte, nós nos asseguraremos de devolver seu carregamento para Sposia.

— O carregamento não deve ser tocado — insistiu Lappincyk. — Nós o levaremos a bordo da *Jandalin*.

— É claro. — Havia uma nota de humor maldoso na voz de Roscu. — Você pode ficar à vontade para tentar, *se* conseguir mantê-lo. Mas não parece que vai conseguir. Que pena que os Stybla não possuem nenhuma nave de guerra.

— Capitã, esse carregamento é *nosso*.

— Eu *disse* que pode ficar com ele — falou Roscu. — Vocês Stybla são sempre tão nervosinhos.

— Talvez seja hora de você ficar nervosa também — disse Thrawn, a voz nefasta de repente. — Olhe mais uma vez para o recém-chegado.

— O que tem ele?

— Ele não está correndo — esclareceu Thrawn. — Na verdade, cinco segundos após você atacar, ele aumentou a velocidade na direção do transporte. Isso parece o comportamento de uma tripulação criminosa?

— Parece o comportamento de uma tripulação criminosa que está antecipando mercadorias de graça — disse Roscu. — Não se preocupe, chegaremos lá antes deles.

Em uma das telas laterais, o perfil de sensores do cargueiro apareceu.

— Talvez não — disse Thrawn. — Isso não é um cargueiro. É uma fragata leve Paataatus.

Por um longo momento, não se ouviu nada além do silêncio.

— Droga — ofegou Roscu.

— Concordo — disse Thrawn. — Piloto, pode aumentar a velocidade?

— Estamos no máximo, senhor.

— Ative a energia de emergência — ordenou Lappincyk. — Comandante intermediário, tudo que temos são três lasers espectrais.

— Deve ser o suficiente — disse Thrawn. — *Orisson*, por que está diminuindo a velocidade?

Thrass sentiu a garganta apertar. O cruzador Clarr, que até um minuto atrás ia em disparada em direção ao transporte desativado, agora havia retardado sua corrida desvairada.

— Porque fragatas leves dos Paataatus não viajam sozinhas — afirmou Roscu, grave. — Deve ter algumas canhoneiras...

— Chegando! — interrompeu o piloto da *Jandalin*. — Cinco naves novas, vindo junto com o vetor do cargueiro, na verdade, da fragata leve.

— Como eu disse — falou Roscu. — Temo que não haja nada que possamos fazer agora além de destruir o transporte. Vou preparar uma barragem laser...

— Não! — exclamou Lappincyk.

— Use a cabeça, auxiliar sênior — Roscu irritou-se. — Nós não podemos enfrentar seis naves Paataatus sozinhos. Ou nós destruímos o transporte, ou deixamos que os estrangeiros fiquem com ele. *E* com o carregamento.

— Não podemos fazer isso — insistiu Lappincyk. — *Precisamos* resgatar aquele carregamento.

— Nós vamos conseguir — disse Thrawn, sua tranquilidade um contraste cortante com a raiva e a frustração na voz de Roscu e o medo e o pânico crescente na de Lappincyk. — Nós vamos conseguir resgatar o carregamento e afastar os Paataatus. Os Clarr estão prontos para ajudar, capitã?

— *Você* pode não se preocupar com violar as ordens da Ascendência, mas eu me preocupo — rebateu Roscu. — Nem pretendo sacrificar minha nave e minha tripulação em uma batalha inútil que levará à derrota.

— Nesse caso, faremos isso sozinhos — disse Thrawn. — Piloto: prepare os lasers espectrais. Seus alvos serão as capotas externas dos propulsores traseiros do transporte Obbic.

— Você vai disparar contra o *transporte*? — perguntou Lappincyk, incrédulo.

— Eles já foram desativados — lembrou Thrawn. — Não acho que danificar os propulsores fará muita diferença.

— Então, por quê?

— Porque os Paataatus verão o que fizemos — disse Thrawn. Como se isso explicasse alguma coisa, Thrass pensou, distante. — Capitã Roscu? Não é tarde demais para se juntar a nós.

Thrass olhou para a tela de status. A plena velocidade emergencial, a *Jandalin* estava a aproximadamente três minutos do local que indicava o alcance de lasers espectrais. A fragata Paataatus estava a cinco minutos de distância do possível combate, as cinco canhoneiras estavam a oito minutos. A *Orisson*, ele notou, poderia estar em alcance de interceptar a fragata em quatro minutos caso Roscu decidisse não deixar que a nave de patrulha Stybla enfrentasse os estrangeiros sozinha.

E, então, a *Orisson* começou a se afastar do planeta enquanto a observava.

— Obrigada pela oferta — disse Roscu. — Mas, como falei, eu levo ordens a sério. Não é tarde demais para que me deixem destruir...

— Desliga — grunhiu Lappincyk.

O microfone fez um clique.

— Thrawn, você tem certeza?

— Quão importante é resgatar o carregamento? — perguntou Thrawn.

Lappincyk fechou os olhos por um segundo.

— Muito.

— Então vamos resgatá-lo — disse Thrawn. — Este é um veículo armado da Ascendência Chiss. Nós prevaleceremos.

— Contra seis naves de guerra Paataatus? — retorquiu Thrass. Até agora, ele havia visto a situação em termos teóricos, na maior parte do tempo; um debate de poder entre Thrawn e Roscu que certamente terminaria com os dois Chiss unindo as forças. Agora, com a recusa final de Roscu e sua deserção do campo de batalha, a realidade absoluta o atingira. — Uma nave de patrulha armada com nada além de lasers? Não pode ser feito. *Não pode ser feito.*

— Nada é impossível, Thrass — a voz de Thrawn era calma. — Como a Capitã Roscu falou, nós só precisamos ser espertos. Auxiliar sênior, o senhor não teria alguma mina ou outro explosivo a bordo, teria?

— Temo não ter nada útil — disse Lappincyk. — Temos alguns estilhaçantes para queimar escotilhas seladas, mas isso requereria que o alvo já tivesse sido desativado por uma de nossas redes Incapacitadora, então não...

— Tem uma *rede Incapacitadora*? — interrompeu Thrawn.

— Temos duas. — Lappincyk franziu o cenho diante da empolgação repentina em sua voz. — Mas elas precisam que o alvo esteja majoritariamente imóvel...

— Onde estão os lançadores? — mais uma vez, Thrawn o interrompeu. — Bombordo ou estibordo?

— Estibordo — disse Lappincyk. — Um na dianteira, outro na traseira. Mas...

— Perfeito. — Thrawn pegou o próprio questis e começou a usá-lo com rapidez. — Piloto, vou enviar um novo trajeto. Deve segui-lo com precisão, a não ser que eu passe novas modificações. Entendido?

— Sim, senhor — respondeu o piloto.

Thrass olhou para Lappincyk.

— O que é uma rede Incapacitadora?

— É uma rede flexível com capacitadores poderosos em vários pontos das bordas. — A atenção total de Lappincyk estava voltada para Thrawn. — Assim que ela é jogada ao redor de uma nave, ela solta uma carga elétrica massiva no casco. Como uma esfera de plasma, mas não tão poderosa. Mas como o lançador é propelido a gás, ele não pode perseguir o alvo como uma esfera consegue fazer.

— Então, a nave precisa estar imóvel.

— Ou quase. Neste caso... — Lappincyk sacudiu a cabeça.

Thrass olhou para as telas. Se houvesse algum termo que poderia descrever essas naves de guerra Paataatus, *quase imóveis* não era um deles.

— Neste caso, felizmente, não precisaremos jogar a arma. — Thrawn olhou para o questis, assentiu com satisfação e enviou os dados para o leme. — Piloto? Alguma pergunta?

Thrass franziu o cenho quando o trajeto apareceu no monitor. O caminho traçado por Thrawn era incrivelmente sinuoso, parecendo mais o caminho oscilante de um bêbado.

— Nenhuma pergunta, senhor — disse o piloto.

— Auxiliar sênior? — convidou Thrawn, virando-se para Lappincyk.

— Ainda não vejo o plano — admitiu Lappincyk. — Mas não tenho oferta melhor. Pode ir.

— Obrigado — disse Thrawn. — Posso lidar com as armas?

— Use a estação de monitores. — Lappincyk apontou para uma cadeira vazia na ponte. — Piloto, transfira o controle de armas como requisitado.

— Sim, senhor. Controle de armas transferido.

Thrawn moveu-se para o assento e colocou o cinto.

— Trinta segundos — anunciou. — Auxiliar sênior, Thrass, certifiquem-se de amarrar bem os cintos. — Ele abriu um sorriso contido para Thrass por cima do próprio ombro. — Pode ser um tanto turbulento.

— Estou pronto — assentiu Thrass, desejando que fosse verdade. Na realidade, estava aterrorizado em silêncio.

E, então, conforme tentava relaxar a mente e o corpo, seus pensamentos voltaram ao relatório de Taharim que lera tantos anos antes.

As táticas inortodoxas que o Cadete Thrawn utilizara no treino simulado. A descrença inabalável do diretor da academia de que elas fossem possíveis. A demonstração subsequente de Thrawn no mundo real, não apenas diante do diretor, mas do próprio General Ba'kif.

Esta situação era igual, Thrass falou a si mesmo com firmeza. Esta situação era completa e exatamente igual.

Exceto que Ba'kif não estava aqui. E Thrass daria qualquer coisa para que o general e uma força-tarefa inteira da Frota de Defesa Expansionária estivessem com eles.

— Preparar — disse Thrawn. — Piloto: três, dois, *um*.

CAPÍTULO CATORZE

AR'ALANI NUNCA HAVIA ESTADO nesta parte do complexo da Sindicura. Era maior do que o escritório principal e do que as áreas funcionais, maior do que as áreas habitacionais dos funcionários, maior do que os equipamentos de armazenamento, reciclagem e geração de energia que abasteciam a região inteira, maior ainda do que os refúgios de emergência construídos para a Aristocra.

E, ao andar pelo corredor exposto, ouvindo o eco dos próprios passos e dos passos dos quatro guerreiros armados que caminhavam impassíveis em seus dois lados, ela decidiu que não queria voltar para lá nunca mais.

Havia maldade ali. Maldade que, um dia, havia causado mortes repentinas, violentas ou tortuosas, às vezes para alguns, às vezes para milhares. Maldade que, por um motivo ou outro, a Sindicura e o Conselho haviam decidido manter viva. Ela conseguia sentir a infelicidade de seus ocupantes, a desesperança irada, o ódio absoluto.

Mas ela pedira por isso, e seu pedido havia sido concedido, e ela precisaria passar por ele.

Havia cinco paradas com guardas entre o elevador que a levara até esse andar e a salinha que era seu destino. Quando chegaram ao fim do último corredor, a escolta destrancou a porta e retraiu atrás da última parada para aguardar. Endireitando os ombros, lembrando-se com firmeza de que não havia nada com que se preocupar e que, de qualquer forma, ela pedira para isso acontecer, observou conforme o painel de metal deslizava para trás sobre a face da parede de pedra e passou pela entrada para chegar à sala bem iluminada.

Sentado em uma cadeira aferrolhada com uma postura de arrogância casual, os tentáculos dos simbiontes fungoides ondulando preguiçosamente sobre os ombros, estava o General Yiv, o Benevolente.

— Olá, General Yiv — disse Ar'alani em Minnisiat ao dar mais um passo para dentro da sala. Atrás dela, a porta se fechou outra vez. — Meu nome é Ar'alani. Achei que deveríamos conversar.

— Achou? — A mandíbula bifurcada de Yiv se abriu de leve como a boca de um predador decidindo se estava ou não com fome o bastante para dar o bote em uma presa promissora. — Também considerou que estaria se intrometendo em minha solidão?

— Eu teria imaginado que você já estaria cansado de solidão.

— E que, por isso, eu seria receptivo a esta conversa? — perguntou Yiv. — Com *você*? — A mandíbula se fechou com força, as gavinhas nos ombros se contraindo ainda mais. — Para alguém que fez a árdua viagem ao meu descanso final, você é curiosamente ignorante quanto à minha situação.

— Por quê?

— Tive muitas conversas nos últimos meses — disse Yiv. — E todas foram longas. Nenhuma delas foi agradável. A solidão é minha companheira, não minha inimiga. Acredita ter encontrado um novo tema que mudaria tal equilíbrio?

— Não um novo tema, não — disse Ar'alani. — Mas talvez eu tenha um novo ângulo em um tema antigo do qual você provavelmente pensou já ter se cansado.

— E qual seria esse tema?

— Traição.

Yiv deu uma gargalhada retumbante que pareceu ecoar de forma opressiva nas paredes de pedra de sua prisão particular.

— Você realmente não passa de uma criança sem rumo — ele cuspiu com desprezo. — Tantos me pressionaram em vão para trair meus generais ou o meu povo. Você realmente acha que obterá êxito onde eles fracassaram?

— Seus generais não existem mais — Ar'alani respondeu. — Eles desperdiçaram o império que você deixou para eles em tentativas vãs de tomar o poder. As nações que conquistou voltaram a ser livres, e o que resta de seu povo está espalhado e perdido.

— É o que outros me disseram — o tom de Yiv era calmo. — Não acredito mais em você do que acreditei neles. Por que mais me manteriam vivo, se não fosse para barganhar comigo o poder do Destino Nikardun quando este faz com que abaixem as cabeças?

— Nós o mantemos vivo porque nós não massacramos os inimigos que derrotamos — esclareceu Ar'alani. — E porque você ainda pode ter alguma informação útil.

— Não direi nada a você.

— Apesar de que, até agora, seus diários e registros já nos contaram praticamente tudo que precisávamos saber — continuou Ar'alani. — Diga-me, qual de seus aliados encorajou a construção de postos de escuta KR20 e KR21?

— Nós não temos aliados — disse Yiv com desprezo. — Não precisamos de nenhum. Somos poderosos conquistadores e podemos nos defender sozinhos.

— É claro. — Ar'alani cruzou os dedos mentalmente. Se seu blefe não funcionasse, ela teria feito todo esse trajeto para nada. — Ainda assim, depois de tudo que aconteceu, inclusive seu desaparecimento, imagino que Jixtus finja que ele também não era *seu* aliado.

As gavinhas pendendo dos ombros de Yiv tiveram um espasmo sutil, como se tivessem detectado algo ruim no ar.

— De que bobagem está balbuciando agora? — exigiu saber.

— Eles não lhe contaram? — Ar'alani fingiu surpresa. — Seu amigo Jixtus tem novos aliados agora. Ou talvez *ferramentas* seja uma palavra mais correta. Aliados, ferramentas; tudo parece o mesmo para ele. De qualquer forma, eles estão ocupados convertendo os dois postos de escuta que sugeriu para você em estaleiros de pequeno porte.

— Que ele *me* sugeriu? — perguntou Yiv, com outro tom. — Do que está falando?

— Já disse, general — respondeu Ar'alani. — Estou falando sobre traição. Jixtus o persuadiu a construir esses postos de escuta porque precisava de um par de estruturas nesses locais em particular e decidiu deixar você fazer todo o trabalho. Infelizmente, o plano não funcionaria com as tripulações Nikardun originais, então depois delas começarem a funcionar, ele fez um ataque preciso nas duas bases, matou todo mundo a bordo, e então começou a reconstruí-las para suas próprias especificações.

— Você mente — disse Yiv, direto.

Ar'alani deu de ombros ao tirar o controle remoto de seu bolso e ativá-lo. A parede da cela se iluminou com um dos vídeos gravados pela *Vigilante* na última verificação da base em ruínas.

— Veja você mesmo.

Yiv observou em silêncio enquanto o vídeo chegava ao fim.

— Mais — disse ele.

Ar'alani colocou o próximo. Mais uma vez, Yiv assistiu até o fim, novamente sem comentários. Sem esperar por outra ordem, Ar'alani teclou o próximo vídeo, e depois o outro, passando das vistas externas para as que a equipe de pesquisa gravou no interior da base. Esse terminou, e ela começou a botar o quinto vídeo...

— Chega — Yiv sussurrou.

— Sinto muito — Ar'alani ficou surpresa por falar a verdade. — É difícil ver seu povo ser traído por um aliado.

— Como você saberia? — rebateu Yiv, ácido. — Vocês Chiss não têm nenhum aliado.

— Talvez não — admitiu Ar'alani. Então, não haveria negações, reclamações ou acusações. Isso significava que sua dedução era correta, que Jixtus realmente *estava* por trás da campanha de Yiv contra a Ascendência? — Isso não significa que nós não tenhamos muita experiência com traição a nível pessoal.

— Para comandantes, é sempre pessoal, não é? — Yiv sorriu, os simbiontes se contraindo outra vez. — Ah, sim. Eu sei quem você é, Almirante Ar'alani da Frota de Defesa Expansionária. Diga-me por que está aqui.

— Para mostrar a evidência da traição de Jixtus.

— Não — disse Yiv. — Soberba é algo abaixo do seu nível. Por que está aqui?

— Para obter informações sobre Jixtus — disse Ar'alani. — Sabemos que ele está trabalhando com a Iluminação Kilji... — agora, o segundo blefe — ... e com os Agbui. Ele possui outros aliados que não conhecemos?

— Os Agbui — disse Yiv desdenhosamente. — Criaturas de arrogância barulhenta e inutilidade silenciosa, capazes de persuadir um alvo em fazer meramente o que já queria ter feito.

— Eles possuem *mesmo* uma opinião elevada sobre si mesmos — concordou Ar'alani, um arrepio subindo pela coluna. Yiv poderia mostrar quanto desprezo quisesse, mas a inutilidade dos Agbui quase levara a Ascendência a uma guerra civil. — Há outros?

— Há outros nomes.

— Aliados?

— Talvez — disse Yiv. — Talvez simplesmente sejam nomes daqueles que Jixtus encontrou ou ouviu falar. Mas mesmo esses nomes poderiam trazer resultados úteis sob uma análise cuidadosa.

— Ah. — Ar'alani o observou de perto. — E o que esses nomes vão nos custar?

Yiv a encarou, pensativo, as pontas dos tentáculos simbiontes traçando pequenos padrões em seu peito.

— Você quer mais do que simples nomes ou espécies — disse. — Você quer datas e localizações de reuniões e conversas. Você quer pedaços de informações que eram muito vagas ou que não eram relacionadas aos triunfos Nikardun para que eu as acrescentasse aos meus registros. — As gavinhas tiveram um último espasmo, e então voltaram à mesma ondulação lenta de antes. — Você quer tudo que há para se saber a respeito de Jixtus e dos Grysk.

Ar'alani sentiu as costas enrijecerem. *Esse* era o nome de uma espécie da qual nunca ouvira falar.

— O povo de Jixtus é conhecido como Grysk?

— Sim. — A mandíbula partida se abriu em um sorriso. — Esse nome foi oferecido sem custo. O restante terá um preço.

— O que você quer?

— Eu quero sair deste lugar — disse Yiv sem hesitar. — Quero ver o sol e as estrelas mais uma vez. Quero sentir o vento em meu rosto e minhas costas e caminhar mais do que vinte passadas antes de encontrar uma barreira. Quero voltar a ter uma *vida.*

— Você sabe que não posso fazer isso, general — murmurou Ar'alani, sentindo um enorme desânimo. Estava tão perto, mas tão distante.

— Porque vocês precisam me manter em custódia para fazer trocas com o Destino Nikardun quando este ameaçar subjugá-los? — Yiv virou-se para a tela na parede, onde continuava a última imagem congelada do vídeo de Ar'alani. — O Destino não existe mais. Eu sei disso. — Ele voltou a olhar para Ar'alani. — Não tenho frota, nem soldados, nem poder. Não sou uma ameaça para os Chiss. Não há motivos para que não possam me soltar.

— Sinto muito — disse Ar'alani. — Mesmo que só o transferíssemos para uma cela na superfície...

— Você não me ouviu? — Yiv exigiu saber. — Eu não desejo mais viver entre os Chiss. Me leve para outro local, me deixe com equipamentos e suprimentos para que eu estabeleça meu lar e, em troca, contarei tudo.

Ar'alani franziu o cenho.

— Quer dizer *exílio*?

— É claro — disse Yiv. — É um pedido tão complicado assim?

— Não, de jeito algum — assegurou Ar'alani.

Apesar de ser, na verdade. Era um pedido *imensamente* complicado. Até onde ela sabia, a Ascendência nunca havia exilado ninguém, certamente não no escopo da história recente.

— Não posso prometer nada, mas vou falar com os meus superiores e ver o que estão dispostos a fazer.

— Só se certifique de avisá-los de que o tempo para agir é limitado — disse Yiv. — Jixtus está na ativa, e seu alvo é a Ascendência Chiss.

— Eles estão mais do que conscientes disso — assegurou Ar'alani, voltando até a porta e fazendo o sinal de toque-toque toque toque-toque que combinara com sua escolta. — Você será informado da decisão deles.

Ba'kif a esperava no centro de comando da prisão quando chegou, sentado diante de um banco de vitrines.

— Deu tudo certo? — perguntou enquanto andava até ele.

— Perfeitamente — disse Ba'kif, acenando para a cadeira ao seu lado. — Achei que ele poderia abaixar a voz para falar com você em privado. Mas não foi o que aconteceu.

— Ao contrário, ele deliberadamente aumentou o tom — concordou Ar'alani. — Acho que ele queria que todos nós, você, eu e todos os outros, fôssemos parte da conversa.

— Considerando a direção que o assunto tomou, tenho certeza que sim — disse Ba'kif. — O que você acha da oferta dele?

— Pareceu genuína. — Ar'alani olhou para os monitores. Um deles mostrava a conversa com Yiv tocando novamente sem som, com coberturas traçando as mudanças físicas sutis do Nikardun e extrapolando o fluxo paralelo dos estados mentais e emocionais. — Foram vocês que ficaram montando o banco de dados de verdade/ficção dele. O que *o senhor* viu?

— A mesma coisa — disse Ba'kif, soturno. — E isso me preocupa.

Ar'alani franziu o cenho.

— De que forma?

— Nos meses desde que Thrawn o trouxe até aqui, ele jamais indicou a possibilidade de um acordo — disse Ba'kif. — O que é a única coisa que mudou desde a sua visita?

— Ele confia mais em uma almirante Chiss do que em um general Chiss? — sugeriu Ar'alani, tentando um pouco de leveza.

Ba'kif sacudiu a cabeça.

— Ele viu sua evidência da destruição de seus postos de escuta.

Ar'alani sentiu o rosto esquentar, praguejando em silêncio sua tentativa de humor. Ela estivera tão focada na possibilidade de conseguir mais informação de Yiv que as implicações totais de sua oferta não haviam sido registradas.

— Ele disse que Jixtus já está agindo — murmurou. — Yiv acha que vamos perder.

— De fato — disse Ba'kif. — E ele está tentando encontrar uma forma de sair de Csilla antes de isso acontecer.

Ar'alani assentiu, o estômago se revirando em um nó. Ela havia entrado no serviço militar esperando que os Chiss pudessem ser atacados em algumas ocasiões, e que haveria altos e baixos em poder e influência. Mas nunca em sua vida imaginou que a Ascendência pudesse ser destruída por um desses inimigos.

— É claro, só porque ele acredita nisso não significa que vá acontecer — apontou Ba'kif. — Mas o fato de que ele acredita *de verdade* significa que precisamos levar a possibilidade a sério.

— Especialmente vindo de alguém que perdeu a própria batalha contra nós — concordou Ar'alani. — Qual é o plano?

— Vou contatar o Conselho de imediato e deixar isso rolando — disse Ba'kif. — Não sei a que tipo de equipamento e provisões Yiv estava se referindo, mas tenho certeza que ele ficará contente em oferecer sugestões. Nós também vamos mantê-lo ocupado listando todos esses nomes e os outros detalhes que prometeu.

— Notei que não mencionou a Sindicura — disse Ar'alani. — Não vamos falar com eles sobre isso?

— Ainda não — Ba'kif torceu o lábio. — Você conhece a Aristocra. Eles vão querer debater tudo e nos arrastar para suas audiências e, no fim, provavelmente dirão que não tem como. Não há tempo para o processo e não podemos arriscar essa decisão. Nós avisaremos quando eles precisarem saber. Não antes disso.

— Sim, senhor — Ar'alani manteve o tom neutro. Não era assim que as coisas deveriam correr, e ambos sabiam disso. Manter a Sindicura no escuro dessa forma poderia trazer uma galáxia de enxaquecas para Ba'kif.

Mas nada comparado com a dor que a queda da Ascendência causaria.

— Compreendo — acrescentou. — Também recomendaria que o Conselho fizesse uma chamada formal para que as Nove providenciem naves de guerra para fortalecer a Força de Defesa.

Ba'kif bufou um suspiro.

— Posso sugerir — disse. — Mas não acho que o Conselho vai aceitar.

Ar'alani franziu o cenho.

— Por que não?

— Porque eu suspeito fortemente que várias das famílias recusarão o pedido — disse Ba'kif, franco. — É quase certo que os Dasklo e os Clarr vão recusar, os Irizi e os Ufsa também, provavelmente. O restante... — Ele sacudiu a cabeça. — Não acho que o Conselho vai querer agravar as tensões ao forçar as Nove a escolherem entre serem aliados e serem legalistas.

— Entendo — disse Ar'alani, ouvindo uma pontada de amargura em sua voz. Mais uma vez, a política guiava a agenda da frota. Agora, a política de arriscar levar todos ao desastre para que alguém mantivesse as aparências. — Há alguma família que se declarou aliada?

— Sim, mas extraoficialmente — disse Ba'kif. — O Patriarca Thurfian falou ao Conselho que eles podem chamar até metade da frota Mitth, e está no processo de enviá-los a sistemas críticos onde estarão disponíveis assim que forem necessários. A Patriel Lakooni também ofereceu a fragata *Solstício*, atualmente de volta a Celwis, apesar de ela avisar que a Força de Defesa teria que encontrar oficiais e guerreiros para tripulá-la.

— Não ajuda muito.

— Não — concordou Ba'kif. — Mas é melhor do que nada. — Ele levantou e fez um sinal em direção à porta. — Venha, vou escoltá-la de volta ao andar principal. Também vou me certificar de que tenha uma cópia total da entrevista e de nosso padrão de análise antes de você partir, caso queira revisá-la na viagem de volta a Sposia.

— Obrigada, senhor.

Eles passaram pelos oficiais trabalhando, e então cruzaram a porta blindada do centro de comando. Ba'kif assentiu rapidamente para os guerreiros armados montando guarda do lado de fora, fez um sinal com a mão de "tudo limpo", e guiou o caminho até os elevadores.

— Não fique tão abatida, almirante. — Ba'kif destrancou a barra de controle e teclou para voltarem aos andares superiores, ao ar menos opressivo acima deles. — Só porque as famílias estão disputando não significa um desastre iminente. Elas se juntarão como se fossem uma quando a crise chegar. Aconteceu muitas vezes no passado da Ascendência, e acontecerá novamente.

— Eu sei, senhor — disse Ar'alani.

Mas *não* sabia de fato. Não ao certo.

E tinha bastante certeza de que Ba'kif também não.

A conversa pelo comunicador de longo alcance demorou mais do que as outras chamadas que haviam ocorrido entre Jixtus e seu povo durante a viagem da *Pedra de Amolar*. O Grysk do outro lado da linha foi o que mais falou, o que também era incomum, enquanto Jixtus só fazia comentários ocasionais.

Quando terminou, Jixtus ficou sentado em silêncio por mais de um minuto, pensando ou fechando a cara ou se preocupando atrás de seu véu. Nakirre o observou, perguntando-se o que teria sido a mensagem, e se a notícia repassada pelo outro Grysk havia sido boa ou ruim.

Na verdade, Nakirre não tinha muita dúvida de que era o segundo caso. Jixtus nunca se recolhia para dentro de si mesmo dessa maneira com notícias boas. Todas as outras vezes ele compartilhara boas notícias de imediato ou contara vantagem a respeito delas. Não, algo havia dado errado.

Inevitável, claro, apesar de Jixtus ainda não reconhecer isso. Só com a verdadeira iluminação era que se encontrava de fato a sabedoria e a habilidade plenas, e a recusa de Jixtus de sequer considerar o caminho Kilji significava que seus planos sempre seriam tumultuados e confusos. Talvez o Grysk aprenderia essa lição algum dia. Nakirre duvidava.

A grande questão agora era se essa notícia impactaria os Kilji e suas tentativas de levar a iluminação aos Chiss e aos outros povos do Caos.

Finalmente, Jixtus se mexeu.

— Generalirius Nakirre, vamos tomar uma nova direção — falou. — Faça com que seus servos calculem um trajeto até o mundo Chiss de Ornfra.

— Como quiser — disse Nakirre. Jixtus havia mencionado esse sistema, mas ele fazia parte de um dos estágios posteriores do plano Grysk. — Primeiro Vassalo: computar trajeto para Ornfra.

— Eu obedeço — disse o Primeiro Vassalo, virando-se para seu painel.

— Então não vamos mais para Sharb? — perguntou Nakirre, olhando para Jixtus mais de perto. — Você disse que queria trazer mais atenção aos Xodlak.

— Isso era antes — afirmou Jixtus. — Como falei, uma nova direção. Os Xodlak são peças menores no jogo, como condiz com sua posição como parte das Quarenta. Os Clarr e os Dasklo são os pontos focais e a chave para incitar os Nove à guerra civil. Quando os ressentimentos fervilhantes forem forçados a entrar em combate total, o restante da Ascendência inevitavelmente fará o mesmo. Vassalo, está pronto?

Não houve resposta.

— Meus vassalos só respondem às minhas ordens — disse Nakirre com tranquilidade. — Primeiro Vassalo: execute o trajeto.

— Eu obedeço. — As estrelas giraram e derreteram, e a *Pedra de Amolar* voltou ao hiperespaço.

— Você gosta de ser o mestre de sua nave e de seus servos — comentou Jixtus. — Talvez goste um pouco demais disso.

— Eu gosto puramente porque esses vassalos foram iluminados através de meus esforços — disse Nakirre. — Você disse que *quando* os Chiss forem forçados a entrar em combate, a Ascendência cairá. O termo correto não seria *se*?

Jixtus remexeu-se outra vez, o rosto velado mudando uma fração para apontar diretamente para Nakirre.

— Você questiona minhas palavras e minha habilidade, Kilji? — perguntou. — Ou zomba de mim? Porque deveria pensar longa e profundamente antes de entrar nesse caminho. Você não tem conceito do verdadeiro poder dos Grysk. Podemos esmagar a Iluminação como rochas tornadas em areia finíssima, ou podemos distorcer suas culturas, vidas e até mesmo suas próprias almas a fazerem o que desejarmos. Não me force a escolher qual desses destinos seria o mais satisfatório.

A pele de Nakirre se esticou mais uma vez.

— Não — respondeu, apático.

Jixtus pareceu surpreso.

— O que quer dizer com *não*?

— Quero dizer que não pode nos distorcer — disse Nakirre. — Somos os iluminados. Nenhuma de suas falsidades poderá nos afastar da verdade.

— Pode acreditar nisso, se o consola — falou Jixtus. — Está escolhendo, então, que os Kilji sejam transformados em areia?

— Talvez nem isso esteja mais em suas mãos. — A pele de Nakirre se esticou com ousadia. O tumulto interno que testemunhara em Jixtus após a conversa com outro Grysk o deixara em seu ponto mais baixo até agora. Se ele fosse como a maior parte das espécies que os Kilji haviam encontrado até então, esse seria o ponto onde ele estaria mais vulnerável para a iluminação.

Mas esse não era o objetivo principal aqui. A iluminação viria quando os Grysk estivessem confortáveis com os Kilji e suas defesas emocionais estivessem baixas. Agora era o momento para começar o caminho que levaria ao fim definitivo.

— Diga-me, quais foram as notícias que recebeu agora há pouco que o incomodaram tanto assim?

— Eu nunca disse que estava incomodado.

— Seu silêncio e sua atitude abatida falam por você — disse Nakirre. — Seu problema, Jixtus, é que você vê os Kilji como ferramentas menores para serem usadas nas bordas de sua ambição. Você mesmo afirmou: nós meramente devemos conquistar nações menores para fechá-las e forçar os Chiss a baterem em retirada.

— *E* para vocês ficarem livres para se meterem em suas culturas e trazer a iluminação — disse Jixtus. — É o que vocês queriam, não é?

— Era e segue sendo — concordou Nakirre. — Mas não é *tudo* que queremos.

Por um momento, Jixtus ficou em silêncio.

— Muito bem — disse. — Me conte sobre essa nova ambição.

— Você só quer destruir os Chiss — declarou Nakirre com uma expectativa cautelosa. Jixtus estava escutando o que dizia. Pela primeira vez, ele estava realmente *escutando*. — Eu, por outro lado, quero colocá-los ao nosso lado como *seus* aliados.

— Essa tentativa já foi feita — grunhiu Jixtus. — Selecionamos seus líderes mais maleáveis e inflamamos seus desejos para além das capacidades do pensamento racional. Foi um fracasso.

— Porque você não os compreendeu — disse Nakirre. — Você inflamou seus desejos, e agora inflama seus medos e rivalidades. E se, em vez de medo, eles pudessem ser induzidos a trabalhar cooperativamente em prol da glória dos Grysk?

— Através da iluminação dos Kilji? — Jixtus soltou um som que parecia um bufido baixo. — Agora você tenta alcançar além de *suas* capacidades, generalirius.

— De forma alguma — respondeu Nakirre. — Todos os seres sonham secretamente em ter alguém que dê a eles ordem e propósito, que permitirá que eles sirvam sem necessidade do fardo de pensar ou de decisões incertas. Essa é a iluminação que oferecemos.

— Não — Jixtus foi firme. — Vocês podem ter o que restar assim que quebrarmos a coluna da Ascendência. Mas sua coluna será quebrada. Até mesmo agora, o pavio está aceso, e a primeira explosão da guerra civil está preparada. — Ele gesticulou em direção à panorâmica. — Gostaria de ver o princípio do fim deles?

Nakirre se esticou, profundamente frustrado. Jixtus escutava, mas não ouvia. Ele seguia sem compreender o que a Iluminação Kilji oferecia, ou o que a iluminação poderia fazer por um povo como os Chiss.

Não importava. Havia outras nações além dos Chiss no Caos, nações que os Grysk certamente esperavam moer em areia finíssima como Jixtus ameaçara fazer com ele. E, assim que conseguissem isso, haveria todo o Espaço Menor e os seres que lá habitavam.

Haveria tempo para Nakirre mostrar a Jixtus tudo que os iluminados podiam fazer. E se não mostrasse ao próprio Jixtus, talvez mostraria ao seu sucessor. Presumia que nem mesmo os Grysk viviam para sempre.

E, então, os supostos mestres dos Kilji finalmente aceitariam a Iluminação como verdadeiros parceiros na dominação da galáxia.

— Eu gostaria de ver isso, sim — falou para Jixtus. — Acontecerá em Ornfra?

— Sim — respondeu Jixtus. — Viajaremos por mais uma hora, e então você devolverá a nave ao espaço estelar para que eu possa fazer uma última chamada.

— É claro — respondeu Nakirre com uma dúvida repentina. Se houvesse pressionado demais sua petição, essa chamada poderia ser para aquela terrível nave de guerra Chiss. Na sombra de seus pensamentos, viu rochedos sendo transformados em pó…

— Nada tema, generalirius. — A voz de Jixtus era tão reconfortante quanto zombeteira. — Fiquei verdadeiramente impressionado por sua paixão em se juntar aos Grysk de igual para igual. É um tópico que revisitaremos quando os Chiss estiverem mortos aos nossos pés. — Ele gesticulou. — E está bem-vindo a ouvir esta chamada. Será para a nave de guerra Clarr, a *Orisson*.

Nakirre sentiu-se esticar, irritado. Deveria ter imaginado que a chamada de Jixtus seria para sua inofensiva Chiss.

— Não gosto de juntar nossas viagens a essa pessoa e seu cronograma — disse. — Quando terminaremos com ela?

— Quando ela tiver servido seu propósito total — assegurou Jixtus. — Diga-me, Generalirius Nakirre dos iluminados: quando acha que isso ocorrerá?

Nakirre considerou a pergunta.

— Acredito que seja agora — disse. — Você fala como se seu plano já estivesse em andamento.

— Interessante — falou Jixtus. — Talvez você seja mesmo iluminado.

Nakirre o observou de perto.

— O que quer dizer com isso?

— Quero dizer que, assim como você esteve lá quando ela começou conosco, estará lá quando ela chegar ao seu fim — disse Jixtus. — Falarei com ela mais uma vez, e então viajaremos para Ornfra para testemunhar sua morte.

— Ela *morrerá*?

— Ela morrerá. — Jixtus fez uma pausa e Nakirre conseguia imaginar um sorriso malicioso por trás daquele véu. — E com a morte dela virá o fim da Ascendência Chiss.

Roscu nunca gostou de cronogramas. Eles eram bons para outras pessoas, mas não para ela. Ela tinha a combinação rara de profissionalismo e instinto que permitia que ela reconhecesse e tirasse vantagem de oportunidades inesperadas, opções que seriam sufocadas por um cronograma inflexível.

Mas, nesse caso, era um mal necessário. Com naves que viajavam no hiperespaço sendo incapazes de se comunicar umas com as outras ou com o universo em geral, e com a *Orisson* e a *Pedra de Amolar* perambulando pela Ascendência em suas tarefas individuais, a única forma de poder se manter atualizada no que quer que Jixtus tivesse aprendido era ambas se comprometendo a estar no espaço normal em certos horários específicos. Poderia ser irritante e atrapalhar seus planos, mas às vezes valia a pena.

Dessa vez, valeu *muito* a pena.

— Peço perdão por ligar a esta hora, Seu Venerante — disse Roscu. — Mas tenho novidades que preciso repassar ao senhor.

— Não tem problema, capitã — assegurou o Patriarca Rivlex. — Imagino que tenha ouvido falar a respeito da batalha em Csaus entre os Tahmie e os Droc?

— Sim, dei uma olhada nas notícias quando parei para falar com Jixtus. — Roscu torceu um pouco o nariz. Pessoalmente, ela não chamaria um par de disparos lasers trocados entre cargueiros armados de uma *batalha*. Até mesmo *escaramuça* seria forçar a barra. — Parece que a *Belicosa* conseguiu intervir antes das coisas saírem do controle.

— Sim, mas esse não é realmente o ponto — disse Rivlex. — Se até mesmo famílias menores estão começando a atirar umas nas outras, nós poderíamos estar à beira de um desastre.

Roscu revirou os olhos. Além do mais, havia gente que reagia da maneira mais dramática possível diante da menor das provocações. Ela odiava pessoas assim ainda mais do que odiava cronogramas.

— O Conselho chamou as Nove para pedir apoio?

— Não, ainda não.

— Bem, então eles não devem estar tão preocupados assim.

— Ou eles sabem que o Patriarca Kloirvursi se recusará a contribuir — disse Rivlex. — E eu posso falar agora mesmo que, se os Dasklo não oferecerem nenhuma de suas naves, *nós* certamente não ofereceremos.

— Sim, é provavelmente uma ação prudente — reconheceu Roscu. Mais drama. Ainda assim, ele poderia ter um ponto. O Conselho poderia já ter sondado de forma discreta e concluído que nenhuma das Nove contribuiria à defesa geral da Ascendência, e decidiria que uma chamada simplesmente exacerbaria a situação. — Mas não foi por isso que liguei. Enquanto eu estava vendo as notícias, também falei com Jixtus. Parece que, enquanto estávamos focados nos Dasklo, os Mitth estão fazendo uma ação silenciosa contra a Ascendência inteira.

— Espere um momento — disse Rivlex. — Você disse os *Mitth*?

— Sim — falou Roscu. — O senhor deve lembrar que os Xodlak, os Pommrio e os Erighal alegaram que foram até Hoxim porque supostamente havia uma mina de nyix majoritariamente inexplorada lá.

— *Eventualmente* alegaram isso.

— Sim, tudo bem, levou um tempo para eles falarem a verdade. — Roscu teve que lutar contra a própria irritação. Rivlex tinha o mau hábito de trazer detalhes irrelevantes quando deveria estar ouvindo. — De qualquer forma, Jixtus falou que os Mitth encontraram o planeta verdadeiro de onde as joias de nyix realmente vinham, um planeta com depósitos incrivelmente ricos. — Ela fez uma pausa para dar ênfase. — Ele também falou que um grupo de estrangeiros liderados pelo Capitão Sênior Thrawn já estão no processo de capturá-lo, com o plano de reivindicá-lo em nome dos Mitth.

— Interessante — disse Rivlex, não parecendo tão preocupado com as notícias quanto deveria estar. — Jixtus tem um nome e uma localização para esse planeta?

— Ele não sabe o nome de verdade — falou Roscu. — Pelo visto, Thrawn o chama pelo codinome de Nascente. *Mas* eu tenho a localização.

— E você acredita nele?

Roscu franziu o cenho. Que tipo de pergunta era essa?

— O senhor não acredita?

— Eu não sei — disse Rivlex. — É por isso que pergunto. É você que teve o contato mais próximo com esse estrangeiro. Você achou que as informações anteriores foram confiáveis?

— Sim, Seu Venerante, eu achei — o tom de Roscu foi firme. — Mais do que isso, esse é o tipo de movimento ardiloso que Thrawn costuma fazer.

— Talvez seja — respondeu Rivlex, claramente sem ser convencido. — Me conte sobre esses estrangeiros que ele supostamente recrutou.

— Eles se chamam de Paccosh, e são do sistema Rapacc — disse Roscu. — Os nomes estão nos nossos arquivos de dados, apesar de não ter muitos detalhes. Thrawn os contatou pela primeira vez quando estava procurando pela origem dos refugiados que estavam tentando chegar em Dioya quando foram atacados e assassinados.

— Sim, lembro disso — falou Rivlex. — Essa também foi a missão que levou à descoberta e identificação do General Yiv, não foi?

— Sim, foi — confirmou Roscu, fechando a cara para o comunicador. Isso era uma notícia urgente e perigosa. Por que o Patriarca estava arrastando tudo com perguntas irrelevantes? — O ponto é que, enquanto nós todos estamos procurando e atirando uns contra os outros, os Mitth estão prestes a conseguir um tipo de poder que não é visto desde que os Stybla abdicaram para dar lugar às Três Famílias Governantes.

— Acho que você pode estar exagerando o caso, capitã — continuou Rivlex, calmo. — Claro, uma fonte rica de nyix poderia dar aos Mitth um enorme prestígio na Sindicura. Mas isso dificilmente se traduziria ao tipo de poder que você mencionou.

— Com todo o respeito, Seu Venerante, acho que pode estar esquecendo da história Mitth. — A resposta de Roscu foi rígida. — O gerador de poço gravitacional que trouxeram de volta do primeiro encontro de Thrawn com os piratas Vaagari foi o que finalmente persuadiu os Obbic a se aliarem a eles. O escudo de energia aumentada que encontraram na fronteira do Espaço Menor fez com que conseguissem fazer vista grossa à violação descarada das ordens que Thrawn cometeu, e também tirou os Krovi da lista de aliados dos Irizi e fez com que ficassem neutros. E não podemos esquecer a conexão próxima que os Mitth têm com os Stybla.

— A que se refere? — perguntou Rivlex, seu tom ficando todo cauteloso e resguardado.

— Sabe a que me refiro, Seu Venerante — disse Roscu. — O ponto é que, depois do incidente em Hoxim, ouvi dizer que Thrawn ignorou a ordem de voltar para Csilla e, em vez disso, foi diretamente para Sposia para uma reunião com o Patriarca Lamiov dos Sybla. Não há motivo para ele fazer isso a não ser que estivesse levando algo novo para o GAU e, nesse caso, ele deveria ter apresentado isso primeiro ao Conselho. Ele certamente não deveria estar mostrando nada primeiro para um Patriarca das Quarenta.

— Consigo ver isso, sim — concordou Rivlex, o momento de estranha cautela desaparecendo de seu tom. — Verei o que consigo descobrir quanto a isso. Imagino que continue a caminho de Ornfra?

— Sim, para dar uma olhada na fábrica de naves de Krolling Sen — confirmou Roscu. — Mais uma coisa. Jixtus também me avisou que os Mitth possuem postos de observação e comunicações escondidos em uma casca artificial de asteroide que pode ter sido mandada ao sistema Ornfra.

— Isso parece uma trabalheira e tanto — comentou Rivlex. — Especialmente quando todo mundo só usa cargueiros ou transportes para ficar a par de seus rivais.

— Cargueiros e transportes são óbvios demais para alguém como Thrawn — disse Roscu de forma azeda. — Ou já esqueceu que Jixtus nos contou que o vídeo do incidente dos Dasklo foi gravado no sistema Ornfra?

— É claro que não esque... — Rivlex parou de falar. — Você está sugerindo que foram os Mitth que gravaram aquele vídeo? E então, o que, eles o venderam a Jixtus?

— Por que não? — falou Roscu. — Claramente, os Dasklo não sabiam que estavam sendo gravados. Um asteroide falso pairando por ali, observando seus treinos de guerra; quem teria suspeitado de algo assim?

— Mas se a gravação veio dos Mitth, por que Jixtus não nos contou?

— Ele mesmo provavelmente não sabe de onde ela veio — disse Roscu. — É preciso olhar para o padrão maior do comportamento de Thrawn. Ele já está trabalhando com uma espécie estrangeira para pegar as minas de nyix em Nascente, e também sabemos que ele fez algum tipo de acordo privado com os Paataatus durante sua última caça aos piratas.

— A Sindicura pareceu bastante satisfeita com isso.

— Quem ficou satisfeito ou não é irrelevante, Seu Venerante — persistiu Roscu. — Estou falando do jeito que Thrawn usa estrangeiros para seus próprios propósitos. Na verdade, agora que eu penso sobre isso, ele praticamente começou sua carreira assim, manipulando os Garwianos e os Lioaoi. Então, por que não Jixtus? Mentir para mais um estrangeiro não é nada para ele.

— Bem, você o conhece melhor do que eu — reconheceu Rivlex, ainda parecendo não querer acreditar. — Só tome cuidado para não fazer nenhuma acusação pública até ter evidências sólidas.

— Não se preocupe, Seu Venerante — disse Roscu com tanta paciência quanto conseguiu. — Eu contarei ao senhor o que descobrir em Ornfra.

— Muito bem, capitã — concluiu Rivlex. — E tome cuidado. Patriarca Rivlex desligando.

O comunicador se apagou.

— Ou eu deveria dizer, vou contar o que eu pegar os Dasklo fazendo — acrescentou baixinho.

— Ordens, capitã? — perguntou o Comandante Raamas, parando ao lado de sua cadeira de comando.

— Volte para o hiperespaço e continue para Ornfra — Roscu respondeu. — Na melhor velocidade possível.

— Sim, senhora. — Raamas gesticulou para a ponte. — Leme: reinicie o trajeto para Ornfra.

— Entendido, comandante — respondeu o piloto, de prontidão. Do lado de fora da panorâmica, as estrelas se esticavam em chamas estelares, e então desapareciam nos giros do hiperespaço.

— No curso para Ornfra, capitã — Raamas foi formal. — Alguma outra ordem?

— Não por enquanto — disse Roscu. — Está dispensado por agora, mas vou precisar de você na ponte quando chegarmos em Ornfra.

— Sim, senhora. — Raamas fez uma pausa. — Capitã... A senhora notou algo estranho na voz do Patriarca quando mencionou os Mitth e os Stybla?

— Talvez um pouco. — Roscu manteve a voz casual. Não havia nada estranho na reação de Rivlex, no que lhe dizia respeito; claramente, ele estava lembrando do fiasco com Thrawn e aquele auxiliar sênior dos Stybla no mundo estrangeiro de Pleknok.

Mas aquele incidente havia sido profunda e deliberadamente enterrado, e Roscu não tinha intenção de desenterrá-lo agora.

— Talvez ele estivesse pensando a respeito do fato dos Mitth terem como rotina entregar qualquer artefato estrangeiro que encontram aos Stybla.

— Achei que todo mundo fazia isso.

— A maioria — disse Roscu. Na verdade, ele tinha razão: todo mundo entregava artefatos estrangeiros aos Stybla, de fato. Mas só no sentido de que os Stybla organizavam o GAU e que todos os itens do gênero eram examinados pela agência antes de serem dispersados para outros lugares. — Ou talvez ele estivesse pensando a respeito da velha teoria de que essas duas famílias fizeram um acordo traiçoeiro com os invasores durante o Último Ataque em Csilla.

Raamas sorriu.

— Duvido que o Patriarca esteja se preocupando com histórias de mil anos que cadetes da academia contam uns aos outros quando não estão com vontade de estudar — disse. — Especialmente histórias sem embasamento. Não pode ter sido uma grande aliança quando os invasores morreram e os Mitth e os Stybla não morreram junto.

— Ou que foram censuradas por todos os outros — continuou Roscu. — Era só uma ideia. Ele provavelmente não tomou sua caccofolha ainda.

— É provavelmente isso. — Raamas hesitou. — Só mais uma coisa, capitã, se eu puder comentar. Me perdoe se eu estiver passando do limite, senhora, mas eu estava me perguntando a respeito da Almirante Ar'alani.

Roscu sentiu o estômago se contrair.

— Quer dizer por que eu e ela não nos damos bem?

— Sim, senhora — disse Raamas. — Eu sei que não é da minha conta. Mas com as tensões elevadas que estamos vendo na Ascendência...

— Você precisa saber o que pode entrar no caminho da cooperação com outras forças da Ascendência — Roscu terminou por ele. — Justo. Tudo bem. Alguns anos atrás, Ar'alani era minha comandante a bordo do cruzador de patrulha *Parala* quando esbarramos em um ataque pirata contra uma estação comercial Garwiana. Os Garwianos estavam perdendo quando, de repente, eles mudaram para novas táticas que salvaram o dia. Eu suspeitei que essas táticas foram entregues a eles ilegalmente por nosso quarto oficial, o Comandante Sênior Thrawn, e registrei uma queixa contra ele.

— O que aconteceu?

— Nada. — Roscu forçou a voz a se manter estável. O incidente era coisa do passado distante, e ela já havia trazido à luz mais de suas emoções do que era bom para ela. — Ar'alani acobertou Thrawn, o General Supremo Ba'kif acobertou Ar'alani, e a situação inteira foi varrida para baixo do tapete.

— Entendo — disse Raamas. — Foi aí que saiu da frota e se uniu às forças familiares Clarr?

— Foi alguns meses depois — contou Roscu. — Mas sim. Eu estava pronta para sair, o Patriarca ofereceu uma posição, e eu aceitei. Fim da história.

— Entendo — falou Raamas. — Obrigado, capitã. Eu aprecio a sua honestidade.

— Não há de quê, comandante — disse Roscu. — Oficiais sênior não deveriam guardar segredos uns dos outros.

— Concordo — disse Raamas. — Mais uma vez, obrigado por sua atenção. Nos vemos quando chegarmos em Ornfra.

Por um minuto depois de ele sair da ponte, Roscu ficou sentada em silêncio em sua cadeira, os olhos fazendo a varredura metódica das estações e dos painéis que os anos na frota inculcaram nela.

Não, capitães e primeiros oficiais não deveriam guardar segredos uns dos outros... A não ser que esses segredos fossem obscuros e vergonhosos.

Tal qual o verdadeiro motivo pelo qual Roscu saíra da Frota de Defesa Expansionária. Não por algum tipo de protesto nobre contra Thrawn e Ar'alani, mas porque, um mês após o incidente Garwiano, a própria Roscu havia sido acusada de uma infração menor de protocolo. Fora apenas um pequeno lapso, certamente algo bem mais brando do que o crime que Thrawn cometera.

É só que, no caso dela, ninguém a defendera. Ninguém trabalhou sem parar para limpar seu nome. No fim, tudo que fizeram foi oferecer a escolha entre disciplina oficial e saída discreta.

Ela escolheu a segunda opção e nunca se arrependeu dela.

E então, aconteceu o incidente em Pleknok.

Roscu fechou a cara ao encarar os monitores, sentindo um pouco da velha emoção escorrer por ela apesar de seu esforço para reprimi-la. O fato de que os Clarr emergiram do incidente mais ou menos intactos não importava. O fato de que ninguém morreu e que a família conseguiu se safar não importava.

O que importava era que os Mitth e os Stybla sabiam a verdade a respeito de Pleknok. Eles sabiam o que ela havia feito, e sabiam como ela havia fracassado, assim como fracassara em manter seu posto na Frota de Defesa Expansionária.

O pior de tudo é que *Thrawn* sabia.

Havia contas a serem acertadas entre sua família e a de Thrawn. Talvez hoje, em Ornfra, Roscu por fim teria a chance de acertá-las.

MEMÓRIAS IX

— PREPARAR — DISSE Thrawn. — Piloto: três, dois, *um*.

Com uma explosão súbita de energia, a *Jandalin* saiu de seu vetor, angulando para a direita em uma curva apertada que fez Thrass se segurar em suas restrições. A paisagem estelar do lado de fora girou loucamente enquanto a nave de patrulha continuava dando a volta, e conseguiu sentir a vibração retumbante debaixo dele conforme o piloto acionava os propulsores a máxima potência. Por um segundo, conseguiu ver a formação Paataatus se aproximando diante deles — houve uma espécie de ronco suave — e então o piloto continuou a curva, girando a nave de volta à pirata desativada. Houve um clarão apagado quando os lasers espectrais da *Jandalin* dispararam outra vez...

Lappincyk murmurou alguma coisa que parecia uma maldição.

— Quê? — perguntou Thrass. Ele olhou para as várias telas, tentando em vão entender o que Lappincyk estava vendo e desejando saber como ler os dados melhor. Será que Thrawn havia derrotado uma das canhoneiras estrangeiras, talvez até mesmo a fragata?

— Ele disparou contra o transporte outra vez — o tom de Lappincyk era grave. — O que, por...?

Ele parou de falar quando a nave mudou a direção do giro abruptamente, encarando brevemente as naves Paataatus de novo — que estavam significantemente mais perto agora, Thrass notou, desconfortável — antes de continuar outra vez para fora do caminho delas. Outra curva à direita, essa levemente menos selvagem que as outras, e então o piloto os endireitou em um vetor que não mostrava nada à frente além das estrelas. Thrass voltou a olhar para os monitores e, dessa vez, conseguiu ao menos ver que a nave pirata estava atrás deles e que a *Jandalin* agora corria em paralelo ao esquadrão de naves Paataatus em movimento, só que na direção oposta.

Franziu o cenho. Em paralelo aos Paataatus, passando por eles em alcance fácil de combate. Mas nenhum dos estrangeiros estava tentando atacá-los?

— Thrawn? — chamou. — O que está acontecendo?

— Exatamente o que eu esperava — respondeu Thrawn, uma nota nova e sutil de confiança em sua voz. — Algo que eu deduzi pelos registros da batalha anterior com os Paataatus.

— Que seria? — perguntou Lappincyk, impaciente.

Thrawn apontou para a lateral da panorâmica.

— As táticas Paataatus são baseadas em mentalidade de enxame — disse. — Vê como eles estão abrindo o aglomerado agora enquanto continuam na direção do transporte?

Thrass estudou as telas. Não havia notado a mudança na formação antes, mas agora que sabia o que procurar, conseguia ver que Thrawn tinha razão.

— Mas por que o transporte? — perguntou Lappincyk. — Nós já estamos em alcance laser. O transporte não está. Por que não nos atacam?

— Porque parte do padrão deles é ir atrás do alvo mais fraco primeiro — explicou Thrawn. — Enxameá-lo, destruí-lo, e depois se virar para o próximo alvo...

— Espere — Lappincyk o interrompeu, horrorizado de repente. — Destruí-lo? Thrawn, precisamos daquela nave intacta. Você não pode...

Ele parou de falar quando a *Jandalin* girou outra vez em uma curva brusca que, mais uma vez, fez Thrass agarrar os cintos de segurança.

— *Thrawn*! — gritou Lappincyk por cima do rugido dos propulsores.

Thrawn não respondeu. A curva se endireitou, e Thrass mais uma vez viu as naves Paataatus diretamente à frente deles.

Mas, ao contrário das últimas duas vezes que vira os estrangeiros, desta vez não estavam em disparada na direção da nave de patrulha Chiss. Desta vez, eles estavam se *afastando* deles. A última manobra de Thrawn levou a *Jandalin* em uma posição diretamente atrás da formação de ataque deles.

E, enquanto Thrass percebia tarde demais que todas as voltas e giros tiveram a intenção de colocar a *Jandalin* precisamente nessa posição, os três lasers espectrais da nave abriram fogo.

As canhoneiras Paataatus mais próximas receberam o impacto total da barragem e, na tela de sensores, Thrass viu um cone de aviso aparecer conforme os lasers furavam profundamente os propulsores principais dos estrangeiros. Thrass observou de perto, perguntando-se se a próxima saraivada destruiria a nave por completo ou se levaria um terceiro ou quarto ataque para alcançar essa conclusão.

Mas a destruição não parecia ser o objetivo de Thrawn para esta batalha. A segunda explosão laser não se dirigiu à nave Paataatus danificada e, em vez disso, focou na próxima canhoneira mais próxima. Outra explosão tripla de lasers, e Thrawn mais uma vez mudou de alvo, dessa vez para a terceira mais próxima. Mesmo enquanto disparava, a *Jandalin* se movia outra vez, acelerando na direção da asa mais distante da formação Paataatus que se abria.

E, ainda assim, Thrass não ouvira Thrawn dar nenhuma ordem adicional. Isso significava que o piloto continuava seguindo o trajeto original? Caso fosse verdade, como Thrawn pudera antecipar esta batalha com tanta antecedência?

Thrass voltou a olhar para os monitores, concentrando-se no que mostrava o transporte distante. Tudo bem acabar com as canhoneiras por trás uma por uma enquanto elas estavam focadas em um alvo diferente. Mas essa estratégia havia deixado o transporte Chiss desativado completamente exposto para as forças estrangeiras que se dirigiam contra ele. A fragata continuava lá, duas das canhoneiras de enxame não estavam danificadas...

Enrijeceu. Aquilo havia sido um clarão de fogo laser da fragata?

Não havia indicação alguma de danos novos no transporte. Mas Thrass tinha certeza que havia visto um clarão.

E, então, mesmo enquanto tentava compreender, a canhoneira movendo-se junto ao flanco a bombordo da fragata faiscou um pequeno clarão próprio. O que, em nome de Csilla...?

— Piloto: em frente na potência máxima — ordenou Thrawn, sua voz calma, mas com um quê de urgência. — Coloque-me em alcance ideal de laser da fragata.

— Sim, senhor — disse o piloto, as palavras desaparecendo no rugido aumentado e repentino dos propulsores da *Jandalin*.

— Como pode ver, Thrass — Thrawn virou parte do corpo na direção de Thrass e aumentou a voz para ser ouvido em meio ao barulho —, o alvo de uma rede Incapacitadora não precisa estar imóvel se puder soltá-la diante dele e persuadi-lo a entrar na rede.

— Sim — murmurou Thrass. Então, esses foram os flashes gêmeos: a fragata e a canhoneira entrando com tudo em um par de redes carregadas que Thrawn liberara mais cedo no caminho delas, com todas as voltas e giros pensados para esconder o momento que as soltou dos Paataatus.

O caso era que, para que isso funcionasse, Thrawn não só precisou antecipar com precisão a tática de enxame, mas também prever com um nível igual de exatidão os vetores que as naves estrangeiras seguiriam individualmente no trajeto até o transporte. Assim como ele aparentemente havia antecipado as manobras que seriam necessárias para levar a *Jandalin* a ficar atrás da força de ataque.

E tudo que ele tivera para se basear haviam sido os dados de uma única batalha que acontecera dezenove anos antes?

Thrass encarou a parte de trás da cabeça de Thrawn, um arrepio subindo pela coluna. Que tipo de pessoa poderia fazer tudo isso?

— Felizmente, as redes Incapacitadoras são muito grandes — comentou Thrawn, como se estivesse antecipando os pensamentos e preocupações de Thrass. — São quase impossíveis de detectar, certamente no caso da velocidade do ataque de uma nave de guerra, e elas não precisam atingir os alvos diretamente para perturbar seus sistemas de forma temporária.

— Mira impressionante, de qualquer maneira — disse Lappincyk. — E agora?

— Nós recuperamos o transporte e o carregamento roubado e vamos embora — Thrawn respondeu. — Observe a nave Paataatus.

Thrass voltou a olhar para os monitores. As canhoneiras haviam quebrado o ataque, as que Thrawn atacara afastando-se com dificuldade do transporte com a clara intenção de fugir para o hiperespaço. A única canhoneira intacta se juntou à companheira parcialmente paralisada e, juntas, empurravam um pouco a fragata semi-incapacitada para sair de seu vetor de ataque e fazer uma saída similar.

— Auxiliar Sênior Lappincyk? — o piloto chamou por cima do ombro. — Estamos a alcance laser da fragata Paataatus. Atacamos?

— Comandante Sênior Thrawn? — perguntou Lappincyk.

— Como o Síndico Thrass apontou corretamente antes, nós dificilmente teríamos como enfrentar seis naves de guerra cara a cara que foram forçadas a continuar as hostilidades — disse Thrawn. — Se os Paataatus tiverem reconsiderado sua linha de ação, não vejo motivos para não deixá-los partirem. — Ele apontou para a esquerda da panorâmica. — Nossa preocupação maior agora é a Capitã Roscu.

Thrass sentiu a garganta apertar. A *Orisson*, que ficara bem distante do campo de batalha, agora voltava a se mover na direção do transporte dos agressores. Agora que não havia mais perigo, Roscu aparentemente pensou que poderia só passar lá e tirar o carregamento debaixo do nariz da *Jandalin*.

— Piloto: potência de emergência na unidade — ordenou Lappincyk, severo. — Nos leve até o transporte antes dos Clarr chegarem lá.

— Sim, senhor — assentiu o piloto. O rugido dos propulsores aumentou, e Thrass sentiu um pequeno espasmo conforme a *Jandalin* saltava para frente.

— Chegar na frente da *Orisson* pode não significar nada — disse Thrawn por cima do barulho. — A Capitã Roscu possui um número suficiente de armamento e tripulação para nos forçar a partir.

— Só nos leve até lá — grunhiu Lappincyk. — Roscu não ousaria bloquear o auxiliar sênior de um Patriarca das Quarenta à força.

— Nas circunstâncias, não sei se há algo que ela não ousaria fazer — avisou Thrawn. — Mas, talvez, possamos persuadi-la a reconsiderar a ideia.

A velocidade da *Orisson* estava aumentando de forma estável conforme Roscu também forçava o motor do cruzador ao limite. Mas os propulsores mais poderosos da nave também precisavam lidar com uma massa maior, e a projeção do computador continuava mostrando a *Jandalin* alcançando o transporte antes.

— Piloto, quando eu disser, você vai executar uma freada de emergência — disse Thrawn.

Thrass franziu o cenho. Interromper o embalo da *Jandalin* faria eles demorarem e, possivelmente, daria à *Orisson* a vantagem necessária para alcançar o transporte primeiro.

— Na segunda vez que eu falar, você vai continuar o curso e a aceleração — continuou Thrawn.

— Thrawn... — disse Thrass.

E parou ao ver um gesto admonitório de Lappincyk.

— Deixe-o — falou o auxiliar sênior, alto o bastante apenas para que Thrass o ouvisse acima do barulho do propulsor. — Acho que ele já demonstrou que sabe o que está fazendo.

Thrass trincou os dentes, mas assentiu. A *Jandalin* continuou...

— Piloto, primeira marca: três, dois, *um* — disse Thrawn.

Thrass sentiu a onda sutil conforme os propulsores da *Jandalin* entravam em modo de freagem total, matando parte da aceleração da nave. Ele fechou as mãos com força ao redor dos cintos de segurança, perguntando-se que tipo de jogo Thrawn tinha em mente agora.

— Segunda marca: três, dois, *um*.

Mais uma vez, Thrass sentiu um pequeno espasmo da aceleração conforme os compensadores retardavam um pouco diante da descarga de energia emergencial dos propulsores principais. A *Jandalin* pulou para frente mais uma vez, e ele voltou a olhar para as telas, perguntando-se se a manobra desconcertante que Thrawn fizera custaria a corrida até o transporte.

Ainda estava tentando descobrir quando o brilho de uma esfera de plasma chiou diante da panorâmica na proa da *Jandalin*.

Thrass se sacudiu, sentindo o queixo cair.

— O que, em nome de...?

— Roscu disparou contra nós — a voz de Lappincyk pairou em algum lugar entre a incredulidade e a fúria. — Ela *disparou* contra nós.

— Como eu falei — Thrawn lhes respondeu. — Há pouca coisa que ela não ousaria fazer.

— Como você sabia? — perguntou Thrass.

— A respeito da esfera de plasma? — Thrawn deu de ombros de leve. — Eu trabalhei com ela. Sei como ela pensa e como se comporta.

— E você sabia que ela nos atacaria?

— Eu suspeitei que ela tentaria nos desativar — disse Thrawn. — Ela provavelmente pensa que, assim que tiver o transporte e o carregamento, não há nada que possamos fazer a respeito disso.

Thrass murmurou uma maldição. Thrawn tinha razão quanto a isso, de qualquer forma. Os Stybla poderiam registrar uma queixa assim que a *Jandalin* estivesse de volta à Ascendência, mas, enquanto isso, os Clarr teriam o transporte e o carregamento.

O carregamento que pertencia aos Stybla. O carregamento que Lappincyk e o Patriarca Lamiov estavam desesperados para recuperar. O carregamento que Roscu poderia simplesmente pegar e sair andando.

Ele endireitou os ombros. Nem pensar que ela faria isso.

— Está dizendo que não há nada que possamos fazer para impedi-la? — questionou Lappincyk.

— Não é isso que ele falou de jeito algum — disse Thrass antes de Thrawn ter a chance de responder. — O comunicador, por favor?

Lappincyk lançou em sua direção um olhar breve e especulativo. Então, sem fazer comentários, ele puxou o comunicador do suporte e o entregou.

— Obrigado — disse Thrass. — Piloto: comunicações, por favor.

— Pode falar — confirmou o piloto.

— Obrigado. — Thrass apertou a tecla do microfone. — *Orisson,* aqui quem fala é a *Jandalin* — disse. — Capitã Roscu, espero que esteja ciente que alguém sob seu comando acaba de cometer uma violação séria da lei da Ascendência. Como presumo que saiba, atacar um membro da Sindicura pode ser considerado um ato mutuamente destrutivo de guerra. Tenho certeza que seu Patriarca ficaria chocado de ouvir que alguém a bordo de sua nave foi descuidado o bastante para colocá-lo nessa posição.

— Não seja ridículo — a voz de Roscu, cheia de desprezo, ouviu-se de volta. — Você já se identificou como sendo nada além de um auxiliar sênior.

— Atacar o auxiliar sênior de um Patriarca também é uma grave quebra de protocolo — disse Thrass. — Mas não é o Auxiliar Sênior Lappincyk que está falando. Você está falando com o Síndico Mitth'ras'safis. Sugiro que pense muito bem se quer continuar com seu plano atual.

Houve uma pequena pausa.

— Você está mentindo — acusou Roscu. — Por que um síndico Mitth estaria a bordo de uma nave de patrulha Stybla?

— Pelo mesmo motivo que o Comandante Intermediário Thrawn está a bordo. — Um pensamento estranho passou na cabeça de Thrass. Relações familiares eram às vezes vagas, e sempre complicadas, e a percepção dessas relações eram, frequentemente, mais complicadas ainda.

Mas, apresentadas da forma apropriada, percepções errôneas podiam ser úteis, providenciando alavancagem e manipulação de uma forma que não poderia ser denunciada mais tarde como sendo uma falsidade de fato. Thrass, como um primo Mitth, tinha alguns dos mesmos direitos e privilégios do que os desfrutados por quem era sangue.

E um desses direitos, ele sabia, era o de fazer declarações pessoais de...

— O Patriarca pediu para mim e para meu irmão que ajudássemos o Auxiliar Sênior Lappincyk na operação de resgate — continuou, soltando a palavra-chave no meio da conversa com uma familiaridade casual, como se tivesse se referido ao relacionamento dos dois dessa maneira milhares de vezes nos últimos anos. A questão agora era se Roscu entenderia a designação e o significado que esperava que ela colocasse no termo.

Pelo tamanho do silêncio do outro lado do comunicador, parecia que sim.

— Esta operação é um assunto dos Clarr — disse Roscu, enfim.

Sem fazer barulho, Thrass soltou o ar que estivera segurando.

— Resgate do carregamento é um assunto dos Stybla — rebateu. Como esperava, Roscu havia entendido o significado mais literal de seu comentário.

E, realmente, teria sido extraordinário se ela não houvesse. Ela não tinha como saber a posição de Thrawn nos Mitth; ela presumiria que ele era um adotado por mérito, como a maior parte dos militares das Nove, mas nunca teria sido grosseira o bastante para perguntar.

Agora essa falta de informação definitiva havia se virado contra ela. Síndicos eram sempre sangue, primos ou posições distantes; e a identificação de Thrawn como irmão de Thrass sugeria fortemente que ele, também, estivesse naquela ponta elevada da pirâmide da família Mitth.

Roscu poderia estar disposta a matar o auxiliar sênior do Patriarca Stybla, especialmente se pudesse fazer isso parecer um resultado da breve batalha com os Paataatus. Matar um Mitth de posição mais alta, por outro lado, seria muito mais perigoso.

Matar *dois* Mitth de posições mais altas seria completamente fora de questão.

Especialmente se pudesse ser persuadida de que não era a única do lado dela no fim da conversa.

— Outra coisa — disse Thrass. — Saiba que estamos copiando estas transmissões para o transporte neste exato momento. Qualquer linha de ação que decidir tomar, os sequestradores da sua família serão testemunhas.

— Impossível — insistiu Roscu. — A esfera de plasma que mandamos antes teria acabado com a comunicação deles.

— Eu não disse que estávamos usando o comunicador — Thrass continuou. — O Comandante Intermediário Thrawn devolveu um dos lasers da *Jandalin* para a baixa frequência e está alimentando as transmissões através da rede de sensores do transporte.

Houve outra pausa breve. Então, Roscu grunhiu uma maldição que Thrass nunca ouvira em âmbitos bem-educados da sociedade.

— Eu *sabia* — ela rosnou. — Eu *sabia* que ele havia se metido naquele ataque pirata.

— Ao contrário — disse Thrass, percebendo que Thrawn havia se virado pela metade em seu assento, com um olhar bastante estupefato no rosto. Thrass ofereceu-lhe um sorriso reconfortante. — Só porque ele sabe fazer algo não significa que ele algum dia tenha de fato feito isso.

— Síndico Thrass...

— De qualquer forma, neste exato momento você precisa focar em sua própria situação — Thrass a interrompeu. — Do jeito que vejo o que está acontecendo, sua única opção é se retirar graciosamente.

— O senhor não entende, síndico — disse Roscu, a raiva e a frustração em sua voz beirando o desespero velado. — Não posso voltar sem os sequestradores.

— Então, leve-os — falou Lappincyk.

Thrass olhou para ele, surpreso.

— Perdão?

Lappincyk gesticulou para pedir o microfone. Franzindo o cenho, Thrass o entregou de volta.

— Capitã Roscu, aqui quem fala é o Auxiliar Sênior Lappincyk — disse Lappincyk. — Se tudo que quer são os sequestradores, pode ficar com eles. Tudo que nós queremos é nosso carregamento. Assim que ele estiver a bordo da *Jandalin*, nós nos retiraremos e você poderá fazer o que desejar com o transporte e os criminosos.

Thrass estreitou os olhos. Lappincyk estava mesmo autorizado a fazer esse tipo de acordo?

É claro que estava. O Patriarca Lamiov já dissera que ele havia tentado fazer um acordo com o Patriarca Rivlex para evitar uma crise entre as duas famílias. Levar um grupo de sequestradores Clarr de volta a Naporar forçaria o confronto perigoso que Lamiov sempre quis evitar.

— Capitã? — chamou Lappincyk.

— Suponho que isso seria aceitável — grunhiu Roscu.

— Certamente espero que seja. — A voz de Lappincyk ficou sombria. — Porque, de outra forma, não vai conseguir absolutamente nada. Então. Isto é o que fará agora. Primeiro, vai diminuir a velocidade e se posicionar a trezentos quilômetros do transporte. Então, transmitirá uma ordem que poderemos gravar e tocar para os sequestradores depois de atracarmos, instruindo-os a deixarem todas as armas no convés ao lado da câmara de descompressão e se retirarem até a sala de máquinas. Nós vamos transferir o carregamento para a *Jandalin*, e então confirmaremos que os sequestradores não levaram uma ou outra peça acidentalmente para a sala de máquinas.

— Eu não acho que...

— Se eles tiverem — continuou Lappincyk — ou se eles resistirem de alguma forma, nós vamos travar nossas duas naves e transportaremos os sequestradores para Naporar para que enfrentem todos os horrores da morte por tortura como está especificado nos acordos familiares. Espero que deixe as consequências dessa tolice *muito* claras na mensagem que preparar para eles.

— Farei isso — disse Roscu, e Thrass conseguia imaginar que ela estava falando entre dentes bem apertados.

— Ótimo. — Lappincyk abriu um sorriso controlado para Thrass. — Estamos preparados para gravar a sua mensagem. Pode começar quando estiver pronta.

CAPÍTULO QUINZE

Ornfra era um importante centro político e econômico no setor nordeste-zênite da Ascendência. Todas as Nove Famílias Governantes tinham fortalezas lá, assim como dezessete das Quarenta Grandes Famílias. Em tempos normais, era um lugar próspero e vibrante, cheio de vida e intrigas políticas.

Neste exato momento, era uma explosão de grandes proporções prestes a acontecer.

— Já pensou no que dirá para ela, capitã sênior? — perguntou Apros.

— A maior parte, sim — disse Ziinda.

O que era majoritariamente uma mentira. Na verdade, não fazia a mínima ideia de como abordar a Capitã Roscu quando a *Orisson* finalmente chegasse. Considerando a atitude de Roscu no último encontro das duas, ela sequer tinha certeza se a outra não mandaria seu oficial de comunicações simplesmente recusar qualquer tipo de diálogo.

Mas a capitã de uma nave deveria parecer competente diante de seus oficiais e guerreiros, independente de ela se sentir ou não competente.

Ela encarou a panorâmica de cara fechada. O espaço ao redor de Ornfra borbulhava de naves, os transportes e mercantes passando por lá timidamente, a patrulha e as naves de guerra tendo uma posição muito mais agressiva. A maior parte das conversas que o comunicador da *Picanço-Cinzento* conseguia captar eram sucintas e ansiosas.

Olhou para a tática e os ícones proeminentes que marcavam as naves de guerra flutuando cautelosamente em várias órbitas. Todas elas eram da frota privada da família Dasklo, é claro — Ornfra não era exatamente uma província particular dos Dasklo, mas era praticamente isso se comparada a qualquer outro planeta da Ascendência. As outras oito Famílias Governantes tinham interesses ali, é claro, mas eram relativamente pequenos, certamente se comparados às propriedades dos Dasklo. A maior presença da minoria era provavelmente dos Clarr e de suas enormes operações agriculturais que, por si só, foram motivo de conflitos políticos menores entre as duas famílias por décadas. Mas, apesar da rivalidade — ou talvez por conta dela —, os Clarr não deixavam suas naves de guerra aqui.

A Patrulha do Sistema, de modo geral, era uma força compartilhada, como em todos os outros mundos Chiss. Mas, com as naves de guerra Dasklo sendo muito mais poderosas e dominando o sistema, era o Patriarca Dasklo'irv'ursimi que mandava lá e todo mundo sabia disso.

Normalmente, esse arranjo desigual raramente passava do nível dos incômodos menores. Agora, com as tensões aumentando e as acusações e contra-acusações sendo jogadas de um lado para o outro, o sistema inteiro parecia estar se posicionando como uma dançarina aérea preparando-se para se jogar do penhasco que havia escolhido.

Não eram apenas as naves civis que pareciam inquietas. Mesmo com toda a confiança externa, os Dasklo também sentiam a tensão. A *Picanço-Cinzento* já havia sido desafiada duas vezes por naves de guerra Dasklo, os comandantes familiares exigindo saber o que uma nave da Frota de Defesa Expansionária estava fazendo em seu sistema. Ziinda havia conseguido acalmar as preocupações deles, mas, com os tinidos contínuos de sensores ativos, era claro que sua nave estava sendo observada de perto.

O que essas naves de guerra fariam quando acostasse uma nave de guerra Clarr não era algo que ela queria pensar.

— Basicamente, eu só vou explicar a situação — ela disse para Apros. — Com sorte, ela estará disposta a me ouvir.

— Sim, senhora. — Apros hesitou. — Posso fazer uma pergunta, capitã sênior?

— Sobre a Capitã Roscu?

— Não, senhora — disse Apros. — Não diretamente, de qualquer forma.

Ziinda gesticulou.

— Vá em frente.

— Eu estive olhando o vídeo de Jixtus. — Apros o procurou no próprio questis. — E algo estranho chamou minha atenção. — Ele colocou o vídeo para tocar e o entregou a ela. — É minha imaginação, ou a câmera que está gravando está se movendo?

Ziinda estudou a imagem. Infelizmente, cinco segundos não eram suficientes para estabelecer um padrão de valor.

— Presumo que você já tenha analisado o vídeo — disse, devolvendo o questis.

— Sim, senhora, já. — Ele fechou a cara ao ver a imagem. — É muito curto para o computador deduzir qualquer coisa. Mas eu poderia jurar que a câmera está passando pelas outras naves. E isso parece errado.

— Em que sentido?

— Se você está tentando se esconder, eu acho que qualquer movimento da câmera atrairia atenção — sugeriu Apros. — Então deixar ela pairar parece exatamente o que não deveria ser feito.

— Concordo — disse Ziinda. — Por outro lado, se for uma fraude como estamos imaginando que é, talvez Jixtus só goste de ser teatral.

— Exceto que ele está tentando vender o vídeo como se ele fosse real — apontou Apros. — Parece descuidado, de alguma forma.

— Entendo seu ponto — disse Ziinda. — Se pudermos convencer os Clarr a nos dar a versão mais longa da cópia, talvez poderemos descobrir com mais certeza.

— Talvez. — Apros expirou, a respiração chiando. — Obrigado por sua atenção, capitã sênior.

— Sem problema — disse Ziinda. — E prossiga. Se há algo que aprendi servindo a Almirante Ar'alani, é que pequenos detalhes podem acabar sendo muito mais importantes do que qualquer um poderia esperar.

— Capitã sênior, alguém chegou — anunciou Vimsk da estação de sensores. — Cruzador leve, emblema Clarr... É a *Orisson*, senhora.

— Comandante Intermediário Shrent, sinalize à Capitã Roscu — mandou Ziinda, acomodando-se firmemente em sua cadeira. E, com isso, não tinha mais tempo de pensar em algo elaborado ou esperto. Como dissera a Apros, teria que explicar tudo e esperar que Roscu entendesse. — Diga que preciso falar com ela urgentemente.

— Mais movimento, capitã — acrescentou Vimsk. — Dois destróiers Dasklo mudando de órbita. Parece que eles estão se movendo para interceptar a *Orisson*.

— Capitã sênior, consegui chamar a Capitã Roscu — disse Shrent, teclando o comunicador para passá-lo para a cadeira de Ziinda.

Ziinda apertou a tecla do microfone.

— Capitã, aqui quem fala é a Capitã Sênior Ziinda — disse. — Temos evidência que mostra que o vídeo que Jixtus passou para você é...

— Desculpe, mas estou um pouco ocupada agora — a voz de Roscu respondeu, parecendo um pouco rude e distraída. — Me contaram que os Mitth colocaram uma grande plataforma flutuante de espionagem aqui e pretendo encontrá-la.

— Capitã, isso é importante — Ziinda tentou mais uma vez. — O vídeo é uma fraude. Você está entendendo? — De longe, conseguia ouvir os sons das conversas da *Orisson*. — Todas as naves são falsas. — Aumentou o volume na esperança de cortar a poluição sonora. Será que Roscu estava sequer ouvindo o que dizia? — Capitã Roscu...

— Lá está ela. — A atenção de Roscu claramente estava no que seu pessoal estava fazendo e falando. — É maior do que eu esperava. Eu me pergunto quanta gente Thrawn meteu lá dentro. Raamas, será que vamos conseguir rebocá-la? — Houve uma resposta indistinta... — Está tudo bem; vamos pensar em algo. Talvez a Capitã Sênior Ziinda possa emprestar os tratores da *Picanço-Cinzento*. Preciso ir agora, capitã sênior. Falamos quando eu voltar.

— Capitã Roscu...

— Eles cortaram a comunicação, capitã sênior — disse Shrent. — Vou tentar chamá-los de novo.

— O que foi *isso*? — perguntou Apros, franzindo o cenho para Ziinda.

— Não faço a mínima ideia. — A nuca de Ziinda formigou. Havia algo muito errado aqui. — Comandante Intermediário Shrent?

Shrent sacudiu a cabeça.

— Sinto muito, senhora. Eles não estão respondendo.

— Esses dois destróiers Dasklo continuam indo até ela — disse Wikivv. — Talvez estejam conversando.

— Não há evidência de nenhuma atividade de comunicações vindo da *Orisson* — informou Shrent.

— Apros, pegue as especificações dessa nave — disse Ziinda. — Quero saber o limite de reboque dela.

— Sim, senhora — Apros trabalhou no questis. — Quer que eu também verifique as plataformas de espionagem dos Mitth?

— Primeiro, o limite de reboque da *Orisson* — respondeu Ziinda. — Wikivv, estou vendo uma mudança de aspecto. O que eles estão fazendo?

— Parece uma rotação guinada-ângulo, senhora — relatou a piloto. — Parece estar se alinhando em um novo vetor externo.

— Vimsk, siga o cone provável de vetor da *Orisson* — ordenou Ziinda. — Quero saber para onde estão mirando.

— Os destróiers Dasklo aumentaram a velocidade — disse Wikivv. — Imagino que também tenham notado a guinada.

— Estão com medo que Roscu dê no pé — comentou Apros. — Aqui estão os dados de reboque, capitã sênior.

— Esse não é o plano que eu estava ouvindo da parte dela. — Ziinda olhou para as telas de sua cadeira enquanto os números de Apros apareciam. Como esperava, a *Orisson* poderia rebocar qualquer coisa até o tamanho de um cargueiro médio-grande.

Então, quão grande seria essa plataforma de espionagem Mitth que ela pensava ver?

— Vimsk, o que você conseguiu?

— Não há sistemas prováveis naquele cone de vetor — disse Vimsk. — Dentro do sistema nenhum dos planetas se alinham. Há alguns asteroides se estendendo na direção do sistema externo...

E, com um choque terrível, Ziinda entendeu.

— Shrent: sistema de comunicação de emergência — exclamou de repente. — Consiga a atenção de Roscu; não me importa como fizer...

— Lá vai ela — Wikivv interrompeu quando o cruzador Clarr desapareceu da panorâmica e das telas. — Parece que foi um salto interno no sistema.

— Rastreiem eles — ordenou Ziinda. — E entrem nas estações de batalha.

— Capitã sênior? — chamou Apros, tenso, por cima do barulho conforme o alerta soava na estação de batalha.

— Você ouviu Vimsk — disse Ziinda, cortando o som. Na ponte inteira, os oficiais estavam curvados sobre seus painéis e, no monitor de status, os padrões das luzes de espera ficaram verdes conforme o sistema de armas da *Picanço-Cinzento* voltava à vida. — A câmera em movimento que você notou no vídeo. Ela não estava apenas se *movendo*; ela estava fazendo em órbita lenta para dentro, como um asteroide. — Apontou para a tática. — Como um dos asteroides que Roscu está indo atrás.

— Ah, *maldição* — grunhiu Apros, os olhos ficando arregalados. — Quer dizer como o asteroide em Nascente? Mas ela disse que era uma plataforma de espionagem dos Mitth.

— *Falaram* para ela que era uma plataforma de espionagem dos Mitth — retorquiu Ziinda, procurando pela tela de sensores. Vimsk havia refinado seus dados agora que conheciam o vetor final de saída da *Orisson*, mas ainda havia ao menos cinco alvos possíveis até os quais a nave Clarr poderia ir.

Mas qual deles seria?

Ziinda sentiu o suor brotar em sua testa. A *Orisson* estava correndo até a armadilha, e a *Picanço-Cinzento* era a única nave que poderia reagir rápido o bastante para salvá-la. Mas só haveria tempo para um único salto interno no sistema. Se a dedução de Ziinda estivesse errada, Roscu e sua tripulação morreriam.

E o inferno de tudo aquilo é que *teria* que ser uma dedução. A *Orisson* havia feito um breve salto no hiperespaço, chegando quase instantaneamente em outro lugar do sistema. Mas sua imagem e as emissões de drive estavam voltando daquele lugar à velocidade da luz, que era muito mais lenta. Dependendo de quão longe Roscu tivesse ido, poderia ser segundos, minutos, ou talvez horas até que a *Picanço-Cinzento* ou qualquer outra pessoa em Ornfra pudesse encontrá-la fisicamente.

— Capitã sênior, acho que ela errou — disse Wikivv.

— Quê? — Ziinda franziu o cenho.

— Acho que ela errou o salto — repetiu Wikivv. — Passou tempo demais. Ela deveria ter aparecido a essa altura em um dos três asteroides mais prováveis.

— Ela pode ter saltado para um dos mais distantes — apontou Apros.

— Não, ela tem razão — Ziinda sentiu a esperança se renovar. — Esses outros estão todos muito longe. Se Jixtus estiver tentando fazer os Clarr e os Dasklo entrarem em guerra total, ele precisa que todos em Ornfra possam ver a *Orisson* ser destruída.

— De preferência com um par de destróiers Dasklo por perto para que os Clarr joguem a culpa neles — disse Apros. — E eles não vão pular para confrontar Roscu até poderem vê-la.

— Então, a *Orisson* se excedeu e precisa voltar — concordou Ziinda. — Isso nos dá um pouco de espaço para pensar. Vimsk, há alguma coisa a respeito de algum desses asteroides que chame sua atenção?

— Nada que eu consiga perceber a essa distância, senhora — disse Vimsk, o rosto pressionado contra seu monitor com brilho tapado. — Mas a armadilha com mísseis em Nascente também não demonstrava nada que eu pudesse captar, mesmo quando estávamos bem ao lado.

Apros murmurou algo baixinho.

— Alguma nave que esteja só parada por aí? — perguntou ele. — Provavelmente será uma pequena e discreta.

— Escaneando agora, senhor.

— Apros, no que está pensando? — perguntou Ziinda.

— Eles não vão deixar para os sensores automáticos e os sistemas de disparo — disse ele. — Não algo importante assim. Eles devem ter algo por perto para ficar de olho no asteroide e escolher o momento certo para disparar o míssil.

— Bem pensado — reconheceu Ziinda. Ela realmente deveria ter pensado nisso sozinha. — Vimsk?

— Ainda escaneando — disse Vimsk. — Mas se eles estiverem em modo de descanso, talvez eu não consiga detectá-los.

— Precisamos chegar mais perto — falou Apros. — Wikivv, faça um salto interno no sistema para nós que nos deixe em algum lugar entre os dois asteroides mais próximos. Com sorte, isso nos deixará perto o bastante.

— Nos deixe um pouco mais perto do que for mais próximo, porém — acrescentou Ziinda. — Ainda estou inclinada para esse.

— E, depois de conseguir esse trajeto, comece um desse ponto até o espaço entre o segundo e o terceiro — disse Apros. — Talvez nós não tenhamos tempo para um segundo salto antes da *Orisson* cair na armadilha, mas precisamos tentar e…

— Consegui! — interrompeu Shrent, uma nota de triunfo em sua voz. — Peço perdão pela interrupção, senhor. Eu consegui o relatório de status do Comando de Patrulha. Eles têm um cargueiro listado como passando por reparos nessa área.

— Eles não o rebocaram? — perguntou Ziinda.

— O cargueiro se recusou — esclareceu Shrent. — Disse que eles conseguiriam consertar sozinhos e que não queriam pagar a taxa da obsidoca.

— Parece nosso controlador — disse Apros. — Wikivv?

— Entendido — confirmou Wikivv. — Quão perto quer que cheguemos, capitã sênior?

Ziinda olhou para a tática e para a nova marca apontando a posição do cargueiro. Com a habilidade de Wikivv em saltos internos no sistema, ela poderia muito bem colocar a *Picanço-Cinzento* a alcance de combate do cargueiro. Um belo bombardeio de esferas de plasma antes que eles sequer conseguissem entender o que estava acontecendo, e ninguém a bordo conseguiria ativar aquele míssil.

Mas o asteroide teria seu próprio sensor de reforço e os próprios mecanismos de disparo preparados, e o confronto da *Picanço-Cinzento* com uma arma similar em Nascente havia provado como aquelas coisas eram difíceis de derrotar. Acabar com o cargueiro tornaria a destruição da *Orisson* menos precisa, mas não menos inevitável.

Não, a única chance de Roscu seria se a *Picanço-Cinzento* chegasse perto o bastante para interceptá-la e afastá-la antes que chegasse ao alcance do míssil.

— Leve-nos até aqui — ordenou a Wikivv, marcando o local no seu questis e enviando-o para a estação do leme do outro lado da ponte. — Isso não deve permitir que o míssil nos alcance com facilidade, mas estaremos perto o bastante de tudo para conseguir avisar a *Orisson* quando ela chegar.

— Entendido, senhora — disse Wikivv. — Mais alguns segundos.

Ziinda olhou para os painéis de armas, confirmando tudo que aparecia em verde.

— Ghaloksu, suas tripulações estão prontas?

— Estão, capitã sênior — confirmou o oficial de armas.

— Salto interno no sistema pronto, senhora — anunciou Wikivv.

— Entendido — disse Ziinda, preparando-se. Chegara a hora. — Salto interno: três, dois, *um*.

A vista do lado de fora piscou e, de repente, o trânsito de naves sumiu. A pouca distância, do lado de fora da proa a bombordo da *Picanço-Cinzento*, estava o asteroide para o qual Wikivv os levara.

— Rotação de guinada a setenta graus bombordo, quatro graus zênite — mandou Ziinda, procurando o cargueiro na paisagem estelar. E lá estava ele, quarenta graus mais longe a bombordo, e a aproximadamente três vezes a distância atual entre a *Picanço-Cinzento* e o asteroide. — Apros, pegue o registro de nossa batalha com essa coisa em Nascente. Roscu provavelmente precisará ser convencida. Shrent, fique pronto para sinalizar à *Orisson* no instante que...

E, então, piscando ao chegar do sistema externo, a *Orisson* havia chegado.

Frente a frente com o asteroide. A dois quilômetros de distância.

Na posição perfeita para ser destruída.

Roscu reconhecera há muito que oficiais da frota familiar não eram tão adeptos a fazer manobras de guerra quanto seus equivalentes na Frota de Defesa Expansionária, nem um pouco. Parte disso era por falta de prática regular, mas a maioria era simplesmente porque tais manobras não costumavam ser necessárias. A maior parte do combate defensivo acontecia dentro do poço gravitacional de um planeta, ou perto de sua borda, onde a capacidade de manobra de um agressor era restrita, então saltos internos no sistema não recebiam ênfase no treinamento.

Felizmente, assim como a própria Roscu, o piloto da *Orisson* vinha do exército da Ascendência, e a Força de Defesa enfatizava tais treinamentos quase tanto quanto a Frota de Defesa Expansionária. Seu primeiro salto interno no sistema foi longo e largo, assim como Roscu havia instruído, e o segundo foi igualmente eficaz.

Na verdade, foi perfeito até demais. A *Orisson* saiu do hiperespaço a dois quilômetros do asteroide. Um pouco mais perto e teriam batido contra a coisa.

Mas não aconteceu, e agora ele não poderia fugir para nenhum lugar, e a família Mitth já era. Ela daria a quem quer que estivesse lá dentro a chance de se render primeiro e, se eles se recusassem, estava na posição perfeita para partir o casco, arrancar tudo e todos dali de dentro, e expor o esquema para a Ascendência inteira.

E, se encontrasse sujeira lá dentro, a repercussão poderia ser o suficiente para destruir o prestígio do Patriarca Thurfian. Talvez não para tirar os Mitth das Nove Famílias Governantes, mas ao menos para causar dano o bastante para alterar o fluxo da rede de relações que existia dentro da Sindicura. E qualquer perturbação do tipo só poderia ser uma vantagem para a família Clarr.

— Alcance de combate: duas naves — avisou o oficial de sensores. — Uma nave de guerra ativa; um cargueiro dormente.

Roscu olhou para a tática. Então, um dos destróiers Dasklo os seguira?

Torceu o lábio ao ver a identidade da nave. Não, não era um dos destróiers. Era só a *Picanço-Cinzento* e aquela Capitã Sênior Ziinda, insuportavelmente irritante.

— Capitã, a *Picanço-Cinzento* está nos chamando — acrescentou o oficial de comunicações.

— Ignore eles — ordenou Roscu. — Prepare um sinal de raio fechado para a plataforma de espionagem.

— Capitã, o asteroide está rotacionando. — Raamas espiou por cima do ombro do oficial de sensores.

Roscu observou o monitor de sensores. Estava rotacionando, de fato. Não muito rápido, mas sem dúvida estava se movendo.

Voltando seus sensores principais na direção da *Orisson* para ver com quem estavam lidando, exatamente? Ou talvez estivesse virando seu próprio transmissor de raio fechado para que tivessem mais privacidade durante a conversa que teriam a seguir? Qualquer uma das possibilidades funcionaria.

— Comunicação?

— O raio fechado está pronto, capitã.

Roscu assentiu e ativou o microfone da cadeira. Jixtus não tinha certeza absoluta que Thrawn estava envolvido ele próprio nesse projeto. Mas conhecendo o homem como conhecia, ela, pessoalmente, não tinha dúvida alguma.

E, quando o Patriarca Thurfian caísse, ela faria tudo para se certificar de que Thrawn cairia junto.

— O asteroide está rotacionando, capitã sênior — disse Ghaloksu, tenso. — Virando para colocar o lançador de mísseis.

Ziinda assentiu, a garganta apertada. A *Picanço-Cinzento* estava longe demais para que Ghaloksu ou Vimsk captasse o padrão hexagonal que definitivamente diria a eles qual das duas naves de guerra Chiss seria o alvo do agressor.

Mas não tinha muitas dúvidas de qual das duas o controlador escolheria. A *Picanço-Cinzento* estava longe o bastante para ter ao menos uma chance de destruir ou incapacitar o míssil antes de cobrir a distância entre eles. A *Orisson*, por outro lado, era um vagaluz parado.

E eram as famílias Clarr e Dasklo que Jixtus parecia determinado a forçar a entrarem em guerra aberta. Uma nave familiar Clarr destruída em um sistema predominantemente Dasklo poderia ser tudo que bastava para isso.

— Shrent?

— Continuam ignorando nossas chamadas, senhora.

— Tudo bem — grunhiu Ziinda. Se Roscu não falaria, então ela teria que dar àquela idiota teimosa algo que *não* poderia ignorar.

— Ghaloksu: explosões sequenciais de laser na proa da *Orisson*.

— Sim, senhora. — Os dedos de Ghaloksu se moveram rapidamente no painel enquanto ele preparava o disparo.

— Capitã sênior? — havia uma nota de aviso na voz de Apros.

— Estou apostando nela ser o tipo de pessoa que virá correndo até nós exigindo uma explicação, ou ao menos que virá nos dizer que atirar contra ela não foi uma boa ideia — disse Ziinda. — Se eu conseguir fazer ela se mover nem que seja um pouco, vamos ter um pouco mais de tempo para fazê-la entender no que ela se meteu. Ghaloksu: *fogo*.

A ponte iluminou-se com a luz refletida conforme os lasers cortavam o espaço vazio entre a *Orisson* e o asteroide.

— Dispare outra vez — disse Ziinda. — Shrent? Continue tentan...

— Que *diabos* você está fazendo? — uma voz revoltada retumbou no alto-falante da ponte.

Ziinda encolheu-se involuntariamente enquanto demorava a reconhecer a voz distorcida pela fúria como sendo de Roscu.

— Você está em perigo, capitã — falou. — Aquele asteroide...

— Esse prêmio é *meu*, Irizi — rosnou Roscu. — Você vai parar, e vai parar *agora*.

— A *Orisson* está se mexendo, capitã sênior — murmurou Vimsk. — Mas não está...

Ziinda olhou para a tela, um enorme desânimo acometendo-a. A *Orisson* havia se virado na direção da *Picanço-Cinzento*, focando suas principais armas na nave de maior porte.

Mas ela não estava se afastando do asteroide como Ziinda havia torcido para que ela fizesse. Na verdade, estava até mesmo pairando mais para perto da pedra flutuante.

E com o flanco da *Orisson* agora apresentado ao míssil escondido, ela não teria a mínima chance de sobreviver a um ataque.

Ziinda não havia melhorado a situação de maneira alguma. Só a piorara.

De algum jeito, precisava encontrar uma forma de consertar o que fizera.

— E se você acha que consegue me intimidar, ou me mandar sair daqui, você e a família Irizi inteira podem ir para a...

Ziinda respirou fundo. Era sua única chance.

— Cale a boca, sua bundona tagarela! — bradou.

Era uma palavra que Ziinda usara poucas vezes, e nunca na cara de outra oficial. Mas apesar disso, ou talvez exatamente por isso, a palavra e a ferocidade total por trás dela tiveram o efeito desejado. Pela primeira vez desde que as duas naves haviam chegado em Ornfra, a capitã Clarr estava chocada a ponto de estar em silêncio.

— Agora me escute com atenção — disse Ziinda, a voz baixa e sob rígido controle. Sua própria ponte também estava totalmente quieta. — Isso não é uma plataforma de espionagem. Isso é a casca de um asteroide artificial que esconde um míssil de controle remoto. Um míssil enorme, terrível e destruidor de cascos que pode detonar parte de uma estação espacial blindada. Ele vai destruir a *Orisson* e, se você tivesse uma nave irmã, ele a destruiria junto. Está entendendo?

— Estou ouvindo — respondeu Roscu, a voz sob o mesmo controle rígido que a de Ziinda.

— Eu e Ar'alani enfrentamos uma dessas coisas em Nascente — disse Ziinda. — Meu primeiro oficial vai mandar a gravação agora. — Do outro lado da ponte, Apros saiu de sua parálise estupefata e teclou seu questis. — O asteroide está se virando para alinhar o lançador — continuou Ziinda. — Quando ele terminar, você e sua tripulação vão morrer. Precisamos pensar em uma forma de tirá-los daí antes que isso aconteça.

— Entendido — disse Roscu, e Ziinda conseguia ouvir tanto o horror quanto o metal que agora coloriam sua voz. Ela só precisava passar rapidamente os olhos nas partes relevantes da gravação da *Picanço-Cinzento* em Nascente e estaria finalmente a par. — Imagino que eu não possa fazer uma manobra rápida o bastante para sair do caminho. Um salto interno no sistema?

— Tem como, Wikivv? — perguntou Ziinda.

— Depende da capacidade de seus sensores — disse Wikivv. — Eles estão perto o bastante para que talvez possam detectar o hiperpropulsor girando antes de estar pronto...

— Tarde demais — interrompeu Vimsk, a voz tensa. — O asteroide parou de girar. O míssil se alinhou.

— Eles vão morrer.

CAPÍTULO DEZESSEIS

Os segundos passaram, cada um se esticando por uma eternidade. Ziinda encarou a panorâmica para ver a *Orisson* e o asteroide posicionados juntos como um filhote de bigodilho sentado e alheio ao puleão faminto ao seu lado, um nó de impotência retorcendo seu estômago. Então, era isso. Ela havia tentado salvar a *Orisson* e havia fracassado. Do canto do olho, viu Vimsk trabalhando em seu painel...

— Capitã sênior? — a voz estranha da oficial de sensores quebrou o silêncio tenso. — Eu chequei de novo... Senhora, o asteroide está posicionado há quase um minuto.

Ziinda voltou os olhos para o monitor secundário de sensores, assistindo enquanto Vimsk tocava mais uma vez a gravação. Ela tinha razão: o míssil estava pronto para ser lançado desde que as duas capitãs haviam sequer começado a discutir um salto interno no sistema.

Então, por que não havia sido lançado?

— Algum tipo de pane? — perguntou Roscu. — Nesse caso, eu vou sair...

— Não, não, não se mexa — interrompeu Ziinda, os pensamentos a mil por hora. Não era uma pane. Não com essa gente. Não, por algum motivo, eles haviam deliberadamente decidido não atirar.

Mas por quê? Eles estavam esperando que algum dos destróiers Dasklo aparecesse? Ter as duas famílias presentes quando a *Orisson* fosse destruída daria mais um empurrão para a guerra que tanto queriam, um tapa ainda maior no rosto do que se a nave de guerra Clarr morresse aqui sozinha.

Mas havia alguma outra coisa. Algo que Ziinda conseguia sentir, mas não discernir.

E, então, de forma abrupta, ela entendeu. *A guerra que tanto queriam.*

— Não é uma pane — falou para Roscu. — Lembre por que eles mandaram o míssil ao sistema Ornfra. Eles querem fazer a Ascendência entrar em guerra.

— Sim, eu entendi isso — disse Roscu, impaciente. — Por que eles não estão atirando?

— Porque eles estão torcendo para não ter que usá-lo — concluiu Ziinda. — Seria melhor se começássemos a brigar nós mesmos, sem nenhuma ajuda deles.

— Então, o que faremos?

— Exatamente o que querem que a gente faça. — Ziinda se preparou. — Você vai abrir fogo contra a *Picanço-Cinzento.*

— *Quê?* — A palavra veio ao mesmo tempo de Roscu e Apros.

— Eu atirei contra a sua proa — disse Ziinda. — Eles devem ter visto isso como um desafio, e você precisa respondê-lo.

— Ziinda, eu não posso fazer isso — insistiu Roscu. — Um ato de agressão partindo da família Clarr...

— Não temos tempo para discutir — Ziinda falou entredentes. — Eles estão sentados naquele cargueiro com o dedo no botão de atirar. Devemos presumir que, se você tentar fazer um salto, eles vão notar e destruí-la antes que consiga se mexer. Precisamos fazer um show enquanto pensamos no que fazer depois.

— Muito bem, *Picanço-Cinzento* — a voz de Roscu foi fria e calma. — Lá vamos nós...

E, com isso, uma saraivada total de fogo laser irrompeu da proa da *Orisson* e dos ombros de armas e atingiu o casco da Picanço Cinzento.

— Evasiva — Ziinda ordenou. — Leve-nos de volta e a estibordo; faça parecer que estamos tentando nos afastar da *Orisson.* Roscu, continue atrás de nós como se você não quisesse que nós escapássemos. Não rápido demais; não queremos que eles também notem que você está tentando se afastar do míssil.

— Entendido — disse Roscu conforme uma segunda saraivada metralhava o casco da *Picanço-Cinzento.* — Você vai responder os tiros?

— Mais uma saraivada — ordenou Ziinda. — Neste exato momento, estou tentando conversar com você, apontar que isso não ajudará sua causa com os Dasklo. Ghaloksu?

— Barreira caiu trinta por cento — disse Ghaloksu, tenso. — Quer pegar um pouco mais leve, *Orisson*?

— Ignore isso — Ziinda disse antes de Roscu poder responder. — Essa gente sabe como é uma luta de mentira. Esta precisa ser cem por cento real.

— Cem por cento, então — o tom de Roscu era sombrio. — Vamos só torcer para nós não nos matarmos no processo.

— Sim, vamos torcer para isso — concordou Ziinda. — Ghaloksu, prepare-se para devolver o fogo laser. — A terceira saraivada da *Orisson* atingiu a *Picanço-Cinzento*... — *Fogo*.

Os lasers da *Picanço-Cinzento* dispararam, a energia focada cortando o casco da *Orisson*.

— Continue pairando a estibordo — ordenou Ziinda. — Roscu, siga com a proa virada para nós. Acho que tenho um plano.

— Entendido. — Houve uma mudança sutil na voz de Roscu. — Sim, eu vejo onde você quer chegar com isso. Você tem como controlar melhor minha posição, só me avise antes.

— Mais alguns segundos devem bastar — disse Ziinda. — Wikivv, mantenha-nos em movimento. Vimsk, o que está acontecendo com o asteroide?

— Ele está mantendo a posição — avisou Vimsk. — Mas a *Orisson* continua em sua mira.

— Chegando! — Aproc exclamou. — Bombordo zênite; bombordo nadir.

Ziinda olhou para a panorâmica, praguejando em voz baixa contra as duas naves de guerra que haviam aparecido de repente.

Os dois destróiers Dasklo haviam chegado.

— Shrent, avise-os — mandou. — Certifique-se que saibam quem somos, informe a eles que nossa missão é apoiada oficialmente pelo General Supremo Ba'kif, e diga que a situação está sob controle.

— Eu não vou ficar sentada e deixar eles me assediarem — falou Roscu. — Saiba que, se eles atirarem contra nós, eu *vou* atirar de volta.

— Se você fizer isso, você vai fazer o que o inimigo quer que você faça.

— Eu não ligo — Roscu foi direta. — Você tira eles do caminho, ou eu tiro.

Ziinda trincou os dentes. Roscu nunca conseguiria cumprir essa promessa, sabia disso. Os estrangeiros que os observavam ansiosamente do cargueiro deixariam a briga começar, talvez deixariam a *Orisson* até mesmo causar algum dano nas naves Dasklo, e então transformariam a nave Clarr em sucata e cadáveres.

— O capitão sênior Dasklo se recusa a reconhecer nossa chamada, senhora — disse Shrent severamente. — Ele falou que nós não temos jurisdição aqui.

— Claro que ele falou isso — murmurou Ziinda. Será que *ninguém* neste maldito sistema conseguia ouvir?

É claro que eles ouviam. Eles só não ouviam ninguém além deles mesmos. As famílias estavam se dobrando nos próprios círculos de defesa, juntando seus aliados e enfrentando seus rivais.

O palco estava preparado. Jixtus havia se certificado disso. Agora só seria necessária uma única faísca para transformar a Ascendência inteira em sua versão privada do inferno.

— Capitã sênior? — Apros gesticulou para a panorâmica. — Olhe, senhora. O que acha?

Ziinda seguiu o trajeto apontado pelo dedo dele. Um dos destróiers estava se movendo pelo campo de visão, claramente planejando circular a *Orisson* por trás, onde as duas naves Dasklo deixariam Roscu no meio do fogo cruzado. Era uma tática padrão, projetada para forçar um oponente a se afastar de sua posição escolhida ou arriscar a aniquilação.

Mas o que Apros havia percebido era que o caminho do destróier o levaria ao outro lado da proa da *Picanço-Cinzento*... E, talvez mais significativamente, passaria entre eles e o cargueiro distante.

— Você acha que eles são espertos o bastante?

— Eles não precisam ser, senhora — respondeu Apros. — Só precisam ser rápidos.

— Então vamos torcer que sejam — o tom de Ziinda era nefasto, e voltou a prestar atenção na tática. Perfeito; a manobra sutil da *Orisson* durante sua dança de batalha com a *Picanço-Cinzento* havia girado a proa quase longe o bastante para ficar fora de linha com o vetor de lançamento do míssil. — Apros, preparar — confirmou. — Roscu, é hora de ir. Acelere para frente para disparar contra mim mais de perto; isso vai deixá-la completamente fora da zona de alvejamento, e por sorte terá tempo o bastante para acionar o hiperpropulsor e fazer seu salto antes deles conseguirem reagir. Pronta?

— Negativo, *Picanço-Cinzento* — disse Roscu. — Eu não vou embora.

— Roscu, você precisa dar o fora daqui.

— Não com um par de latas-velhas Dasklo bem na minha cara — grunhiu Roscu.

— Você vai embora, ou eu vou destruí-la eu mesma — avisou Ziinda.

— E começar a guerra sobre a qual você fica tagarelando a respeito? — desdenhou Roscu. — Você não faria isso.

— Isso não começaria uma guerra — disse Ziinda. — O Patriarca Rivlex poderia adorar uma desculpa para atacar os Dasklo, mas ele não irá contra a Força de Defesa.

— Olha, *Irizi*...

— Para ser direta ao ponto, eu preciso de uma distração se vou fazer isso — falou Ziinda. — E eu preciso dela em dez segundos. Então, o que será, orgulho ou resultados? A escolha é sua.

Silêncio. Do outro lado da ponte, Apros falava de forma urgente com Ghaloksu, que assentia e trabalhava no painel de armas. Três segundos de silêncio... quatro...

— Tudo bem. — A voz de Roscu tremia com frustração e raiva. — Acelerar para frente e salto interno. Me dê uma contagem.

Em silêncio, Ziinda soltou a respiração que estava segurando.

— Entendido, *Orisson* — disse, olhando para a panorâmica. O destróier Dasklo estava quase posicionado. — Aguarde: três, dois, *um*.

Houve uma explosão de energia dos propulsores da *Orisson*, lançando-a contra a *Picanço-Cinzento* só o suficiente para tirá-la da linha de fogo do míssil escondido conforme o hiperpropulsor dos Clarr era ativado. Uma onda indicadora, e a nave de guerra Clarr havia sumido.

— Ghaloksu, a postos — Ziinda observou o destróier Dasklo. Ele continuava em seu vetor original, mas a aceleração havia diminuído conforme o capitão via que sua vítima havia escapado. Ele continuou, posicionando-se...

— Dispare as esferas — ordenou Ziinda.

As esferas de plasma foram disparadas pelos lançadores da proa da *Picanço-Cinzento*, direcionadas a uma colisão com o destróier. Ziinda as observou desaparecerem na paisagem estelar, segurando a respiração outra vez. Se não funcionasse, ela teria problemas graves com o Conselho, a Sindicura e ao menos duas das Nove. *Sejam rápidos*, pensou urgentemente no capitão e na tripulação do destróier. *Por favor, sejam rápidos.*

E, então, quando ela estava começando a pensar que o capitão Dasklo era o comandante de uma nave de guerra com menos noção que ela já vira, ele finalmente percebeu o ataque direcionado a ele. A tela de sensores mostrou seus propulsores de manobra voltando à vida de repente, os propulsores principais indo à potência máxima no desespero, enquanto se debatia para sair do caminho. O destróier pulou para frente e angulou para cima, distante o bastante para apenas permitir que as esferas passassem debaixo da popa sem causar danos.

O cargueiro dormente à distância, que estava diretamente atrás, a própria vista do lançamento da *Picanço-Cinzento* tendo sido bloqueada pelo volume do destróier que passou entre eles, não tinha como se preparar.

— Lasers — exclamou Ziinda enquanto as esferas colidiam contra o cargueiro, várias faíscas de energia iônica liberada tomando a nave e paralisando seus sistemas eletrônicos. — Acabe com ele antes que possam...

Parou de falar quando o cargueiro desapareceu em uma explosão violenta. Seus olhos passaram para o asteroide, sentindo uma premonição horrível e impotente.

Só a tempo de vê-lo se desintegrar também em múltiplas explosões internas.

— Droga — murmurou Apros no silêncio repentino. — Então, o cargueiro *não* estava lá para ativar o míssil.

— Não — concordou Ziinda, sóbria. — Ele estava lá para impedir o míssil de ser ativado por conta própria.

— Uma prova de morte — disse Apros. — De uma forma ou de outra, aquele míssil ia causar danos.

Ziinda assentiu, assistindo com um pesar súbito conforme a nuvem de destroços se expandia e alcançava a *Picanço-Cinzento*, envolvendo seu casco. Pedaços minúsculos, é claro, com nada que fosse grande ou ameaçador o bastante para afetar os escudos de impacto automáticos da panorâmica. Se havia algo consistente a respeito dos amigos estrangeiros de Jixtus, era que eles eram muito bons em se certificar de que não deixariam nada para trás para os investigadores como pista de suas identidades, localizações ou capacidades.

Ainda assim, não custava nada tentar.

— Comandante Intermediário Shrent, envie uma mensagem ao General Supremo Ba'kif — disse. — Inclua o registro de tudo que aconteceu desde que chamamos a *Orisson* pela primeira vez, e requisite que alguém seja enviado para coletar o maior número de destroços possíveis e mande-os para Sposia. Talvez o GAU possa encontrar algo útil.

— Sim, capitã sênior — respondeu Shrent. — Ah... capitã sênior? O destróier Dasklo está nos chamando. O capitão exige saber o que... hã... o que estava fazendo quando disparou contra ele.

Ziinda olhou para Apros, notando o olhar azedo no rosto do primeiro oficial.

— Pode me passar — falou para Shrent.

Ela e a *Picanço-Cinzento* haviam conseguido impedir o plano de Jixtus de começar uma guerra, haviam aberto um pouco os olhos de Roscu para o que realmente estava acontecendo na Ascendência e causado no inimigo a perda de uma arma poderosa e cara que passaram muito tempo posicionando. Agora teria que aplacar o representante furioso de uma das Famílias Governantes e abrir um pouco os olhos *delas*.

Suspirou. Estava sendo um dia e *tanto*.

Até para o padrão de Qilori, que era o padrão comum de um Desbravador que por vezes precisava estar nas profundezas da Grande Presença por dez ou doze horas seguidas, aquele estava sendo um dia e tanto.

Também havia sido um dia assustadoramente instrutivo. Os soldados Pacc que Uingali e Thrawn tinham enviado para requisitar a *Martelo* haviam sido muito mais competentes e mortíferos do que Qilori havia esperado que fossem. Mas até mesmo aquele grupo empalidecia em comparação com as tropas altamente armadas e protegidas que apareceram em Nascente dois dias após a batalha entre as naves. Sob a direção de Thrawn, e sob o comando de Uingali, os soldados desceram em uma pequena região montanhosa de mineração na superfície e demoliram de forma rápida e eficiente as forças Grysk que dirigiam a operação escrava.

Ao menos Qilori presumiu que fossem Grysk. A presença de uma nave de guerra Grysk na batalha anterior era evidência de que os escravagistas eram Grysk ou uma de suas espécies que faziam parte de sua clientela. Mas ele provavelmente nunca saberia ao certo. A armadura dos defensores estava equipada com sistemas de autodestruição que podiam aparentemente ser ativados pelo usuário ou ativados automaticamente se este morresse. O pouco deixado pela autodestruição não dava pistas quanto à aparência dos seres que usavam as armaduras.

Era o extremo lógico da obsessão do próprio Jixtus de esconder os detalhes de seu rosto e corpo. Claramente, os Grysk não queriam que os outros conhecessem suas aparências, e estavam dispostos a fazer esforços extraordinários para alcançar tal fim.

O lado ruim dessa fixação era que, no espaço estreito das minas, onde a batalha progrediu e, por fim, terminou, algumas das baixas Grysk vieram do efeito colateral causado pelas armaduras explodindo os próprios companheiros. Junto da habilidade mortífera e da precisão dos soldados Pacc e da aparentemente inesperada resistência dos próprios nativos, uma batalha que poderia ter levado dias acabou ao entardecer.

Para Qilori, era um lembrete sóbrio de que, por mais conhecimento, poder ou influência que os Grysk possuíssem, ainda havia surpresas desagradáveis à espreita no Caos.

Ainda estava sentado sozinho em um canto do refeitório do complexo, assistindo as nuvens vermelhas cercarem o sol conforme este afundava em direção ao horizonte e tentando tirar algumas das imagens mais nauseantes do dia de sua mente, quando viu um par de visitantes.

— Qilori de Uandualon — Thrawn o cumprimentou, gesticulando para a estrangeira parada ao seu lado. — Esta é a Magys. Ela deseja falar com você.

— Sim, eu lembro de você da *Aelos* — disse Qilori. — Como posso servi-la?

Por um momento, a estrangeira ficou em silêncio, os olhos escuros afundados no rosto focados nele logo acima das mandíbulas gêmeas e protuberantes. Com o canto do olho, conseguia ver que Thrawn estava perfeitamente parado, os olhos vermelhos e cintilantes prestando atenção em tudo.

O olhar da Magys pareceu se dissipar.

— Não — declarou. — Ele não servirá.

— Ainda assim, ele também é um navegador — argumentou Thrawn. — Portanto, ele não toca, também, no Além?

— Ele o toca, mas não de uma forma útil — disse a Magys.

— O que quer dizer, que não é útil? — Qilori sentiu um misto de confusão e orgulho ferido palpitar as asinhas das bochechas. — Eu colocaria as habilidades de navegação dos Desbravadores na balança contra qualquer outro navegador no Caos.

— O espaço não é onde desejo navegar — a Magys explicou. — Você não tem utilidade.

— Se ele não tem utilidade, então vamos continuar. — Thrawn pegou a parte de cima do braço da Magys e a virou com gentileza. — Peço perdão por interromper, Desbravador. Pode voltar à sua refeição.

— Obrigado — murmurou Qilori, as asinhas ondulando lentamente com incerteza enquanto os observava irem embora. O que ela havia querido dizer com *O espaço não é onde desejo navegar*? Onde mais senão no espaço um navegador deveria navegar?

Virou-se para sua janta. Mas havia perdido todo seu interesse na comida, que já parecia bem sem gosto. Continuou mesmo assim, sabendo que a nutrição era importante, enquanto observava Thrawn e a Magys saírem do refeitório e continuar para as casernas onde os mineradores e suas famílias estavam tendo a primeira noite de paz desde o começo da guerra civil.

— Boa noite, Desbravador.

Qilori girou a cabeça. Uingali andava até ele da outra direção, quatro soldados Pacc de armadura logo atrás.

— Boa noite, Uingali foar Marocsaa — disse. — Pensei que os Paccosh tivessem eliminado o inimigo.

— Perdão?

Qilori fez um gesto para os soldados.

— Eu estava falando de seus guarda-costas.

— Ah — disse Uingali. — Sim, o inimigo foi derrotado, ou é isso que me disseram. Mas estamos em uma região selvagem, cercados de florestas e fendas montanhosas. Tal terreno pode esconder predadores e outros perigos naturais. Você parece incomodado.

— Estou. — Qilori pensou rápido. O comentário da Magys sobre navegação não espacial havia sido tão intrigante quanto perturbador, mas não queria parecer que havia projetado qualquer tipo de significado especial nele. Era melhor nem mencioná-lo. — Estava me perguntando por quanto mais tempo eu e Sarsh teremos que ficar aqui antes de sermos devolvidos ao nosso lar no Terminal de Navegadores Quatro Quarenta e Sete — improvisou.

— Devolvidos? — Uingali parecia surpreso. — Os Paccosh não o contrataram, Desbravador. Não temos obrigação de providenciar transporte de volta para sua base ou para qualquer outro lugar.

Qilori o encarou. Não era a resposta que estava esperando.

— Não pode estar falando sério — disse com cuidado. — Eu naveguei para trazê-los até aqui de Rapacc, e arrisquei minha vida para auxiliá-los durante o ataque, tudo sem cobrar. Certamente há alguma obrigação da sua parte relacionada a essas ações.

— Normalmente, haveria — concordou Uingali. — Mas, neste caso, você fez parte de um ataque contra Rapacc. Por isso, efetivamente, é um prisioneiro de guerra.

— Eu era meramente o navegador — protestou Qilori. — Eu não tive parte alguma na ameaça Kilji.

— Mesmo assim, você os levou até Rapacc e esteve presente durante a batalha — disse Uingali.

— Navegadores nunca devem ser tratados como culpados em tais coisas.

— Os Paccosh não fizeram nenhum acordo do tipo — rebateu Uingali. — Nem assinamos qualquer tratado de relevância.

— Compreendo. — Qilori tentou acalmar as asinhas. Havia começado esta conversa para evitar falar sobre Thrawn e a Magys. Agora, de repente, ela havia se tornado muito mais séria. Se os Paccosh não estivessem dispostos a transportá-lo para fora deste planeta, ele poderia ficar preso lá para sempre.

Ou, o que era mais provável, ficaria preso lá até a próxima nave de guerra Grysk vir para destruir os Paccosh e pegar as minas de volta. Ele não fazia ideia qual era o cronograma de Jixtus, mas essa invasão poderia acontecer a qualquer momento, na teoria.

— Mas você também precisa compreender que é vital que eu seja devolvido o quanto antes.

— Duvido que chegue ao ponto de ser *vital* — disse Uingali, casual. — A Associação dos Navegadores simplesmente terá que ficar sem você por algumas semanas.

As asinhas de Qilori se retesaram. Algumas *semanas*?

— Não, não; isso é impossível — protestou, tentando soar calmo. — Eu não posso passar tanto tempo aqui.

— Sinto muito, mas não podemos gastar uma nave para levá-lo para casa — Uingali foi firme. — Se desejar uma resposta diferente, deve falar com o Capitão Sênior Thrawn.

— Eu falarei. — Qilori ficou de pé. — Obrigado por seu tempo e por suas palavras.

Encontrou Thrawn do lado de fora, no limite do complexo de mineração, sentado sozinho em um afloramento rochoso na beira de um trecho denso da floresta. O Chiss contemplava de forma meditativa o último vislumbre do sol que ainda era visível acima das colinas a oeste, a luz fraquejante começando a preencher o vale mais abaixo com o crepúsculo. Uma brisa noturna sussurrava gentilmente entre as árvores alguns metros à esquerda de Thrawn, remexendo os galhos e criando pequenos redemoinhos nas folhas mortas na terra ao redor deles. A Magys não estava em lugar algum, aparentemente tendo ido procurar um novo navegador em outro local.

Também não havia nenhum guarda-costas presente. Pelo visto, Thrawn não se preocupava com predadores tanto quanto Uingali.

— Capitão Sênior Thrawn — Qilori o cumprimentou, indo por trás do Chiss até alcançá-lo. — É Qilori de Uandualon.

— Eu sei. — Thrawn não se virou. — Ouvi seus passos enquanto se aproximava.

Qilori não havia percebido que seus passos sequer poderiam ser ouvidos com a brisa e os barulhos do entardecer.

— Preciso falar com você com urgência. — Ele parou ao lado do Chiss. — Se agora for inconveniente, por favor, escolha um horário quando não o seja.

— Agora é aceitável — disse Thrawn. — Antes de conversarmos, eu devo primeiro me desculpar pelas palavras desnecessariamente cruéis da Magys.

— Não é necessário se desculpar — assegurou Qilori, as asinhas se contraindo. A Magys e seus comentários estranhos podiam esperar. Encontrar uma forma de sair de Nascente era um problema muito mais crítico. — Uingali foar Marocsaa me falou que...

— Porque você certamente não é inútil — continuou Thrawn. — Nisso, todos concordamos. Você só é inútil para as tentativas dela de ver através do tempo.

— ... Que ele não poderia me levar de volta para... — Qilori parou de falar quando registrou de súbito o comentário de Thrawn. — Perdão? Você disse que ela quer ver através do *tempo*?

— Sim — disse Thrawn. — Veja bem, ela é mais do que uma simples líder política ou social como acreditamos inicialmente. Assim como você possui uma conexão ao que chama de Grande Presença, ela possui uma conexão ao que chama de Além. Ela espera poder usar essas conexões e outras parecidas para ver o futuro.

O futuro. Então, *esse* era o não espaço que ela queria que ele navegasse.

— Mas como o futuro pode ser visto? Ele não é criado pelas decisões combinadas mas separadas de trilhões de seres?

— Como pode um Desbravador ver no futuro para saber onde, em um caminho do hiperespaço, levará ao perigo e, assim, mudar a rota da nave para evitá-lo? — rebateu Thrawn.

— Não é assim que nós navegamos — respondeu Qilori. — A Grande Presença nos guia para longe de tais perigos.

— Então, como é que a Grande Presença sabe?

— A Grande Presença é... a Grande Presença. — Qilori estremeceu ao ouvir como isso soava meio idiota. — Nós não sabemos como ela funciona. Ou o que ela é de verdade.

— Da mesma forma que eu não entendo plenamente o pensamento por trás da busca da Magys. — Thrawn deu de ombros de leve. — Ainda assim, apesar do futuro de fato ser incerto e sempre mutável, pode ser que certos eventos sejam fixos assim que aqueles tomando decisões apropriadas tenham se comprometido a esses caminhos.

— Certamente tornaria a navegação mais fácil — comentou Qilori. — Se pudéssemos planejar um trajeto tendo nem que fosse dez ou quinze minutos de antecedência, viajar seria muito mais fácil.

— Eu não acho que a Magys esteja preocupada com viagens no hiperespaço — a voz de Thrawn ficou sombria. — Seus objetivos são mais focados na defesa de seu mundo.

As asinhas de Qilori enrijeceram. Não havia nem mesmo pensado como algo assim poderia ser aplicado a guerras.

Mas as possibilidades ficaram claras instantaneamente. Se ela soubesse do comprometimento de Jixtus em destruir a Ascendência Chiss, ou do comprometimento que os Grysk certamente teriam em retomar o controle deste mundo, ela teria uma enorme vantagem estratégica.

— Você está falando sobre saber dos planos gerais de um inimigo? — perguntou.

— Talvez até mesmo a sequência de uma batalha em particular — disse Thrawn.

As asinhas de Qilori palpitaram.

— Isso parece aterrorizante.

— Só se você for o agressor enfrentando esse tipo de presciência — disse Thrawn. — A Magys usaria esse conhecimento apenas para defender seu povo. — Ele fez uma pausa. — Apesar de que outros, claro, esperavam desde o começo que pudessem usá-lo para a conquista.

— Outros? — Qilori perguntou com cuidado. — Que outros?

— Sigamos o histórico — falou Thrawn. — Primeiro, o General Yiv levou suas forças Nikardun contra as outras nações estelares deste lado do Caos, procurando conquistar ou subjugá-las de alguma forma. A certo ponto, enquanto quase toda a atenção estava focada nele, Nascente foi destruída por uma guerra civil orquestrada de fora por criaturas conhecidas como Agbui.

— Acho que nunca ouvi falar deles — murmurou Qilori.

— Eu acredito que tanto eles quanto os Nikardun sejam espécies clientes de seu empregador Jixtus — disse Thrawn. — Após levar o povo daqui de Nascente a destruir a própria civilização, os Agbui tentaram fazer o mesmo com a Ascendência Chiss. Mas conseguimos discernir suas intrigas e rejeitar suas influências. — Ele gesticulou na direção das minas recentemente libertas. — Mas o verdadeiro gênio foi a tentativa bem-sucedida de nos fazer acreditar que as minas de nyix eram o objetivo final de sua destruição. O metal é valioso, certamente, mas o verdadeiro prêmio era a Magys e sua capacidade de tocar o Além.

— O prêmio era a *Magys*? — perguntou Qilori, tentando ver sentido na coisa toda. — Não estou entendendo você.

— Não é difícil de entender — disse Thrawn. — Aqueles que perpetraram a mentira esperavam que combinar as habilidades da Magys com as de um navegador poderiam expandir a visão do navegador do futuro próximo e que isso permitiria que usassem essa combinação na guerra.

— Entendi. — As asinhas de Qilori ondularam de leve enquanto o plano enrolado finalmente começava a fazer sentido. — Mas eles não esperavam que a Magys escapasse da guerra civil de Nascente e viajasse para Rapacc.

— Exatamente — concordou Thrawn, parecendo satisfeito de que Qilori por fim estava começando a entendê-lo. — Ou então eles não reconheceram o valor dela até que as naves de refugiados já tivessem partido. Quando eles entenderam, se viram diante de um dilema. As únicas forças militares próximas o bastante para uma reação veloz eram os Nikardun, então foram eles que foram mandados para caçar os refugiados. Mas Yiv era apenas uma ferramenta, e seus mestres não queriam que ele soubesse da verdadeira natureza da pessoa que procuravam. Então, quando as forças Nikardun encontraram Rapacc, elas meramente bloquearam o sistema e esperaram as ordens seguintes em vez de invadir e capturá-la.

— Entendi — repetiu Qilori. Havia mais complexidade no plano de Jixtus que ele jamais imaginara. — Então, depois de Yiv ser derrotado, Jixtus enviou os Kilji para Rapacc atrás dela?

— Sim — disse Thrawn, abrindo um sorrisinho para Qilori. — Mas eles, assim como aconteceu anteriormente com os Nikardun, teriam fracassado... Porque a Magys esteve comigo desde a primeira visita da *Falcão da Primavera* a Nascente até o momento que suas naves de guerra Kilji chegaram em Rapacc alguns dias atrás.

As asinhas de Qilori ficaram rígidas.

— Com *você*?

— Sim. — Thrawn não escondeu a satisfação em sua voz. — Hoje, mais cedo, os mineradores falaram para a Magys que os escravagistas conduziam buscas de grande escala repetidamente no planeta, procurando por ela. — Ele acenou a mão na direção do vale. — A verdadeira ironia é que a busca não era só inútil como desnecessária.

— O que quer dizer?

— A Magys não é a única de sua espécie que pode tocar o Além — revelou Thrawn. — Há outros entre eles que poderiam ser elevados à mesma posição e habilidade, se necessário.

— Incrível — disse Qilori. — Então, tudo que os Grysk precisavam fazer era procurar por outros com a habilidade da Magys em vez de caçá-la especificamente?

— Os Grysk? — Thrawn virou-se para ele com uma expressão confusa. — Os Grysk não estão por trás desse esquema, Qilori. Ele está sendo controlado pelo Generalirius Nakirre e os Kilji.

As asinhas de Qilori ficaram rígidas.

— *Quê*?

— Jixtus pode *pensar* que ele está controlando a operação — disse Thrawn. — Ele pode até mesmo ser quem dá as ordens. Mas essas ordens não estão vindo dele.

— Isso não foi o que ouvi a bordo da *Bigorna* — objetou Qilori, forçando as asinhas a se acalmarem. — O General Crofyp falou que estava agindo sob o comando dos Grysk.

— Verdade? — Thrawn parecia estar se divertindo. — Ele falou isso em sua presença, não foi? Sabendo muito bem de sua relação com Jixtus, e que você relataria tudo para ele?

Qilori olhou por cima do ombro para o complexo de mineração, as asinhas parando com o esforço que fazia para seguir esse zigue-zague de revelações. Jixtus sempre pareceu ter tudo sob controle total. Será que aquilo havia sido uma mentira? Será que Crofyp havia falado a verdade em Rapacc?

Pior do que isso, será que era uma mentira na qual o próprio Jixtus realmente acreditava?

— Por que você acha que a tripulação dos Kilji é chamada de vassalos? — continuou Thrawn, a voz agora mais baixa. — Por que acha que os controles são tão simples e tão organizados que os soldados Pacc conseguiram aprender rapidamente como disparar as armas da nave? Os Kilji não estão preocupados com qualidade ou com perícia, mas apenas com aqueles que podem controlar com sucesso.

— Eles chamam a si mesmos de iluminados — murmurou Qilori.

— E falam o mesmo de seus vassalos — disse Thrawn. — Não, Qilori de Uandualon. Jixtus também faz parte dos iluminados. Mas, ao contrário dos vassalos Kilji, ele não sabe disso.

Por um momento, os únicos sons vinham da floresta e da brisa. Qilori contemplou o vale, observando a escuridão cobrir a paisagem.

Iluminação. Os Kilji falaram muito sobre isso durante o tempo que passou na *Bigorna*. Eles haviam se gabado de como o caminho deles era superior, e como um dia levariam esse caminho para todos no Caos.

Mas, certamente, Jixtus não teria caído em seus esquemas ou sua iluminação. Teria?

Franziu o cenho quando algo chamou sua atenção. Na metade do vale, no centro de um aglomerado do que pareciam ser cabanas pré-fabricadas com telhados lisos, alguma coisa cintilava com o último raio de sol onde este aparecia por uma fenda nas colinas ocidentais. Três coisas, na verdade, o brilho vago indo para cima do aglomerado.

Um pináculo em um saguão de devoção? Uma gavinha de seda perdida de alguma aranha local horripilantemente grande?

Uma antena transmissora do hiperespaço com três lóbulos?

— De qualquer forma, é hora de me retirar por hoje. — Thrawn deslizou pelo afloramento e esticou-se um pouco. Sua mão direita roçou a arma afivelada na lateral do corpo, como se estivesse se reassegurando que continuava lá enquanto contemplava a área uma última vez. — Sugiro que não fique muito mais tempo aqui fora — acrescentou. — Como Uingali avisou, há muitos predadores à espreita na escuridão. Falamos novamente amanhã de manhã.

Com um último aceno de cabeça, ele passou por Qilori e foi até os prédios onde Uingali havia montado o quartel-general e a caserna para eles. Qilori o observou até ele desaparecer, e então voltou a olhar para o vale. A centelha tripla e breve havia sumido, e o crepúsculo estava se dissipando rapidamente, mas ainda estava claro o bastante para ver que havia um caminho que ia do complexo de mineração à direção geral das cabanas.

Deu um passo para perto da beirada da floresta para olhar melhor. Se fosse de fato um transmissor do hiperespaço, e se pudesse chegar até lá, poderia mandar uma mensagem para Jixtus. Já estava tarde demais esta noite, é claro, mas talvez durante a manhã. Ouviu o som leve de folhas secas sendo esmagadas em algum lugar atrás dele...

E, sem aviso, seu braço foi agarrado por algo metálico e sólido. Quando abriu a boca para berrar, uma segunda mão se fechou ao redor de sua boca e de suas asinhas, abafando o grito até ele virar um arquejo mudo. Um segundo depois, estava sendo arrastado por uma fenda na linha externa das árvores para dentro da floresta.

— Fique em silêncio — uma voz sussurrou em seu ouvido. — Fique em silêncio, e viva.

Não havia como concordar verbalmente com a ordem devido à boca coberta, mas Qilori conseguiu dar um minúsculo aceno de aceitação. Na luz débil, uma segunda pessoa apareceu diante dele.

Qilori sentiu-se desfalecer pelo alívio. Havia temido que os agressores fossem Paccosh ou algum tipo de milícia local. Em vez disso, eram um par de Grysk encouraçados que, de alguma forma, haviam escapado do massacre Pacc. O que o segurava devia ter sentido os músculos de seus braços relaxarem conforme o pânico se esvaía e o soltou cautelosamente da pegada dupla.

— Sou Qilori de Uandualon — Qilori se identificou, mantendo a voz baixa.

— Sabemos quem você é — o Grysk diante dele falou.

— Ótimo — disse Qilori. — Digam, como escaparam das batalhas de hoje?

— Escapamos porque nunca estivemos nelas — falou o Grysk. — Nossa tarefa era ficar sempre longe das minas e dos selvagens que trabalhavam nelas.

Assim, continuamos sem ser contados em nossas forças e ficamos livres para manter vigilância se tal coisa se provasse necessária.

— E agora se provou — acrescentou o Grysk atrás de Qilori. — Você deve levar uma mensagem até Jixtus.

— Sim, ficarei feliz em fazê-lo — assegurou Qilori. — Aquele grupo de cabanas mais abaixo no vale... Há um transmissor de três lóbulos lá?

— Você *levará* uma mensagem até Jixtus — o Grysk repetiu, agora mais brusco. — Não *mandará. Levará.*

— Tudo bem — disse Qilori rapidamente. — Qual é a mensagem?

Na direção do acampamento se ouviu o som de passos que se aproximavam e vozes baixas.

— Dirá a Jixtus que estamos prontos a qualquer momento — disse o primeiro Grysk. — Ele só precisa falar, e semearemos o caos e colheremos a morte entre os seus inimigos. Nós levaremos até ele aquel...

— Quem está aí? — exigiu saber uma voz Paccosh.

Em um instante, os dois Grysk voltaram para as árvores.

— Sou eu, Qilori de Uandualon — chamou Qilori com cuidado.

— Aproxime-se.

Qilori cambaleou para fora de seu esconderijo parcial para encarar três Paccosh armados.

— Estou aqui.

— É o que estamos vendo — retrucou um dos Paccosh. — Está ficando tarde. Você voltará para a caserna.

— É claro — disse Qilori. Passando por eles com cuidado, dirigiu-se até o acampamento.

Haviam dado para Qilori uma das vinte camas que foram colocadas em um dos prédios maiores. A metade, aproximadamente, já estava ocupada, percebeu ele ao passar pela escuridão de sua cama de campanha e começar a se desvestir.

O combate de hoje havia sido suficientemente estressante. Os esforços de amanhã de bolar um plano para escapar da armadilha mortal que era Nascente seriam mais estressantes ainda.

Ele havia se acomodado e começado a adormecer quando foi acordado, sacudido de forma abrupta.

— Qilori — sussurrou uma voz. — *Qilori.*

Qilori abriu os olhos. Thrawn estava inclinado sobre ele, um dedo sobre os próprios lábios como aviso.

— O que foi? — Qilori sussurrou de volta, as asinhas vibrando com surpresa e tensão.

— Levante-se e vista-se — instruiu Thrawn. — Estamos partindo.

A mente de Qilori, que ainda estava confusa, ficou em alerta total.

— Nós estamos *partindo*? Para onde vamos?

— Para Csilla — disse Thrawn. — Bem, *eu* vou para Csilla. Você será deixado em Schesa, na saída da Ascendência. Há bastante trânsito de cargueiros no sistema para que você possa encontrar um trabalho. Se não der, pode usar o transmissor de tríade que tem lá para ligar para seu átrio para pedir para ser buscado por seu despachante.

— Sim, isso serve. — Qilori estremeceu um pouco ao sentar e começar a se vestir. — Posso perguntar o motivo dessa pressa súbita?

— Eu preciso obter um equipamento especializado — Thrawn falou. — Acabamos de localizar alguém que pode ter a mesma habilidade que a Magys.

Qilori sentiu as asinhas gelarem.

— Você vai substituí-la?

— Idealmente, vamos complementá-la — explicou Thrawn. — Mas não saberemos com certeza até fazermos alguns testes.

— Entendi — disse Qilori. E se conseguissem, será que essa nova pessoa e a Magys poderiam ver batalhas antes delas acontecerem de verdade?

Um arrepio passou por suas asinhas. Agora, mais do que nunca, era vital que contatasse Jixtus. Felizmente, Schesa e seu transmissor de tríade seriam perfeitos para a tarefa.

— Quando partimos? — perguntou.

— Assim que você estiver pronto — disse Thrawn. — Confio que o arranjo será aceitável?

— Será, sim — assegurou Qilori. — Muito, na verdade.

MEMÓRIAS X

O PATRIARCA LAMIOV ESTAVA parado ao lado da mesa da sala de conferências, olhando para o caixote que Lappincyk colocara lá, sacudindo a cabeça em um gesto de alívio.

— Contra todas as circunstâncias — murmurou, passando a mão na caixa com gentileza. — Contra todas as esperanças. — Ele olhou para cima e abriu um sorriso irônico para Thrass e Thrawn. — Até mesmo contra todas as minhas expectativas. Vocês conseguiram.

— Não fizemos isso sozinhos — apontou Thrass. — Foi o Auxiliar Sênior Lappincyk que encontrou a chave para acalmar a situação.

— Mas foram vocês que levaram Roscu até a porta onde a chave poderia ser usada — Lappincyk lembrou a ele.

— Eu reconheço que foi um trabalho de equipe — disse Lamiov. — Também reconheço que os Stybla estão em dívida com os Mitth, assim como eu, pessoalmente, estou em dívida com vocês. Se houver alguma coisa que eu puder fazer por vocês algum dia, só precisam pedir.

— Há uma coisa — falou Thrawn. — Nos conte o que há nessa caixa.

Lamiov sorriu de novo.

— Acredito que mencionei uma vez que era um segredo.

— Eu sei — disse Thrawn. — Mas a questão não é mais se é um segredo ou não. A verdadeira questão é se deveria continuar sendo. Sou um guerreiro, Patriarca. Quanto mais souber a respeito das armas à minha disposição, melhor poderei defender a Ascendência e seu povo.

— Você está imaginando coisas mirabolantes — comentou Lamiov, ainda sorrindo. — Quem falou que é uma arma?

Thrawn acenou com a cabeça para Lappincyk.

— O Auxiliar Sênior Lappincyk.

Lamiov olhou para seu secretário, o sorrindo falhando um pouco.

— Perdão?

— Não em palavras, é claro — esclareceu Thrawn. — Mas em ações e respostas. A primeira indicação foi, na verdade, antes de nossa partida. O seu próprio comentário dizendo que *ele sabe* sugeria um medo de que o Patriarca Clarr soubesse algo que ele não deveria saber. Isso, seguido da reação violenta do Auxiliar Sênior Lappincyk quando descobriu que o transporte sequestrado poderia ser capturado e saqueado pelos Paataatus. — Ele fez um gesto para a caixa. — Não há nada que eu consiga pensar que caberia nessa caixa que poderia causar tal medo, exceto uma arma.

— Uma arma estrangeira — acrescentou Thrass, um pequeno fato conectando-se lá no fundo da mente. — O centro do Grupo de Análise Universal em Sposia. Ele está sob controle dos Stybla, não está?

— Acredito que baste de especulação por hoje. — Lamiov ficou de pé. — Mais uma vez, eu agradeço por seu auxílio...

— Não — falou Lappincyk em voz baixa.

Lamiov o encarou, os olhos endurecendo.

— Perdão?

— Não adianta, Seu Venerante — o tom de Lappincyk era respeitoso, mas firme. — Eles já sabem demais. Se deixarmos que partam agora, eles só continuarão a cutucar e investigar até descobrirem a verdade. — Ele olhou para os dois Mitth. — E, no processo, podem acabar amolecendo os tijolos da muralha que trabalhamos tanto para construir.

Por um longo momento, os dois Stybla se encararam. Ao lado de Thrass, Thrawn se remexeu no assento, claramente se preparando para falar. Thrass chegou primeiro, tocando no braço dele como aviso. Thrawn hesitou, e então voltou a se acomodar na cadeira, sem dizer o que tinha em mente.

Thrass sabia que havia hora para persuasão. Havia hora para argumentar, prometer e até mesmo ameaçar. Aqui e agora, porém, era hora de ficar em silêncio.

Contou vinte batidas de seu coração até Lamiov finalmente se mexer e se virar para os Mitth, relutante.

— Vocês compreendem — disse — que o que estou prestes a contar é um segredo do mais alto calibre. Um segredo que poderia levar as famílias Stybla e Mitth à ruína, talvez até mesmo à destruição da Ascendência Chiss. Estão preparados para abraçar esse segredo até a morte e além?

Thrass sentiu a pele formigar. *Abraçar esse segredo até a morte e além*. Essas eram algumas das palavras dos juramentos mais estritos e vinculativos do repertório Mitth.

— Estou — respondeu.

— Assim como eu — concordou Thrawn.

— Muito bem. — Com relutância, Thrass pensou, Lamiov se sentou. — Quinhentos anos atrás, sob a liderança dos Stybla, os Chiss adentraram um período de exploração, viajando para o Caos e até mesmo para o Espaço Menor. Lidamos com muitas raças estrangeiras e obtivemos uma quantidade de artefatos desconhecidos. Esses artefatos, como vocês sabem, foram escondidos no centro GAU para observação e estudo.

Ele pareceu se preparar.

— Deixem que eu conte sobre o artefato que chamamos de Starflash.

"Não sabemos mais quem obteve o item e o trouxe de volta para a Ascendência. Mas ele foi trazido com um relatório do que conseguia fazer, como funcionava, e as consequências terríveis de seu uso. Os Stybla construíram o Bastião, o precursor do GAU, e o esconderam para que nunca fosse usado.

"Mas então, séculos depois, ocorreu uma invasão causada por um inimigo inclemente. Nossos mundos externos foram invadidos, a Força de Defesa teve que recuar, e só faltava conquistarem Csilla. O inimigo juntou todas suas naves e exércitos, preparando o que agora é conhecido como o Último Ataque em Csilla. Sabemos que não havia forma de enfrentá-los, e sabíamos que, se perdêssemos, os Chiss poderiam ser extintos.

"E então, o Patriarca Stybla lembrou da Starflash."

Ele parou e, por um momento, a sala caiu em silêncio absoluto. O olhar de Lamiov se perdeu na distância, os olhos mantendo um quê daquele horror já passado. Thrass aguardou na quietude, atento a Thrawn com o canto do olho, pronto para agir de novo se ele começasse a falar. Mas, dessa vez, ao menos, Thrawn reconheceu que era hora de ficar em silêncio.

— Nós nunca vimos a Starflash em operação. — Lamiov voltou a contar a história. — De fato, ela foi projetada para ser uma arma de uso único. Mas nós sabíamos como operá-la. O problema é que seriam necessários vinte guerreiros para ativá-la... E, para esses vinte, seria uma missão suicida. — Seus olhos focaram em Thrawn e Thrass. — Os Mitth foram voluntários.

— A Patriarca Trágica — murmurou Thrawn com o ar de alguém que, por fim, conseguia compreender um mistério que há muito o eludia. — Os quatro filhos dela que morreram em batalha. Eles eram parte da equipe da Starflash, não eram?

Lamiov assentiu.

— Todos os quatro se ofereceram, insistindo que enfrentariam os mesmos perigos e sacrifícios que o restante dos Mitth.

— O que a arma fez, exatamente? — perguntou Thrass.

— A Starflash é uma arma de energia — explicou Lamiov —, mas muito diferente de lasers espectrais ou esferas de plasma. Ela envia uma explosão massiva de energia taquiônica e da energia da velocidade da luz à superfície do sol, que então ativa uma explosão em retorno, milhares de vezes mais poderosa.

Um arrepio subiu pela coluna de Thrass.

— Uma explosão de retorno, no sentido de voltar para a própria Starflash?

— Sim — disse Lamiov, suave. — Como eu falei. Uma missão suicida.

— Então, suponho que o plano era carregar a arma em uma nave altamente blindada e jogá-la no centro da frota inimiga. — A voz de Thrawn era quase calma. Era de se esperar, pensou Thrawn; para ele, não era um capítulo doloroso da história Chiss, mas um problema militar. — Eles aguardaram até o inimigo ter chegado o mais perto possível, e então a ativaram.

— Sim — disse Lamiov. — Depois disso, assim que a Ascendência libertou os mundos das guarnições menores que o inimigo deixou para trás, os Patriarcas decidiram por unanimidade manter os detalhes escondidos em segredo, para nunca serem revelados à Sindicura ou ao público geral. A verdade do Último Ataque era conhecida apenas pelos Patriarcas das Famílias Governantes e seus auxiliares sênior, esse grupo ficando encarregado de repassar o segredo ao Patriarca seguinte.

Ele fez uma pausa, um sussurro de dor recente aparecendo em seu rosto.

— O que nós *não* havíamos antecipado, porém, e o que os registros da Starflash não haviam descrito, é o efeito que teria no sol de Csilla. Aparentemente, a breve perturbação das camadas de sua superfície se estendeu de forma mais profunda do que o esperado até o núcleo. Nas décadas seguintes, ele começou a esfriar, forçando os cidadãos de Csilla a irem para o subterrâneo ou abandoná-la por inteiro. — Ele abriu um sorriso pequeno e cansado para Thrass. — E, não, não sabemos se ele se recuperará algum dia. Meu sentimento, pessoalmente, é que não.

— De qualquer forma, a Aristocra ficou impressionada pela coragem e pelo sacrifício dos Mitth — disse Lappincyk. — Foi o ímpeto para levá-los à posição de Família Governante. Também é o motivo de seu emblema familiar ser um sol ardendo, apesar de, é claro, o verdadeiro significado ter sido enterrado debaixo do gelo do tempo.

Thrass estremeceu.

— Irônico, considerando que o sol ardeu *menos* depois disso.

— Verdade — disse Lamiov com pesar. — Mas, é claro, ninguém poderia ter antecipado isso. Mesmo que tivessem conseguido, a escolha era usar a Starflash ou enfrentar a aniquilação. Duvido que os Patriarcas teriam escolhido outra coisa. — Ele acenou a mão, como se quisesse afastar as lembranças. — Mas podem ver por que essa parte de nossa história nunca deveria se tornar de conhecimento público. — Ele ergueu as sobrancelhas. — Não é necessário dizer que, como juraram, vocês também guardarão a informação para si.

— Até nossas mortes e além — assegurou Thrass. — Então, o que há na caixa, exatamente?

— Nós resgatamos o que foi possível da Starflash depois da destruição — disse Lamiov. — O Conselho de Defesa Hierárquica pediu ocasionalmente para estudar uma ou mais de suas peças como parte do trabalho de duplicar ou adaptar o aparelho para outros usos. Trabalhos que nunca tiveram resultados, devo dizer.

— A caixa contém uma seção de um dos aceleradores sincrotron de fluxo de táquions — acrescentou Lappincyk. — O Conselho achou que ele poderia ser adaptado a uma nova arma de partícula de raio que eles estão fazendo.

— Considerando as circunstâncias, eu imaginaria que vocês teriam pedido a eles para que a examinassem em Sposia — disse Thrass. — Lá, ao menos, estaria sob a segurança do GAU.

— Normalmente, teríamos feito isso. — Lamiov deu um sorriso irônico. — Nesse caso, o Conselho se recusou a tirar o protótipo da segurança de pesquisa *deles*.

— Nós podemos vê-la? — perguntou Thrawn.

Mais uma vez, Lamiov e Lappincyk trocaram olhares. Desta vez, o debate silencioso foi mais curto.

— Se desejarem. — Lamiov fez um gesto para Lappincyk, que pegou uma faca dobrável e começou a cortar os selos. — Apesar de que devo avisar que não há muito a ser visto.

Ficaram sentados em silêncio até Lappincyk terminar de abrir a caixa e tirar a seção superior do enchimento moldado e feito sob medida.

— Por favor — convidou, fazendo um gesto para o conteúdo.

Thrawn circulou a mesa pra chegar até a caixa. Ele esticou o pescoço, espiando o objeto ali dentro.

— Síndico? — Lamiov acrescentou para Thrass.

— Está tudo bem. — Thrass acenou, rejeitando a oferta. — Eu confio que é o que nos contou.

— Então, colocou sua confiança no lugar errado. — A voz de Thrawn ficou sombria de repente. Ele se endireitou, o olhar firme em Lamiov. — Esse não é um pedaço da arma Starflash.

— Por que diz isso? — perguntou Lamiov, o tom estável.

— A superfície do cilindro está esburacada, e as pontas estão irregulares como se tivessem feito parte de algo que foi destruído por meio de violência — explicou Thrawn. — Mas o revestimento dos fios não mostra nenhum sinal da degradação que teria ocorrido caso tivesse sido atingido por um fluxo massivo de partículas.

— Onde você teria visto uma ocorrência de tais efeitos? — perguntou Lappincyk.

— O senhor viu com seus próprios olhos — rebateu Thrawn. — Os íons no impacto de uma esfera de plasma são conhecidos por causarem uma degradação parecida.

— E qual é a sua conclusão? — A voz de Lamiov continuava calma.

Por um longo momento, Thrawn fixou os olhos nos dele. Depois, de forma abruta, enrijeceu.

— Os Stybla não tinham apenas uma arma Starflash — disse. — Vocês tinham uma segunda.

Ele olhou para Thrass com os olhos semicerrados, e depois voltou a encarar Lamiov.

— Vocês *têm* uma segunda.

— De fato. — A voz de Lamiov agora estava tão funesta quanto a de Thrawn. — E eis aqui a verdadeira esperança e ameaça à Ascendência. Vê agora por que estávamos tão desesperados para recuperar a seção do acelerador que havia sido perdida. Não só seria crível que os Paataatus poderiam ganhar uma compreensão da tecnologia nela, mas nossa Starflash de reserva seria inútil sem isso.

— O Conselho sabe a respeito da segunda arma? — perguntou Thrawn.

— O segundo item — corrigiu Lamiov. — Nós apenas nos referimos a ela como *o item*.

— De onde ele veio? — perguntou Thrass. — Vocês o criaram?

— Não. — Lamiov sacudiu a cabeça. — A tecnologia continua muito além de nossas capacidades. Como o primeiro item, ela foi obtida em algum lugar do Espaço Menor, apesar de estar em nossas posses por apenas alguns séculos. Os detalhes foram perdidos ou deliberadamente reprimidos, mas acredita-se que os Stybla descobriram sua existência e mandaram uma equipe para localizá-la e capturá-la.

— Quem mais sabe? — perguntou Thrawn.

— Todos que estão presentes nesta sala, além do General Ba'kif e o Almirante Ja'fosk — contou Lamiov. — Mais ninguém. Nem mesmo os técnicos estudando o aparelho sabem o que ele é.

— Então, somos seis — disse Thrass.

— Sim — confirmou Lamiov. — Seis pessoas segurando o futuro da Ascendência.

— O que farão com ela? — perguntou Thrawn.

— Quer dizer agora? — Lamiov deu de ombros. — Continuaremos como fizemos até agora. Nós a guardaremos, estudaremos, tentaremos aprender com ela, e a guardaremos até o dia desesperado onde sua terrível devastação possa ser necessária novamente. — Ele piscou, e Thrass percebeu, surpreso, que os olhos do Patriarca estavam molhados de lágrimas. — E, se esse dia chegar — disse, a voz tão suave que mal podia ser ouvida —, talvez haverá *dois* Patriarcas Chiss que serão conhecidos no futuro como Trágicos.

— Talvez — disse Thrawn, e Thrass viu um músculo em sua bochecha se contrair de leve. — Se isso for tudo, Patriarca, a partida da *Falcão da Primavera* já foi atrasada mais do que deixaria o Conselho confortável. Se puder chamar uma auxiliar, ou permitir que o Síndico Thrass o faça...

— Na verdade, comandante intermediário, temo que o Conselho e a *Falcão da Primavera* terão de esperar um pouco mais. — Lamiov ergueu uma mão em aviso quando Thrass começou a ficar de pé. — Os Patrieis Stybla estão se reunindo para uma breve cerimônia que ocorrerá em três horas.

Thrawn lançou um olhar para Thrass, franzindo a testa.

— Uma cerimônia que tem a ver com a *Falcão da Primavera*?

— Uma cerimônia que tem a ver com *você*. — Lamiov fez uma pausa, como se estivesse juntando seus pensamentos ou palavras. — Nos dois dias desde que o Auxiliar Sênior Lappincyk enviou a mensagem relatando o sucesso de sua missão, e falando em particular de seu papel crucial em recuperar a seção perdida do item, tive várias conversas com os Patrieis e outros oficiais Stybla de alto escalão. Apesar de obviamente não poder expressar a natureza total de seu sucesso, eu posso enfatizar e enfatizei a incrível importância de seu ato. Como resultado dessas conversas...

Ele pausou de novo e, para a surpresa de Thrass, pareceu ficar um pouco mais alto.

— Eu gostaria de oferecer a você uma honra raramente concedida a um Stybla, e ainda mais raramente dada a membros de outras famílias. Seu nome, Mitth'raw'nuru, de aqui em adiante carregará o título *odo*. Em Tibroico, o idioma original de nossa família, era a palavra que marcava um guardião ou protetor que se provou digno do mais extraordinário respeito.

Thrawn lançou outra olhadela rápida para Thrass.

— Eu fico honrado, Patriarca Lamiov. — Thrawn parecia um tanto incerto. Perguntando-se, Thrass suspeitava, se realmente era um prêmio por ter recuperado a Starflash ou se era um lembrete perpétuo de seu comprometimento de manter o segredo. — Com todo o respeito, me pergunto se a liderança Mitth ficará incomodada com tal mudança no meu nome.

— Fique à vontade para perguntar ao Patriarca Thooraki você mesmo. — Lamiov sorriu. — Ele já chegou para presenciar a cerimônia. Agora. — Ele ergueu as mãos, apontando um dedo para Thrass e outro para Thrawn. — Lappincyk vai levá-los aos seus quartos para que possam se vestir e ver o que terão que fazer na cerimônia. Suas roupas já estão separadas, e os procedimentos estarão em seus questis em breve. Se não tiverem nenhuma pergunta, eu os verei em três horas.

CAPÍTULO DEZESSETE

No começo de sua carreira, Samakro havia descoberto que, no momento correto, um relatório duvidoso poderia, por vezes, não chamar a atenção, seja durante os estágios de preenchimento, leitura ou atenção. Aquele tempo extra poderia ser útil se o oficial em questão precisasse procurar dados, precedentes ou limbos legais adicionais. Se o oficial fosse *extremamente* sortudo, a coisa inteira poderia desaparecer nas instalações de armazenamento de relatórios sem que ninguém se importasse.

Infelizmente, não havia chance alguma de isso acontecer agora.

— É claro que ele está furioso — grunhiu Samakro, parado na entrada da suíte da sky-walker da *Falcão da Primavera*, tomado pela impaciência enquanto observava Thalias e Che'ri juntarem freneticamente as bolsas de viagem que Ba'kif havia ordenado que levassem. — Ele já estava até o pescoço com toda a situação da Magys. Agora nós voltamos tarde sem o Capitão Sênior Thrawn, e com mais duas batalhas com naves estrangeiras para relatar? Temos sorte que ele não tenha surtado de vez.

— Mas não é sua culpa. — A voz de Che'ri estava tensa e sofrida. — Eu posso falar para o General Supremo Ba'kif que não foi você, fui eu.

— Aprecio a intenção, Che'ri. — Samakro forçou-se a controlar algumas de suas ansiedades. Independente do papel de Che'ri em tudo aquilo, ela não precisava dele jogando ainda mais peso sobre seus ombros. — Mas eu era o comandante no local, e fui eu que dei as ordens. Isso significa que é minha responsabilidade. Que *tudo* é minha responsabilidade — acrescentou, enfatizando a palavra. — Não se preocupe; eu já tive problemas com o Conselho anteriormente.

— Assim como nós. — Thalias ofereceu a Che'ri o que provavelmente era o melhor sorriso que conseguia abrir no momento. — Vai dar tudo certo.

— É claro que vai. — Samakro espiou as linhas de tensão no rosto de Thalias. Ela estava preocupada também, e com muito mais motivos do que Che'ri. A pior coisa que o Conselho poderia fazer para uma sky-walker que saiu da linha seria decretar uma aposentadoria precoce e uma transferência à sua família permanente. Thalias poderia encarar qualquer coisa, desde perda da posição familiar a expulsão dos Mitth a tempo de prisão. — Eu também deveria apontar que, se nos atrasarmos, os oficiais sênior não gostarão mais de nós por isso.

— Estamos prontas. — Thalias fechou a bolsa de viagem e a afivelou. — Deixa eu só pegar essas últimas coisas, Che'ri... Podemos acabar de guardá-las na auxiliar.

Havia três guerreiros aguardando no local de aterrissagem de auxiliares, mais do que o único que era necessário para indicar uma simples guia de cortesia, mas menos do que os oito que costumavam ser empregados para um Aristocra honrado ou um prisioneiro perigoso. Eles cumprimentaram Samakro da forma restrita e perfuntória típica dos guerreiros que queriam se envolver o mínimo possível, e o grupo se empilhou em um carro tubular para doze pessoas para ser levado para o quartel-general da Força de Defesa.

Samakro imaginou que haveria outros dois oficiais além de Ba'kif aguardando na sala de audiências. Havia, na verdade, outros quatro além do general supremo.

Não era um bom sinal. Mas ao menos ninguém da Sindicura havia dado um jeito de estar no inquérito.

— Obrigado por sua prontidão, capitão intermediário — disse Ba'kif após as apresentações costumeiras e as saudações oficiais terem sido feitas. — Por favor, sente-se. — Os olhos dele se voltaram para Thalias e Che'ri, que estavam paradas ao lado de Samakro. — Obrigado por virem também, sky-walker; cuidadora — continuou. — Por favor, aguardem na sala de onde passaram para chegar neste corredor até estarmos prontos para chamá-las. Um dos guerreiros a levará até lá.

— Sim, senhor — disse Thalias e, com o canto do olho, Samakro a viu segurar o braço de Che'ri e as duas se viraram para a porta. Um dos guerreiros de escolta a abriu e fez um gesto para que passassem, e então as seguiu, fechando a porta atrás de si.

— E, agora, capitão intermediário — começou Ba'kif quando Samakro se acomodou na cadeira de testemunha —, vamos começar com a decisão do

Capitão Sênior Thrawn de colocar uma estrangeira para hibernar a bordo da *Falcão da Primavera*.

Pela primeira vez, pensou uma desanimada Thalias ao ver a segunda hora passar para a terceira, a espera em si não foi a parte mais difícil. Aqui, era a incerteza do que estava acontecendo no fim do corredor e o que ocorreria com o Capitão Intermediário Samakro que pesava mais em seu coração e a sua alma.

Isso e o conhecimento de que o que acontecesse com ele seria sua culpa. Sua e de Che'ri.

O aspecto mais frustrante era o conhecimento de que tudo que ocorrera — tudo que ela, Che'ri, Samakro e Thrawn haviam feito — havia funcionado. Cada pedacinho disso. A presença da Magys a bordo da *Falcão da Primavera* ajudou a enfraquecer e depois derrotar a tentativa dos Agbui de precipitar uma guerra civil; Rapacc e os Paccosh haviam sido salvos dos ataques dos Kilji; e Thrawn e os Paccosh haviam afastado mais uma tentativa deles de escravizarem ou matarem ainda mais o povo de Nascente. O que mais Ba'kif e o Conselho poderiam querer?

Soltou um suspiro silencioso. Eles queriam ordem, é claro. Ordem e obediência aos protocolos que guiavam a Ascendência há séculos. Eles queriam que os Chiss estivessem descolados do Caos e de todos que nele viviam. Eles queriam não se importar se as pessoas lá fora sofriam ou morriam quando a Ascendência poderia ter ajudado.

Essas pessoas, afinal, eram apenas estrangeiras.

Ao seu lado, Che'ri se remexeu e olhou para a porta que levava ao corredor. Thalias também olhou, ficando tensa.

Mas não foi Samakro que surgiu dali, apenas um jovem oficial dando passadas largas e rápidas em meio a algum assunto do Conselho. Com o canto do olho, Thalias viu Che'ri murchar um pouco e voltar a encarar o chão.

— Você deveria relaxar — aconselhou Thalias. — Às vezes, a Terceira Visão só oferece o conhecimento geral de que alguém está vindo, mas não especifica quem é.

— Costumava especificar. — A voz de Che'ri ficou baixa e melancólica. — Eu costumava ser capaz de ver tudo.

— Sim, eu lembro. — Thalias pensou em seus próprios dias como sky-walker. — Mas há uma diferença entre distinguir uma estrela de um planeta ou de um grande asteroide.

— Não é isso que quero dizer — respondeu Che'ri. — Eu estava falando de quando a Magys estava... Você sabe. Os pesadelos.

Thalias a observou de perto. Até agora, Che'ri havia se esquivado de contar qualquer detalhe desses sonhos.

— O que você viu, exatamente?

— Eu vi ataques. — A voz da garota tremeu com a dor lembrada. — Pessoas se machucando. Pessoas sendo... — ela parou de falar.

— Sendo mortas? — perguntou Thalias com gentileza.

— Sim — disse Che'ri. — Ou não. Era confuso.

— Guerras são assim — Thalias lembrou a ela. — Algumas pessoas morrem, outras não.

— Não. — Che'ri sacudiu a cabeça. — Eu quis dizer que algumas pessoas estavam sendo assassinadas, mas não estavam morrendo.

Thalias franziu a testa.

— Não estou entendendo.

— Eu também não entendo — admitiu Che'ri. — É como se elas estivessem lá, mas não estivessem... Entende?

— Vivas? — perguntou Thalias. Um pensamento a atingiu de repente. — Ou você quer dizer que elas estavam vivas, mas não em seus corpos?

— Não sei — disse Che'ri. — Talvez.

— Entendi. — Um arrepio correu por Thalias. *Então, nós morreremos e tocaremos o Além*, dissera a Magys ao falar de sua disposição de permitir que seus companheiros refugiados morressem. *E, através do Além, curaremos nosso mundo.*

— E então, depois, ficou até mais... Não sei. Mais claro — prosseguiu Che'ri. — Eu podia ver o Guardião em perigo contra essas naves, e eu sabia que precisávamos ir lá e salvá-lo...

— Espere um segundo — interrompeu Thalias, franzindo a testa outra vez. — Eu não entendi. A *Falcão da Primavera* e o Capitão Sênior Thrawn sequer teriam estado em Nascente se você não nos tivesse levado até Rapacc. Como ele poderia ter estado em perigo?

— Não em Nascente — disse Che'ri. — Antes disso, como você falou. No planeta do Guardião, Rapacc.

— Do Guardião...? — Thalias se interrompeu. — Che'ri, quem exatamente é esse Guardião que você e a Magys falam tanto a respeito?

— Eu já te falei. — Che'ri parecia confusa. — Uingali.

— Ah. — Thalias sentiu-se envergonhada e estúpida. Da primeira vez que Che'ri falou do Guardião, ela presumira, naturalmente, que estava falando sobre Thrawn. — Não, acho que você não mencionou isso antes. Tá, eu estou acompanhando, agora. Então, você viu Uingali em perigo, e daí levou a *Falcão da Primavera* até Rapacc. Você também viu as naves em Nascente e soube que o Capitão Sênior Thrawn precisaria da nossa ajuda?

— Sim. — Che'ri começava a soar um pouco frustrada. — Bem, não, *eu* não vi. A Magys que viu. Através de mim. De alguma forma.

— Está tudo bem. — Thalias a reconfortou, afagando seu joelho. — Eu sei que algumas coisas são muito difíceis de colocar em palavras.

— Não é só isso — disse Che'ri. — É que... Eu tô com medo, Thalias. A Magys quer que eu continue fazendo isso, e eu... Eu tô com medo.

— Está tudo bem — repetiu Thalias. — Não se preocupe, nós não vamos obrigar você a fazer nada que você não quiser.

— Mas ela fala que eu preciso — insistiu Che'ri. — Ela fala que a única forma da gente vencer batalhas é se a gente trabalhar juntas para... — A voz dela se esvaiu ao virar a cabeça mais uma vez para a porta. Thalias seguiu seu olhar, esperando outro alarme em falso.

Não era, dessa vez. A porta se abriu e o Capitão Intermediário Samakro apareceu, seguido pelos outros dois guerreiros que os trouxeram até lá da nave auxiliar. Samakro notou sua presença e a de Che'ri e foi até elas, os guerreiros ficando por perto sem fazer nenhum esforço para impedi-lo.

Thalias respirou fundo. E, agora, era vez dela e de Che'ri.

— Vocês duas parecem entediadas — comentou Samakro ao chegar, abrindo um sorriso que provavelmente tinha a intenção de parecer casual.

— Ah, não, é muito divertido aqui — jurou Thalias, tentando ter a mesma atitude casual e fracassando igualmente.

— Já terminou? — Che'ri perguntou, ansiosa.

— Não está nem perto disso — falou Samakro. — Eles ainda precisam entrevistar alguns dos outros oficiais e analisar os registros da nave. Mas a minha parte terminou, ao menos por hoje. — Ele fez um gesto para Thalias. — A sua também. O General Supremo Ba'kif decidiu adiar a conversa com vocês até eles terem falado com todas as outras pessoas.

— Compreendo. — Thalias estava tentando decidir se era bom ou ruim ficar no fim da fila. — Então, eu e Che'ri podemos voltar para a nave?

— Vocês podem, se quiserem — disse Samakro. — Ou vocês poderiam ficar aqui em Csilla. Vocês já fizeram todas as malas; eu odiaria que todo o esforço que vocês fizeram fosse por água abaixo.

— E o que nós faríamos? — perguntou Che'ri.

— Qualquer coisa que vocês quisessem fazer. — O sorriso de Samakro pareceu mais genuíno dessa vez. — Há muita coisa para ver e fazer em Csilla, sabia? A tenente na escrivaninha da recepção lhe dará um talão de crédito válido em qualquer hotel, restaurante ou centro de entretenimento no planeta, por quanto tempo for necessário.

— Parece divertido — disse Che'ri, sem entusiasmo nenhum. Ainda preocupada com Thrawn, Thalias suspeitava, ou com a Magys e seus sonhos. Infelizmente, não havia nada que Thalias pudesse fazer a esse respeito.

Ou talvez houvesse, sim.

— Nós precisamos ficar aqui? — perguntou.

— Quer dizer em Csaplar?

— Não, quero dizer em Csilla — disse Thalias. — Nós poderíamos ir para outro lugar?

— Bem, a *Che'ri* não pode — esclareceu Samakro. — Ela precisa ficar na nave ou perto dela.

— E eu? — perguntou Thalias. — *Eu* poderia ir?

— Você quer ir para algum lugar sem mim? — perguntou Che'ri, franzindo a testa.

— Seria só por alguns dias — assegurou Thalias. — Eu preciso visitar alguém em Ool.

— Não acho que seja permitido — considerou Samakro. — Você é a cuidadora de Che'ri. Deveria ficar com ela o tempo todo.

— Eu sei — disse Thalias. — Mas...

— Quem você quer visitar? — interrompeu Che'ri.

— É uma mulher que foi mencionada naquele cilindro de dados que a gente pegou em Naporar. — Thalias escolheu as palavras com cuidado. Ela havia mencionado seu breve encontro com o Auxiliar Sênior Thivik para Thrawn, mas só porque os guerreiros que aguardavam na auxiliar da *Falcão da Primavera* o viram e provavelmente relatariam o fato. Mas havia mantido a existência do cilindro de dados do Síndico Thrass um segredo absoluto. — Há algumas coisas que preciso perguntar a ela.

— Bem, não importa. — Samakro foi firme. — Você não pode deixar Che'ri sozinha.

— Eu não me importo — disse Che'ri, os olhos fixos em Thalias. — Eu já tenho idade para ficar sozinha por alguns dias.

— E não é como se ela fosse ficar *sozinha*, de qualquer forma — acrescentou Thalias, tentando ler a expressão de Che'ri. Era evidente que ela reconhecia que isso era importante, apesar de não ter como ela entender a gravidade total da coisa. Mas ela claramente estava disposta a confiar em Thalias. — Ela teria uma nave cheia de gente ao redor dela.

— Esse não é o ponto — insistiu Samakro.

— Ela me deixou sozinha uma vez, quando ela e o Capitão Sênior Thrawn foram para a base no asteroide de Rapacc — Che'ri lembrou a ele. — Eu fiquei bem.

— Sim, mas você tinha Ab'begh e a cuidadora dela para ficarem de olho em você — rebateu Samakro. — E, se bem me lembro, a Almirante Ar'alani também o fez.

— *Você* poderia ficar de olho em mim — sugeriu Che'ri. — E a Comandante Intermediária Dalvu falou que jogaria hexadrez comigo quando eu quisesse.

— Tem suficiente comida preparada e Che'ri sabe como usar a assadeira — acrescentou Thalias. — Ou talvez você pudesse trazer uma cuidadora temporária.

— Não — Che'ri foi firme. — Não preciso de uma.

— E eu também não quero uma — concordou Samakro. — Já há estranhos suficientes andando pela *Falcão da Primavera* do jeito que as coisas estão.

— Então só deixa eu ficar sozinha — insistiu Che'ri. — Vou ficar bem. — Ela olhou para Thalias. — Eu até prometo que vou fazer minhas lições.

Por um minuto, Samakro ficou olhando de uma para a outra, a testa franzida e pensativa. Permitir a Thalias abandonar sua sky-walker por mais do que algumas horas de cada vez provavelmente era uma violação de protocolo, e ele e a *Falcão da Primavera* não precisavam de mais problemas do que já tinham. Mas também estava claro que havia entendido que não era apenas um capricho de Thalias.

Seu olhar oscilante parou em Thalias.

— Qual seria o assunto? — perguntou.

— É a respeito de Che'ri e de seus sonhos recentes — disse Thalias com cuidado, lembrando dos dois guerreiros parados perto dali.

Samakro comprimiu os lábios por um segundo.

— Tudo bem. Há circunstâncias emergenciais nas quais eu posso contornar os protocolos normais. Eu suponho que posso invocar uma delas.

— Obrigada, capitão intermediário — disse Thalias. — Che'ri?

— Eu vou ficar bem — Che'ri assegurou outra vez. — Além do mais, faz um tempo que eu queria jogar hexadrez com mais alguém. Sem querer ofender, mas você é horrível.

— Já me disseram — Thalias respondeu, seca, sentindo um senso de alívio. — Só não pega leve com a Comandante Intermediária Dalvu.

— Porque ela certamente não pegará leve com *você* — avisou Samakro. — Ela é uma das jogadoras mais competitivas que já vi. Muito bem. Leva um dia e meio para ir para Ool e outro dia e meio para voltar, e o General Supremo Ba'kif quer que você esteja disponível em uma semana. Isso significa que vai ter quatro dias no máximo.

— Vai ser o suficiente. — Thalias assentiu. — Obrigada, capitão intermediário.

— De nada. — Ele apontou um dedo para ela. — Só acho bom que não seja uma chamada social.

— Não é — prometeu Thalias.

— Muito bem — disse Samakro. — Então, vá até a recepcionista e se certifique de que ela lhe dê um talão de crédito que também sirva para Ool, não só para Csilla.

— Farei isso. — Alcançando-a, Thalias deu um abraço rápido mas firme em Che'ri. — Obrigada por ser corajosa, Che'ri — murmurou. — Vou voltar antes de que você sequer se dê conta.

— Eu sei — Che'ri murmurou de volta, a voz abafada pelo ombro de Thalias. — Toma cuidado.

— Vou tomar. — Apertou a menina uma última vez, soltou-a e deu um passo para trás. — Agora, vá com o Capitão Intermediário Samakro.

— Tá — disse Che'ri. — Até logo.

Samakro despediu-se de Thalias com um aceno de cabeça silencioso, e então seguiu pelo corredor em direção à saída, com Che'ri ao lado e os dois guardas a um cuidadoso passo atrás. Che'ri lançou um único olhar demorado a Thalias, e então se virou e começou a falar com Samakro de forma inaudível.

Thalias os observou partir, uma imagem passando em sua mente: a criança interna de Che'ri lutando com a adolescente interna. Dessa vez, ao menos, quem havia vencido era a adolescente.

Afastando a imagem, virou-se e foi até a estação da recepcionista. Por sorte, desde que lera o primeiro cilindro de dados do Síndico Thrass, ela o manteve perto de si, guardando-o no espaço livre de seu guarda-cilindros sobressalente de seu questis.

Ainda bem. Com os dias que passaria longe da nave, era mais importante do que nunca que não o deixasse jogado por aí na suíte da sky-walker onde alguém poderia esbarrar nele. Não até que decidisse exatamente o que faria com a informação contida no cilindro.

A mulher em Ool era alguém que Thalias queria muito conhecer. Só podia torcer para que ela também ficasse feliz em conhecer Thalias.

— Eu não sei o que você pensou que estava fazendo, capitã — grunhiu o Patriarca Rivlex, encarando Roscu com uma intensidade que raramente o vira usar contra alguém que não fossem Patriarcas rivais ou Aristocras menores que o haviam irritado. — Você tinha exatamente dois trabalhos a fazer em Ornfra: pegar a família Dasklo em meio ao ato de fazer naves de patrulha falsas em Krolling Sen, e finalmente expor a plataforma de espionagem dos Mitth. Você falhou em ambos.

— Não era uma plataforma de espionagem, Seu Venerante — Roscu foi rígida. — Como detalhei em meu relatório, era uma arma inimiga.

— Que convenientemente se autodestruiu antes de poder ser examinada.

— Que foi *autodestruída* antes de poder ser examinada.

— Tem certeza que foi isso que aconteceu? — Rivlex perguntou com desdém. — Você sequer estava lá no momento?

Roscu fechou a cara consigo mesma. Não, infelizmente não estivera. O salto interno que Ziinda lhe passara a deixou fora da área imediata dos fogos de artifício que ocorreram. Quando conseguiu virar a *Orisson* e saltar de volta para lá, o asteroide e o cargueiro já haviam sido reduzidos a campos de destroços.

— Não, Seu Venerante, não pessoalmente — disse. — Mas tenho as gravações que foram feitas da...

— Gravações feitas por naves de guerra Dasklo? — perguntou Rivlex, cortante.

— *E* pela *Picanço-Cinzento.*

Rivlex bufou.

— Uma nave da Frota de Defesa Expansionária que sequer deveria *estar* em Ornfra, muito menos dando ordens a ninguém. Mais do que isso, uma nave com uma capitã Irizi e um primeiro oficial Csap, nenhum dos quais teria simpatia por um problema Clarr.

— Alianças familiares não importam na frota, Seu Venerante.

— Alianças familiares importam em *tudo que é lugar* — disparou Rivlex. — Só porque seus protocolos falam isso, não significa que seja verdade.

— Falsificar gravações de forma deliberada abre espaço para uma corte marcial — disse Roscu, dura, a lembrança da manipulação deliberada de Thrawn perfurando suas entranhas como uma faca ardente. Rivlex tinha razão: só porque era ilegal, não significava que ninguém o faria.

E a família Csap era aliada da família Obbic que, por sua vez, era aliada dos Mitth. Será que o primeiro oficial da *Picanço-Cinzento* correria o risco de falsificar gravações para proteger a aliada de uma aliada? Do jeito que as coisas estavam na Ascendência no presente momento, não estava além do campo de possibilidades.

Mas não. O defeito na teoria de Rivlex era que o Capitão Intermediário Apros era apenas o primeiro oficial da *Picanço-Cinzento.* A capitã da nave, Ziinda, era uma Irizi, que eram tão antagônicos aos Mitth quanto era possível ser. Mesmo que as alianças familiares *estivessem* adentrando a Frota de Defesa Expansionária, não tinha como ela acobertar uma das maiores rivais de sua família.

— A não ser que alguém esteja lá para acobertar — grunhiu Rivlex. — Com os Mitth, é o General Supremo Ba'kif. Com os Clarr, não é ninguém.

— Nós não precisamos de ninguém para defender nosso caso, Seu Venerante — disse Roscu com uma centelha de orgulho familiar. — Nós, Clarr, estamos por conta própria.

— Não por muito tempo, não — Rivlex falou em voz baixa, um olhar distante em seu rosto, algo como um sorriso astuto contraindo seus lábios. — Não por muito tempo.

Roscu franziu a testa.

— Seu Venerante?

— Eu fiz um trato, minha cara Capitã Roscu. — Agora havia um quê de malícia em seu sorriso. — Deixe que os Dasklo brinquem com suas naves patéticas e fraudulentas. Nós, os Clarr, agora temos uma frota familiar como nunca antes vista na Ascendência.

— Mas tudo dentro das regras, eu imagino? — Roscu perguntou com cuidado.

— Regras são para crianças. — Rivlex fez um gesto cortante com a mão. — O Conselho inventa as próprias. Por que os Clarr não podem fazer o mesmo? — O sorriso desapareceu. — Mas algumas coisas vêm antes, e antes de tudo precisamos envergonhar e quebrar os Dasklo. Para isso, você e a *Orisson* voltarão para Ornfra e conseguirão mais provas da fraude deles.

— Sim, senhor. — O coração de Roscu começou a bater mais rápido. O fervor do Patriarca estava fazendo arrepios subirem por sua coluna. — E então?

— E então, Capitã Roscu, os Clarr tomarão o lugar que é nosso por direito na Ascendência — murmurou Rivlex. — Na Ascendência e no universo.

Raamas esperava na ponte quando Roscu voltou para a *Orisson.*

— Como foi, capitã? — Ele a observou de perto. — A ordem do Patriarca pareceu... bastante dura.

— Foi tudo bem. — A mente de Roscu continuava naquela última cena no escritório de Rivlex. — Você recebeu minha ordem de voltarmos para Ornfra?

— Sim, senhora. — Raamas pegou o questis e tocou na tela. — Primeiro, porém, isso chegou meia hora atrás com instruções para que fosse repassado à capitã.

Roscu franziu o cenho ao ver a nota que aparecia agora em seu questis. Não havia nada além de uma lista de números.

— Parece uma série de coordenadas.

— Sim, é — confirmou Raamas, voltando a tocar no questis. — É um local no sistema externo perto do Ferro-velho.

— Ah, é? — Roscu espiou o mapa que havia substituído os números. — Em que parte do Ferro-velho que fica, exatamente?

— Está exatamente no setor da rotação da Gema — disse Raamas.

— Hm — Roscu murmurou. O chamado Ferro-velho era um grupo de asteroides ricos em metais na parte externa do sistema Rhigal que haviam sido empurrados para lá centenas de anos atrás por um consórcio minerador da família Ufsa que pensou que juntá-los facilitaria a extração e o refinamento. Esses recursos haviam acabado há muito tempo, porém, e a região foi abandonada.

Mas ainda havia boatos de que veios novos haviam sido encontrados por uma família ou outra e que a mineração estava prestes a voltar mais uma vez. A Gema, que um dia fora sua área mais rica, e agora era a mais minerada, costumava ter aparições proeminentes nesses boatos.

— Isso foi um pouco difícil de rastrear — disse Raamas. — A transmissão foi feita por raio restrito, e o remetente claramente queria continuar anônimo. Mas, pelas peças que consegui juntar, parece que veio de alguém do escritório do Patriel Stybla. Possivelmente do próprio Patriel.

— Verdade? — Roscu começou a considerar as possibilidades. Os Stybla não eram aliados de ninguém em particular, mas eles mantinham operações industriais e de transporte em toda a Ascendência. Se havia algo ocorrendo no Ferro-velho, eles seriam as pessoas perfeitas para esbarrarem no fato.

O que, é claro, levantava a pergunta de por que eles repassariam tal informação para os Clarr no geral, e para Roscu em particular.

— Bem, se os Stybla acham que valia a pena apontar isso para nós, suponho que o mínimo que podemos fazer é dar uma olhada — decidiu, teclando o questis para abrir a navegação. Ir diretamente para lá seria o mais simples, mas, com a Ascendência no estado atual, valia a pena ser um pouco mais circunspecta. Certamente não queria que mais ninguém em Rhigal ou em sua órbita descobrissem para onde estavam indo. — Faça dois saltos internos no sistema — continuou, fazendo um par de marcas no questis e enviando-as para o leme. — O primeiro será para fora e para o lado, mais ou menos na direção de Ornfra; o segundo nos levará através e de volta para a Gema. O que acha, comandante?

Raamas foi até a estação do leme e se inclinou sobre o piloto para olhar mais de perto.

— Isso nos deixará a aproximadamente cinquenta quilômetros das coordenadas Stybla — confirmou. — É perto o bastante para vermos se há uma operação mineradora secreta, mas longe o bastante para que não os assustemos.

— Ótimo — concordou Roscu. — Já podemos deixar o trajeto para Ornfra pronto. Uma olhada rápida na Gema, e então vamos embora.

— Sim, capitã. — Raamas gesticulou a ordem ao piloto enquanto checava as telas de navegação. — Estamos fora do poço gravitacional, senhora... Hiperpropulsores acelerando... Preparados para o primeiro salto interno.

— Preparar para o salto — disse Roscu. — Três, dois, *um*.

O planeta desapareceu atrás deles. Roscu assistiu o piloto confirmar a posição, fazer uma guinada de rotação, posicionar a *Orisson* para o segundo salto e calcular os números.

— Prontos para o segundo salto, capitã — confirmou Roscu.

— Preparar — disse Roscu. — Varredura total assim que chegarmos; apenas sensores passivos. Piloto: três, dois, *um*.

A paisagem estelar piscou mais uma vez e lá estavam eles.

— Alcance de combate desobstruído — relatou a operadora de sensores, inclinando-se um pouco para os monitores. — Alcance médio... — Ela prendeu a respiração. — *Capitã*!

— Estou vendo eles. — Roscu lutou para manter a voz calma enquanto algo sombrio e pesado agarrava sua garganta. À distância, bem à direita das coordenadas de Raamas, havia um grupo de naves de guerra.

Naves de guerra enormes. Naves de guerra *estrangeiras*.

— Consegui contar seis. — Raamas confirmou a observação da própria Roscu, a voz mostrando a mesma tensão que ela sentia. — Pode haver mais... Pode haver mais delas bloqueadas do nosso campo de visão.

— Entendido. — Roscu arrancou o olhar da panorâmica e olhou para a tela de sensores. Sua voz soou marginalmente mais calma dessa vez. — Elas parecem apagadas.

— Escuras *e* frias — confirmou Raamas. — Seja lá o que estiverem fazendo aqui, estão fazendo isso há ao menos alguns dias.

— Esperando por alguém — disse Roscu. — Ou por *algo*. Sensores?

— O restante do alcance médio está desobstruído, capitã. — A oficial de sensores também parecia ter voltado ao equilíbrio de modo geral. — Alcance distante... desobstruído. Pode haver mais algumas atrás de alguns asteroides, porém. Não consigo saber só com sensores passivos.

— Bem, ligar os ativos sem dúvida não é uma opção — Roscu falou. — O que está pensando, Comandante Raamas?

— Nós precisamos avisar a alguém, capitã — disse. — Essa quantidade de naves estrangeiras à espreita em um sistema Chiss? E elas definitivamente são naves de guerra... Essa configuração não pode ser qualquer outra coisa.

— Concordo. — A garganta de Roscu ficou um pouco mais apertada quando um pensamento estranho passou em sua cabeça.

— Então, vamos avisar? — pressionou Raamas.

— Ainda não. — Roscu pegou seu questis e teclou para pegar os dados enviados por Ziinda durante o confronto em Ornfra. — Pegue as gravações da *Picanço-Cinzento* do ataque do asteroide em Nascente. Diga-me o que vê nelas.

— Tudo bem. — Raamas franziu o cenho enquanto mexia no questis. — É o asteroide... Ele se abre... Lá está o míssil...

— Não, não, mais para frente. — Roscu passou adiante na gravação. Lá, exatamente como lembrava. — Vá até ali — disse, teclando a marca para ele. — A grande nave contra a qual a *Picanço-Cinzento* está investindo. A que está atacando a *Vigilante*.

— Ah, minha nossa... — Raamas parou de falar, olhando para a tela de sensores e depois para o questis outra vez. — Capitã, é o mesmo design.

— Sim, é — concordou Roscu. — São menores, mas definitivamente vieram da mesma fábrica.

— Capitã, nós *precisamos* avisá-los — insistiu Raamas. — A fortaleza familiar... O Patriarca... Eles estão parados como vagaluzes.

— Será que estão? — Roscu rebateu, nefasta. — Eu acho que não.

— O que quer dizer?

— O Patriarca me disse que havia feito um acordo — falou Roscu. — Especificamente, ele disse que os Clarr agora tinham uma frota familiar nunca antes vista na Ascendência. — Ela apontou para a panorâmica. — Acho que essas são as novas naves dele.

— As novas...? — A voz de Raamas esvaneceu. — Capitã, essas são as mesmas naves que atacaram a *Vigilante* e a *Picanço-Cinzento*. Onde o Patriarca poderia ter conseguido elas?

— Com Jixtus, é claro — concluiu Roscu. — Desde o começo ele estava oferecendo naves para aumentar nossas forças.

— Mas se são de Jixtus... — Raamas murmurou uma maldição. — Então, a Capitã Sênior Ziinda tinha razão. Sobre Jixtus, sobre o asteroide míssil... Tudo.

— É o que parece — disse Roscu. — Ou talvez não seja tão simples assim. E se houver duas facções dos mesmos estrangeiros por aí, uma liderada por Jixtus, a segunda por outra pessoa? E se mais alguém atacou Nascente enquanto Jixtus só está tentando nos armar para lutar contra eles?

— Isso parece um pouco difícil de acreditar — Raamas falou com cuidado. — Se for o caso, por que ele só não nos diria?

— Não sei — admitiu Roscu. — Suponho que ele tenha seus motivos. Mas *difícil de acreditar* não significa *impossível*. A menos e até que nós tenhamos evidências do contrário, precisamos obedecer nosso Patriarca e presumir que ele tem as melhores intenções em mente para os Clarr.

— E presumir que ele saiba o que está fazendo? — rebateu Raamas.

— Cuidado, comandante — advertiu Roscu. — Comentários assim não são só desrespeitosos, mas são quase desleais.

— Peço perdão, capitã — Raamas solicitou. Aos ouvidos de Roscu, ele não parecia muito arrependido.

— Também devo apontar que, se essas naves vieram para atacar Rhigal, não há motivo para elas ficarem paradas aqui — disse Roscu. — Elas poderiam ter surgido do hiperespaço, destruído a fortaleza ou qualquer outra localização até virar um monte de destroços, e ter ido embora antes de alguém sequer conseguir enviar um alerta. Com as naves da Frota de Defesa Expansionária espalhadas por toda a Ascendência, não haveria como elas terem sido impedidas.

— Sim, senhora — Raamas soou relutante. — Então, não faremos nada?

— É claro que faremos algo — disse Roscu. — Vamos embora e continuamos até Ornfra como mandaram. Piloto?

— Sim, senhora — respondeu o piloto. — Posicionando para o vetor.

A frota e as estrelas mudaram conforme a *Orisson* fazia outra guinada na direção do distante sistema Ornfra. Raamas hesitou, e então se afastou do leme e cruzou a ponte para ir até a cadeira de comando de Roscu.

— Há outra possibilidade, senhora — ele abaixou a voz.

— Que seria?

— Estou pensando a respeito do fato do Patriarca Stybla em Rhigar ter nos dado as coordenadas daquela frota estrangeira à espreita no Ferro-velho — falou Raamas. — As histórias contam que os Stybla cederam o poder por vontade própria às Três Famílias. Mas eu nunca acreditei muito nisso. — Ele lançou um olhar significativo para Roscu. — E se o poder foi tirado deles,

eles podem ver o estado atual da Ascendência como uma oportunidade de recuperá-lo.

— Espero que não — disse Roscu. — Já temos problemas o bastante com os Dasklo sem ter que lutarmos também contra os Stybla.

— Também espero que não. — Raamas acenou com a cabeça para a panorâmica, onde a frota estrangeira estava desaparecendo de vista enquanto a *Orisson* continuava sua rotação. — Mas precisa admitir que um membro ambicioso das Quarenta que não possui uma frota própria poderia ficar tentado por algo assim. E se Jixtus ofereceu naves aos Clarr, e não aos Styba?

— Bom ponto — reconheceu Roscu. — Tudo que posso falar é o que já disse. Nós apoiamos nosso Patriarca e confiamos em suas decisões.

— Capitã? — chamou o piloto. — Estamos posicionados, senhora.

Roscu olhou para a tela de navegação. O alinhamento do vetor não estava perfeito, mas neste exato momento, precisão não era tão importante quanto sair de lá antes que alguém notasse a *Orisson* perambulando por ali. Eles poderiam voltar ao espaço normal e corrigir o vetor em algum ponto do caminho.

— Preparar para o hiperespaço.

— Espero que tenha razão, capitã — murmurou Raamas. Com um aceno, ele voltou a cruzar a ponte para ir ao leme.

— Eu também, comandante — Roscu falou em voz baixa enquanto contemplava as naves de guerra silenciosas. — Eu também. — Ela ergueu a voz. — Hiperespaço: três, dois, *um*.

O Generalirius Nakirre havia se resignado à necessidade de ter que tirar a *Pedra de Amolar* periodicamente do hiperespaço para que Jixtus pudesse receber mensagens e atualizações de informações. Ele aceitou, mas nunca gostou de verdade. As paradas atrasavam as jornadas, às vezes por horas a fio e, depois, Nakirre precisava aguentar Jixtus dando risadas alegres conforme as peças de sua campanha silenciosa contra os Chiss se juntavam.

Os atrasos eram ainda mais irritantes agora que a própria frota da Iluminação Kilji, a Horda, finalmente havia recebido a permissão dos Grysk de se movimentar contra as pequenas nações ao sul e sudeste da Ascendência Chiss, as que Jixtus escolhera como estando prontas para serem iluminadas pelos Kilji. Parte do fluxo de mensagens recebido pela *Pedra de Amolar* agora vinha dos próprios comandantes de campo de Nakirre, detalhando suas vitórias e mapeando o progresso de suas campanhas.

E Nakirre, em vez de estar lá para guiá-los e inspirá-los, estava preso viajando a Ascendência com Jixtus.

Não era o correto. Não para Nakirre, não para seus comandantes, não para os seres desgraçados que logo olhariam para cima em seus mundos feridos, à procura da esperança que só a iluminação dos Kilji poderia providenciar. Agora Nakirre havia começado a aguardar ansiosamente as paradas de comunicação de Jixtus, torcendo todas as vezes para ouvir que a Ascendência havia explodido e virado uma anarquia e que a frota Grysk estava pronta para vir assim que as paixões terminassem e as chamas da guerra finalmente se queimassem sozinhas. Então, e só então, Nakirre poderia levar Jixtus de volta à sua nave chefe, a *Tecelã de Destinos*, e finalmente estaria livre para se juntar ao seu povo na própria marcha a esse novo e glorioso conceito de conquista.

A presente parada de comunicação, porém, não era essa.

E Jixtus não estava gargalhando.

— Compreende, Seu Venerante, que esse é um problema em potencial para nós dois — dizia Jixtus. — Sua frota deve se manter secreta até chegar a hora correta de anunciar o novo status elevado da família Clarr entre as Nove. Se a Capitã Roscu falar sobre isso com alguém, isso poderia causar resistência entre seus inimigos. Talvez até mesmo pânico.

— Primeiro de tudo, estou tão surpreso quanto você que a *Orisson* sequer estava no Ferro-velho, onde pôde ver suas naves — a voz do Patriel Rivlex surgiu no alto-falante da ponte da *Pedra de Amolar*. — Eu aceito a palavra de seu comandante de que ela estava lá, mas as ordens da Capitã Roscu não incluíam nenhuma parada no meio do caminho.

— O motivo não é importante — disse Jixtus. — Só precisamos que ela não conte a ninguém até que a autorize a fazê-lo. Imagino que possa enviar a ela uma mensagem assim?

— É claro — falou Rivlex. — Apesar de que pode demorar alguns dias até que ela a receba. Ela sabe que sua missão é importante, e pode passar o caminho inteiro no hiperespaço com facilidade.

— É evidente que é uma oficial dedicada — observou Jixtus. As palavras eram elogiosas, mas Nakirre conseguia ouvir a frustração crescente no tom do Grysk. Jixtus havia passado a conversa inteira tentando fazer Rivlex contar a ele para onde a *Orisson* estava indo, mas, até agora, o Patriarca não havia entendido a deixa. — Talvez eu possa ajudá-lo. Como sabe, eu saio do hiperespaço periodicamente para receber minhas próprias mensagens. Se quiser gravar algo que eu possa transmitir, isso duplicaria nossas chances de contatá-la antes que ela chegue ao seu destino.

— Temo que não seria possível — disse Rivlex. — Mensagens para oficiais sênior e pessoal são enviadas por um código familiar, que não posso permitir que tenha. Além do mais, não há necessidade. Simplesmente contatarei nosso Patriel em Ornfra para que mande a Capitã Roscu me contatar assim que chegar.

Debaixo da túnica negra, os ombros de Jixtus se relaxaram de forma visível.

— Isso há de bastar — afirmou. — Obrigado por sua atenção, Seu Venerante. Aguardo ansiosamente o dia que anunciará nosso acordo para a Ascendência.

— Assim como eu — falou Rivlex. — Agora, se me der licença, mandarei essa mensagem.

— É claro — disse Jixtus. — Que seu dia seja cheio de lucro e satisfação. Ele fez um gesto para Nakirre.

— Cessar transmissão — ordenou Nakirre.

— Eu obedeço.

— Então. — Jixtus virou seu rosto escondido para Nakirre. — Ela retorna a Ornfra.

— Sim — disse Nakirre. Ornfra, onde, de alguma forma, Roscu e a *Orisson* haviam se esquivado da armadilha do asteroide míssil. — Confio que será capaz de lidar com ela antes que fale com alguém?

— Ah, sim — Jixtus sussurrou e, mais uma vez, Nakirre podia imaginar um sorriso maligno debaixo do véu. — Ela escapou da morte em Ornfra uma vez. Ela não escapará novamente.

CAPÍTULO DEZOITO

Thalias nunca havia ido para Ool. Na verdade, até ler o cilindro de dados de Thrass, ela mal soubera que o planeta existia.

Durante a viagem de volta de Nascente, porém, fizera questão de aprender o máximo que conseguiu sobre o local. Ool tinha pouco mais de dois bilhões de habitantes, uma base agricultural rica e diversa, vários grupos grandes de manufatura e milhares de outros menores, e um bom tráfego de turistas, especialmente por suas praias e pela esquiagem nas montanhas. Também tinha minerações extensas em algumas de suas montanhas, inclusive uma das únicas três minas de nyix puro na Ascendência.

E, situado em uma cidade pequena, entre um modesto rancho de bantouros e um lago alimentado por uma nascente, havia um retiro acadêmico que o cilindro de dados identificava como Sítio das Buscadoras.

Um local absoluta e ominosamente ausente de todos os guias turísticos locais e listas de localizações que ela conseguiu encontrar.

Essa parte de Ool também acabou sendo um tanto difícil de chegar para uma viajante casual. A área de aterrissagem para transportes interestelares ficava a mais de mil quilômetros de distância, o aerobus de lá até esse setor só a deixou a quinze quilômetros do lugar, e o motorista local que Thalias contratou no terminal nunca havia ouvido falar do Sítio das Buscadoras. Por sorte, ele estava disposto a pilotar até o Rancho Ardok, que era o endereço real providenciado por Thrass.

A fazenda estava situada no centro do terreno cercado, com os estábulos, os depósitos de comida e outros prédios externos espalhados ao seu redor. Enquanto o aerocarro fazia sua descida, Thalias teve um vislumbre de um pequeno grupo de edifícios aninhados perto de uma linha de árvores entre a cerca leste do rancho e o lago. Isso, na teoria, era o Sítio das Buscadoras.

Uma mulher esperava na varanda da fazenda ao lado da porta enquanto Thalias subia os degraus, o aerocarro que a levara até lá voltando para o terminal de ônibus. A fazendeira estava de macacão, botas e jaqueta, com um questis pendurado na lateral da fivela de seu ombro.

— Boa tarde — o tom dela era alegre. — Seja bem-vinda à natureza de Ool. Como posso ajudá-la?

— Acho que vim vê-la — disse Thalias. — Meu nome é Mitth'ali'astov.

— Prazer. — A voz da mulher continuava amigável, mas havia uma certa cautela enquanto ela olhava Thalias de cima a baixo. — Sou Cohbo'rik'ardok, uma das donas junto ao meu marido Bomarmo do Rancho Ardok. Para que queria me ver?

— Deixe eu só me certificar se estou falando com a pessoa certa — disse Thalias, ciente de que estava enrolando. Sabia perfeitamente quem era Borika; só estava relutante em levar a conversa para onde deveria chegar. — Você é a Cohbo'rik'ardok que costumava ser Irizi'rik'ardok?

— Sim. — Borika estreitou um pouco os olhos. — Eu me tornei parte da família Cohbo quando casei com Bomarmo. — O lábio dela tremeu em um sorriso irônico. — Espero que não esteja aqui para ajudar os Mitth a fazerem uma lista de antigos Irizi. Isso seria um trabalho para o resto da vida.

— Certamente seria muito mais de minha vida do que eu gostaria de passar nesse trabalho — assegurou Thalias. — Não, estou aqui para falar de uma menina que conheço chamada Che'ri, e alguns problemas que ela está tendo. Também estou correta em dizer que, antes de ser Irizi, você era Kivu'rik'ardok?

O sorriso de Borika desapareceu.

— Não sei — disse. — Eu não lembro muito do começo de minha vida. — Ela ergueu um pouco as sobrancelhas. — Assim como imagino que sua amiga Che'ri também não lembre.

— Não, ela não lembra — respondeu Thalias com cautela. — Como você sabia?

— Ah, ora essa. — A bronca de Borika foi gentil. — Qualquer um que conheça o programa Buscadoras veria que a falta de um nome familiar é uma prova óbvia de que ela é uma sky-walker.

— Sim — murmurou Thalias. — Você disse *Buscadoras*. Quer dizer o Sítio das Buscadoras?

Borika assentiu.

— Não é o nome oficial, claro. Ou melhor, não é o nome listado nos mapas e nas tabelas de referência. Mas alguns de nós o conhecem. Como você conheceu a Che'ri?

— Sou a cuidadora dela — disse Thalias. — Pelo que entendo, você faz algum tipo de pesquisa com as meninas?

Os olhos de Borika passaram por cima do ombro de Thalias, dando uma vistoria rápida no horizonte.

— Nós provavelmente deveríamos sair da varanda para ter esta conversa. — Borika abriu a porta e fez um gesto para Thalias entrar.

— Obrigada. — Thalias passou por ela e atravessou a entrada.

Viu-se em uma sala grande e aconchegante. Em um dos cantos, havia um par de sofás diante de um centro de entretenimento; no outro, um grupo de sofás e cadeiras individuais estavam organizadas em um círculo ao redor de uma fogueira aberta com uma cobertura cônica de ventilação. No fundo da sala, uma mesa de jantar e seis cadeiras, com uma porta de passar que levava a uma cozinha que só podia ver parcialmente. Era como se todas as histórias de tranquilidade e conforto de antigamente tivessem voltado à vida.

— Que agradável — disse.

— Obrigada. — Borika fechou a porta atrás delas. — E, agora, acho que precisa me mostrar algum tipo de autorização.

Franzindo a testa, Thalias deu a volta.

Borika não era mais apenas uma simples fazendeira. Sua cara estava endurecida e ilegível, o olhar pesando com a suspeita enquanto escavava o rosto de Thalias.

A mão firme como uma rocha enquanto apontava uma carbônica para Thalias.

Uma vez, na estação espacial de Rapacc, Thalias se perguntou se conseguiria atirar em alguém, mesmo no calor da batalha, mesmo se soubesse que falhar poderia custar sua própria vida. Agora, encarando a mão firme de Borika, não tinha dúvida que a mulher não sentia esse tipo de hesitação.

Com esforço, ergueu os olhos da carbônica para olhar o rosto de Borika.

— Eu não tenho autorização — disse. — Tudo que tenho são informações sobre você que me foram passadas pelo Auxiliar Sênior Mitth'iv'iklo.

— Nunca ouvi falar.

— Auxiliar sênior de Thurfian, o Patriarca Mitth — esclareceu Thalias. — E, antes, auxiliar sênior do falecido Patriarca Thooraki.

— Não ouvi falar deles também. — Borika ergueu um pouco a carbônica. — Você sequer deveria saber sobre o programa Buscadoras, muito menos aparecer em um dos centros de treinamento.

— Bem, a primeira parte é fácil — disse Thalias. — Eu conheço o programa porque estava nele.

— Não acho que isso seja verdade — falou Borika. — Você acaba de me contar que é a cuidadora de Che'ri.

— E eu fui sky-walker, um dia — explicou. — Mas eu não acho que o nome do programa era Buscadoras naquela época.

— Não — disse Borika, indiferente. — Bela história, mas não. Sky-walkers não viram cuidadoras. Isso simplesmente não acontece.

— Eu fui uma exceção acidental — contou Thalias. — E *acontecia*, sim, antigamente.

— Ouvi falar que sim — disse Borika. — Desculpe, mas desenterrar fatos históricos obscuros não vai dar certo aqui. Ou você chega com autorização, ou eu temo que vá ter que ter uma conversa desagradável com gente desagradável.

— Minha informação sobre você e o Sítio das Buscadoras vem do Síndico Mitth'ras'safis — Thalias tentou uma última vez. — Isso ajuda?

A expressão de Borika mudou de forma sutil.

— Você disse que veio do Auxiliar Sênior Thivik.

— O cilindro de dados veio dele, sim — confirmou Thalias. — Mas ele falou que foi compilado pelo Síndico Thrass.

Borika pareceu medi-la.

— Você trouxe o cilindro?

— Sim. — Cuidadosamente, com movimentos lentos, Thalias abriu a parte de trás do questis e puxou o cilindro de dados.

— Coloque-o na parte de trás daquele sofá e então dê dois passos para trás.

Thalias seguiu as ordens. Borika deu um passo à frente, pegou o cilindro e o colocou no questis pendurado no ombro. Ela apertou uma tecla e então o ergueu com a mão livre, espiando a tela. Thalias aguardou, ouvindo as batidas do próprio coração.

— Sim — murmurou Borika, abaixando o questis. — Os dados batem.

— Então, você o conheceu? — perguntou Thalias.

— Ele veio e falou comigo uma vez — disse Borika. — Quando eu era uma Irizi. — Seus lábios se torceram em um sorriso breve. — É óbvio que ele continuou de olho em mim depois disso, ou não teria mandado você vir até aqui. — Ela hesitou, e então abaixou a carbônica. — Por que você veio?

— Dois motivos — contou Thalias. — Primeiro, eu falei que Che'ri está tendo alguns problemas causados por umas interações que teve com uma estrangeira…

— Uma *estrangeira*? — interrompeu Borika. — Que estrangeira? Onde?

— Ela é conhecida como Magys — disse Thalias. — Não sabemos como eles chamam seu povo ou seu mundo. Ela parece ser capaz de potencializar um pouco a Terceira Visão de Che'ri para que possa ver um pouco além no futuro do que qualquer outra sky-walker que eu já tenha ouvido falar. Pensei que, como você é uma das pesquisadoras do programa, você poderia saber o que está acontecendo.

— Parece interessante. — Borika estava pensativa. — Queria que você tivesse trazido ela junto.

— Eu queria ter trazido, mas nosso primeiro oficial não a deixou sair da nave — explicou Thalias. — Mas posso contar a maior parte da história.

— Suponho que vai ter que servir. — Borika fez um gesto para irem até um dos sofás na frente da lareira. — Sente-se. — Ela esperou até Thalias sentar, e então foi para o sofá da frente, devolvendo a carbônica ao coldre escondido debaixo da jaqueta. — Pode falar.

— Começou principalmente com os pesadelos — disse Thalias.

Lançou-se dentro da história, dando tantos detalhes quanto podia para Borika sobre as mudanças que haviam ocorrido desde que a Magys foi levada a bordo da *Falcão da Primavera*. Enquanto falava, olhava para a sala, estudando os móveis e o formato, ouvindo o relinchado dos bantouros conforme eles pastavam pelo campo que cercava a casa. Já ouvira aquele som, tinha certeza, mas não conseguia lembrar onde nem quando.

— Você está lembrando da casa? — perguntou Borika.

Thalias parou de falar, assustada.

— Desculpe — falou. — Acho que divaguei.

— Eu notei. — Borika a contemplou, pensativa. — Eu perguntei se você lembrava de ter estado nesta casa.

— Pra falar a verdade, não — disse Thalias. — Por que, eu treinei aqui?

— Não sei — respondeu Borika. — Esses registros estão selados em algum lugar muito, *muito* distante. Na verdade, fico surpresa que Thrass tenha conseguido cavar até encontrá-los. — Ela acenou com o braço, o gesto parecendo cobrir toda a sala. — Mas se você *esteve* aqui, você provavelmente passou tempo neste lugar. Está sendo usado como auxiliar do Sítio há décadas. Com outras donas, é claro.

— Sim — murmurou Thalias, sentindo uma pontada de luto que sequer sabia ter. — O que é que tem no treinamento que apaga as suas lembranças?

A garganta de Borika apertou.

— Não é o treinamento. Você estava me contando dos Paccosh?

Thalias assentiu e voltou à história de Che'ri.

— O que você acha? — perguntou ao terminar.

— Não sei — admitiu Borika. — Algumas sky-walkers são capazes de ver mais o futuro do que outras, o que, naturalmente, as torna mais valiosas. Qual é mesmo o nome da nave em que você trabalha?

— Eu não tinha falado o nome — disse Thalias. — Mas é na *Falcão da Primavera*.

— Ah — falou Borika. — *Oh* — ela repetiu com mais vontade, lançando um olhar intenso para Thalias conforme registrava o nome. — Sim, eu ouvi falar de vocês. Certo, vocês passaram por poucas e boas.

— Não é tão ruim assim. — Thalias estremeceu ao ouvir sua voz assumir um tom defensivo. — E no que diz respeito às suas valiosas sky-walkers, eu apostaria em Che'ri contra qualquer uma delas.

— Eu não estava fazendo nenhum tipo de julgamento — Borika protestou de forma branda. — Só estou falando o que o pessoal sofisticado do Conselho de Defesa Hierárquica pensa. Nós duas sabemos que o quanto você consegue ver no futuro é só uma parte de guiar uma nave pelo Caos.

— Sim — grunhiu Thalias, só parcialmente apaziguada. No entanto, algumas das naves em que ela mesma trabalhara, e alguns dos oficiais que serviam a bordo dessas naves, dificilmente poderiam ser considerados de alto nível. — O que você quis dizer com que isso não faz parte do treinamento?

— Sinto muito, mas essa informação é confidencial — disse Borika. — Eu nem deveria ter falado tanto.

— Ah, qual é — pressionou Thalias. — Nós certamente já passamos desse ponto a essa altura.

— Não, na verdade, não passamos — disse Borika. — Bem. Eu posso pesquisar sobre toda essa coisa da Terceira Visão sendo expandida, mas não posso prometer nada. Continua acontecendo?

— Acho que não. — A mente de Thalias voltou ao corredor do lado de fora da sala de audiências de Samakro. — A Terceira Visão dela parece ter voltado ao normal, para só alguns segundos no futuro. Mas ela também está bem distante da Magys no momento, e elas não estão fisicamente próximas há pouco mais de uma semana. Acho que pode voltar, se isso mudar.

— Pode ser — concordou Borika. — Ou pode ser que não. Esse é o problema com o conjunto de dados de ponto único. Sua outra opção seria conseguir que ela seja transferida para cá oficialmente para que os profissionais do Sítio possam fazer alguns testes.

— Duvido que eles concordariam com isso. — Thalias sentiu o estômago dar um nó. — Não com a Ascendência inteira parecendo prestes a desmoronar.

— Ela já pareceu prestes a desmoronar no passado. — Borika deu de ombros. — Nós superaremos isso outra vez. Assim que a bagunça política terminar, talvez você possa ao menos marcar um tempo para vocês duas. Deixe que eu falo com o Sítio das Buscadoras para ver como está o cronograma delas. Se quiser esperar até elas me responderem, tem algumas pousadas agradáveis em Pomprey, perto do terminal de aerobus. Eu posso levar você até uma delas.

— Então é isso? — perguntou Thalias.

Borika franziu a testa.

— O que mais você queria?

— Eu já falei — disse Thalias. — Eu quero saber por que eu perdi minhas lembranças de infância. Se não é o programa Buscadoras por si só, o que é?

— E eu já falei que não posso lhe falar — retorquiu Borika, com um quê final em sua voz. — Se isso for tudo, vou levá-la de volta a Pomprey. — Ela ficou de pé e fez um gesto para a porta.

— Não, não é só isso. — Thalias não fez menção de ficar de pé. — Eu disse que havia dois motivos para minha visita. Eu contei o primeiro. Quer ouvir o segundo?

Borika bufou.

— Se for para pedir outro favor, você já usou a cota de hoje.

— Não é um favor — disse Thalias. — O fato é, eu só queria conhecê-la.

Borika estreitou os olhos.

— Por quê?

— Você disse antes que ouviu falar sobre nossa nave, a *Falcão da Primavera* — falou Thalias. — Ela é comandada pelo Capitão Sênior Thrawn.

— Sim, parece que é — disse Borika. — E?

Thalias se preparou. Não era assim que havia planejado que as coisas acontecessem, mas Borika a levara a esse ponto.

— E eu queria conhecê-la… porque você é a irmã dele.

Por um momento, Borika apenas a encarou. E, então, ela voltou a se abaixar lentamente para sentar no sofá.

— Não. — A voz dela não passava de um sussurro. — Você está mentindo. Não tem como saber disso. Esses registros estão selados.

— Você tem os dados do Síndico Thrass — Thalias a lembrou, assentindo para o questis de Borika. — É só olhar.

Borika manteve a pose por mais alguns instantes. Então, devagar, ergueu o questis e olhou para a tela, passando para baixo pelas páginas. Thalias aguardou, sem ousar se mexer, observando a sequência de emoções no rosto da outra mulher.

Finalmente, com relutância, Borika levantou os olhos outra vez.

— Isso não deveria acontecer — disse. — Nós não deveríamos… Eles não querem que saibam de onde viemos.

— Por que não? — perguntou Thalias. — É como quando oficiais sênior de alto escalão precisam sair de suas famílias?

— Não, é que… — Borika parou de falar, e Thalias conseguia ver ela lutando em uma batalha interna. — Eles não querem que nós lembremos de nossas famílias ou muitas de nós teriam que desistir.

Thalias franziu a testa.

— Você está brincando.

— Acha mesmo? — rebateu Borika. — Você tem cinco anos de idade. Você acaba de ser tirada de seus pais e do único mundo que jamais conheceu. Você não teria saudade de casa?

— Bem… — Thalias pensou em seu primeiro encontro constrangedor com Che'ri, e quão sensível e incerta a garota tinha parecido. E isso era só porque ela estava trocando de cuidadora, não o trauma muito maior de ter que se despedir de sua família para sempre. — Tudo bem, eu poderia ter sentido um *pouco* de saudade de casa — admitiu.

— Então você teria sido a exceção. — O rosto e o corpo de Borika afundaram com um cansaço repentino. — Um número muito grande de meninas ia dormir chorando, às vezes por semanas. Um número muito grande de garotas estavam infelizes e assustadas demais ou distraídas demais para aprender a usar a Terceira Visão. Nunca houve muitas candidatas, para começo de conversa, e agora o programa estava perdendo-as como água em um balde inclinado. — Ela inspirou e exalou um longo suspiro. — Então, foi feita a decisão de... remover... essa distração.

Um arrepio subiu a coluna de Thalias.

— Eles apagaram nossas lembranças?

— O termo que usaram foi *enfraqueceram* — disse Borika. — Mas sim.

— Mas eu lembro dos bantouros relinchando — protestou Thalias. — Eu lembro... — Ela olhou ao redor. — Acho que talvez eu lembre desta sala.

— O processo de enfraquecimento não é perfeito — explicou Borika. — Sempre ficam alguns pedaços. Mas as lembranças familiares, as que estavam se metendo no caminho... essas vão embora.

— Che'ri mencionou uma feira, uma vez — Thalias falou devagar, pensando em uma conversa antiga. — Eu estava colocando um pouco de música, e ela disse que lembrava o que eles haviam tocado lá.

— Deve ter sido no centro Thearterra — disse Borika. — Eu passei um tempo lá antes de casar e vir para cá. As cuidadoras costumavam levar as garotas à feira como uma pausa do treinamento. Queria que eles pudessem fazer isso em Ool, mas não tem nada que seja perto o bastante.

— Mas algumas dessas coisas aconteceram durante o treinamento — objetou Thalias. — Se eles só estivessem tirando lembranças de nossas casas e famílias, por que também perdemos essas?

— Não sei — disse Borika. — Eles falam a respeito de *desvanecimento anormal*, mas eu acho que é a forma deles de dizerem que também não sabem. Tudo que eu sei é que o sistema está na ativa nos últimos cem anos. Cada vez que um Patriarca das Nove é escolhido, o assunto volta à tona para uma confirmação especial. Até agora, os votos sempre foram unânimes para que o programa continuasse.

— E então... *Ah* — Thalias se interrompeu quando um velho quebra-cabeça enfim se resolvia em sua cabeça. — É por isso que eles não querem que antigas sky-walkers se tornem cuidadoras, não é? Eles ficam com medo da gente comparar histórias e notar que temos a mesma perda de memória.

— Muito bem — disse Borika com um quê de humor macabro. — Eu nem sei se as pessoas que cuidam do programa agora percebem que é por isso que um certo protocolo foi colocado, originalmente. Você disse que virou cuidadora por acidente?

— Mais ou menos — respondeu Thalias. — O Patriarca Thurfian, que era apenas o Síndico Thurfian na época, tinha um plano privado. Quando ele descobriu que eu queria trabalhar a bordo da *Falcão da Primavera*, ele me viu como uma forma de atingir essa meta e mexeu os pauzinhos necessários.

— O que ele queria que você fizesse?

— Não se preocupe com isso — Thalias assegurou. — Consegui tirar esse peso das minhas costas um tempo atrás.

— E *ele* sabe disso? — Borika foi brusca.

— Tenho certeza que... — Thalias parou quando o comunicador em sua cintura apitou. — Só um segundo. — Franziu a testa ao pegá-lo. Quem poderia ligar para ela lá? — Aqui quem fala é Thalias.

— Capitão Intermediário Samakro — respondeu a voz de Samakro. — Você continua em Ool?

— Sim, senhor — disse Thalias. — Eu achei que havia dito que eu poderia passar mais alguns dias fora.

— Eu estava errado, aparentemente — Samakro soou nefasto. — Preciso que volte de imediato para Csilla.

— É claro, senhor — respondeu Thalias. — Pegarei o primeiro transporte que conseguir.

— Ótimo — disse Samakro. — Me mande os detalhes do voo para que eu deixe uma auxiliar à espera no vetor de aproximação para que a levem direto para a *Falcão da Primavera*. Não há por que você ir até lá só para dar meia-volta e retornar para a nave. Organize-se; nos veremos em breve. Samakro desligando.

O comunicador ficou em silêncio.

— O que foi? — perguntou Borika.

— O primeiro oficial da *Falcão da Primavera* falou que precisam de mim em Csilla. — Thalias ficou de pé e começou a digitar os dados do voo com os dedos que ficaram trêmulos de súbito. O que poderia ter acontecido para Samakro fazer algo tão drástico? — Desculpe; eu tinha torcido para que pudéssemos falar um pouco mais. — Lá estava a informação que precisava do aerobus. O próximo ia até o espaçoporto em...

— Esqueça o aerobus. — Borika afastou o próprio comunicador. Thalias nem havia notado o momento que ela o pegou. — Eu a levo até o Espaçoporto Ibbian. Se sairmos agora, você pode alcançar o transporte do fim da tarde.

— É a mil quilômetros daqui — protestou Thalias.

— Então, eu vou ficar de folga pelo restante do dia. — Borika ficou de pé. — Vamos, vamos. Oficiais sênior não fazem ligações pessoalmente dessa forma se não for importante.

Cinco minutos depois, já estavam no ar. Mais cinco minutos e Thalias terminou de marcar uma passagem para o voo de volta para Csilla.

— Tudo pronto? — perguntou Borika enquanto Thalias guardava o comunicador.

— Sim — disse Thalias. — De volta para Csilla e para a *Falcão da Primavera.*

— E para Thrawn.

— Na verdade, ele não está lá no momento — disse Thalias. — É uma longa história.

— Uma que você não pode contar, provavelmente.

— Provavelmente. — Thalias a olhou de relance. — É uma pena que você não possa vir junto.

— E por que eu faria isso? — perguntou Borika.

— Para conhecê-lo.

— Por quê?

— Como assim, *por quê*? — Thalias franziu a testa para ela. — Porque ele é seu *irmão*?

Borika sacudiu a cabeça.

— É inútil.

E, conforme Thalias observava o perfil dela, ficou surpresa ao ver que os olhos da outra mulher estavam cheios de lágrimas.

— Você não entende? — Borika perguntou, quase um sussurro. — É inútil. Eu não lembro dele.

MEMÓRIAS XI

DE ALGUMAS FORMAS, O ritual de honraria dos Stybla fazia Thrass lembrar das cerimônias de boas-vindas dos Mitth das quais participou durante os anos. Os trajes eram igualmente formais, as invocações e respostas precisas e estilizadas eram familiares, e o ar geral de solenidade poderia ter sido feito em qualquer lar, fortaleza ou mansão Patriel da Ascendência.

E, ainda assim, apesar da proximidade e simplicidade, esse ritual era muito mais profundo que qualquer coisa que jamais experimentara.

Só havia dezoito pessoas presentes: Thrass, o Patriarca Lamiov, o Auxiliar Sênior Lappincyk, o Patriarca Thooraki, os treze Patrieis Stybla que conseguiram viajar até Naporar para a cerimônia, e o próprio Thrawn. Além disso, apesar das cerimônias de boas-vindas dos Mitth serem feitas invariavelmente em Cheunh, a seção central desse ritual em particular foi dita em Tibroico, a língua antiga e há muito tempo morta da família Stybla.

Era uma cerimônia consideravelmente mais rara do que qualquer outra que Thrass já ouvira falar. Ele havia perguntado a Lappincyk sobre ela mais cedo, enquanto Thrawn ensaiava o que deveria dizer, e aprendeu que havia exatamente oito pessoas fora dos Stybla que receberam o honorífico nos últimos quinhentos anos. Quando Lamiov falou que tais eventos eram infrequentes, havia sido um eufemismo e tanto.

Também era uma cerimônia consideravelmente mais curta que as dos Mitth. Mas, ao contrário delas, não havia ninguém ali que alguém estivesse tentando impressionar.

Thrass estava conversando com um par de Patrieis Stybla depois de acabar, oficiais que estavam se esforçando para fingir que se importavam com quem ele era, quando por sorte foi socorrido pelo Patriarca Thooraki.

— É bom vê-lo outra vez, síndico — o Patriarca o cumprimentou, pegando o braço de Thrass e guiando-o até um campo desocupado da câmara. A sala também era bem menor do que o padrão de costume dos Mitth, mas, de alguma forma, carregava uma profundeza maior de idade e significância. — Como está sua mãe? Sempre fico de ligar para ela, mas por algum motivo nunca consigo.

— Ela está bem, Seu Venerante — assegurou Thrass, sentindo uma pontada de culpa. Fazia mais de dois meses que ele mesmo não falava com ela por mais do que cinco minutos. — Direi que o senhor perguntou como ela está.

— Obrigado. — Thooraki gesticulou para o local que os cercava. — Lugar impressionante, não acha? Entendo que algumas das tapeçarias e da madeira entalhada decorativa são do saguão original de assembleia da Família Governante.

— É mesmo? — Thrass olhou ao seu redor. — E eles colocaram eles aqui em Naporar e não no lar familiar?

— O saguão de assembleia dos Stybla era impressionante de tão grande — disse Thooraki, seco. — Eles devem ter um número considerável de mementos similares para espalhar por aí. Imagino que esteja se perguntando por que Lamiov não ofereceu o honorífico *odo* a você também?

— Para ser sincero, Seu Venerante, nem passou pela minha cabeça — Thrass respondeu com sinceridade. — Fiz muito pouco na recuperação do item.

— Porque eu e Lamiov *discutimos* o assunto — continuou Thooraki. — Independente da sua modéstia, você *teve* um papel-chave.

— Mas o senhor decidiu que um primo Mitth carregando um honorífico Stybla não seria algo bem-aceito na Sindicura? — arriscou Thrass.

Thooraki deu de ombros.

— Se um Patriarca Mitth pode carregar o honorífico, acho que um primo fazer o mesmo não seria um problema. — Ele abriu um sorriso irônico para Thrass. — Ou você não tinha notado?

Thrass estremeceu, envergonhado. A Décima Segunda Patriarca, Mitth'omo'rossodo, a Trágica.

— Não, eu não tinha — admitiu. — Nunca me ocorreu.

— Ela foi a primeira Mitth a receber o título. — A sombra da tristeza se esgueirou no rosto de Thooraki. — Apesar de que eu duvido que mesmo uma honraria tão rara tenha feito alguma coisa para aliviar a dor da morte de seus filhos.

— Segundo Thrawn, ela desistiu da arte pouco tempo depois.

— Não duvido — disse Thooraki. — Mas não, sua contribuição ou posição familiar não foram os fatores decisivos. Nós decidimos que seria melhor se não fosse *tão* óbvio que você e Thrawn são um time.

Thrass franziu o cenho.

— Que tipo de time?

— O melhor tipo — assegurou Thooraki. — Vocês dois combinam habilidades políticas e militares impressionantes, que deixarão os Mitth em posição de influenciar decisões futuras tanto na Sindicura quanto no Conselho. O tipo de time que só é possível de acontecer entre pessoas que se conhecem, que confiam umas nas outras, que conseguem trabalhar em sintonia total. Um time de afinidade, de amizade... — Ele abriu um leve sorriso para Thrass. — ... De irmandade.

Thrass o encarou.

— Como descobriu?

Thooraki fez um gesto com a mão.

— O relatório do Auxiliar Sênior Lappincyk foi bem detalhado.

— Então, isso foi uma armação desde o começo? — Thrass sentiu o princípio da raiva começar a se espalhar por ele. — Você nos empurrou um para o outro, nos forçando a virar... — sua língua tropeçou na palavra — amigos próximos?

Thooraki bufou.

— *Forçando* vocês? Faça-me o favor, síndico. Ninguém pode forçar amizade ou irmandade nos outros. Eu meramente notei como você e Thrawn se deram muito bem, como seus interesses combinam, e quão confortável ele fica ao seu lado. Como deve ter notado, ele não consegue relaxar perto de muita gente.

— E o incidente com Lappincyk depois da graduação de Thrawn na Academia Taharim? — rebateu Thrass. — Ele não estava tentando transferir Thrawn para os Stybla, estava?

Thooraki olhou bem nos olhos de Thrass.

— Se você não tivesse admitido que Thrawn era de fato seu amigo, e eu digo admitir para você mesmo, porque todo mundo já havia percebido, então sim, ele realmente ofereceria uma posição para Thrawn.

Thrass engoliu em seco. Como poderia responder algo assim?

— Ora, Thrass, não fique assim. Foi tudo, no fundo, sobre política, e você sabe como política é feita.

— Sim, suponho que sei — concedeu Thrass. — E você tem razão. Thrawn provavelmente já era meu amigo muito antes de eu perceber.

— Como um irmão, não?

Quase contra a própria vontade, Thrass sorriu.

— Como um irmão.

— Ótimo. — Thooraki fez uma pausa, virando-se para dar uma olhada na sala. — Nós estamos observando vocês dois há muito tempo, Thrass. Observamos Thrawn desde que o General Ba'kif foi alertado para apontá-lo ao seu colega, o Síndico Thurfian, e você... Bem, desde que você nasceu.

— E o que os Stybla ganham com tudo isso? — perguntou Thrass.

— Uma amizade silenciosa e duradoura com os Mitth — disse Thooraki. — Uma aliança que sobreviveu intacta por mais de mil anos.

— Uma situação ainda mais rara do que a própria cerimônia do *odo* — comentou Thrass.

— De fato. — Thooraki assentiu, olhando para a sala. — E, falando em alianças e amizades, seu companheiro parece precisar do seu resgate.

Thrass seguiu o olhar dele. Thrawn conversava com dois Patrieis Stybla. Pela expressão deles, parecia que estavam sondando educadamente por informações. Pela expressão de Thrawn, era claramente o tipo de informação que ele não estava preparado para dar.

— É melhor ajudá-lo — continuou Thooraki. — Passarei mais alguns dias aqui falando com Lamiov, mas tenho uma auxiliar no aguardo para levar Thrawn para a *Falcão da Primavera* e você de volta para Csilla. Não precisam se apressar, só quando estiverem prontos.

— Obrigado, Seu Venerante. — Thrass fez uma reverência. — Obrigado, também, pela atenção e pela sabedoria. — Ele abriu um sorriso de boca fechada. — E por me guiar para onde eu precisava estar, independente de eu perceber ou não essa necessidade.

— Não há de quê, Síndico Thrass. — Thooraki sorriu de volta. — Espero ansiosamente para falar com você de novo no futuro. *E* para ver a que novas alturas você e Thrawn levarão toda a família.

Retirar Thrawn dos Patrieis foi uma operação relativamente fácil. Depois vieram as despedidas com o Auxiliar Sênior Lappincyk e o Patriarca Lamiov, a segunda acompanhada de uma reiteração final da gratidão de Thrawn pela honra concedida a ele.

E, então, não havia mais nada a ser feito além de caminharem os longos corredores da mansão silenciosa e saírem pela porta para chegar ao campo de aterrissagem onde a nave auxiliar os aguardava.

Eles poderiam ter pegado um carro, Thrass sabia — ele vira vários veículos estacionados perto da saída. Mas Thrawn parecia distante, até mesmo um pouco perturbado, e Thrass suspeitava que essa seria a última chance de terem uma conversa privada em um bom tempo.

— Então — disse ao passarem pelo amplo caminho de lajotas no ar fresco do crepúsculo. — Mitth'raw'nuruodo. Tem uma bela sonoridade.

— Sim — murmurou Thrawn. — Apesar de que vai levar um tempo para que eu me acostume.

Thrass o observou com o canto do olho.

— Você parece preocupado — disse. — Algo em relação ao nome?

— Não, de forma alguma. — Thrawn franziu a testa para ele. — Por que eu ficaria preocupado por tamanha honra?

— Então você reconhece mesmo que é uma honra — disse Thrass. — Eu não tinha certeza que você reconheceria. Está preocupado com o item?

— Menos ainda do que com meu novo nome — assegurou Thrawn. — O fato de que nunca sequer ouvi rumores sobre ele sugere que a barreira de segurança do GAU é extremamente sólida. O fato de que está sob o controle dos Stybla, a única família na história a ter a sabedoria e a autoconfiança para ceder o poder de forma voluntária, oferece a segurança de que ele não será mal utilizado. Por que, *você* está preocupado?

— Não estou, pelos mesmos motivos — disse Thrass. — Então, por que você está com a cara de alguém que planeja uma campanha de batalha de grandes proporções?

Thrawn bufou de leve.

— Como você saberia que tipo de expressão é essa?

— Não seja maldoso — reprovou Thrass, fingindo estar irritado. — Nós também temos batalhas na Sindicura, sabia? Nós apenas utilizamos discursos e favores em vez de lasers e mísseis invasores.

— E teatralidade.

— Especialmente teatralidade — concordou Thrass. — Se não é nem o nome nem o item, *o que* o está incomodando?

Thrawn hesitou.

— Estou confuso, Thrass. Durante nosso confronto final com a Capitã Roscu, e eu reconheço que o propósito primário foi ganhar uma alavancagem tática...

— Espere um segundo — interrompeu Thrass. — Você está falando sobre eu ter chamado você de *irmão*?

Thrawn encolheu-se de verdade.

— Sim — disse. — Eu sei que, como primo, você pode criar as próprias relações familiares. Mas para um primo chamar um nascido por provação de irmão... Claro, se tiver sido apenas por aquela vantagem tática, eu compreendo plenamente.

— Está tudo bem — Thrass o consolou. Se não tivesse reconhecido a conexão entre eles, pensou, ele ao menos estaria à frente em relação à irmandade. — Nós já tínhamos um laço e uma amizade. Posso chamá-lo de meu irmão, se assim eu quiser.

— Eu sei. — Thrawn ainda parecia triste. — É que...

Mentalmente, Thrass sacudiu a cabeça. As regras não ditas da etiqueta familiar.

— Seria mais fácil pensar em mim como um irmão se eu fosse apenas um posição distante em vez de um primo?

— Talvez. — Thrawn franziu a testa. — Mas você *é* um primo.

Thrass hesitou. Ele nunca havia contado isso a ninguém antes. Mas não era como se fosse *realmente* um segredo.

— Olha só — propôs. — Vamos trocar segredos.

— De que tipo?

— Do tipo que nunca compartilhamos antes — disse Thrass. — Do tipo que irmãos contam uns aos outros. — Ele ergueu uma das mãos com a palma para frente antes de Thrawn interromper. — Eu começo. Apesar de eu estar listado nas posições familiares como primo, eu sou tecnicamente, mais ou menos, só um posição distante.

— Verdade? — Thrawn franziu a testa. — E como você fez isso?

— Não fui *eu* que fiz. — Thrass respirou fundo. — Eis a história. Meus pais vieram de uma família bem pequena; eu nem lembro qual. Pouco antes de eu nascer, meu pai estava no lugar certo e na hora certa para impedir uma tentativa de assassinato contra o Patriarca Thooraki. O Patriarca se salvou, mas meu pai morreu.

— Seu pai deve ter sido um homem incrivelmente honorável para ter feito tamanho sacrifício — murmurou Thrawn.

— Sim, ele era — concordou Thrass. — O que foi mais impressionante é que o Patriarca estava viajando à paisana e meu pai não fazia ideia de quem era a vida que ele salvou. Apenas viu uma necessidade desesperada e interveio no ocorrido.

— Imagino que o Patriarca tenha ficado muito agradecido?

— Muito, sim — falou Thrass. — Ele convidou minha mãe, que estava grávida de mim na época, ao lar em Csilla e ofereceu uma transferência para os Mitth como posição distante, a posição mais alta que podia oferecer a uma plebeia.

— Honra concedida pela honra recebida — disse Thrawn. — Não teria esperado menos que isso vindo dele. Então, como que *você* é um primo?

— É aí que as coisas se complicam — falou Thrass. — Você sabe como linhas de sangue funcionam, com os filhos de posições distantes nascendo como primos. Bem, eu nasci só uma semana após a morte do meu pai, então, pelas regras, eu também seria um posição distante como minha mãe. *Mas.* — Ele ergueu um dedo para enfatizar. — Eu ainda não havia nascido quando a tentativa de assassinato ocorreu. Então, o Patriarca decidiu falsificar a data da transferência para depois da morte de meu pai, mas antes do meu nascimento. Como minha mãe agora era uma posição distante quando ela me teve...?

— Você nasceu primo. — Thrawn sorriu de leve. — Engenhoso. Eu me pergunto o que os Patrieis e os síndicos pensaram sobre isso.

— Acho que, de modo geral, eles só estavam felizes de que o Patriarca continuasse entre eles — disse Thrass. — Tá; sua vez. No dia que nos conhecemos, quando estávamos falando sobre a Patriarca Thomoro, a Trágica, você me disse que algumas perdas são tão profundas que nunca se curam de verdade. De que perda pessoal você estava lembrando?

Thrawn pareceu ter sido pego desprevenido.

— Depois de tantos anos, você ainda lembra disso?

Thrass deu de ombros.

— Deixou uma impressão e tanto em mim.

— Não é tão importante assim — avisou Thrawn.

— Você é meu irmão e meu amigo — rebateu Thrass. — Se é importante para você, é importante para mim.

Thrawn desviou o olhar.

— Você diz que somos irmãos. Eu nunca tive nenhum outro. Mas, um dia, tive uma irmã. Quando eu tinha três anos e ela tinha cinco, ela simplesmente... desapareceu.

— Sinto muito — falou Thrass em voz baixa. *Desapareceu*. Uma forma estranha de falar isso. — Ela morreu?

— Acho que não. — Uma evasividade estranha surgiu de repente na voz de Thrawn. — De qualquer forma, o dia em que nós dois nos conhecemos era o dia estelar dela, e a perda pesava de modo particular em meus pensamentos naquele momento. Eu não pretendia deixar você notar. — Ele abriu um sorriso irônico para Thrass. — Eu *certamente* não pretendia deixar você ficar ruminando isso todos esses anos.

— Não foi bem ruminando — corrigiu Thrass. — Foi mais pensando ou ponderando. Mas deve ter registros em algum lugar falando o que aconteceu com ela. Eu posso ajudá-lo a encontrá-los.

— Está tudo bem — Thrawn afastou a oferta. — Eu encontrarei tempo para fazer isso algum dia. Além do mais, você tem todo aquele combate e teatro que precisa praticar na Sindicura.

— Tem isso — concedeu Thrass.

Ainda assim, só porque tinha outras coisas a fazer não significava que não poderia arranjar tempo para investigar o assunto também. Ou talvez poderia sugerir ao Patriarca Thooraki abrir um inquérito oficial. Era o mínimo que poderia fazer por seu irmão.

Irmão. Sim, decidiu: a palavra tinha uma bela sonoridade. E, assim como Thrawn, ele nunca tivera um irmão.

— Falando em combate, o Conselho realmente espera que você e a *Falcão da Primavera* encontrem piratas por aí?

— Não sei — disse Thrawn. — A opinião da Comodoro Ar'alani é que o que o Conselho quer é que eu suma da Ascendência por um tempo para eles não precisarem olhar para mim. — Ele deu de ombros. — Ainda assim, ninguém sabe o que o futuro aguarda.

— Não — concordou Thrass. — Ninguém sabe.

Mas o Patriarca Thooraki sabia, ou ao menos pensava saber. Será que Thrass e Thrawn estavam mesmo destinados a grandes feitos em nome dos Mitth? Será que eles realmente seriam...?

Sorriu consigo mesmo com a frase que apareceu em sua mente. *Companheiros de batalha*.

Mas, pensando bem, por que não? Se Thooraki tivesse razão, era realmente o que eles haviam se tornado. O homem que nasceu para ser um membro privilegiado da família juntando-se ao forasteiro promissor abraçado por ela. Ecoava uma lenda antiga em uma nova vida de tantas maneiras.

Thrawn tinha razão. Ninguém sabia o que o futuro aguardava. Mas Thrass faria todo o possível por ele, pela honra dos Mitth e a glória da Ascendência. Ou morreria tentando.

CAPÍTULO DEZENOVE

Qilori não gostava de lidar com os Chiss. Não individualmente, não em duplas, não em grupos e, especialmente, não em naves repletas deles. O que fazia o fato de ele estar em uma enorme estação de transferência orbital com milhares das malditas criaturas algo parecido à sua própria versão do inferno.

Mas não havia nada que pudesse fazer. Schesa era um dos principais mundos Chiss, bem na fronteira da Ascendência, e estrangeiros não tinham permissão de ir à superfície sem escoltas, patrocinadores ou autorizações oficiais. Thrawn havia partido, Qilori não conhecia mais ninguém lá e conseguir as permissões necessárias levaria mais tempo do que tinha.

Por sorte, ele não tinha nem o desejo nem a necessidade de andar entre tantos peles azuis. Tudo que ele precisava era acessar o enorme transmissor orbital tríade de longo alcance de Schesa e, para fazer isso, a estação de transferência e a ficha de crédito que Thrawn lhe dera seriam o bastante.

Além do mais, havia algo delicioso a respeito de dirigir a destruição de um capitão sênior Chiss de uma das estações dos próprios Chiss.

— Você tem sorte de ter conseguido me ligar — a voz de Jixtus se ouviu na cabine de comunicação, o tom reservado de forma pouco natural. — Eu estava prestes a continuar minha jornada até Ornfra.

— Com todo respeito, senhor — disse Qilori —, eu acho que você vai preferir ir para Csilla.

— E por que você acha isso?

— Porque Thrawn está indo para lá neste exato momento — Qilori respondeu. — E ele não está a bordo da nave de guerra Chiss de sempre. Ele está em uma fragata de bloqueio Nikardun que foi apropriada pelos Paccosh.

— É mesmo? — perguntou Jixtus. — E como você saberia disso, Qilori de Uandualon, considerando que seu trabalho era guiar o General Crofyp e a *Bigorna* contra esses mesmos Paccosh?

As asinhas de Qilori se contraíram. Na empolgação de contar as novidades, havia quase esquecido que havia sido Jixtus que organizara o plano que Thrawn transformou em um fiasco com tanta habilidade.

— O ataque não correu como o esperado, senhor. — Qilori conteve um pouco de seu entusiasmo. — Como eu falei, os Paccosh tinham a fragata de bloqueio. E Thrawn chegou em... um momento inoportuno.

— Está me dizendo que duas das poderosas naves de guerra da Iluminação Kilji não foram capazes de lidar com uma fragata de bloqueio Paccosh e um cruzador pesado Chiss?

— Não, senhor, não foram. — Qilori *realmente* havia esquecido de como tudo isso tinha dado errado. — Mas uma das naves Kilji *conseguiu* escapar de volta para Nascente. — Preparou-se. — Infelizmente, os Paccosh e os Chiss conseguiram segui-la.

— E sim, para destruí-la — disse Jixtus. — Acha que eu não teria ouvido falar sobre isso da outra nave Grysk que escapou desse desastre?

— Eu... não tinha certeza quão longe de Nascente ela chegaria — falou Qilori. — Antes que tivesse que parar para fazer reparos, quero dizer. Eu pensei...

— Você pensou em me contar as notícias o quanto antes — interrompeu, a ameaça velada na voz de Jixtus desaparecendo. — Muito bom. Você certamente não teria como ter mudado o curso de nenhum desses eventos. Então, disse que Thrawn está a caminho de Csilla?

— Sim, senhor. — As asinhas de Qilori relaxaram um pouco, uma breve irritação colorindo seu alívio. Não era a primeira vez que Jixtus fingia estar perigosamente bravo com ele, e também não havia gostado de nenhuma das outras situações. — Ele passou algumas horas usando o transmissor tríade para enviar algumas mensagens, e então falou que precisava de algum equipamento especializado para testar uma das outras pessoas de Nascente. — Fez uma pausa. Jixtus não era o único que podia ser dramático, afinal. — Ele acha que essa pessoa pode ser outra Magys.

— Ele *disse* isso? — A voz de Jixtus ficou subitamente pesada pela suspeita. — Ele disse nessas palavras?

— Não lembro das palavras específicas — Qilori falou com rodeios. — Mas essa era a ideia.

— Ele lhe contou isso, foi? — perguntou Jixtus. — Ele só foi até você e contou?

— Sim — disse Qilori. — Não acredita nele?

Jixtus bufou.

— É claro que não. Ele o manipulou, Desbravador. Está tentando desviar ou dispersar minha atenção da Magys.

— Não sei — falou Qilori, hesitante. — Ele parecia sincero.

— Bobagem — insistiu Jixtus. — Eu investiguei muito bem o assunto. A Magys é a única. Thrawn está simplesmente tentando fazer com que pensemos o contrário.

— Ou talvez só haja uma de cada vez? — sugeriu Qilori.

Houve uma pequena pausa.

— Um pensamento interessante — admitiu Jixtus, parte de seu desprezo se esvaindo. — Mas, mesmo que seja uma possibilidade, por que ele contaria para você? Por que não manter o segredo?

— Talvez ele não espere que isso continue um segredo por muito tempo. — Qilori sentiu que as peças finalmente estavam começando a se encaixar. — Eu falei brevemente com dois soldados que fugiram do massacre dos Paccosh. Eles disseram…

— Que massacre dos Paccosh?

— Os Paccosh levaram forças para reivindicar a mina onde você colocou seus escravos para trabalhar. — O nervosismo das asinhas de Qilori voltou. — Eles… Todos os Grysk morreram durante o ataque.

— Entendo — disse Jixtus. — Não é inesperado, eu suponho, nas circunstâncias. Você falou com dois dos meus batedores?

— Os dois soldados que escaparam do ataque, sim — continuou Qilori. — Eles queriam que eu lhe contasse quando nos falássemos que, quando você disser, eles semeariam o caos e colheriam a morte dos seus inimigos. Mas também disseram que trariam aquele para você.

— *Aquele?* Qual aquele?

— Não sei — Qilori admitiu. — Fomos interrompidos antes deles poderem terminar. Mas eu me pergunto se eles podem ter descoberto a respeito de alguém como a Magys.

— E então, Thrawn dá a você a mesma mensagem. — Jixtus soava pensativo. — Suspeitando que você a repassaria para mim, e que eu a rejeitaria automaticamente.

— O que tornaria menos provável que você acreditasse mesmo que ela viesse de outra fonte — disse Qilori.

— Sim. Interessante. — Jixtus murmurou uma palavra, mas foi baixo demais para Qilori poder entendê-la. — Ou pode ser que os batedores estivessem se referindo a outra pessoa. Ainda assim, vale a pena considerar a hipótese. Thrawn falou mais alguma coisa?

— Nada de valor. — Se Jixtus ainda estivesse na *Pedra de Amolar*, era provável que o Generalirius Nakirre estivesse ouvindo a conversa. Definitivamente não era hora de falar da teoria de Thrawn de que os Kilji estivessem manipulando Jixtus e seu plano inteiro. — Mas o fato de que ele quer testar equipamentos sugere que ele tem alguma ideia de quem possa ser essa possível candidata a Magys.

— *Se* existir alguém assim — avisou Jixtus. — Mas eu concordo que a chance é boa demais para ser ignorada, especialmente já que ela pode ser investigada sem maiores interrupções de outros planos. Eu pretendia interceptar e destruir a Capitã Roscu em Ornfra; agora, entregarei essa tarefa à *Tecelã de Destinos* e viajarei até Csilla eu mesmo. Imagino que você ficará na estação de transferência de Schesa no futuro imediato?

— Certamente, se quiser que eu fique — disse Qilori.

— Eu quero — respondeu Jixtus. — Diga-me, o que aconteceu com o outro Desbravador, o que estava na *Martelo*?

— Foi levado por Thrawn e pelos Paccosh. — As asinhas de Qilori tremularam outra vez. — Thrawn queria chegar em Csilla o quanto antes.

— Antes que eu pudesse interceptá-lo?

— Não sei, senhor — disse Qilori. — Ele pode estar com pressa por outros motivos.

— Pode — concordou Jixtus. — Permaneça onde está. Depois de eu lidar com Thrawn, vou organizar para que seja pego. Não demorará muito.

— Sim, senhor. — As asinhas se acalmaram. Esperar ali significava que teria que passar mais tempo entre os peles azuis, mas ao menos havia um fim à vista.

— E sua outra missão? — acrescentou Jixtus. — Como ela está?

As asinhas de Qilori ficaram chapadas contra as bochechas. O mistério de como os Chiss navegavam pelo Caos.

— Fiz alguns avanços — respondeu, sendo vago de propósito. Felizmente, era improvável que Jixtus pedisse por detalhes com os Kilji sentados ao lado ouvindo tudo.

— Ótimo — disse Jixtus. — Então, me despeço de você agora, Qilori de Uandualon. Da próxima vez que nos falarmos, Thrawn já terá sido eliminado. — Ele fez uma pausa. — E então, poderá me oferecer uma explicação de como o Desbravador Sarsh sobreviveu à destruição da *Martelo* em Nascente.

As asinhas de Qilori palpitaram.

— É claro — foi tudo que conseguiu pensar em dizer. — Estou ansioso por essa conversa.

— Leme, no aguardo — ordenou Roscu, espiando a tela de navegação e o crono. — Espaço normal: três, dois, *um*.

O hiperespaço girou e as chamas estelares passaram pela transformação de sempre, e a *Orisson* estava de volta ao sistema Ornfra.

E, *dessa* vez, Roscu prometeu a si mesma que daria uma olhada mais de perto nas fábricas de naves em Krolling Sen como o Patriarca Rivlex havia mandado. A Capitã Sênior Ziinda poderia falar o quanto quisesse sobre Jixtus e ameaças estrangeiras, mas isso não significava que os Dasklo não estivessem criando uma frota fantasma ao mesmo tempo. Porque era exatamente o que os Dasklo fariam em uma situação assim.

— Vetor de aproximação, capitã? — perguntou Raamas, virando-se de onde estava atrás da estação do piloto.

— Direto — Roscu falou para ele. — Aceleração total. Assim que eles virem que voltamos, eles podem tentar fechar e esconder as evidências. Queremos chegar lá antes que possam fazer isso.

— Entendido. — Raamas virou-se para a panorâmica e sinalizou uma ordem para o piloto.

— Capitã, apareceu alguma coisa atrás de nós — avisou a oficial de sensores. — Sem identidade, mas é grande.

Roscu franziu a testa ao ver a imagem aparecer na tela de sensores traseiros. Imaginou primeiro que era uma nave de guerra Dasklo, talvez um dos destróiers que a haviam importunado durante a última viagem da *Orisson* ao sistema.

Mas a nave que se aproximava era grande demais para isso. Ela parecia ser comparável a uma nave de guerra da Frota de Defesa, uma Lobo de Fogo ou talvez uma Puleão.

Nunca havia ouvido falar de alguma das Nove ter naves de guerra maiores que um cruzador pesado. Seria uma nave da Força de Defesa, então? Mas a configuração da proa não parecia correta. Na verdade, não parecia nenhuma nave que ela já vira.

Seu sangue gelou. Não, ela estava errada; ela *já* vira algo assim. Em Rhigal, flutuando em silêncio entre os asteroides do Ferro-velho.

Uma das naves estrangeiras os seguira.

— Comunicações, vamos saudá-los e... — Raamas falava.

— Espere! — Roscu exclamou. — Energia de emergência no propulsor: *agora*! E vão para as estações de batalha.

O alarme tinha começado a soar quando a nave de guerra estrangeira abriu fogo.

— Evasiva, capitã? — Raamas agarrou um suporte de mão quando a *Orisson* pulou para frente.

— Negativo. — Roscu olhou para a tática. As naves de guerra da família Clarr haviam sido construídas para serem muito resistentes na popa para poder suportar o calor e a radiação extras dos propulsores sobrecarregados. Mas os lasers espectrais da estrangeira já estavam começando a quebrar essas defesas. Era pior; qualquer manobra evasiva acabaria expondo um dos flancos da *Orisson* para aquele mesmo fogo fulminante, com resultados desastrosos. — Preciso de um salto interno no sistema. Quanto tempo?

— Capitã, nós acabamos de sair do hiperespaço... — o piloto começou com uma voz firme.

— *Quanto tempo*?

— Quarenta segundos. — A cabeça de Raamas ia de um lado para o outro enquanto olhava as telas. — Não sei se vamos conseguir aguentar tanto tempo.

Roscu sibilou um insulto. Ele tinha razão — mesmo com a energia emergencial, a *Orisson* mal estava suportando o massacre. A única coisa que poderia salvá-los agora seria fugir para o hiperespaço, o que não requeria nenhum cálculo elaborado como o de um salto interno no sistema.

O problema era que o vetor direto de Roscu significava que a *Orisson* estava apontada diretamente para Ornfra. Saltar para o hiperespaço os jogaria de imediato contra a borda do poço gravitacional do planeta e faria que fossem jogados de volta ao espaço normal bem no meio de um padrão de trânsito lotado. Se isso não os matasse, havia uma boa chance de que matasse mais alguém.

Mas a barragem laser dos estrangeiros estava surrando as barreiras eletroestáticas, e os sensores estavam começando a piscar, críticos. A *Orisson* nunca sobreviveria a tempo do piloto terminar os cálculos de salto interno.

Eles só tinham uma chance.

— Preparar para o hiperespaço — ordenou. — Quando eu mandar, vai fazer os propulsores principais a estibordo voejarem duas vezes e então desligá-los.

— Isso vai diminuir drasticamente nossa aceleração — avisou Raamas.

— E o desequilíbrio da propulsão vai nos deixar inclinados a estibordo, expondo o flanco para ataques — disse Roscu. — É por isso que, no instante em que os propulsores a estibordo se apagarem, você também vai ativar os jatos de manobra proa-estibordo, todos eles, na potência máxima.

— O que vai nos inclinar, então, a bombordo. — Raamas assentiu conforme compreendia.

— Exatamente — confirmou Roscu. — Estou torcendo para que eles vejam os propulsores piscando e mudem o alvo, antecipando um disparo direto contra nosso flanco estibordo. Assim que estivermos fora da borda do poço gravitacional, vamos saltar para o hiperespaço.

— Entendido — disse Raamas. — Leme?

— Tudo preparado, capitã — confirmou o piloto.

— Executar.

Roscu agarrou os braços da cadeira com força conforme a *Orisson* tinha dois espasmos com os propulsores tremulando, e então tendo um último espasmo conforme eles se apagavam. A proa girou a bombordo, afastando-se da linha que levava ao planeta distante...

E as estrelas se esticaram em chamas estelares e se misturaram aos rodopios.

Roscu suspirou. Eles tinham conseguido.

— Mantenham-se nos postos de batalha — ordenou. — Comandante, quero um relatório de danos.

— Três das placas traseiras do casco ficaram deformadas, mas não de forma crítica. — Raamas viu o estado atual no questis enquanto deixava o leme e cruzava a ponte para voltar até a cadeira de comando. — Propulsor Quatro recebeu bastante dano; nós provavelmente não deveríamos usá-lo além de sessenta por cento até alguém olhá-lo. Fora isso, parece que saímos disso intactos, de modo geral.

— Algum dano no casco bombordo?

— Nada que tenha sido registrado — respondeu Raamas. — Parece que seu plano de pegá-los desprevenidos saiu exatamente como tinha previsto.

— Às vezes, é bom enfrentar um inimigo competente. — Roscu fez uma pausa, esperando Raamas parar ao lado de sua cadeira. — Então — falou, abaixando a voz para que só ele pudesse ouvi-la. — Como foi que eles conseguiram fazer *aquilo*?

— Peço perdão pela linguagem, capitã, mas isso é uma pergunta desgraçadamente boa — disse Raamas, soturno. — Não tem como uma daquelas naves ter nos seguido desde Rhigal. Elas ainda estavam frias quando fomos embora.

— A não ser que houvesse uma ativa em algum lugar que não pudéssemos ver.

— Nesse caso, como eles viram nosso vetor e souberam para onde íamos? — rebateu Raamas. — Se não podíamos vê-las, elas também não deveriam ter podido nos ver. — Ele estremeceu. — Não, espere. Na verdade, é pior do que isso, não é?

— Sim, é. — Roscu sentiu a garganta apertar. A *Orisson* não estivera alinhada corretamente para Ornfra ao sair de Rhigal, e havia precisado parar no meio do trajeto para arrumar isso. Mesmo que os estrangeiros tivessem observado o vetor de partida da *Orisson*, eles não teriam como diminuir as possibilidades de destinos da nave de guerra Clarr mais além de Ornfra, Sharb, Noris e Schesa. — Eles não poderiam estar esperando aqui a não ser que tivessem naves em cada um de nossos quatro destinos possíveis.

— Não é um pensamento agradável — comentou Raamas. — Se eles tiverem naves suficientes rondando a Ascendência para que possam enviar quatro delas ao setor noroeste à nossa frente, isso não é mais a respeito do Patriarca Rivlex pegar uma frota emprestada.

— Concordo — disse Roscu. — Infelizmente, a alternativa não é muito melhor. Se Jixtus não tiver um monte de naves de guerra disponíveis, se ele só tiver uma, na verdade, então só tem mais uma forma de que ela estivesse lá, esperando por nós.

Raamas olhou para a panorâmica, vendo o céu ondulante do hiperespaço.

— Se o patriarca contou a ele para onde íamos.

Roscu assentiu.

— Sim.

Por um momento, Raamas ponderou sobre isso em silêncio.

— Então, o que faremos?

— Eu queria saber a resposta — admitiu Roscu. — Não podemos alertar a Força de Defesa sem contar a eles sobre a frota escondida no Ferro-velho. Esse ataque pareceria responder a questão do Patriarca estar envolvido ou não, o que significaria que teríamos que contar sobre ele.

— Mas e se ele for um traidor?

Roscu estremeceu. Ela não havia querido usar essa palavra mesmo nos confins mais secretos de sua mente. Ouvir Raamas dizê-la em voz alta...

— Não temos como saber — teimou em dizer. — Talvez ele tenha feito tudo isso de boa-fé e Jixtus só está brincando com ele.

— Eu não sei como isso deixaria a situação melhor.

— É melhor porque agora significa que podemos esperar para alertar Csilla até termos tempo de verificar isso — Roscu falou para ele. — Ver se conseguimos entender o plano de Jixtus.

— Enrolar, em outras palavras.

Outra palavra na qual Roscu não queria pensar.

— Nós somos Clarr, comandante — falou em voz baixa. — Somos uma família. Nós não mostramos nossos defeitos ou erros para que todos os vejam com toda essa facilidade. Nós não difamamos ou acusamos o Patriarca sem evidência, e nós não o entregamos *de forma alguma* aos outros a não ser que essa evidência seja extremamente sólida.

— Eu entendo — disse Raamas. — É que... estamos na beira de um precipício, capitã. Consigo senti-lo.

— E você tem medo de altura? — sugeriu Roscu, tentando um pouco de humor.

Ele abriu um pequeno sorriso apertado em resposta.

— Tenho medo sim, senhora. — O sorriso sumiu. — Especialmente quando tudo e todos com quem me importo estão aqui comigo.

Roscu assentiu.

— Compreendo. Mas vamos superar isso, comandante. Tenho certeza.

— Sim, senhora. — Raamas se endireitou. — Ordens, capitã?

— Voltamos para Rhigal — disse Roscu. — As fábricas de naves dos Dasklo podem esperar. É hora de termos uma conversa com o Patriarca Rivlex. — Ela encarou a panorâmica. — Uma conversa longa e *muito* completa.

— Comandante Intermediário Octrimo, a postos — ordenou Ar'alani, espiando a tela de navegação e o crono. — Espaço normal em sessenta segundos.

— Entendido, almirante — confirmou o piloto.

Ao lado de Ar'alani, Wutroow sacudiu a cabeça.

— Será que eu perdi a parte sobre a Ascendência ter data de vencimento? — murmurou.

— Se você perdeu, eu perdi também.

Ar'alani estremeceu. Um impasse em Sarvchi entre um par de cargueiros Chaf e Ufsa. Uma discussão acalorada em Shihon entre um transporte Erighal e uma nave de patrulha com uma tripulação Boadil na qual as outras patrulhas precisaram intervir. Os Tahmie e os Droc prestes a recomeçarem as hostilidades recentes, só que dessa vez em Jamiron em vez de Csaus.

E a *Vigilante*, seguindo as ordens de uma Sindicura cada vez mais nervosa de ir até Jamiron em vez de Csaus.

— Nós sequer sabemos o que está acontecendo? — Wutroow continuou. — Eu li as ordens e os dados duas vezes, e ainda não consegui entender sobre que os Droc estão bravos dessa vez.

— Com licença, almirante? — Octrimo falou desde o leme. — Posso esclarecer um pouco a mentalidade de minha família?

— Vá em frente, comandante intermediário — disse Ar'alani.

— Nós e os Tahmie temos uma história de longa data de bater de frente em todos os tópicos imagináveis — contou Octrimo. — Deixando tudo isso de lado, acho que nosso Patriarca atual não precisa de motivo nenhum para ficar bravo, seja em relação aos Tahmie ou a qualquer outra pessoa.

— Sim, mas confrontar uma das Quarenta? — perguntou Wutroow. — Isso requer encher de coragem o balde no qual você deveria colocar o senso comum.

Octrimo sacudiu a cabeça.

— Consigo descrever, senhora, mas isso não significa que eu consiga explicar.

— Vamos torcer para que esse grupo esteja ao menos disposto a ouvir a voz da razão — disse Ar'alani. — Lá vamos nós. A postos, leme: três, dois, *um*.

As chamas estelares viraram estrelas.

— Varredura total — mandou Ar'alani. — Vamos ver se conseguimos encontrá-los e...

— Fogo laser! — exclamou Biclian. — Direção de dez graus a bombordo, seis graus zênite.

— Octrimo, leve-nos até lá. — Ar'alani precisou conter uma maldição. A ordem da Sindicura havia mencionado que ambos os lados do confronto estavam chamando forças adicionais, e encorajaram fortemente que levasse a *Vigilante* até Jamiron antes que os disparos começassem de verdade.

Aquela esperança acabava de descer pelo ralo.

A *Vigilante* estava longe demais para que pudessem ler bem a situação. Mas mesmo uma inspeção casual do número e da difusão geral dos clarões laser mostrava que a batalha era tanto intensa quanto abrangente. Infelizmente, não tinha como saber se a chegada repentina de uma nave de guerra da Frota de Defesa Expansionária esfriaria a cabeça dos participantes ou os deixaria ainda mais exaltados. Checou as telas de estado das armas da *Vigilante*, aguardando para Octrimo preparar o salto interno no sistema...

— Pronto, almirante — disse o piloto.

— Todas as tripulações a postos — chamou Ar'alani. — Salto interno no sistema: três, dois, *um*.

E, com a mudança de posição cortante de costume, a *Vigilante* chegou na batalha.

Para ver que era maior e mais confusa do que Ar'alani havia imaginado. Não havia nenhum plano sofisticado de batalha, nenhum triângulo de ataque coordenado ou esferas de defesa. Dezoito naves enxameavam o campo de batalha: patrulhas, canhoneiras e até mesmo um par de cargueiros armados. Elas se circulavam ou arqueavam, algumas trocando disparos laser com um oponente escolhido, outras só parecendo disparar para o rival que parecesse mais perto.

Não havia nenhuma estratégia que Ar'alani pudesse notar, nenhum senso de táticas individuais. A maior nave da briga, um cruzador de patrulha Tahmie, parecia tentar organizar o restante das forças Tahmie, mas claramente não estava tendo muita sorte. Duas canhoneiras surradas estavam à deriva nos cantos do campo de batalha, mas ambas mostravam níveis de energia de funcionamento mínimo, mas não havia cascos detonados ou nuvens de destroços.

— Larsiom, quero transmissão total — ordenou Ar'alani.

— Transmissão total, almirante — confirmou o oficial de comunicações.

Ar'alani endireitou os ombros.

— Aqui quem fala é a Almirante Ar'alani da nave de guerra *Vigilante*, da Frota de Defesa Expansionária Chiss — anunciou com sua voz mais intimidadora. — A todas as naves Tahmie e Droc, parem as hostilidades, é uma ordem.

Não houve resposta. Mais do que isso, no que dizia respeito à batalha em andamento, a *Vigilante* poderia ser invisível e não faria diferença.

— Naves Tahmie e Droc, eu dei uma ordem — Ar'alani aumentou o volume de sua voz. — Parem com essa bobagem de imediato.

— *Vigilante*, você está fora de sua jurisdição aqui — falou alguém no alto-falante. — Saia ou não seremos responsáveis pelas consequências.

— Quem fala? — perguntou Ar'alani. — Identifique-se.

— A Frota de Defesa Expansionária não tem nenhuma autoridade dentro das fronteiras da Ascendência — continuou a outra pessoa. — Aviso novamente que se retirem.

— Larsiom, de onde está vindo esse sinal? — perguntou Wutroow.

— Não tenho certeza, capitã sênior — disse Larsiom. — Acho que é do cruzador de patrulha Tahmie, mas há muita interferência pelas barreiras das outras naves.

— Talvez nós devêssemos fazer algo mais privado, almirante — sugeriu Wutroow, virando-se para Ar'alani. — Preparamos a comunicação a laser?

Para que pudesse fazer ameaças mais severas aos Tahmie e então um acordo, sem todo mundo na área ouvindo o que diziam? Era a abordagem padrão e, por um momento, Ar'alani ficou tentada.

Mas só por um momento. A *Vigilante* havia recebido uma tarefa, e Ar'alani não estava nem um pouco a fim de deixar o pomposo comandante de um cruzador de patrulha dizer a ela que isso não era verdade.

— Mantenha a transmissão — ordenou. — Naves Tahmie e Droc, este é o seu último aviso. Vocês têm dez segundos para cessar fogo, ou nós *vamos* agir.

— Se atacar uma das Quarenta, quem vai se arrepender é você — rebateu a voz. — A Sindicura não há de aceitar.

Wutroow ergueu as sobrancelhas para Ar'alani, claramente oferecendo-se a dizer para o outro capitão que havia sido a Sindicura, na verdade, que enviara a *Vigilante* para lá em primeiro lugar. Mas Ar'alani sacudiu a cabeça, observando a batalha e concentrando-se em sua contagem regressiva. Ao chegar a zero...

— Capitão Júnior Oeskym: esferas de plasma — ordenou ao oficial de armas. — Prepare-se para atacá-las.

— Alvo, almirante? — perguntou Oeskym.

Ar'alani olhou para a batalha.

— Todas elas — disse.

— *Todas* elas? — Wutroow arregalou os olhos.

— Cada uma das malditas — confirmou Ar'alani. Ela apontou para o cruzador de patrulha, que estava no processo de disparar contra duas canhoneiras diferentes. — Começando com aquela.

— Sim, *senhora* — Oeskym respondeu rapidamente. Era evidente que ele também não tinha gostado de mandarem a *Vigilante* tomar conta da própria vida. — Octrimo, prepare-se para uma guinada em um arco estibordo.

— Guinada pronta — confirmou Octrimo. — Só me digam quando.

— Almirante? — perguntou Oeskym.

Ar'alani acomodou-se na cadeira de comando.

— Divirta-se, capitão júnior.

Levou quatro esferas de plasma para silenciar completamente o cruzador de patrulha. A maior parte das combatentes menores só precisou de duas ou três antes dos lasers e propulsores ficarem em silêncio. O campo de batalha altamente localizado começou a se expandir conforme as várias naves deslizavam pelos vetores nos quais estiveram quando as esferas congelaram seus eletrônicos de controle.

— Deve ser bom que eles estejam sem comunicações — comentou Wutroow ao lado de Ar'alani conforme elas assistiam a dispersão. — Eles devem estar berrando as maiores obscenidades que conhecem contra você neste exato momento.

— Vamos torcer para que eles tenham deixado as mais divertidas de reserva — disse Ar'alani. — Oeskym, segure as esferas e dispare os raios tratores. Enquanto elas não puderem ir a lugar nenhum por algum tempo, vamos arrastá-las para longe umas das outras.

— Vamos? — O tom de Wutroow foi cauteloso. — Isso pode não ser a coisa mais astuta a se fazer, politicamente falando.

Ar'alani contemplou a panorâmica. Wutroow tinha razão, é claro. Atingir as combatentes Tahmie e Droc com esferas de plasma irritaria ambas as famílias, mas elas concordariam em privado que era melhor do que surrá-las com lasers espectrais ou mísseis invasores. Mas continuar o ataque separando-as com o raio trator seria visto como o equivalente de arrastar alguém brigando em um bar pela parte de trás do colarinho.

Para famílias cujas vidas e relações estavam permanentemente envolvidas em orgulho e aparências, isso seria um insulto terrível e humilhante. Na teoria, o exército da Ascendência estava acima de tais assuntos políticos, mas Ar'alani sempre tentou ter sensibilidade quanto a isso, nem que fosse para evitar atritos com pessoas com as quais teria que lidar todos os dias.

Mas, pela primeira vez, ela não se importava muito.

— Eu sei — falou para Wutroow. — Mas eles criaram uma zona de guerra no meio de uma área de trânsito público, e precisam receber a mensagem clara de que isso é inaceitável. *E* que se insistirem em que essa mensagem seja macetada em suas cabeças duras, a Frota de Defesa Expansionária está disposta e é capaz de fazê-lo.

— Entendido, almirante. — Wutroow ainda parecia ter dúvidas, mas reconheceu que sua comandante estava decidida. — Nesse caso, posso sugerir para locomovê-las até diferentes camadas orbitais? Assim, ao menos terão que se esforçar se quiserem recomeçar a briga.

— Boa ideia — disse Ar'alani. — Oeskym, Octrimo: comecem. — Ela apontou para o cruzador de patrulha. — E, de novo, vamos começar com aquela lá.

— Não sei qual era seu objetivo aqui, Almirante Ar'alani — grunhiu o Almirante Supremo Ja'fosk. — Mas se a ideia era enfurecer a Sindicura inteira, você conseguiu com primor.

— Sinto muito que a Sindicura veja a situação assim, senhor. — Ar'alani fechou a cara para o alto-falante de sua cabine. Ela tinha acabado de passar o comando ao Comandante Sênior Biclian e queria tomar um banho e comer uma boa refeição quando Ja'fosk ligou.

O que, por si só, tornava a situação incomum. Era o General Supremo Ba'kif quem normalmente supervisionava as forças da Frota de Defesa Expansionária e agia como intermediário entre elas e o Conselho e a Sindicura. O fato de que Ja'fosk sentira a necessidade de intervir diretamente — ou, mais provável, que alguém em uma dessas organizações o houvesse mandado fazê-lo — fazia essa conversa ficar mais ominosa.

— Por acaso algum desses Oradores e síndicos irados notou que algumas de suas próprias naves estavam na área quando os Tahmie e os Droc começaram a atirar uns contra os outros? — ela continuou. — E que, parando a luta naquele momento, eu posso ter salvado essas vidas e esses carregamentos?

— Eles notaram. — O tom de Ja'fosk era marginalmente menos hostil. Após a resposta obrigatória, ele talvez tenha sentido que deveria abaixar um pouco o tom da retórica. —Alguns mencionaram isso e expressaram uma certa apreciação. Mas mesmo eles foram inflexíveis quanto ao fato de que a Frota de Defesa Expansionária sequer deveria estar perambulando os mundos da Ascendência, muito menos disparando contra os outros.

— Eles ofereceram alguma sugestão útil do que eu poderia ter feito? — perguntou Ar'alani. — Ou o que o senhor e o General Supremo Ba'kif deveriam ter feito, já que estamos falando sobre isso?

— Houve muitas sugestões — disse Ja'fosk. — Mas, como você acrescentou a palavra *útil*, eu posso pular a lista.

— Sim, senhor. — Ar'alani hesitou. — Eles estão preocupados, não estão?

— Preocupados, com raiva *e* com medo — confessou Ja'fosk com pesar. — É uma péssima combinação, Ar'alani. Metade deles consegue ver que Jixtus está provocando as Nove e as Quarenta deliberadamente para fazer com que briguem entre si, enquanto a outra metade está começando a cogitar se a oferta dos Kilji de mandarem naves de guerras adicionais não seria o mal menor.

Ar'alani assentiu. Também estava lendo a situação assim. Havia torcido para que sua visão estivesse sendo exageradamente pessimista. Parecia que não.

— E nós não podemos apenas expulsá-lo.

— Não a menos e até que ele ataque alguém de verdade — concordou Ja'fosk. — Eu me pergunto se algum dos síndicos está começando a se arrepender da política de não intervir, exceto que eu também sei que a maior parte deles considera esses protocolos como tendo descido das estrelas em um mar de fogo.

— Nós não podemos ao menos expulsá-lo de nossos sistemas? — pressionou Ar'alani. — Lançar uma barragem laser contra a proa dele não conta como atacar.

— Você anda passando muito tempo com o Capitão Sênior Thrawn — comentou Ja'fosk de forma azeda. — Só porque ele acha que consegue se safar de tudo, e porque Ba'kif permite que ele se safe, não significa que a Sindicura tolerará isso para sempre.

— Mesmo assim, nesse caso, Thrawn pode ter um bom ponto.

— Não estou discutindo, almirante — disse Ja'fosk. — Apenas constatando fatos. Está pronta para voltar para Sposia?

— Quase — respondeu Ar'alani. — A Capitã Sênior Wutroow só precisa terminar sua parte dos seus dados do Comando de Patrulha.

— Diga a ela para ir rápido — avisou Ja'fosk. — A *Temerária* está a caminho de Sposia, mas ela só chegará em algumas horas. Nessas circunstâncias, não gosto de deixar o GAU desprotegido.

— Entendido — disse Ar'alani. — Apesar de que eu até que gostaria de ver Jixtus tentar invadir o cofre deles.

— Gostaria mesmo? — grunhiu Ja'fosk. — *Eu* não, para ser bem franco. Volte ao seu dever de guarda e vamos tentar evitar descobrir o que aconteceria nesse caso.

— Sim, senhor — disse Ar'alani. — Partiremos em breve.

— Ótimo. E, Ar'alani?

— Sim?

— Tente não irritar mais ninguém por hoje.

— Farei o possível, senhor — falou Ar'alani. — Mas não posso prometer nada.

— Não achei que pudesse — respondeu Ja'fosk. — Boa viagem, almirante.

— Isso é inaceitável — grunhiu Zistalmu, o rosto na tela do comunicador de Thurfian contorcido de raiva e paixão. — Completamente inaceitável. Os Tahmie só estavam defendendo suas reivindicações, que são perfeitamente legítimas; e essa almirante da Frota de Defesa Expansionária acha que pode só movê-los e humilhá-los na frente do sistema de Jamiron inteiro? Essas naves nem deveriam estar dentro da Ascendência, muito menos se envolvendo em conflitos que não têm nada a ver com suas preocupações oficiais.

— Entendo sua frustração, Primeiro Síndico. — Thurfian duvidava que Zistalmu estaria tão revoltado assim pela ação da *Vigilante* se os Tahmie não fossem aliados dia sim dia não dos Irizi. — Mas com possíveis naves de guerra inimigas se locomovendo pela Ascendência, precisamos que todas as nossas estejam aqui perto.

— Que naves de guerra inimigas? — zombou Zistalmu. — Jixtus e aquele patético cruzadorzinho Kilji? *Por favor*, Seu Venerante. A Força de Defesa poderia acabar com uma dúzia de naves assim antes de sua refeição matutina. E eles, ao menos, sabem como se comportar apropriadamente perto das Nove e das Quarenta. Acho que pessoas como Ar'alani passam tanto tempo fora da Ascendência que perderam toda a noção de compreensão e decoro.

— É possível. — Thurfian foi evasivo, determinado a não se deixar ser encurralado verbalmente. — Não sei o que quer de mim.

— Quero o apoio da família Mitth em retirar o nariz coletivo da frota de nossos assuntos — disse Zistalmu. — Já tenho petições de três das Nove exigindo que o Conselho tire as naves da Frota de Defesa Expansionária de qualquer mundo onde uma ou mais Famílias Governantes tenham interesses consideráveis e que as enviem de volta ao Caos, que é o lugar delas. Nós temos nossas frotas familiares; podemos proteger nossos próprios mundos.

— Não sei se concordo com tirá-las da Ascendência — falou Thurfian. — Mas posso me juntar a uma recomendação de que elas estacionem na órbita de Naporar por um tempo enquanto chegamos a algum tipo de comprometimento delas não se meterem em assuntos familiares.

— Não é exatamente o que eu estava procurando.

— Eu sei. Mas é o melhor que posso fazer.

Zistalmu fechou a cara por um momento, e depois deu de ombros de leve.

— Muito bem — anuiu. — Contanto que elas não fiquem se metendo em tudo, suponho que podem ficar em Naporar. É mais fácil de ignorá-las assim.

— Concordo — disse Thurfian. — Montarei minha petição e a enviarei em uma hora.

— Obrigado. — Zistalmu fez uma pausa. — Suponho que também tenha ouvido que a *Falcão da Primavera* também voltou sem o Capitão Sênior Thrawn?

— Sim, ouvi. — Thurfian sentiu um gosto amargo na boca. — Aparentemente, ele está trabalhando com estrangeiros mais uma vez.

— *E* batalhando ao lado deles, *e* fazendo acordos com eles *e* tratando-os como aliados — enumerou Zistalmu. — Ele não tem a mais mínima autorização para fazer qualquer uma dessas coisas.

— O que você quer que eu faça quanto a isso? — Thurfian perguntou, perdendo um pouco a paciência. — Enquanto ele estiver no Caos, não há como arrastá-lo de volta e fazê-lo sentar em uma de nossas salas de audiência.

— Ele vai ter que voltar mais cedo ou mais tarde — disse Zistalmu. — Eu já mandei uma ordem para que a Força de Defesa o prenda assim que ele mostrar as caras.

Thurfian franziu o cenho.

— *Você* emitiu uma ordem?

— Com o apoio do nosso Orador, sim — afirmou Zistalmu. — Você tem algum problema com isso?

— Sim — respondeu Thurfian. — Porque a Sindicura não tem jurisdição sobre militares.

— Talvez não tenha, mas deveria ter — rebateu Zistalmu. — Nós somos a maior autoridade da Ascendência, afinal. Se Ja'fosk e Ba'kif não pretendem colocar as rédeas nele — os olhos dele brilharam — e se você não *consegue* colocar as rédeas nele, então cabe a nós.

— Pensamento interessante — murmurou Thurfian.

Exceto que não cabia a eles. Não à Sindicura como um todo, e certamente não a um único Primeiro Síndico ou uma Oradora. A Aristocra de muito tempo atrás tivera motivos sólidos para separar o exército Chiss das políticas das Famílias Governantes, e esses motivos não haviam mudado.

— Quanto à jurisdição, devo apontar que a ordem foi horas atrás e o Almirante Supremo Ja'fosk ainda não demonstrou ter nenhum problema com ela — continuou Zistalmu. — Ajudaria muito se, no futuro, tais ordens pudessem ser emitidas em conjunto pelos Irizi *e* os Mitth.

— Acho que isso seria um tanto constrangedor — apontou Thurfian. — O Patriarca Mitth dificilmente poderia ser visto pedindo à Força de Defesa para deter um dos membros de sua própria família.

— Eu não estava falando apenas de Thrawn — esclareceu Zistalmu. — Estava falando de outros assuntos que poderiam ter que ser discutidos.

— Você tem liberdade para trazer esses assuntos até mim quando eles ocorrerem — disse Thurfian. — Mas não posso só fazer uma oferta geral de apoiá-lo.

Por um momento, Zistalmu pareceu estudá-lo.

— Lembro de uma época em que você e eu estávamos dispostos a ignorar, contornar ou até mesmo manipular os sistemas políticos e militares pelo bem da Ascendência — falou. — Eu avisei que virar Patriarca mudaria suas atitudes. Vejo que tinha razão.

— Agora tenho novas responsabilidades — justificou-se Thurfian. — Sem contar que tenho muito mais visibilidade. Não posso ficar espreitando a Marcha do Silêncio para ter encontros clandestinos com síndicos de famílias rivais.

— Você ficaria, se pudesse?

— Não sei — admitiu Thurfian. — Dependeria do assunto.

— E se o assunto continuasse sendo o que faríamos a respeito de Thrawn?

— Precisamos ver o que ele dirá em sua defesa quando voltar.

— E depois? — Zistalmu acenou com a mão, rejeitando a ideia. — Deixa para lá. Eu acho que já sei a resposta. — Ele se endireitou e assentiu bruscamente. — Obrigado por sua atenção, Seu Venerante. — A voz dele ficou rígida e formal. — Ficarei no aguardo para receber sua petição.

— Tenha um bom-dia, Primeiro Síndico. — Thurfian esticou-se para pegar o controle do comunicador.

Zistalmu alcançou primeiro o dele e a tela se apagou.

Thurfian suspirou. Nas últimas semanas, enquanto se acomodava na nova posição, ele havia imaginado como virar Patriarca afetaria suas amizades. Por sorte, a maior parte delas havia sobrevivido, apesar de algumas terem sido um tanto alteradas. Mas estava parecendo que seu relacionamento com Zistalmu já estava morto.

Por outro lado, aquilo provavelmente nunca havia sido uma amizade verdadeira, em primeiro lugar. Eles haviam sido rivais unidos em uma causa na qual ambos acreditavam, tentando proteger a Ascendência de uma ameaça que acreditavam serem os únicos que conseguiam reconhecê-la.

Zistalmu continuava vendo Thrawn como uma ameaça. A questão era: será que Thurfian também continuava?

Bufou baixo. É claro que sim. Thrawn seguia sendo um perigo para a estabilidade da Ascendência, e o aumento repentino na tensão só ressaltava como essa estabilidade era frágil.

Mas, como tentara dizer a Zistalmu, as coisas não eram tão simples quanto antes. Não só tinha que considerar os melhores interesses da família Mitth como também precisava levar em conta a percepção que as outras famílias tinham dele e desses interesses. E *isso*, como estava descobrindo com rapidez, era um equilíbrio difícil de manter.

Além do mais, qualquer coisa que fizesse agora era provavelmente inútil. Thrawn havia abandonado a própria nave, e Zistalmu havia forçado a ordem de detenção, e era isso. Oficiais da Frota de Defesa Expansionária podiam falar o quanto quisessem sobre camaradagem e proteger uns aos outros, mas quando decisões oficiais eram feitas e ordens eram emitidas, elas *seriam* respeitadas. E, assim que Ba'kif o tivesse sob custódia, essa ameaça, ao menos, desapareceria.

Apesar de que, por uma questão de interesse, ainda queria ouvir o que Thrawn teria a dizer em sua defesa.

Enquanto isso, havia trabalho da família Mitth a ser feito.

Ele acionou o interfone.

— Auxiliar Sênior Thivik, entre, por favor — ele solicitou. — Preciso que prepare uma petição para mim.

CAPÍTULO VINTE

Parado do lado de dentro do Cofre Quatro, bem abaixo da superfície de Sposia, o Patriarca Lamiov ouvia o breve relatório e confirmava que havia ouvido.

— A auxiliar dele acaba de aterrissar — anunciou enquanto desligava o comunicador. — Ele deve estar aqui em breve.

Ba'kif assentiu. Já estava na hora.

— Quer que eu vá lá em cima e o encontre na metade do caminho?

— Não, está tudo bem — disse Lamiov. — Os guardas já ouviram as ordens. E não há motivo para que essa coisa inteira chame mais a atenção do que já está chamando.

— Suponho que sim. — Ba'kif estremeceu um pouco. — Odeio pensar quantos relatórios em pânico já devem ter inundado Csilla e Naporar a respeito de uma nave estrangeira orbitando Sposia.

— Ah, não deve ser mais do que algumas centenas. — Lamiov abriu um sorriso irônico. — Com sorte, todos eles serão automaticamente anexados às minhas promessas de que tudo está sob controle antes que Ja'fosk mande metade da Força de Defesa ao resgate.

— Com sorte — disse Ba'kif. — Apesar de ele não ter reagido dessa forma quando Jixtus e seus amigos Kilji apareceram, não vejo por que o faria agora.

— Nunca faça pouco do fator novidade — observou Lamiov. — Ninguém em Sposia jamais viu uma fragata de bloqueio Nikardun.

— Certamente não viram uma com o símbolo de um sub-clã Pacc pintado nela.

— Não — concordou Lamiov. — Ame-o ou odeie-o, mas Thrawn sempre teve um jeito para aparecer com problemas nunca antes vistos.

— E a Sindicura adora novidades.

— De fato. — Lamiov olhou para a porta do Cofre Quatro. — Você se arrepende daquilo, Labaki? Do caminho que começamos a traçar todos aqueles anos atrás?

— Se eu me arrependo *daquilo*? — Ba'kif foi acometido por uma nova noção da própria idade. Um dia, tivera dez ou doze amigos que insistiam em continuar a chamá-lo por seu antigo nome núcleo Stybla quando estavam em privado. Agora, só restava Lamiov. — Ou se me arrependo *dele*?

— Não tenho certeza se são perguntas diferentes — disse Lamiov. — Mas sem Thrass... — Ele sacudiu a cabeça. — Não deveria ter acabado assim.

— Não acabou ainda, na verdade — Ba'kif lembrou a ele. — E, para responder sua pergunta, não, eu não me arrependo. Apesar de admitir que houve vezes quando eu o defendi diante de alguns grupos de síndicos onde desejei que tivéssemos escolhido outra pessoa.

— *Havia* alguma outra pessoa?

— Não — disse Ba'kif. — Mas esse é o ponto, não é? Não havia, não há, e provavelmente nunca haverá alguém como ele. A Ascendência não produz alguém com a combinação única de habilidades estratégicas e táticas que Thrawn possui, além da habilidade de observar, analisar e prever. Não desde Thomoro, a Trágica.

— Se ele ao menos tivesse as habilidades políticas da Patriarca Thomoro — lamentou Lamiov.

— O que eu duvido que ele jamais terá — presumiu Ba'kif. Houvera, afinal, aquela ideia toda de trabalhar com o Patriarca Thooraki para juntá-lo com Thrass. Os dois, quando estavam juntos... — Mas não é bom pensar no que poderia ter sido.

— Suponho que não. — Lamiov deu uma risada curta e bastante dolorida. — Eu ouvi dizer uma vez que contemplar o que poderia ter sido é um sinal da terceira idade. Eu me pergunto de qual de nós dois será.

— Será você, é claro — assegurou Ba'kif. — Eu desisti de envelhecer há anos.

— Ah, sim, tinha esquecido disso. — Lamiov assentiu para a porta do cofre. — Você faz alguma ideia do que ele quer?

— Ele não me disse. — Ba'kif sentiu um arrepio correr por ele. — Mas, com a desordem na Ascendência, e o foco repentino e suspeito dos estrangeiros em Nascente... realmente não quero tentar adivinhar.

— Nem eu — disse Lamiov. — Mas isso não me impediu. E você?

Ba'kif sacudiu a cabeça.

— Não.

Durante os minutos seguintes, os dois aguardaram em silêncio. Então, a porta finalmente foi aberta pelos guardas do lado de fora e Thrawn entrou no cofre.

Ba'kif observou o rosto de Thrawn de perto conforme ele andava até eles, perguntando-se se sua presença lá o pegara desprevenido. Mas se Thrawn estava surpreso ao ver seu superior, ele não o demonstrou em sua expressão.

— Patriarca Lamiov — Thrawn cumprimentou, oferecendo a ambos uma pequena reverência com a cabeça. — General Supremo Ba'kif. Obrigado por me verem.

— Seu pedido não deixou muito espaço para discutirmos — criticou Lamiov.

— Sim, e peço perdão se me comuniquei de forma exageradamente brusca — disse Thrawn. — Mas o tempo será crítico, e não sei quanta margem terei para erros.

— Desculpas aceitas — falou Lamiov. — Diga o que precisa de nós.

— Preciso de um item do Cofre Quatro — disse Thrawn. — Eu sei que a política do GAU é não permitir que artefatos estrangeiros saiam do controle dos Stybla...

— Diga o que precisa — interrompeu Lamiov.

— *E* para que precisa dele — acrescentou Ba'kif.

— Acredito que Jixtus faz parte de uma força estrangeira procurando conquistar esta região do Caos — explicou Thrawn. — Ou, possivelmente, a região por inteiro. Também acredito que ele possui uma frota próxima que pretende usar contra a Ascendência. — Ele pareceu se endireitar. — Minha intenção é guiá-lo até uma emboscada antes dele começar seu ataque.

— Violando protocolos explícitos da Sindicura — murmurou Ba'kif.

— Sim, se necessário.

Lamiov contraiu os dedos em um convite.

— Conte-nos tudo.

Ouviram em silêncio enquanto Thrawn descrevia seu plano... E, conforme ele falava, Ba'kif sentiu-se gelar. Era loucura, falou para si mesmo repetidas vezes, o gelo em seu coração aprofundando-se com cada detalhe que Thrawn revelava.

O relato terminou e Thrawn ficou parado, esperando por comentários. Ba'kif lançou um olhar furtivo para Lamiov com o canto do olho, mas o outro parecia só ter atenção para dedicar a Thrawn. Ba'kif aguardou, permitindo que o Patriarca quebrasse o silêncio primeiro.

Finalmente, Lamiov se moveu.

— Então — disse, a voz tão vazia quanto o coração de Ba'kif se sentia. — Nascente.

— Nascente — confirmou Thrawn.

— Imagino que saiba o que isso pode fazer ao povo de lá.

— Eu sei.

— E o fará mesmo assim?

Uma sombra de dor passou pelo rosto de Thrawn. Mas ele assentiu com firmeza.

— Eu acredito que seja a melhor chance da Ascendência, Seu Venerante. Nascente é o único lugar que Jixtus se importa o bastante para juntar suas forças e levá-las até lá. Se não fizermos isso... Se *eu* não fizer isso... Ele continuará a jogar família contra família até nos ferirmos tanto que não sobreviveremos a seu ataque.

— Mas todos esses cutucões levarão um tempo — apontou Ba'kif. — Certamente ele não há de nos atacar até se certificar de que vencerá. Isso nos dá tempo.

— Dá mesmo? — rebateu Lamiov. — Nós tivemos confrontos em Csaus, Sarvchi, Shihon e agora em Jamiron. Parece que a Ascendência está fazendo tudo que pode para desmoronar. De bom grado, e com muita vontade.

— Você aprova o plano dele? — Ba'kif retorquiu. — Considerou as implicações? *Todas* as implicações?

— Se quer dizer que estou consciente do custo implícito em consentir, então a resposta é sim — declarou Lamiov. — E eu o aceito. — Ele fez um sinal para Ba'kif na direção da porta. — Se preferir outra escolha, sinta-se livre para aguardar no meu escritório.

Ba'kif olhou mais uma vez para Thrawn. Tantos anos nesse caminho. Talvez Lamiov estivesse certo aquela hora, quando falou que o caminho estava chegando ao seu fim.

Mas, se fosse o caso, ele não terminaria com o General Supremo Ba'kif temendo as consequências em uma sala subterrânea.

— Obrigado, Seu Venerante — falou. — Mas não. Eu confiei no Capitão Sênior Thrawn no passado, e o vi obter resultados impressionantes. Acho que posso confiar nele mais uma vez.

— Obrigado — disse Thrawn baixinho. — A ambos.

— Guarde seus agradecimentos até vermos a conclusão final — avisou Lamiov. — Como você falou, o tempo é curto. Temos trabalho a fazer.

Uma hora depois, tinham terminado.

— Sabe como usá-la? — perguntou Ba'kif após Thrawn fazer uma última verificação das fivelas que protegiam o caixote dentro do compartimento de carga da auxiliar.

— Sei — disse Thrawn. — Mais uma vez, general supremo, eu agradeço por...

— Seus agradecimentos podem esperar — interrompeu Lamiov, contemplando o comunicador, uma expressão tensa no rosto. — Você precisa voltar à sua nave de imediato. O Almirante Dy'lothe e a *Temerária* acabam de chegar... e o almirante está mandando que seus amigos Paccosh se rendam. Ou serão destruídos.

— Três, dois, *um*. — Ar'alani resistiu ao impulso de esfregar os olhos. Uma comandante, lembrou-se firmemente, precisava parecer ter controle total de si mesma, de sua tripulação e de sua nave o tempo todo.

Mas quatro horas de sono não estavam adiantando *mesmo*.

— De volta à casa, de volta à casa — Wutroow murmurou a velha cantiga infantil. — Comandante Sênior Biclian?

— Alcance de combate desobstruído, senhora — relatou Biclian. — Alcance médio...

— Almirante, temos companhia — interrompeu Larsiom da estação de comunicações. — A *Temerária* está aqui, no momento em órbita planetar baixa. — Ele virou metade do corpo para Ar'alani. — O Almirante Dy'lothe relatou que está com uma fragata de bloqueio Nikardun encurralada contra o poço gravitacional.

— *Quê?* — exclamou Wutroow.

— Octrimo: salto interno no sistema — ordenou Ar'alani. — Quero estar o mais perto e mais rápido possível lá. Larsiom, responda e peça ao Almirante Dy'lothe que não aja até chegarmos.

— Ah, não — ofegou Wutroow conforme os dois oficiais começavam a trabalhar em seus painéis, os olhos arregalados com a compreensão repentina. — Você não acha que... *Thrawn*?

— Você conhece mais alguém que tenha um amigo com sua própria nave de guerra Nikardun? — grunhiu Ar'alani. Ela havia passado os olhos no relatório do Capitão Intermediário Samakro a respeito dos incidentes em Rapacc e Nascente, e não tinha dúvida que o Conselho e a Sindicura estavam preparados para jogar Thrawn no triturador.

E ele, naturalmente, viera para Sposia. De todos os momentos — e de todos os lugares — onde ele poderia ter aparecido aleatoriamente.

Seria *mesmo* algo aleatório?

Teria sido fácil para Thrawn ouvir que ela e a *Vigilante* haviam sido mandadas para Sposia. Será que havia ido até lá para encontrar uma aliada e uma ouvinte solidária?

Era bem provável. Infelizmente, ele não poderia ter previsto que os Tahmie e os Droc teriam decidido brigar em Jamiron e que Ar'alani seria enviada para impedi-los. Agora, em vez de uma ouvinte solidária, teria Dy'lothe, almirante da Força de Defesa Chiss, cuja reputação incluía não possuir um único osso ou ligamento solidário no corpo inteiro.

— Salto pronto, almirante — chamou Octrimo.

— A *Temerária* disse que isso não é da nossa conta, senhora — acrescentou Larsiom.

— Disse, é? — disse Ar'alani friamente. — Octrimo: três, dois, *um*.

As estrelas piscaram e eles chegaram lá. Ar'alani escaneou rapidamente o céu através da panorâmica...

— Lá. — Wutroow apontou. — A *Temerária* está lá.

— Estou vendo.

A nave de guerra do tipo Puleão estava em altitude de média órbita, mas usava seus propulsores para manter uma posição geossincrônica em vez de circular o planeta. Dez quilômetros depois, mais para dentro, estava a fragata de bloqueio Nikardun, de frente para a *Temerária* e também usando os propulsores para manter a posição.

E ambas as naves estavam diretamente acima do complexo do GAU.

Ja'fosk tivera razão, Ar'alani pensou, distante. Alguém havia mesmo entrado nos cofres do GAU. O almirante supremo simplesmente estivera errado a respeito de quem seria essa pessoa.

— Quero um raio restrito na *Temerária* — ordenou a Larsiom. — Biclian, isso é uma auxiliar atracando na fragata de bloqueio?

— Sim, senhora, é — confirmou Biclian. — Não é uma configuração familiar; talvez seja deles.

— Uma auxiliar Pacc, sim — disse Ar'alani. — Larsiom?

— A *Temerária* falou que o Almirante Dy'lothe está ocupado, senhora — relatou Larsiom.

— Diga a eles que essa nave Nikardun é comandada por um oficial Chiss — disse Ar'alani. — Oeskym, prepare uma saraivada laser mirando no espaço aberto entre a *Temerária* e a fragata de bloqueio.

— E certifique-se que o caminho traseiro esteja livre de naves de patrulha ou civis — acrescentou Wutroow, saindo do lado de Ar'alani e cruzando a ponte para ficar atrás da estação de armas.

— Larsiom? — perguntou Ar'alani.

— Eles falaram que já sabem disso, senhora — informou Larsiom. — Eles falaram que o Almirante Dy'lothe contatou Csilla e que a Sindicura mandou prender o Capitão Sênior Thrawn.

Ar'alani fechou a cara. A situação só ficava melhor.

— Eu preciso falar com ele.

— Sinto muito, senhora, mas ele está recusando sua ligação.

— Parece que ele precisa que alguém cutuque seu ombro — o tom de Wutroow era sombrio.

— É o que parece — concordou Ar'alani. — Oeskym?

— Pronto, almirante.

— Fogo.

A *Vigilante* cuspiu seus lasers espectrais, cortando a fenda entre as outras duas naves.

— Um, dois...

— Ar'alani, o que *diabos* você está fazendo? — uma voz bradou do alto-falante.

— Só conseguindo sua atenção, Almirante Dy'lothe — disse Ar'alani. — Me falaram que você tem ordens de deter o Capitão Sênior Thrawn?

— Sim, tenho — grunhiu Dy'lothe. — Quer vê-las?

— Tudo que preciso saber é se ela veio do Almirante Supremo Ja'fosk, do General Supremo Ba'kif ou de alguém do Conselho.

— Você precisa de um oficial de comunicações com orelhas mais limpas — disse Dy'lothe. — Os meus já falaram para ele que a ordem veio da Sindicura.

— E desde quando a Sindicura tem autoridade direta sobre a Força de Defesa?

— Não importa quem deu a ordem — rebateu Dy'lothe. — A Sindicura quer Thrawn, eu o tenho, e vou entregá-lo a eles. Pode me ajudar ou pode se retirar; a escolha é sua.

— Você perguntou ao Capitão Sênior Thrawn por que ele está aqui? — questionou Ar'alani.

— Eu não me importo por que ele está aqui.

— Talvez você devesse se importar — uma certa impaciência surgiu na voz de Ar'alani. — Você precisa ver além das ordens e ver a situação como um todo.

— Minha visão vai bem, muito obrigado.

— Talvez sim, talvez não — disse Ar'alani. — Eu conheço Thrawn e ele tem um bom motivo para tudo que faz. Seja lá qual for a razão para ele estar em Sposia, ela é importante.

— Talvez para a sua Frota de Defesa Expansionária ela seja — desdenhou Dy'lothe. — Tudo que vocês fazem é sair pelo Caos. A Força de Defesa vê as coisas em uma escala muito maior, como você acabou de mencionar.

— E a sobrevivência da Ascendência? — rebateu Ar'alani. — Isso tem alcance o bastante para você?

Dy'lothe deu uma risadinha, um som seco e sem humor algum.

— Vocês sempre tiveram uma tendência de serem dramáticos demais, de fato. Bem. Foi bom conversar com você, mas tenho trabalho a fazer. O capitão da nave de guerra requisitou que eu segure qualquer ação até a auxiliar de Thrawn estar a bordo, e agora ela está. Se me der licença, tenho uma operação de raio trator para direcionar.

Ar'alani encarou a panorâmica, tentando considerar as possibilidades. Será que o pedido de permitir que a auxiliar voltasse a bordo da fragata antes de ser levada em custódia não era nada além de uma enrolação? Ou será que Thrawn já tinha um plano para sair debaixo das garras da *Temerária*?

Em outras palavras: será que Ar'alani deveria sentar e assistir, ou será que deveria intervir?

Mais riscos. Mais consequências. Mas, no fundo, sabia que não poderia deixar isso ao acaso, ou até mesmo às habilidades táticas de Thrawn. Independente do que ele estivesse fazendo, era algo importante, e era parte de seu trabalho como uma oficial da Frota de Defesa Expansionária fazer o que pudesse para ajudá-lo a ter êxito.

— Sinto muito, almirante — disse. — Mas não posso deixar que faça isso.

— Perdão? — a voz de Dy'lothe ficou soturna. — *Você* não vai deixar que *eu* siga as minhas ordens?

— Suas ordens *ilegais* — rebateu Ar'alani, olhando para a tática. A *Vigilante* agora estava a alcance de combate, o que significava que poderia combater a *Temerária* plenamente, se assim desejasse. Se escolhesse seu alvo com bastante cuidado...

— E quem é você para decidir que ordens devo obedecer e que ordens devo ignorar? — retorquiu Dy'lothe. — Eu juro, Ar'alani. Se *você* falar mais uma palavra...

E, naquele instante, Thrawn decidiu agir.

A fragata de bloqueio pulou para frente, investindo diretamente contra a *Temerária*. Ar'alani prendeu a respiração, esperando os lasers da nave de guerra abrirem fogo e destroçarem a nave de guerra Nikardun até não sobrar nada além de pedacinhos de metal e cerâmica. Mas, antes das tripulações de armas de Dy'lothe poderem reagir, a fragata arfou e depois rolou, virando-se para longe da *Temerária* e saindo em disparada em um ângulo que atravessava a fronteira da atmosfera de Sposia.

— Descarga elétrica da *Temerária* — exclamou Biclian. — Parece um curto-circuito em massa ao redor do laser da proa e das plataformas de trator.

— Quero rever isso — mandou Ar'alani, virando-se para a tela secundária de sensores. Com sua atenção total na manobra de Thrawn, não havia sequer notado do que quer que Biclian estivesse falando. A imagem de sensores da *Temerária* voltou conforme Biclian rebobinava a gravação... Ali, o clarão... Havia sido lançado algo da fragata de bloqueio...?

— Isso não é um curto — disse Wutroow de repente. — É uma rede Incapacitadora. — Ela se virou para Ar'alani, a expressão parecendo presa entre surpresa, revolta e admiração. — Thrawn jogou uma *rede Incapacitadora* nele.

— E lá vai ele — disse Octrimo.

Ar'alani voltou a olhar para a panorâmica. A fragata de bloqueio de Thrawn estava acelerando em potência máxima pela paisagem estelar, serpenteando um pouco conforme quicava na atmosfera superior de Sposia, indo em direção à orla planetar na beira do poço gravitacional mais à frente. A *Temerária* também estava a caminho, aumentando os propulsores para segui-lo.

Mas a nave de guerra era muito maior do que a fragata de bloqueio, com a massa e a inércia correspondentes, e ficou claro rapidamente que, com a vantagem inicial de Thrawn, a *Temerária* não teria jeito de pegá-lo antes que escapasse para o hiperespaço. A única opção de Dy'lothe seria abrir fogo para tentar derrubá-lo.

Ar'alani observou a tela de sensores. Viu que ele não teria como. O aglomerado de armas da proa havia sido paralisado pela descarga elétrica massiva da rede Incapacitadora, e ele não havia se incomodado em ativar os ombros de armas da *Temerária* durante o breve confronto das duas naves. Quando esses lasers conseguissem voltar a ter poder suficiente, Thrawn já estaria fora de alcance.

Wutroow cruzou a ponte outra vez para ir até a cadeira de comando de Ar'alani.

— Mais trinta segundos e ele estará livre — falou baixinho. — Até lá, ainda pode ser alcançado por um invasor ou uma esfera.

— Ele não vai atirar — disse Ar'alani. — Ele acaba de ver como aquela fragata de bloqueio é veloz e boa de manobra. Ele vai perceber que Thrawn conseguirá se desviar de qualquer uma das armas.

— Ele pode fazer de birra — avisou Wutroow.

— Não. — Ar'alani arqueou uma sobrancelha para ela. — Você não achou *mesmo* que ele queria seguir as ordens da Sindicura, achou?

Wutroow franziu a testa.

— Perdão?

— Todas aquelas bobagens de *ordens legais* eram puramente para os registros oficiais — explicou Ar'alani. — Agora, se Ja'fosk tivesse sido quem deu a ordem, Thrawn estaria no brigue da *Temerária* agora mesmo. Mas Dy'lothe passou anos demais na Força de Defesa para ser impressionado por um grupo de Aristocra.

— Interessante — murmurou Wutroow. — Ele certamente *me* fez de boba.

— Como falei, essa era a ideia — afirmou Ar'alani. — Mas havia sinais.

— Tais como?

— Tais como ele ter deixado os lasers de ombros desligados para que Thrawn só tivesse que desativar o aglomerado da proa — disse Ar'alani. — Tais como conversar comigo em vez de simplesmente usar o trator na fragata assim que a auxiliar atracou. — Ela deu um sorrisinho para Wutroow. — Tais como tentar me instigar a disparar contra ele para que pudesse fingir estar distraído por tempo o bastante para que Thrawn conseguisse deslizar para longe de seu alcance.

— E, assim, jogar a culpa em você? — Wutroow bufou de forma gentil. — Que bacana da parte dele.

— Eu estaria disposta a compartilhar a culpa com ele — disse Ar'alani. — E, só para você se divertir em privado, eu estava pronta para atirar nele de qualquer forma.

— Almirante, a *Temerária* está se retirando da perseguição — relatou Octrimo. — Parece que eles desistiram.

— Entendido — falou Ar'alani. — Larsiom, sinalize ao Almirante Dy'lothe.

— Sim, senhora — disse Larsiom. — Pode começar, almirante.

— Ar'alani falando, almirante — chamou Ar'alani. — Meu oficial de sensores acaba de dizer que observou algum problema com seu aglomerado de armas da proa. Precisa de alguma ajuda?

— Não preciso, obrigado. — O tom de Dy'lothe era gélido, mas Ar'alani pensou ter ouvido um certo alívio privado logo abaixo. — Seu menino Thrawn é bastante espertinho. Espero que esteja feliz.

— Ficarei feliz assim que a Ascendência voltar ao normal — disse Ar'alani. — Até lá, nós, militares, devemos confiar e cuidar uns dos outros. Há muita escuridão lá fora, e estamos sendo chamados para enfrentá-la.

— Como falei antes, dramática demais — grunhiu Dy'lothe. — Agora, se me der licença, tenho um carregamento de destroços para entregar ao GAU.

Ar'alani franziu o cenho.

— Destroços?

— Sim — disse Dy'lothe. — Não se preocupe, não foi um dos nossos. Parece que um míssil enfiado dentro de um asteroide falso explodiu sozinho no sistema Ornfra.

Ar'alani levantou o rosto, trocando olhares perturbados com Wutroow.

— Alguém ficou ferido?

— Como já falei, os destroços não foram nossos — insistiu Dy'lothe. — Enviarei os registros do incidente. Dy'lothe desligando.

— A *Temerária* desligou a comunicação — disse Larsiom.

— Inferno — murmurou Wutroow. — Eles estão trazendo essas desgraças para a Ascendência agora?

— Parece que sim — o tom de Ar'alani era nefasto. — Ao menos agora a Força de Defesa deve saber o que procurar.

— Eles já saberiam se tivessem se incomodado em ler nossos relatórios — grunhiu Wutroow.

— Tenho certeza que *alguns* deles devem ter lido.

— Almirante, temos um raio restrito vindo da superfície. — Larsiom parecia perplexo. — É o General Supremo Ba'kif.

— Ba'kif? — repetiu Wutroow, franzindo a testa. — O que ele está fazendo...? Ah. Certo. Thrawn.

— Provavelmente — disse Ar'alani. — Mande-o para cá, comandante júnior.

— Sim, senhora.

Ar'alani teclou o áudio da cadeira de comando, certificando-se de que estava no volume privado.

— Ar'alani.

— Ba'kif, almirante — respondeu a voz de Ba'kif. — Você fez um espetáculo e tanto aí em cima.

— Nós fomos mais espectadores do que qualquer outra coisa — falou Ar'alani.

— Foi o que vi — disse Ba'kif. — Ainda assim, é uma sorte que tenha chegado no momento que chegou. O Capitão Sênior Thrawn gravou uma mensagem para você antes de partir de Sposia. A comunicação é segura?

— Sim, senhor — assegurou Ar'alani. Ao seu lado, Wutroow fez um som com a garganta. Ar'alani sacudiu a cabeça e fez um gesto para que ela continuasse perto da cadeira. — Pronta para receber.

— Enviado.

Ar'alani ouviu em silêncio enquanto a mensagem tocava.

— Medindo por ousadia pura — comentou ao terminar —, acho que Thrawn finalmente se superou. Imagino que não seja uma ordem oficial?

— Você sabe que não é — falou Ba'kif com pesar. — E que nunca poderia ser. Não, pela miríade de motivos políticos que tenho certeza que já deve ter imaginado, isso deve ficar totalmente nos ombros de Thrawn.

— Entendido — disse Ar'alani. Então, mesmo que funcionasse, Thrawn teria que enfrentar consequências severas da Sindicura. E se falhasse...

Seu estômago revirou. Se falhasse, nada importaria, de qualquer forma. A Ascendência estaria condenada.

— Se vamos fazer isso, precisamos partir nas próximas horas — falou para Ba'kif. — Pode nos deixar sair do dever de proteger Sposia?

— Almirante? — Larsiom chamou da estação de comunicações. — Almirante, uma mensagem marcada como *urgente* acaba de chegar.

— Vou vê-la em um minuto, comandante — respondeu Ar'alani.

— Não, acho que você deveria vê-la agora — Ba'kif soou distraído. — Eu também recebi uma. Você está sendo chamada de volta para Naporar.

— Nós fomos *o quê*? — Ar'alani abriu a mensagem.

De: Almirante Supremo Ja'fosk, Csilla

Para: Todas as Naves da Frota de Defesa Expansionária

Efetiva de imediato, todas as naves estão liberadas do dever de guarda planetária e recebem a ordem de voltar para Naporar.

— Certo, *isso* é diferente — murmurou Wutroow, debruçada sobre o ombro de Ar'alani para ler a mensagem.

— Se por *diferente* você quer dizer *totalmente absurda*, vou ter que concordar. — Ar'alani franziu as sobrancelhas vendo a mensagem. — General, vê algum sentido nisso?

— Minha versão é um pouco mais detalhada — grunhiu Ba'kif. — Aparentemente, a Sindicura está furiosa com você pela cena que causou em Jamiron algumas horas atrás. Jogue isso em cima da escaramuça entre a *Picanço-Cinzento* e a *Orisson* em Ornfra, e algumas famílias decidiram dar o basta. O Síndico Irizi Zistalmu liderou a acusação, conseguindo uma ordem para retirar todas as naves da Frota de Defesa Expansionária de mundos onde qualquer uma das Nove tenha interesses.

— Ou seja, todos eles — interveio Wutroow.

— Basicamente, sim — disse Ba'kif. — Ja'fosk está apelando por calma e bom senso, mas enquanto ele tenta dar um jeito, está chamando todo mundo de volta para Naporar.

— Ele vai precisar fazer uma exceção para a *Vigilante* — lembrou Ar'alani. — Thrawn quer que eu esteja em Schesa.

— Sim, mas a localização pode não ser crítica — disse Ba'kif. — Thrawn não sabia a respeito dessa ordem quando gravou a mensagem, afinal. Por que importaria onde você e as outras naves se encontrassem?

— Não sei — falou Ar'alani. — Mas eu já trabalhei com Thrawn vezes suficientes para saber que os detalhes costumam ser importantes.

— Bom ponto — admitiu Ba'kif. — Vamos ligar para Ja'fosk e conseguir uma isenção para você.

— Ou talvez você pudesse sugerir que ele fosse um pouco vago a respeito de onde vamos nos reunir — sugeriu Ar'alani. — Enquanto Naporar estiver no topo da lista, a maioria das naves irá para lá.

— Mas você e os outros capitães que conseguir persuadir não violarão oficialmente a ordem — disse Ba'kif. — E, se ele usar as palavras certas, o Síndico Zistalmu sequer notará que existe uma brecha. É o suficiente. Vou fazer isso agora mesmo.

— Obrigada, senhor — Ar'alani agradeceu. — Nós partiremos de imediato.

— Boa sorte — desejou Ba'kif. — Você faz alguma ideia de quem mais vai envolver nessa loucura?

— Tenho algumas pessoas em mente — disse Ar'alani. — Vou começar com os amigos de Thrawn.

Ba'kif grunhiu.

— Imagino que essa lista deve ser curta.

Ar'alani assentiu com pesar.

— Sim. Ela é.

— Você entende que não tem nada oficial nisso — a voz de Ar'alani se ouviu no alto-falante da cadeira de Ziinda.

Uma voz urgente. Uma voz preocupada. Uma voz determinada.

— Se fizermos isso, o faremos sem ordens ou sanções — continuou a almirante. — O faremos porque vemos uma ameaça terrível espreitando a Ascendência, e porque acreditamos que essa é nossa melhor e possivelmente nossa única esperança de derrotá-la.

— Eu entendo — respondeu Ziinda, erguendo os olhos para Apros. A posição de seu primeiro oficial estava rígida de forma pouco natural ao lado de sua cadeira, o rosto perturbado. — Capitão Intermediário Apros? Você tem algum comentário a fazer?

— Sim, capitã sênior — disse Apros. — Primeiro, a respeito do plano em si. Mesmo que o aparelho funcione da forma que o Capitão Sênior Thrawn diz que funcionará, e eu fico pessoalmente desconfortável de depositarmos todas nossas esperanças em um pedaço de tecnologia estrangeira, ainda há um potencial horrível de morte. Na verdade, se funcionar, provavelmente trará ainda *mais* morte.

— Essa é a ideia, capitão intermediário — disse Ar'alani. — Se pudermos isolar a frota Grysk...

— Com licença, almirante — pediu Ziinda. Havia uma expressão no rosto de Apros que conhecia bem demais. — Eu gostaria de fazer uma breve consulta com meu primeiro oficial.

— É claro — consentiu Ar'alani. — Leve o tempo que precisar.

— Obrigada. — Ziinda tirou o som do alto-falante. — Tudo bem, capitão intermediário. Pela sua expressão, deduzo que seja sua família?

— Está tudo bem, senhora — assegurou ele. — Eu estou bem. Precisa finalizar sua consulta com a Almirante Ar'alani.

— Eu preciso primeiro me certificar de que meu primeiro oficial está completamente a bordo antes que eu me comprometa a fazer uma loucura — disse Ziinda.

— Estou a bordo, capitã sênior — assegurou Apros. — Isso não tem nada a ver com a missão. Ficarei feliz de falar sobre isso mais tarde, mas não neste exato momento.

— Muito bem. — Ziinda olhou com cuidado para Apros antes de ligar o alto-falante outra vez. — Almirante Ar'alani?

— Estou aqui, capitã sênior.

— Estamos dentro, senhora — disse Ziinda. — O que quer que a gente faça?

— Thrawn quer que nos encontremos em Schesa em três dias — falou Ar'alani. — Conte a outras pessoas, se puder. Mas só a quem você puder confiar. Se a Sindicura ouvir nem que seja um sussurro sobre isso, terá terminado antes de sequer começar.

— Entendido — disse Ziinda. — O convite é limitado a naves da Frota de Defesa Expansionária?

— Não necessariamente — esclareceu Ar'alani. — Você tem alguém em mente?

— Talvez — respondeu Ziinda. — Eu a avisarei.

— Faça isso. Ar'alani desligando.

— A comunicação terminou, capitã sênior — confirmou Shrent do outro lado da ponte.

— Entendido. — Ziinda ergueu as sobrancelhas para Apros. — Muito bem, capitão intermediário. Fale comigo.

—Sim, senhora. — Apros estremeceu. — Mas vai soar estúpido.

— Eu já tive minha cota de fazer coisas estúpidas — disse Ziinda. — A não ser que você esteja pensando em começar uma guerra com duas famílias a respeito de uma mina de nyix que não existe, eu já estou bem à frente nesse aspecto. Então, pode desembuchar.

— Sim, senhora. — Apros hesitou. — A questão é que... os Csap não são muito respeitados na Sindicura. Nós costumamos ser ignorados ou somos usados como forma de alavancagem e barganha. E tiram muito sarro de nós. Deve lembrar do comentário da Capitã Roscu em Jamiron a respeito dos Csap não avançarem.

— Vocês ainda são uma das Famílias Governantes — Ziinda lembrou a ele.

— Sim, e temos orgulho disso pois é justo — disse Apros. — É que... se isso der certo, a senhora, o Thrawn e a Ar'alani que serão lembrados.

— *E* provavelmente processados.

— Mas vocês serão *lembrados* — repetiu Apros. — Estou disposto a morrer pela Ascendência, capitã sênior, e espero que, se isso acontecer, foi porque eu fiz alguma diferença. Mas... Sei que é um capricho, mas não quero que esse sacrifício seja esquecido.

— Compreendo — disse Ziinda. — Primeiro de tudo. A parte importante de sua declaração é que, sim, você fará a diferença. Esse é o ponto de tudo isso.

— Sim, senhora, eu sei.

— Quanto a ser lembrado... — Ziinda sacudiu a cabeça. — Não somos nós que escrevemos a História, Apros. Nenhum de nós sabe como seremos lembrados por acadêmicos daqui a cem anos. Mas pode ficar tranquilo que aqueles que o conhecem, que trabalharam com você, e que o respeitam, manterão sua memória com eles. O restante... — Ela deu de ombros. — Importa mesmo?

Apros torceu os lábios.

— Não. Não, suponho que não.

— E olhe para o lado positivo — continuou Ziinda. — Se as coisas derem certo, você pode acabar sendo o herói que sua família esperou por tantos anos. O que finalmente dará um fim a todas as piadas a respeito dos Csap.

— Com todo o respeito, capitã sênior, acho que isso é forçar um pouco a barra. — Apros abriu um sorriso vacilante. — Certo, senhora. Acabou o momento de autopiedade.

— Ótimo — disse Ziinda. — Faça Wikivv montar um trajeto para Schesa. Vamos partir assim que eu tiver feito algumas ligações.

— Para outras pessoas que estejam dispostas a arriscar as próprias vidas nesse plano ridículo?

— Para outras pessoas que estejam prontas para fazer a diferença — corrigiu Ziinda. — E para serem lembradas por seus amigos. — Ela fez um gesto na direção do leme. — Comece a trabalhar nesse trajeto, capitão intermediário. Temos um longo caminho à frente.

MEMÓRIAS XII

ELE FARIA TUDO QUE pudesse, Thrass lembrava de prometer a si mesmo quando Thrawn e ele saíram da cerimônia de honraria dos Stybla. Ele o faria pela honra dos Mitth e pela glória da Ascendência. Ou morreria tentando.

Mesmo agora, despencando de forma inexorável em direção à própria morte, ele podia apreciar a ironia ainda assim.

Uma nave estrangeira massiva, tirada debaixo dos narizes de uma força-tarefa Chaf que estava determinada a ter a posse única da mesma. Ele e uma única mulher humana do Espaço Menor, tentando levar a nave a um mundo de refúgio desabitado do qual poderiam oferecer a valiosa coleção de tesouros de tecnologia da República para o Conselho de Defesa Hierárquica inteiro.

Mas não havia funcionado dessa forma. A nave estava danificada demais para alcançar o mundo até o qual planejavam levá-la. Pior do que isso: havia um grupo inteiro de sobreviventes a bordo dos quais ninguém havia ouvido falar quando Thrass concordou em participar dessa missão.

E a realidade do local escolhido por eles para o acidente ditava que ou ele e a piloto humana que o acompanhava poderiam sobreviver, ou os outros humanos inocentes sobreviveriam. Mas não todos.

— Você não tem como lidar com a aterrissagem sozinho — disse a piloto, a voz sombria, mas resoluta. — Mas eu posso fazer isso enquanto você vai.

Ela tinha razão, é claro. Thrass *poderia* escapar. Havia uma nave a bordo que ele poderia usar para voar de volta para a Ascendência. Ele ainda poderia sobreviver para fazer todas as coisas incríveis que o Patriarca Thooraki esperava dele e de Thrawn.

Mas não.

— E quem manteria os sistemas restantes de se autodestruírem enquanto você abre um caminho através da torre de alta-tensão por mim? — rebateu.

Ela não tinha resposta para aquilo, porque não existia resposta. Se Thrass partisse, todos a bordo morreriam.

Pensou em seu pai, e como ele havia sacrificado a própria vida por um homem que sequer conhecia. Como Thrass poderia dar as costas a essas pessoas, salvar a si mesmo, e condená-los todos à morte certa?

A resposta era simples. Ele não podia.

Não haveria honra nisso para os Mitth. Nem haveria glória para a Ascendência. Era provável que ninguém jamais soubesse o que aconteceria hoje aqui. Era quase certo que eles nunca descobririam o que restou da nave.

Talvez fosse melhor assim. Ele havia visto as Famílias Governantes batalhando umas contra as outras, dedicando-se a transformar pequenas vantagens em ganhos políticos. Uma nave repleta de tecnologia estrangeira poderia causar um furor que teria efeitos enormes e duradouros na sempre precária balança de poder.

Se Thrass não pudesse levar glória, ele poderia ao menos evitar levar destruição.

— Seu povo virá aqui algum dia — a mulher falou em voz baixa. — Até lá, os sobreviventes terão comida e suprimentos por gerações. Eles sobreviverão. Eu sei que sim.

Thrass olhou para as telas, para a imagem do vale cheio de rochas indo até eles. Torceu para que ela tivesse razão. Mas, assim como a própria nave, era provável que ninguém jamais soubesse a resposta.

Os sobreviventes eventualmente descobririam o que aconteceu. Mas, se descobrissem, eles não lembrariam de Thrass. Talvez lembrassem da mulher que se esforçou tanto para salvá-los, mas não do Chiss que morreu ao seu lado.

Mas isso não era importante. Ele saberia, e a humana também.

Estão preparados para abraçar esse segredo até a morte e além? O velho juramento Mitth sussurrou em sua mente. Será que aquela promessa pesava com responsabilidade, mas estava vazia de realidade? Ou será que as palavras realmente aludiam a algo além da morte?

Ele não sabia. Mas estava prestes a descobrir.

— Espero que, algum dia, humanos e Chiss possam trabalhar lado a lado em paz — declarou para a humana.

— Também espero, Síndico Mitth'ras'safis das Oito Famílias Governantes — disse ela, segurando sua mão.

— Então, deixe que finalizemos esta história — falou ele, tentando injetar confiança em sua voz. — Que a sorte do guerreiro sorria para nossos esforços.

E, se não para os deles, acrescentou em silêncio, talvez a sorte do guerreiro sorriria para Thrawn.

Aquele que era, e que sempre fora, de verdade, seu irmão.

CAPÍTULO VINTE E UM

As estrelas reapareceram, e a *Orisson* estava finalmente de volta em casa. E a hora havia chegado, Roscu pensou com certo temor, para aquela conversa que teria com o Patriarca Rivlex.

Mas ainda não estava lá. A *Orisson* havia feito a última metade da viagem em um único salto e, até mesmo no espaço relativamente tranquilo entre os mundos Chiss, a prudência ditava que o piloto construísse uma margem de erro robusta nos cálculos de trajeto. Como resultado, a *Orisson* havia emergido do hiperespaço a uma longa distância do planeta em si, longe o bastante, na verdade, para que o sol de Rhigar mal fosse distinguível das estrelas ao fundo.

— Leme, eu quero um salto interno no sistema — ordenou Roscu.

— Para o planeta? — perguntou Raamas.

— Para onde mais? — Roscu franziu o cenho.

— Eu achei que pudesse querer dar uma olhada no Ferro-velho primeiro — disse Raamas. — Ver se aquela frota estrangeira continua lá.

— E ver se consigo fazer que uma delas nos siga mais uma vez? — rebateu Roscu. — Não, acho que vamos pular dessa vez. Ao menos, até falarmos com o Patriarca.

— Sim, senhora. — Raamas assentiu para o piloto. — Salto interno no sistema até Rhigal.

— Entendido.

E, conforme o piloto fazia os cálculos necessários, Roscu pensou a respeito de seu último contato com o universo externo. Aquela estranha conversa que teve com a Capitã Sênior Ziinda.

A proposta havia sido pura insanidade, é claro. Dirigir-se a um planeta estrangeiro para tentar emboscar e destruir uma frota inimiga não era o tipo de coisa que uma capitã responsável fazia, certamente não por capricho, e absolutamente não sem receber ordens. A responsabilidade primária de

Roscu era para com a família Clarr, a secundária era com sua nave e tripulação, e nenhuma dessas obrigações permitia esse tipo de aventureirismo. Ela e Raamas discutiram o assunto brevemente depois da ligação de Ziinda, e os dois haviam concordado.

O que não significava que estavam ignorando o potencial para o desastre da situação. A *Orisson* já havia confrontado uma dessas naves de guerra inimigas, e se Jixtus fosse, de fato, a ameaça iminente que Ziinda afirmava que ele era, então precisavam lidar com ele e suas forças, definitivamente. Mas não de forma desordenada, e não no meio de desconfianças familiares e antagonismo exacerbado.

E *definitivamente* não se isso significasse seguir o Capitão Sênior Thrawn às cegas. Ela não estava preparada para dar esse tipo de passo.

— Prontos, capitã — disse Raamas.

— Leve-nos até lá.

O piscar de sempre, e eles haviam chegado.

— Contate a Patrulha do Sistema e consiga para nós uma órbita equatorial baixa — falou ao piloto. — Comandante Raamas, prepare uma auxiliar. Comunicações, fale com o Tenente Rupiov no centro de defesa da fortaleza familiar.

— Capitã, já estamos recebendo um sinal — disse a oficial de comunicações. — O Patriarca Rivlex está ligando.

— Mande para mim. — Roscu acionou o alto-falante da cadeira. As coisas que tinha a dizer ao Patriarca não deveriam ser ouvidas pelo restante da ponte.

— Sim, senhora. — A oficial tocou no botão de recepção.

— Capitã Roscu, aqui quem fala é o Patriarca Rivlex — retumbou a voz do Patriarca, as palavras rígidas de raiva.

Retumbou no alto-falante da ponte. Roscu lançou um olhar cortante para a oficial de comunicações, recebeu um olhar impotente em troca, e um gesto para o painel de comunicações. Aparentemente, o centro de comando de Rivlex no planeta havia rejeitado sua escolha de ouvir pela cadeira, forçando a conversa a ser pública.

E isso, Roscu percebeu com completo desânimo, não era nada bom.

— Capitã Roscu aqui, Seu Venerante.

— Finalmente — grunhiu Rivlex. — Estou tentando me comunicar com você há um dia. Jixtus falou que você foi atacada, e que não havia conseguido contatá-la.

— Nós estávamos no hiperespaço, Seu Venerante — disse Roscu. — Queríamos voltar para Righal e...

— Você queria *voltar*? — a interrupção de Rivlex foi dura. — Eu a mandei ou não até Ornfra para encontrar evidências da fraude dos Dasklo?

— Sim, Seu Venerante, mandou — disse Roscu. — Mas, como Jixtus falou, nós fomos atacados e decidimos...

— Você não parece ferida, capitã — Rivlex a cortou outra vez. — Você fez todo o caminho até aqui sem parar em uma celesdoca para fazer reparos. Vou perguntar outra vez: suas ordens não eram ir até Ornfra?

Roscu rangeu os dentes. Já havia visto esse padrão anteriormente: o Patriarca escolhia alguém que o desagradara e arrastava essa pessoa na lama diante de amigos, colegas e outros oficiais. Uma dose dupla de vergonha e humilhação, geralmente combinada com a remoção de cargos, hierarquias e, às vezes, até mesmo afiliação familiar.

— Minhas ordens eram ir até Ornfra — disse.

— E você alcançou o objetivo que foi proposto a você?

— Não, Seu Venerante, eu não alcancei.

— Era tudo que eu precisava saber. Comandante Raamas?

— Sim, Seu Venerante? — chamou Raamas.

— A partir de agora, você está promovido a capitão e restaurado como comandante da *Orisson* — disse Rivlex. — Você preparará uma nave auxiliar e enviará a Capitã Roscu de volta à fortaleza familiar. Então, irá até Ornfra e conseguirá para mim a prova que preciso para acabar com os Dasklo.

— Entendido, Seu Venerante — Raamas foi rápido. — Devo relatar ao senhor o que descobrir, ou devo me comunicar diretamente com Jixtus e sua nova frota?

— Ah, sim; minha nova frota — ecoou Rivlex, a voz ficando ainda mais sombria. — Eu tinha quase esquecido que Roscu se intrometeu deliberadamente em uma assembleia militar secreta na qual não tinha nada que colocar o nariz. Ela contou a mais alguém sobre isso?

— Não, Seu Venerante, ela não contou — assegurou Raamas. — Presumi que era para mantermos em família e, por isso, fiquei de olho em suas comunicações desde então.

— Excelente, capitão. — Parte da raiva desapareceu da voz de Rivlex. — Excelente, de fato. Cuide para que Roscu seja algemada e devolvida para mim. Talvez coloque acusações de traição à lista.

— Sim, Seu Venerante — disse Raamas. — Nós comunicaremos nossas descobertas diretamente ao senhor. Posso perguntar se podemos tirar um ou dois dias de descanso antes de viajarmos para Ornfra? Minha tripulação está no espaço há bastante tempo.

— Você é surdo, capitão? — rosnou Rivlex, a raiva voltando com tudo. — Não, não pode tirar um descanso. Quero essa evidência agora. Está me ouvindo? Agora *mesmo*.

— É claro, Seu Venerante. — Ele olhou para Roscu, um sorrisinho tocando os cantos de seus lábios.

Roscu sentiu um gosto amargo subir até sua boca. Então, aqui estava o golpe final de sua carreira. Só agora ela lembrava como Raamas aceitara de forma tão casual seu rebaixamento quando Roscu convenceu o Patriarca a deixar que tomasse o comando da *Orisson*. Olhando para trás, conseguia ver agora que ele simplesmente escondera o ressentimento até poder apunhalá-la pelas costas.

E, pelas próprias ações, Roscu havia se preparado para sua destruição.

— Então, prepare sua nave, capitão — disse Rivlex. — Quanto a você, Roscu, eu a verei em breve.

O comunicador repicou e ele havia desligado.

— Ordens, capitão? — o piloto perguntou com uma voz incerta.

— Prepare a *Orisson* para o hiperespaço — disse Raamas.

— Sim, senhor. E a auxiliar?

Raamas olhou para Roscu.

— Que auxiliar?

Roscu franziu a testa, notando com o canto do olho que mais ninguém da tripulação da ponte reagira ao comentário estranho que ele fizera.

— Sim, *senhor*. — O piloto voltou ao jeito rápido e profissional de falar. — Trajeto?

— Espere um minuto, comandante... capitão — Roscu se corrigiu. — O Patriarca mandou você me mandar para a fortaleza familiar.

— Ele também me mandou começar a viagem o mais rápido possível — Raamas lembrou a ela.

— Mas...

— Acredito que a Capitã Sênior Ziinda tenha especificado Schesa como ponto de encontro — continuou. — Prepare o trajeto até lá.

— Capitão, o que você está fazendo? — Roscu perguntou em voz baixa. Raamas estava prestes a cometer o pior erro de sua carreira, e ela não podia só sentar e assistir. — Você não pode simplesmente ignorar o Patriarca dessa forma.

— Quer dizer, o Patriarca que ordenou que uma nave estrangeira nos rastreasse e nos atacasse no meio do espaço? — Raamas rebateu, sua voz ficando fria de repente. — O Patriarca que fez um acordo com o dono daquela nave estrangeira? O Patriarca que a tirou do comando porque estava mais preocupada com a Ascendência do que com sua vingança contra os Dasklo?

— Nada disso faz diferença — argumentou Roscu.

— Eu acredito que faz toda a diferença — disse Raamas. — Eu falei antes que achei que estávamos à beira de um precipício. Estou ainda mais convencido disso agora.

— Mas você também falou que não gostava do plano de Ar'alani — apontou Roscu.

— Porque *você* não gostava — falou Raamas. — E isso foi, majoritariamente, porque o Capitão Sênior Thrawn estaria no comando, e estava claro que você não queria se submeter à autoridade dele. — Ele sorriu de boca fechada. — Mas não é mais sua nave, é?

Roscu sentiu a garganta apertar. Não era tão fácil assim, ela sabia. Dada a história que tinha com Thrawn, ficar fora do comando era só parte do problema.

Mas Raamas tinha razão. A Ascendência estava em apuros, e eram as suspeitas e paixões de gente como o Patriarca Rivlex que estavam apressando sua destruição. Alguém precisava sair daquele emaranhado, ficar acima das políticas familiares, e fazer alguma coisa.

Ela e Raamas eram Clarr. Mas eram Chiss em primeiro lugar.

— Sua nave, Capitão Raamas. — Levantou-se para ficar ao lado da cadeira de comando. — Suas ordens.

— Obrigado. — Raamas deu um passo à frente e sentou na cadeira. — Leme, já ouviu as ordens. Até Schesa, por favor. No melhor tempo possível.

O Capitão Intermediário Samakro havia dito para Thalias que tentaria conseguir uma nave auxiliar que a pegasse em seu transporte em Ool. Infelizmente, ao chegar em Csilla, havia uma mensagem no aguardo, dizendo que a empresa de transporte se recusara a interromper seu cronograma de tal forma. A mensagem seguinte de Samakro a informara de que mandaria alguém para encontrá-la no terminal no solo quando ela chegasse.

Dada a urgência com que a chamou de volta, e o fato de que Samakro sem dúvida estava ocupado a bordo da nave, Thalias esperou que algum oficial de baixa hierarquia a aguardaria quando saísse do terminal de chegada. Para sua surpresa, o próprio Samakro estava lá, rígido e alto, com as correntes de honra no traje de gala.

— Thalias — ele a cumprimentou de forma sucinta quando ela foi até ele. — Deixe que eu levo isso — acrescentou, pegando a bolsa de viagem das mãos dela. — A auxiliar está por este caminho.

Sem esperar uma resposta, ele se virou e começou a andar pela multidão de pedestres na direção de um dos outros corredores.

— Sinto muito pelo transporte. — Thalias apressou-se para alcançá-lo. — Acha que eu deveria ter falado diretamente com o capitão?

— Não teria ajudado em nada — assegurou Samakro quando ela chegou ao seu lado. — Eu sou Ufsa e a empresa de transporte é da família Droc. Eles já não estavam inclinados a me fazerem qualquer tipo de favor. — Ele bufou. — E, é claro, Jamiron não ajudou em nada a imagem da Frota de Defesa Expansionária.

— O que aconteceu em Jamiron? — Thalias franziu a testa.

— Ah, sim; você estava no hiperespaço — disse Samakro.— Os Tahmie e os Droc decidiram improvisar uma luta braçal em Jamiron. A *Vigilante* foi enviada para separá-los, mas, quando eles chegaram lá, elas já estavam atirando uma contra a outra. Como havia naves civis em risco fora do combate, a Almirante Ar'alani decidiu desativar todas elas com esferas e então usar o raio trator para colocar as várias naves em diferentes camadas orbitais.

— Oh — exclamou Thalias.

— *Oh*, realmente — disse Samakro. — Não preciso nem dizer que isso não fez nada para melhorar nossa popularidade entre as Nove ou as Quarenta. — Ele assentiu para o lado. — Como pode ver.

Thalias olhou ao seu redor, focando pela primeira vez nas pessoas que estavam passando. A maior parte delas simplesmente os ignorava, enquanto outras olhavam de relance para o uniforme e depois afastavam o olhar, indiferentes.

Mas havia algumas, sempre com a vestimenta da Aristocra, que os encaravam, estreitando os olhos, ou sendo abertamente hostis.

— Sinto muito — disse.

— Não se preocupe com isso — falou Samakro. — Não fazemos isso porque queremos ser amados. Fazemos isso porque precisa ser feito. Vamos; vou colocá-la na auxiliar para que possa se acomodar na nave. Vamos partir assim que eu voltar.

— Você não vem comigo?

— Eu preciso falar com alguém importante primeiro — disse Samakro. — Não se preocupe, não deve demorar muito.

— Quem é essa pessoa importante?

— Ainda não sei — confessou Samakro. — Com sorte, algum Orador, mas posso ter que me conformar com um Primeiro Síndico se não conseguir encontrar um. Sendo sucinto, vou falar com quem quiser me ouvir.

— Tem alguém em particular que você esteja procurando? — persistiu Thalias.

— Bem, com certeza não vou abordar nenhum Tahmie ou Droc. — Samakro franziu o cenho para ela. — É algo que o Capitão Sênior Thrawn precisa e que só alguém do nível da Sindicura poderia providenciar.

Thalias se preparou.

— Um Patriarca serviria?

Samakro parou no meio do caminho, os olhos endurecendo de repente, desconfiado.

— Pergunta interessante — ele sussurrou. — Por que quer saber?

Thalias forçou-se a encontrar o olhar dele. Aqui estava, afinal, o fim do caminho que havia trilhado desde que entrou na *Falcão da Primavera* pela primeira vez. Provavelmente também seria o fim de sua carreira.

— Chega de jogos, capitão intermediário — ela rebateu. — Precisamos conversar.

— Certo. — Os olhos dele passaram pelo corredor e pararam em uma alcova de venda desocupada. — Lá.

Um minuto depois, os dois estavam na alcova.

— Estou ouvindo — disse Samakro.

— Eu sei que você nunca gostou de mim — falou Thalias. — Você também acha que eu fui para a *Falcão da Primavera* para espionar o Capitão Sênior Thrawn.

— Está correta em ambos os casos — Samakro falou de forma nivelada. — Devo apontar que um dos comentários alimenta o outro diretamente.

Então, pelo visto, ele não desgostava de Thalias só por quem ela era? Isso já era alguma coisa.

— E você estava parcialmente correto — disse. — O preço do Síndico Thurfian para me colocar a bordo da *Falcão da Primavera* como cuidadora de Che'ri era prometer que eu contaria a ele sobre as atividades de Thrawn, em especial qualquer coisa que parecesse ilegal ou imprópria.

— Por quê?

— Por que ele me fez prometer isso? — Thalias perguntou. — Ou por que ele queria saber a respeito do capitão sênior?

— Vamos focar na segunda pergunta — disse Samakro. — O motivo pelo qual ele a fez prometer isso é bastante óbvio.

— Ele queria um motivo para tirar o Capitão Sênior Thrawn da *Falcão da Primavera* — respondeu Thalias. — E, possivelmente, da Frota de Defesa Expansionária de modo geral. Ele acreditou, e talvez ainda acredite, que ele é um perigo para os Mitth e para a Ascendência como um todo. — Ela estremeceu ao lembrar da dolorosa conversa que ela e Thurfian tiveram pouco antes de ir até o lar familiar dos Mitth para passar pelas Provações. — O ponto é que eu nunca contei nada para ele.

— E a sua promessa?

— Eu falei para ele que nunca vi o Capitão Sênior Thrawn fazer algo questionável, ilegal ou antiético, e nunca o vi fazer nada contra os Mitth.

— Ele aceitou essa resposta?

— Não muito — admitiu Thalias. — Ele ameaçou me remover completamente dos Mitth se eu não cooperasse. Mas eu dei um jeito.

— Como?

— Eu fiz e passei pelas Provações — disse Thalias. — Isso fez com que ele não pudesse só me jogar para fora da família sem ter que passar por procedimentos oficiais que poderiam atrair uma atenção que ele não desejaria atrair. O mais importante, para mim, ao menos, é que, enquanto eu estava no lar familiar, eu conheci o Patriarca Thooraki, que pediu para eu ficar de olho no Capitão Sênior Thrawn e não deixar ele se meter em... Do que você está rindo? — Ela se interrompeu ao ver o lábio de Samakro se curvar em um sorriso.

— Nada. — O sorriso de Samakro começou a sumir. — Só estou imaginando você como essa grande e forte protetora do Capitão Sênior Thrawn.

— Ria o quanto quiser — grunhiu Thalias. — Ele não precisa ser protegido somente de ameaças físicas.

— Bom ponto — admitiu Samakro. — Então, o que isso significa para nós?

— Significa que você precisa ser capaz de confiar em mim — Thalias falou em voz baixa. — Eu interpretei o apoio do Patriarca Thooraki como se significasse que Thurfian não poderia mais usar nada contra mim. Aqui e agora, isso nos deixa em uma situação onde você precisa de um favor, e eu tenho algo a usar contra ele.

— Algo? — zombou Samakro. — Chantagem? Agora ele é o Patriarca. Para quem você levaria essas acusações?

— Não é chantagem, e é só para ele — disse Thalias. — Eu não posso explicar mais do que isso. É que... — Sentiu a garganta apertar. — Só confie em mim.

— Me conte o que é.

— Não posso — insistiu Thalias. — Agora não. Talvez nunca. Mas vai funcionar. Eu sei que vai. Só me diga o que você precisa que Thurfian faça.

Por um momento, Samakro a encarou.

— Ainda não estou convencido — avisou. — Mas não estou tendo muita sorte para encontrar alguém por conta própria. Suponho que você não pode fracassar mais do que eu já estou fracassando. Tudo bem. Thrawn precisa disso.

Ele explicou para ela tudo que Thrawn precisava que Thurfian fizesse.

— Alguma pergunta? — indagou ao terminar.

— Não. — Thalias sentiu a cabeça dar voltas. Esse sim seria um morro alto a ser escalado.

Mas ela escalara um morro alto no lar familiar dos Mitth, um morro literal, durante as Provações. Ela havia sobrevivido àquela escalada, e havia voltado mais forte e mais focada do que estivera em sua vida inteira. Ela também poderia escalar esse.

— Vou ligar para o lar familiar e ver se tenho permissão para ir até lá e falar com ele — continuou. — Você vai esperar ou voltar para a nave e mandar outra auxiliar para mim?

— Vou esperar — falou Samakro. — Tenho a sensação de que as coisas não correrão tão bem quanto você espera que corram.

— Tudo bem — disse Thalias. — Eu ligo quando voltar de lá.

Estava vendo o terminal de carros tubulares, o comunicador pressionado contra a orelha conforme abria caminho no trânsito de pedestres, antes de finalmente conseguir falar com o Auxiliar Sênior Thivik.

— Auxiliar sênior, aqui quem fala é Mitth'ali'astov — disse. — É urgente que eu fale com o Patriarca Thurfian o mais rápido possível. Você pode me ajudar?

E, enquanto falavam, Thalias percebeu que compreendia mais do que nunca como guerreiros como Samakro se sentiam. Ela estava fazendo isso porque precisava ser feito.

E sem dúvida não seria amada por fazê-lo.

— Peço perdão por ter passado informações incorretas. — A voz de Qilori soou tensa ao sair dos alto-falantes da ponte da *Pedra de Amolar*. — Mas ele me disse que estava indo para Csilla, e não tinha motivo para acreditar que estava mentindo.

— Exceto que ele é o Thrawn e você é um tolo — grunhiu Jixtus.

Nakirre esticou-se com desdém por ambos. Conflito, medo, raiva — todas essas eram marcas dos não iluminados. Eles nunca conheceriam a ordem e a disciplina até que eles e todos que os cercavam tivessem que traçar esse caminho. Persuadidos, se possível; através da nova ferramenta da conquista, se não fosse.

A Iluminação Kilji não poderia ter esperança de conquistar os Grysk, é claro. Foi só olhar para a aterrorizante nave de guerra de Jixtus para que ele fosse convencido disso. A iluminação deles precisaria ocorrer começando por dentro, como parceiros da liderança tenebrosa dos Grysk. Jixtus já havia dado a entender que tal cooperação poderia ser possível quando a Ascendência Chiss finalmente estivesse destroçada e derrotada aos seus pés.

Qilori e os Desbravadores, porém, eram um assunto diferente. Nakirre não sabia quantos deles existiam, ou onde estavam centralizados, ou mesmo se eram uma espécie, uma seita ou qualquer outra coisa. Mas a Iluminação os encontraria e conquistaria, e eles seriam iluminados assim como as nações que a Horda surrava mesmo agora até que se submetessem.

Ou assim presumia. Os relatórios brilhantes de vitória que costumava receber haviam parado um dia atrás, e o esforço que Nakirre fez para reestabelecer a comunicação havia sido em vão. Ele torcia para que seus generais não estivessem sendo tão tolos e ambiciosos que estivessem esticando os ataques a sudeste-nadir, na Estação Colonial Chaf, um mundo da Ascendência. O transmissor tríade de longo alcance que havia lá era sua única conexão com essas forças, e interromper sua operação os deixaria absolutamente por conta própria.

Seus generais eram iluminados, certamente. Mas eles precisavam do punho firme de seu generalirius para que pudessem encontrar o verdadeiro caminho apropriado.

— Talvez eu seja mesmo — Qilori falou, rígido. — Mas o paradeiro de Thrawn pode não ser o problema mais urgente no exato momento. Estive observando as listas de chegadas, e duas das maiores naves da Frota de Defesa Expansionária acabam de chegar em Schesa: a *Picanço-Cinzento* e a *Vigilante*.

— Ora, ora — a voz de Jixtus era suave, mas havia algo nela que fez uma ondulação de horror subir na pele de Nakirre. — Estava esperando encontrar essas duas naves novamente.

— Você as conhece? — perguntou Nakirre.

— Ah, sim — disse Jixtus no mesmo tom perturbador. — Nossos encontros tiveram em custo muito alto para mim. Eu me pergunto por que foram até lá em vez de guardar alguns dos planetas mais importantes.

— Eu não faço a mínima ideia. — De repente, Qilori soou muito mais nervoso.

— Sei disso — falou Jixtus. — Fique aí e colete o máximo de informação que conseguir. Eu juntarei minha frota, e então irei até Schesa para buscá-lo.

— Sim, senhor — disse Qilori.

— Fim da transmissão — ordenou Jixtus. — Abra outra para Rhigal e para o Patriarca Rivlex.

Houve um momento de silêncio.

— Fim da transmissão — comandou Nakirre. — Abrir contato com o Patriarca Rivlex.

— Eu obedeço — disse o Quarto Vassalo.

Jixtus virou seu rosto coberto na direção de Nakirre, provavelmente irritado mais uma vez pelos vassalos Kilji obedecerem apenas ao seu generalirius.

— Você vai fazer Rivlex mandar a frota dele para Schesa? — perguntou Nakirre antes que Jixtus pudesse reclamar.

— Eu não preciso que ele mande a *minha* frota para lugar nenhum — rebateu Jixtus. — A minha transmissão está pronta?

— Quarto Vassalo? — chamou Nakirre.

— Transmissão aberta — confirmou o Quarto Vassalo. — Espere. Não. A transmissão está sendo redirecionada.

— Redirecionada para onde? — perguntou Jixtus.

— Para uma nave. — O Quarto Vassalo estava claramente confuso. — Mas eu preparei a transmissão para Rhigal.

— Obviamente, o Patriarca está viajando para algum lugar — disse Jixtus. — Aceite o redirecionamento e siga-o.

— Mas se a mensagem não for direta, o Patriarca Rivlex pode não ter como responder — protestou o Quarto Vassalo.

— É o mesmo contato particular dele — explicou Jixtus com impaciência. — Só aceite o redirecionamento.

— Aceite o redirecionamento — confirmou Nakirre.

— Eu obedeço.

Por um momento, fez-se o silêncio. Então, o comunicador apitou com um sinal de conexão.

— Aqui quem fale é o Patriarca Rivlex — veio a voz de Rivlex. — É você, Jixtus?

— É, Seu Venerante — confirmou Jixtus.

— Por que está me ligando? — questionou o Patriarca, parecendo distraído. — E seja rápido; minha nave auxiliar deve partir para a área de aterrissagem da Sindicura em quinze minutos.

Nakirre esticou-se por uma preocupação súbita. Rivlex havia ido até *Csilla*? Será que os Chiss haviam descoberto o que Jixtus estava fazendo?

— Não deve demorar muito, Seu Venerante — prometeu Jixtus. — Eu meramente queria perguntar o que está acontecendo em Schesa.

— Schesa? Pelo que sei, nada. Por quê?

— Um grupo de naves de guerra se reuniu aqui — disse Jixtus. — Eu me perguntei se haveria alguma missão planejada para o Caos.

— São naves de guerra da Força de Defesa Expansionária? — quis saber Rivlex. — Se forem, provavelmente não é nada. A Sindicura mandou que todas elas fossem removidas do dever de guarda e que se reunissem em Naporar ou outros sistemas remotos enquanto a Aristocra decide o que fazer com elas.

— Ah, é? — perguntou Jixtus. — Estão pensando em desmantelar essa parte da frota?

— Eu não sei. — A paciência de Rivlex estava curta. — Imagino que seja um dos itens a ser discutido pelo Círculo.

— O Círculo?

— O Círculo da Unidade — esclareceu Rivlex. — É uma reunião de todos os nove Patriarcas das Famílias Governantes. Ela vai começar em breve, e não tenho intenção alguma de ser o último a chegar.

— Peço perdão, Seu Venerante — disse Jixtus. — Falaremos novamente mais tarde.

Ele fez um gesto para o Quarto Vassalo. Mas Rivlex já havia desligado a comunicação.

— Então, *todos* os líderes Chiss estarão no mesmo lugar? — perguntou Nakirre com excitação cautelosa. A oportunidade que tal convocação apresentava…

— Não — disse Jixtus, firme. — Eu sei o que você está pensando, mas não. Mesmo se pudéssemos atravessar as defesas de Csilla, matar os Patriarcas das Famílias Governantes não adiantaria nada.

— Nunca falei para matá-los. — A pele de Nakirre se esticou com frustração. Será que os Grysk só conseguiam imaginar morte e destruição? — Se eles pudessem ser capturados e levados à iluminação, nós poderíamos subjugar a Ascendência sem disparar um único laser.

Jixtus bufou com desdém.

— Você é um tolo, generalirius. Os Chiss não aceitarão seu caminho. Certamente não o farão de bom grado. Não ouviu Thrawn em Zyzek, quando disse que os Chiss têm as próprias crenças? Eles não terão interesse no seu caminho.

— Nosso caminho é superior — insistiu Nakirre.

— Não — Jixtus foi direto. — Seu caminho é simplista, contraditório e derrotista. Os únicos que haverão de aceitá-lo serão aqueles nos quais os Kilji puderem forçar o caminho neles.

— Você mente — grunhiu Nakirre, furioso de repente. Como ele *ousava* difamar a iluminação daquela maneira?

— Não, desta vez estou falando a verdade. — Jixtus gesticulou com a mão enluvada para os consoles da ponte. — Olhe para seus próprios servos. Você os escolheu por habilidade, iniciativa ou até mesmo entusiasmo? É claro que não. Você os escolheu porque eles estavam dispostos a dar a você o que restava de suas liberdades em troca de que cuidasse deles pelo resto de suas vidas.

— O caminho da iluminação cuida de todas as necessidades que eles tiverem.

— *Você* cuida de todas as necessidades deles — corrigiu Jixtus. — Você coordena todos os aspectos das vidas deles por eles e, em troca, eles repetem de volta alegremente as palavras dessa sua suposta iluminação.

— Você afirma que eles não possuem habilidade e entusiasmo — disse Nakirre, rígido. — Como explica, então, as vitórias da Horda em batalhas contra seus inimigos?

— Por que acha que eu escolhi essas nações específicas para a Horda enfrentar? — rebateu Jixtus. — São mundos pobres e desesperados, incapazes de resistirem ao seu ataque, mas dispostos a aceitarem sua iluminação em troca de paz e conforto.

Nakirre o encarou.

— Então, a Iluminação Kilji não significou nada para você?

— Significou exatamente o que sempre deveria ter significado — disse Jixtus. — Sua Horda bloqueou qualquer refugiado Chiss de fugir para esses mundos e se reagrupar. Você providenciou para mim um transporte que o exército da Ascendência pode examinar o quanto quiser, jurando para si mesma que os Kilji não são uma ameaça, enquanto a realidade de seu verdadeiro inimigo continua um segredo. São *esses* os serviços que os Kilji providenciaram.

— Nada além disso?

O capuz negro se moveu de um lado para o outro enquanto Jixtus sacudia a cabeça de forma lenta e deliberada.

A pele de Nakirre se esticou de humilhação e raiva impotente. Para alcançar Jixtus, para atravessar aquele véu e adentrar o capuz, para chegar ao pescoço do Grysk e fechar seus dedos ao redor dele. Para ouvir Jixtus ofegar e choramingar enquanto Nakirre o sufocava até a morte…

Mas não poderia. Não com a frota Grysk à espreita, perto dali. Não com eles certamente sabendo onde a Horda estaria e, pior do que isso, onde ficava o mundo natal dos Kilji.

Ele poderia matar Jixtus. Poderia fazê-lo. Mas as consequências seriam que a Iluminação e a espécie Kilji enfrentariam uma morte mais horrível ainda.

E ninguém seria iluminado novamente.

— Você está com raiva — disse Jixtus. — Não fique. É melhor ficar grato de que teve ao menos essa utilidade para os Grysk. De outra maneira, a Iluminação Kilji teria se juntado a tantos outros sob nossos pés nas cinzas frias da batalha, a essa altura.

Ele virou-se e gesticulou para o Vassalo Quatro.

— Agora, mande-o contatar minha frota. Seja lá o que os Chiss estiverem planejando em Schesa, eles terão uma surpresa amarga.

CAPÍTULO VINTE E DOIS

— As convocações sempre chegam rápido assim? — perguntou Thurfian, passando os olhos rapidamente pelos protocolos do Círculo de Unidade enquanto prestava atenção em seus dois outros criados conforme eles preparavam uma bolsa de viagem com suas vestes oficiais e um par de roupas informais de reserva.

— Eu realmente não sei, Seu Venerante. — Ao contrário de Thurfian, Thivik mantinha os dois olhos e sua atenção total nos criados e o que eles arrumavam. — Não houve nenhuma chamada desde antes de eu começar aqui.

O que também significava que era bem antes do Patriarca Thooraki começar. Aparentemente, esse tipo de reunião oficial era tão rara quanto a linguagem ligeiramente arcaica dos protocolos sugeria.

— O carro tubular está pronto?

— Sim, Seu Venerante. — Thivik checou seu crono. — Não se preocupe, ainda temos tempo.

— Eu sei — disse Thurfian. — Mas eu não quero ser o último a chegar.

— E não será. — Thivik limpou a garganta. — Há outra questão. Há uma jovem vindo até aqui para vê-lo. Mitth'ali'astov; talvez lembre dela?

Thurfian levantou o rosto bruscamente, os protocolos do Círculo da Unidade esquecidos de súbito.

— Thalias está vindo para *cá*? Quem autorizou isso?

— Eu autorizei — Thivik admitiu, calmo. — Ela disse que era de importância vital.

Thurfian grunhiu ao voltar a olhar para o questis.

— A não ser que tenha a ver com Jamiron ou com o desaparecimento do Capitão Sênior Thrawn, isso pode esperar.

— Ela não disse qual era o assunto.

— É claro que não — falou Thurfian. O que provavelmente significava que *era* algo sobre Thrawn, mas ela não queria dizê-lo.

Não era de se surpreender. Desde que Thurfian fizera aquele acordo com Thalias para colocá-la a bordo da *Falcão da Primavera*, ela ignorara seu lado da promessa por completo. Ela havia passado a perna nele ao passar pelas Provações, subir na hierarquia familiar e, então, conquistou a simpatia do Patriarca Thooraki, de alguma maneira. Essas duas táticas a tornaram praticamente intocável.

Mas Thooraki não estava mais lá para protegê-la. Agora Thurfian era o Patriarca, com todo o poder da família Mitth nas pontas de seus dedos. Talvez tivesse finalmente chegado a hora de coletar a dívida que ela ainda não havia pagado.

— Quando ela vai chegar? — perguntou.

— A qualquer momento. — Thivik pegou seu comunicador. — Na verdade, o carro tubular dela está estacionando. Quer que eu a leve até seu escritório?

— Não há tempo para isso — respondeu Thurfian. — Ela pode ir até Csaplar conosco, ou pode esperar até eu voltar. É escolha dela.

— Sim, Seu Venerante. — Thivik foi até a porta. — Vou perguntar para ela.

Thurfian e seus criados chegaram poucos minutos depois e encontraram Thivik e Thalias sentados no aglomerado de assentos central do carro tubular privado do Patriarca, os quatro guardas que os acompanhariam até a capital espalhados ao redor deles, atentos. O motorista também estava pronto, sentado na bolha superior e fazendo uma última verificação do equipamento do carro.

— Seu Venerante — Thalias foi solene quando Thurfian entrou. — Obrigada por me ver tão em cima da hora.

— Imagino que o Auxiliar Sênior Thivik já a tenha informado de que estou indo para Csaplar para uma reunião importante. — Thurfian sentou diante dela. Do lado de fora, os criados terminavam de guardar as malas nos compartimentos externos, e o carro deslizou suavemente para longe da mansão e na direção da saída da vasta câmara subterrânea do lar familiar.

— Sim, ele informou — disse Thalias. — Ele também falou que o senhor ainda tem um trabalho adicional a fazer antes de chegarmos.

— Então estamos entendidos — respondeu Thurfian. — Seja o que for que veio dizer, diga-o e então vá sentar na parte de trás do carro.

— Será que poderíamos ter um pouco mais de privacidade? — Thalias apontou para os assentos na parte da frente do carro. — O que eu tenho a dizer é confidencial.

Thurfian suprimiu uma careta. O carro tubular do Patriarca era mais longo que a versão padrão e, como resultado, tinha a tendência de balançar e sacudir mais. A maior parte dos trabalhadores do lar familiar não se incomodavam com isso, mas Thurfian achava um tanto desconcertante, especialmente quando estava tentando ler.

Mas não leria enquanto estivesse conversando com Thalias e, se ir até lá fizesse a parte dela da viagem terminar mais rápido, valeria a pena.

— Vá em frente — disse.

Ela ficou de pé e foi até o grupo dianteiro de assentos. Thurfian a seguiu, fazendo um aceno para impedir os dois guardas que começaram a segui-lo. Thalias sentou-se no assento da direita, e Thurfian escolheu o que ficava de frente para ela.

— Muito bem — falou. — Sou todo ouvidos.

Thalias se preparou. Havia chegado a hora. Samakro, Che'ri, Thrawn — todos contavam com ela.

— Eu trago um pedido do Capitão Sênior Thrawn — disse. — Ele precisa da sua...

— Ele está de volta à Ascendência? — interrompeu Thurfian.

Thalias parou de falar, o embalo já hesitante da conversa chegando a uma parada abrupta.

— Quê?

— Eu perguntei se o Capitão Sênior Thrawn está de volta à Ascendência — repetiu Thurfian. — Ele está pronto para se render e enfrentar as acusações?

— Que acusações? — perguntou Thalias, ouvindo a perplexidade na própria voz.

— Abandonar o comando — disse Thurfian. — Fazer alianças que não foram sancionadas com estrangeiros. Violar os protocolos contra ataques preventivos e agressão unilateral contra aqueles que não estão em guerra contra a Ascendência. Precisa que eu continue?

— Não, ele não voltou. — Thalias respirou fundo com cuidado, tentando juntar o fio quebrado de sua apresentação. — Ele precisa de sua ajuda para...

— Não. — Thurfian ficou de pé mais uma vez. — Até que ele se renda para o Conselho e a Sindicura e responda por seus crimes, nem ele nem aqueles que o representam têm o direito de uma audiência. Não comigo. — Ele fez um gesto para o assento que ela ainda ocupava. — Você pode continuar aqui pelo restante da viagem. — Ele se virou na direção do centro do carro...

— Espere um minuto — protestou Thalias. Ela esticou a mão na direção dele, conseguindo mais por sorte do que intenção agarrar a manga do outro. — É assim? Você não vai nem querer ouvir?

— Acredito que é o que acabo de dizer. — Thurfian tentou se afastar; Thalias o segurou com mais força em resposta. — Ele que saia do problema que se meteu, independente do que for agora. Temos problemas de sobra aqui na Ascendência.

— Não é só ele — Thalias persistiu, lutando mais uma vez contra as tentativas dele de se soltar. — E os problemas na Ascendência são o motivo pelo qual ele precisa de sua ajuda.

— Então, diga a ele que volte e peça ajuda ele mesmo. — Com um puxão final, Thurfian soltou o braço. — Ele nos manipulou para que atacássemos o General Yiv, e então fez algo em Hoxim que ainda não entendemos direito. Mas agora basta. — Ele deu alguns passos na direção dos assentos centrais, de novo gesticulando para os guardas.

Thalias trincou os dentes. Ela havia torcido para não precisar usar essa carta.

— Também tem a ver com a *sua* sobrevivência pessoal — disse atrás dele.

Thurfian bufou enquanto continuava a andar.

— Por favor. Será possível que o grande Capitão Sênior Thrawn foi reduzido a ameaças?

— Elas não vêm dele, e sim de mim — disse Thalias. — Eu sei a verdade sobre o programa Buscadoras. E sei da *sua* participação nele.

Os pés de Thurfian pararam.

— Perdão? — perguntou, ainda virado para o outro lado.

— Eu sei a respeito das Buscadoras — repetiu Thalias. Thurfian sabia que ela tinha conhecimento das sky-walkers, é claro; ela havia *sido* uma delas, afinal. Mas, pela forma que Borika falara, Thalias tinha a impressão de que o termo *Buscadoras* era bem menos difundido. — Está pronto para me ouvir?

Thurfian hesitou por outro segundo. E, então, de forma deliberada, ele se virou para encará-la.

— Muito bem, vamos fazer do seu jeito. — Ele refez os passos até o assento e se sentou. — Me conte essa verdade com a qual acha que eu deveria me preocupar.

— Eu sei o que a Sindicura e o Conselho estão fazendo com essas garotas. — Thalias abaixou a voz. Não importava que tipo de atenção os outros, no fim do carro tubular, pudessem dar a essa conversa, suas palavras eram apenas para Thurfian. — Eu sei a respeito do processo de enfraquecimento que vocês usam para apagar as lembranças de tudo que aconteceu em suas vidas antes de fazerem parte do programa. Eu sei que o motivo pelo qual proíbem sky-walkers de se transformarem em cuidadoras é para que não passem muito tempo juntas, percebam que têm a mesma perda suspeita de memória, e comecem a juntar as peças. — Ela ficou sem palavras e parou.

— E? — perguntou Thurfian.

Ela o encarou. Será que ele realmente não via as consequências que ela colocava à sua frente?

— O que quer dizer com *e*? Você fala sobre Thrawn manipular os outros, mas ao menos esses outros são adultos. *Você* está manipulando criancinhas, tirando-as de suas famílias e de suas infâncias, escravizando-as na prática, mesmo que não por nome. Tem a mínima ideia do que aconteceria se o público geral soubesse disso?

— É claro — disse Thurfian. — Algumas das pessoas cuidando desses programas perderiam seus empregos. Aqueles de nós que sabiam, mas não participavam das atividades do dia a dia, seriam vilipendiados e receberiam reclamações.

— Você confirmou sua autorização direta e pessoalmente — Thalias retrucou. — Você não seria só vilipendiado, seria tirado de seu cargo e enfrentaria acusações.

— Como acabou de falar sobre Thrawn, que acusações? — argumentou Thurfian. — Temo que esteja superestimando a capacidade e energia que o público tem para ficar revoltado. Especialmente agora, com as Nove e as Quarenta se digladiando, eles têm assuntos mais urgentes disputando por suas atenções. Certamente haveria um tanto de raiva, mas ela logo passaria.

Thalias conseguia sentir sua garganta funcionando, sua mente procurando desesperadamente por algo que pudesse usar para refutar esse cenário.

Mas ele tinha razão. Já tinha visto isso acontecer várias vezes. Algo chamava a atenção do público, causando alegria ou surpresa ou revolta; e, passada uma ou duas semanas, tudo isso teria sido deslocado para o próximo item de interesse.

— Depois disso, nos voltaríamos para os problemas de longo prazo — continuou Thurfian durante seu silêncio frustrado. — Presumindo que a Ascendência sobreviva à crise atual que, pessoalmente, não tenho dúvida alguma de que sobreviveremos, alguns dos pais que agora trazem suas filhas para testes de habilidades especiais as tirariam dos centros. Isso não só cortaria de forma drástica o número de sky-walkers disponíveis, mas também afetaria os programas de artes visuais e ciências e as crianças promissoras não poderiam mais ser detectadas cedo e não receberiam mais treinamento e instrução especializados.

— Esse tipo de talento sempre vai se manifestar — murmurou Thalias.

— Às vezes sim, mas não sempre. — Thurfian ergueu as sobrancelhas. — E, em um prazo maior ainda, a mesma falta de sky-walkers enfraquecerá a Frota de Defesa Expansionária, retardando de maneira drástica a passagem das naves de guerra pelo Caos e, como resultado, limitando o reconhecimento das regiões fora da Ascendência. Com a suficiente limitação, o próximo General Yiv poderia estar em nossa porta antes de sequer descobrirmos sua existência. É o que quer para o povo Chiss, Cuidadora Thalias?

— Eu... Não, é claro que não — conseguiu dizer, a descrença e o horror passando por ela. — Mas...

— Mas o quê? — pressionou Thurfian. — Deixe-me oferecer um pouco de referência histórica que você provavelmente é nova demais para ter ouvido a respeito. O artifício que acabou de tentar usar já foi chamado de opção vulcão. É quando um lado ameaça destruição mútua se não conseguem o que querem.

Thalias estremeceu.

— Eu já ouvi falar.

— Ótimo — disse Thurfian. — Então sabe que o problema é essa palavra: *mútua*. Só funciona quando o lado que está ameaçando genuinamente acredita que não tem mais nada a perder.

— Mas não há mais nada a perder. — Thalias conseguia se ouvir implorar. Não tinha mais pontos lógicos; não tinha mais fatos ou argumentos razoáveis ou avisos. Tudo que restava era implorar. — Se o Capitão Sênior Thrawn não for capaz de parar Jixtus e sua frota, a Ascendência deixará de existir.

— Eu não acredito nisso — disse Thurfian. — Não, Thalias, acabou. Você teve a chance de trabalhar comigo para a melhoria da Ascendência e, em vez disso, preferiu se alinhar com Thrawn. Eu não devo nada a você. — Ele inclinou a cabeça. — Há mais alguma cartada que queira usar? Se não, tenho trabalho a fazer.

Thalias engoliu em seco. Sim, tinha uma cartada final. Uma cartada muito, muito desesperada.

— Sim, tenho — disse a ele, o coração retumbando no peito. — Como você falou: a opção vulcão. Só que, desta vez, é mais pessoal. — Ela colocou a mão dentro do bolso lateral da jaqueta e envolveu o metal frio e duro que escondia lá com os dedos. — Sua morte e a minha. Aqui e agora.

— Ah, *mesmo*? — Thurfian desdenhou, achando mais divertido do que irritante. — A essência de um bom blefe...

Ele parou de falar, a garganta trancando. A mão dela havia emergido parcialmente do bolso... e agora apertava com força uma carbônica compacta.

— Não faça nenhum som. — A voz de Thalias tremia e não passava de um sussurro, mas a arma em sua mão estava firme como uma rocha. — Não se mova, não faça gestos. Eu sei que seus guardas podem me matar. — Ela engoliu em seco. — *Vão* me matar. Mas eles não estão segurando suas armas. Isso significa que vou matá-lo primeiro.

— O que diabos você está fazendo, Thalias? — exigiu saber Thurfian, mantendo a voz baixa. — Você *quer* morrer?

— É claro que não — disse Thalias. — Mas, se a Ascendência cair, nós cairemos com ela. E se eu morrer alguns dias antes, o que importa? — Ela tentou um sorriso vacilante que falhou de forma miserável. — Como você falou. Mais nada a perder.

— Entendo — murmurou Thurfian. Ele abaixou os olhos para ver a carbônica, perguntando-se como ela havia conseguido passar com uma arma pelos guardas que teriam encontrado seu carro tubular.

Só agora conseguia ver que ela não havia feito nada disso. Porque a arma que ela segurava era de Thivik.

O auxiliar sênior do próprio Thurfian havia dado a ela a arma para usar contra seu Patriarca.

Como quem não queria nada, sem se mover muito, Thurfian virou-se para trás para ver a parte traseira do carro. Thivik estava sentado ao lado de um dos guardas, observando-o de forma furtiva. A expressão do auxiliar sênior estava tensa, mas ele não fez movimento algum para alertar os outros do confronto que ocorria a alguns metros dali.

Thurfian voltou a olhar para Thalias, a mente girando. Thivik, seu auxiliar sênior. Que, um dia, foi o auxiliar sênior do Patriarca Thooraki, amigo de Thalias, apoiador e protetor de Thrawn.

O que era tudo isso? Thivik continuando o legado de seu antigo Patriarca, mesmo que isso significasse ameaçar a vida do Patriarca atual? Será que Thivik tinha tanta raiva e ressentimento de Thurfian, ou talvez estivesse se afundando na nostalgia dos dias que ficaram para trás?

Ou será que ele acreditava mesmo que Thalias merecia ser ouvida?

Voltou a olhar para Thivik. Não, não havia nem raiva nem ressentimento em seu rosto, Thurfian conseguia ver isso agora. Só medo e súplica.

E, talvez, um pingo de esperança desesperada.

Thurfian voltou a olhar para Thalias.

— O que você quer?

— Eu quero que você me ouça — disse ela. — Eu quero que você ouça a avaliação de Thrawn a respeito da situação, e o plano para lidar com ela para salvar a Ascendência.

— Não farei nenhuma promessa.

— Não estou pedindo que faça. — Ela engoliu em seco. — Eu sei que não gosta de Thrawn, Seu Venerante. Mas acredito que você se importa de verdade com a família Mitth e com a Ascendência como um todo. Estou contando que tome a decisão correta. Mas, de qualquer forma... — Ela se preparou. — Assim que me ouvir, entregarei a carbônica ao senhor.

Mentalmente, Thurfian sacudiu a cabeça. Que confiança simples e infantil. Será que ela não percebia que promessas e declarações feitas sob tamanho estresse não tinham valor legal?

— Muito bem. — Forçou-se a se acomodar mais fundo nos bancos almofadados. Se Thivik estivesse errado em relação às pessoas nas quais decidiu confiar, se Thurfian morresse hoje nas mãos de uma fanática, ele poderia ao menos ficar confortável enquanto tudo isso acontecia. — Sou todo ouvidos.

Qilori não havia desfrutado muito seu tempo na *Bigorna*, tendo que suportar a arrogância Kilji e suas falações contínuas sobre a iluminação e tudo mais. Seu tempo a bordo da *Pedra de Amolar*, suspeitava, não seria muito melhor do que isso, especialmente considerando que também teria que lidar com Jixtus e a arrogância *dele*.

Mas ainda assim era melhor do que o tempo que passou cercado de peles azuis.

— Onde estão as naves de guerra? — perguntou Jixtus conforme um par de vassalos Kilji escoltavam Qilori até a ponte da *Pedra de Amolar*. — Você não disse que havia naves de guerra aqui?

— Sim, senhor, havia. — Qilori se perguntou se seu alívio de voltar a estar sob o olhar secreto de Jixtus havia sido um tanto prematuro. — Elas partiram dois dias atrás.

— E você não achou que seria necessário me informar disso? — questionou Jixtus, a voz ficando mais sombria.

— Eu tentei mandar uma mensagem. — As asinhas de Qilori começaram a tremer. — Mas você estava no hiperespaço, e eu havia ficado sem créditos, então não podia deixar a mensagem repetindo.

— Que pena. — A voz de Jixtus voltou à calma de sempre. — Eu teria preferido lidar com a *Vigilante* e a *Picanço-Cinzento* aqui em Schesa, à vista dos outros Chiss. Seria mais satisfatório por muitos motivos diferentes. Ainda assim, independente do que elas e Thrawn tenham planejado, ter uma vantagem de alguns dias não os ajudará em nada. Você fez bem, Qilori de Uandualon.

— Obrigado. — As asinhas de Qilori se acalmaram aos poucos. Era só Jixtus gostando de brincar com o medo alheio.

— Há, obviamente, outra questão — continuou Jixtus.

As asinhas de Qilori deram meia-volta de forma abrupta.

— Sim — conseguiu dizer. — Eu… Infelizmente, não há muito que possa ser dito a esse respeito.

— Certamente não aqui — concordou Jixtus, virando o rosto velado de forma brusca para a ponte. — Talvez mais tarde, na viagem, encontraremos uma oportunidade para discutir o assunto.

— Sim — disse Qilori. — Ah… Eu presumi que você queria que eu navegasse esta nave?

— Quando chegar a hora — falou Jixtus. — Mas, como eu disse, não temos pressa. A frota Grysk não está totalmente reunida. — Ele fez uma pausa, e Qilori teve a sensação de que havia aberto um sorriso maldoso. — Pode ser que também tenhamos notícias adicionais de nossos inimigos.

— Sim, senhor. — Qilori perguntou-se de onde ele esperava conseguir essas notícias adicionais.

— Os Kilji o levarão até sua cabine agora — continuou Jixtus. — Descanse bem. E seja rápido. O fim se aproxima. E, quando ele chegar, não poderá descansar. Ninguém poderá.

De acordo com os protocolos lidos por Thurfian, cada Patriarca no Círculo da Unidade podia levar um único auxiliar, que ficaria sentado atrás dele ou dela durante a reunião e poderia oferecer conselhos ou informações em voz baixa se assim requisitado pelo Patriarca. Thivik já estava sentado atrás de Thurfian na seção Mitth da antiga mesa redonda e, conforme os outros tomavam seus lugares, Thurfian viu que a maioria havia trazido seu auxiliar sênior ou o Orador da família na Sindicura.

Para a surpresa de Thurfian, o Patriarca Irizi'fife'rencpok havia trazido Zistalmu.

Da posição de Thurfian, o Primeiro Síndico dos Irizi só estava parcialmente visível, a vista bloqueada tanto pelo Patriarca do próprio Zistalmu quanto pelo Patriarca Chaf ao seu lado. Mas conseguia ver o bastante do rosto de seu antigo colaborador para ver que ele ainda se agarrava à amargura da última conversa que tiveram.

E seria ele que aconselharia o Patriarca Zififerenc em como lidar com os Mitth e todos os outros.

Thurfian suspirou. Seria um longo dia.

O Círculo da Unidade começou.

Cada Patriarca tinha permissão de fazer uma declaração de abertura. A maior parte deles usou tempo para listar suas queixas, mas, na defesa deles, a maior parte falou com calma e também ofereceu ideias de como poderiam se comprometer com seus rivais. O Patriarca Rivlex fez a apresentação mais acalorada, acusando a família Dasklo de planejar violência contra os Clarr, apesar de Thurfian notar que ele não apresentou prova alguma de tais acusações. A resposta dos Dasklo foi bem mais comedida, o que só pareceu esquentar ainda mais a cabeça de Rivlex.

E então, chegou a vez de Thurfian.

— Aprecio a disposição de Seus Venerantes de virem até aqui hoje — disse quando havia terminado todos os cumprimentos prescritos. — Também aprecio a oportunidade de compartilharmos nossas queixas e procurarmos uns aos outros por soluções. Mas, em vez de acrescentar pontos a essa lista, gostaria de falar sobre uma ameaça até agora desconhecida pela Ascendência. Uma ameaça da qual acabam de me falar; uma ameaça posicionada pelo Capitão Sênior Mitth'raw'nuruodo da Frota de Defesa Expansionária.

Houve uma pequena onda de sussurros ao redor da mesa. Todos eles conheciam aquele nome.

— Ah, sim; o laser descontrolado favorito da Sindicura — disse a Patriarca Ufsa, uma certa diversão sarcástica em seu rosto e sua voz. — O que ele fez agora?

— É possível que tenham ouvido que ele abandonou sua nave, a *Falcão da Primavera*, para se juntar a uma expedição estrangeira em um mundo conhecido como Nascente — continuou Thurfian, ignorando a interrupção. — O que vocês podem não ter ouvido é que ele conseguiu persuadir alguns de seus colegas a se juntarem a ele em cercar esse mundo para, enfim, conquistá-lo.

— *Quê?* — quis saber a Ufsa, a diversão desaparecendo.

— Nós não conquistamos mundos inabitados — meteu-se o Plikh, parecendo mais confuso do que revoltado. — O que Thrawn pensa que está fazendo?

— Parece que há uma colônia de estrangeiros nesse mundo que conseguem ver... Bem, é um pouco vago — admitiu Thurfian. — Mas esses estrangeiros, em particular, são capazes de, por vezes, tocar algo que chamam de Além, que Thrawn acreditar estar conectado à mesma força que dá às nossas sky-walkers a capacidade de ver alguns segundos no futuro, que é necessária para guiar nossas naves no hiperespaço. Por conta dessa conexão, os estrangeiros parecem ser capazes de trabalhar com uma sky-walker para permitir que ambos possam ver mais a fundo do futuro do que qualquer um dos dois poderia fazer sem ajuda.

— Quanto tempo no futuro estamos falando? — perguntou Rivlex, estreitando os olhos. — Dias? Semanas? Meses?

— Isso também não está muito claro — disse Thurfian. — O que sabemos de certeza é que uma das estrangeiras, conhecida como a Magys, interagiu duas vezes com a sky-walker da *Falcão da Primavera* e foi capaz de ver várias horas à frente no futuro. A chave parece ser que a sky-walker e a estrangeira, juntas, podem ver apenas eventos futuros que estão completamente fora de seus controles.

— Então, não seria útil para investimentos ou para organizar um trabalho de construção — concluiu o Boadil, pensativo. — Mas pode ajudar na plantação de colheitas, onde o clima é um fator essencial.

— Ou na guerra — sugeriu o Dasklo de forma sombria, seus olhos no Clarr. Atrás de Zififerenc, Thurfian percebeu que Zistalmu havia se inclinado para frente e sussurrava no ouvido de seu Patriarca. — Poderia permitir que a defesa antecipe os movimentos dos inimigos.

— De fato poderia — concordou Thurfian. — E é aí que está seu maior valor, assim como sua maior ameaça.

— Por que está nos contando tudo isso? — perguntou Zififerenc conforme Zistalmu voltava ao seu lugar na cadeira. — Um recurso assim poderia em muito beneficiar os Mitth. Se foi Thrawn que identificou e coletou esses estrangeiros, por que não mantém o recurso para si?

— Porque ele não planeja entregar os estrangeiros de Nascente para nós — disse Thurfian. — Ele planeja entregá-los a outro grupo de estrangeiros, os Paccosh.

Houve um momento de silêncio estupefato.

— Isso é um ultraje — disse a Ufsa.

— Não é só um ultraje — rebateu o Plikh, o rosto rígido. — É *traição.*

— Como você sabe de tudo isso? — perguntou Zififerenc.

— Uma de suas companheiras veio até mim com um pedido — disse Thurfian. — Ela estava preocupada com...

— Quem? — interrompeu Zififerenc. — Qual é o nome dela?

— Mitth'ali'astov — Thurfian respondeu. — Ela é a cuidadora a bordo da *Falcão da Primavera.*

— E qual foi o pedido? — perguntou Zififerenc.

— Basicamente, ela pediu para darmos a ele mais tempo — disse Thurfian. — Ela estava preocupada que a Sindicura poderia mandar uma força até Nascente para trazê-lo de volta antes dele terminar de coletar todos os estrangeiros prescientes. Ela queria que eu os persuadisse a aguardar até ele terminar. Se eu fizesse isso, ela falou que ele estava disposto a trazer alguns dos estrangeiros prescientes de volta à Ascendência com ele.

— *Alguns* deles? — grunhiu a Ufsa. — Não *todos* eles?

— Completamente inaceitável — disse o Dasklo, firme.

— Só posso contar a vocês o que ela me disse — falou Thurfian. — Que ele coletaria alguns dos estrangeiros, deixaria o restante no planeta para os Paccosh e voltaria para a Ascendência.

— Imagino que tenha se recusado? — rosnou a Ufsa.

— Ao contrário, achei que seria uma ideia excelente. — Thurfian abriu um sorriso pouco sincero para ela. — Não a parte a respeito de dar a ele mais tempo, é claro, ou de aceitar apenas uma parte do que é nosso por direito. Mas concordei em enviar uma força para arrastar ele e os estrangeiros, *todos* eles, de volta para Csilla. E é por isso que chamei o General Supremo Ba'kif de imediato. — Ele tocou no próprio questis. — Eis aqui o resultado.

Ele observou, tentando parecer calmo e direto ao ponto enquanto eles começavam a ler o documento que ele e Ba'kif haviam conseguido montar. Se não conseguisse fazê-los concordar com isso...

— Estou contando catorze naves aqui — disse o Plikh. — Qual é o percentual disso da Frota de Defesa Expansionária?

— Um pouco menos do que um terço — falou Thurfian. — Seis delas são os cruzadores de patrulha menores, o restante são cruzadores leves e pesados. Também podem notar que Ba'kif está deixando a *Temerária*, uma nave de guerra do tipo Lobo de Fogo, aqui na Ascendência.

— Você falou que Thrawn conseguiu persuadir alguns de seus colegas a se juntarem a ele — disse Rivlex. — Quais?

— Ba'kif acha que a *Falcão da Primavera* e a *Picanço-Cinzento* podem estar com ele — explicou Thurfian. — Ambas as naves são comandadas por amigos dele, e nenhuma das duas responde a pedidos de comunicação há mais de um dia.

— Elas podem estar no hiperespaço — sugeriu a Ufsa.

— Indo para onde? — rebateu o Chaf.

— Para uma variedade de lugares — disse a Ufsa. — Até uma nave de guerra pode levar alguns dias para cruzar a Ascendência.

— E a *Vigilante*? — meteu-se Zififerenc. — É a maior nave da Frota de Defesa Expansionária, e a comandante também é amiga de Thrawn. Onde ela está neste exato momento?

— O General Supremo Ba'kif falou que enviou a Almirante Ar'alani para guardar o transmissor tríade de Schesa — disse Thurfian. — Aparentemente, houve algum tipo de atividade estrangeira na região que o deixou preocupado.

O Chaf grunhiu.

— Então, Ba'kif quer mandar um terço de suas naves para Nascente para trazer de volta esse pretensioso. E como ficam as próprias necessidades de segurança da Ascendência em meio a tudo isso?

— Ficará relativamente igual — assegurou Thurfian. — O general supremo me falou que a Sindicura já ordenou-lhe levar suas naves de volta para Naporar enquanto o papel apropriado delas dentro da Ascendência é discutido e definido. E a viagem até Nascente só demora alguns dias de ida e alguns de volta.

— E quando Thrawn voltar? — perguntou Rivlex. — O que acontecerá com os estrangeiros?

— Isso ficaria de acordo com o que o Círculo e a Sindicura decidirem — Thurfian falou para ele. — Minha recomendação seria enviá-los a um dos Sítios de Buscadoras, ou criar um especificamente para eles, onde poderemos aprender como suas habilidades interagem com as nossas sky-walkers.

— E se Thrawn se recusar a voltar?

— A recusa não seria uma opção — Thurfian foi direto. — É por isso que Ba'kif quer mandar um número esmagador de naves. Até Thrawn hesitaria em encarar tantos oponentes.

— Especialmente quando são membros da própria frota — murmurou o Obbic.

— Sim — disse Thurfian.

— Uma pergunta. — Os olhos do Dasklo se estreitaram, desconfiados. — Eu recebi um relatório de que Thrawn havia sido visto em Sposia, tendo possivelmente visitado os cofres do GAU. Você por acaso perguntou para sua fonte o que ele estava fazendo lá?

— Perguntei, sim — confirmou Thurfian. — Ela falou que ele pegou emprestado um aparelho estrangeiro que havia trazido recentemente de Hoxim, um sistema para antecipar a chegada de uma nave antes dela emergir do hiperespaço.

— Achei que esses estrangeiros de Nascente supostamente fariam isso por ele — apontou Zififerenc.

— Thalias falou que ele usaria esse aparelho como base para calibrar as habilidades dos estrangeiros — explicou Thurfian. — Ele tem esperança de aprender se a presciência dos estrangeiros é muito melhor... Ou pior.

— Eu não sei. — O Boadil soou pensativo, mexendo no próprio questis. — Parece que as naves ficariam fora por ao menos uma semana, talvez mais do que isso. Não sei se gosto da ideia de ter tantas naves de guerra fora de contato por tanto tempo. Especialmente quando há uma tensão tão grande aqui.

— Essas naves normalmente já estariam fora da Ascendência de qualquer forma — o Plikh lembrou a ele.

— Pessoalmente, eu ficaria feliz de tê-las bem longe daqui, onde não poderiam agitar mais ninguém — acrescentou o Chaf. — Suspeito que outras famílias concordariam com isso.

— Eu acho que também podemos concordar que um oficial desafiando abertamente a Ascendência e ameaçando entregar recursos potencialmente vitais é inaceitável — disse Thurfian. — E, apesar de que essa possa ser uma visão cínica demais das coisas, às vezes é preciso uma crise dessa magnitude para juntar nossas famílias e para nos lembrar que todos nós somos Chiss.

— Se aprovarmos esse documento, quão rápido Ba'kif colocaria tudo em movimento? — perguntou o Obbic.

— Ele disse que poderia enviar as ordens em questão de uma hora — assegurou Thurfian. — A maior parte das naves já estão em Naporar, como eu falei, o que significa que não precisariam se encontrar para a viagem. Elas só precisariam se preparar, reabastecer, rearmar o que for necessário e ir embora.

— E as instruções delas seriam trazer Thrawn de volta? — perguntou Zififerenc.

— Sim — disse Thurfian. — Como eu já falei.

— Sim, você falou. — Zififerenc olhou Thurfian de perto. — Só queria confirmar.

— Muito bem, então — disse o Obbic, brusco. — Eu topo. — Ele tocou o questis, marcando sua aprovação.

— Eu também — acrescentou o Boadil.

No fim, apesar de demonstrarem diferentes graus de entusiasmo ou relutância, todos os nove Patriarcas deram suas aprovações.

— Obrigado. — Thurfian teclou o questis para enviar o resultado a Ba'kif e ao Conselho. Esperava que fazer um gesto tão forte contra Thrawn agradasse Zistalmu, ao menos um pouco. Mas, pelo que conseguia ver do rosto do Primeiro Síndico, meio escondido atrás de seu Patriarca, ele continuava duro e gelado.

E não havia nada que Thurfian pudesse fazer quanto a isso. Não agora; talvez nunca. Tudo que poderia fazer seria continuar por esse caminho, e esperar que, no fim, desse certo.

A conversa apressada terminou, e o comunicador da *Pedra de Amolar* ficou em silêncio. Qilori estava sentado sem se mexer, as asinhas palpitando gentilmente enquanto observava Jixtus.

— Então — disse o Grysk, virando o rosto velado para Qilori. — Esses estrangeiros prescientes são, de fato, o objetivo de Thrawn. — Ele inclinou a cabeça. — Você me disse que só havia mais *uma* estrangeira além da Magys que tinha tal habilidade. Como explica tamanha discrepância?

— Eu não sei. — As asinhas de Qilori começaram a tremer um pouco mais. — Talvez Thrawn tenha pensado que só havia uma quando falou comigo.

— Não — disse Jixtus, sem emoção. — O fato é que ele mentiu. — Ele inclinou a cabeça de leve. — Por que acha que ele fez isso?

— Não sei — respondeu Qilori com cautela.

— O motivo é óbvio — falou Jixtus. — Ele mentiu para você porque ele sabia que você repassaria a mentira para mim. Ele o usou para me passar informações falsas. O que, pelo visto, o torna inútil para mim. — Ele fez uma pausa. — Sabe o que faço com ferramentas que não são mais úteis, Qilori de Uandualon?

— Mas eu não sou inútil — insistiu Qilori, a voz agora tremendo no mesmo ritmo das asinhas. — Eu ainda posso servi-lo.

— Como? — rebateu Jixtus. — Como navegador? Posso voltar para a *Tecelã de Destinos* e usar meus próprios navegadores. Como fonte de informações? Você acaba de ver que o Patriarca Rivlex serve muito mais nesse sentido.

Qilori olhou ao seu redor na ponte, tentando pensar, notando como estavam parados o Generalirius Nakirre e os seus vassalos. Jixtus provavelmente só estava brincando com ele, disse a si mesmo com firmeza. Era o joguinho caprichoso dos Grysk de injetar medo na alma de Qilori.

Mas e se não fosse? E se a frustração crescente de Jixtus tivesse finalmente chegado ao seu limite? E se ele estivesse entrando na ira e quisesse muito, muito matar alguém?

E se ele já tivesse decidido que não queria mais seu inofensivo Desbravador?

— O Patriarca Rivlex pode ter mais conhecimento — disse. — Mas eu conheço Thrawn melhor que ele. Nós já conversamos. Eu sei como ele pensa e o que é importante para ele. — Fez uma pausa, tentando organizar seus pensamentos ao redor da semente de uma ideia que acabava de lhe ocorrer. — Na verdade, eu acho que sei por que ele me contou que só havia uma estrangeira além da Magys.

— Sabe? — disse Jixtus. — Muito bem. Diga-me.

— Acho que ele espera que você vá até Nascente — explicou Qilori. — Acho que ele planeja permitir que você o coloque em uma posição de perda, e então oferecerá a Magys e a outra estrangeira em troca de se retirar e deixar que seu povo sobreviva. Então, você partiria, pensando que está com todas as prescientes, enquanto ele fica com o restante.

— Teoria interessante — reconheceu Jixtus, pensativo. — E quanto à força Chiss que os Patriarcas estão enviando para trazê-lo de volta para casa? E se eles o tirarem de Nascente antes das minhas forças chegarem?

— Não vai acontecer — respondeu Qilori. — Ele tentará persuadi-los a esperar até que termine a coleta antes de partirem de Nascente. Mesmo com o aparelho que Rivlex disse que ele pegou em Sposia, o procedimento certamente levará tempo o bastante para que possa confrontá-lo.

— Confrontar ele e catorze ou mais naves de guerra Chiss. — Jixtus continuava pensativo. — No mínimo, ele certamente terá a *Falcão da Primavera* e a *Picanço-Cinzento*. E, sem contar o que Rivlex assegurou, imagino que a *Vigilante* também esteja com eles. Ainda assim, minha frota será mais do que o suficiente para lidar com elas.

Do outro lado da ponte, o Generalirius Nakirre se remexeu.

— Se assim desejar, posso convocar algumas naves da Horda para que o ajudem — ofereceu.

— Dificilmente seria necessário — disse Jixtus. — Você realmente acha que Thrawn sacrificaria um par de estrangeiros de bom grado?

— Para ficar com todos os outros? — perguntou Qilori. — Sim, senhor, eu acho. Na verdade, acredito que ele daria Nascente inteira se insistisse em torná-la parte do acordo.

— Ele me entregaria um mundo inteiro em troca de alguns estrangeiros que podem ou não se provar úteis?

— Se ele os quer, pode ter certeza que são úteis. — As asinhas de Qilori se contraíram quando pensou naquele momento de silêncio a bordo da *Aelos*. — Uma vez, ele me falou que o único propósito de sua existência era defender a Ascendência Chiss e proteger seu povo. Ele disse que faria tudo que fosse necessário para alcançar esse objetivo, e que nada nem ninguém poderiam ficar em seu caminho.

— E você acreditou nele?

Um arrepio passou pelas asinhas de Qilori.

— Sim. Se você tivesse ouvido... Sim, eu acreditei.

— Uma análise interessante — disse Jixtus. — Vou considerá-la. Diga, que preço há de pagar se estiver errado?

As asinhas de Qilori se contraíram.

— Senhor?

— Se eu planejar minhas ações em Nascente de acordo com sua análise, e se ela se provar errada, que preço está disposto a pagar?

— Eu... não posso responder essa pergunta — balbuciou Qilori.

— Então, eu a responderei por você — disse Jixtus.— Se estiver errado, vai morrer.

A palavra pairou no ar como uma névoa envenenada. Nakirre e seus vassalos, Qilori notou de forma distante, estavam em silêncio novamente.

— Só para nos entendermos bem, mesmo que você jure entender Thrawn — Jixtus continuou em meio ao silêncio. — Vá e descanse agora, Desbravador. Em algumas horas, chegaremos à fronteira da Ascendência e entraremos no Caos, e suas habilidades como navegador serão requisitadas.

— Sim, senhor — conseguiu dizer Qilori.

— E, quem sabe? — acrescentou Jixtus, os olhos ocultos parecendo focar no rosto de Qilori mesmo assim. — Se estiver errado a respeito de Thrawn, talvez você se junte aos estrangeiros de Nascente ao aprender o que significa tocar o Além.

CAPÍTULO VINTE E TRÊS

ALGUNS DIAS NO HIPERESPAÇO e a *Falcão da Primavera* alcançou o sistema de Nascente. Com um rápido salto interno no sistema, eles haviam chegado ao próprio planeta.

— Varredura completa — ordenou Samakro, olhando entre a tela de sensores e a paisagem estelar do lado de fora da panorâmica. Sabia que não deveria ter muita coisa para ver lá fora: um par de naves de guerra Chiss, um par de naves Pacc, talvez um ou dois transportes se os Paccosh tivessem conseguido trazer reforços adicionais. Ao menos, Jixtus e sua frota Grysk deveriam estar bem atrás.

— Sinal chegando, capitão intermediário — chamou Brisch da estação de comunicações. — É a *Vigilante*.

— Obrigado. — Samakro tocou na tecla do comunicador conforme a localização da *Vigilante* aparecia na tela. A nave de guerra do tipo Nightdragon estava em baixa órbita, diretamente à frente da *Falcão da Primavera*, prestes a desaparecer na orla planetar. — Aqui quem fala é o Capitão Intermediário Samakro, a bordo da nave de guerra *Falcão da Primavera*, da Frota de Defesa Expansionária Chiss — disse de modo formal.

— Almirante Ar'alani falando — respondeu a voz de Ar'alani. — Seja bem-vindo à defesa final do Capitão Sênior Thrawn.

Samakro grunhiu.

— Não é engraçado, almirante.

— Sinto muito — desculpou-se Ar'alani. — Como foi sua missão?

Samakro focou em Thalias, que estava rígida e de pé ao lado do assento de navegação. Ela não havia falado muito sobre a reunião com o Patriarca Thurfian desde que voltou às pressas do lar familiar dos Mitth, pedindo insistentemente que Samakro colocasse a *Falcão da Primavera* no hiperespaço o mais rápido possível.

— Me disseram que o contato foi bem.

— Te *disseram*? Achei que seria você que lidaria com isso.

— Thalias me convenceu de que teria mais chance de convencer um dos Aristocra a entregar uma mensagem à Sindicura do que eu.

— E ela teve? — insistiu Ar'alani.

— Thalias? — convidou Samakro.

Thalias se remexeu.

— Acho que sim — disse.

O que era a mesma coisa que Samakro tinha conseguido tirar dela até agora. Parecia que ela não entraria em mais detalhes.

— Saberemos em breve — ele disse. — Onde estão todas as outras?

— Thrawn e Uingali estão no aglomerado de asteroides pelo qual vocês passaram ao chegar — explicou Ar'alani. — Com toda aquela bagunça, é difícil de ver, o que torna o local um ninho perfeito para atiradores. Thrawn acha que ele tem um plano melhor para ele.

— Não me surpreende — disse Samakro, seco. — O que Uingali acha?

— Eles não estão falando muito sobre isso — falou Ar'alani. — Se eles voltarem com Uingali tendo sido convencido, essa será sua resposta. Thrawn também está fazendo um grupo rebocar alguns asteroides de tamanhos variados para mais perto do planeta. O transporte da tropa Pacc continua no solo com a Magys, limpando o último bolsão de escravagistas Grysk.

— Já recebemos a confirmação em algum momento de que é isso mesmo que eles são?

— Na verdade, não — confessou Ar'alani. — Só presumimos que o nome usado por Qilori era o correto. A *Picanço-Cinzento* está do outro lado do planeta, de onde você está, junto com nove canhoneiras Pacc que chegaram ontem. A Capitã Sênior Ziinda está tendo uma conferência com todos os comandantes, e deixou um convite para que você se juntasse a eles se chegasse antes de terminarem.

— Já estamos indo. — Samakro gesticulou a ordem para Azmordi. — Quantos de seus antigos subordinados conseguiu contatar antes de sair da Ascendência?

— Mais do que esperava, para ser franca — disse Ar'alani. — Falei com os cruzadores de patrulha *Parala* e *Bokrea* e com os cruzadores leves *Pássaro do Sussurro* e *Ferroária*.

— E como eles soaram? — perguntou Samakro.

— Receptivos — disse Ar'alani. — Estou supondo que a ordem da Sindicura em nos expulsar do dever de defesa planetar foi parte do motivo. Nenhum de nós se juntou à Frota de Defesa Expansionária para ficarmos sentados sem fazer nada em órbita enquanto algum Aristocra explica como todos nós somos lasers sem eixo.

— E o Capitão Sênior Thrawn *tem* uma certa reputação — apontou Samakro.

— Como comandante ou como laser descontrolado? — perguntou Ar'alani. — Deixa para lá; a resposta é provavelmente os dois. Falando em reputações, também temos um convidado-surpresa: o Capitão Raamas e a nave de guerra familiar *Orisson* foram até nós quando estávamos prestes a sair de Schesa e pediram para vir junto.

— É mesmo? — Samakro franziu o cenho. A *Orisson*... Por que aquele nome era familiar? — De uma generosidade pouco natural vinda da família Clarr, devo dizer.

— Não acho que tenha nada a ver com gentileza familiar — disse Ar'alani. — Essa é a nave que quase foi destruída pelo asteroide míssil em Ornfra.

— Ah, certo. — O nome finalmente fez sentido para Samakro. Havia lido o relatório, mas sua atenção estivera focada na própria arma, isso e o fato de que ela havia sido neutralizada pela *Picanço-Cinzento*. — Achei que o nome da capitã era Roscu.

— Era — confirmou Ar'alani. — Raamas não está falando muito a esse respeito, mas parece que o Patriarca deles tirou Roscu da cadeira de comando depois dela questionar o papel dele na situação atual.

— Que papel seria esse?

— É outro tópico do qual Raamas não está falando muito a respeito. Mas tenho a impressão de que, com o Patriarca Clarr confortavelmente distante, sem poder ver nem ouvir, ele devolveu o comando para Roscu de forma extraoficial. O tempo dela na Frota de Defesa Expansionária significa que ela possui mais experiência de combate do que ele, e Raamas é esperto o bastante para entender isso.

— Certo. — Samakro fez uma careta. Mais uma vez, política familiar entrando na realidade militar. — Bem, tenho certeza que estamos contentes de tê-los conosco.

— Ziinda parece estar — comentou Ar'alani. — Preciso ir ao aglomerado de asteroides para fazer uma consulta rápida com Thrawn, mas falei para Ziinda que você está a caminho. Ela dirá a você tudo que está sendo pensado a respeito de nossa configuração preliminar.

— Parece bom — disse Samakro. — Nos vemos mais tarde.

— Até lá. Ar'alani desligando.

O comunicador ficou em silêncio, e Samakro voltou sua atenção para a tela de navegação. Azmordi havia colocado a *Falcão da Primavera* em um vetor que faria eles passarem pela parte superior da atmosfera atrás da *Vigilante* e levá-los ao redor dela, até onde poderiam encontrar a *Picanço-Cinzento* e as outras naves que estavam lá. O tempo previsto de chegada, pelo que viu, era de vinte minutos.

— Tenente Comandante Azmordi, tem como você ir mais rápido?

— Posso fazer com que passemos mais baixo na atmosfera, se quiser — ofereceu o piloto. — Isso comeria alguns minutos.

— Faça isso — disse Samakro. — Sempre odiei chegar atrasado em festas.

— Sim, senhor. — Azmordi abriu um enorme sorriso para Samakro por cima do ombro enquanto trabalhava em seu painel. — Dezoito minutos até o ponto de encontro.

Samakro assentiu.

— Obrigado — agradeceu. — Thalias, você e Che'ri podem voltar para a suíte. Excelente trabalho, Che'ri, em nos trazer até aqui.

— Obrigada — disse Che'ri.

Samakro franziu o cenho. Havia algo estranho na voz dela.

— Está tudo bem com você? — perguntou, ficando de pé e cruzando a ponte para ir até ela.

Estava na metade do caminho quando a garota soltou um grito.

Samakro cobriu o restante da distância em três passadas largas.

— Che'ri? — Ele parou abruptamente. Thalias havia se agachado ao lado de sua cadeira e estava encarando o rosto da menina, a expressão rígida, as mãos retesadas onde agarrava os ombros de Che'ri. Dando mais meio passo para frente, Samakro passou por ela para dar uma olhada ele mesmo.

Foi só preciso um olhar. O rosto de Che'ri estava tão retorcido que era difícil reconhecê-la, os olhos arregalados e saltando das órbitas conforme encarava algo que parecia a anos-luz da panorâmica da *Falcão da Primavera*.

— Médico para a ponte — chamou depressa.

— Não — a voz de Che'ri era tão irreconhecível quanto seu rosto. — Não a leve daqui.

Samakro sentiu seu sangue gelar. Ele olhou para Thalias, viu a tensão no rosto da cuidadora se transformar em horror.

— Che'ri? — ele perguntou. — *Che'ri!*

— Não a leve — disse a menina com a mesma voz.

— Quem é você? — perguntou Thalias. Ela lançou um olhar para Samakro... — Você é a Magys?

— Eu preciso dela — disse Che'ri. — Todos nós precisamos dela. Um inimigo se aproxima.

— Nós sabemos disso — falou Samakro. — Estaremos prontos.

— Não estarão — disse Che'ri. — O caminho é incerto. Nossos futuros são incertos. Somente juntas podemos ver o caminho.

— Magys, você está machucando ela. — Thalias sem dúvida estava lutando para manter a voz estável. — Seja lá o que estiver fazendo com Che'ri, está machucando ela.

— Não vai feri-la — assegurou Che'ri. — Eu e ela veremos o caminho. Só eu e ela juntas podemos ver o caminho.

— Você já está machucando ela — disse Samakro. Parte de si ainda se recusava a aceitar o que estava vendo e ouvindo. Mas era real. Era terrivelmente real. Che'ri poderia estar lá em corpo, mas ela estava falando as palavras de outra pessoa com a voz de outra pessoa. Já conseguia vê-la se retorcendo em algo que nunca vira antes. — Os pesadelos... Lembra dos pesadelos que fez ela ter? Eles poderiam tê-la matado.

— Mas não mataram — lembrou Che'ri. — Assim como isto não a matará.

— O Capitão Intermediário Samakro tem razão — disse Thalias. — Mesmo que não a mate, vai feri-la. Vai machucá-la e transformá-la. Ela pode nunca mais ser ela mesma por inteiro.

Che'ri sacudiu a cabeça, um giro breve e desarticulado para a direita e outro para a esquerda.

— Ela não vai se importar. Ela aceitará ser nós.

— Eu não acredito em você — grunhiu Thalias. — Se ela realmente consentiu, liberte-a e deixe que ela diga isso por si mesma.

— Libertá-la? — Os lábios de Che'ri se torceram em um quase sorriso, a boca se abrindo como se quisesse rir, mas não conseguia lembrar como. — Acha mesmo que eu sozinha a seguro? Todos aqueles que agora tocam o Além estão reunidos juntos para a proteção de nosso mundo. Todos estão em concordância. Todos nos ajudarão a encontrar o caminho.

Samakro sentiu os lábios se curvarem sobre os dentes em um rosnado. Então, não era apenas a Magys invadindo a mente de Che'ri, mas o maldito planeta inteiro de pessoas mortas acharam que podiam se meter nisso também?

— Eles não se aproximarão dela.

Samakro franziu o cenho.

— Do que você está falando?

— Eles não se aproximarão dela.

Samakro olhou para Thalias, viu o mesmo olhar confuso em resposta...

Atrás dele, a escotilha se abriu. Samakro virou a cabeça e viu dois médicos se apressando para entrar na ponte.

— Eles não se aproximarão dela — repetiu Che'ri, de forma mais cortante.

Samakro fez um gesto para os médicos se afastarem, praguejando consigo mesmo. Mesmo sem a Magys se meter, a Terceira Visão de Che'ri podia ver esse tipo de futuro. Como seria quando ela tivesse controle total da menina?

— Você não pode fazer isso com ela, Magys — insistiu Thalias. — Você nos deve isso, lembra? Nós salvamos sua vida e libertamos seu planeta de quem o conquistou.

— Triunfos que se transformarão em pó se tudo for perdido — rebateu Che'ri. — Só se pudermos ver o caminho o restante poderá ser salvo.

Samakro voltou a olhar para Thalias, o estômago se contraindo. Quanto do plano de Thrawn a Magys já havia visto? Alguma parte dele? *Tudo*? Será que mesmo agora ela teria vislumbres da cena de destruição em massa que Samakro sabia estar por vir?

— Muito bem — disse Thalias de repente. Seu rosto estava pálido, mas sua voz era firme. — Veremos o caminho juntas. Mas não será você e Che'ri. Você me levará no lugar dela.

— Você não pode ver o caminho — desdenhou Che'ri.

— Não, na verdade, eu posso — afirmou Thalias. — Eu lhe contei uma vez que eu também tinha a Terceira Visão.

— Você a teve sim, um dia — disse Che'ri. — Mas a perdeu há muito tempo.

— Não por inteiro — Thalias parecia obstinada. — Eu senti a presença daqueles no Além conforme nos aproximávamos do sistema. Eu sabia da existência do Guardião antes de Che'ri me contar dele. — Ela olhou para cima para ver Samakro. — E eu sabia que o Guardião ficaria insatisfeito se você arrancasse a vida de uma menina jovem.

Por um momento, Che'ri não respondeu.

— Sua Terceira Visão sumiu — disse.

— Ela não sumiu, só está adormecida — respondeu Thalias. — Você e aqueles no Além só precisarão insistir um pouco para que ela funcione.

— Thalias, você não pode fazer isso — murmurou Samakro. — Não pode deixar que ela tome você.

— Se eu não fizer, ela tomará Che'ri — argumentou Thalias. — Ela já a tem. Essa é a única forma de persuadi-la de libertar ela.

— Mas ela tem razão — falou Samakro. — Sua Terceira Visão não existe mais. Para que isso funcione, vai ser como se um extintor de incêndio passasse por você.

— Eu não me importo — disse Thalias.

— Talvez eu me importe.

— Bem, então não deveria — retrucou Thalias. — Você e a *Falcão da Primavera* não podem ficar sem a Che'ri. Vocês *podem* ficar sem mim.

— Não — Samakro foi firme. — Também não vou sacrificar seu futuro.

Thalias sacudiu a cabeça.

— Eu não tenho mais futuro, capitão intermediário — sussurrou. — Eu apontei uma carbônica para o Patriarca Thurfian.

Samakro sentiu os olhos se arregalarem.

— Você *o quê*?

— Eu precisei fazer isso — respondeu Thalias. — Ele me deixou sair de Csilla, mas sei que não vai esquecer do que fiz. — Ela voltou os olhos mais uma vez para o rosto de Che'ri. — A discussão acabou. Magys, estou pronta. Deixe-a em paz e me use no lugar dela.

Samakro fitou os olhos de Thalias... e, com isso, finalmente entendeu a verdade.

Ela não era espiã coisa nenhuma, independente do que Thurfian a tivesse forçado a dizer. Ela era leal a Thrawn, a Che'ri e à *Falcão da Primavera*. Ela morreria antes de trair qualquer um deles.

O que só dava a ele uma única opção.

— Só um instante, Magys — chamou. — Há mais um ponto que precisa considerar.

— Que ponto seria esse? — perguntou Che'ri.

— Você fala do futuro — disse Samakro. — A pergunta que precisa fazer é se você mesma terá um ou não.

— Você fala em enigmas.

— Então deixe eu ser mais claro — falou Samakro. — Comandante Intermediária Dalvu, temos uma visão da área de mineração de nyix em Nascente?

— Sim, capitão intermediário.

— Ótimo — disse Samakro. — Comandante Sênior Afpriuh, prepare uma saraivada de fogo laser para essa região.

— Capitão intermediário, o que você está *fazendo*? — Thalias arregalou os olhos.

— E prepare dois invasores para a segunda rodada — acrescentou Samakro. — Está ouvindo, Magys?

— Estou — respondeu Che'ri.

— Eis as suas escolhas — falou Samakro. — Você liberta Che'ri agora mesmo e deixa ela e Thalias em paz, de forma estrita e total. Senão você e todas as pessoas em um raio de dez quilômetros de onde você está morrerão em sessenta segundos. — A ponte, percebeu Samakro, caiu em silêncio. — Magys, você está me ouvindo?

— Eu ouvi — disse Che'ri, incerta. — Você nunca faria tal coisa. Seu comandante nunca faria tal coisa.

— O Capitão Sênior Thrawn não está aqui. *Eu* estou.

— Ele se importa com as vidas daqueles que não são Chiss.

— Sim, ele se importa — concordou Samakro. — Mas se ameaçar seu povo, verá quão rápido isso pode mudar. Quarenta e cinco segundos.

— Capitão intermediário, você não pode fazer isso — implorou Thalias.

— Não só posso como vou. — Samakro foi frio. — Ela ameaçou você e atacou Che'ri. No que me diz respeito, isso é uma sentença de morte automática. Trinta e cinco segundos.

— Sem mim, vocês morrerão. — Havia um estranho senso de súplica na voz de Che'ri. — Sem ver o caminho da batalha, todos nós morreremos.

— Você subestima o Capitão Sênior Thrawn — disse Samakro. — Ele compreende seus inimigos. Ele conhece seus padrões e suas fraquezas, e o que é necessário para derrotá-los. Na verdade, eu apostaria que ele vê o futuro de uma batalha mais claramente do que você. Vinte segundos.

Ele contou mais cinco segundos. E, então, de súbito, Che'ri ficou rígida e desmaiou em seu assento, a respiração vindo em explosões curtas e superficiais.

Em silêncio, Samakro exalou a sua tensão.

— Mantenha os lasers e os invasores no lugar — ordenou. — Se ainda estiver ouvindo, Magys, você fez a decisão correta. O Capitão Sênior Thrawn e *eu* continuaremos a proteger seu mundo e seu povo da melhor forma que pudermos. — Ele ergueu um dedo. — Só lembre de que, se estiver tentada a mudar de ideia, eu não mudei. E minha ordem sempre pode ser refeita. — Ficou de pé, estremecendo ao sentir as pontadas repentinas em seus joelhos. — Cuidadora, você precisa de ajuda para levá-la de volta à suíte?

— Não. — O rosto de Thalias estava tão pálido que parecia espectral assim que levantou, as mãos ainda agarrando os ombros de Che'ri. — Eu consigo. Che'ri?

— Eu estou bem. — A respiração de Che'ri havia ficado mais devagar, mas ainda estava instável quando Thalias a ajudou a ficar de pé. — Eu... Será que eu posso comer alguma coisa?

— É claro. — Thalias guiou a menina ao redor da cadeira e começou a manobrá-la na direção da escotilha. Os dois médicos continuavam parados lá; com um gesto de Samakro, eles se apressaram para ajudá-las. — Pode descansar enquanto eu faço alguma coisa para você.

Os médicos as alcançaram, pegando os braços de Che'ri e continuando o caminho através da ponte. Thalias começou a segui-los, hesitou, e se virou para Samakro.

— Obrigada, senhor — disse.

Ele deu de ombros.

— Eu só estava protegendo os recursos da *Falcão da Primavera*.

— Achei que nós éramos pessoas reais, vivas e valiosas. — Ela abriu um sorriso pequeno e cansado.

— Há sempre um meio-termo.

— Sim. — O sorriso dela sumiu. E, então, acrescentou, a voz quase baixa demais para ser ouvida. — Você realmente teria disparado aqueles lasers?

Ele a encarou nos olhos.

— Você teria disparado aquela carbônica?

Um músculo contraiu-se na bochecha dela.

— Eu preciso ver a Che'ri.

— Sim — disse. — Mantenha-me informado da condição dela.

Ela assentiu e se apressou para seguir Che'ri e os médicos. O grupo desapareceu pela escotilha e Samakro voltou à cadeira de comando.

— Ainda estamos a caminho da *Picanço-Cinzento*? — perguntou.

— Sim, senhor — disse Azmordi. — Isso foi... intenso, senhor.

— Foi, de fato — concordou Samakro. — Vamos torcer para que a Magys tenha realmente aprendido a lição.

— Capitão intermediário, sinais chegando — informou Dalvu, tensa. — Várias naves de guerra saindo do hiperespaço.

— Entendido, comandante intermediária. — Samakro espiou a tática, observando conforme a contagem de naves aumentava lentamente. — Tenente Comandante Brisch, mande um sinal para o Capitão Sênior Thrawn. Diga a ele que nossos convidados chegaram.

CAPÍTULO VINTE E QUATRO

NASCENTE.

Qilori pegou-se repetindo o nome em sua mente uma e outra vez, de novo e de novo, conforme a Grande Presença o guiava pelo trecho final da longa jornada. Era o nome que Thrawn dera ao planeta, ou assim disseram, e que Jixtus aceitou por conveniência de discussão. Mas sem dúvida os habitantes do mundo deveriam tê-lo chamado por outro nome originalmente.

Será que aquele nome havia sido algo brilhante e glorioso, refletindo um passado satisfatório e um futuro otimista? Será que aqueles que continuavam lá o chamavam por um nome diferente agora que ele havia sido destroçado pela guerra? Será que trocariam seu nome mais uma vez após testemunharem a batalha que teria lugar no céu acima de suas cabeças?

Ou será que sobraria alguém para lembrar ou renomear? Qilori havia visto os danos horríveis, as consequências de uma guerra civil brutal. Segundo Thrawn, a guerra havia sido instigada e encorajada por Jixtus e por seus agentes Agbui. Assim que os Grysk haviam retirado tudo que queriam daquele mundo, será que Jixtus finalizaria o trabalho, destruindo o que havia sobrado?

Afinal, a galáxia tinha uma longa história de destruidores implacáveis que preferiam não deixar testemunhas para trás. Será que o povo de Nascente entraria nessa categoria?

E, mais importante, será que Qilori entraria?

Algo à distância tocou sua mente: outro Desbravador, nas profundezas da Grande Presença, aproximando-se do mundo à frente. Provavelmente era Sarsh, decidiu, o navegador que ajudara a resgatar da *Martelo* só para serem forçados a servir Thrawn e os Paccosh. Era infeliz, e provavelmente injusto, mas ao menos sua presença mostrava que Thrawn definitivamente continuava em Nascente.

Continuava mesmo?

As asinhas de Qilori se contraíram debaixo do aparelho de privação sensorial em sua cabeça. Sarsh estava perto de Nascente, mas era quase como se estivesse vindo na direção da *Pedra de Amolar*. Será que Thrawn estava saindo do sistema, então?

Esperava que não. Jixtus ficaria furioso se o Chiss tivesse terminado sua busca antes do previsto e estivesse voltando para a Ascendência com seu carregamento de estrangeiros prescientes.

Ou será que Thrawn estava em algum lugar além do planeta e só agora estivesse voltando para lá? Qilori não saberia dizer. A Grande Presença conseguia providenciar a localização de outro Desbravador e um certo grau de identificação, mas distâncias e direções de movimento eram sempre complicadas de estimar.

E, então, Sarsh desapareceu da consciência de Qilori.

Será que ele havia saído mais uma vez do hiperespaço? Esse costumava ser o motivo pelo qual a presença de um Desbravador sumia. Mas se Thrawn estivesse lá fora, na vastidão vazia das estrelas, por que teria escolhido voltar de repente ao espaço normal?

Não havia tempo para tentar descobrir isso agora. Jixtus havia ordenado que a frota se reunisse na fronteira do sistema de Nascente, longe de qualquer chance de ser detectada no sistema interno, e a *Pedra de Amolar* estava alcançando esse destino rapidamente. Qilori fez um ajuste microscópico final na direção da nave, aguardando a orientação da Grande Presença.

E então, haviam chegado. Ele teclou os controles e a Grande Presença se dissipou conforme a *Pedra de Amolar* voltava mais uma vez ao espaço normal.

Qilori colocou as mãos para cima e tirou o aparelho da cabeça, piscando nas luzes reduzidas da ponte enquanto checava as telas de navegação. Estavam na parte externa do sistema de Nascente, assim como haviam mandado.

As asinhas relaxaram com o alívio. Independente do que tivesse acontecido, ao menos Jixtus não poderia acrescentar um erro navegacional à lista de fracassos de Qilori. Olhou para a tela de sensores, contando mentalmente os segundos.

E, então, de repente, lá estavam elas, surgindo de todos os lados: a *Tecelã de Destinos*, as três Mestras Bélicas, e as onze Chefes de Batalha. As quinze chegaram em formação perfeita conforme seus navegadores Atendentes as traziam de volta ao espaço normal em uma sucessão veloz. Qilori já havia visto a deliciosa coordenação dos Atendentes antes, e ainda não sabia dizer se eles conseguiam sentir uns aos outros no hiperespaço como os Desbravadores conseguiam, ou se eles simplesmente tinham uma noção incrível de posicionamento e tempo.

Jixtus já estava no comunicador, falando com os outros comandantes Grysk em seu próprio idioma. Afastado, a pele do Generalirius Nakirre estava mudando mais do que o normal daquele jeito desagradável e estrangeiro que eles tinham. Qilori não sabia se era por expectativa ou pavor.

Ou talvez fosse frustração. Qilori não havia interagido muito com os Kilji, mas, mesmo assim, tinha ficado com a impressão de que o Generalirius Nakirre havia esperado ser uma parte maior no grande esquema de Jixtus. Em vez disso, seu papel pelo visto havia sido meramente transportar Jixtus pela Ascendência, parecendo inocente enquanto Jixtus semeava a discórdia até que estivesse pronto para revelar a verdadeira frota intrusa.

Aparentemente, a sugestão de que os Kilji fossem, de fato, os mestres de Jixtus, havia sido só mais uma das mentiras de Thrawn.

Qilori havia passado a vida inteira navegando estrangeiros pelo Caos, a maior parte dos quais o tratavam como o criado contratado que era. Ele havia visto o nível de arrogância de Nakirre em muitos outros, mais recentemente os Nikardun do General Yiv e os Agbui de Haplif. Ambas as espécies haviam desafiado o poder da Ascendência Chiss e ambas haviam sucumbido diante dela.

Talvez desta vez seriam os Chiss que sucumbiriam diante de uma força maior.

Jixtus terminou sua conversa.

— A frota está pronta — disse, voltando a falar em Minnisiat. — Você, Desbravador, nos levará em um salto interno no sistema até o planeta.

O Generalirius Nakirre remexeu-se em seu assento.

— O Primeiro Vassalo pode fazer isso.

— O Desbravador vai fazê-lo. — O tom de Jixtus deixou claro que não continuariam discutindo. Seu rosto velado se voltou brevemente para o líder dos Kilji, e então para Qilori. — Desbravador?

— Sim, senhor — falou Qilori. — Devo mandar as coordenadas do salto para suas outras naves?

— A frota nos seguirá em seu próprio tempo — disse Jixtus. — Primeiro vou falar sozinho com os Chiss. Estou curioso para ver se Thrawn vai me oferecer duas vidas estrangeiras como você previu.

As asinhas de Qilori enrijeceram. Havia torcido para Jixtus esquecer aquela conversa, ou ao menos deixar de lado a ameaça que havia anexado às teorias estabanadas de Qilori em relação à estratégia de Thrawn.

— Sim, senhor — conseguiu dizer. — O salto interno no sistema está pronto.

— Execute-o — ordenou Jixtus.

Preparando-se, Qilori teclou o leme. Um piscar de estrelas, e o planeta Nascente surgiu, escuro e parecendo praticamente morto.

Um pano de fundo condizente, Qilori pensou ao encarar em descrença perplexa a devastação avassaladora que agora surgia diante dele.

Qilori havia esperado encontrar Thrawn e seus aliados circulados pela força que a Ascendência havia mandado para detê-lo. O número de naves de guerra foi a primeira surpresa, com quase trinta naves visíveis, das canhoneiras às Nightdragon sobre a qual avisou Jixtus.

Mas elas não estavam em formação de batalha. Nem estavam desafiando Thrawn. Elas estavam mortas.

Todas elas.

CAPÍTULO VINTE E CINCO

Qilori deixou seu olhar passar pela cena aos poucos, as asinhas ondulando com horror e repulsa. As naves de guerra estavam espalhadas por tudo que é lado, algumas pairando em órbitas mais ou menos estáveis, outras nos trajetos mais hiperbólicos e extremos que, em dias ou horas, terminaria suas existências em colisões flamejantes contra a superfície do planeta. Nenhuma delas demonstrava qualquer sinal de atividade interna. Os sensores da *Pedra de Amolar* indicavam que a maior parte dos reatores continuavam produzindo energia, mas que essa energia era mínima e estava se dissipando devagar. Destroços de batalha estavam por toda parte, algumas das maiores naves com finos rastros de fumaça atrás delas. Uma das canhoneiras na lateral estava girando lentamente, a luz do sol distante cintilando das placas arrebentadas do casco, seu próprio rastro de fumaça longo e denso e rodopiando em um formato bizarro, espiralado e em expansão, cercando-a. A fumaça brilhava na luz solar distante como se fosse mais um lodo de metal à deriva, e ele se perguntou brevemente que tipo de arma poderia ter gerado tal nuvem. Um par de naves mostravam marcas de chamas piscantes onde linhas de oxigênio alimentaram o dano laser. Independente do que tivesse acontecido ali, a *Pedra de Amolar* parecia ter chegado logo depois.

— Mova-nos — mandou Jixtus. — Eu quero ver tudo.

— Leve-nos mais para perto — repetiu Nakirre. Como se, Qilori pensou, as ordens ou a presença do Kilji a bordo desta nave continuassem importando de verdade.

Os propulsores foram ativados, fazendo a *Pedra de Amolar* passar pelo poço gravitacional de Nascente. Todas as outras naves também deveriam ter estado fundo assim no poço, percebeu Qilori com uma pontada silenciosa, sem esperança de escapar para o hiperespaço. Não era de se surpreender que todas tivessem morrido onde estavam.

— As naves ainda exalam o calor da vida — disse o vassalo na estação de sensores. — Os corpos a bordo continuam a esfriar.

— Algumas horas no máximo, então — falou Qilori. Será que isso explicava o que ele havia visto enquanto estava aninhado dentro da Grande Presença? O Desbravador Sarsh teria tentado escapar da carnificina da batalha em uma nave cujos hiperpropulsores haviam tentado cuspir e depois fracassaram completamente?

— Então, Thrawn recusou a ordem de se render. — Um misto de satisfação e decepção apareceu na voz de Jixtus. — Achei que ele poderia fazer isso.

— Por que ele faria algo assim? — murmurou Qilori.

— Ele sempre se considerou imbatível — disse Jixtus. — Agora, aqui, a sorte dele finalmente se esvaiu. — Ele fez um som que parecia meio bufido, meio risada. — E, conforme a Ascendência espirala em direção à própria ruína, esses Chiss lutaram e destruíram a si mesmos e uns aos outros. Nascente e seu povo são nossos.

— É o que parece. — Os olhos de Qilori continuavam fixos nos destroços. Jixtus poderia invocar comparações o quanto ele quisesse, mas, para Qilori, o desastre inteiro seguia sendo inexplicável. Como algo assim poderia ter acontecido?

Uma centelha chamou sua atenção: um pequeno asteroide a uma distância próxima, pairando logo fora do campo de destruição, havia refletido um raio de luz solar. Era provável que houvesse uma dúzia dos objetos rochosos lá, ele via agora, os tamanhos variando entre os de canhoneiras até tão pequenos quanto módulos de fuga para uma pessoa só. Deveriam ser só alguns membros perdidos do aglomerado de asteroides que os sensores mostraram a uma distância próxima atrás deles. Como se a própria natureza tivesse observado a batalha e enviado alguns representantes para vê-la mais de perto.

Franziu o cenho, olhando mais para o aglomerado. Um grupo próximo de rochas assim, dentro do alcance de sensores e comunicação do planeta e perto o bastante para um salto interno no sistema, ofereceria a cobertura perfeita para um posto de observação.

E, na verdade, agora que estava focando nisso, pensou ter visto algumas centelhas de luz refletida.

Mas os sensores da *Pedra de Amolar* não mostravam nenhum sinal de movimento ou leituras de energia lá fora. Se alguém tivesse mesmo montado tal posto, a batalha aparentemente havia ido longe o bastante para eliminá-lo também, deixando apenas naves mortas e destroços para trás.

Ou então, os lampejos vinham dos depósitos de metal dos asteroides, e o resto era a imaginação nervosa de Qilori.

— Lá. — Jixtus apontou um dedo na direção da panorâmica. — Essas duas naves perto do planeta. Acabo de ver mesmo fogo laser entre elas?

Qilori desviou a atenção dos asteroides e das naves acabadas e espiou na direção que Jixtus apontava. Além do rastro de fumaça espiralada havia duas naves pairando juntas, nenhuma delas energizadas. Ambas eram naves que ele reconhecia: a Nightdragon Chiss conhecida como *Vigilante*, e a fragata de bloqueio Nikardun *Aelos*, roubada por Uingali foar Marocsaa.

E, conforme Qilori assistia, sentindo uma tristeza estranha, um pequeno piscar inútil de fogo laser realmente apareceu entre as duas abandonadas.

— Leve-nos até lá, vassalo — ordenou Jixtus, guiando o dedo que apontava para o Kilji no leme. — E você, vassalo — ele apontou para a estação de comunicações —, mande um sinal de transmissão chamando por sobreviventes.

— Faça o que ele mandou — murmurou Nakirre.

— Um sinal já está chegando — disse o vassalo de comunicações, tocando em seu painel.

— É você, Generalirius Nakirre? — uma voz veio tentativamente do alto-falante, as palavras meio enterradas pelo estalo do transmissor danificado.

— É — confirmou Nakirre. — É você, Capitão Sênior Thrawn?

— Sou eu — disse o outro e, dessa vez, Qilori foi capaz de reconhecer a voz dele.

Mas não era mais a voz de uma confiança calma e quase arrogante que sempre havia sido a marca desse pele azul em particular. A voz de Thrawn soava dolorida, desalentada, perdida. Seus esquemas, seus planos, sua autoconfiança — tudo aquilo tinha dado em nada.

Mais cedo, Qilori havia se perguntado se Thrawn e os Chiss sucumbiriam diante da frota Grysk. Em vez disso, haviam sucumbido uns aos outros.

— Temo que tenha chegado tarde demais para trazer a iluminação que me prometeu um dia — declarou Thrawn. — Talvez tenha mais sucesso em outro lugar. Jixtus dos Grysk ainda viaja com você?

— Viajo — falou Jixtus. — Diga-me, Thrawn dos Chiss: você encontrou esses primos prescientes da Magys que veio buscar aqui?

— Eu o encontrei, sim — disse Thrawn.

Jixtus virou-se para Qilori, e Qilori conseguiu imaginar um sorriso astuto aparecendo por trás do véu negro.

— *O* — repetiu Jixtus. — Então, só havia um?

— Nunca houve mais do que dois — revelou Thrawn. — A Magys e o Magysine, é assim que os chamam.

— Ah — disse Jixtus. — E tem ambos com você a bordo da *Aelos*?

Houve apenas uma pequena hesitação.

— Não — falou Thrawn. — Eles estão na superfície, viajando para um local de segurança.

— Entendo — respondeu Jixtus. Houve um baque surdo em algum lugar abaixo deles conforme a *Pedra de Amolar* batia contra um pequeno pedaço de destroços flutuantes. — Para ficarem a salvo de mim? Ou a salvo de você?

— Por que eles precisariam ficar a salvo de mim?

— É claro — disse Jixtus. — Deixe que eu diga a você o que *eu* penso. Eu acho que você mentiu para Qilori de Uandualon e conseguiu de alguma forma passar a mesma mentira para os observadores Grysk que ainda restavam em Nascente. Eu acho que há mais do que apenas um Magysine. Eu acho que você já encontrou todos eles. Acho que eles estão todos abarrotados com você a bordo de sua nave destroçada.

— Minha nave não está destroçada — disse Thrawn. — Já estamos fazendo reparos há um tempo.

— Esforços que, em breve, não servirão de nada. — Jixtus foi calmo. — Você não tem barreira eletroestática, não tem lasers dignos de serem mencionados, e energia insuficiente para ativar qualquer um deles e causar algum tipo de efeito. Uma única saraivada laser, um único míssil, e você será só mais um destroço de batalha. Notei que nossos sensores sugerem que pode haver muitos sobreviventes a bordo da *Vigilante*.

— Sua briga é comigo, Jixtus dos Grysk — disse Thrawn, um pouco de vida voltando à sua voz. — Deixe os mortos e aqueles que estão morrendo em paz.

— Se estiverem mesmo morrendo, não seria misericordioso acabar com seu sofrimento? — perguntou Jixtus. — Mas você tem razão. Eu vim até Nascente para destruir *você*. Só tenho pena e desprezo por aqueles que foram tolos de escolherem cair ao seu lado. Por esse motivo, ofereço uma troca: as vidas deles pelas vidas dos Magysines estrangeiros a bordo de sua nave.

Houve outra pausa, dessa vez um pouco mais longa.

— Não posso entregá-los a você — respondeu Thrawn. — Eles são muito jovens, muito delicados. As vidas deles são preciosas demais.

— Eu os trataria bem — assegurou Jixtus. — Eles seriam convidados de honra entre os Grysk.

— E só seriam convidados para sempre — disse Thrawn, franco. — Eu duvido que você estaria disposto a investir o tempo e a paciência necessários para treiná-los da maneira apropriada.

Jixtus bufou com desdém.

— Tempo e paciência, você diz? Você me subestima. Eu já coloquei muito tempo e paciência em você e na sua Ascendência. Investir um pouco mais para obter tamanho prêmio dificilmente seria uma perda.

— *Que* tempo? — zombou Thrawn. A voz dele estava um pouco mais forte, como se tivesse percebido que o fim se aproximava e tivesse decidido encarar seu último inimigo com dignidade. — Você mal chegou nesta região do espaço. Eu estou falando que seriam necessários anos de paciência para treinar os Magysines.

— Eu não sou nenhum recém-chegado a esta guerra, Thrawn dos Chiss — rebateu Jixtus, rígido. — Anos de paciência, é? De fato, foram necessários anos para treinar e cultivar o General Yiv, o Benevolente, e os seus Nikardun. Guiá-lo e apontar para suas conquistas precisou de ainda mais paciência.

— Não consigo ver que paciência teria sido necessária — disse Thrawn. — Yiv simplesmente atacava a todos em seu caminho. Ele dificilmente precisava de alguém para guiá-lo.

— Se acredita nisso, é menos perceptivo do que eu tinha pensado — desdenhou Jixtus. — A ordem e as localizações de suas conquistas e alianças precisaram ser cuidadosamente mapeadas se quiséssemos criar o cerco necessário ao redor de sua Ascendência Chiss.

— Por conquistas, você se refere ao Combinado Vak e à Unidade Garwiana?

— Não havia necessidade para Yiv conquistar os Garwianos — falou Jixtus. — A única coisa necessária para mantê-los quietos e amedrontados era criar um tratado entre Yiv e seus inimigos Lioaoin.

— Então, você conquistou alguns e intimidou os outros — disse Thrawn. — E as nações cujos recursos você sugou só para então esmagá-las?

— O que tem elas? — O traje negro de Jixtus se moveu quando ele deu de ombros. — Elas não tinham valor algum, a não ser como prática para os soldados de Yiv. Algumas outras, como o mundo abaixo de nós, tinham certos recursos específicos, mas não valiam o esforço de serem conquistadas.

— Então, foram essas para as quais mandou os Agbui para que as destruíssem por dentro?

— Algumas, sim — revelou Jixtus. — Os Agbui são bastante bons nessas coisas. Aquele chamado de Haplif, em particular, era um dos melhores. Os Chiss pagarão caro por me privar de seus serviços futuros.

— Serviços contra quem? — rebateu Thrawn. — Você já destruiu tudo na região.

— Nem tudo — falou Jixtus. — Talvez eu mande os Agbui contra seus amigos Pacc. Ou contra os Vak e os Garwianos.

— Tentar transformar os mundos deles como fez com Nascente seria um erro — avisou Thrawn.

— É possível — disse Jixtus. — Verdade, Nascente foi um exercício divertido em subjugar e destruir, mas, como pode ver, me custou caro. Talvez eu simplesmente escravize os Garwianos e os Vak, a não ser que eu descubra que os mundos deles também possuem recursos escondidos. A persuasão dos Agbui não é limitada para destruição, afinal.

— De fato — respondeu Thrawn. — Foi bastante astuto, usar o nyix que os Agbui confiscaram em Nascente para corromper os oficiais Chiss que tinha como alvo. Felizmente, pudemos impedir seu plano.

— Só de forma temporária — disse Jixtus. — Nosso esforço mais recente logo terá os frutos amargos que pode ver mais abaixo.

— Talvez — falou Thrawn. — Ainda assim, você cometeu um erro grave quando mandou Yiv contra os Paataatus.

— Por que diz isso?

— Então, você afirma que, após anos de fomentar das sombras a destruição, você finalmente se mostrou sob a luz. — Thrawn ignorou a pergunta de Jixtus. — Você viajou entre as Famílias Governantes, ofereceu prova de traição com uma mão e o auxílio de naves de guerra Grysk com a outra. Mas eram apenas mentiras. Não havia falsidade entre as famílias, e suas naves de guerra nunca seriam dadas a nenhuma família Chiss. Elas sempre permaneceriam apenas sob o seu controle.

— E *você* entregaria naves de guerra a seres que já haviam sido marcados para a destruição? — retorquiu Jixtus. — Se tivesse alguma nave de guerra para entregar, é claro.

— Bom ponto — comentou Thrawn com pesar. — Mas decerto você não teria tido como saber que esta seria a visão que enfrentaria ao chegar. Realmente pensou que seria seguro para você vir até aqui sozinho, sem sua frota para apoiá-lo?

— É claro que não. — Uma pontada de satisfação maldosa apareceu na voz de Jixtus. — Se ainda consegue ver, veja mais à frente e testemunhe a chegada de sua ruína final.

E, então, aparecendo diretamente atrás da *Pedra de Amolar*, as quinze naves massivas da frota de Jixtus chegaram.

— Consegue vê-las, Thrawn? — perguntou Jixtus. — Consegue vê-las?

— Consigo, sim — confirmou Thrawn. — Uma formação impressionante. Imagino que seja hora das apresentações?

— Você deseja saber os nomes das naves de guerra que vão matá-lo e terminar de destruir sua patética força? — perguntou Jixtus. — Por quê?

— Por que não? — respondeu Thrawn. — Deseja tanto assim a glória pessoal que negaria aos capitães de suas forças que façam parte dela?

Jixtus bufou.

— Está pensando em criar uma separação entre eu e meus capitães? Você não passa de um tolo. Mas não importa. A maior das naves, a que agora aparece a estibordo desse patético cruzadorzinho de guerra Kilji, é minha nave principal, a *Tecelã de Destinos*.

— Impressionante. — Thrawn escondia bem sua apreensão, pensou Qilori, mas a visão da gigante nave de guerra Grysk deveria ter afundado uma garra em seu coração.

— Impressionante mesmo — concordou Jixtus. — Ela é uma Mestra Bélica da classe *Estilhaçadora*, a mais grandiosa classe de naves de guerra da armada Grysk. Flanqueando-a a bombordo, estibordo e na dorsal estão minhas três Mestras Bélicas da classe *Trituradora de Pedra*: a *Esmeril*, a *Armagedom* e a *Varredora Celeste*. Fazendo uma varredura das principais naves estão as minhas Mestras Bélicas de classe *Prisma*. Eu diria os nomes delas, mas não há por que sobrecarregá-lo com os detalhes quando lhe resta tão pouco tempo.

— Quinze naves ao todo — falou Thrawn. — Percebo que há mais aqui do que as que ofereceu ao Patriarca Clarr.

— É claro — disse Jixtus. — Um momento, por favor.

Ele recitou algumas frases na língua Grysk, e Qilori viu a formação de batalha se afastar lentamente conforme as naves de guerra se dirigiam a seções diferentes do campo de batalha.

— Estou mandando que busquem as naves onde é mais provável haver sobreviventes. — Ele voltou a falar em Minnisiat. — Deve lembrar que ofereci trocar vidas Chiss pelos Magysines?

— Você só falou da *Vigilante*.

— Estou adicionando mais incentivos — explicou Jixtus. — E você está correto quanto aos números. O Patriarca Rivlex não foi o único tolo arrogante a aceitar minhas naves de guerra. Os Patriarcas Chaf e Ufsa também ficaram ávidos de acrescentar o poder Grysk às suas frotas. Quanto a mim, eu fiquei alegre de ter portos seguros onde minhas naves teriam fácil acesso a suprimentos e combustível.

— E, ainda assim, trouxe todas elas para cá — disse Thrawn. — E se esses Patriarcas notarem que elas partiram? Será que não vão perceber que sua promessa de controle era uma mentira?

— É aí que jaz sua última esperança? — perguntou Jixtus. — Que os Patriarcas vejam como foram tolos e reconsiderem seus acordos comigo? — Ele bufou com desdém. — Não, Thrawn. Assim como você pensou um dia em usar a Magys e seu povo para poder ver as batalhas à sua frente, essa expectativa final também será em vão. Minhas naves de guerra voltarão para seus ninhos assim que terminarmos aqui, muito antes dos Patriarcas poderem ficar preocupados, provavelmente antes mesmo de eles notarem suas ausências.

— Teria sido sábio deixar uma ou outra para trás para acalmar qualquer tipo de preocupação — sugeriu Thrawn.

— Como vejo agora, poderia ter feito isso — concordou Jixtus. — Mas vim até Nascente esperando travar uma batalha de grandes proporções. Não esperava descobrir que você já havia feito tudo por mim.

— Então *essa* é sua frota inteira?

As asinhas de Qilori estremeceram. Que pergunta estranha.

Jixtus pareceu pensar a mesma coisa.

— Por que quer saber?

— Eu ofereço uma troca — disse Thrawn. — Responda minha pergunta e eu direi por que foi um erro mandar os Nikardun contra os Paataatus.

Qilori olhou de relance para Jixtus. O Grysk estava sentado e imóvel, o rosto velado virado na direção da panorâmica e as duas naves danificadas até as quais a *Pedra de Amolar* estava indo.

— Muito bem, vou entrar no seu jogo — disse. — Eu não me importo com Yiv e seus fracassos, certamente não agora que ele já se foi. Mas admito ter uma certa curiosidade. Sim, esta é minha frota inteira. Não toda a força Grysk, é claro; nossa armada encheria o céu de Csilla. Essas são meramente as que achei que seriam necessárias para a destruição da Ascendência Chiss.

— Menos a nave de guerra que já tiramos de você.

Jixtus fez um som retumbante com a parte de trás de sua garganta.

— A *Destruidora de Esperanças*. Sim. A nave irmã da *Tecelã de Destinos*. Assim como a morte de Haplif, saiba que a perda daquela nave será usada contra você, com pagamento total.

— Peço perdão por trazer à tona um assunto doloroso — disse Thrawn. — Apenas a mencionei porque o registro da destruição dela há de providenciar instruções detalhadas para a Força de Defesa Chiss sobre como enfrentar e destruir suas naves de guerra. Você pode ponderar sobre isso antes de considerar outra ação contra a Ascendência.

— Ponderei e ignorei — falou Jixtus com desdém. — Quando eu levar minhas naves de guerra até a sua guerra, não haverá nada sobrando de sua Força de Defesa para eu me preocupar. Especialmente não com mais da metade da Frota de Defesa Expansionária já acabada aqui. Explique para mim qual foi o erro de Yiv.

— O erro foi que os Paataatus ficaram bastante insatisfeitos com sua tentativa de conquista — contou Thrawn. — Essa raiva combinou com um grau idêntico de gratidão por minha ajuda em eliminar o que restava do poder Nikardun sobre eles.

— E então...?

— E então, eles ficaram contentes em me fazer um favor — explicou Thrawn. — Você continua aí, Generalirius Nakirre?

— Continuo — falou Nakirre.

— Você mandou sua Horda contra várias das nações menores ao sul e sudeste da Ascendência — disse Thrawn. — Infelizmente, isso também significava que elas estavam ao norte e noroeste da Colmeia de Paataatus. Ter uma grande força militar operando tão perto de suas fronteiras foi considerado algo inaceitável.

— Do que está falando? — exigiu saber Nakirre.

— Estou falando que sua Horda não existe mais — disse Thrawn. — Uma frota de ataque de múltiplas pontas combateu contra ela e a destruiu. Por *inteiro*. Os mundos e os povos em quem esperava forçar sua iluminação agora estão livres.

— Não — insistiu Nakirre. — Você mente. A Horda da Iluminação é poderosa e inabalável.

— Infelizmente, ela também tinha várias fraquezas, tanto em design quanto em doutrina de combate — declarou Thrawn. — Fraquezas que foram vistas com facilidade através dos dados de batalha que conseguimos pegar de seu cruzador de piquete *Martelo*. A informação, é claro, foi compartilhada com os Paataatus antes do ataque.

Qilori olhou de relance para Nakirre, estremecendo ao ver a pele do Kilji ondular pelo seu corpo como as ondas de um mar agitado. Jixtus, em contraste, estava completamente imóvel, o rosto virado para o generalirius.

E, então, de forma abrupta, Nakirre levantou em um pulo.

— *Você* fez isso! — ele rosnou, apontando um dedo para Jixtus. — Sua arrogância, sua recusa em aceitar a Iluminação Kilji como verdadeiros aliados, seu fracasso em providenciar apoio adequado para nossas conquistas de iluminação...

Sem dizer uma palavra, Jixtus tirou uma pequena arma de dentro de sua capa e disparou um único tiro.

As asinhas de Qilori tiveram um espasmo de choque quando Nakirre se sacudiu e caiu no convés, a pele finalmente ficando parada para sempre.

— Senhor...! — arquejou Qilori.

— Acalme-se, Desbravador — falou Jixtus. — Se a Horda não existe mais, o generalirius não tem mais nenhuma utilidade para mim. — Ele olhou ao redor da ponte, o rosto coberto virando-se para cada um dos Kilji. Então, aparentemente satisfeito que não haveria mais nenhuma resistência, ele devolveu a arma ao coldre escondido. — E agora, Thrawn dos Chiss. Você está pronto para me entregar os Magysines?

— Só mais um comentário antes de eu responder — disse Thrawn. — Desejo lembrá-lo de que os dados do confronto recente da *Martelo* aqui em Nascente, junto com nossas observações durante nossas próprias batalhas com suas naves de guerra, também destacaram várias fraquezas nas habilidades e táticas de combate dos Grysk. Seria sábio você levar isso em consideração antes de responder minha pergunta.

— E que pergunta seria essa? — quis saber Jixtus.

— A mais crítica de todas — disse Thrawn. — Está pronto para se render?

— Está pronto para se render?

Por alguns segundos, o comunicador permaneceu em silêncio. Os olhos de Ar'alani passaram pela ponte da *Vigilante*, olhando para os monitores escuros e as linhas vermelhas de estado, perguntando-se se a boca de Jixtus estava pendendo e aberta pela surpresa ao ouvir a pura ousadia da pergunta de Thrawn. Perguntou-se, também, como seriam os Grysk, para saber se encarar alguém de boca aberta seria possível para eles.

Ela contemplou a panorâmica, sua breve contemplação da fisiologia Grysk desaparecendo para focar em assuntos mais urgentes. As naves de guerra Grysk que atualmente se espalhavam pelo campo de destroços à deriva eram grandes e feias, trazendo de volta lembranças desagradáveis da nave que a *Vigilante* combatera sobre esse mesmo planeta.

Era verdade que a *Tecelã de Destinos* era tão grande quanto a nave de guerra que ela e Ziinda eventualmente haviam derrotado. Mas, no momento de sua derrota final, a *Destruidora de Esperanças* já havia recebido danos graves de seu encontro anterior com Ziinda e Thrawn. A *Tecelã de Destinos*, em contraste, parecia estar em condições perfeitas.

Quanto às outras naves da frota de Jixtus, a *Varredora Celeste*, a *Armagedom* e a *Esmeril* eram ao menos um pouco menores do que a *Vigilante*. Infelizmente, ainda eram maiores do que a *Falcão da Primavera* e a *Picanço-Cinzento*. As onze Chefes de Batalha eram só um pouco menores que os cruzadores de batalha Chiss, e maiores do que os cruzadores leves e de patrulha que o Conselho e Ba'kif haviam mandado. Não importaria como acontecesse, provavelmente seria algo sangrento.

E, no fim, o plano inteiro de batalha residia no aparelho estrangeiro escondido na canhoneira Pacc que atualmente soltava sua fumaça preta, espiralada e metálica. Um aparelho que poderia ou não funcionar da forma que Thrawn disse que funcionaria.

Mas essas eram as cartadas que tinham. O trabalho de Ar'alani era usá-las da forma mais limpa e astuta possível.

— Está pronto para se render?

Alguém a bordo da ponte da *Picanço-Cinzento* soltou uma meia-risadinha. O primeiro impulso de Ziinda foi advertir contra acessos de emoção pouco profissionais; o segundo foi reconhecer que colocar para fora um pouco da tensão antes da batalha não seria só compreensível, mas benéfico.

Ela voltou sua atenção da tela tática sem nada que estivera contemplando para a panorâmica. À distância, conseguia ver a fumaça espiralando que marcava a canhoneira Pacc onde o aparelho estrangeiro estava a postos.

E perguntou-se, distante, se o Capitão Intermediário Apros, guardando aquele mesmo aparelho, estava rindo para acabar com a própria tensão.

Ela não quis que ele tivesse aquele dever. Na verdade, ela havia brigado exaustivamente contra isso, argumentando que o lugar de seu primeiro oficial era a bordo da própria nave. Mas Thrawn e Ar'alani insistiram, em troca, que o aparelho não poderia só ser deixado nas mãos dos Paccosh e que seria necessário um grupo central de Chiss a bordo para operá-lo. Apros havia se voluntariado para comandar o contingente, Thrawn aceitara, e a discussão havia terminado.

Havia sido uma oferta ousada e honrosa, Ziinda sabia, considerando que, se Apros não tivesse sido voluntário, outra pessoa teria que tomar seu lugar. Demonstrava o tipo de coragem e comprometimento que deveria ser a marca da Frota de Defesa Expansionária.

Mas, à espreita no fim de sua mente, estava a conversa silenciosa que os dois tiveram na ponte da *Picanço-Cinzento*, a discussão sobre orgulho familiar e reconhecimento pessoal.

Será que Apros havia se oferecido como voluntário para cuidar do aparelho estrangeiro pelo desejo de ser lembrado por sua família e pela Ascendência?

Ziinda esperava que não. Não era assim que decisões deveriam ser feitas.

Mas agora não havia mais como voltar atrás. Tudo que poderia fazer era lutar contra o inimigo usando o máximo de sua força e habilidade, e deixar o restante para o universo e a sorte dos guerreiros.

E se certificaria que, independente do que acontecesse, o Capitão Intermediário Csap'ro'strob *seria* lembrado.

— Está pronto para se render?

Por um longo momento, Jixtus não respondeu. Qilori lançou um olhar furtivo para ele, perguntando-se o que estava acontecendo atrás do véu, se o Grysk estava surpreso, se estava se divertindo ou se estava revoltado.

Será que Thrawn estava *tentando* se matar?

As asinhas de Qilori ficaram chapadas contra as bochechas. É claro que ele estava. A Magys e os Magysines estavam a bordo da *Aelos* com ele, e uma morte rápida e violenta nas mãos de Jixtus roubaria os prêmios dos Grysk.

Mas Jixtus não cairia nisso. Ele conteria a própria raiva até que pudesse embarcar na *Aelos* e confirmar a existência dos Magysines ou estabelecer que eles não estavam lá. Só quando essa tarefa tivesse sido cumprida que Jixtus permitiria a si mesmo o prazer de assistir à morte de Thrawn.

E então, enquanto Jixtus teoricamente continuava escolhendo sua resposta, o alto-falante da ponte da *Pedra de Amolar* soltou um tom alto e claro conforme a transmissão geral da *Aelos* vinha do comunicador. Qilori se encolheu, as asinhas palpitando junto com ele. Um alarme? Um aviso?

Um sinal?

E, ao olhar para a panorâmica, horrorizado, a frota morta dos Chiss voltou à vida.

As naves à deriva pareceram se juntar, as luzes reaparecendo, as rotações lentas e aleatórias parando ao ficarem estáveis e rotacionarem seus aglomerados de armas na direção das naves Grysk. Aquelas que estavam cercadas pelos destroços de batalha se sacudiram para se livrarem das nuvens flutuantes, os tentáculos de fumaça ou líquido, as chamas que ainda restavam se esvaindo. Em uma das telas da *Pedra de Amolar*, Qilori viu as leituras dos reatores de energia das naves mais próximas subir em um pico suave. Os condensadores de laser chegaram à potência máxima; as barreiras eletroestáticas piscaram de volta à existência junto com os cascos de liga de nyix.

Mal se passaram quinze segundos após o apito soar, e a frota Chiss estava pronta.

E, com as naves de guerra Grysk tendo saído de sua formação de batalha, cada uma delas agora estava no centro de um grupo de inimigos.

— E então, Jixtus? — perguntou Thrawn, a voz já não parecendo hesitante ou frágil. — Eu ofereço a você uma última chance.

Não houve resposta. Qilori arrancou os olhos dos inimigos despertos e procurou pela cadeira de comando.

Ela estava vazia.

— Jixtus? — Qilori olhou ao seu redor, frenético, girando a cabeça para o lado estibordo da ponte a tempo de ver a escotilha do módulo de fuga daquela parte se fechar. — Jixtus!

Era tarde demais. Ouviu-se o som abafado dos propulsores de ejeção e Jixtus partiu.

Qilori olhou ao seu redor, as asinhas tremendo. Quando Nakirre morrera, os vassalos haviam se curvado sobre seus assentos, lembrando ou em luto ou talvez catatônicos. Eles continuavam na mesma posição, aparentemente alheios tanto à saída de Jixtus quanto à ameaça que rapidamente se formava diante deles. O mestre de suas iluminações estava morto, e eles haviam abandonado a esperança.

E Qilori estava lá, preso com eles.

— Todos, fiquem atentos — avisou Samakro, observando com satisfação nefasta enquanto a *Falcão da Primavera* ficava à prontidão de batalha. Ele e os outros haviam praticado essa volta corrida duas vezes por dia desde a chegada do restante das naves da Frota de Defesa Expansionária, supostamente em Nascente para prender Thrawn, mas, na verdade, sob as ordens privadas de Ba'kif de se juntar às forças dele e seguir os seus comandos.

Houve algumas reclamações a respeito do cenário de destruição mútua proposto por Thrawn, Samakro sabia. Mas mesmo aqueles que haviam discordado dele conseguiam ver agora que um campo de naves de guerra supostamente destruídas havia sido a forma perfeita de separar as naves de guerra de Jixtus e levá-las ao combate de curta distância.

Apesar de que, se algum dos capitães soubesse do tamanho das naves Grysk, talvez eles tivessem apresentado reservas ainda maiores quanto ao plano.

Mas, por enquanto, ao menos, os Chiss e seus aliados Paccosh tinham a iniciativa.

— *Falcão da Primavera*; Paccosh Quatro — a voz de Thrawn se ouviu no alto-falante da ponte.

— Entendido — disse Samakro de prontidão. — Afpriuh: *Agora*. Paccosh Quatro: *Agora*.

E, enquanto a *Falcão da Primavera* abria com uma barragem laser fulminante contra a *Armagedom*, a mais próxima das três Trituradoras de Pedra de Jixtus, na distância próxima a bombordo da proa, uma das canhoneiras Pacc também começava a atacar, os lasers cuspindo fogo. Um enfrentamento que parecia verdadeiramente de um filhote de bigodilho contra um puleão e Samakro não tinha dúvida alguma de que os estrangeiros a bordo da *Armagedom* sabiam exatamente como um duelo assimétrico terminaria.

Só por força, eles poderiam estar errados. A *Armagedom* girou vagarosamente em direção à *Falcão da Primavera*, os lançadores irrompendo com mísseis, enquanto também lançava uma salva de pequenos mísseis perfuradores para lidar com a canhoneira dos Paccosh. Era uma resposta veloz e padrão, sem dúvida, uma que requeria pouca preocupação ou controle, um golpe preguiçoso contra uma irritação enquanto lidava com o cruzador pesado Chiss, que era mais desafiador e agora lutava contra ela. Os perfuradores foram na direção dos Paccosh, formando um aglomerado próximo pensado para atingir e penetrar o casco da canhoneira, acelerando conforme voavam.

Um instante depois, o perfurador principal colidiu contra a esfera de plasma enviada por Afpriuh no caminho do perfurador, invisível em meio ao fogo laser da *Falcão da Primavera*.

Os Grysk só tinham usado perfuradores contra as naves de guerra Chiss em uma única batalha anterior, utilizando os pequenos mísseis principalmente para interromper esferas de plasma ou acabar com os mísseis invasores que se aproximavam. Nesses casos, os perfuradores haviam sido frequentemente disparados sozinhos ou em pares. Contra uma canhoneira, porém, o comandante da *Armagedom* optou por uma abordagem mais focada e aglomerada.

O que significava que a esfera de plasma da *Falcão da Primavera* atingiu e paralisou os perfuradores principais, os outros ainda acelerando logo atrás, não tendo escolha a não ser colidir de cara contra eles.

A última fileira de perfuradores ainda estava batendo contra o amontoado quando o grupo inteiro explodiu com violência.

A canhoneira Pacc ainda estava longe o bastante para que a explosão não danificasse seu casco. O casco da *Armagedom* também era resistente demais para ser ferido.

Infelizmente para os Grysk, a mesma durabilidade não se estendia aos sensores de alvejamento embutidos.

E, conforme os lasers da *Falcão da Primavera* rastreavam e destruíam os mísseis Grysk arremessados contra ela, e com as barreiras eletroestáticas dos Chiss defendendo os lasers inimigos, a canhoneira Pacc voou bem contra a nuvem de destroços e estilhaços de mísseis que se expandia, e executou um ataque laser fulminante contra o flanco blindado da *Armagedom*. A canhoneira deu uma guinada bem a tempo, esquivando-se do fogo laser atrasado das armas dorsais da Grysk que não foram afetadas, e então fez uma curva extrema para uma segunda rodada.

— Bom trabalho — disse Thrawn. — Secundárias: combatam o inimigo e mantenham-no ocupado. Primárias: comecem seus ataques. É hora de acabar com essa ameaça.

CAPÍTULO VINTE E SEIS

QUINZE NAVES DE GUERRA Grysk.

Roscu passou a análise por sua cabeça mais uma vez enquanto contemplava as imagens que começavam a cercá-la de um lado ou do outro da tática. Todas elas eram maiores do que seu cruzador leve; três delas eram consideravelmente maiores; uma era ridiculamente maior.

E, naturalmente, Thrawn a mandou contra a *Varredora Celeste*, uma das Trituradoras de Pedra de tamanho médio.

Ao menos, ele não a enviou contra ela totalmente sozinha. Dois dos cruzadores leves do grupo de reforços de Ba'kif estavam atingindo a *Varredora Celeste* de outros dois lados, trocando fogo laser e se defendendo de seus mísseis enquanto tentava simultaneamente mandar esferas de plasma e invasores. Até agora, só um par de cada uma das armas havia conseguido penetrar as defesas da *Varredora Celeste,* mas elas haviam tido sucesso em atingir as áreas vulneráveis que Thrawn e Ar'alani haviam identificado e marcado.

Se os Chiss prevalecessem, Roscu sabia, esses dados de mira seriam a chave do sucesso. Até agora, apesar da vantagem desigual de tamanho da nave de guerra Grysk, a escaramuça estava saindo melhor do que poderiam ter esperado normalmente. Certamente seria melhor do que os registros que Roscu viu da última vez que naves de guerra Chiss lutaram contra uma dessas coisas.

E, é claro, a vantagem numérica de Thrawn significava que nenhuma de suas forças teria que ir sozinha contra nenhuma das inimigas. Apesar da maior parte das naves de guerra Chiss serem menores que qualquer uma de suas oponentes, atacá-las em grupos de duas ou três contra uma permitia que deixassem os Grysk instáveis e desfocados.

À distância, no flanco estibordo da *Orisson*, Roscu conseguia ver as canhoneiras Pacc e um par de cruzadores leves Chiss zumbindo ao redor de duas das menores Chefes de Batalha, mantendo o fogo laser e os ataques de esferas de plasma enquanto faziam manobras para manter as duas naves de guerra bloqueando o fogo uma da outra e dificultando seus movimentos de modo geral. Mais além delas, a *Parala* e a *Bokrea* haviam pegado outra Chefe de Batalha e, apesar dos dois cruzadores de patrulha estarem recebendo um fogo considerável, elas continuavam operacionais.

Mas isso poderia mudar a qualquer momento. Roscu havia notado o módulo de fuga que saiu da nave de guerra Kilji e que foi pego imediatamente pelo raio trator da *Tecelã de Destinos*, supostamente com Jixtus a bordo. Assim que ele estivesse na ponte de sua nave principal, dirigindo seu lado da batalha, a superioridade Grysk em tamanho e poder poderia se fazer notar rapidamente. Roscu só podia torcer para que Thrawn estivesse por cima no lado Chiss.

Enquanto isso, a *Orisson* tinha uma nave de guerra Grysk para destruir.

— Continuem com o fogo laser — mandou, checando a tática uma última vez, e então focando sua atenção na panorâmica. — Preparem três invasores; lançar no meu comando.

— Preparem-se — avisou Ziinda conforme a *Picanço-Cinzento* disparava direto contra a proa da Chefe de Batalha que trocava fogo com a *Parala* e a *Bokrea*. Checou para ver que as barreiras eletroestáticas estavam em potência máxima, e então lançou um segundo olhar para a panorâmica, para ter certeza que nada havia se metido em seu caminho. — Thrawn?

— Quase lá — assegurou a voz calma de Thrawn no alto-falante da ponte. — *Parala*, *Bokrea*, preparem-se para recuar... três, dois, *um*.

Em perfeito uníssono, os dois cruzadores de patrulha cessaram fogo e deram uma guinada ventral e dorsal aguda, correndo para direções contrárias.

E, com o comandante da Chefe de Batalha teoricamente assistindo para ver se a manobra gêmea era uma finta, se elas voltariam para um segundo passo, a *Picanço-Cinzento* afundou direto no fogo laser dianteiro de ponto de defesa e passou pelo flanco bombordo, metralhando-o com fogo laser e soltando esferas de plasma e mísseis invasores em seu casco tão rápido quanto era possível para os lançadores. Uma barragem final no ombro de armas a bombordo, e a *Picanço-Cinzento* tinha passado por ela, dirigindo-se ao espaço profundo.

O encontro mal havia durado cinco segundos, mas foi o suficiente. Mesmo com Wikivv acrescentando potência nos propulsores, Ziinda conseguia ver na tela de sensores que o comprimento total do flanco a bombordo da Chefe de Batalha estava manchado com marcas escuras onde o ácido dos invasores havia penetrado o casco de liga de nyix, os lasers e tubos de mísseis desgarrados pelo fogo laser, os sensores congelados pelas explosões iônicas das esferas.

— Dano? — Ela checou a tela de navegação para confirmar que Wikivv havia colocado a nave no vetor de saída correto.

— Não é muito bom — avisou Ghaloksu da estação de armas. — Lasers a bombordo praticamente acabados, tubos de esferas inoperáveis, tubos de invasores vazios ou retorcidos. Os propulsores traseiros também foram atingidos no aglomerado do ombro e caíram para quarenta por cento.

— Entendido — disse Ziinda. Então, nesses mesmos cinco segundos, a *Picanço-Cinzento* havia passado de uma temível caçadora noturna para um filhote de ferralho ferido. A questão era, será que a Grysk havia percebido?

Eles perceberam. Mesmo com a *Parala* e a *Bokrea* dando a volta e voltando a atacar a Chefe de Batalha parcialmente desativada, a Trituradora de Pedra *Esmeril* havia se livrado do próprio ataque por parte do cruzador de patrulha e da canhoneira e estava em disparada atrás da *Picanço-Cinzento*, claramente querendo ensinar uma lição letal ao audacioso cruzador pesado que danificara tanto uma de suas compatriotas menores.

E, com o dano sofrido pelos propulsores a bombordo de Ziinda devorando a aceleração, a Grysk sabia que não teria problema algum em acabar com eles.

Por sorte, Thrawn havia antecipado esse resultado do ataque da *Picanço-Cinzento*.

Na verdade, estava contando com isso.

Do outro lado do campo de batalha, a nave de guerra Chiss disparou para longe de Nascente, claramente tentando chegar à beira do poço gravitacional do planeta para ir ao hiperespaço. Atrás dela, a *Esmeril*, uma das três Mestras de Guerra da classe *Trituradora de Pedra* de Jixtus, a perseguia, com a intenção clara de terminar com ela.

E conseguiria pegá-la, viu Qilori. Mesmo se os Chiss chegassem à beira do poço a tempo, a *Esmeril* estava perto o bastante para saltar logo atrás.

E, com as habilidades assustadoras dos navegadores Atendentes, o comandante da *Esmeril* poderia ser capaz de ficar na cola da Chiss até o destino final.

Remexendo-se em seu assento, cercado da tripulação praticamente catatônica da *Pedra de Amolar*, Qilori acomodou-se para assistir as naves Chiss morrerem.

— A postos. — A voz de Thrawn foi ouvida no alto-falante da *Picanço-Cinzento*. — *Picanço-Cinzento*, salto em três segundos; ativar o campo em um. Cinco, quatro, três...

Houve o piscar costumeiro das estrelas e, quando Ziinda olhou para as telas traseiras, viu Nascente à distância, atrás deles.

Mas não estava distante demais. Thrawn havia especificado um salto interno bem curto dentro do sistema, um que deixaria a *Picanço-Cinzento* visível para a *Esmeril* e a encorajaria a continuar seu ataque.

— Guinada vertical a cento e oitenta graus — ordenou Ziinda. O monitor visual mostrava que a *Esmeril* continuava lá e continuava vindo atrás deles.

Mas ela também seguia no espaço normal. E, conforme Ziinda olhava para o monitor de sensores, ela pôde ver pulsos de táquion vagos e irregulares enquanto os hiperpropulsores da nave de guerra Grysk tentavam e falhavam em serem ativados.

— Ora, ora, isso é algo que não se vê todos os dias — comentou Vimsk.

— Você pode ver hoje. — Ziinda tentou afastar as preocupações que permaneciam em sua cabeça. Só fazia alguns dias que Thrawn os apresentara ao gerador de poço gravitacional que ele havia tirado dos piratas Vagaari depois de seu primeiro embate com eles, o qual ele havia conseguido de alguma forma pegar emprestado ou roubar dos cofres do GAU. Naquele dia, e durante todas as práticas, ele havia assegurado continuamente que o gerador continuaria a funcionar de modo apropriado durante a batalha inteira que estava por vir.

Apesar de suas promessas, Ziinda não estava muito feliz de confiar sua vida ao aparelho. Mas a não ser ou até que ele falhasse, ela e o restante da força de batalha Chiss teriam que aproveitá-lo ao máximo.

— Vimsk, você tem a beira do campo?

— Sim, capitã sênior — confirmou Vimsk.— Vou marcá-la agora.

— Wikivv?

— Pronto, capitã sênior — confirmou a piloto. — E, devo dizer, é bom fazer um salto de cálculo fácil só para variar um pouco.

— De nada — disse Ziinda. — Só não se acostume. Ghaloksu?

— Armas prontas — confirmou Ghaloksu. — Preciso lembrar a capitã sênior de que nosso bombordo continua uma bagunça?

— Levarei isso em consideração. Wikivv?

— Também levarei — Wikivv assegurou-lhe. — Eu não vi danos graves na *Esmeril* antes de fazermos o salto, então pensei que poderíamos focar no estibordo deles. Vamos aparecer lá estibordo a estibordo, mas posso fazer um rolamento para trazer o lado dorsal ou ventral quando você quiser. Só me avise.

— Farei isso — disse Ghaloksu. — Os estibordos devem aguentar por tempo o bastante, mas é bom ter opções.

— Fiquem a postos. — Ziinda voltou o olhar para a tela tática. A *Esmeril* continuava indo até eles, ainda tentando fazer seus hiperpropulsores inexplicavelmente avariados funcionarem. Um pouco mais longe, bem na beira do campo gravitacional Vagaari... — Lá vamos nós. Wikivv: três, dois, *um*.

Qilori ainda estava observando o drama distante, perguntando-se por que, pelas Profundezas, a *Esmeril* não havia saltado — e realmente, com a nave de guerra Chiss tendo saído do hiperespaço tão perto que até mesmo os sensores da *Pedra de Amolar* conseguiam vê-la, a Grysk deveria ter conseguido avançar bem em cima dela — quando, sem aviso, a Chiss voltou de repente.

Mas ela não chegou como um salto interno normal no sistema, com a oscilação pequena e passageira que os Desbravadores eram capazes de ver, que marcava a incerteza de posicionamento que até mesmo os saltos mais precisos nunca conseguiam eliminar completamente. Aqui, em vez disso, a Chiss surgiu com uma precisão que Qilori nunca havia visto antes, exceto nas raras ocasiões onde uma nave calculava mal e batia na beirada crítica do poço gravitacional de um planeta.

Mas os parâmetros do poço gravitacional de Nascente haviam sido calculados automaticamente e marcados assim que a *Pedra de Amolar* entrou no sistema. Esses limites eram colocados de forma rotineira na tela de navegação de uma nave, e um único olhar era o que bastava para confirmar que nem a *Esmeril* nem a nave Chiss estavam perto de lá. Como que até mesmo o piloto mais genial poderia ter conseguido tal feito?

E, então, quando a nave de guerra Chiss acelerou ao lado do flanco da *Esmeril*, disparando e penetrando o casco exatamente da mesma forma que havia feito contra a Chefe de Batalha menor alguns minutos antes, ele entendeu de repente.

Os Chiss tinham um gerador de poço gravitacional.

Qilori sentiu as asinhas congelarem com a impossibilidade da coisa. Havia histórias sobre tais aparelhos, relatos indiretos de regiões distantes que só haviam sido visitadas em pessoa em raras ocasiões por qualquer membro do Terminal de Navegadores. Mas nenhuma dessas histórias conectava a tecnologia aos Chiss, muito menos sugeria que a Ascendência tivesse de fato posse dela.

Mas a perseguição da *Esmeril* havia se atrasado quando isso não deveria ter acontecido, o retorno da nave de guerra Chiss tivera uma precisão que não deveria ter, e os lasers e as outras armas surrando o casco da *Esmeril* eram prova de que o que Qilori viu não havia sido apenas uma ilusão. A nave de guerra Chiss alcançou a popa da *Esmeril* e fez uma forte rotação vertical, virando seus lasers e invasores em um ataque orquestrado contra os propulsores principais da Trituradora de Pedra.

E então, como se quisesse sublinhar a impossibilidade do que havia acabado de acontecer, a *Esmeril* explodiu.

Qilori sentiu a respiração ficar presa na garganta, as asinhas congeladas caindo conforme seu choque perplexo dava lugar à incredulidade estupefata. Um cruzador pesado Chiss acabando sozinho com uma Trituradora de Pedra Grysk? Assim como a presença do próprio gerador de poço gravitacional, era algo impossível.

Mas havia acontecido.

E, pela primeira vez desde que Jixtus arrastara Qilori para o trabalho de guerra dos Grysk, não era mais óbvio que os Chiss perderiam.

— Acredito que Jixtus tenha assumido totalmente o comando — a voz de Thrawn saiu do alto-falante da *Vigilante*.

— É o que parece. — Ar'alani olhou para a panorâmica da *Vigilante*. Até agora, a gigantesca nave de guerra *Tecelã de Destinos* havia flutuado, imóvel, sobre a superfície do planeta, mantendo-se distante do combate e deixando que os comandantes das outras naves lidassem com suas batalhas individuais sem nenhuma tentativa de coordenação. Ela e Thrawn haviam especulado mais cedo que o ócio estendido da nave de guerra se dava provavelmente ao tempo que demorou para o módulo de fuga da *Pedra de Amolar* ser puxado para a doca de atracação, o próprio Jixtus ser retirado dele, e seja lá quanto tempo levou para ele chegar à ponte da *Tecelã de Destinos*.

As passagens das naves de guerra Chiss eram relativamente fáceis de atravessar, fazendo com que o trânsito entre diferentes áreas fosse algo veloz. Estrangeiros preocupados com retardar possíveis invasores, porém, poderiam dificultar esse tipo de locomoção interna.

Mas agora, enfim, a *Tecelã de Destinos* estava se movendo, virando-se para a *Vigilante* e a *Aelos*, onde as duas estavam aninhadas juntas na beirada do campo de batalha.

— Você ainda quer seguir do jeito planejado? — perguntou.

— Acho que é nossa melhor opção — disse Thrawn. — A *Tecelã de Destinos* é a mais perigosa das naves inimigas. Jixtus precisa ser afetado o bastante para continuar a se resguardar, mas não tanto que ele se sinta ameaçado a pegar suas forças e fugir.

Ar'alani sentiu a garganta apertar. Infelizmente, ele tinha razão. Sem saber onde os Grysk estavam localizados no Caos, se Jixtus escapasse, eles não teriam como rastreá-lo.

E, se isso ocorresse, da próxima vez que ele desafiasse os Chiss, ele não se permitiria ser ludibriado para um local afastado como Nascente na próxima batalha. Da próxima vez, ele atacaria diretamente o centro da Ascendência.

Ele precisava ser impedido: aqui e agora.

— Entendido — disse Ar'alani. — *Ferroária*, precisamos de você.

— Estamos aqui, *Vigilante* — respondeu a comandante da *Ferroária*. — Entrando em posição.

— Fique a postos.

Agora, a *Tecelã de Destinos* estava virada na direção da *Vigilante*, alinhando sua proa e os aglomerados de armas nos ombros com os da Nightdragon, e estava quase em alcance de combate. Ar'alani olhou para além da superfície dorsal da Grysk, procurando na paisagem estelar os mais próximos dos menores asteroides que Thrawn havia trazido para perto de Nascente dois dias antes, preparando essa parte em particular de seu plano de batalha. Lá estavam eles, bem onde deveriam estar.

— Trave os asteroides com o trator — ordenou a Oeskym. — Força total.

— Raios tratores travados — disse o oficial de armas. — *Aelos*?

— Raios tratores travados — confirmou Thrawn. — Almirante, seu ângulo de visão é melhor que o meu. Dê as ordens.

— Entendido. — A distância e a velocidade da *Tecelã de Destinos*... — Raios tratores: ativar. *Ferroária*: fique pronta.

— Tratores presos — confirmou Oeskym. — O asteroide está vindo.

— *Ferroária*, sua estimativa é de três segundos depois da *Tecelã de Destinos* abrir fogo — lembrou a outra comandante. — Oeskym, prepare lasers e esferas. Temos aproximadamente vinte segundos antes das coisas ficarem feias.

— Armas e tripulações de armas a postos — disse Oeskym. — Barreiras em potência máxima.

Ar'alani fez uma verificação visual rápida da batalha à distância, atrás da *Tecelã de Destinos*, e então pausou para dar uma olhada mais longa em sua tela tática. Até agora, as coisas pareciam estar indo de acordo com o cronograma antecipado de Thrawn.

Mas, pairando acima de tudo, conseguia ter a sensação vaga de um presságio. A sky-walker da *Vigilante*, Ab'begh, havia relatado uma resistência estranha durante o último trecho quando estavam se aproximando de Nascente, e Samakro havia contado para ela e para Thrawn sobre a Magys tentando tomar Che'ri, supostamente para ajudar os Chiss a vencerem os Grysk. A ameaça de Samakro tirou Che'ri e Thalias daquela situação e, desde então, a Magys parecia estar no seu canto.

A questão agora era o que ela faria se, após terem recusado sua ajuda, os Chiss perdessem a batalha. Será que procuraria se vingar deles como punição quando os Grysk reestabelecessem o controle sobre seu mundo?

E se Jixtus conseguisse capturá-la? Será que a forçaria a ver o futuro de suas próximas batalhas, tendo uma prévia dos movimentos de seus oponentes a tempo de anulá-los? Será que isso tornaria ele e os Grysk verdadeira e permanentemente invencíveis?

Mas isso aconteceria se Jixtus vencesse. O que aconteceria se Ar'alani e Thrawn prevalecessem hoje? A Magys já havia feito uma aposta em Che'ri, e havia até mesmo considerado tomar Thalias. Será que ela quereria Che'ri *e* Ab'begh e talvez até a sky-walker da *Picanço-Cinzento*, Bet'nih?

Ar'alani não sabia como funcionava a mente da Magys, o que a motivava ou o que limitava sua capacidade de tocar o Além. Mas, através de Che'ri, ela havia sido aparentemente capaz de experimentar um nível de previsão que ela nunca havia provado antes.

E, se Ar'alani havia aprendido alguma coisa a respeito do poder, é que um número muito grande de pessoas não se contentava nem um pouco de ter só um gostinho passageiro dele.

A *Tecelã de Destinos* estava quase em alcance de combate.

— Esferas a postos; lasers a postos — chamou. O indicador de alcance chegou à marca designada... — Dispare as esferas; dispare os lasers.

As esferas de plasma irromperam de seus tubos conforme os lasers da *Vigilante* eram disparados simultaneamente. A *Tecelã de Destinos* respondeu com seus próprios lasers, a barragem acompanhada de uma saraivada de mísseis perfuradores mirando as esferas da *Vigilante*.

— Continue com o fogo laser. — Do lado estibordo da *Vigilante*, a *Aelos* disparou os próprios lasers, Thrawn concentrando seu ataque nos perfuradores. — Dispare as esferas; saraivada de invasores logo atrás — acrescentou Ar'alani.

Outras seis esferas de plasma irromperam dos lançadores, com seis mísseis invasores saindo em seguida. Outra vez, a *Tecelã de Destinos* respondeu com mais perfuradores. Ar'alani manteve um olho no duelo e o outro no asteroide que lentamente aumentava de velocidade na direção da popa da *Tecelã de Destinos*. Se Jixtus estivesse distraído o bastante com a batalha diante de sua nave para notar a ameaça na retaguarda...

E, então, os Grysk finalmente pareceram perceber o perigo sendo arremessado contra eles. As baterias traseiras da *Tecelã de Destinos* se acenderam, os lasers espectrais explodindo pedaços enormes de rocha e minérios de metal conforme arrebentavam o asteroide. Ar'alani observou conforme ele era reduzido; e, com uma saraivada final e massiva, o restante se desintegrou em uma chuva de cascalho. Os pedaços finais se dispersaram pelo céu estrelado.

Revelando os mísseis invasores da *Ferroária* que, até agora, estiveram viajando na sombra visual do asteroide.

Os lasers da *Tecelã de Destinos* mudaram instantaneamente para os novos alvos. Mas os invasores estavam próximos demais, eram velozes demais, e o grupo inteiro colidiu sem impedimentos contra a popa dos Grysk, as cargas de ácido respingando no casco e roendo os propulsores, as armas, os sensores e os nódulos da barreira eletroestática.

E, vindo em uma investida logo atrás dos invasores, estava a *Ferroária*, lasers flamejando, claramente com a intenção de tornar sua primeira vitória do dia algo memorável.

Thrawn havia antecipado que um golpe severo na nave principal de Jixtus o forçaria a retroceder da batalha enquanto fazia reparos para consertar o dano. Mas Ar'alani não esperava que aquela retirada tivesse uma forma tão extrema. Mesmo com a *Ferroária* vindo com tudo pela traseira e a *Vigilante* e a *Aelos* continuando a barragem na dianteira, a *Tecelã de Destinos* girou noventa graus, virando seus flancos para ambas as agressoras, e lançou uma saraivada total de mísseis contra cada uma delas. Então, quando as três naves de guerra Chiss mudaram do ataque para a defesa de mísseis, os propulsores principais da Grysk flamejaram e ela mergulhou no planeta logo abaixo.

— Derrubem esses mísseis! — exclamou Ar'alani, vendo a *Tecelã de Destinos* despencar na atmosfera superior de Nascente. Se Jixtus não parasse, estaria fora da batalha.

Mas logo ficou claro que Jixtus não havia entrado em pânico e, mais do que isso, que ele sabia precisamente quais eram os limites e capacidades de sua nave principal. Os sensores da *Vigilante* começaram a captar as primeiras gavinhas atmosféricas das beiradas da *Tecelã de Destinos* quando a nave de guerra girou para cima de novo, saindo de seu mergulho e fazendo uma curva em baixa órbita paralela à superfície do planeta. Uma arfagem final, e a *Tecelã de Destinos* estava indo em disparada em seu novo caminho em uma posição de lado, os propulsores apontados para o solo, a proa e o ombro de armas apontando bem para cima.

— Thrawn? — chamou Ar'alani.

— Belo trabalho — disse Thrawn com a admiração calma que Ar'alani já havia ouvido dele ao comentar sobre a esperteza e habilidade de um inimigo que ele seguia pretendendo destruir. — Persegui-lo significaria ter que lidar com a incerteza dos efeitos atmosféricos, além de que sua postura atual faz com que seja praticamente impossível focarmos em sua popa danificada. Uma posição relativamente segura que também lhe permite monitorar e direcionar suas forças.

— A não ser que nós detonemos seu comunicador — apontou Ar'alani. — É algo a ser considerado.

— Talvez seja — concordou Thrawn. — Assim que tivermos eliminado uma porção considerável dos inimigos e tivermos uma nave de sobra para esse dever, talvez possamos fazer isso. Até lá, acho que precisamos de todo o poder que tivermos.

— Bom ponto — disse Ar'alani. — *Orisson*? Como você está?

— Qilori! — a voz de Jixtus bradou no alto-falante da ponte da *Pedra de Amolar*.

Qilori estremeceu, as asinhas ficando rígidas. A *Tecelã de Destinos* havia desaparecido de seu campo de visão, mergulhando na direção do planeta, e ele havia se perguntado se a enorme nave de guerra Grysk havia sido destruída.

Não era o caso, evidentemente.

— Qilori, me responda!

O vassalo na estação de comunicações continuava curvado sobre seu painel, claramente alheio ao restante do universo. Qilori apressou-se para ir à cadeira de comando vazia em vez disso e remexeu até achar o controle de comunicações.

— Estou aqui, senhor — disse. — Você está bem?

— Não, eu *não* estou bem — rosnou Jixtus. — Os Chiss têm algum tipo de feitiçaria impossível acontecendo, alguma forma de desativar nossos hiperpropulsores sem afetar os deles mesmos. Diga-me como eles estão fazendo isso.

— Eu... Como eu deveria saber? — perguntou Qilori, as asinhas palpitando.

— Diga-me como eles estão fazendo isso — repetiu Jixtus — ou você vai morrer. Ainda tenho poder suficiente em mãos para destruir os Chiss e seus aliados. Diga-me o segredo de Thrawn ou você vai morrer com eles.

Qilori olhou para a tela tática, depois para a panorâmica, e depois de novo para a tática. Será que Jixtus estaria correto sobre ainda estar por cima?

Estava, Qilori percebeu, sentindo um completo desânimo. Ou, ao menos, poderia estar. Várias naves Grysk haviam sido danificadas, e uma delas — a *Esmeril* — havia sido destruída. Mas ao menos oito das naves Chiss não tinham mais energia, pairando no espaço, claramente fora de combate. O único motivo pelo qual elas e suas tripulações ainda estavam vivas era porque as Grysk eram espertas o bastante para focarem em incapacitar as ameaças mais imediatas em vez de perder tempo levando a destruição total às que já estavam feridas.

E, quando a batalha terminasse, e Jixtus pudesse destruir seus inimigos enfraquecidos, ele poderia colocar a *Pedra de Amolar* na mesma categoria.

— Eu não tenho certeza — falou para Jixtus, amaldiçoando sua voz trêmula. — Mas eu ouvi histórias sobre um aparelho chamado gerador de poço gravitacional, que supostamente cria um campo que simula uma massa planetar. Não é como a massa *real*, é claro, mas é algo que engana os hiperpropulsores em achar que é a mesma coisa.

Parou, preparando-se. Se Jixtus decidisse que a ideia era ridícula, Qilori não teria mais nada para oferecer a ele.

Mas não houve nem explosão nem incredulidade, nem insultos cheios de desprezo, nem ameaças repetidas ou intensificadas. Jixtus estava em silêncio.

Qilori espiou a batalha, aguardando, os olhos pulando para o lado quando uma das Chefes de Batalha explodiu. Duas naves de Grysk a menos, mas a *Tecelã de Destinos* e duas das Trituradoras de Pedra continuavam funcionando, junto com a maior parte das Chefes de Batalha.

— E você acha que os Chiss podem ter criado tal aparelho? — perguntou Jixtus, enfim.

— Eu não sei se eles poderiam criar um. — Qilori afastou seus pensamentos da contagem de naves e voltou para o tópico. — Mas eles podem ter encontrado ou roubado um. Só estou dizendo que combina com o que eu vi até agora.

— Combina, de fato — concordou Jixtus. — E onde ele está?

As asinhas de Qilori se contraíram.

— Eu não faço ideia.

— *Onde ele está?*

Qilori olhou para a tática, sentindo o pânico aumentar dentro dele outra vez. Como ele possivelmente saberia disso? Ele não sabia quão grande ele era, ou com o que se parecia…

— Esqueça — disse Jixtus. — Já o vi.

Qilori franziu o cenho.

— Onde?

— A canhoneira que não está se movendo — disse Jixtus. — A que ainda está soltando aquela cortina de fumaça em espiral.

— Sim, estou vendo. — Era estranho que ainda não tinha notado como aquela canhoneira específica não tinha se movido mesmo enquanto o restante da força Chiss ia em disparada ao ataque. — O que você vai fazer?

— O que você acha? — grunhiu Jixtus. — Vou destruí-la.

— Estou um pouco ocupada no momento, *Vigilante* — Roscu foi azeda, estremecendo quando outro disparo da *Varredora Celeste* atravessou a barreira eletroestática da *Orisson* e acabou com um de seus lasers a estibordo. Ela e os outros cruzadores leves Chiss estavam reduzindo o inimigo lentamente, mas também estavam sendo surradas em resposta. — O que você precisa?

— A *Falcão da Primavera* está pronta para se fazer de isca — disse Ar'alani. — Preciso que você e a *Picanço-Cinzento* sejam as caçadoras.

— Entendido. — Então, Thrawn estava pronto para iniciar essa parte do plano dele? Ótimo. Ela e Ziinda haviam praticado isso de forma extensa nos últimos dois dias, e estava ansiosa para ver como funcionaria em um combate real. — Estarei lá... Espere um segundo — disse. Um dos cruzadores leves Chiss havia conseguido penetrar um invasor no flanco ventral traseiro da *Varredora Celeste*, e o comandante Grysk havia respondido rodopiando para fora da linha para evitar que os Chiss continuassem com uma barragem laser.

Infelizmente para ele, a manobra havia servido meramente para deixar o local vulnerável bem na vista da *Orisson*.

— Lá! — exclamou, apontando. — Atinja-a... *Agora*!

Raamas, no painel de armas, já estava fazendo isso. Mesmo antes de Roscu terminar sua ordem, os lasers da *Orisson* estavam queimando com intensidade total contra a seção esburacada do casco da *Varredora Celeste*. Houve um lampejo de luzes interiores reduzidas conforme os lasers penetravam os compartimentos...

E aquela seção inteira da nave explodiu de forma violenta.

— Conseguimos — rosnou Roscu. — Certo, *Vigilante*, as outras podem terminar sozinhas. Você tem meu vetor?

— Estou enviando agora — disse Ar'alani. — Bom trabalho, todas vocês. Agora se posicione, *Orisson*, e vamos ver se isso vai funcionar mesmo.

A saraivada final de invasores da *Falcão da Primavera* retumbou contra a *Armagedom*, a última nave de guerra Grysk de porte médio, da classe *Trituradora de Pedra*.

Infelizmente, entre os lasers e os perfuradores inimigos, a saraivada acabou sendo tão ineficaz quanto todas as outras tentativas de Samakro. Quem quer que estivesse comandando aquela nave de guerra específica era desgraçadamente bom no que fazia.

— Estou sem invasores — relatou. — Tem meu novo alvo?

— Enviei a localização e o vetor — disse Thrawn.

— Você ouviu o capitão sênior, Azmordi — falou Samakro. — Tire-nos daqui.

— Entendido — disse Azmordi, e a batalha e a paisagem estelar rodopiaram loucamente conforme ele colocava a *Falcão da Primavera* em um giro agudo e acelerava para longe da *Armagedom* com toda a velocidade que pôde.

O que era consideravelmente abaixo das capacidades normais da *Falcão da Primavera*, Samakro percebeu, desconfortável. Assim como todas as outras naves de guerra Chiss, ele havia recebido um dano considerável na batalha, e velocidade e manobras reduzidas eram uma grande parte disso. Se a *Armagedom* decidisse perseguir seu último oponente para acabar com ele, a *Falcão da Primavera* poderia estar em sérios apuros.

Se a *Armagedom* não tivesse a mesma opinião, essa configuração cuidadosa inteira teria sido por nada.

A *Falcão da Primavera* entrou no vetor enviado por Thrawn, e Samakro forçou um sorriso. Não, a *Armagedom* viria atrás dele, sem dúvida. Thrawn estava enviando-o diretamente a um par de Chefes de Batalha feridas que lutavam contra um grupo de cruzadores de patrulha e canhoneiras Pacc. A inserção súbita da *Falcão da Primavera* naquele combate deixaria a sorte consideravelmente a favor dos Chiss, e ele duvidava que Jixtus deixaria isso acontecer sem ao menos fazer um esforço para impedi-lo. Especialmente já que salvar as Chefes de Batalha teria o bônus de dar à *Armagedom* a chance de eliminar a *Falcão da Primavera* e privar Thrawn de um de seus cruzadores pesados.

— *Falcão da Primavera*, desacelere trinta por cento — chamou Thrawn. — A *Picanço-Cinzento* está posicionada, mas a *Orisson* ainda está a caminho.

— Entendido. — Samakro assistiu a tática enquanto Oeskym obedientemente diminuía a aceleração da *Falcão da Primavera*. A *Armagedom* ainda mantinha a própria aceleração, ele percebeu, possivelmente aumentando um pouco o passo. — Vamos lá, Roscu — murmurou.

— Estou aqui — a voz de Roscu surgiu no alto-falante. — Pode acelerar de novo, *Falcão da Primavera.*

— Na verdade, aumente sua aceleração em dez por cento — falou Thrawn. — Queremos nos certificar de que ele não possa evadir.

— Entendido — disse Samakro. — Oeskym, aumento de dez por cento.

E, conforme a *Falcão da Primavera* saltava para frente mais uma vez, Samakro deu uma olhada rápida de um dos lados da panorâmica. Thrawn havia dito que a *Picanço-Cinzento* e a *Orisson* estavam posicionadas.

Samakro torceu para que ele estivesse certo. Porque com certeza não conseguia ver nenhuma delas.

A *Picanço-Cinzento* estava em posição. Direto à sua frente, a cinco quilômetros de distância, a *Orisson* a encarava proa diante de proa como o reflexo distante de um espelho. Longe, a bombordo da *Picanço-Cinzento,* Ziinda conseguia ver a *Falcão da Primavera* acelerando por uma linha que bifurcava a que havia entre ela e a *Orisson.* A nave de guerra *Armagedom* de classe *Trituradora de Pedra* estava correndo logo atrás, perseguindo-a com tudo.

Não só perseguindo-a, mas alcançando-a com rapidez.

— Temos uma contagem? — chamou no microfone.

— Temos — a voz tranquila de Thrawn se ouviu de volta. — *Picanço--Cinzento, Orisson*: travem invasores.

— Invasores travados — confirmou Ghaloksu.

— Invasores travados — ecoou Raamas na *Orisson.*

— A postos — disse Thrawn. — Três, dois, *um.*

A *Picanço-Cinzento* estremeceu, e os dois mísseis invasores que Ghaloksu havia preparado foram disparados, indo direto até a *Orisson.*

Ziinda observou a tática, com uma consciência distante de que as naves de guerra Grysk faziam pequenos ajustes aleatórios para suas velocidades e acelerações, presumidamente como forma de frustrar qualquer tentativa dos Chiss de abordá-los com invasores ou esferas de aproximação lateral.

A questão crítica agora era se o comandante da *Armagedom* notaria esses dois pares de mísseis, presumiria de forma automática e incorreta que o alvo era ele, e assumiria uma ação evasiva. Com sorte, em vez disso ele esperaria pelos números, notaria que os mísseis passariam bem à frente dele, inofensivos, e continuaria com seu objetivo de perseguir e destruir a *Falcão da Primavera*.

— Rota confirmada — Ghaloksu disse em voz baixa, como se tivesse medo de que falar alto poderia perturbar o trajeto dos mísseis. — Rota da *Orisson* confirmada.

Mais à frente, a *Falcão da Primavera* relampeou sobre a linha dividida adiante dos mísseis, ainda fugindo da *Armagedom* na medida do possível.

Uma fração de segundo depois, os invasores da *Picanço-Cinzento* e os da *Orisson* colidiram cara a cara, os vetores exatamente iguais e exatamente opostos cancelando-se para fazer os quatro mísseis pararem instantaneamente. Um instante depois, um impacto de esmagar metal os estraçalhou, fazendo uma densa nuvem de ácido explodir diretamente no caminho da *Armagedom*.

E, com um aviso de menos de meio segundo e sem chance de fazer mais nada, a nave de guerra Grysk mergulhou bem dentro da nuvem.

— Conseguimos! — gritou Raamas, triunfante. — *Falcão da Primavera*, tudo livre.

— Consigo ver que sim — respondeu a voz de Samakro. — Azmordi, guinada de cento e oitenta. Vamos acabar com ela.

— *Orisson*, mova-se para ajudá-la — ordenou Thrawn.

— Nós também podemos ajudar — meteu-se Ziinda, um vislumbre da velha desconfiança instintiva passando por ela. Decerto Thrawn não tentaria tirá-la de sua porção de glória mais uma vez, tentaria?

— Precisam de você em outro lugar, *Picanço-Cinzento* — disse Thrawn. — Vá até a canhoneira de Apros o mais rápido que conseguir. Jixtus entendeu tudo.

CAPÍTULO VINTE E SETE

— Ah, não — disse Ar'alani. Duas das Chefes de Guerra Grysk haviam se afastado abruptamente das forças Chiss e estavam em movimento.

Indo direto para a canhoneira Pacc que continha o gerador de poço gravitacional Vagaari.

— Thrawn?

— Estou vendo — respondeu ele. — Capitão Intermediário Apros, acho que você foi identificado. Prepare-se para correr.

— Entendido, capitão sênior — a voz de Apros soou tensa no alto-falante da *Vigilante*. — Ainda estou no vetor primário?

— Sim — disse Thrawn. — Entre nele agora, mas mantenha a posição até seus agressores terem lançado a primeira saraivada. Então, vire para fora do campo e fuja em aceleração total.

Ar'alani sentiu o estômago se contrair. O gerador de poço gravitacional comia bastante energia que poderia ser utilizada pelo propulsor e pela barreira eletroestática aumentada que Uingali havia acrescentado à canhoneira enquanto os técnicos da *Falcão da Primavera* estavam ocupados instalando o gerador. A nível tático e imediato, fazia sentido que Apros fugisse com o gerador apagado.

Mas, a nível tático em um tempo levemente maior…

— Eu aviso quando você puder ligá-lo de volta — continuou Thrawn. — E, nesse momento, você também vai largar o restante de sua carga de fumaça.

— Entendido, senhor — disse Apros. — Estou a postos.

Ar'alani teclou o comunicador para passar da geral para a frequência privada de Thrawn.

— Você tem certeza que quer que os Grysk tenham um disparo direto? — perguntou.

— Precisamos que eles tenham — explicou Thrawn. — O primeiro disparo deles será à distância, e precisamos que eles pensem que a canhoneira tem proteção extra…

— O que ela tem.

— Sim, apesar de não ser o tipo que eles presumirão — disse Thrawn. — Quero que eles pensem que precisam se aproximar, possivelmente à queima-roupa, antes de dispararem outra vez.

— Você entende como isso é arriscado, não entende? — avisou Ar'alani. — Nós poderíamos perder tudo.

— De forma alguma — assegurou Thrawn. — Mas eu concordo que faria o restante da batalha custar bem mais.

Ar'alani assentiu, extremamente consciente de que o restante da ponte da *Vigilante* estava ouvindo essa conversa. Ela era a oficial sênior na cena, o que queria dizer que deveria ser ela a fazer esse tipo de decisão que significava a vitória ou a derrota. Entregá-las a Thrawn ou qualquer outra pessoa significava que o resultado final seria sua responsabilidade.

— Eu poderia ir ajudá-lo — ofereceu.

— Não tem como chegar lá mais rápido do que a *Picanço-Cinzento* — apontou Thrawn. — Além do mais, neste exato momento, a *Vigilante* é a única coisa mantendo a *Tecelã de Destinos* no mesmo lugar e fora da batalha. Preciso que você esteja exatamente onde está.

— Entendido. — Ar'alani tocou de novo no botão de frequência geral. Infelizmente, ele estava certo em ambos os casos. — Todos, fiquem atentos — chamou. — Apros… boa sorte.

Ziinda havia torcido para conseguir acabar com uma das Chefes de Batalha Grysk, o que teria ao menos deixado Apros com uma nave de guerra inimiga a menos na cola dele. Mas a emboscada de invasores havia deixado a *Picanço-Cinzento* longe demais e havia diminuído muito seu embalo. Mesmo com a melhor velocidade que Wikivv conseguisse tirar dos propulsores, estava claro que as Chefes de Batalha alcançariam Apros primeiro.

Ziinda ainda estava correndo através do campo de batalha quando o inimigo abriu fogo.

As explosões laser foram simultâneas, facadas gêmeas de energia flamejando no meio do céu e adentrando a fumaça preta e espiralada que ainda rodopiava lentamente para fora da canhoneira de Apros. Ziinda se preparou, inclinando-se para frente em seu assento...

E, então, como um vagaluz escapando de seu casulo, a canhoneira saiu em disparada da fumaça que a circulava e fugiu, afastando-se do planeta.

Ziinda sentiu uma pequena onda de alívio. Então, o lodo infundido de metal que os técnicos Paccosh haviam criado realmente difundira os lasers Grysk como Uingali prometeu que aconteceria.

E, agora, com a fumaça e os Grysk supostamente surpresos atrás dele, Apros ativou os propulsores da canhoneira à potência máxima.

— Uau — comentou Vimsk da estação de sensores conforme a canhoneira saltava para frente como uma ferroária escaldada. — Quem acendeu um fogo debaixo *dele*?

— O Capitão Intermediário Apros falou que os Paccosh fizeram algumas atualizações nos propulsores — disse Wikivv. — Eu não tinha percebido quão atualizados eles estavam.

— Vá com calma, Apros. — A voz de Thrawn surgiu no alto-falante da *Picanço-Cinzento*. — Não se afaste tanto que eles desistam da perseguição.

Mas também não deixe eles se aproximarem a ponto de matá-lo, Ziinda quis acrescentar. Mas Thrawn e Ar'alani que estavam no comando ali, e Ziinda sabia que era melhor não jogar ordens conflituosas no meio.

Mais uma vez, sua única esperança era que Thrawn soubesse o que estava fazendo.

Um laser relampeou no céu, relanceando a proa da *Picanço-Cinzento*.

— Evasiva — mandou Ziinda.

Wikivv arfou a *Picanço-Cinzento* para cima, para fora do foco do laser conforme Ghaloksu respondia os disparos da Chefe de Batalha que atirara contra eles.

Com esse ataque, porém, e com aquele único espasmo para fora do trajeto, não havia mais chance da *Picanço-Cinzento* alcançar os perseguidores de Apros antes de eles se acomodarem nas posições de caça atrás dele. Tudo dependia de Apros e Thrawn agora.

E da surpresa que Thrawn só havia parcialmente prometido que entregaria.

Mais uma vez, um drama estava prestes a ocorrer no lado mais afastado do campo de batalha. Mais uma vez, Thrawn estava jogando os dados e fazendo uma aposta ultrajante.

Só que, dessa vez, Qilori sabia que o lado a perder seria o dos Chiss.

Ao menos seria rápido. Mesmo conforme a canhoneira corria para salvar a própria vida, as duas Chefes de Batalha Grysk estavam diminuindo o espaço entre elas de forma contínua. A canhoneira estava bem fora do poço gravitacional de Nascente agora, o que sugeria que o único motivo pelo qual não havia saltado para a segurança do hiperespaço era que não tinha como.

Mas é claro que não tinha. Não com um gerador de poço de gravidade a toda bem acima de seus hiperpropulsores.

As asinhas de Qilori palpitaram. Estranho. Mais cedo, parecia como se o comandante pudesse ligar e desligar o gerador. Por que ele não estava fazendo isso agora? Será que Qilori simplesmente estivera errado quanto a isso?

Não, ele havia lido aquela cena de forma correta. Tudo que conseguia pensar era que ter um gerador operando tão perto do hiperpropulsor tinha causado algum tipo de dano. As histórias sobre esse tipo de tecnologia não falavam nada a respeito de efeitos colaterais, mas raramente dava para confiar em tais histórias.

De qualquer forma, a única e solitária opção que restava ao comandante da canhoneira parecia ser correr o quanto sua nave conseguisse correr e torcer para que suas perseguidoras perdessem interesse ou que fossem chamadas de volta à batalha principal. Ele não poderia dar a volta para tentar encontrar refúgio perto de uma das maiores naves Chiss; as perseguidoras estavam perto demais para isso. Tudo que ele podia fazer era fugir.

E, no fim, ele ainda morreria.

Aquele fim ocorreria logo, Qilori sabia. A tela tática da *Pedra de Amolar* marcava o propulsor da canhoneira fraquejando, um espasmo de aviso que os propulsores estavam prestes a falhar. Uma nuvem distante e preta apareceu, o comandante talvez fazendo uma última tentativa inútil de se livrar de suas perseguidoras ao desaparecer em uma cortina de fumaça. Houve um lampejo de fogo laser quando uma das Chefes de Batalha disparou contra a nuvem...

De repente, uma dúzia de naves novas apareceu, espalhando-se na formação vaga da batalha no espaço bem à frente da canhoneira. Qilori sentiu as asinhas ficarem chapadas contra as bochechas pelo choque.

E, conforme a canhoneira em fuga passava de forma inofensiva pelo centro da formação delas, todas as doze naves abriram fogo contra as Grysk.

Do comunicador, Jixtus rosnou alguma coisa no idioma Grysk, as palavras soando furiosas e incrédulas.

— Qilori! — ele grunhiu. — Quem são essas? *O que* elas são?

— Eu não sei — respondeu Qilori. — Tudo que eu sei é...

Ele parou de falar quando, à distância, as duas Chefes de Batalha no centro da tempestade de fogo se desintegraram em um par de explosões violentas.

— Tudo que eu sei — disse Qilori com a voz fraca — é que os Chiss parecem ter encontrado novos aliados.

— Eu o cumprimento, Capitão Sênior Thrawn. — As palavras em Minnisiat chegaram no alto-falante da *Vigilante*, ditas por uma voz familiar. — Seu tempo e seu posicionamento estão exatamente como prometeu que estariam. Confio que nossa chegada também?

— De fato, sim, Chefe Sênior de Segurança Frangelic — assegurou Thrawn. — Temos uma dívida para com a Unidade Garwiana.

— Não mais do que os Ruleri para com você — o tom de Frangelic era sombrio. — Por muito tempo, nos perguntamos se haveria um poder por trás do General Yiv e de suas ameaças contra a Unidade e o povo Garwiano. Por muito tempo, nos perguntamos se haveria mais ameaças assim. Os Ruleri o agradecem por responder essas duas perguntas, e por nos dar a chance de acertar o equilíbrio.

— Assim como o Combinado Vak — outra voz se juntou à conversa, dessa vez em Sy Bisti. Ar'alani não reconheceu esse interlocutor em particular, mas a identificação da nave que já havia aparecido na tela de sensores da *Vigilante* era, de novo, exatamente o que Thrawn havia prometido. — Agora nós temos uma segunda dívida com a Ascendência Chiss.

— O Combinado já pagou ambas — assegurou Thrawn. — Assim como a Unidade. A Ascendência agradece por seu auxílio.

— O auxílio da Unidade não chegou ao fim — disse Frangelic. — Não até haver outros que precisem sentir nossa sede por vingança.

— O Combinado concorda — falou o comandante Vak.

— A vingança é toda sua — disse Thrawn. — Se desejarem coordenar com nossas forças, podem fazer isso através da Almirante Ar'alani. Se não, peço apenas que evitem danificar nossas naves de guerra.

— Almirante...! Atrás de você! — interrompeu Apros.

Os olhos de Ar'alani se voltaram para a tela traseira. A única nave que deveria estar lá era a *Tecelã de Destinos*, flutuando em sua baixa órbita.

Só que Jixtus não estava mais em posição defensiva. A nave de guerra massiva estava se movendo, patinando pela atmosfera superior enquanto se afastava da *Vigilante* pelo lado de baixo da batalha, aparentemente pretendendo chegar à outra ponta do campo de batalha.

Ou de encontrar um caminho aberto entre as naves em combate pelo qual poderia escapar.

— Octrimo: trajeto de interceptação a potência máxima — exclamou, praguejando consigo mesma ao olhar para a tática. Os sensores mostravam que a *Tecelã de Destinos* ainda tinha alguns danos nos propulsores graças ao ataque de invasores da *Ferroária*, mas Jixtus claramente havia conseguido fazer vários reparos para deixar sua nave de guerra em andamento. Ela estava se movendo com uma boa velocidade, mais rápido do que Ar'alani teria esperado que ela fosse capaz.

Era sua culpa, e pagaria por isso. Distraída pela batalha e por seu próprio alívio pela chegada dos Garwianos e dos Vak do aglomerado de asteroides onde haviam se escondido enquanto decidiam se deveriam ou não se juntar à batalha, ela havia esquecido de ficar de olho na *Tecelã de Destinos*. Agora, com a *Vigilante* começando do que era, essencialmente, uma parada súbita, não tinha como ela conseguir velocidade o bastante para interceptar a nave de guerra Grysk antes dela passar pela batalha e escapar do poço gravitacional de Nascente.

Olhou para a tática. Se a *Vigilante* não fosse capaz de parar Jixtus, talvez alguém mais pudesse. Todas as naves da frota de Thrawn haviam recebido danos, mas a *Orisson* e a *Falcão da Primavera* ainda deveriam ter poder de fogo o bastante para ter uma boa chance contra a *Tecelã de Destinos*.

Mas a *Orisson* já estava emaranhada demais em uma escaramuça com uma das Chefes de Batalha que ainda restavam, e mesmo que Roscu conseguisse se livrar agora mesmo, ela teria a mesma desvantagem de velocidade que a *Vigilante*. A *Falcão da Primavera* tinha acabado de ajudar a eliminar outra das Chefes de Batalha e, por isso, estava teoricamente livre para uma nova missão, mas seus propulsores haviam sido bem danificados e ela não estava realmente em posição de fazer uma interceptação.

Mas Ar'alani precisava tentar.

— *Falcão da Primavera*, a *Tecelã de Destinos* está se movendo — chamou. — Você consegue pegá-la?

— Vou tentar, *Vigilante* — disse Samakro. — Retornando agora. Azmordi?

— Acho que não, capitão intermediário — a voz de Azmordi veio, fraca, dos alto-falantes da *Vigilante*. — Os propulsores caíram para cinquenta por cento. A não ser que Jixtus cometa um erro, não acho que vamos conseguir alcançá-lo até que tudo esteja limpo para ele.

— Tudo bem, *Falcão da Primavera* — interrompeu a voz de Apros. — Eu consigo.

Ar'alani franziu o cenho. Com seus planos de contingência focados na *Tecelã de Destinos* e nas naves de guerra Chiss mais pesadas de linha de batalha, ela quase havia esquecido de Apros e de sua canhoneira.

Mas lá estava ele, correndo a potência máxima em um ângulo, cruzando o campo de batalha, alheio aos lasers reluzentes e os mísseis conduzidos ao redor dele, indo com seu gerador de poço gravitacional para interceptar Jixtus e bloquear sua fuga.

Ou, melhor, para bloqueá-lo até entrar em alcance de combate e morrer em uma enxurrada de fogo laser do Grysk.

Thrawn claramente havia passado pelo mesmo processo mental.

— Apros, pare — ele mandou. — Você é vulnerável demais. Nós encontraremos outra forma de impedi-lo.

— Com todo o respeito, capitão sênior, eu acho que não — disse Apros. — Eu tenho os mesmos dados táticos que vocês, e não vão conseguir alcançá-lo a tempo. Mas eu consigo segurá-lo até a *Vigilante* ou a *Falcão da Primavera* chegar lá.

— Você não pode ir lá sozinho — insistiu Ar'alani.

— Ele não está sozinho — falou Ziinda. — Apros, mude para o vetor que acabei de enviar para você.

Ar'alani olhou para a tática, focando na atual condição de combate da *Picanço-Cinzento*. Ela não estava melhor do que a *Falcão da Primavera*.

— *Picanço-Cinzento*, você não tem mais nada além de lasers — ela lembrou a Ziinda. — Você não está em estado de enfrentar a *Tecelã de Destinos*.

— Não vou enfrentá-la — esclareceu Ziinda. — Apros e eu vamos ir em paralelo, com a *Picanço-Cinzento* ficando entre ele e a *Tecelã de Destinos*. Vai precisar tempo e muito poder de fogo da parte de Jixtus para nos transformar em sucata e, enquanto tiver o bastante da *Picanço-Cinzento* para proteger a canhoneira, nós ainda vamos encurralá-lo. Apros?

— Eu concordo, capitã sênior — disse Apros, a voz tensa, mas firme. — Vamos lá. E, aconteça o que acontecer, foi uma honra servir ao seu lado.

— Foi uma honra para mim também, capitão intermediário — falou Ziinda. — Mova-se mais para perto do meu estibordo e vamos mostrar a Jixtus o que significa enfrentar a Ascendência Chiss.

A *Tecelã de Destinos* estava fugindo, passando bem debaixo do nariz dos Chiss que deveriam estar de olho nela. A grande Mestra Bélica de classe *Estilhaçadora* estava deslizando pela atmosfera superior de Nascente, procurando por uma brecha no campo de batalha onde pudesse sair do poço gravitacional em segurança e assim escapar.

Contra todas as expectativas, Jixtus havia tirado a vitória da derrota.

Qilori olhou para a tática, as asinhas ondulando devagar. Apesar de que, se isso fosse uma vitória, era uma pequena e fugidia.

Jixtus havia trazido quinze naves de guerra massivas para Nascente. Desse número, oito já haviam sido destruídas ou incapacitadas, incluindo todas as três Trituradoras de Pedra. As seis Chefes de Batalha restantes continuavam lutando, mas duvidava que elas sobreviveriam por muito mais tempo. E, enquanto elas estivessem atacando furiosamente as forças Chiss que as rodeavam, ficava abundantemente claro quem venceria.

E o ganhador não havia sido Jixtus.

Ou será que sim?

Porque havia certas vantagens em ser o único sobrevivente de uma batalha assim. Se Jixtus escapasse enquanto as outras forças Grysk morriam, apenas ele poderia contar a história do que havia ocorrido hoje. Suas quinze naves haviam enfrentado dezenove naves de guerra Chiss, além de vinte e uma naves Paccosh, Garwianas e Vak; mas quem sabe se seria isso o que a liderança Grysk ouviria? Talvez ela ouvisse que quinze naves Grysk tinham lutado até a morte contra cem ou duzentas ou trezentas Chiss.

Talvez uma história assim persuadiria os Grysk a evitar essa parte do Caos no futuro. Era mais provável que simplesmente assegurasse que eles mandariam uma armada inteira da próxima vez. Nesse caso, não só os Chiss estariam arruinados, mas talvez todo mundo na região.

E, se os Grysk continuassem a empregar os estranhos estrangeiros Atendentes como navegadores, essa ruína poderia não parar no Terminal 447 ou em todas as outras bases dos Desbravadores. Ou nos próprios Desbravadores.

As asinhas de Qilori enrijeceram de repente. Sim, a história de Jixtus seria a única a ser contada... mas só enquanto não houvesse outras testemunhas do fiasco Grysk. Testemunhas como os Kilji restantes.

Testemunhas como Qilori.

A *Tecelã de Destinos* estava passando por trás e por baixo da *Pedra de Amolar* e, pela diminuição repentina de sua aceleração, Qilori sabia que Jixtus havia encontrado a abertura que estava procurando. Se girasse nos próximos trinta ou quarenta segundos, ele poderia fazer um ângulo para cima, passar pela fenda antes que alguém pudesse pará-lo, e ir embora.

E, no caminho de tal fenda, passaria bem na frente da *Pedra de Amolar*.

Qilori olhou para os vassalos Kilji, ainda curvados por cima de seus consoles.

— O Generalirius Nakirre os chamou de vassalos — lembrou a eles. — Jixtus chamou a *Pedra de Amolar* de um patético cruzadorzinho de guerra. Vocês concordam com qualquer um deles?

O Kilji no leme levantou um pouco a cabeça.

— Nós *somos* o que ele diz que somos — falou em voz baixa. — Não podemos nos mover, ou criar nenhum tipo de pensamento sem nosso mestre.

Qilori olhou com desespero para a tática. Tinha que ter alguma coisa que pudesse fazer para reviver esses estrangeiros descerebrados.

Talvez a resposta estivesse bem à sua frente.

— Sem *seu* mestre? — questionou. — Ou sem *um* mestre?

Dessa vez, todas as cabeças levantaram um pouquinho.

— O que você diz? — perguntou o piloto.

— Eu digo que *eu* sou seu novo mestre — respondeu Qilori com toda a confiança e bravata que conseguiu. — Vou liderá-los até que possam retornar ao seu povo.

E, de repente, todos os Kilji sentaram direito, as mãos mais uma vez posicionadas sobre os painéis de controle.

— O que ordena? — perguntou o piloto.

— Quão rápido dá para remover a selagem de paz dos tubos de laser e mísseis da *Pedra de Amolar*? — perguntou Qilori.

— Bem rápido.

— Façam isso.

Um dos Kilji teclou uma série de comandos, e Qilori sentiu o convés estremecer conforme uma série de ferrolhos explosivos eram detonados.

— As armas estão desobstruídas — confirmou o Kilji.

— Ótimo. — Qilori se perguntou, distante, se realmente estava fazendo isso. O Terminal dos Navegadores proibia seus membros de participarem de qualquer atividade militar... — A *Tecelã de Destinos* está prestes a passar diante de nós. Quando isso acontecer, vamos mostrar a Jixtus o que um cruzador de guerra Kilji consegue fazer.

— Que armas deseja usar? — perguntou o Kilji na estação de armas.

Qilori olhou mais uma vez para a tática.

— Todas elas — disse. — À queima-roupa, e com a maior precisão possível.

— Eu obedeço.

— Digam-me quando estiverem prontos.

Outro par de naves havia aparecido agora na tática: a canhoneira Pacc que carregava o gerador de poço gravitacional e um dos dois cruzadores pesados Chiss. Elas estavam angulando em um vetor de interceptação, claramente torcendo para alcançar a *Tecelã de Destinos* antes dela passar pelo campo de batalha e impedi-la de fugir.

As asinhas de Qilori ficaram chapadas. Ele também poderia mostrar a *elas* o que um cruzador de guerra Kilji poderia fazer.

— Armas prontas. — O Kilji esticou as mãos sobre o painel enquanto tocava em vários interruptores.

E, de repente, sem motivo aparente, a mente de Qilori voltou para a nave de guerra de Thrawn conforme perseguiam a *Martelo* no sistema Rapacc.

Qilori sentado na estação de navegação, perguntando-se por que a cadeira estava tão para frente.

Encarou os braços e mãos dos Kilji esticados sobre seus painéis; os braços dos Chiss supostamente se esticavam da mesma forma sobre os seus. Só que os dois comprimentos eram diferentes, com o dos Chiss sendo notoriamente menor...

E, então, ele entendeu. A verdade — a verdade estranha e inexplicável atingindo sua cabeça em cheio.

Os navegadores Chiss eram crianças!

A revelação se esvaiu em meio à mente de Qilori conforme a realidade do momento voltava com tudo. A *Tecelã de Destinos* estava entrando no alcance, fazendo um ângulo bem onde Qilori havia esperado que ela fizesse, tentando passar pela brecha antes das forças que se moviam pelo campo de batalha o selassem completamente. A nave de guerra cruzaria diante da *Pedra de Amolar*, a meros trezentos metros de distância...

— Fogo — disse Qilori.

E, enquanto a panorâmica irrompia em uma tempestade de fogo laser fulminante e explosões de mísseis, o flanco traseiro inteiro a estibordo da *Tecelã de Destinos* se desintegrou.

Por um longo momento, um silêncio espantado e incrédulo preencheu a ponte da *Picanço-Cinzento*.

— Ora, ora — Vimsk conseguiu enfim dizer. — *Isso* também é algo que você não vê todo dia.

— Não, não é mesmo — concordou Ziinda. — Capitão Intermediário Apros?

— Sim, senhora?

— Você pode desacelerar um pouco — falou para ele. — Acho que não tem pressa nenhuma agora. Almirante Ar'alani?

— Sim, pode acalmar, Apros — confirmou Ar'alani. — Na verdade, vocês dois podem ir até a *Aelos*; vou encontrá-los no meio do caminho e escoltá-los de volta. Acho que a batalha acaba de terminar.

Mas não tinha terminado. Não completamente.

— Jixtus? — chamou Thrawn, sua voz parecendo estranhamente desanimada ao sair do alto-falante da *Vigilante*. — Você ainda está aí?

— Por enquanto — respondeu a voz de Jixtus. Havia dor nela, Ar'alani conseguia notar, e uma raiva silenciosa. Mas a maior parte do que conseguia ouvir era resignação. — Está chamando para se gabar?

— Não — disse Thrawn. — Eu queria declarar nossos termos de rendição e oferecer auxílio médico para seu povo.

— Você sabe que eu não posso aceitar — respondeu Jixtus. — Nem você nem nenhum outro Chiss deve jamais ver nossos rostos ou conhecer nossas formas. Não até sentarmos nos tronos dos antigos reis de Csilla.

Ar'alani ficou tensa. Da última vez que haviam destruído uma nave de guerra Grysk...

— Todas as naves: afastem-se imediatamente das Grysk — mandou com urgência. — Até mesmo os destroços. Afastem-se *agora*.

— Na verdade, não há tronos ou reis antigos — corrigiu Thrawn de forma branda. — Mas entendo o significado do que falou. Aguardo ansiosamente nosso próximo encontro com seu povo.

Um instante depois, em todo o campo de batalha, as naves de guerra Grysk explodiram.

Todas elas, exceto a *Tecelã de Destinos*.

— Uma pergunta, se puder? — continuou Jixtus, com calma, como se não tivesse ordenado a destruição final de sua frota ou de seus guerreiros. — Só para satisfazer minha curiosidade. Não há nenhum Magysine, há? Nem a bordo de sua nave, nem em Nascente.

— Não, não há nenhum que eu saiba — confirmou Thrawn. — A Magys me falou que ela é a única. Ainda assim, até mesmo um ponto imaginário de negociação pode ser útil.

— Contanto que o inimigo queira fortemente acreditar nele — um quê de amargura coloriu a voz de Jixtus. — Desejo sorte em lidar com ela no futuro. Talvez você se arrependa de ter deixado ela e seu povo viverem.

— Pode haver alguns desafios, de fato — disse Thrawn. — Mas tenho certeza de que encontraremos soluções.

Ar'alani visualizou a tática, passando os olhos pelos relatórios de status de várias naves, notando, para seu alívio, que as explosões das naves Grysk não haviam infligido nenhum dano adicional. Mais uma vez, assim como com a autodestruição da última nave de guerra Grysk, cada uma das explosões havia arrebentado tudo até só sobrar pedacinhos minúsculos e inofensivos, prevenindo qualquer análise útil dos destroços.

— Você e seus aliados? — rebateu Jixtus, agora zombando dele. — Você e os Paccosh, os Garwianos e os Vak? Não minta para si mesmo, Thrawn dos Chiss. Você não é diferente de nós, os Grysk. Nenhum de nós possui aliados, apenas inimigos e servos.

— Você está errado — disse Thrawn. — Aliados de conveniência ainda são aliados. Considere a ironia de que foram suas próprias declarações que finalmente os convenceram a lutar ao nosso lado.

— Mas eles odeiam vocês — insistiu Jixtus. — Todos eles. Eles odeiam e temem os Chiss. Por que eles deveriam trabalhar com seus inimigos?

— Nós não somos inimigos deles — declarou Thrawn. — Duvido que a maior parte deles nos odeie de verdade, apesar de admitir que eles temem a Ascendência, ou ao menos desconfiam dela.

— Então, por que eles se aliariam a vocês?

— Porque — disse Thrawn, e Ar'alani pensou ter ouvido uma nota de tristeza em sua voz —, neste momento, e neste lugar, nós fomos o mal menor.

— Compreendo — falou Jixtus. — Então, aproveite sua vitória, Thrawn dos Chiss. Ela será sua última.

— De que maneira?

— Sua carreira terminou — disse Jixtus. — Sua vida, possivelmente, também. É certo que seus líderes exigirão que pague um preço esmagador pela traição que cometeu neste dia, especialmente considerando a indulgência exagerada e míope deles em procurar poder pessoal e honra familiar.

Ar'alani olhou para a ponte, vendo a expressão dolorida e silenciosa no rosto de Wutroow. Sim, a Sindicura exigiria que Thrawn pagasse, sem dúvida. Ela provavelmente faria com que *todos* eles pagassem, na verdade.

— Os Grysk voltarão — continuou Jixtus, sua voz fria e sombria e malévola. — Mas você não estará aqui para enfrentá-los. Desejo a você e seus aliados o prazer desta memória final enquanto assistem seus mundos em chamas.

E, quando Ar'alani olhou para a panorâmica, a *Tecelã de Destinos* seguiu suas colegas Grysk na aniquilação.

— Todas as naves, assegurem os postos de batalha. — O grito de Thrawn soou tão exausto quanto Ar'alani se sentia. — Relatem danos e prejuízos para a *Vigilante*. — Houve um tom quando ele teclou para uma transmissão mais ampla de comunicação. — Qilori de Uandualon, aqui quem fala é o Capitão Sênior Thrawn. Você está aí?

— Sim, estou aqui, capitão sênior — surgiu uma hesitante voz estrangeira.

— Obrigado por seu auxílio — disse Thrawn. — Qual é o seu estado atual?

— O Generalirius Nakirre está morto — falou Qilori. — Assassinado por Jixtus antes dele partir da *Pedra de Amolar*. Eu... A tripulação me aceitou como seu novo comandante, ao menos por enquanto.

— Pode levá-los de volta ao seu lar?

— Eu... não sei — disse Qilori, parecendo surpreso. — Eu presumi que você quereria tomar posse da nave.

— Na verdade, não — falou Thrawn. — Apesar de que, é claro, temos que examiná-la e desarmá-la antes que você tenha permissão de partir.

Houve uma breve pausa. Ar'alani focou na distante nave de guerra Kilji, perguntando-se se Qilori estava pensando em escapar antes que os Chiss pudessem fazer alguma coisa para impedi-lo.

— Apros, pare a aceleração e faça uma guinada de cento e oitenta — ordenou. — Caso a *Pedra de Amolar* decida sair mais cedo. *Picanço-Cinzento*, fique com ele.

— Agora mesmo, almirante — confirmou Apros.

— Entendido, almirante — disse Ziinda.

— É claro, almirante — falou Qilori com um entusiasmo extremamente duvidoso. — Não será um problema. Estarei no aguardo à sua conveniência.

— Depois de você partir, também terá que fazer um desvio para devolver o Desbravador Sarsh ao Terminal Quatro Quarenta e Sete — continuou Thrawn. — Confio que não será um problema.

— Será um prazer. — Qilori parecia intrigado. — Mas eu pensei... Sarsh não está perdido às estrelas?

— De forma alguma — assegurou Thrawn. — Ele está esperando atualmente no sistema externo, a bordo de um transporte de tropa Pacc. Ele estava entrando e saindo do hiperespaço para que pudéssemos saber quando você e Jixtus chegariam.

— Ah — disse Qilori. — Sim. É claro. Eu vou... Tem alguma órbita na qual gostaria que esperássemos?

— A Almirante Ar'alani o instruirá — disse Thrawn. — Falamos mais depois. — Ele desligou, e Ar'alani o ouviu mudar para a transmissão privada dos Chiss. — Almirante, já recebeu os relatórios de danos?

— Eles estão chegando agora — informou Ar'alani. — Não são tão ruins quanto pensei que seriam. Certamente não são tão ruins quanto poderiam ter sido. Quer que eu fale com os Garwianos e os Vak? Agradecê-los pela ajuda, esse tipo de coisa?

— Eu posso fazer isso — respondeu Thrawn. — E Uingali também, é claro, por sua assistência em convencê-los a esperar e observar. Se puder cuidar da coordenação de danos, vou organizar essa conversa.

— Almirante, alguém está chegando — exclamou Biclian da estação de sensores.

Ar'alani girou para ver a panorâmica. Flutuando mais à frente da *Vigilante*, na distância próxima...

— Aqui quem fala é o Almirante Dy'lothe a bordo da nave de guerra *Temerária*, da Força de Defesa Chiss — a voz ressoante de Dy'lothe retumbou no alto-falante. — Fui enviado pela Sindicura Chiss para avaliar a situação.

Ar'alani soltou a respiração em um bufido aliviado.

— Aqui quem fala é a Almirante Ar'alani — disse. — Seja bem-vindo a Nascente.

— Obrigado, almirante. — Dy'lothe fez uma pausa, talvez dando uma olhada melhor no campo de batalha. — Então... o que foi que perdi?

CAPÍTULO VINTE E OITO

— Me contaram que a Sindicura começou uma investigação de nossa família por seus acordos com Jixtus. — Roscu encarou sem piscar o homem do outro lado da escrivaninha. — Um inquérito em paralelo com os das famílias Chaf e Ufsa.

— Ouvi dizer que sim. — O Patriarca Rivlex devolveu o mesmo olhar sem piscar. — Mais uma vez, a Sindicura excede seus limites e sua autoridade.

— Me contaram que os Patriarcas Chaf e Ufsa já concordaram em renunciar — disse Roscu. — E que os Patrieis Clarr pediram que você faça o mesmo.

— Os Patrieis também excedem a *própria* autoridade — comentou Rivlex. — Por que, exatamente, você está aqui, Roscu?

Roscu. Não *Capitã Roscu*, e sim só *Roscu.* O corpo inteiro de oficiais sênior de Rivlex havia feito uma petição para Roscu ser reestabelecida em sua hierarquia na frota da família Clarr, mas o Patriarca não voltaria atrás nem mesmo no menor dos gestos. Ele seria teimoso, definiria seus inimigos e continuaria sendo assim por um bom tempo.

Infelizmente, naquele exato momento sua lista de inimigos parecia incluir a todos na Ascendência além dele mesmo.

— Esta é meramente uma chamada de cortesia, Seu Venerante — disse Roscu. — Ofereceram me reintegrar à Frota de Defesa Expansionária.

— Parabéns. — Rivlex soou amargo. — Confio que ficará feliz em esquadrinhar o Caos à procura de novas ameaças.

— Também — continuou Roscu — me ofereceram uma comissão na Força de Defesa.

E isso finalmente causou uma reação. Os olhos de Rivlex se estreitaram de leve, e ele pareceu retroceder um pouquinho.

— A Força de Defesa?

— Sim — disse Roscu. — Especificamente, a posição de segunda oficial do Almirante Dy'lothe a bordo da *Temerária*. — Ela fez uma pausa. — A nave de guerra Puleão está atualmente em órbita sobre Rhigar.

— Eu sei onde a *Temerária* está. — A voz de Rivlex seguia cuidadosamente controlada, mas Roscu conseguia ver que ele enfim havia entendido as implicações de tal atribuição.

A Sindicura havia tentado encobrir o incidente de Nascente inteiro e, por um tempo, eles haviam conseguido. Mas agora, após cinco semanas de silêncio, os detalhes tinham começado a vazar para o público geral. Para a surpresa de Roscu, seu nome estava sendo discutido quase tanto e de forma tão proeminente quanto os de Ar'alani, Ziinda e Thrawn.

O que significava que colocar Roscu em um posto honrado e poderoso a bordo da *Temerária* não seria uma prova de gratidão. Também seria uma mensagem deliberada e mordaz de que as sanções que mandaram Dy'lothe impor não eram direcionadas à família Clarr como um todo, mas somente contra o intratável Patriarca que se recusava a assumir a responsabilidade sobre seus atos.

— Isso é tudo. — Roscu ficou de pé. — Eu compreendo que você se reunirá com os Patrieis em meia hora. Imagino que queira algum tempo para se preparar. — Ela assentiu. — Tenha um bom-dia, Seu Venerante.

Clarr'etu'vilimt, o Patriarca de Rhigar, estava esperando no corredor quando Roscu saiu do escritório e se dirigiu ao centro de defesa do lar familiar.

— E então? — ele perguntou, acompanhando o passo dela.

— Não sei — admitiu Roscu. — Ele não ficou feliz comigo a bordo da *Temerária*, mas não sei se foi o bastante para ele mudar de opinião a respeito de renunciar.

— Vamos torcer para que seja — disse Retuvili, nefasto. — Entregá-lo à Sindicura para ser interrogado e censurado seria abrir um precedente terrível. Mas manter um possível traidor como Patriarca da família Clarr seria ainda pior. — Ele olhou para Roscu de relance. — Você vai aceitar a posição na *Temerária*?

— Vai depender do Patriarca Rivlex decidir ver a razão — falou Roscu. — Eu preferiria ficar na frota familiar, mas nossa honra e posição são mais importantes que os meus desejos pessoais.

— Bem, independente do que acontecer, fique tranquila que sempre terá um lugar aqui — assegurou Retuvili. — Comandante da força de defesa da fortaleza familiar, capitã da *Orisson*... o que você quiser será seu.

— Aprecio a oferta, e certamente vou considerá-la — disse Roscu. — Quanto à *Orisson*, porém, eu diria que ela já possui um comandante excelente no Capitão Raamas.

— Eu concordo. — Um sorrisinho apareceu nos lábios de Retuvili. — Apesar de que, no quesito prestígio, ele dificilmente está no mesmo nível do que Aquela Que Eles Não Conseguiram Matar.

Roscu franziu a testa.

— A *quê*?

— Você não ouviu? — perguntou Retuvili, pura inocência por trás do sorriso. — É assim que eles a chamam hoje em dia em Rhigar. Aquela Que Eles...

— Sim, eu entendi da primeira vez — disse Roscu. — Como eles descobriram *isso*?

— Teve o ataque do asteroide míssil em Ornfra. — Retuvili contou com os dedos. — O ataque sorrateiro da nave Grysk mais tarde, naquele mesmo sistema. E, finalmente, a batalha de Nascente. Você sobreviveu a todas elas.

— Assim como Raamas e o restante da tripulação da *Orisson* — grunhiu Roscu. — Então, por que estão colocando o nome para cima de *mim*?

— Porque a família Clarr precisa de uma heroína neste exato momento — Retuvili falou em voz baixa, o sorriso sumindo. — Para o bem ou para o mal, foi em você que decidiram focar.

Roscu suspirou.

— Tudo bem — disse. — Mas, assim que Rivlex for embora, essa história de heroína vai acabar. Certo?

— Farei o que for possível — prometeu Retuvili. — Mas não é bem assim que funciona essa coisa de heroína.

— Então, ache uma forma que funcione dessa maneira. — Roscu foi firme. *Aquela Que Eles Não Conseguiram Matar*. Era bobo, era vergonhoso, e era incorreto.

Mas ela precisava admitir que soava bem, sim.

— Isso — disse Ziinda de forma maçante — é ridículo. Como que eu vou receber uma comenda e o Capitão Intermediário Apros não vai?

— Você já sabe a resposta disso — o tom de Ba'kif foi paciente, parecendo e soando como um homem que já estava tendo que enfrentar problemas demais por um dia e não queria nem um pouco ter outros.

Ziinda simpatizava com isso. Ela também não ligava. Ba'kif era seu único contato com o Conselho de Defesa Hierárquica, e a única forma de repassar uma mensagem ao Conselho seria através dele.

— Eu sei a resposta oficial — disse Ziinda. — Os Irizi copatrocinaram uma comenda para mim, então eu recebi uma. Os Csap se recusaram a copatrocinar uma para ele, então ele não recebeu. E você e eu sabemos que isso é bobagem. Uma comenda é algo militar, e o exército deveria estar fora das políticas familiares.

— Hierarquias, promoções e tarefas são militares — Ba'kif a corrigiu. — Comendas são prestígio. Já que as famílias sempre conseguem uma porção da glória, elas também precisam fazer parte do processo.

— E o senhor acha que isso é *justo*?

— Eu nunca falei nada sobre justiça. — Ba'kif estava calmo demais para o gosto de Ziinda. Ele ao menos poderia ficar um pouco indignado a respeito dessa farsa. — Mas você precisa ver a situação do ponto de vista dos Csap. Apros estava em posse de um artefato estrangeiro em Nascente que nunca deveria ter saído dos cofres do GAU em Sposia, em primeiro lugar.

— Um artefato que Thrawn pegou e saiu andando, não Apros.

— O ponto é que os registros mostram que Apros recebeu o crédito de operá-lo — continuou Ba'kif. — O Patriarca Csap decidiu, evidentemente, que não queria mexer nesse vespeiro específico ao chamar mais atenção para o assunto.

Ziinda trincou os dentes. Era hora de tentar uma abordagem diferente.

— Tudo bem — falou. — Se uma comenda está fora de consideração, que tal promovê-lo a capitão sênior?

As sobrancelhas de Ba'kif levantaram um pouco.

— Você acha que Nascente é o bastante para justificar isso?

— Absolutamente — disse Ziinda com firmeza.

Porque não era *só* Nascente. Apros também havia comandado a *Picanço-Cinzento* em Hoxim, depois de a própria Ziinda ter sido enganada e se juntado à tentativa desastrosa do Conselheiro Lakuviv de reivindicar aquele mundo inútil para os Xodlak. Como seu primeiro oficial, ele havia lidado com a nave com eficiência tranquila, trabalhando com ela e com Thrawn para fazer aquela tramoia e prevenir a Ascendência de colapsar e virar uma anarquia aqui e agora, e nunca dera um pio sobre o segredo com qualquer pessoa. Só por isso, ele merecia cada pedacinho de gratidão que o Conselho conseguisse juntar.

— Interessante — murmurou Ba'kif. — Pode ser possível. Suponho que você também vai insistir que deem a ele a própria nave, sim?

— Seria o mais adequado — concordou Ziinda. — Um cruzador de patrulha seria um bom lugar para começar. Talvez a *Parala* ou a *Bokrea*...

— E a *Picanço-Cinzento*?

Ziinda se contraiu, sentindo como se tivesse acabado de levar um tapa na cara.

— O que quer dizer? — perguntou com cuidado.

— A Frota de Defesa Expansionária tem um número limitado de naves, você sabe — Ba'kif lembrou a ela. — Estou simplesmente perguntando se você quer tanto que Apros tenha uma nave que você ofereceria a própria a ele.

— Eu... — Ziinda parou de falar, o restante de sua recusa instintiva ficando presa na garganta. Ela havia trabalhado muito e por muito tempo para ser digna de comandar um cruzador pesado. Era uma prova de sua habilidade e determinação, e ela havia lidado com a posição com talento e integridade.

Exceto quando desertou sua nave e sua tripulação pela loucura em Hoxim. Algo que Apros nunca havia feito, nem nunca faria.

E ela tinha a audácia de reclamar das políticas familiares no ambiente militar?

Respirou fundo e olhou nos olhos de Ba'kif.

— Sim. Se a *Picanço-Cinzento* for a única nave disponível... sim, ele a merece.

— É bom ouvir isso — disse Ba'kif. — Ainda assim, um cruzador pesado pode ser um pouco demais para um capitão sênior recém-cunhado. — Ele franziu o cenho, como se tivesse lembrado de algo de repente, e pegou o questis. — Aliás, eu recebi uma mensagem dele há mais ou menos uma hora. — Ba'kif passou pela tela, olhando para o aparelho. — Ele disse que, se você viesse aqui exigindo que ele receba uma comenda... — Ele olhou para cima, os olhos fixos em Ziinda. — ... Que eu deveria dizer para você não se preocupar a respeito disso. Que ele estava satisfeito em ser lembrado por aqueles que o conhecem, que trabalham com ele e que o respeitam. — Ele deixou o questis de lado. — Suponho que você saiba o que isso significa.

— Sim. — Ziinda sentiu-se como uma tola premiada. — O senhor poderia ter começado me falando isso.

— Eu poderia, sim — Ba'kif concordou com calma, os olhos ainda focados nela. — Mas a parte mais importante do meu trabalho são as pessoas servindo sob meu comando. Sempre que tenho a oportunidade de descobrir como essas pessoas se sentem em relação umas às outras... — Ele deu de ombros e, pela primeira vez desde que Ziinda chegou lá, o rosto dele se dobrou em um sorriso satisfeito. — Eu pego a oportunidade.

— Então, a *Picanço-Cinzento* ainda é minha? — perguntou Ziinda.

— É claro — assegurou Ba'kif. — E agora que sei que uma das minhas melhores comandantes sente com firmeza que um de seus subordinados está pronto para ter seu próprio comando, estou pronto para deixar esse processo em movimento. Especialmente já que o comandante da *Parala* já informou ao Conselho sua intenção de se aposentar. — Ele inclinou a cabeça para o lado. — Você sabia que a *Parala* foi o primeiro comando da Almirante Ar'alani?

— Não, senhor, eu não sabia — respondeu Ziinda. — Eu acho que o Capitão Intermediário Apros consideraria uma honra seguir os passos dela.

— Tenho certeza que sim — disse Ba'kif. — E, agora, é melhor você ir. — Ele abriu outro sorriso para ela, este com um quê travesso. — Eu sugeri que ele a encontrasse no Bar Markenday em meia hora. Caso você e o capitão sênior queiram celebrar a promoção dele.

— Fico feliz de finalmente conhecê-la, Che'ri — comentou Borika, deixando uma caneca de caccofolha na mesa diante de Thalias e uma de suco grillig na frente de Che'ri. — Só não esperava que fosse tão rápido.

— Nem nós. — Thalias olhou ao seu redor, na grande sala do rancho. Algumas das cadeiras eram diferentes, e uma pedra rachada ao redor da lareira havia sido substituída, mas, fora isso, estava igual do que da última vez que havia ido até lá. — Imagino que você já saiba da história inteira?

— Eu sei. — Borika bebericou de sua caneca. — Nascente e a Magys. Pesadelos e visões estranhas. — Ela espiou Che'ri por cima de sua caneca. — Possivelmente ter sido possuída por uma mente estrangeira?

Thalias sentiu seu estômago retorcer. Che'ri, contemplando seu suco, nem sequer estremeceu.

— E sim, pediram que eu investigasse o assunto — continuou Borika. — Mas vai levar tempo e conhecimento e recursos.

— Todos os quais você tem? — perguntou Thalias com esperança.

— Temos tempo, sem dúvida. — Borika esticou o braço para tocar na mão de Che'ri. — Vamos precisar encontrar o conhecimento e os recursos no meio do caminho.

— Então, eu vou ficar aqui a partir de agora? — perguntou Che'ri com uma vozinha baixa.

— Ao menos por enquanto — Borika disse a ela. — Sky-walkers já são raras, e agora você tem o recorde de ser a mais especial entre nós.

— Mas os pesadelos desapareceram. — Che'ri olhou para cima com olhos suplicantes. — Ninguém vai voltar para Nascente... O General Supremo Ba'kif falou isso. Então, por que eu não posso continuar voando com o Capitão Sênior Thrawn e a *Falcão da Primavera*?

— Ah, ora essa. — Thalias fingiu falar em um tom severo. — Nós acabamos de passar cinco semanas com ele, procurando na fronteira do Espaço Menor por qualquer sinal dos Grysk. Isso foi cinco semanas a mais do que qualquer um de nós esperava.

— E nós não os encontramos, encontramos? — Che'ri rebateu. — O Conselho vai mandar ele outra vez... Eles *precisam* mandá-lo. Por que não podemos ir junto com ele?

— Porque você precisa contar para Borika e os outros tudo a respeito da Magys enquanto isso ainda está fresco em sua cabeça. — Thalias espiou Borika e fez um sinal de aviso com a cabeça. Ela não sabia se haviam contado para Borika, mas Che'ri não sabia, e este não era o momento para consertar essa omissão.

— *Fresco* — murmurou Che'ri. — Não é mais exatamente algo *fresco*.

— Você entendeu o que ela quis dizer — Borika a reconfortou. — Vai ficar tudo bem. E pense bem. O que você nos ajudar a aprender pode significar coisas importantes para cada sky-walker que vier depois de você.

— Talvez começando com como as cuidadoras podem melhorar em seu trabalho — sugeriu Thalias, enfática. Pesquisa importante ou não, enquanto ela estivesse sendo jogada no meio do programa Buscadoras mesmo assim, ela se certificaria de que a negligência que permeava o sistema no último século passaria por uma reformulação total. — E não se preocupe. Eu vou ficar aqui com você durante o caminho inteiro.

— Mas você também não vai poder voar — disse Che'ri.

— Está tudo bem — assegurou Thalias. — Eu realmente só queria ir a bordo da *Falcão da Primavera* para poder ver o Capitão Sênior Thrawn outra vez. Agora que eu consegui... — Ela abriu um sorriso torto para Che'ri. — ... Acho que posso aproveitar um pouco de paz e tranquilidade.

— Assim como você — acrescentou Borika.

— Mas e se levar muito tempo? — O rosto de Che'ri ficou franzido. — E se... você não puder ficar aqui para sempre?

— Eu disse que ficaria com você o caminho inteiro — Thalias lembrou a ela, segurando a mão da menina. — E eu vou.

— Mesmo se for para sempre?

— Sim — Thalias prometeu baixinho, um calafrio subindo por suas costas. — Mesmo se for para sempre.

Fazia muito tempo, pensou o Patriarca Thurfian, desde que ele havia ido à Marcha do Silêncio. Não ia lá desde subir à liderança da família Mitth; não ia lá desde que ele e Zistalmu se encontraram pela última vez para discutir mais sobre seu acordo pessoal para acabar com Thrawn.

Há muito, muito tempo.

Ele parou ao lado de sua seção escolhida do muro, observando os síndicos e os Oradores conforme eles se reuniam em seus grupinhos; fazendo encontros privados, tendo conversas particulares, a maior parte deles provavelmente se perguntando o que um Patriarca das Nove Famílias Governantes estava fazendo aqui.

Deixe-os imaginarem.

Estava prestes a desistir quando viu o Primeiro Síndico Zistalmu chegar na entrada mais afastada. Thurfian o observou conforme ele fazia seu longo caminho pela Marcha.

E, então, finalmente, aquele que um dia foi seu amigo estava por perto.

— Bom dia, Primeiro Síndico — cumprimentou Thurfian. — Obrigado por vir.

— Eu quase não vim, Seu Venerante. — Zistalmu teve o cuidado de manter a voz neutra. — Presumi que, se você genuinamente quisesse conversar, você simplesmente me convocaria para ir ao lar familiar dos Mitth.

— Eu queria encontrá-lo em privado. — Thurfian ficou maravilhado com a quantidade de insultos sutis entrelaçados naquela única frase, e ignorou todos eles. — Este pareceu um bom lugar para começar.

— Se estava torcendo por algo anônimo, calculou muito mal — comentou Zistalmu. — Mesmo que não esteja com seus trajes oficiais, todo mundo aqui sabe quem você é.

— Ótimo — disse Thurfian. — Deixe-os verem um Patriarca escolhendo encontrar um Aristocra rival no reino desse rival. Um pouco de maravilhamento faz bem para a alma. É quase tão bom quanto um pouco de humildade.

— Hm — falou Zistalmu, esquivo. — E qual de nós está sendo um pouco humilde hoje?

— Houve outro Círculo da Unidade duas horas atrás — contou Thurfian. — Decidimos o que faremos com Thrawn.

Zistalmu bufou um pouco.

— Se envolver colocar outra medalha em suas correntes de honra, eu não quero nem saber.

— Não é medalha, nem corrente de honra — disse Thurfian. — Exílio.

A palavra claramente pegou Zistalmu de surpresa.

— *Exílio*?

— Um mundo habitável foi escolhido perto da fronteira entre o Caos e o Espaço Menor — explicou Thurfian. — Ele receberá alguns suprimentos, além de recursos para caça, pesca e agricultura. O que ele decidir fazer com a própria vida lá será escolha dele.

— Por quanto tempo? — perguntou Zistalmu. — Até que surja uma nova crise e você, o Conselho ou a Sindicura insistam que ele deve ser trazido de volta?

— Eu nunca insistiria por tal coisa — garantiu Thurfian. — Nem o Conselho, acredito. — Ele deu de ombros. — Manter a Sindicura fora desse tipo particular de loucura será o *seu* trabalho.

Era claro que Zistalmu estava tentando manter a expressão educada e estritamente profissional. Mas aquele comentário conseguiu produzir uma sugestão de sorriso nele.

— Acho que você superestima a força de minha autoridade.

— Talvez no momento — admitiu Thurfian. — Mas isso há de mudar. Os Irizi devem crescer na estimação das Nove, particularmente com heroínas como a Capitã Sênior Ziinda ao seu lado. É inevitável que os Mitth, por outro lado, sofram com gente como Thrawn do nosso. — Ele ergueu as sobrancelhas. — O que, se lembrar bem, foi o desfecho que nós dois imaginamos, afinal.

— Sim. — Por um momento, Zistalmu estudou o rosto de Thurfian. — Ele realmente será exilado?

— Sim — confirmou Thurfian. — A história de Thrawn chegou ao seu fim. Minha pergunta agora é, e a nossa?

— A nossa?

— Não estou afirmando que já fomos amigos — continuou Thurfian. — Mas tivemos uma relação um dia, uma que permitiu que contornássemos regras familiares e rivalidades e trabalhássemos juntos para melhorar a Ascendência. Você acha que seria possível termos uma relação assim novamente algum dia?

— Eu não sei — confessou Zistalmu. — Tenho que pensar sobre isso.

— Pense por quanto tempo precisar — Thurfian falou para ele. — Estarei pronto para falar com você novamente quando fizer essa decisão.

— Farei isso. — Zistalmu fez uma pausa, e outro sorriso relutante contraiu os cantos de sua boca. — Mas, da próxima vez, vamos falar em seu lar familiar. Como você disse um dia, os assentos e a comida são muito superiores.

— De fato, são — disse Thurfian. — Preciso ir agora. Adeus, Primeiro Síndico. E, mais uma vez, obrigado.

Zistalmu sem dúvida pensaria no assunto, Thurfian soube disso conforme ia até a saída mais próxima. Infelizmente, ele não estaria mais pensando a respeito de acabar com um único laser descontrolado como Thrawn, mas em termos de como poderia explorar sua relação com Thurfian para beneficiar a família Irizi.

Mas estava tudo bem. O equilíbrio de poder na Sindicura sempre havia sido precário, e a conspiração de Jixtus havia ressaltado esse perigo de forma violenta. Tudo que Thurfian pudesse fazer para reduzir as tensões entre os Mitth e os Irizi seria um passo na direção certa.

E se Zistalmu escolhesse usar a relação entre eles para tentar destruir tanto Thurfian quanto os Mitth?

Thurfian sabia que era um risco. Sua família contava com ele agora, e ele tinha o dever de protegê-la. Mas valia a pena assumir esse risco... Porque, apesar de Thurfian ser um Mitth, ele era acima de tudo um Chiss.

Só podia torcer para que, independente dos planos e objetivos originais de Zistalmu, ele também chegaria a uma conclusão parecida.

— Agradecemos por ter vindo esta tarde, Capitão Intermediário Samakro — falou o Almirante Supremo Ja'fosk conforme o próprio grupo se sentava à mesa.

— Fico honrado de estar aqui. — Samakro sentiu uma pontada de desconforto ao ver os cinco homens e mulheres de uniformes de gala e correntes de honra. Nunca havia participado de uma audiência de inquérito onde havia mais do que três oficiais de alto escalão. Agora estava encarando cinco deles, todos almirantes ainda por cima, um deles sendo o próprio Almirante Supremo Ja'fosk.

Independente do que eles quisessem dessa vez, era evidente que era algo muito sério.

E isso o preocupava. Thrawn já havia passado por esse triturador em particular, disciplinado pela Sindicura com uma crueldade casual da qual Samakro não achou que eles seriam capazes. Eles haviam jogado um punhado de crimes e infrações contra ele, mas a acusação mais grave era a de ter desafiado protocolos que proibiam ataques preventivos ao ir até Nascente e forçar Jixtus a entrar em combate.

O problema era que Samakro, Ziinda, Ar'alani e o restante do grupo de Thrawn havia feito exatamente a mesma coisa. Será que isso significava que todos estavam na mira da fúria da Sindicura?

Ao menos, a força de acompanhamento, as naves de guerra que a apresentação incansável do Patriarca Thurfian havia persuadido o Círculo a autorizar o General Supremo Ba'kif a enviar em apoio de Thrawn, tinha recebido uma cobertura finíssima de sanção oficial. Seus comandantes e oficiais deveriam ficar bem.

A força primária de Samakro e de Thrawn, nem tanto.

— Primeiro, gostaria de parabenizá-lo mais uma vez por sua atuação em Nascente — disse Ja'fosk.

Samakro assentiu de leve: reconhecimento, aceitação e apreciação, todos juntos no mesmo gesto. Dado o tamanho e o poder daquelas naves de guerra

Grysk, Ja'fosk e o Conselho tinham mesmo que estar satisfeitos com o que as forças Chiss haviam conseguido fazer.

Quanto aos acordos que Thrawn fizera com os Paccosh, os Vak e os Garwianos, os corpos diplomáticos ainda estavam lidando com isso, com a Aristocra olhando por cima do ombro deles de forma nervosa. Alianças externas nunca haviam dado certo com a Ascendência, e a Sindicura não parecia inclinada a tentar de novo.

Apesar de que, nesse caso, eles poderiam não ter escolha. Eles haviam declarado que Nascente estava fora dos limites para naves e pessoal Chiss, o que provavelmente era uma boa ideia, e poderia funcionar a curto prazo. Mas ainda havia questões que não foram respondidas e recursos que não foram explicados lá... E, com a Magys nomeando Uingali como seu Guardião, os Paccosh agora eram o único caminho do Conselho e da Sindicura para explorar esses recursos.

Seria uma enrascada interessante para os diplomatas e os Aristocra analisarem. Samakro estava contente de só precisar lidar com uma única nave de guerra da Frota de Defesa Expansionária.

Presumindo que não tirassem isso de suas mãos.

— Segundo — continuou Ja'fosk —, queremos confirmar oficialmente sua promoção a capitão sênior, e sua tarefa como comandante da *Falcão da Primavera.*

— Obrigado, almirante supremo. — Samakro notava a ironia daquilo tudo. Antes, quando o General Ba'kif tirou dele a *Falcão da Primavera* e a entregou a Thrawn, Samakro havia se ressentido e muito com a situação. Havia cooperado com o novo comandante e havia mandado seus oficiais e guerreiros fazerem o mesmo. Mas tudo havia sido estritamente uma questão de dever, e prometera a si mesmo que nunca gostaria de verdade do novo arranjo.

Ele tivera razão. Nunca gostou daquilo. Mas a Frota de Defesa Expansionária não era a respeito de gostar ou não gostar de algo. Na verdade, para sua surpresa, Samakro havia aprendido a respeitar Thrawn, aos poucos. Até mais importante do que isso, havia aprendido a confiar nele.

E a confiança era o que fazia uma nave de guerra funcionar. A confiança entre o comandante e os seus oficiais, a confiança entre os próprios oficiais. Saber da força uns dos outros, saber do comprometimento uns dos outros, era o que permitia que entrassem com confiança em uma batalha. Era o que permitia que enfrentassem uma frota de naves estrangeiras gigantescas sem hesitar ou recear.

Foi, especialmente, o que permitiu que vencessem.

— E, agora, o terceiro ponto. — A expressão de Ja'fosk ficou um pouco estranha. — Durante o testemunho do Tenente Comandante Azmordi, ele nos falou que, a certo ponto, você falou para a Cuidadora Thalias que você e o Capitão Sênior Thrawn suspeitavam que o que restava dos Nikardun havia se reunido no sistema Nascente para sua resistência final. Lembra dessa conversa?

— Lembro, sim — Samakro conseguiu dizer, lutando para manter a voz estável. No calor de tudo que havia acontecido, havia esquecido aquela história por completo.

Uma história que havia sido totalmente inventada. Uma história que contou para Thalias para que, quando o Patriarca Thurfian exigisse saber como Thrawn havia aparecido com uma ideia tão ridícula, Samakro pudesse provar que Thalias estava repassando informações confidenciais para ele.

Só que agora quem estava preso nisso era Samakro. Oficiais sênior não deveriam espalhar informações falsas, especialmente informações falsas que poderiam influenciar decisões táticas importantes. Se confessasse o que havia feito, eles poderiam tirar a *Falcão da Primavera* dele outra vez.

Mas havia uma alternativa. Thrawn já havia sido desgraçado aos olhos do Conselho. Se Samakro jogasse a culpa da história nele, era provável que a questão inteira simplesmente desaparecesse, deixando Samakro intocado.

Seria rápido e fácil. E também seria errado.

Ele endireitou os ombros. Sua mentira. Sua responsabilidade. Suas consequências.

— Tudo bem que eram os Grysk e não os Nikardun que estavam se reunindo lá — continuou Ja'fosk —, mas ainda assim o Conselho ficou impressionado com a acuidade da informação. — Ele se inclinou um pouco para frente no assento. — Diga-nos, capitão sênior: como você e Thrawn *souberam*?

Por um momento, Samakro ficou ali sentado, sentindo o universo se curvar gentilmente ao seu lado. Não só eles não estavam furiosos, mas estavam *satisfeitos*?

Decidiu que não deveria existir muita justiça no universo. Mas parecia, *sim*, haver um certo senso de humor nele.

Limpou a garganta.

— Queria poder explicar ao senhor, almirante supremo — disse, colocando um pouco de arrependimento na voz. — Mas sabe tão bem quanto eu que o Capitão Sênior Thrawn... Bem, às vezes ele só tira essas coisas do nada.

— Sim, ele tira mesmo — murmurou Ja'fosk, voltando a se inclinar para trás. — É um talento do qual sentiremos falta.

Samakro assentiu, reprimindo um suspiro. Então, os rumores estavam corretos. O Conselho rebaixaria Thrawn, possivelmente até mesmo abaixo do posto de comandante. Não era inesperado, mas certamente não era gracioso, e era birrento.

Ainda assim, não era como se isso fosse o fim. Mais cedo ou mais tarde, a tempestade política passaria, e Thrawn poderia ser restaurado rapidamente. O Conselho poderia ter que se curvar para a ira da Sindicura por vezes, mas ele não era estúpido.

— Sim, senhor — disse. — Assim como todos nós.

Ba'kif estivera sentado na sala de audiências por aproximadamente cinco minutos quando enfim permitiram que os observadores entrassem.

Assistiu-os encherem a passagem da porta, estudando seus rostos e ouvindo o murmúrio baixo da conversa. A maior parte deles parecia confortável, as expressões solenes mas calmas, as vozes baixas mantendo aquela combinação única de seriedade e camaradagem que marcava aqueles que haviam enfrentado a morte em combate. Samakro e Thalias vieram juntos, falando baixinho com Wutroow; Ziinda e Roscu, um pouco mais atrás, parecendo ter uma conversa ligeiramente mais animada.

Havia um número considerável de rostos que Ba'kif não reconheceu, oficiais júnior e guerreiros da *Falcão da Primavera* que estavam lá para apoiar seu capitão. Eles também tinham o mesmo jeito despreocupado de seus colegas mais sênior, o senso de que estavam lá para ver Thrawn e sua vitória serem reconhecidos mais uma vez e — talvez de forma relutante — premiados pelo Conselho.

Só Ar'alani pareceu reconhecer o ar sombrio que pairava sobre a sala de audiências. Seu olhar se voltou para Ba'kif ao entrar, os olhos estreitando com desconfiança e dúvida repentinas, claramente se perguntando por que ele estava na galeria de observadores em vez de ser um dos membros do tribunal que logo entraria para pronunciar o julgamento.

Ela estava correta, é claro. Como chefe da Frota de Defesa Expansionária, Ba'kif *deveria* ter feito parte do tribunal. Mas Thurfian havia encorajado a Sindicura a ordená-lo a não participar e, como Thurfian era o Patriarca de Thrawn, os outros Aristocra ouviram seu desejo. Assim como o Conselho também, com relutância.

Todos os observadores estavam sentados, e a conversa tinha parado, quando os cinco almirantes do conselho entraram pela porta lateral.

O Almirante Supremo Ja'fosk estava lá. Os Almirantes Dy'lothe, da *Temerária*, e Ers'ikaro, da *Belicosa*, também estavam lá, assim como outros dois da Força de Defesa que Ba'kif só conhecia de passagem. Todos os cinco tinham as mesmas expressões rígidas e solenes. O Patriarca Thurfian apareceu atrás deles e foi até uma cadeira perto do fim da mesa.

E a solenidade na expressão dele, notou Ba'kif, carregava um pouco mais do que um quê de satisfação sombria.

Ja'fosk virou-se de um lado para o outro para falar com os outros almirantes sentados à sua direita e esquerda, fazendo comentários baixos para cada um deles e recebendo respostas igualmente inaudíveis. Ele lançou um olhar para Thurfian e outro, quase furtivo, para Ba'kif. Então, ele se voltou para encarar sua frente e tocou a pedra na mesa diante dele com as pontas dos dedos.

— Ele vai entrar — entoou.

Houve um momento de silêncio. Então, a porta traseira se abriu, e Thrawn entrou na câmara.

Ele estava com o uniforme de gala completo, as dragonas douradas nos ombros cintilando com a luz, as correntes de honra tilintando suavemente contra seu peito conforme andava pela galeria para ir até a mesa. Os quatro guerreiros que o acompanhavam foram para os lados ao passarem diante da borda da galeria, ficando rígidos enquanto ele continuava. Ba'kif olhou ao seu redor na galeria, vendo a preocupação começar a ser registrada pelos rostos de alguns dos observadores conforme eles começavam a perceber que algo estava errado. Thrawn alcançou o círculo estampado centralizado diante da mesa e, ao parar, os cinco almirantes ficaram de pé.

Ba'kif olhou para os observadores mais uma vez, notando que a preocupação em seus rostos havia se transformado em incredulidade perplexa.

Agora, enfim, eles percebiam que o que estava por vir não era uma comenda, e sim um julgamento.

— Capitão Sênior Mitth'raw'nuruodo, você foi considerado culpado por violações deliberadas e conscientes dos protocolos do Conselho de Defesa Hierárquica e da lei da Ascendência Chiss — continuou Ja'fosk com o mesmo tom pesado. — Tem algo mais a dizer em sua defesa antes da sentença?

— Não, almirante supremo — respondeu Thrawn. A voz dele era estável, quase calma.

Mas Ba'kif conseguia ouvir a dor nela, a frustração e o cansaço. Ele havia lutado tanto e por tanto tempo para defender a Ascendência, só para sua dedicação ser jogada contra ele.

— Muito bem — disse Ja'fosk. — É a vontade da Sindicura, e a obrigação do Conselho, passar a seguinte sentença.

Ele fez uma pausa, e Ba'kif conseguia ver o conflito em seus olhos. Ja'fosk havia aceitado que este momento era inevitável, e compreendia os motivos por trás dele. Mas isso não significava que nem ele nem nenhum dos outros oficiais no tribunal gostavam disso.

— Você perderá sua posição, seus privilégios e responsabilidades no que diz respeito à Frota de Defesa Expansionária. Você também será... — Ja'fosk lançou outro olhar a Thurfian — ... removido de sua posição como adotado por mérito da família Mitth. No presente, continuará sendo membro dessa família, mas sem posição.

Ba'kif focou em Thurfian, notando os lábios dele se curvarem de leve. Ele já havia desejado que transferissem Thrawn de volta à sua família de origem, os Kivu, mas parecia que Ja'fosk e o próprio auxiliar sênior de Thurfian tinham conseguido convencê-lo de um passo tão drástico e irrevogável.

— A Sindicura também decretou que...

Ja'fosk fez uma pausa, e Ba'kif conseguiu sentir o nível de tensão na câmara aumentar de súbito.

— ... Que, em um período de dois dias, você será levado de Csilla a um mundo inabitado, mas capaz de vida, onde ficará pelo restante de seus dias.

Uma onda repentina e incrédula passou pela sala. Alguém ofegou, e Ba'kif ouviu o som de uma pessoa se preparando para falar. Ja'fosk virou seu olhar para a galeria, o peso absoluto de seu posto e experiência focado como lasers espectrais através de seus olhos, e os sons e movimentos foram contidos.

— Você terá esses dois dias para organizar seus assuntos — continuou o almirante supremo, a voz sem emoção. — Na hora combinada, você irá até a *Parala* para ser transportado ao seu lugar de exílio.

Ele se virou para Dy'lothe e assentiu. Dy'lothe assentiu de volta e rodeou a mesa, parando diante de Thrawn.

E, conforme os almirantes assistiam estoicos, o Patriarca Thurfian assistia com satisfação, e os observadores assistiam com pavor, incredulidade ou raiva, Dy'lothe começou a remover as correntes de honra do peito de Thrawn.

Outra onda de desconforto passou pela galeria. Mais uma vez, os sons se dissiparam sob o olhar austero de Ja'fosk.

Ba'kif observou em silêncio, sentindo um nó se formar em sua garganta. O Patriarca Thurfian não havia desejado que ele fizesse parte do tribunal, mas *havia* desejado que ele fizesse essa parte do ritual. *Aquele* pedido havia sido recusado por completo por Ba'kif.

Dy'lothe terminou e deu um passo para trás, as correntes de honra drapejadas sobre sua palma esquerda. Ele hesitou por um momento; e, então, para a surpresa de Ba'kif, ele fez um aceno breve mas respeitoso para Thrawn.

Ba'kif voltou sua atenção para Thurfian, perguntando-se se o Patriarca Mitth havia percebido o gesto de Dy'lothe. Pela rigidez súbita em sua expressão, ficou evidente que ele havia, sim.

— A sentença foi dita — falou Ja'fosk conforme Dy'lothe voltava para seu lugar na mesa e ficava de pé junto aos outros almirantes. — Em dois dias, a sentença será executada. — Ele se esticou sobre a mesa e, mais uma vez, tocou na pedra polida. — O tribunal está terminado.

Os almirantes voltaram a sair pela porta, Dy'lothe entrando em seu lugar certo na fila, as correntes de honra de Thrawn ainda drapejadas com cuidado em sua mão. O Patriarca Thurfian aguardou até eles desaparecerem pela porta, e então levantou da cadeira. Por um momento, ele travou os olhos nos de Thrawn; então ele, também, saiu da sala. Thrawn virou-se para a sala traseira e, conforme os quatro guerreiros voltavam para escoltá-lo em formação, ele andou de volta pela galeria, o rosto controlado, os olhos focados à sua frente. A porta se abriu, e ele foi embora.

Por alguns segundos, Ba'kif continuou onde estava, preparando-se para o agito inevitável de confrontos e revolta. Mas a sala permaneceu silenciosa e imóvel. Aparentemente, todos continuavam perplexos demais pelo veredicto para organizar seus pensamentos ou suas vozes.

Mas isso ainda viria, Ba'kif sabia. Com o tempo, viria.

Quieto, ele levantou e seguiu seu caminho pela galeria até chegar à porta, sentindo olhos incrédulos e hostis nele o tempo todo.

E se perguntou o quanto aquela ira aumentaria se soubessem que o julgamento, e o exílio, haviam sido ideia de Ba'kif.

CAPÍTULO VINTE E NOVE

Eram poucas vezes, Ar'alani pensou sozinha, que vira uma única palavra que pudesse conter tanta hostilidade, desesperança e injustiça absoluta. Mas essa conseguiu tudo isso, e mais.

Exílio.

Ela olhou para cima, para os dois homens sentados diante dela. O General Supremo Ba'kif, sentado atrás da própria escrivaninha, usava sua expressão neutra de sempre, com nada lá que ela pudesse ler. O rosto de Thrawn, sentado em silêncio na outra ponta dianteira da escrivaninha, era praticamente ilegível, com um quê de súplica em seus olhos.

Suplicando por compreensão, talvez? Suplicando por compaixão?

Sombria, Ar'alani achou melhor ele não estar suplicando por perdão. Não estava com humor para perdoar alguém que não havia feito nada de errado.

Focou em Ba'kif.

— Isso é errado, senhor — disse. — É absolutamente errado. O Capitão Sênior Thrawn merece ser promovido, uma nova corrente de honra e a gratidão de cada um dos membros das Nove e das Quarenta.

— Então, o que significa, exatamente, essa sentença de exílio? — perguntou Ba'kif, brando. — O que você vê nela?

— Ressentimento — Ar'alani falou para ele. — Vergonha. — Ela se virou para Thrawn. — Vingança.

— Ótimo — disse Ba'kif. — Porque foi exatamente isso que a Sindicura tinha em mente ao aprová-la. — Ele fez uma pausa. — E é exatamente isso que queremos que eles continuem acreditando.

Ar'alani franziu o cenho, focando um pouco mais em Thrawn. Ela estivera certa da primeira vez: a súplica, de fato, era por compreensão.

— Bem, isso explica *tudo* — falou. — Você se importaria de tirar um pouquinho mais de sujeira da panorâmica para mim?

— Não havia outra maneira. — A voz de Ba'kif era baixa. — A Sindicura estava procurando por um bode expiatório, alguém para culpar pelo que aconteceu em Nascente.

— O que aconteceu em Nascente foi a salvação da Ascendência — falou Ar'alani, direta ao ponto. — Sabe disso tanto quanto eu.

— A salvação temporária, ao menos — concordou Ba'kif. — E eu sei que muitos na Sindicura compartilham dessa visão. A unidade da Ascendência havia sido fraturada, com tensões severas pairando dentro das Nove e das Quarenta. Jogar toda a culpa em cima de Thrawn era a única forma de ter um desfecho, e de permitir que todos os lados afetados salvassem a própria pele e conseguissem suas honras de volta. A única forma de juntar a Ascendência outra vez.

— Eles deveriam ter encontrado outra maneira — grunhiu Ar'alani. — Se eles queriam um bode expiatório, eles poderiam ter pegado qualquer um de nós.

— Eles pegaram — Thrawn falou baixinho.

Ar'alani franziu o cenho para ele.

— Quê?

— Ele quis dizer que eles *realmente* pegaram — disse Ba'kif. — Só que eles pegaram *todos* vocês.

Ar'alani voltou a olhar para o general supremo.

— Não estou entendendo.

Ba'kif suspirou.

— Havia um percentual considerável dos Aristocra que queriam processar cada um dos comandantes e dos oficiais sênior do grupo central de Thrawn — disse. — Você, Wutroow, Samakro, Ziinda, Roscu... — Ele bufou. — Havia alguns que queriam processar até mesmo Thalias e Che'ri. O ponto é que, ao colocar Thrawn como o foco de toda a raiva e vergonha deles, conseguimos persuadi-los a deixarem o restante de vocês em paz.

— Pense nisso como um jogo de Tática — sugeriu Thrawn. — O General Supremo Ba'kif sacrificou seu dragão noturno para proteger seu puleão e seus pássaros do sussurro...

— Espere um segundo. — Ar'alani voltou um olhar duro para Ba'kif quando mais uma parte dessa insanidade ficava clara. — Isso foi ideia *sua*?

— Foi. — Ba'kif sustentou o olhar dela com calma. — A ameaça Grysk não chegou ao fim, almirante. Você sabe disso. Precisamos de você e dos outros, daqueles que viram Thrawn em ação e aprenderam com ele, que continuem em suas posições de autoridade se precisamos continuar protegendo a Ascendência.

— Então, você o sacrificou aos Aristocra? — exigiu saber Ar'alani. — Você vai mandar o melhor protetor da Ascendência para apodrecer pelo resto de sua vida em um planeta perdido?

— Bem... não exatamente. — Ba'kif fez um gesto para Thrawn. — Capitão sênior? Essa parte foi ideia sua.

— Como tenho certeza que deve saber — disse Thrawn —, depois do confronto em Nascente, o Conselho mandou a *Falcão da Primavera* à fronteira do Espaço Menor para ver se poderíamos conseguir alguma pista quanto à localização dos Grysk.

— E para procurar esses outros nomes que você conseguiu com o General Yiv — acrescentou Ba'kif.

Ar'alani assentiu. Para procurar pelos Grysk e por outras ameaças, e provavelmente para deixar Thrawn fora de vista enquanto pensavam o que fazer com ele. Outra vez.

— Vocês encontraram algo? — perguntou.

— Não sobre os Grysk ou sobre os outros nomes dados por Yiv — disse Thrawn. — *Mas* descobrimos algumas informações potencialmente perturbadoras.

— Eu sei que você leu o relatório anterior do Capitão Sênior Thrawn após seu encontro com o General Skywalker da República Galática — disse Ba'kif. — Naquele momento, a República estava envolvida em uma guerra com uma facção que chamava a si mesma de Separatistas. De acordo com um grupo de refugiados encontrado pela *Falcão da Primavera*, estrangeiros que chamam a si mesmos de Neimoidianos, aquela guerra terminou.

— Parabéns para todos eles — comentou Ar'alani. — Quem venceu?

— Se ouvisse os Neimoidianos falando, nenhum deles — observou Thrawn. — As forças Separatistas foram aparentemente esmagadas, ou talvez tenham só entrado em colapso depois de sua liderança ser destruída. Mas a República também desapareceu, com um novo governo subindo em seu lugar que se autoproclama o Império Galáctico.

— Parabéns quanto a isso também, suponho — disse Ar'alani. — O que isso significa para nós?

— Ficou claro em minhas conversas com o General Skywalker que a República era fraca e fragmentada — respondeu Thrawn. — Sua liderança incluía diversas facções e pontos de vista estrangeiros, e ficava sendo puxada o tempo todo em direções diferentes. O Império, em contraste, está unificado sob um único líder e uma única visão.

— Parece o General Yiv e os Nikardun. — Ar'alani sentiu um arrepio. — Estamos pensando que o Império pode ser um problema mais para frente?

— Pode ser — falou Ba'kif. — Mas também pode ser uma solução. — Ele acenou uma das mãos na direção do céu. — Os Grysk estão lá fora em algum lugar, almirante, e eles são um inimigo como nunca vimos antes. Podemos lidar com naves de guerra e batalhas, mas espécies estrangeiras que podem atacar o cerne do coração da Ascendência de forma sutil e fazer com que nos viremos uns contra os outros é uma coisa nova. Nós conseguimos virar esse ataque, mas sabemos que mais virão.

— E então, o Capitão Sênior Thrawn finge ser exilado. — Ar'alani finalmente conseguiu ver a imagem como um todo. — Mas em vez disso, ele viaja até esse Império para consultar com o seu líder?

— Essa é nossa esperança — disse Thrawn. — Apesar de que, como é natural, não pode ser tão óbvio assim. A Sindicura nunca permitiria contato direto com um governo estrangeiro. — Ele sorriu de leve. — Certamente não vindo de um agente tão inútil do ponto de vista diplomático quanto eu.

— Você viu como eles reagiram de forma violenta a uma simples aliança de uma vez só no campo de batalha com os Paccosh, os Vak e os Garwianos — Ba'kif lembrou a ela. — Isso poderia colocá-los em uma trajetória hiperbólica.

— Sim. — Aquela parte, ao menos, não requeria explicações adicionais. — Então, qual é o plano? Thrawn fica sentado em um planeta deserto até esse tal de Império esbarrar nele?

— Em poucas palavras, sim — disse Ba'kif.

— Sério? — Ar'alani franziu o cenho. Isso havia sido, de modo geral, uma piada. — De todos os sistemas e planetas habitáveis por aí, vocês só vão escolher um e torcer para que dê certo?

— Não será *tão* aleatório assim — assegurou Thrawn com um sorriso. — Nós conseguimos mapear algumas rotas comerciais e redes de comunicação que nos fizeram entender quais seriam os locais mais prováveis.

— E teremos alguém observando a uma distância discreta — acrescentou Ba'kif. — Se ninguém aparecer em algumas semanas, vamos fazer ele pegar suas coisas, escolher outro planeta e tentar outra vez.

— Parece meio incerto, na minha opinião — disse Ar'alani. — E se o Império o encontrar *mesmo*? O que acontece?

— Se o General Skywalker tiver sobrevivido à guerra, tenho bastante certeza de que se lembrará de mim — assegurou Thrawn. — Se não, certamente haverá alguém que lembre dele com afeto o bastante para me oferecer uma audiência.

— E aí?

— Eu juntarei as informações que conseguir a respeito do Império, e então voltarei para discutir minhas descobertas, de forma silenciosa, é claro, com o General Supremo Ba'kif e o Conselho — explicou Thrawn. — Considerando tudo, não imagino que vá ficar longe da Ascendência por mais do que alguns meses. Um ano, talvez, no máximo.

— Espero que funcione — disse Ar'alani. — De qualquer forma, eu aprecio que vocês dois tenham me explicado o que realmente está acontecendo.

— Não há de quê — respondeu Ba'kif. — Mas não se engane em pensar que foi algo totalmente altruísta. Você é um dos membros mais proeminentes e celebrados da Frota de Defesa Expansionária neste momento. Não podíamos deixar que você corresse por aí, fazendo barulho e exigindo que Thrawn fosse trazido de volta do exílio.

Ar'alani deu a ele um olhar inocente.

— Eu faria algo assim?

— Sem dúvida nenhuma — Ba'kif assegurou a ela. — E, agora, eu e Thrawn precisamos de alguns minutos para finalizar os últimos detalhes. Ele viajará a bordo da *Parala*; avisarei a você a hora de partida, caso deseje se despedir dele.

— Obrigada. Eu gostaria. — Ar'alani olhou para Thrawn ao ficar de pé. — Vou me despedir mais tarde, então, Thrawn. Não *ouse* partir antes que eu tenha a oportunidade de fazê-lo.

— Não vou — prometeu Thrawn. — Não é isso que amigos fazem.

Então, no fim, assim como no começo, eram só os dois lá. Ba'kif e Thrawn: contemplando o passado, olhando para um futuro incerto.

Ba'kif observou em silêncio enquanto Thrawn passava os olhos pela lista final de verificação de equipamentos do Conselho, assentindo, satisfeito, ao ver cada item. Era útil, Ba'kif pensou, distante, que o acordo de Ar'alani do exílio do próprio General Yiv havia dado a eles um pouco de experiência em codificar os recursos que um exilado precisaria para sobreviver.

Ao contrário de Yiv, é claro, Thrawn não ficaria longe para sempre. Mas precisaria parecer que sim para os olhos de qualquer Aristocra metido.

Finalmente, Thrawn olhou para cima.

— Isso servirá bem — disse, devolvendo o questis. — Obrigado.

— Acho que todos os agradecimentos deveriam ser para você — falou Ba'kif.

Thrawn deu de ombros.

— Fiz o que foi necessário. Assim como todos nós fazemos.

— Sim — murmurou Ba'kif. — Um pensamento estranho. Quando você contatou o Patriarca Lamiov pela primeira vez para tirar um item do Cofre Quatro, nós dois presumimos que seria *o* item. Pode imaginar meu alívio quando acabou sendo o gerador de poço gravitacional e não a Starflash.

— Mas poderia ter sido — a voz de Thrawn estava nivelada. — Se eu achasse que a Starflash seria necessária para derrotar Jixtus e a ameaça Grysk, eu a teria usado sem pensar duas vezes.

— Mesmo que significasse a destruição de Nascente?

Os olhos de Thrawn pareceram focar em algo à distância, atrás de Ba'kif.

— Meu trabalho é proteger a Ascendência e o povo Chiss — disse baixinho. — Pagarei o preço que custar para alcançar esse objetivo.

Um arrepio subiu pelas costas de Ba'kif. *O que custar.*

Algo havia acontecido em Hoxim, algo no qual Thrawn se envolvera e que nunca foi relevado a ele, o Conselho, ou a Sindicura. Algo que, evidentemente, era importante ou explosivo ou condenatório.

O Capitão Sênior Samakro sabia o que era, assim como o restante da tripulação da ponte da *Falcão da Primavera*. Assim como Thalias e Che'ri. Ziinda também parecia saber e, se os relatórios de uma longa conversa entre ela e Ar'alani fossem reais, era provável que a almirante também soubesse a verdade.

Mas nenhum deles falava sobre isso, e era provável que nenhum deles falaria. Não importava que custo fosse para suas próprias carreiras.

Será que Thrawn sequer reconhecia a profundidade da lealdade que inspirava naqueles que trabalharam com ele? Conhecendo Thrawn, provavelmente não.

— Eu compreendo. — Ba'kif deixou o questis de lado. — Suponho que você está pronto, então. Preciso admitir, porém, que sempre imaginei que o veria em trajes brancos de almirante. Suponho que nunca terei a chance de ver isso agora.

— Era improvável que jamais tivesse visto em primeiro lugar — respondeu Thrawn, seco. — Ninguém aqui jamais *me* tornaria um almirante.

— Suponho que não — falou Ba'kif. — Mais uma coisa. Duas, na verdade. — Ele abriu a gaveta da escrivaninha ao seu lado e ergueu a medalha de catavento de quatro pontas que havia sido dada a Thrawn tanto tempo atrás, na cerimônia de honra dos Stybla. — O Almirante Supremo Ja'fosk recuperou isso antes que suas outras medalhas e correntes de honra fossem armazenadas. — Ele a passou para ele por cima da mesa. — Achamos que você poderia querer levá-la consigo.

Thrawn pegou a medalha, segurando-a na palma da mão e, por um momento, a contemplou em silêncio, como se estivesse recordando alguma lembrança.

— Obrigado — disse. — Eu preferiria que o senhor a mantivesse a salvo por mim, se não se importar. O caminho pode acabar sendo mais difícil do que o imaginado, e eu odiaria perdê-la.

— Como desejar. — Ba'kif pegou a medalha e a devolveu à gaveta. — E não, eu não me importo de forma alguma, mas consideraria isso uma honra. O próximo item, porém, eu acho que você deveria considerar levá-lo consigo. — Ele fez uma pausa, reconhecendo mesmo naquele momento que estava sendo dramático demais, e então tirou um anel duplo distintivo. — A Cuidadora Thalias pediu que desse isso a você — falou, entregando-o por cima da mesa outra vez. — Uingali foar Marocsaa queria que o tivesse como prova de sua gratidão, assim como a de seu subclã e de seu povo.

Por outro momento, Thrawn ficou imóvel, uma série de emoções aparecendo em seu rosto. Então, com a mesma reverência que mostrou pela medalha Stybla, ele pegou o anel.

— Eu não deveria aceitá-lo — a voz dele era estranhamente hesitante. — Uingali e os Paccosh fizeram muito mais para se defender e defender o sistema de Nascente do que eu. — Ele respirou fundo e o anel deslizou com cuidado nos dois dedos médios de sua mão direita. — Mas, pelo espírito com o qual foi dado, devo aceitá-lo em humilde gratidão.

— De fato. — Ba'kif sentiu um vislumbre de alívio. Ele não estava com vontade de falar para Uingali que Thrawn havia rejeitado a honra de seu povo. Isso sem mencionar que teria que encarar Thalias enquanto mandava a mensagem. — Então, acredito que estamos terminados por aqui — continuou, checando seu crono. — Temos tempo para uma última refeição juntos, se desejar.

— Se não se importar, eu gostaria de comer sozinho — disse Thrawn. — Há um bistrô onde eu e Thrass costumávamos nos encontrar. Gostaria de passar minha última noite em Csilla lembrando dele. — Ele abriu um sorrisinho para Ba'kif, marcado pela melancolia. — Ele me explicou uma vez que a teatralidade poderia ser usada como distração ou como forma de focar a atenção do oponente em outro lugar. Pensei nisso quando o senhor apresentou pela primeira vez seu plano de exílio para mim e para o Almirante Supremo Ja'fosk, e notei como combinava ambos os aspectos. Meu irmão teria ficado orgulhoso.

— Acredito que ele teria mesmo — concordou Ba'kif, inclinando a cabeça. — Esse é um enorme elogio, de fato. Obrigado.

— Não há de quê. — Thrawn ficou de pé. — Voltarei logo.

— Tome quanto tempo precisar — disse Ba'kif. — Estaremos prontos quando você estiver.

— Obrigado. — Com um aceno final de cabeça, ele foi embora.

Por um momento, Ba'kif olhou para a porta fechada, as palavras de Thrawn ecoando em sua mente. *Pagarei o preço que custar para alcançar esse objetivo.*

Ba'kif só podia torcer para que, seja qual fosse aquele preço, não seria um impossivelmente alto.

EPÍLOGO

TODOS OS SERES COMEÇAM *suas vidas com esperanças e aspirações. Entre essas aspirações, está o desejo de que haja um caminho reto para alcançar esses objetivos.*

Isso raramente acontece. Talvez nunca aconteça.

Às vezes, as mudanças ocorrem por nossa escolha, conforme nossos pensamentos e objetivos mudam com o tempo. Mas, na maior parte do tempo, são forças externas que determinam tais mudanças.

Foi o que aconteceu comigo. A lembrança é vívida e não foi contaminada pela idade: os cinco almirantes se levantando de suas cadeiras conforme sou escoltado para dentro da câmara. A decisão da Ascendência foi tomada, e eles estão aqui para entregá-la.

Nenhum deles está feliz com a decisão. Posso ler isso em seus rostos. Mas eles são oficiais e trabalhadores dos Chiss, e eles executarão suas ordens. O próprio protocolo exige o fato.

A palavra é o que eu esperava.

Exílio.

O planeta já foi escolhido. Os almirantes reunirão o equipamento necessário para assegurar que a solidão não se transforme rapidamente em morte pelas mãos de predadores ou dos elementos.

Sou levado até lá. Mais uma vez, meu caminho mudou.

Para onde irá me levar, eu não sei.